월든

클래식 보물창고 36

월든 –〈시민 불복종〉수록

펴낸날 초판 1쇄 2015년 7월 30일
지은이 헨리 데이비드 소로 | 옮긴이 김율희
펴낸이 신형건 | 펴낸곳 (주)푸른책들 | 등록 제321-2008-00155호
주소 서울특별시 서초구 양재천로7길 16 푸르니빌딩 (우)137-891
전화 02-581-0334~5 | 팩스 02-582-0648
이메일 prooni@prooni.com | 홈페이지 www.prooni.com
카페 cafe.naver.com/prbm | 블로그 blog.naver.com/proonibook

ISBN 978-89-6170-504-2 04800
＊잘못된 책은 구입한 곳에서 바꾸어 드립니다.

© (주)푸른책들, 2015
＊이 책 내용의 일부 또는 전부를 재사용하려면 반드시
(주)푸른책들의 서면 동의를 얻어야 합니다.

이 도서의 국립중앙도서관 출판시도서목록(CIP)은 서지정보유통지원시스템 홈페이지(http://seoji.nl.go.kr)와
국가자료공동목록시스템(http://www.nl.go.kr/kolisnet)에서 이용하실 수 있습니다.
(CIP제어번호: CIP2015015943)

보물창고는 (주)푸른책들의 유아, 어린이, 청소년, 문학 도서 임프린트입니다.

Walden

월든

〈시민 불복종〉 수록

헨리 데이비드 소로 지음 | 김율희 옮김

보물창고

차례

월든

시민불복종 • 437

월든

Walden

경제

이 책에 나올 내용, 아니 정확히는 이 내용 대부분을 쓸 때, 나는 매사추세츠 주의 콩코드에 있는 월든 호숫가에서 혼자 살고 있었다. 이웃을 만나려면 1.5킬로미터는 가야 하는 그 숲 속에 직접 집을 짓고 오직 내 두 손이 하는 수고에 의지해 생계를 꾸려 나갔다. 그곳에서 2년 2개월을 살았다. 현재는 문명 생활로 되돌아와 체류하는 중이다.

동네 사람들이 내 생활 방식에 대해 그토록 꼬치꼬치 캐묻지 않았다면, 주제넘게도 내 사생활의 구구절절한 이야기를 독자의 눈앞에 들이밀지 않았을 것이다. 어떤 이들은 그런 질문을 실례로 여길지 모르겠으나 내가 보기에는 전혀 실례가 아니며, 상황을 고려하면 무척 자연스럽고 적절한 질문이다. 어떤 이들은 나더러 무엇을 먹었느냐고 물었다. 외로움을 느끼진 않았는지, 두렵지는 않았는지 등등을 질문했다. 수입에서 얼마만큼을 자선에 쏟았는지 알고 싶어 하는 사람들도 있었다. 그리고 딸린 식구가 많은 이들은 내가 가난한 아이들을 몇 명이나 지원했는지 궁금해했다. 그러니 내게 개인적인 관심이 조금도 없는 독자들에게 부탁하건대, 이 책에서 그런 질문들 중 일부에 답하려 노력하더라도 양해해 주기를 바란다. 대다수의 책에서는 일인칭 대명사인 '나'를 생략하지만, 이 책에서는 그대로 쓸 것이다. 자기중심주의라는 측면에서 이 책의 가장 큰 차별점을 꼽는다면 바로 그것이다. 우리는 화자가 결국 일인칭이라는 사실을 잊어버릴 때가 많다. 내가 나 자신만큼이나 다른 사람을 잘 안다면, 나에 대해 이토록 많은 이야기를 할 필요가 없었을 것이다. 불행히도 나는 경험이 일천해, 주제를 '나'로 한정하게 되었다. 게다가 작가라면 누구나, 언젠가는 그가 들었던 다른 사람들의 삶에 대해서만이 아니라 자신의 삶에 대해서도 단순하고도 성실하게 설명해야 한다는 것이 내 생각이다. 머나먼 타지에서 일가친척에게 적어 보낼 만한 그런 내용 말이다. 내 생각으로는 성실히 살아온 사람이라면 먼 타향살이를 경험한 것이나 다름없기 때문이다. 이 책에 담긴 내용은 특히 가난한 학생들에게 고하는 말이다. 그 외의 다른 독자들은 각자에게 해당되는 만큼만 받아들이면 되겠다. 옷이란 잘 맞는 사람이 입어야 제 구실을 하는 법이니, 외투를 입을 때 솔기까지 늘려 입는 이는 없을 것이다.

내가 기꺼이 하고자 하는 말이 있는데, 중국인이나 샌드위치제도의 주민들에 대한 이야기가 아니라, 여기 뉴잉글랜드에 살면서 이 책을 읽고 있는 독자에 대한 내용이다. 독자가 처한 상황, 즉 이 세상과 이 도시의 외적인 상황과 환경이 어떠하며, 반드시 그토록 열악해야 하는 건지, 과연 개선될 가능성은 없는지에 대한 내용이다. 나는 콩코드 곳곳을 많이 돌아다녔다. 상점과 사무실, 들판, 그 어디를 가도 주민들이 눈에 띄는 수많은 방식으로 고행을 자처하고 있는 것처럼 보였다. 듣자하니 브라만들은 사방에 불을 피우고 그 가운데 들어앉아 태양을 똑바로 쳐다본다고 한다. 아니면 타오르는 불길 위에 거꾸로 매달려 있거나, 고개를 뒤로 돌려 줄기차게 하늘을 바라본 나머지 "원래의 자세로 되돌아오기 어려워지고, 목이 뒤틀려 액체만 배 속으로 들어갈 수 있을" 지경에 이른다. 혹은 나무 밑동에 사슬로 몸을 묶고 평생을 살아가거나, 애벌레처럼 꿈틀거리며 광활한 제국의 너비를 제 몸으로 재거나, 기둥 꼭대기에 외다리로 서 있기도 한다. 그러나 이런 형태의 의식적인 고행조차 내가 매일 목격하는 광경에 비하면 놀랍고 신기한 것이 아니다. 헤라클레스의 열두 가지 과업[1]도 내 이웃들이 떠맡아서 해 온 것들에 비하면 하찮았다. 그의 과업은 고작 열두 가지였고 끝이 있었기 때문이다. 그러나 내 이웃들이 괴물을 죽이거나 붙잡거나, 과업을 끝내는 모습은 한 번도 본 적이 없다. 그들에게는 히드라의 머리 뿌리를 뜨거운 인두로 지져 줄 이올라우스[2] 같은 친구가 없어서 머리 하나를 박살 내면 두 개가 솟아오른다.

내가 본 어떤 마을 젊은이들은 농장과 집, 헛간, 가축, 농기구를 물려받았으나 그게 오히려 불행이다. 없애기보다 획득하기가 더 쉬운 것들이기 때문이다. 그들이 너른 초원에서 태어나 늑대

---

1) 그리스 신화에서 제우스의 아들인 헤라클레스는 그를 미워한 헤라의 꼬임에 빠져 자신의 세 아이를 죽인 뒤, 에우리스테오스 왕이 시키는 열두 가지 일을 완수해야 했다.

2) 헤라클레스는 조카인 이올라우스의 도움으로 두 번째 과업을 완수한다.

의 젖을 빨며 자랐다면 자신들이 일구어야 할 들판이 어떤 곳인지 더 맑은 눈으로 보았을 테니, 그편이 나았을 것이다. 누가 그들을 흙의 노예로 만들었는가? 인간은 한 무더기의 흙만 먹고 살 운명이거늘, 그들은 왜 60에이커나 되는 땅을 먹으려 하는가? 왜 태어나자마자 자신의 무덤을 파기 시작해야 하는가? 이들은 자기 앞에 놓인 이 모든 짐을 떠밀며 살아가되 가능한 제대로 성공해야 한다. 내가 만난 가여운 불멸의 영혼이 얼마나 많았던가? 그들은 이 짐에 짓눌려 파묻히다시피한 채 인생이라는 길을 기어간다. 길이 23미터, 폭 12미터짜리 헛간과 결코 청소한 적 없는 아우게이아스 왕의 외양간과 100에이커의 땅과 경작지, 목초지, 목장, 숲까지 앞으로 떠밀며 나아가야 한다. 쓸데없이 물려받은 그런 짐 때문에 고생하지 않는 이들은 몇 세제곱미터밖에 되지 않는 자신의 육신을 다스리고 돌보는 수고면 충분한데 말이다.

그러나 인간의 노고는 잘못된 생각에서 비롯된다. 인간의 더 나은 부분을 흙속에 묻고 곧 퇴비로 삼아 버린다. 인간은 흔히 필요성이라고 불리는, 겉보기에 그럴싸한 운명에 사로잡혀서는 어느 고서에 나와 있듯이 좀먹거나 녹슬어 못 쓰게 되며 도둑이 뚫고 들어와 훔쳐 갈 보물[3]을 비축한다. 혹 죽기 전에는 알지 못하더라도 끝이 다가오면 알게 되겠지만, 이것은 어리석은 자의 삶이다. 데우칼리온과 피라는 머리 뒤쪽으로 돌을 던져 인간을 만들었다고 한다.

---

3) 신약 성경 「마태복음」 6장 19절을 빗댄 표현. 너희는 자기를 위하여 보물을 땅에다가 쌓아 두지 말아라. 땅에서는 좀이 먹고 녹이 슬어서 망가지며, 도둑들이 뚫고 들어와서 훔쳐간다. 표준새번역본 참조.

Inde genus durum sumus, experiensque laborum,
Et documenta damus qua simus origine nati.[4]

월터 롤리는 이 구절을 이렇게 격조 높은 시로 옮겼다.

그때부터 우리 인류는 강인한 마음으로 고통과 근심을 견디나니
이로써 우리의 육체가 본질상 돌처럼 단단함을 증명하는도다.

엉터리 신탁에 맹목적으로 복종해 머리 뒤로 돌을 던지고는 돌이 어디에 떨어졌는지 보지도 않는 소행에 대한 언급은 이쯤해 두겠다.

대부분의 인간은 비교적 자유로운 이 나라에서조차, 단지 무지와 오해로 인해 부자연스러운 근심 걱정과 필요 이상으로 험한 일상의 노동에 시달린 나머지, 인생에서 얻을 수 있는 더 훌륭한 열매를 거머쥐지 못한다. 과도한 고역으로 손가락이 둔해지고 너무 떨려 열매를 따지 못한다. 사실 노동자는 매일 참된 고결함을 추구할 여유가 없다. 시장에서 노동의 가치가 떨어질까 봐 염려하느라 사람들과 고결한 관계를 유지할 여력이 없기 때문이다. 그는 기계가 아닌 다른 존재가 될 시간이 없다. 성장하려면 자신의 무지를 자각해야 하거늘, 자신의 지식을 수시로

---

4) 고대 로마의 시인 오비디우스의 『변신 이야기』 중 한 구절. 라틴 어로 쓰인 이 작품은 총 15권에 걸쳐 그리스 · 로마 신화를 다룬 대서사시이다.

사용해야 하는 그가 어찌 자신의 무지를 제대로 자각할 수 있겠는가? 때로 우리는 그를 판단하기 전에 먼저 무상으로 먹이고 입혀 주며, 강장제로 기력을 회복시켜 줘야 한다. 우리의 본성 중 가장 훌륭한 자질들은 과일 표면에 생기는 과분(果粉)처럼 매우 세심하게 다루어야만 보존된다. 그러나 우리는 자기 자신이나 타인을 그런 식으로 부드럽게 다루지 않는다.

우리 모두 아는 사실이지만, 여러분들 중 어떤 이들은 가난 때문에 사는 것이 벅차서, 이를테면 숨이 차서 헐떡거려야 할 때도 있다. 분명 이 책을 읽는 이들 중 일부는 다 먹고 난 음식의 값을 치르지도 못하고, 급속히 닳고 있거나 이미 닳아빠진 외투와 구두를 새 것으로 바꿀 여유가 없으며, 지금 이 책마저도 빚쟁이들로부터 강탈하듯이 빌리거나 훔친 시간으로 읽고 있을 것이다. 경험으로 연마된 내 눈에는 여러분 중 많은 이들이 얼마나 비루하고 음흉하게 살고 있는지 매우 자명하게 보인다. 언제나 빚이 한계에 도달한 상태에서 사업을 시작해 빚을 청산하려 애쓰는데 빚은 아주 오래된 수렁으로, 고대 로마 인들은 **아에스 알리에눔**(aes alienum), 즉 '타인의 놋쇠'라고 불렀다. 고대 로마의 동전 중에 일부가 놋쇠로 만들어졌기 때문이다. 여러분은 아직 살아 있으나 동시에 죽어 있으며, 이 타인의 놋쇠에 묻혀 있다. 빚을 갚겠다고, 내일은 꼭 갚겠다고 언제나 약속하지만 지불할 능력이 없는 채로 오늘 죽어 가고 있다. 남의 비위를 맞추며, 교도소에 갈 범죄가 아닐 뿐이지 온갖 형태로 단골을 확보하려 애쓴다. 거짓말하고, 아첨하고, 투표를 해 주고, 몸을 낮추어 고분고분하게 굴거나 얄팍하고 허울뿐인 관대함으로 허세를 부리고는 이웃을 설득해 그 이웃의 구두나 모자, 외투, 마차 제작이나 식료품 공급을 맡으려 한다. 병들 때를 대비해 뭔가를 비축하느라 스스로를 병들게 만든다. 낡은 궤짝 속이건, 회벽 뒤에 숨겨 둔 양말 속이건 혹은 좀 더 안전하도록 벽돌로 지은 은행이건, 장소를 불문하고 재물이 많든 적든 상관없이 모아 두는 것이다.

나는 가끔 우리가 흑인 노예라는 미개하면서도 약간은 생소한 형태의 노예제를 따를 정도로, 뭐랄까, 천박해질 수 있다는 사실에 놀라곤 한다. 북부와 남부에는 다른 사람을 노예로 삼으려 열을 올리는 교활한 주인들이 무척 많다. 남부의 노예 감독 밑에서 일하기란 힘든 일이지만, 북부의 노예 감독은 더 힘든 존재다. 그러나 가장 힘든 것은 자신이 스스로의 노예 감독인 경우이다. 인간에게 신성이 있다고? 밤낮 장터를 향해 움직이는 도로 위의 짐마차꾼을 보라! 그의 내면에 신성이 조금이라도 일렁이고 있는가? 그의 가장 중요한 의무는 말들에게 먹이와 물을 주는 것 아닌가! 해운업자와 비교하면 그의 운명은 대체 뭐란 말인가? 그는 돈 많고 소란스러운 상전을 위해 일하는 게 아닌가? 그런 그가 어찌 신성하며 불멸의 존재란 말인가? 그가 몸을 움츠리고 굽실거리는 모습, 종일토록 막연한 불안에 떠는 모습을 보라. 불멸의 존재나 신성한 존재는커녕, 자신이 스스로에 대해 내리는 평가, 즉 자기 자신의 행동을 기준으로 얻게 된 평판에 사로잡힌 노예이자 죄수일 뿐이다. 대중의 견해는 우리 자신의 개인적인 견해에 비하면 허약한 폭군에 지나지 않는다. 사람이 자기 자신에 대해 갖는 생각, 그것이야말로 당사자의 운명을 결정한다. 더 정확히 말해, 운명을 암시한다. 더구나 서인도제도[5]와도 같은 공상과 상상에서 자신을 해방하고자 한다면, 어느 윌버포스[6]가 그런 일을 할 수 있겠는가? 또 제 운명에 대해 서투른 관심을 드러내지 않고자 마지막 날을 대비한 화장실용 방석이나 짜는 이 나라의 여성들을 생각해 보라! 마치 시간을 대충 때워도 영원성이 손상되지 않는다는 태도가 아닌가.

많은 사람들이 절망한 상태로 묵묵히 살아간다. 이른바 체념이란 만성적인 절망에 불과하다. 절망적인 도시에서 벗어나 가는 곳이라고 해 봐야 절망적인 시골이며, 그곳에서 밍크와 사향쥐의 용기를 보며 스스로를 위로해야 한다. 이른바 인간의 게임이나 오락 저변에도 의식하지 못한 판에 박힌 절망이 숨어 있다. 일이 끝난 뒤에야 하는 그런 게임이나 오락에는 놀이가 없다. 그러나 절망적인 일들을 하지 않는 것이 지혜의 특징이다.

교리 문답 용어를 빌려, 인간이 존재하는 주된 목적이 무엇이며 인생에서 꼭 필요한 물건과 수단이 무엇인지 생각해 보면, 인간은 이 통상적인 생활 방식을 다른 방식보다 선호한 까닭에 일부러 이것을 선택한 것처럼 보인다. 실인즉 인간은 다른 방도가 없다고 생각한다. 그러나 기민하고 건전한 사람들은 태양이 환히 떠올랐음을 잊지 않는다. 늦게라도 편견을 버리는 편이 낫다. 제아무리 오래된 사고방식이나 행동 방식이라도, 증명되지 않았다면 신뢰할 수 없다. 오늘 모두가 진실이라고 외쳐 대거나

---

5) 영국 식민지였다가 1838년에 해방되었다.

6) 영국의 정치가. 평생의 노력 끝에 영국에서 노예 무역 폐지를 거쳐 노예 제도 폐지를 이루어 냈다.

묵과하는 것이 내일이면 거짓으로 밝혀질지도 모른다. 들판에 단비를 뿌려 줄 구름이라고 믿었던 것이 연기처럼 사라질 견해에 불과한 것으로 판명될지 모른다. 옛 사람들이 불가능하다고 말하는 것을 시도해 보면 가능하다는 사실을 발견할 수 있다. 옛 사람들은 옛 시대에 맞게 행동하고 새 사람들은 새 시대에 맞게 행동하는 법이다. 옛사람들은 일찍이 새로운 연료를 공급해 불을 계속 지피는 방법을 잘 알지 못했을 것이다. 새 시대의 사람들은 솥 아래에 마른 나무를 조금 넣고[7] 새처럼 빠르게, 그야말로 옛사람들을 해치워 버릴 듯한 기세로 질주하며 지구를 돈다. 나이가 많다고 해서 스승이 될 자질이 젊은이들보다 더 뛰어난 것이 아니며, 오히려 잘한다고도 하기 어렵다. 나이가 들수록 얻는 것보다 잃는 것이 더 많은 탓이다. 제아무리 현명한 사람이라도, 인생을 살았다는 이유만으로 과연 절대적 가치가 있는 어떤 깨달음을 얻었는지 의심하는 것이 당연하다. 실제로 나이든 사람들이 젊은 사람들에게 줄 수 있는 아주 중요한 조언이란 없다. 그들의 경험이 단편적이기도 하고, 본인들의 생각처럼 개인적인 이유로 삶에서 처참한 실패를 겪어 왔기 때문이다. 그러한 경험에 모순되는 어떤 신념을 가지고 있더라도, 이제는 예전처럼 젊지 않다. 나는 이 세상에서 30여 년을 살아왔으나, 인생의 선배들로부터 가치 있거나 조금이라도 진지한 조언을 한마디도 들어 본 적이 없다. 그들은 나에게 아무 말도 들려주지 않았고, 아마 그 문제에 있어서는 해 줄 수 있는 이야기가 없었는지 모른다. 여기에 인생이라고 하는, 아직 대부분 시도해 보지 않은 실

7) 나무 연료로 가동하는 증기 기관을 뜻한다.

험이 있다. 선배들이 시도해 보았다는 사실은 내게 도움이 되지 않는다. 가치 있게 여겨지는 그 어떤 경험을 하게 되더라도, 나는 분명 그 부분과 관련해서 내 스승들이 어떤 말도 해 준 적이 없다는 사실을 떠올리게 될 것이다.

한 농부는 내게 "채소만 먹고는 살 수 없습니다. 뼈를 만들어 내는 성분이 없거든요."라고 말한다. 그리고 뼈의 원료를 몸에 공급하는 데 하루의 일부분을 어김없이 바친다. 그런 말을 하는 동안에도 그는 소를 뒤따라 걷는데, 풀을 먹고 뼈를 갖게 된 그 소는 온갖 장애물에도 굴하지 않고 농부와 육중한 쟁기를 획획 끌고 간다. 무기력한 환자 집단에서는 정말 중요한 생필품도 다른 집단에서는 사치품에 불과하며 또 다른 집단에서는 아예 알려지지 않기도 하다.

어떤 이들은 인간이 살아가는 모든 영역을, 산꼭대기건 계곡이건 선배들이 이미 살펴보고 빠짐없이 돌보았다고 여길지 모른다. 이블린[8]의 말에 따르면 "현명한 솔로몬은 나무 사이의 간격까지 법령으로 규정했다. 로마의 집정관들은 땅에 떨어진 도토리를 줍기 위해 이웃의 토지에 발을 들여놓을 때 몇 번까지가 무단 침입으로 간주되지 않으며 얼마만큼이 땅 임자의 몫이 되는지를 정해 두었다." 히포크라테스[9]는 심지어 손톱을 자르는 방법에 대한 지침까지 남겼는데, 그 내용인즉 손가락 끝에 맞추되 더 짧거나 길어서는 안 된다는 것이다. 인생의 다양성과 기쁨을 고갈시킨다고 여겨지는 권태와 지루함은 의심할 여지없이 아담

---

8) 영국의 일기 작가이자 원예학자인 존 이블린.
9) 의학의 아버지로 불리는 고대 그리스의 의사.

시대부터 있었던 것이다. 그러나 인간의 능력은 측정된 적이 한 번도 없다. 인간이 할 수 있는 일을 전례에 비추어 판단해서도 안 된다. 시도해 본 일이 매우 적기 때문이다. 여러분이 지금까지 어떤 실패를 했든 "괴로워하지 말라, 내 아들아. 그대가 완수하지 못한 일을 누가 그대 탓으로 돌리겠는가?"[10]

우리는 셀 수 없이 간단한 방법으로 삶을 시험해 볼 수 있을 것이다. 예를 들어, 내가 심은 콩을 여물게 하는 태양은 동시에 지구와 비슷한 다른 행성을 비춘다. 내가 이 사실을 기억했더라면 몇몇 실수를 예방할 수 있었을 것이다. 그 빛은 내가 괭이질할 때와 같은 빛이 아니었다. 별들은 대단히 경이로운 삼각형들의 꼭짓점이 아닌가! 우주의 수많은 저택에 사는 다양한 존재들이 그토록 멀리 떨어진 채로 동시에 같은 대상을 응시하고 있다니! 우리의 기질이 서로 다르듯이 자연과 인생도 가지각색이다. 다른 사람의 삶이 어떻게 펼쳐질지 누가 말할 수 있을까? 우리가 잠시 서로의 눈을 들여다보는 것보다 더 큰 기적이 일어날 수 있을까? 우리는 한 시간 안에 세상의 모든 시대를, 아니 모든 시대의 모든 세상을 살아야 한다. 역사, 시, 신화! 내가 알기로 다른 사람의 경험을 글을 통해 얻고자 한다면 이보다 더 놀랍고 유익한 것은 없다.

이웃들이 '선'이라고 부르는 것의 대부분이 사실은 악이라고 나는 진심으로 믿으며, 따라서 내가 조금이라도 후회하는 것이 있다면 무엇보다도 내 착한 품행일 것이다. 어떤 악마에 씌었기에 나는 그토록 착하게 굴었을까? 이봐요, 영감님. 당신은 칠십

---

10) 힌두교 경전 중 하나인 『비슈누 푸라나』에 비슷한 구절이 있다.

평생을 살며 나름대로 명예도 얻었겠다, 최대한 현명하다고 여겨지는 말씀을 하실지 모르겠습니다. 하지만 제 귀에는 그 말에서 고개를 돌리라는 저항할 수 없는 목소리가 들리는군요. 한 세대는 좌초된 배를 버리듯이 이전 세대가 착수한 일들을 버리기 마련입니다.

내 생각에 우리는 지금보다 훨씬 강한 확신을 가져도 된다. 자기 자신에 대한 지나친 걱정은 자제하고 다른 곳으로 관심을 돌려도 좋다. 자연은 우리의 약점에도 강점에도 안성맞춤이다. 어떤 사람들의 끝없는 걱정과 긴장은 불치병에 가깝다. 우리는 우리가 하는 일의 중요성을 과장하는 성향이 있다. 그러나 우리가 완수하지 못하는 일이 얼마나 많은가! 혹은 병이라도 들었다면 어쩔 것인가! 우리는 도무지 긴장의 끈을 늦추지 못한다! 피할 수 있다면 믿음에 의지해 살지 않으려 기를 쓴다. 바짝 긴장한 채로 온종일을 살다가 밤이 되면 마지못해 기도를 중얼거리고는 불확실성에 자신을 맡겨 버린다. 부득이하게도 우리는 너무나 철저하게 그리고 열심히 현재의 삶을 숭배하고 변화의 가능성을 부인하며 살아간다. 이 길밖에 없다고, 우리는 말한다. 그러나 원의 중심에서 그릴 수 있는 반지름이 무수히 많듯이 방법은 많다. 변화란 모름지기 계획할 수 있는 기적이되 매 순간 일어나고 있는 기적이다. 공자는 "아는 것을 안다고 하고 모르는 것을 모른다고 하는 것, 그것이 진정한 앎이다."[11]라고 말했다. 한 사람이 상상에 불과한 사실을 자신이 이해할 수 있는 사실로 바꿔 놓는다면, 그제야 모든 사람이 그것을 토대로 삼아 자

---

11) 『논어』 제2편 17장에서 인용.

신의 삶을 세우게 될 것이다.

이제는 잠시, 위에서 언급했던 근심 걱정이 대부분 무엇이며, 근심하거나 관심을 기울이는 정도가 어느 만큼이면 충분한지 살펴보자. 겉보기에는 문명의 한복판에 있을지라도, 원시적이고 개척자적인 생활을 해 보면 총체적인 생활필수품이 무엇이고 그것을 얻는 데 어떤 방법이 동원되어 왔는지를 파악하는 데 제법 도움이 될 것이다. 또는 상인들이 오래전에 썼던 장부를 살펴보며 사람들이 가게에서 가장 많이 사 간 물품이 무엇인지, 상인들이 가게에 들여온 것, 즉 가장 많이 들여온 식료품과 잡화가 무엇인지를 알아봐도 좋다. 세상이 발전했다고 하더라도 인간이 생존하는 기본 법칙에는 거의 영향을 미치지 못했기 때문이다. 아마 우리의 골격이 조상들의 골격과 큰 차이가 없으리란 사실과 마찬가지이다.

내가 말하는 **생활필수품**이라는 단어는 인간이 노력을 기울여 얻는 모든 것 중에서 처음부터, 혹은 오래 사용한 까닭에 인간의 생활에 무척 중요해진 나머지 야만성이나 가난, 이념 등의 이유를 막론하고 거의 모든 사람이 없으면 살아갈 엄두를 내지 못하는 것을 뜻한다. 이런 의미에서 많은 동물들에게 생활필수품이란 단 한 가지, 먹이뿐이다. 초원의 들소는 입에 맞는 풀 약간과 마실 물이 있으면 충분하다. 휴식을 취하려고 숲이나 산그늘을 찾는 중이 아니라면 말이다. 어떤 동물도 먹이와 안식처 이외의 것을 바라지 않는다. 지금과 같은 기후에서 인간의 생활필수품은 정확히 식량, 주거, 의복, 연료라는 항목으로 나눌 수 있을 것이다. 인간은 이것을 확보한 다음에야 비로소 자유와 성공에 대한 기대를 품고 삶의 진짜 문제들을 맞이할 준비가 되기 때문이다. 인간은 주택은 물론이고 옷과 조리된 음식을 발명했다. 그리고 아마도 우연히 불의 온기를 발견하고 불을 꾸준히 사용하면서, 처음에는 사치품이었던 것이 오늘날처럼 옆에 앉아 온기를 쬐어야 하는 필수품으로 자리 잡았을 것이다. 개와 고양이가 이와 똑같은 제2의 천성을 습득하는 모습을 관찰할 수 있다. 적절한 주거지와 의복으로 우리는 체온을 적당히 유지한다. 그러나 집이나 옷, 연료가 지나치면, 다시 말해 체온보다 외부의 온기가 훨씬 높아지면 그야말로 우리 몸이 요리되기 시작하지 않겠는가? 박물학자인 다윈은 티에라델푸에고 섬[12]의 주민들에 대해서, 자신의 일행은 옷을 잘 챙겨 입고 불 가까이 앉아 있어도 도무지 따뜻함을 느끼지 못했는데, 벌거벗은 그곳의 야만인들은 놀랍게도 불에서 더 멀리 떨어져 있는데도 "타는 듯이 뜨거워하며 땀을 뻘뻘 흘리고 있었다."라고 말했다. 마찬가지로, 호주의 원주민은 벌거벗고도 별 탈 없이 돌아다니는데 반해 유럽인들은 옷을 입고도 추위에 떤다는 말이 있다. 이 야만인들의 강인함과 문명인의 지성을 겸비하기란 불가능한 일일까? 리비히[13]의 말에 따르면, 인간의 몸은 난로이고 음식은 폐에서 발생하는 연소를 지속시켜 주는 연료다. 인간은 날씨가 추우면 음식을 더 많이 먹고 따뜻하면 덜 먹는다. 동물의 열은 서서히 일어나는 연소의 결과로 발생하며, 그 속도가 너무 빠르면 질병과

---

12) 남아메리카 마젤란 해협 남쪽에 있는 제도. 스페인 어로 '불의 땅'이라는 뜻이다.

13) 유기학을 발전시킨 독일의 화학자 유스투스 폰 리비히.

사망에 이른다. 혹은 연료가 부족하거나 통풍에 결함이 생기면 그 불이 사라진다. 물론 생명 유지에 필요한 열을 불과 동일시할 수는 없지만, 이 정도 비유면 충분할 것이다. 그러므로 위에 열거한 내용으로 볼 때 **동물의 생명**이라는 표현은 **동물의 열**이라는 표현과 동의어에 가까운 것 같다. 식량은 우리 내부의 불을 꺼뜨리지 않는 연료라고 할 수 있기 때문이다. 연료는 그 식량을 준비하거나 외부에서 열을 가해 체온을 높이는 역할만 한다. 주거지와 의복도 그렇게 발생하고 흡수된 **열**을 유지하는 역할만 한다.

그러니 온기를 유지해 우리 안에 있는 생명의 열을 보존하는 일이야말로 우리 몸에 반드시 필요한 것이다. 따라서 우리는 온갖 수고를 마다하지 않고 의식주를 마련할 뿐 아니라 잠옷 같은 침대를 얻기 위해 새들의 둥지와 가슴 깃털을 훔친다. 두더지가 깊은 굴속에 풀과 나뭇잎으로 잠자리를 만들 듯이, 집 속에 다른 집을 마련하려고 말이다! 가난한 사람은 이 세상이 냉랭하다고 습관처럼 불평한다. 우리는 우리가 느끼는 고통의 많은 부분이 사회적 냉기 못지않게 바로 신체적 냉기 탓이라고 말한다. 어떤 지방에서는 여름이 되면 낙원과도 같은 생활이 가능하다. 그럴 때면 음식을 조리할 목적이 아니고는 연료가 필요하지 않다. 태양이 곧 불이며 많은 과일이 햇빛만으로 충분히 익는다. 대개 식량도 훨씬 다양하며 더 쉽게 얻을 수 있다. 의복과 집은 아예, 혹은 반쯤은 불필요하다. 나 자신의 경험으로 발견한 바, 현재 이 나라에서 생필품 다음으로 필요한 것은 몇 가지 도구, 즉 칼과 도끼, 삽, 손수레 등이며, 학구적인 이들이라면 등불, 문구,

읽을 수 있는 책 몇 권 정도인데, 모두 적은 비용으로 얻을 수 있다. 그런데도 현명하지 못한 어떤 이들은 지구 반대편에 있는 야만적이고 비위생적인 지역까지 찾아가서는 10년이고 20년이고 몸 바쳐 일을 하는데, 그 목적이라는 게 마지막에 뉴잉글랜드로 되돌아와 안락할 정도로 따뜻하게 살다가 죽는 것이다. 사치스러울 만큼 부유한 이들은 쾌적한 정도로만 따뜻하게 사는 것이 아니라 부자연스러울 만큼 뜨겁게 산다. 앞에서도 언급했듯이 그들은 제 몸을 요리처럼 가열하고 있는데, 물론 유행을 좇느라 그런 것이다. 사치품 대부분과 이른바 생활 편의품 중 많은 것들은 반드시 필요한 것이 아닐뿐더러 인간의 존엄에도 명백한 장애로 작용한다. 사치품과 편의품에 관련해서 말하자면, 현명한 사람들은 가난한 이들보다 더 단순하고 빈곤한 삶을 살았다. 중국, 인도, 페르시아, 그리스의 고대 철학자들은 외적인 부로 따지면 누구보다 가난한 부류였으나 내적으로는 누구보다 부유했다. 우리는 그들에 대해 많이 알지 못한다. 지금 아는 만큼이라도 안다는 사실이 놀랍다. 그들보다 후대에 속하는 개혁가들과 민족의 은인들에 대해서도 마찬가지다. 누구든 자발적 가난이라고 일컬어 마땅한 그 우월한 고지에 오르지 않고서는 인간 생활을 공정하거나 현명하게 관찰할 수 없다. 농업이건 상업이건 문학이건 예술이건, 사치스러운 삶에서 나온 열매라면 역시 사치품이다. 오늘날에는 철학 교수는 있되 철학자는 없다. 그러나 한때 철학자로 사는 것이 존경을 받았던 까닭에 오늘날 강단에서 철학을 가르치는 직업도 존경을 받는다. 철학자가 된다는 것은 단지 예리한 사고를 하거나 어떤 학파를 창설하는 것이 아니라, 지혜를 사랑한 나머지 지혜가 명하는 바에 따라 소박하고 독립적이며 관대하고 신뢰할 만한 삶을 산다는 뜻이다. 삶의 어떤 문제들을 이론적으로만이 아니라 실제적으로도 해결한다는 뜻이다. 위대한 학자들과 사상가들이 거두는 성공은 보통 당당하고 남자다운 성공이 아니라 아첨꾼과도 같은 성공이다. 그들은 사실상 선조들처럼 순응하기만 하면서 그럭저럭 살아가고 있으며, 결코 인류라는 고귀한 존재의 선구자라고 할 수 없다. 하지만 인간은 왜 퇴보해 가는가? 가문의 맥이 끊기는 이유는 무엇인가? 나라를 무기력하게 만들고 파괴하는 사치의 본질은 무엇인가? 우리 자신의 삶은 사치스럽지 않다고 확신할 수 있는가? 철학자는 외적인 삶의 형식에서도 시대를 앞서간다. 동시대 사람들처럼 먹고, 자고, 입고, 온기를 유지하지 않는다. 철학자가 되었다면 다른 사람들보다 더 훌륭한 방법으로 생명의 온기를 유지하는 것이 마땅하지 않은가?

앞에서 기술한 몇 가지 방법으로 몸을 따뜻하게 하고 나면 사람은 다음으로 무엇을 바랄까? 분명 같은 종류의 온기, 그러니까 더 풍성하고 기름진 음식이나 더 크고 화려한 집, 더 훌륭하고 다양한 옷, 꺼지지 않고 타오르는 더 뜨겁고 많은 난로 따위를 바라지는 않을 것이다. 생활에 필수적인 것들을 얻었다면 여분의 몫을 장만하는 것 말고 다른 선택을 할 수가 있다. 즉 그동안 해 온 변변찮은 고생을 잠시 내려놓고 당장 삶을 향한 모험을 떠나는 것이다. 씨앗이 어린뿌리를 내린다면 흙이 적합하다는 뜻이다. 이제 씨앗은 위를 향해서도 자신 있게 줄기를 뻗을 것이다. 사람이 마찬가지로 땅에 굳건히 뿌리를 내린 까닭은 높은 하늘을 향해 그만큼 솟아오르기 위해서가 아닌가? 더 고귀한 식물들은 땅에서 멀리 떨어진 대기와 빛 속에서 마침내 맺는 열매 때문에 귀하게 여겨지고, 보잘것없는 채소와는 다른 대접을 받는다. 채소는 2년생일지라도 뿌리를 다 내릴 때까지만 재배되고, 대개는 뿌리가 빨리 자라도록 윗부분을 잘라 버리므로 대부분의 사람들은 채소들이 꽃피우는 시기를 알지 못한다.

강인하고 용감한 사람들에게 규칙을 제시하려는 게 아니다. 그런 사람들은 천국에서든 지옥에서든 제 할 일을 잘해 낼 것이며, 아마 거부들보다 더 웅장하게 집을 짓고 더 아낌없이 돈을 쓰되 결코 가난해지지 않을 것이다. 꿈에서나 나올 듯한 그런 사람들이 과연 있기나 할지는 모르지만 말이다. 또한 다름 아닌 현재 상황에서 격려와 영감을 발견하고 연인과도 같은 애정과 열정으로 그것을 소중히 여기는 이들을 대상으로 하는 말도 아닌데, 나 자신도 어느 정도는 이 부류라고 생각된다. 또 어떤 환경에서든 만족스럽게 일하며 자신이 만족스럽게 일하고 있는지 아닌지를 아는 이들도 내가 이야기를 들려주고 싶은 대상에 해당되지 않는다. 내 말을 들을 대상은 불만을 품은 대부분의 사람들로, 개선 가능성이 있는데도 제 운명이나 시대의 가혹함에 대해 하릴없이 불평하는 이들이다. 어떤 이들은 자신이 의무를 다하고 있지 않느냐고 말하며 누구보다 강경하고 침통하게 불만을 토로한다. 또 내가 염두에 두는 이들은, 부유해 보이지만 모든 계층을 통틀어 가장 지독하게 가난한 이들로, 찌꺼기나 다름없는 부를 축적했으나 그것을 사용하거나 처리하는 법을 몰라서 금이나 은으로 자기 자신을 속박할 족쇄를 만든다.

내가 지난 세월 동안 삶을 어떻게 보내고 싶었는지 말한다면 내 실제 과거지사를 다소 알고 있는 독자들은 놀랄 것이며, 내 과거를 아예 모르는 독자라면 분명 더더욱 놀랄 것이다. 그래서 내가 소중히 품어 온 계획 중 일부만 귀띔하려 한다.

어떤 날씨에서건, 밤낮의 어느 시간이건, 나는 그 짧은 시점을 활용하고 내 지팡이에 눈금을 새겨 그 순간을 기록하고 싶은 마음이 간절했다. 과거와 미래라는 두 개의 영원이 만나는 지점, 정확히 말해 현재라는 순간에 발을 딛고 서서, 발끝으로 그 선을 따라 걷고 싶었다. 내 말이 조금 모호해도 양해해 주길 바란다. 내가 하는 일은 대부분의 사람들이 하는 일보다 은밀한 부분이 많은데, 일부러 그러는 게 아니라 일의 특성상 어쩔 수 없기 때문이다. 내가 아는 바에 대해서는 흔쾌히 모두 이야기할 것이며, 절대 문 위에 '입장 불가'라는 팻말은 내걸지 않을 것이다.

오래전에 사냥개 한 마리와 밤색 말 한 필, 멧비둘기 한 마리를 잃었는데, 아직도 그 행방을 좇는 중이다. 많은 여행자들에게 그 동물들이 잘 다니는 길이 어디이고 어떤 소리로 부르면 응답하는지 등, 관련된 내용을 설명했다. 내가 만난 사람 중 한두 명은 사냥개의 소리와 말의 발굽 소리를 들었다거나 심지어 구름 뒤로 사라지는 비둘기를 보았다고 했다. 그리고 자신들이 그 동물들을 잃어버린 것처럼 간절히도 되찾고 싶어 하는 듯했다.

일출과 새벽만이 아니라, 가능하다면 자연 자체를 예측할 수 있다면! 여름이건 겨울이건, 나는 얼마나 수많은 아침에, 이웃들이 일을 하려고 꿈틀거리기도 전에 내 일을 하고 있었던가! 실제로, 해 질 녘에 보스턴으로 출발하는 농부들이나 일터로 가는 나무꾼들처럼 많은 마을 주민들이 일을 마치고 돌아오는 나와 마주쳤다. 해가 떠오르는 것을 실질적으로 돕지는 못했지만, 해 뜨는 광경을 지켜본 것 자체만으로 분명 더 없이 중요한 일이었다.

얼마나 수많은 가을날 그리고 겨울날을 마을 밖에서 보내며 바람에 실린 이야기를 듣고 그것을 급히 전하고자 했던가! 거기에 내 자본을 거의 다 쏟아부었고, 바람을 정면으로 맞으며 달리다가 숨이 막힐 뻔했다. 그것이 양쪽 정당 중 어느 하나와 관계된 소식이었다면, 가장 빠르게 신문에 보도되었을 것이다. 또 어떤 때에는 새로 도착하는 소식이 있으면 전보로 보내려고 절벽이나 나무의 망루에 올라가 지켜보곤 했다. 저녁에는 언덕 꼭대기에서 하늘이 무너지기를 기다리며, 뭐라도 포착할 수 있기를 바랐다. 대단한 것을 포착한 적은 없었고, 있더라도 만나[14]처럼 햇빛 속에서 다시 사라져 버리곤 했다.

오랫동안 나는 발행 부수가 많지 않은 잡지사의 기자였는데, 편집장은 내 기고 대부분을 인쇄하기 적당치 않은 글로 여겼다. 작가들에게는 너무나 흔히 일어나는 일이지만 내 노력은 헛수고일 뿐이었다. 그러나 이 경우에는 수고 자체가 보상이었다. 여러 해 동안 나는 폭설과 폭풍의 관찰자로 자처하며 임무를 성실히 수행했다. 또한 큰 도로는 아니더라도 숲길과 모든 지름길을

---

14) 구약 성경에서 여호와가 광야 생활을 하던 이스라엘 백성에게 내린 식량이다. 「출애굽기」 16장 21절을 보면 '그래서 그들은 아침마다 자기들이 먹을 만큼씩만 거두었다. 해가 뜨겁게 쬐면, 그것은 다 녹아 버렸다.'고 한다. 표준새번역본 참조.

측량하여 그 길이 막히지 않게 하고, 사람들의 발자국으로 보아 쓸모 있다고 증명된 곳이라면 계곡에 다리를 놓고 사시사철 통행이 가능하게 했다.

나는 마을의 사나운 가축들을 돌봐 왔는데, 그 가축들은 울타리를 뛰어넘어 충실한 목동들을 이만저만 애먹이는 게 아니었다. 또 나는 농장에서 사람들이 잘 가지 않는 곳까지 구석구석 살폈다. 조너스나 솔로몬이 그날, 다름 아닌 바로 그 밭에서 일을 했는지 어땠는지는 딱히 알아내지 못했다. 그건 내가 상관할 일이 아니었다. 나는 빨간 월귤과 모래벗나무, 팽나무, 적송, 검은 물푸레나무, 흰 포도나무, 노란 제비꽃에 물을 주었는데, 그렇지 않았다면 건기에 말라 죽었을지도 모른다.

요컨대 — 자랑삼아 하는 말은 아니지만 — 나는 이런 식으로 충실하게 내 일을 오래 지속했는데, 결국에는 마을 주민들이 나를 마을의 공직자 명단에 올려 주지도 않았을 뿐더러 적당한 보수가 있는 한직을 내주지 않을 것임이 점차 분명해졌다. 맹세컨대 내가 충실히 작성해 온 장부는 사실 감사를 받은 적도 없으며 인정받거나 지불 정산된 적은 더욱 없다. 그러나 그런 것을 바란 적은 없다.

얼마 전에 한 떠돌이 인디언이 우리 동네 유명 변호사의 집에 바구니를 팔러 갔다. "바구니를 사시겠습니까?"라고 인디언이 물었다. "아니, 살 생각 없는데요."라는 게 답이었다. "뭐라고요!" 인디언은 문밖으로 나가며 외쳤다. "우리를 굶겨 죽일 작정이오?" 부지런한 백인 이웃들이 그토록 잘사는 것을 보고, 또 그 변호사가 변론을 엮어 내기만 했는데도 마법처럼 부와 지위가 뒤따르는 것을 보고 그 인디언은 생각했다. '나도 사업을 해야겠어. 바구니를 엮어야지. 그게 내가 할 수 있는 일이야.' 바구니를 만드는 것으로 제 역할을 다했으니 바구니를 사는 것은 백인의 역할이라고 생각한 것이다. 다른 사람이 살 가치가 있도록 만들어야 한다든지, 적어도 그렇게 생각하도록 설득하거나 살 만한 가치가 있는 다른 물건을 만들어야 한다는 사실은 깨닫지 못했다. 나 역시 짜임새가 섬세한 바구니를 엮어 본 적이 있으나 누군가 살 만한 가치가 있도록 만들지는 못했다.[15] 그러나 내 경우에는 그것을 엮을 가치가 있다고 생각했으며, 사람들이 살 만한 가치가 있도록 만드는 방법을 연구하는 대신 팔지 않아도 될 방법을 연구했다. 사람들이 성공적이라고 칭송하는 삶은 한 가지뿐이다. 우리는 왜 다른 종류의 삶을 손해로 감수하면서까지 한 종류의 삶만을 중요하게 생각하는가?

동네 주민들이 나에게 법원의 어떤 자리나 부목사직이나 다른 생계 수단을 제공해 줄 리 없으며 자력으로 생계를 유지해야 한다는 사실을 알게 되자, 나는 더더욱 숲으로 얼굴을 돌렸다. 나는 숲에서 더 알려진 사람이었다. 나는 사람들이 대개 그러듯이 자본을 마련할 때까지 기다리지 않고, 이미 가지고 있던 얼마 안 되는 돈을 이용해 당장 내 사업을 벌이기로 결심했다. 월든 호수에 간 목적은 그곳에서 돈을 들이지 않고 살거나 사서 고생을 하려던 게 아니라, 최대한 방해받지 않고 개인적으로 일을 처리하고자 함이었다. 약간의 상식이 없어서, 혹은 약간의 진취성

---

15) 1849년에 출간한 첫 책 『콩코드 강과 메리맥 강에서 보낸 일주일』을 뜻한다. 1000부 중 300여 부만 팔리거나 기증되었다.

과 사업적 재능이 부족해서 목적을 달성하지 못한다는 것은 서글프다기보다는 어리석게 여겨졌다.

나는 철저한 사업 습관을 습득하려고 꾸준히 노력해 왔다. 이런 습관은 누구에게나 반드시 필요한 것이다. 중국 왕조와 관련된 무역을 할 경우라면 세일럼 항구 같은 해안에 작은 회계 사무실 하나만 마련하면 충분할 것이다. 나라에서 생산하는 순수한 국산품들, 즉 다량의 얼음과 소나무 목재 그리고 약간의 화강암 같은 물품을 늘 미국 선박에 실어 수출하게 될 것이다. 여기에는 상당히 어렵고 번거로운 일이 뒤따를 것이다. 예를 들면, 세부 사항을 모두 직접 감독해야 한다. 조타수 겸 선장이 되고 선주 겸 보험업자가 돼야 한다. 물건을 사고팔며 장부를 기록해야 한다. 받은 편지를 낱낱이 읽고, 발송할 편지를 낱낱이 쓰거나 읽어야 한다. 수입품 하적을 밤낮 지휘 감독해야 한다. 뉴저지 해안에서는 최고가의 화물을 하적할 때가 많으므로 해안 곳곳을 거의 동시에 뛰어다녀야 한다. 스스로 전신기가 되어 줄기차게 수평선을 훑어보며, 해안을 따라 지나가는 모든 선박과 교신해야 한다. 수요가 과다한 원거리 시장에 공급하기 위해 발송하는 상품의 양을 꾸준히 유지해야 한다. 도처의 시장 상황 및 전쟁과 평화에 대한 전망을 지속적으로 파악하고 무역과 문명의 추세를 예측해야 한다. 모든 탐험대가 올린 성과를 활용하고, 새로운 수로와 항해술의 진보를 모조리 이용해야 한다. 해도를 연구하고, 암초와 새로 생긴 등대와 부표의 위치를 확인해야 한다. 그리고 어김없이 대수표를 수정해야 하는데, 친숙한 부두에 도착했어야 할 배가 계산원의 실수로 암초에 부딪힐 때가 있기 때문이다. 라 페루즈[16]의 베일에 싸인 운명을 생각해 보라. 그러니 한노[17]와 페니키아 인들로부터 우리 시대에 이르기까지 모든 위대한 탐험가들과 항해가들, 위대한 모험가들과 상인들의 삶을 연구하며 모든 지식을 습득해야 한다. 끝으로, 때때로 재고 조사를 하며 현황을 파악해야 한다. 손익, 이자, 용기 중량 산정 및 각종 용적 측량 등, 한 사람의 능력으로 감당하기 벅찬 일이 수두룩하다. 나는 월든 호수가 사업하기에 알맞은 곳이라고 생각해 왔다. 철도와 얼음 무역 때문만은 아니다. 여러 이점이 있지만 공개하지 않는 편이 나을 것 같다.

이 호수는 좋은 항구이며 지반도 튼튼하다. 집을 지으려면 말뚝을 직접 땅 곳곳에 박아야 하지만, 대신 네바 강의 늪지대처럼 메울 필요는 없다. 밀물 때 서풍과 함께 네바 강의 얼음이 몰려오면 상트페테르부르크[18]는 지상에서 휩쓸려 사라져 버릴 것이라고 하지 않는가.

이 일은 흔히 그러듯이 자본 없이 시작할 예정이었으니, 이런 일에 없어서는 안 될 수단을 어디에서 얻을지 추측하기란 쉬운 일이 아닐 것이다. 당장 문제의 실질적 부분인 옷에 대해 이야기해 보자. 옷을 마련할 때 우리는 진정한 실용성보다는 새것을 좋아하는 마음과 타인의 시선에 대한 관심에 지배될 때가 더 많다. 일을 해야 하는 사람에게는 옷의 목적이 첫째, 생명 보존에 필요한 체온을 유지하는 것이고 둘째, 지금과 같은 상태의 사회에서

---

16) La Perouse. '라 페루즈 해협'을 발견한 프랑스의 해양 탐험가로 1788년 항해 중에 실종되었다.

17) 카르타고의 탐험가로 기원전 5세기 초에 서아프리카 해안을 탐험했다.

18) 러시아의 표트르 대제가 네바 강 하구의 늪지대를 메워서 세운 계획도시.

알몸을 가리기 위한 것임을 상기시켜 주자. 그러면 그는 옷장에 새 옷을 더 넣지 않고도 꼭 필요하거나 중요한 일을 얼마나 많이 해낼 수 있는지 가늠하게 될 것이다. 왕실 재단사나 양재사가 만든 옷임에도 그것을 단 한 번 입고 마는 왕이나 왕비는 몸에 꼭 맞는 옷을 입을 때의 편안함을 알지 못한다. 깨끗한 옷을 걸어 두는 목마나 다름없다. 옷은 입는 이의 개성을 받아들이며 날마다 옷 주인과 점점 닮아 가기 때문에, 결국 우리는 옷을 버리기를 망설이며, 마치 육신을 버리고 떠날 때처럼 그 시기를 늦추려 하고 의료 기구를 이용하며 엄숙한 의식을 치르기도 한다. 나는 어떤 사람이 헝겊 조각을 대고 기운 옷을 입었다는 이유로 그 사람을 얕본 적이 없다. 그러나 일반적으로 사람들이 건전한 양심을 갖추기보다는 유행에 맞거나 적어도 기운 부분이 없고 깔끔한 옷을 입는 데 훨씬 열을 올린다는 사실을 잘 알고 있다. 그러나 찢어진 부분을 수선하지 않았다고 해도, 그것 때문에 드러나는 최악의 결함이라고 해 봤자 무신경함 정도일 것이다. 때로 나는 "무릎에 헝겊을 덧대 깁거나 꿰맨 자국 두어 군데가 있는 옷을 입을 수 있겠는가?"라는 질문으로 지인들을 시험해 본다. 대부분의 사람들은 그런 옷을 입어야 한다면 장래가 암담해질 것이라고 믿는 듯한 반응을 보인다. 그들에게는 찢어진 바지를 입고 마을로 들어서느니 차라리 부러진 다리로 절뚝거리며 걷는 편이 쉬우리라. 신사의 다리에 사고가 생기더라도 대개는 쉽게 고칠 수 있다. 그러나 비슷한 사고가 그의 바짓가랑이에 일어난다면 어찌할 방도가 없다. 그는 무엇이 진정 존경할 만한 것인가에 대한 것보다는 무엇이 좋은 평판을 받을 만한 것인가에 신경 쓰기 때문이다. 우리는 많은 사람을 알지 못하지만 훌륭한 외투와 바지는 많이 안다. 자신이 마지막으로 입었던 옷을 허수아비에게 입히고, 그 옆에 벌거벗은 채로 서 보라. 누구나 보자마자 허수아비에게 인사하지 않겠는가? 얼마 전에 옥수수 밭을 지나갔는데, 말뚝에 입혀 둔 모자와 외투를 보자 밭의 주인이 누구인지 알 수 있었다. 그는 내가 마지막으로 보았을 때보다 비바람에 약간 더 시달린 모습이었다. 어떤 개에 대한 이야기를 들은 적이 있다. 그 개는 낯선 사람이 옷을 입은 채로 주인의 땅에 접근하기만 하면 짖어 댔지만 벌거벗은 도둑을 보면 금세 잠잠해졌다. 사람에게서 옷을 빼앗는다면 과연 각자의 상대적인 지위를 어느 정도까지 유지할 수 있을 것인가, 하는 질문은 흥미롭다. 그런 경우, 가장 존경받는 계층에 속한 문명인 집단을 확실히 구별해 낼 수 있겠는가? 파이퍼 부인[19]은 동서를 가리지 않고 전 세계를 돌아다니며 모험을 하던 중 고국과 가까운 북아시아에 이르렀을 때, 관리들을 만나러 가며 여행복이 아닌 다른 옷으로 갈아입을 필요성을 느꼈다고 한다. "이제는 문명국, 즉 옷으로 사람을 판단하는 곳에 이르렀기 때문"이었다. 서민적인 우리 뉴잉글랜드 지방에서조차 우연히 재력가가 되어 옷과 마차만으로 그것을 드러내면 거의 모두에게 존경을 받는다. 그러나 그런 존경을 표하는 사람들은 그 수가 제아무리 많다고 한들 야만인이나 마찬가지이니 그들에게 선교사를 파송해야 한다. 더군다나 옷을 지어 입느라 바느질이 생긴 것인데, 바느질은 그야말로 끝나지

19) 오스트리아의 여행가이자 작가인 이다 라우라 파이퍼. 다음의 인용문은 미국에서 1852년에 출간된 『어느 여인의 세계 일주』 중 일부이다.

않는 일이라고 할 수 있다. 적어도 여자의 옷은 결코 끝나지 않는다.

마침내 할 일을 발견한 사람이라면 그 일을 하려고 굳이 새 옷을 마련할 필요는 없을 것이다. 오랫동안 다락에서 먼지를 뒤집어쓰고 있던 낡은 옷도 괜찮을 것이다. 헌 신발은, 영웅에게 하인이 있다면, 그 하인보다는 영웅이 신었을 때 더 오래갈 것이다. 맨발이 신발보다 오래된 것이고 영웅은 맨발로도 만족할 테니 말이다. 다만 야회나 의회 무도회에 참석해야 할 사람들은 옷을 입을 때마다 다른 사람이 되기 때문에 갈아입을 새 외투가 그만큼 필요할 것이다. 그러나 내 상의와 바지, 모자와 구두가 하느님을 경배하기 적합한 차림이라면 그것으로 충분하다. 그렇지 않겠는가? 자신의 헌옷, 그러니까 헌 외투가 닳고 닳아 그야말로 천 조각만 남은 누더기가 되는 꼴을 본 사람이 있을까? 가난한 소년에게 주더라도 — 아마 그 소년은 그것을 더 가난한 소년, 아니 더 적게 가지고도 살아갈 수 있으니 더 부유하다고 표현하는 편이 어울릴 그런 아이에게 줄 것이다.— 자선 행위라고 말할 수 없을 정도로 외투가 망가진 꼴을 본 사람이 있겠느냐는 말이다. 당부하건대, 새 옷을 입은 사람이 아니라 새 옷을 필요로 하는 모든 사업을 경계하라. 새 사람이 없는데 어찌 몸에 딱 맞는 새 옷을 만들 수 있단 말인가? 사업을 앞두고 있다면 헌옷을 입고 시도하라. 모든 사람에게 필요한 것은 '가지고 있을 물건'이 아니라 **할 일**, 혹은 **되어야 할 모습**이다. 우리는 헌옷이 제아무리 너덜너덜하거나 지저분하더라도 새 옷을 장만하지 말아야 할 것이다. 이런저런 방식으로 행동하고 일하고 항해한 결과 자신이 헌옷을 입은 새 사람이라고 느껴질 때까지는 그리고 헌옷을 그대로 유지하는 것이 새 술을 새 부대가 아닌 낡은 부대에 담고[20] 있다고 느껴질 때까지는 말이다. 새들과 마찬가지로 우리는 삶에 위기가 닥쳤을 때에야 털갈이를 해야 한다. 되강오리는 한적한 호수로 물러 털갈이를 한다. 뱀도 이와 같이 허물을 벗고 애벌레는 고치 속에서 열심히 일하고 몸을 키우며 벌레 시절의 외투를 벗는다. 옷은 우리의 가장 바깥에 있는 표피이자 속세의 번거로움이다. 이렇게 털갈이를 하지 않는다면 우리는 거짓으로 국기를 달고 항해하다가 발각되어 온 인류의 의견뿐 아니라 우리 자신의 의견에 따라 마침내는 버려질 수밖에 없는 신세가 될 것이다.

우리는 겉껍질만 덧붙이며 자라는 외생 식물처럼 옷 위에 또 옷을 입는다. 우리 몸 외면을 덮은 얇고 멋있는 옷은 표피, 즉 가짜 피부다. 생명과는 무관하며 여기저기 벗겨져도 치명적인 상처를 입히지 않는다. 우리의 몸이 늘 입고 있는 더 두꺼운 옷은 세포의 외피, 즉 피층이다. 그러나 우리가 입은 속옷은 우리의 체관부, 즉 진짜 껍질로, 나무껍질을 벗겨 낼 때처럼 그것을 입은 사람을 죽이지 않고는 벗겨 낼 수 없다. 내 생각에 모든 인종은 특정 계절이면 속옷에 해당하는 옷을 입는다. 사람이 옷을 간단히 입어 어둠 속에서도 손으로 제 몸을 만져 볼 수 있고 모든 면에서 간결하고 준비성 있게 산다면 그것이야말로 바람직한 일이다. 그런 경우에는 적군이 마을을 점령하더라도 옛 철학

---

20) 신약 성경 「마태복음」 9장 17절을 빗댄 표현. "새 포도주는 새 부대에 넣어야 둘이 다 보전되느니라." 표준새번역본 참조.

자[21]처럼 걱정 없이 빈손으로 성문을 나갈 수 있기 때문이다. 두꺼운 옷 한 벌은 전반적으로 얇은 옷 세 벌의 역할을 하며, 소비자는 알맞은 가격으로 저렴한 옷을 살 수 있다. 몇 년은 입을 수 있는 두터운 외투는 5달러, 두꺼운 바지는 2달러, 소가죽 장화 한 켤레는 1달러 50센트, 여름 모자는 25센트, 겨울 모자는 62.5센트에 살 수 있으며, 혹은 집에서 더 적은 비용으로 더 좋은 옷을 만들 수도 있다. **직접 벌어** 마련한 그런 옷을 입은 자신에게 존경을 표하는 현명한 사람들을 만나지 못할 만큼 가난한 이가 어디 있겠는가?

내가 특정한 형태의 옷을 주문하면, 재단사는 진지하게 "이제는 사람들이 그런 옷을 맞추지 않아요."라고 말한다. 운명의 세 여신[22]처럼 비정한 권위자의 말을 인용하기라도 하듯이 '사람들'이라는 단어를 강조하지는 않는다. 그녀가 내 말이 진심이 아니며 내가 그토록 무모한 사람은 아닐 거라고 믿는 탓에 나는 원하는 옷을 맞춰 입기 어려운 것이다. 신탁과도 같은 그 문장을 들으면 나는 잠시 생각에 잠겨 마음속으로 문장의 단어 하나하나를 강조해 본다. 그 의미를 파악할 수 있을까 싶어서, **사람들**과 **내**가 어느 정도나 밀접한 관계가 있는지를 알아낼 수 있을까 해서 그리고 나에게 이토록 가까이 영향을 미치는 일에 그 사람들이 어떤 권위를 가지고 있는지 알아낼 수 있을까 해서다. 그러고는 결국에 나도 그녀에게 똑같이 애매한 대답을 하고 싶은

---

21) 그리스의 7대 현인 중 한 명으로 기원전 6세기의 인물인 비아스를 가리킴.

22) 그리스 신화에서 생명의 실을 뽑아내는 클로토, 그 실을 짜는 라케시스, 가위로 생명의 실을 자르는 아트로포스를 뜻함.

마음이 든다. '사람들'이라는 말을 나 역시 강조하지 않고 "맞습니다. 최근까지는 사람들이 그런 옷을 맞추지 않았지만, 이제는 그렇게 하지요."라고 말이다. 그 재단사가 내 특징을 가늠하지 않고 내 어깨가 외투를 걸어 놓을 옷걸이라도 되는 듯이 어깨너비만 잰다면, 치수를 재는 것이 무슨 소용이겠는가? 우리는 '미의 세 여신'[23]이나 '운명의 세 여신'이 아니라 유행의 여신을 숭배한다. 그 유행의 여신이 전권을 쥐고서 실을 잣고 엮으며 옷감을 자른다. 파리에 있는 우두머리 원숭이[24]가 여행용 모자를 쓰면, 미국에 있는 모든 원숭이들이 똑같이 따라한다. 사람들의 도움을 받아서는 이 세상에서 일을 간단하고 정직하게 처리하지 못할 거라는 절망이 가끔 나를 압도한다. 그들을 우선 강력한 압착기에 통과시켜 낡아 빠진 생각을 짜내서 그 생각이 쉽게 재발하지 못하게 해야 마땅하리라. 그렇게 해도 그중 어떤 사람의 머릿속에서는 언제 거기 낳았는지 아무도 모르는 알에서 구더기가 나올 것이고 불로 태워도 그것들을 죽일 수 없다. 그러니 결국 헛수고만 하는 셈이다. 그렇지만 우리는 이집트의 밀알이 미라를 통해 우리에게 전해졌다는 사실을 잊지 않을 것이다.

대체로, 나는 의복이 우리나라에서든 다른 나라에서든 예술의 경지까지 올라섰다고 주장할 수는 없다고 생각한다. 요즘 사람들은 구할 수 있으면 어떤 옷이든 입는다. 난파당한 선원처럼 해변에서 눈에 띄는 옷을 대충 걸치고는 공간이나 시간상으

---

23) 그리스 신화에 나오는 아글라이아, 탈레아이, 에우프로시네를 뜻함.
24) 영국 사교계에서 멋쟁이로 통하던 프랑스 인 알프레드 기욤 가브리엘을 가리킨다.

로 조금만 거리가 생겨도, 가장무도회 같은 서로의 옷차림을 비웃는다. 모든 세대는 지나간 유행을 비웃으며 새 유행을 종교처럼 따른다. 우리는 헨리 8세나 엘리자베스 여왕의 의상을 보며 그것이 식인 풍습이 있는 군도의 왕과 왕비가 입은 옷인 것처럼 비웃는다. 일단 몸에서 벗겨진 옷은 모두 가련하거나 기괴하다. 비웃음을 막고 의상을 존경의 대상으로 만들어 주는 것이 있다면, 오로지 옷의 주인이 그 옷을 입고 세상을 응시할 때의 진지한 눈과 그가 살았던 성실한 삶이다. 어릿광대에게 갑자기 복통이 일어나면 그의 의상도 그 긴박한 분위기를 따라가기 마련이다. 병사가 포탄에 맞는다면, 찢어진 군복이 고관의 자줏빛 예복만큼이나 잘 어울릴 것이다.

새로운 양식을 찾는 남녀의 유치하고 야만적인 취향 때문에, 수많은 사람들이 오늘날 이 세대가 요구하는 독특한 무늬를 찾아내고자 계속 만화경을 흔들고 들여다본다. 의상 제조업자들은 그 취향이라는 것이 단순한 변덕임을 알게 되었다. 다른 점이라고는 특정한 색깔의 실 몇 올 정도인 두 옷본 중에서 하나는 금세 팔리겠지만 다른 하나는 선반에 그대로 놓여 있는 것이다. 그러나 계절이 지난 뒤에는 후자가 최신 유행으로 돌변하는 일이 빈번하게 벌어진다. 이와 비교하면 문신은 흔히 말하듯이 가증스러운 풍습이 아니다. 그림이 피부에 박혀 바꿀 수 없다는 이유만으로 야만스럽게 여겨서는 안 된다.

나는 우리의 공장 제도가 사람이 옷을 얻을 수 있는 최상의 방법이라고는 생각하지 않는다. 미국 직공들의 처지는 날이 갈수록 영국 직공들의 처지와 더욱 비슷해지고 있다. 놀랄 일은 아닐 것이다. 내가 듣거나 본 바에 따르면 공장의 주목적이 인류가 옷을 적절하고 정직하게 입는 것이 아니라, 명백히 회사를 부자로 만드는 것이기 때문이다. 결국 사람은 겨냥한 것만 맞출 수 있는 법이다. 그러니 당장은 실패하더라도 높이 있는 것을 겨냥하는 편이 낫다.

주택으로 말하자면, 이제는 생필품이 되었다는 점을 부정하지는 않겠다. 그러나 여기보다 더 추운 지역에서 사람들이 오랫동안 집 없이도 살았다는 사례는 많이 있다. 새뮤얼 랭[25]은 말한다. "라플란드 사람들은 가죽옷을 입고 가죽 자루를 머리와 어깨에 덮어쓰고 매일 밤 눈 위에서 잠을 잔다. …… 어떤 털옷을 입더라도 생명이 위태로워질 수 있는 추위 속에서 말이다." 랭은 그 사람들이 그렇게 자는 모습을 직접 목격했다. 그리고 "그들이 다른 종족보다 더 강인한 것은 아니다."라고 덧붙인다. 그러나 인간은 아마도 이 땅에 산 지 오래되지 않아 집 안에 있을 때의 편리함, 즉 가정의 안락함을 깨닫게 되었다. 가정의 안락함이라는 문구는 원래 가족보다는 집이 주는 만족을 의미했을 것이다. 그러나 집을 떠올릴 때 우리에게 주로 겨울이나 우기가 연상되고, 1년의 3분의 2는 양산만 있으면 충분한 기후에서는 가정의 안락함이란 지극히 부분적이고 일시적인 것이었음에 틀림없다. 내가 사는 이곳도 예전에는 여름 동안에 집이란 오로지 밤에 필요한 덮개에 지나지 않았다. 인디언의 공식 문서를 보면, 원형 천막 하나가 하루의 이동을 상징했고 나무껍질에 일렬로 새기거나 그린 천막의 개수는 야영한 횟수를 의미했다. 인간

25) 스코틀랜드의 여행가 겸 작가.

은 기골이 장대하거나 강인하게 만들어지지 않아서 자신의 세계를 한정하고 자신에게 맞는 만큼의 공간에 담을 쌓아야 했을 것이다. 처음에는 벌거벗은 채로 야외에서 살았다. 따뜻한 날씨일 때는 햇빛 때문에 당연히 삶이 유쾌했겠지만, 집이라는 은신처로 서둘러 몸을 감추지 않았다면 작열하는 태양은 말할 것도 없고 우기와 겨울 때문에 인류는 씨가 마르고 말았을 것이다. 신화에 따르면 아담과 이브는 옷을 입기 전에 나무 그늘로 몸을 뒤덮었다. 인간은 따뜻한 장소인 집, 다시 말해 안락함을 원하되 몸을 따뜻하게 하는 것이 우선이었고 그다음이 애정이라는 온기였다.

인류의 초창기에 어느 진취적인 인간이 은신처를 찾아 바위굴로 기어들어 갔던 때를 상상할 수 있을 것이다. 모든 아이는 어느 정도 인류사를 다시 시작하는 존재이며, 비가 오고 추워도 집 밖에 있기를 무척 좋아한다. 본능적으로 소꿉놀이를 하고 말놀이도 한다. 어릴 적에 호기심에 이끌려 평평한 바위를 들여다보거나 동굴에 다가간 기억이 없는 이가 있을까? 가장 원시적인 선조의 몫이었던 선천적인 동경이 우리 안에 남아 있는 것이다. 우리는 동굴로 만족하지 못하고 종려 잎을 지붕으로 삼았고 나무껍질과 나뭇가지를 엮거나 아마포를 짜고 펼쳐서, 풀과 짚으로, 널빤지로, 돌과 타일로 지붕을 만들었다. 마침내는 야외에서 사는 것이 무엇인지 모르게 되었으며, 우리의 생활은 우리의 생각보다 더 많은 의미에서 가정적인 것이 되었다. 가정에서 들판은 거리가 멀다. 우리와 천체 사이에 어떤 방해물도 없는 상태로 더 많은 밤과 낮을 보낸다면, 시인이 지붕 아래서 그토록 많은 말을 하지 않는다면, 성자가 지붕 아래서 그토록 오래 거주하지 않는다면 좋았으리라. 새는 동굴에서 노래하지 않고, 비둘기는 비둘기장 속에서는 순결을 고이 간직하지 않는다.

그러나 주택을 지을 계획이라면, 뉴잉글랜드 주민다운 기지를 좀 발휘할 필요가 있다. 집을 다 지었을 때 작업장이나 빠져나갈 길을 전혀 찾지 못할 미로, 박물관, 빈민 구호소, 교도소, 화려한 능묘 따위가 되는 일이 없도록 말이다. 가장 먼저 고려할 점은 집을 얼마나 간소하게 지을 것인가이다. 이 마을에서 페노브스코트 족 인디언들이 얇은 무명천으로 만든 천막에서 사는 모습을 보았다. 거의 30센티미터 높이의 눈이 천막을 둘러싸고 있었는데, 눈이 더 높이 쌓여서 바람을 막아 주면 그들이 좋아할 거라는 생각이 들었다. 예전에는 어떻게 하면 나에게 알맞은 일을 자유롭게 추구하면서 정직하게 생계를 꾸려 나갈 수 있을까, 하는 질문이 지금보다 훨씬 자주 나를 괴롭혔다. 불행히도 지금은 다소 무감각해졌지만, 당시에 나는 철로 옆에 놓인 가로 2미터에 세로 1미터 크기의 커다란 상자를 바라보곤 했다. 인부들이 밤에 연장을 보관하는 곳이었다. 생계가 막막한 사람은 누구든 1달러쯤 주고 그 상자를 사서, 최소한의 공기가 통하도록 송곳으로 구멍을 몇 개 뚫고, 비가 올 때나 밤이 되면 그 속에 들어가 뚜껑을 닫아걸고 자유롭게 사랑하면서 영혼의 자유도 누릴 수 있을 것 같았다. 그것이 몹시 형편없거나 빈축을 살 만한 대안이라고는 생각되지 않았다. 원하는 만큼 밤늦게까지 깨어 있어도 되고, 아무 때나 일어나 밖으로 나가도 집세를 내라고 채근하는 집주인을 마주칠 일이 없다. 이런 상자에서 살아도 얼어 죽지 않았을 많은 사람들이 이보다 더 크고 호화로운 상자의 임대료를 지불하는 일에 죽도록 시달리고 있다. 절대 농담이 아니다. 경제는 얼마든지 가볍게 다룰 수도 있지만 그렇게 마무리해 버릴 수 없는 주제다. 대개 야외에서 지내던 어느 강건한 부족이 자연에서 쉽게 마련할 수 있는 재료만으로 이곳에 안락한 집을 짓고 산 적이 있다. 매사추세츠 식민 지구의 인디언 주민 감독관이었던 대니얼 구킨은 1674년에 이런 글을 썼다. "인디언의 가장 훌륭한 집들은 나무껍질로 매우 깔끔하게 덮여 있어 단단하고 따뜻하다. 그 나무껍질은 수액이 올라오는 계절에 나무줄기에서 벗겨 낸 다음 초록빛이 사라지기 전에 무거운 목재로 눌러 큼직한 파편이 되게 한 것이다. …… 그보다 허술한 집은 일종의 골풀로 엮은 마대로 덮여 있는데, 역시 적당히 단단하고 따뜻하지만 이전 집만큼 훌륭하지는 않다. …… 내가 본 어떤 집들은 길이가 20에서 30미터에 너비가 10미터 정도였다. …… 그들의 천막집에서 여러 번 숙박해 보았는데 가장 훌륭한 영국의 주택 못지않게 따뜻했다." 구킨은 그런 집에는 일반적으로 양탄자가 깔려 있고, 공들여 만든 자수 매트가 집 안쪽에 덧대어져 있었으며 다양한 가정용품이 구비되어 있었다고 덧붙인다. 인디언들은 지붕에 구멍을 뚫어 매트로 덮고 줄을 당겨 여닫으며 통풍을 조절할 정도로 앞서 있었다. 우선 이런 오두막집은 길어도 하루 이틀이면 지을 수 있었고, 허물었다 다시 세우는 데에도 몇 시간이면 충분했다. 그리고 모든 가정이 그런 집 한 채나 그런 집에 포함된 방 한 칸을 가지고 있었다.

야만 상태에서는 모든 가정이 가장 좋은 주택 못지않은 주거지를 가지고 있으며, 각 가정의 변변찮고 단순한 요구를 채우기에 충분하다. 그러나 하늘의 새는 둥지가 있고 여우도 제 굴이 있으며[26] 야만인들도 천막이 있건만, 현대 문명사회에서는 주거지를 소유한 가정이 반도 안 된다고 말하더라도 무리가 아닐 것이다. 문명이 특히나 위력을 떨치는 대도시에서는 전체 인구 중 극소수만이 집을 소유한다. 나머지 사람들은 여름이나 겨울이나 반드시 필요한 것이 되어 버린 이 겉옷 중의 겉옷 때문에 매년 집세를 내는데, 그 돈이면 인디언 천막집을 마을째 살 수 있었으련만, 오늘날에는 평생토록 사람들을 가난에 시달리게 하는 원인이 되어 버렸다. 여기에서 집을 소유하는 것에 비해 임대하는 것이 불리하다고 주장하려는 생각은 없다. 그러나 미개인은 비용이 무척 적게 드는 까닭에 집을 소유하는 반면, 문명인은 집을 소유할 형편이 안 되기 때문에 대개 집을 빌린다는 사실은 자명하다. 또 그 형편이 끝내 나아질 리도 없다. 그러나 그 집세를 내기만 하면 가난한 문명인이라도 미개인의 집에 비하면 궁궐이나 다름없는 거처를 확보할 수 있지 않느냐고 반박하는 사람이 있을지도 모르겠다. 1년에 25달러에서 100달러 — 전국적인 시세다.— 의 집세를 내면 수 세기 동안 진보해 온 집의 이점, 즉 널찍한 방과 깨끗한 페인트와 벽지, 럼포드 벽난로,[27] 미장이 끝난 벽, 베네치아식 블라인드, 구리 펌프, 용수철 자물쇠, 넓고 편리한 지하실 및 그 밖의 수많은 편의를 누릴 수 있다. 하

26) 신약 성경 「마태복음」 8장 20절을 빗댄 표현. 예수께서 그에게 말씀하셨다. "여우도 굴이 있고, 하늘을 나는 새도 보금자리가 있으나, 인자는 머리 둘 곳이 없다." 표준새번역본 참조.

27) 럼포드 백작인 벤저민 톰슨이 발명한 난로.

지만 이런 것을 향유한다고 하는 이가 흔히 **가난한** 문명인이고, 반면에 그런 것을 누리지 못한 미개인이 부유한 미개인이라는 사실은 어찌된 일인가? 문명이 인간의 환경을 진정으로 개선시켰다고 주장하려면 — 나는 그렇게 생각하지만 현명한 이들만이 그 이점을 활용한다. — 그 문명이 비용을 가중시키지 않고 더 나은 주택을 만들었다는 점을 보여 주어야 한다. 여기에서 내가 말하는 비용이란 삶의 분량을 뜻한다. 당장이든 나중이든 그 물건과 교환하기 위해 바쳐야 하는 삶 말이다. 우리 동네에 있는 보통의 집 가격은 800달러쯤인데 노동자가 이 정도 금액을 모으려면 부양가족이 없다 하더라도 10년에서 15년의 인생을 바쳐야 할 것이다. 이것은 사람에 따라 더 받고 덜 받는 차이가 있겠지만 모든 사람의 노동이 지닌 금전적 가치를 하루에 1달러로 추정한 것이다. 그러니 대개는 **자신의** 천막집을 장만하기도 전에 인생의 반 이상을 소비해야 되는 셈이다. 대신 집을 빌리더라도 역시 해롭고 의심스러운 선택일 뿐이다. 미개인이 이런 조건으로 자신의 천막과 궁궐을 바꿨다면 그게 과연 현명한 행동이었을까?

짐작할 수 있겠지만, 나는 이 집이라는 불필요한 재산을 미래를 대비한 자금으로 비축한들 거기에서 얻는 전체 이익이라고 해 봤자 개인적인 차원에서 보자면 주로 장례식 비용을 지불할 정도에 그칠 것이라고 생각한다. 그러나 인간은 자기의 장례를 직접 치를 일이 없다. 그런데도 이 점이 문명인과 미개인의 중요한 차이를 드러낸다. 또한 문명인의 생활을 **제도화**하고 개개인의 생활 대부분을 그 제도에 흡수시킨 까닭은 분명 인류의 삶을 보존하고 개선해 이익을 주기 위함이다. 그러나 나는 그 이익이 현재 어떤 희생을 통해 얻어지는지 알려 주고, 불이익에 시달리지 않고 이득만 누리며 살 수 있는 방식을 제안하고 싶다. "가난한 자들은 항상 너희와 함께 있다."[28]라는 말이나 "아버지가 신 포도를 먹었으므로 그의 아들의 이가 시다."[29]는 속담은 무슨 뜻인가?

"주 여호와의 말씀이니라. 내가 나의 삶을 두고 맹세하노니 너희가 이스라엘 가운데에서 다시는 이 속담을 쓰지 못하게 되리라."[30]

"모든 영혼이 다 내게 속한지라 아버지의 영혼이 내게 속함 같이 그의 아들의 영혼도 내게 속하였나니 범죄하는 그 영혼은 죽으리라."[31]

내 이웃인 콩코드의 농부들을 생각해 보면 그들은 다른 계층 사람들 못지않게 형편이 넉넉한데, 대부분은 자기 농장의 진짜 주인이 되고자 20년이나 30년, 40년 동안 힘들게 일해 왔다. 그러나 보통은 저당 잡힌 상태로 물려받았거나 빚을 내서 산 농장이고, 고역의 3분의 1정도가 집값으로 들어갔을 텐데도 그 빚을 청산하지 못한 경우가 대부분이다. 때로는 채무가 농장의 가격을 웃돌기 때문에 농장 자체가 커다란 골칫거리로 전락하는데, 그럼에도 농장 운영에 대해 잘 알기 때문이라고 말하며 그것을 물려

---

28) 신약 성경 「마태복음」 26장 11절 인용.
29) 구약 성경 「에스겔」 18장 2절 인용.
30) 구약 성경 「에스겔」 18장 3절 인용.
31) 구약 성경 「에스겔」 18장 4절 인용.

받는다. 재산 평가사들에게 물어보아도 마을에서 부채 없이 농장을 소유한 농부들의 이름을 그 자리에서 열두 명도 대지 못하니 놀라운 일이다. 이런 농장의 역사를 알고 싶다면 저당 잡힌 은행에 가서 물어보라. 농장의 부채를 노동을 통해 실제로 갚은 사람은 너무 드물기 때문에 동네 사람들조차 그 사람이 누구인지 알려 줄 수 있을 정도다. 콩코드에는 그런 사람이 세 사람도 없을 것 같다. 상인들을 두고 100명 중 97명이라는 대다수가 반드시 실패한다는 이야기는 농부들에게도 그대로 적용된다. 그러나 어느 상인의 말에 의하면, 상인들은 대부분의 경우 온전히 금전적인 실패가 아니라 계약이 까다로워 이행하지 못한 탓이라고 한다. 달리 말해, 바로 도덕적 인격이 파산한 것이다. 그렇다면 문제의 실상은 한없이 추악할 것이며, 그뿐 아니라 성공한 세 사람마저 자신들의 영혼을 구제하지 못했을 테고 정직하게 실패한 상인들보다 훨씬 나쁜 의미로 파산한 셈이다. 우리 문명인 대부분은 파산과 지불 거부를 발판으로 삼아 도약하며 공중제비를 넘지만, 미개인은 기근이라는 탄력성 없는 판자 위에 서 있다. 그럼에도 마치 농기계의 모든 접합부가 매끄럽게 돌아가는 것처럼 이 고장에서는 미들섹스 가축 품평회가 매년 **성대하게** 개최된다.

농부는 생계의 문제를 그 자체보다 더 복잡한 공식으로 해결하려 애쓰고 있다. 구두끈을 얻기 위해 투기하듯이 많은 가축을 사들인다. 안락과 독립을 손아귀에 넣고자, 신들린 듯한 솜씨로 머리카락 덫을 설치하고서는 발길을 돌리다가 그 덫에 제 발을 집어넣어 버린다. 이것이 농부가 가난한 이유다. 그리고 비슷한 이유로, 우리 역시 사치품에 둘러싸여 있으면서도 많고 많은 야생의 안락함을 누리지 못하니 가난하다. 시인 채프먼도 노래하지 않았던가.

"거짓된 인간 사회여,
세속의 웅대함을 찾는 동안
천상의 모든 안락이 허공으로 흩어지도다."[32]

그리고 농부가 집을 소유하게 되었다 한들, 그는 그 집 때문에 더 부유해지기는커녕 더 가난해졌을지도 모르며, 집이 그를 소유하게 된 것일지도 모른다. 내가 알기로, 모무스[33]는 미네르바[34]가 지은 집을 보고 "이동할 수 있게 짓지 않았으니 나쁜 이웃을 피할 수 없을 것"이라고 반대했다는데, 타당한 의견이었다. 또한 우리의 집은 다루기 어려운 재산이라서 그 속에서 산다기보다 오히려 갇혀 있을 때가 많고, 피해야 할 나쁜 이웃이 우리 자신의 졸렬한 자아이다 보니 저 주장은 여전히 타당하다. 내가 알기로 이 마을에서 적어도 한두 가정은 거의 한 세대 동안이나 교외에 있는 집을 팔고 마을로 들어오고 싶어 했으나, 아직도 실현하지 못했고 죽어서야 자유로워질 듯하다.

마침내 **다수의 사람들**이 개선된 시설을 모두 갖춘 현대식 주택을 소유하거나 빌릴 수 있게 되었다고 가정하자. 문명이 우리의 집을 개선해 주었을지언정, 그 속에 거주하는 사람들 역시 똑

32) 영국의 극작가이자 시인인 조지 채프먼의 시 「카이사르와 폼페이우스의 비극」에서 인용.
33) 그리스·로마 신화에 나오는 비난의 신.
34) 로마 신화에서 지혜의 여신, 그리스 신화의 아테네에 해당한다.

같은 수준으로 개선해 주지는 못했을 것이다. 문명은 궁궐을 지었으나, 귀족과 왕을 창조하기란 쉬운 일이 아니었다. 또한 **문명인이 추구하는 것이 미개인이 추구하는 것보다 더 가치 있지도 않으며, 보잘것없는 생필품과 안락함만을 얻고자 인생의 대부분을 소비한다면 왜 문명인이 미개인보다 더 좋은 집을 가져야 한단 말인가?**

뿐만 아니라 가난한 **소수**는 어떻게 살아가는가? 일부 사람들이 미개인보다 나은 외적인 환경에 놓이게 된 만큼, 비례적으로 다른 이들은 미개인보다 못한 처지가 되었음이 드러날 것이다. 한 계층이 호사를 누린다면 다른 계층이 빈곤에 시달리는 것으로 균형이 맞춰진다. 한쪽에 궁궐이 있다면 다른 쪽에는 구빈원과 '말없는 빈민들'이 있는 법이다. 파라오들의 무덤이 될 피라미드를 지은 무수한 이들은 마늘을 먹고 살았으며 아마 땅에 제대로 묻히지도 못했을 것이다. 궁전의 처마 돌림띠를 손질하는 석공은 밤이면 아마 천막만도 못한 오두막으로 돌아갔을 것이다. 문명국이라는 증거가 흔하게 존재하는 나라라면 대다수 국민의 상황이 미개인처럼 열악하지는 않았을 것이라고 추측하는 것은 착각이다. 나는 지금 형편이 나빠진 부자들이 아니라 전락한 빈민들에 대해 말하고 있다. 이 사실을 알려면 멀리 갈 필요도 없이, 문명의 최첨단이라는 철도의 가장자리에 늘어선 판자촌을 보면 된다. 매일 그곳을 지날 때마다 돼지우리에서 사는 사람들이 보인다. 빛이 들어오도록 겨우내 문을 열어 두는데 혹시나 싶어 찾아봐도 장작 더미는 아예 보이지 않고, 애나 어른이나 추위와 궁핍함 때문에 몸을 움츠리는 버릇이 오래 굳어져 형체는 아예 오그라들었고 사지와 지능도 발달하지 못한 듯하다. 이 세대를 특징짓는 성과들이 이 계층의 노동력으로 성취되었으므로 이들을 보살피는 것은 분명 정당한 일이다. 정도의 차이는 있겠지만, 세계의 거대 노역장인 영국의 생산직도 거의 이와 같은 처지이다. 아니면 지도에서 흰색, 즉 개화된 지역으로 표시되는 아일랜드에 대해서 말할 수도 있다. 아일랜드 사람들의 신체적 조건과 북아메리카 인디언이나 남양제도 주민들, 혹은 문명인과의 접촉으로 타락하기 이전의 미개 종족의 생활 여건을 비교해 보라. 나는 아일랜드 지도자들이 평균적인 문명국 지도자들만큼 현명하리라는 점을 믿어 의심치 않는다. 아일랜드 사람들의 생활 여건은 비참한 환경이 문명과 양립한다는 사실을 증명할 뿐이다. 이 나라의 주요 수출품을 생산하고 있으며, 동시에 남부의 주요 산물이기도 한 미국 남부 지역의 노동자들은 여기에서 언급할 필요도 없다고 본다. 다만, 나는 소위 보통의 환경에 처한 사람들만을 대상으로 제한해 말하겠다.

대부분의 사람들은 집이 무엇인지 생각해 본 적이 없는 것 같다. 그런데도 이웃들이 가진 것과 비슷한 집 하나는 가져야 한다고 생각하는 탓에 평생을 불필요한 가난에 시달리는 게 실상이다. 마치 재단사가 만들어 주기만 한다면 아무 외투든 무조건 입으려 하거나, 종려나무 잎 모자나 우드척 가죽 모자를 하나씩 벗어 던지며 왕관을 살 형편이 못 되니 어려운 시절이라고 불평하는 것과도 같다! 지금보다 훨씬 편리하고 호화로운 집을 발명하는 것은 가능하지만 그 집을 누릴 경제적 여유가 없으리라는 사실은 다들 시인할 것이다. 우리는 언제나 이런 것을 더 많이 얻으려 궁리하는데, 가끔은 더 적은 것으로 만족할 방법을 궁리할 수는 없단 말인가? 존경할 만한 시민이 젊은이에게 죽기 전에 여분의 신발과 우산 몇 개 그리고 무의미한 손님들을 위한 무의미한 손님방을 마련해 두어야 한다며 훈계와 모범을 동원해 이렇듯 엄숙히 가르쳐야 한단 말인가? 우리의 가구는 왜 아랍 인이나 인디언들처럼 단순해서는 안 되는가? 인류의 은인들을 생각해 보면, 우리는 그들을 하늘에서 온 전령이자 인간에게 신성한 선물을 전해 준 이들로 신격화해 왔다. 그러나 내 머릿속에는 그들이 거느린 수행단이나 한 무더기쯤 되는 최신 가구 따위가 그려지지 않는다. 혹은 우리가 도덕적으로나 지적으로 아랍 인보다 뛰어난 만큼 가구도 그들의 것보다 더 복잡해야 한다고 주장하면 어떨 것 같은가? 그야말로 괴변이 아닌가! 현재 우리의 집은 가구로 어지럽고 지저분하며, 훌륭한 주부라면 대부분을 쓰레기장으로 싹 갖다 버려 아침 일을 끝마칠 것이다. 아침 일이라! 에우오스[35)]가 홍조를 띠고 멤논[36)]이 음악을 연주할 때, 이 세상에 인간이 할 **아침 일**은 무엇이어야 할까? 내 책상에 석회암 세 덩어리가 있었다. 아직 내 마음이라는 가구의 먼지도 다 털지 못했는데 매일 그 석회암의 먼지를 털어야 한다는 사실을 깨닫자 오싹해졌다. 나는 넌더리가 나서 그 돌들을 창밖으로 던져 버렸다. 그러니 내가 어찌 가구를 갖춘 집을 소유할 수 있었겠는가? 사람이 땅을 파헤치지 않는 한 풀에 먼지가 앉을 일은 없을 테니, 차라리 들판에 앉겠다.

많은 이들이 그토록 부지런히 좇는 유행을 만드는 장본인은

<hr />

35) 로마 신화에서 새벽의 여신. 그리스 신화의 아우로라에 해당한다.

36) 에우오스의 아들.

사치스럽고 방탕한 사람들이다. 이른바 최고급 숙소에 머무는 여행자는 그 사실을 금세 깨닫게 된다. 호텔의 주인들이 그를 사르다나팔루스 왕[37])처럼 대하기 때문인데, 그들의 나긋나긋한 접대에 몸을 내맡긴다면 곧 기력이 떨어질 대로 떨어져 버릴 것이다. 열차의 객차를 보면 우리는 안전과 편의보다는 치장에 더 신경을 쓰는 성향이 있는 것 같다. 안전과 편의는 갖추지 못하고 현대식 응접실에 불과한 곳으로 전락할 기세다. 긴 의자, 오토만식 의자, 차양 및 그 외에 우리가 서양으로 들여오고 있는 수많은 동양의 물건들로 가득한 응접실 말이다. 그런데 그런 물건들은 이슬람교국의 규방 여인들과 중국 왕조의 연약한 토착민 여인들을 위해 고안된 것이리라. 미국인이라면 그 이름을 아는 것만으로도 부끄러워해야 마땅하다. 나는 벨벳 방석 위에 비좁게 앉으니 차라리 호박 위에 혼자 앉아서 가겠다. 유람 열차의 호화 객실에 앉아 내내 **말라리아 균**[38])을 들이마시며 천국에 가느니, 차라리 소달구지를 타고 신선한 공기를 마음껏 마시며 땅위를 돌아다니겠다.

원시 시대에 벌거벗은 몸으로 소박하게 살았던 인간의 생활은 그런 이점을 암시한다. 적어도, 인간이 자연 속에 체류하는 존재라는 사실을 말이다. 인간은 음식과 잠으로 기력을 회복하면 다시 여행을 계획했다. 말하자면 이 세상이라는 장막 속에 거주하며 늘상 계곡을 누비거나 평원을 건너거나 산꼭대기를 올랐

---

37) 아시리아의 마지막 왕으로 매우 방탕했으며 성이 함락되었을 때 자신의 모든 소유물을 죽이고 자신도 분신자살했다.

38) 말라리아는 이탈리아 어로 '나쁘다'는 뜻인 'mal'과 '공기'를 뜻하는 'aria'를 합성해 만든 단어로 어원상 '나쁜 공기'를 뜻한다.

다. 하지만 보라! 인간은 자기들이 쓰는 도구의 도구가 되어 버렸다. 배가 고프면 자주적으로 과일을 따던 인간은 농부가 되었다. 쉼터를 찾아 나무 아래에 서 있던 인간은 집을 관리하는 사람이 되었다. 우리는 이제 밤에 야영을 하지 않고 땅에 정착해 하늘을 잊어버렸다. 우리가 기독교를 받아들인 까닭은 단지 땅을 경작하는 발전된 방식이라고 여겼기 때문이다. 이 세상을 위해서는 가족이 살 저택을, 내세를 위해서는 가족의 묘를 지었다. 훌륭한 예술 작품이란 이런 상태에서 벗어나고자 하는 인간의 고투를 표현한 것이지만, 우리의 예술이 나타낸 효과는 단순히 지금의 저급한 상태를 안락하게 만들고 더 고차원적인 상태를 잊어버리게 만들 뿐이다. 이 마을에는 사실상 **훌륭한** 예술 작품에 어울리는 자리가 없다. 훌륭한 작품이 우리에게 전해졌다 한들, 우리의 생활, 우리의 집과 거리에는 그것을 놓을 알맞은 받침대 하나 갖추지 못한 까닭이다. 그림을 걸 못도 없고, 영웅이나 성자의 흉상을 얹을 선반 하나 없다. 우리의 집이 어떻게 지어지고 집세를 어떻게 치르는지, 혹은 어떻게 치르지 못하는지 그리고 가정 경제가 어떻게 관리되고 유지되는지를 생각하다 보면, 손님이 찾아와 벽난로 위에 놓아 둔, 겉만 번지르르한 장식품을 감탄하던 와중에 발밑에서 마룻바닥이 무너져 흙내가 나기는 하지만 단단하고 정직한 지하실 바닥으로 떨어지지 않는 게 의아할 뿐이다. 나는 소위, 그런 부유하고 세련된 삶은 무언가를 딛고 펄쩍 뛰어올라 붙잡았다고 여기며, 그런 집을 장식하는 **훌륭한** 예술 작품이 주는 즐거움에 집중하지 않는다. 내 관심은 그 도약에 온통 사로잡혀 있기 때문이다. 내가 기억하기로 인간의 근육에만 의지한 진정한 도약 중 최고는 공식적으로 어느 아랍 유목민의 도약인데, 그는 평지에서 8미터 가까이 뛰어올랐다고 한다. 인공적인 지지대가 없는 경우 인간은 그 높이에서는 반드시 땅으로 다시 떨어지게 된다. 그 정도로 대단히 부적절한 위치의 소유자가 있다면 나는 가장 먼저 이런 질문을 던지고 싶다. '당신은 누구를 지지대로 삼았소? 당신은 실패한 97명 중 한 사람이요, 아니면 성공한 세 명 중 한 사람이요? 이 질문에 대답하시오. 그러면 나는 당신의 겉만 번지르르한 물건들을 살펴보고 그것이 장식용에 불과하다는 것을 알아내겠소.' 마차를 말 앞에 매면 아름답지도 실용적이지도 않다. 아름다운 물건으로 집을 장식하기 전에 우선 벽을 정리해야 하듯 우리의 삶을 정리해야 한다. 아름다운 살림살이와 아름다운 생활을 토대로 깔아야 한다. 그런데 아름다운 것에 대한 안목은 집도 없고 집을 관리하는 사람도 없는 야외에서 가장 잘 일굴 수 있다.

에드워드 존슨은 『기적을 일으키는 신의 섭리(Wonder-Working Providence)』라는 책에서 자신과 동시대인이었던 이 마을의 최초 정착민들에 대해 이렇게 말한다. "그들은 어느 산비탈 밑에 굴을 파서 첫 안식처를 마련했는데 목재를 얹고 그 위에 흙을 부어 가장 높은 쪽의 바닥에 연기 나는 불을 피웠다." 존슨의 말에 따르면 그들은 "신의 축복으로 땅에서 그들이 먹을 빵을 생산할 때까지는 집을 짓지 않았다." 그리고 첫해의 수확이 너무 빈약한 탓에 "긴 계절을 버티기 위해 빵을 매우 얇게 썰어야 했다." 뉴네덜란드 지방의 장관은 1650년에, 이곳에 정착하고자 하는 이들에게 정보를 주려고 네덜란드 어로 좀 더 상세히 기술해 두었다. "뉴네덜란드, 그중에서도 특히 뉴잉글랜드에 있는 사람들은 처음에는 자신들의 바람대로 농사를 지을 방도가 없어서 적당하다고 생각되는 길이와 폭으로 대략 2미터 깊이의 지하실 같은 네모난 구덩이를 팠다. 구덩이 속의 흙벽 사면을 나무로 덮고, 흙이 무너져 내리지 않도록 나무껍질이나 다른 것으로 그 나무의 안쪽을 채운다. 이 지하실 바닥에 판자를 깔고 머리 위에도 판자를 둘러 천장으로 삼으며 튼튼한 재목으로 말끔히 지붕을 올리고 그 재목을 나무껍질이나 녹색 잔디로 덮는다. 그렇게 하면 이런 집에서 온 가족이 2년이나 3년, 또는 4년 동안 습기 없이 따뜻하게 살 수 있었으며, 그런 지하실을 가족의 규모에 맞게 개조해 칸막이를 넣기도 했다. 식민지 초기 뉴잉글랜드에 정착한 부유한 지도자들은 두 가지 이유에서 이런 식으로 최초의 주택을 지었다. 첫째는 집짓기에 시간을 낭비하다 다음 계절에 먹을 식량이 부족한 사태가 벌어지지 않게 하려는 것이었고, 둘째로는 고국에서 데려온 수많은 가난한 노동자들을 낙담시키지 않기 위해서였다. 3~4년이 지나 주민들이 농사에 적응하게 되면 그때서야 많은 돈을 들여 훌륭한 집을 지었다."

우리의 선조들이 취한 이런 방책에는 적어도 현명함이 엿보인다. 그들에게는 더 긴급한 욕구부터 충족시킨다는 원칙이 있었던 것 같다. 그러나 현재 우리는 더 긴급한 욕구를 충족시키고 있는가? 나도 고급 주택을 마련할까 생각하다가 단념하곤 하는데 그 이유는, 말하자면 이 나라가 아직 땅은 몰라도 **인간**까지 경작할 수준은 못 되며, 우리는 선조들이 밀로 만든 빵을 얇게 썰었던 것보다 우리의 **정신적**인 빵을 훨씬 얇게 썰어야 할 처지이기 때문이다. 물론 가장 저속한 시대라 하더라도 모든 건축적 장식을 무시해야 한다는 말은 아니다. 그러나 우리의 집이 조개의 껍데기처럼 우리 삶과 접하는 부분부터 우선 아름답게 꾸미되, 지나치게 덧씌우지는 말자는 것이다. 그러나 아아! 나는 한두 집에 들어가 보았으며 그곳이 무엇으로 꾸며졌는지를 알고 있다.

다시 한참 퇴화하지 않아도 우리는 오늘날 어떻게 해서든 동굴이나 천막집에서 살거나 가죽 옷을 입을 수 있을 것이다. 그러나 매우 값비싸게 얻은 것이기는 하지만 인류의 발명과 산업이 제공하는 이점을 받아들이는 편이 분명 더 낫다. 내가 사는 곳과 같은 동네에서는 판자와 지붕널, 석회와 벽돌이 적당한 동굴이나 온전한 통나무, 충분한 양의 나무껍질 혹은 알맞게 이겨진 점토나 평평한 돌보다 더 싸고 구하기도 쉽다. 이 문제에 관해서 이론적으로나 실제적으로 잘 알고 하는 말이다. 기지를 조금만 더 발휘하면 우리는 이런 재료를 이용해 지금 가장 부유한 이들보다 더 부유해질 수 있고 우리의 문명을 축복으로 바꿀 수 있다. 문명인은 경험이 더 많고 더 현명한 미개인일 뿐이다. 이제는 더 지체하지 않고 내 경험에 대한 이야기를 풀어 놓겠다.

1845년 3월 말쯤, 도끼 하나를 빌려 월든 호숫가의 숲 속을 찾아갔다. 내가 집을 지으려고 생각한 곳에서 가장 가까운 곳이었다. 나는 키가 크고 화살처럼 솟아 한창때의 활력을 자랑하는 백송를 재목으로 쓰려고 베어 내기 시작했다. 물건을 빌리지 않고 일을 시작하기란 어려운 일이지만 어쩌면 그것이야말로 내가 하는 일에 이웃이 관심을 갖도록 허용하는 가장 관대한 방식일지 모른다. 도끼의 주인은 도끼를 넘겨주며 눈에 넣어도 아프지 않을 귀중한 물건이라고 말했다. 나는 도끼를 받았을 때보다 훨씬 예리하게 날을 갈아 돌려주었다. 내가 일한 곳은 소나무 숲으로 뒤덮인 쾌적한 산비탈이었는데 숲 사이로 호수가 모습을 보였고 숲 속의 작은 빈터에는 소나무와 히커리 나무가 싹을 틔우고 있었다. 호수는 군데군데 뚫린 곳이 있기는 했지만 얼음이 아직 녹지 않은 상태였고 온통 검은 빛깔에다 물에 흠뻑 젖어 있었다. 내가 그곳에서 일하는 낮 시간에도 가벼운 눈보라가 휘날리곤 했다. 그러나 대부분은 집에 가려고 철도 쪽으로 나오면 노란 모래 더미가 흐린 공기 속에서 빛을 발하며 쭉 뻗어 있었고 봄빛을 받아 철로도 번쩍였다. 우리와 함께 또다시 한 해를 시작하려고 벌써 찾아온 종달새와 딱새와 여타 다른 새들의 노랫소리가 들렸다. 겨우내 쌓인 인간의 불만이 땅과 더불어 녹아 가는 상쾌한 봄날이었고 동면에 들어갔던 생명이 기지개를 펴기 시작했다. 어느 날 도끼 자루가 빠져서 녹색 히커리 나무를 잘라 돌로 쳐서 쐐기를 박고는 나무를 물에 불리려고 호수에 난 구멍에 도끼를 푹 담갔는데, 줄무늬 뱀 한 마리가 물속으로 스르르 들어가는 것이 보였다. 뱀은 내가 거기 머문 시간 동안, 즉 15분이 넘도록 호수 바닥에 있으면서도 불편을 전혀 느끼지 않는 모습이었다. 아마 아직 동면 상태에서 완전히 벗어나지 않았기 때문일 터였다. 내가 보기에는 사람도 비슷한 이유로 현재의 저속하고 원시적인 상태에 머물러 있는 듯하다. 그러나 자신을 깨우는 비할 데 없는 봄의 기운을 느낀다면 당연히 잠에서 깨어나 더 고결하고 영묘한 삶을 추구할 것이다. 예전에 서리 내린 아침에 길을 걸을 때면 뱀이 보이곤 했는데, 몸의 일부가 아직 마비된 채라서 유연하지 못해 햇볕에 몸을 녹이려고 기다리는 듯했다. 4월 1일에는 비가 내려 얼음이 녹았다. 이른 아침 안개가 자욱한 날이었는데 무리를 이탈한 기러기 한 마리가 길을 잃은 듯이, 혹은 안개의 정령이라도 되는 듯이 호수 위를 헤매며 끼룩거리는 소리가 들렸다.

나는 며칠 동안 오로지 얇은 도끼 한 자루만으로 계속 나무를 베고 잘랐으며 샛기둥과 서까래도 만들었다. 다른 사람에게 전할 생각이나 학자다운 생각은 그다지 하지 않고 혼자 노래를 불렀다.

사람들은 많은 것을 안다고 말한다.
하지만 보라! 그것들은 날개를 달고 달아나 버렸도다.
예술과 과학이,
무수한 기기들이.
바람이 분다.
모두가 아는 사실은 그게 전부.

나는 가장 큰 목재를 사방 15센티미터의 각목으로 잘랐는데, 대부분의 샛기둥은 양쪽 면만 손질하고 서까래와 마루용 목재는 한쪽 면만 손질했으며 나머지 나무껍질은 남겨 두었다. 덕분에 그 목재들은 톱질한 목재만큼이나 곧으면서도 훨씬 튼튼했다. 이때쯤에는 다른 연장들도 빌려 와서, 나무토막마다 밑동에 주의 깊게 장붓구멍을 파고 장부를 이었다. 숲에서 낮 시간을 그리

길게 보내지는 않았다. 그러나 대개는 버터 바른 빵을 점심으로 싸 갔고 정오가 되면 내가 베어 낸 푸른 소나무 가지 사이에 앉아 빵을 감쌌던 신문을 읽었다. 두 손이 걸쭉한 송진으로 뒤덮여 있었기 때문에 빵에 솔향기가 스몄다. 집을 다 짓기도 전에 나는 소나무의 적이라기보다는 친구가 되어 있었다. 소나무를 여럿 베어 넘기긴 했지만 이 나무를 더욱 잘 알게 되었기 때문이다. 때로는 숲 속을 거닐던 사람이 내 도끼 소리에 이끌려 찾아왔고 우리는 내가 잘라 낸 나무 조각에 대해 즐겁게 담소를 나누었다.

서두르지 않고 최대한 공들여 일했기 때문에 4월 중순이 되어서야 뼈대가 갖춰지고 집을 세울 준비가 되었다. 판자를 마련하려고 피츠버그 철도에서 일하는 제임스 콜린스라는 아일랜드 사람의 판잣집도 이미 구입해 둔 터였다.[39] 제임스 콜린스의 판잣집은 드물게 훌륭하다는 평을 받았다. 판잣집을 보려고 찾아갔을 때 콜린스는 집에 없었다. 나는 집 밖을 둘러보았는데 창문이 너무 높은 곳에 깊숙이 뚫려 있어 처음에는 집 안에서 내가 온 것을 알아채지 못했다. 집은 크기가 작았고 뾰족한 오두막 지붕이 달려 있었는데, 그밖에 눈에 띄는 것은 별로 없었다. 1.5미터 정도의 흙이 퇴비 더미처럼 사방을 둘러싸고 있었기 때문이다. 지붕은 햇볕 때문에 심하게 뒤틀리고 금방이라도 부서질 듯했지만 그나마 가장 튼튼한 부분이었다. 문지방은 없었지만 문짝 밑에 틈이 있어 닭들이 끊임없이 드나들었다. 콜린스 부인이 문간으로 나오더니 집 안을 살펴보라고 했다. 내가 다가가자 닭들이

---

39) 당시 철도가 완공되면서 많은 인부들이 거처로 삼으려고 지었던 판잣집을 팔고 다른 곳으로 떠났다.

집 안으로 몰려 들어갔다. 내부는 어두웠고 대부분이 흙바닥이었으며 눅눅하고 써늘해 금방이라도 학질에 걸릴 것 같은 분위기였다. 걷어 내면 부서져 버릴 듯한 판자가 여기에 한 장 저기에 한 장 깔려 있는 정도였다. 콜린스 부인은 등불을 켜 지붕과 벽의 내부를 보여 주었고 바닥에 깔린 판자가 침대 밑까지 이어졌다는 것도 보여 주었다. 지하실에는 발을 들이지 말라고 주의를 주었는데 그곳은 깊이가 60센티미터쯤 되는 일종의 쓰레기 구덩이였다. 콜린스 부인의 말에 따르면 "천장과 사방의 벽에 붙은 판자는 쓸 만하고 창문도 쓸 만한 것"이었다. 창문은 원래 온전한 정사각형이었는데, 최근에 그쪽으로 빠져나간 건 고양이뿐이라고 했다. 난로 하나, 침대 하나, 앉을자리 하나, 그 집에서 태어난 아기 하나, 비단 양산 하나, 금테 두른 거울 하나 그리고 어린 떡갈나무에 못질해 붙인 특허받은 신형 커피 분쇄기 하나가 그곳에 있는 전부였다. 그동안 콜린스 씨가 돌아왔으므로 매매 계약은 금세 체결되었다. 내가 그날 저녁까지 4달러 25센트를 지불하면 그는 다음 날 새벽 다섯 시까지 집을 비우되 그 중간에 다른 누구에게도 집을 팔지 않기로 했다. 나는 여섯 시에 소유권을 넘겨받기로 했다. 콜린스 씨는 일찍 오는 것이 좋을 것이라고, 누군가 지대와 연료비라는 명목으로 애매하지만 전적으로 부당한 청구를 할 수도 있다고 말했다. 그러나 골칫거리는 그것뿐이라고 나에게 장담했다. 여섯 시에 나는 그와 그의 가족을 길에서 마주쳤다. 커다란 꾸러미 속에 침대와 커피 분쇄기, 거울, 닭 등, 고양이를 뺀 전 재산이 들어 있었다. 고양이는 숲 속으로 들어가 들고양이가 되었다. 나중에 알게 된 사실인데, 그 고양이는 우드척을 잡으려고 놓은 덫에 걸려 결국 죽고 말았다. 나는 바로 그날 아침에 이 집을 허물었다. 못을 뽑고 작은 수레에 실어 몇 차례에 걸쳐 호숫가로 나른 다음 판자를 풀밭에 쭉 널었다. 햇빛에 소독하고 뒤틀린 부분을 수습하기 위해서였다. 숲길을 따라 수레를 미는 동안, 일찍 일어난 개똥지빠귀 한 마리가 노래를 불러 주었다. 어린 패트릭[40]이 나에게 고자질하기를, 근처에 사는 실리라는 아일랜드 인이 내가 수레로 짐을 나르는 사이사이에 아직 제법 튼튼하고 구부러지지 않아서 쓸 만한 못 여러 개와 꺽쇠 못과 대못 따위를 자기 주머니에 넣었다고 했다. 내가 되돌아왔을 때 그는 거기 서 있다가 간단히 인사를 건네며 태연하게도 봄을 감상하는 것처럼 허물어진 집을 능청스레 쳐다보았다. 달리 할 일도 없어서 거기 있는 것이라고 말했다. 그는 이 사소해 보이는 일이 트로이의 신상들을 이동시키는 작업이라도 되는 듯이 구경꾼을 대표해 그 자리를 지켰다.

나는 우드척 한 마리가 이전에 굴을 파 두었던 남쪽 언덕 비탈에 지하실을 팠다. 옻나무와 블랙베리 나무의 뿌리를 헤치며 식물의 흔적이 사라지고 고운 모래만 나올 때까지 사방 1.8미터에 깊이가 2미터쯤 되도록 파 내려갔다. 그 정도면 어느 겨울에든 감자가 얼지 않을 터였다. 벽면은 돌을 쌓지 않고 완만하게 경사진 대로 놓아두었다. 그 위로 해가 비친 적이 없어서 모래는 허물어지지 않고 그대로였다. 일은 두 시간 만에 끝났다. 나는 이렇게 땅을 가는 일에 특별한 즐거움을 느꼈다. 어느 지역에서 땅을 파든 대부분의 경우 땅속은 한결 같은 온도를 유지하기 때

40) 아일랜드 인들에게 흔한 이름.

문이다. 도시의 가장 호화로운 저택 밑에서는 사람들이 오래전부터 뿌리채소를 저장하는 지하실이 여전히 발견된다. 땅 위의 건축물이 사라지고 오랜 세월이 지난 뒤에도 후손들은 땅에 움푹 파인 흔적을 보게 된다. 집이란 아직도 굴 입구에 자리 잡은 일종의 현관에 불과한 셈이다.

 마침내 5월 초, 몇몇 지인들의 도움을 받아 집의 뼈대를 세웠다. 반드시 도움이 필요했다기보다는 이런 기회를 선용해 이웃과의 관계를 돈독히 하기 위해서였다. 집을 올린 이들의 특성을 볼 때 나보다 더 큰 영광을 누린 사람은 없을 것이다. 나는 그들이 언젠가 더 숭고한 건축물을 올릴 운명이라고 믿는다. 7월 4일, 판자로 벽을 세우고 지붕을 올리자마자 집에 들어와 살기 시작했다. 판자들은 가장자리를 얇게 잘 다듬어 겹쳐서 붙였기 때문에 비는 전혀 새지 않았지만, 판자를 붙이기 전에 호수에서 언덕까지 두 수레 분량의 돌을 두 팔로 안고 날라서 집 한쪽 끝에 굴뚝의 토대를 놓았다. 난방이 필요해지기 전인 가을에는 괭이질을 마치고 나면 굴뚝을 쌓았다. 그 기간 동안은 아침 일찍 집 밖에서 음식을 조리했다. 어떤 면에서는 그 방식이 보통의 방식보다 더 편리하고 즐거웠다는 생각은 지금도 여전하다. 빵이 구워지기 전에 날씨가 사나워지면, 불 위쪽으로 판자를 몇 장 고정하고 그 밑에 앉아 빵을 지켜보았고, 그런 식으로 몇 시간을 유쾌하게 보냈다. 그 시절에는 할 일이 너무 많아 책을 거의 읽지 못했지만 땅에 떨어진 신문 조각은 물건을 감쌌던 것이든 식탁보로 썼든 상관없이 제아무리 작더라도 나에게 크나큰 즐거움을 주었으며, 사실상 『일리아스』와도 같은 역할을 했다.

내가 했던 것보다 훨씬 신중하게 집을 짓는다면 의미가 있을 것이다. 예를 들어 문과 창문, 지하실, 다락방이 인간 본성의 어느 부분을 토대로 하는지 고려하고, 일시적인 필요성을 뛰어넘는 더 나은 이유를 찾아낼 때까지는 지상에 건물을 결코 짓지 않을 수도 있을 것이다. 사람이 제집을 지을 때는 새가 제 둥지를 지을 때와 똑같은 합리성이 필요하다. 사람이 제집을 직접 짓고 몹시도 소박하고 정직하게 자신과 가족이 먹을 음식을 마련한다면, 바쁘게 일하며 어디에서나 노래하는 새처럼, 모든 사람에게 시적 재능이 발현될 줄 누가 알겠는가? 그러나 슬프도다! 우리는 그야말로 찌르레기나 뻐꾸기처럼 행동한다. 그 새들은 다른 새들이 지어 놓은 둥지에 알을 낳으며, 그 요란하고 귀에 거슬리는 울음소리는 여행자의 기운을 전혀 북돋우지 못한다. 우리는 건축의 즐거움을 영원히 목수에게 내주어야 하는가? 대다수 사람들의 경험에서 건축은 어느 정도의 비중을 차지하는가? 나는 많은 곳을 돌아다녔지만 자기 집을 짓는 것처럼 소박하고 자연스러운 일에 몰두하는 사람을 만난 적이 없다. 우리는 공동체에 속해 있다. 재봉사만이 한 사람의 9분의 1인 것은 아니다.[41] 목사나 상인, 농부 역시 마찬가지이다. 이런 노동 분배는 어디에서 끝이 날까? 또한, 결국 어떤 목적에 알맞은 것일까? 물론 다른 사람이 나를 대신해 생각을 할 수는 있다. 그러나 그렇다고 내 문제를 스스로 생각하지 않고 타인에게 맡겨 두는 것은 바람직하지 않다.

---

41) '재봉사 아홉이 모여야 한 사람 구실을 한다.'는 속담이 있다.

사실 이 나라에는 이른바 건축가라고 하는 이들이 있다. 그 중에 건축 장식이 진리의 핵심이 되도록 제작해야 하고, 따라서 아름다워야 한다는 생각에 사로잡힌 건축가가 적어도 한 명은 있다고 들었다. 마치 계시라도 받은 것처럼 말이다. 그의 관점에서는 아마 매우 훌륭한 생각일지 모르나 흔해 빠진 겉핥기식 지식에 지나지 않는다. 건축에 있어서 감상적인 개혁가인 그는 건물 토대가 아니라 처마 돌림띠를 우선으로 제작했다. 장식 속에 진리의 핵심을 넣는다는 것은 사실상 모든 사탕 과자 속에 아몬드나 캐러웨이 열매를 넣겠다는 것과 마찬가지이며— 내 생각에 아몬드는 설탕을 곁들이지 않는 편이 건강에 좋긴 하지만 — 거주자, 즉 그 집에 살 사람이 집 안팎을 성실하게 짓고 장식은 저절로 따라오게 만드는 방식은 아니다. 이성적인 사람이라면 과연 장식이 외적인 것이고 표피에 지나지 않는다고 여기겠는가? 거북이가 점박이 껍데기를 갖게 된 것이나 조개가 진주빛을 띠게 된 것이 브로드웨이의 주민들이 트리니티 교회를 지을 때처럼 계약을 통해서라고 생각하겠느냐는 말이다. 거북이가 제 껍데기를 마음대로 선택한 것이 아니듯이 인간도 집의 건축 양식과 실질적인 관계는 없다. 마찬가지로 병사가 제아무리 한가할지언정 깃발에 자신의 미덕을 나타내는 뚜렷한 **색**을 칠하려 하지는 않을 것이다.[42] 적군이 발견할 테니 말이다. 시련이 닥치면 병사의 얼굴은 새파래질지도 모른다. 내가 보기에 그 건축가는 처마 돌림띠 너머로 몸을 구부리고 미개한 거주자들에

---

42) 중세 때는 색깔이 미덕을 상징했다. 예를 들어 흰색은 순수, 빨간색은 충성, 검정색은 죽음, 금색은 신성함 등을 뜻했다.

게 반쪽짜리 진실을 소심하게 속삭이는데, 실은 그 문제에 대해서는 거주자들이 건축가보다 훨씬 더 잘 안다. 지금 내 눈에 보이는 건축의 아름다움은 유일한 건축가인 거주자의 필요성과 개성을 바탕으로 내부에서 외부로 서서히 자라난 것이다. 겉보기에 전혀 신경 쓰지 않은 무의식적인 진실성과 고결함을 바탕으로 말이다. 또한 이런 종류의 또 다른 아름다움이 운명적으로 만들어진다면, 그것이 무엇이든 마찬가지로 삶의 무의식적인 아름다움이 선행될 것이다. 화가들이 알고 있듯이 이 나라에서 가장 흥미로운 주택은 흔히 가난한 이들이 사는, 가장 꾸밈없고 소박한 통나무집과 오두막이다. 이런 집들을 **그림 같은** 풍경으로 만드는 것은 다름 아닌 집을 껍데기 삼은 거주자들의 삶이지, 오직 표면에만 나타난 특색이 아니다. 교외 지역 주민의 상자 같은 집도 마찬가지로 흥미를 끌게 될 것이다. 거주자의 삶이 소박하고 상상대로라면 그리고 주택 양식에 있어 특별한 효과를 내려고 무리하게 애쓰지 않는다면 말이다. 건축 장식의 상당 부분은 문자 그대로 공허해서, 9월의 강풍이 불어오면 빌려와 꽂은 깃털처럼 본질에는 상처를 남기지 않고 날아가 버릴 것이다. 지하실에 올리브나 와인이 없는 사람은 **건축** 없이 살 수 있다. 문학에서 문체의 장식을 두고 이와 똑같은 야단법석을 떨었다면 그리고 위대한 문학 작품들을 지을 건축가들이 교회 건축가들처럼 처마 돌림띠를 장식하는 데 많은 시간을 쏟았다면 어떻게 되었을까? **순수 문학**과 **순수 예술** 그리고 그것을 가르치는 교수들은 이렇게 탄생한 것이긴 하다. 실제로 사람은 자기 머리 위나 아래에 막대를 몇 개나 어떻게 기울여 붙일지, 자신의 상자에 어떤 색을 칠할지에 관심이 많다. 그가 조금이라도 진지한 태도로 그 막대를 기울여 붙이고 색칠했다면 어느 정도 의미가 있을 것이다. 그러나 영혼이 집주인에게서 빠져나간 뒤이므로 이것은 자신의 무덤을 짓는 것, 즉 무덤 건축과 마찬가지이며 '목수'는 '관제작자'의 다른 이름에 지나지 않는다. 어떤 사람은 삶에 절망해서인지 아니면 냉담해진 탓인지, 발치의 흙을 한 줌 집어 그 색깔로 집을 칠하라고 말한다. 그는 마지막으로 갖게 될 좁은 집을 생각하는 중일까? 그렇다면 동전이라도 던져 보라.[43] 시간이 어지간히 남아도는 모양이다! 흙을 한 줌 집을 필요가 있을까? 차라리 자신의 얼굴색과 똑같이 집을 칠하는 편이 낫다. 주인의 얼굴 대신 집이 창백해지거나 붉어지도록 말이다. 오두막 건축 양식을 개량할 사업이라니! 차라리 내 몸에 쓸 장식이 마련됐다면 걸쳐 보기는 하겠다.

겨울이 오기 전에 나는 굴뚝을 세웠고 비가 샐 일은 결코 없었지만 집의 사면 벽을 판자로 둘렀다. 통나무를 처음 얇게 베어 낼 때 나온 불완전하고 수액이 많은 판자들이라서 대패로 가장자리를 곧게 다듬어야 했다.

이렇게 나는 촘촘히 판자를 두르고 석회를 바른 집 한 채를 갖게 되었다. 폭이 3미터에 길이가 4.5미터, 기둥이 2.4미터였고 다락과 벽장이 하나씩에다 양쪽 측면에 커다란 창문이 있고, 들창이 두 개였는데 하나는 집 한쪽 끝에 있었고 맞은편에는 벽돌로 만든 난로가 있었다. 내가 사용한 재료는 시세를 적용하되

---

43) 그리스 신화에서 죽은 사람의 영혼이 스틱스 강을 건널 때 뱃사공 카론에게 뱃삯으로 동전을 주었다.

모든 작업을 나 혼자 했으니 수고비를 제외하면 집 짓는 데 들인 비용은 정확히 다음과 같다. 상세하게 기록하는 까닭은 자기 집을 짓는 데 정확히 얼마나 드는지 알 수 있는 사람이 거의 없고, 있다 하더라도 집을 구성하는 다양한 재료의 개별 비용을 아는 사람은 더욱 적기 때문이다.

판자	8달러 3.5센트(대부분 판잣집에서 나옴)
지붕과 벽면의 헐어 빠진 널빤지	4달러
윗가지	1달러 25센트
유리를 포함한 헌 창문 2개	2달러 43센트
헌 벽돌 1000개	4달러
석회 2통	2달러 40센트 (고가임)
털	31센트(필요 이상으로 많음)
벽난로 철제 틀	15센트
못	3달러 9센트
돌쩌귀, 나사못	14센트
빗장	10센트
백악	0센트
운반비	1달러 40센트(대부분 직접 등에 지고 운반)
총계	28달러 12.5센트

이것이 자재의 전부다. 다만 내가 공유지 무단 거주자의 권리로 쓴 목재와 돌, 모래는 제외했다. 가까이에 작은 장작 헛간도

하나 지었는데 대부분은 집을 짓고 남은 재료로 만들었다.

나는 콩코드 중심가의 어떤 집보다 웅장하고 호화로운 집을 한 채 지을 것이다. 지금 이 집만큼이나 만족스럽고 비용도 더 들지 않는 집이라면 말이다.

이렇게 해서 나는 집을 가지고 싶어 하는 학생이 현재 매년 지불하는 집세 정도의 비용으로 평생 살 집을 얻을 수 있다는 사실을 알게 되었다. 지나친 자랑을 하는 것처럼 보인다면, 나 자신이 아니라 인류를 위해 자랑하고 있다고 변명하겠다. 또한 나에게 결점과 모순이 있더라도 내 말의 진실성을 해치지는 못할 것이다. 나에게는 적지 않은 빈말과 위선이 있지만 ─ 이것이 내 '알곡'에서 분리해 내기 어려운 '겨'이며 나도 어느 누구 못지않게 유감스럽지만 ─ 이 문제에서만큼은 자유롭게 숨을 쉬고 기지개를 켤 것이다. 정신적으로나 육체적으로 안도감을 주기 때문이다. 또한 나는 겸손을 떨며 악마의 대리인이 되지는 않을 작정이다. 진실을 제대로 대변하고자 노력할 것이다. 하버드 대학[44]에서는 내 방보다 약간 큰 학생 방 하나의 임대료만 1년에 30달러다. 학교에서는 한 지붕 아래에 방 서른두 개를 다닥다닥 붙여서 지어 이득을 보지만, 거기 사는 학생들은 이웃이 많고 시끄러워 괴로운 데다 어쩌면 4층을 배정받아 불편에 시달리기도 한다. 나는 이런 면에서 우리에게 좀 더 진정한 지혜가 있었더라면 그 자체로 이미 더 많은 교육을 받은 셈이니 교육의 필요성이 줄어들 뿐 아니라 교육비도 크게 절감되리라 생각하지 않을 수

───────────────

[44] 매사추세츠 주 케임브리지에 있는 하버드 대학은 소로가 1837년에 졸업한 곳이다.

없다. 하버드 대학이나 다른 대학에서 학생들이 필요로 하는 그런 시설을 학생과 학교 양측에서 적절히 관리하면 학생 본인이나 다른 사람이 치르는 값비싼 희생이 10분의 1로 줄어든다. 돈이 가장 많이 드는 항목이라고 해서 학생들에게 가장 필요한 것은 결코 아니다. 일례로 수업료는 학비 중에서 큰 비중을 차지하지만 동시대의 가장 교양 있는 이들과 교류함으로써 얻게 되는 훨씬 가치 있는 교육은 수업료가 없다. 대학을 설립하는 방법은 흔히 기부금을 모은 다음 노동 분업의 원리를 맹목적으로 추종하는 것이다. 반드시 신중하게 따라야 할 이 원리를 극단적으로 추종한 나머지, 이 문제를 투기로 삼는 도급업자를 불러들이고, 그 도급업자는 아일랜드 인들이나 다른 노동자들을 고용해 사실상 건물의 기초를 놓는데, 그동안 예비 대학생들은 대학에 들어올 준비를 한다고 한다. 그리고 이런 부주의함이 대대손손 이어지는 탓에 대가를 치러야 한다. 이보다는 학생들이나 대학으로 이익을 얻고자 하는 사람들이 직접 건물의 기초를 놓는편이 나을 것이다. 어떤 학생이 사람에게 반드시 필요한 노동을 계획적으로 회피함으로써 자신이 갈망하는 여가 시간을 확보한다면, 여가를 유익하게 만들 수 있는 유일한 경험을 스스로 박탈함으로써 그저 비열하고 무익한 여가만 얻게 될 것이다. 누군가는 "하지만 학생들에게 정말로 머리 대신 손을 써서 일하라는 뜻은 아니겠죠?"라고 말할지 모르겠다. 정확히 그런 뜻은 아니지만 그와 상당히 비슷하게 여겨질 만한 말을 하고 있는 것이다. 즉 지역 사회가 이토록 값비싼 수단으로 학생들을 지원해 주는 동안, 학생들은 **놀기**만 하거나 그저 **공부**만 하면서 인생을 보내서는 안 되고, 처음부터 끝까지 진지하게 삶을 **살아 봐야** 한다.
당장 삶을 실험해 보는 것보다 젊은이들이 사는 법을 배울 더 나
은 방법이 있을까? 그렇게 하면 수학 실력만큼이나 정신도 단련
되리라 생각한다. 예를 들어 어느 소년에게 예술과 과학에 대해
알려 주고 싶다면, 나는 흔히들 하는 방식을 따라 그 소년을 어
느 교수가 사는 지역으로 보내지는 않을 것이다. 그곳에서는 무
엇이든 가르치고 실습하지만 삶의 기술은 가르쳐 주지 않는다.
망원경이나 현미경으로 세상을 살피지만 육안으로 보지는 않는
다. 화학을 공부하지만 빵이 어떻게 만들어지는지는 배우지 않
고, 기계학은 공부하지만 빵을 어떻게 벌어야 하는지는 배우지
않는다. 해왕성의 새 위성을 발견하지만 제 눈의 티는 보지 못하
며 자신이 어떤 부랑자의 위성인지도 깨닫지 못한다. 식초 한 방
울 속에 든 괴물들을 응시하느라 정작 주변에 득실거리는 괴물
들에게 먹혀 버린다. 직접 캐내고 녹인 광석으로 주머니칼을 만
들며 그 작업에 필요한 책을 많이 읽은 소년과 그동안 대학에서
야금학 강의를 듣고 아버지로부터 '로저스' 주머니칼을 받은 소
년 중, 어느 쪽이 한 달이 지난 뒤 더 발전해 있겠는가? 어느 쪽
이 손가락을 벨 가능성이 더 크겠는가? 놀랍게도 나는 대학을
졸업하면서야 내가 항해학[45]을 배웠다는 사실을 알게 되었다!
아, 차라리 항구를 따라 배를 몰아 보았다면 항해에 대해 더 많
은 것을 알았을 텐데. 가난한 학생조차 정치 경제학만 공부하고
가르침을 받을 뿐, 철학과 동의어인 생활의 경제학은 대학에서
진지하게 가르치지도 않는다. 그 결과 학생은 애덤 스미스, 리

---

45) 1830년대 하버드 대학 2학년 수강 과목에 '항해 천문학'이 있었다.

카도,[46] 세이[47]를 읽으면서 그의 아버지를 회복할 수 없는 빚 구덩이로 빠뜨리고 만다.

대학뿐 아니라 무수한 '현대적 발전'도 마찬가지이다. 사람들은 발전에 대해 환상을 가지고 있는데, 반드시 긍정적인 발전만 있는 것은 아니다. 악마는 발전에 처음 투자한 몫과 그 뒤에 이어진 수없는 투자금에 대해 마지막까지 복리로 이자를 거둬 가고야 만다. 우리가 만든 발명품은 보통 진지한 일에서 관심을 멀어지게 하는 귀여운 장난감이다. 그것들은 개선되지 않은 목적을 달성하기 위해 개선된 수단에 불과하며, 그 목적은 철도를 따라가면 보스턴이나 뉴욕이 나오듯이 이전부터 너무나 쉽게 도달할 수 있는 것이었다. 우리는 메인 주에서 텍사스 주를 연결하는 자기 전신망을 가설하려고 몹시 서두르고 있다. 그러나 아마도 메인과 텍사스는 통신할 중요한 내용이 전혀 없을 것이다. 양측은 기품 있는 청각 장애인 여성[48]을 소개받고 싶어 안달하던 남자와 같은 곤경에 처한 것이나 다름없다. 그 여자를 막상 만나게 되어 그녀의 보청기 한쪽 끝을 손에 쥐게 되자 말문이 막히고 만 남자 말이다. 분별 있게 말하는 게 아니라 빠르게 말하는 것이 전신의 주된 목적으로 여겨지는 모양이다. 우리는 대서양 아래에 해저 터널을 만들어 구세계와 신세계의 시간차를 몇 주라도 줄이기를 갈망한다. 그러나 아마도 미국인의 펄럭이는 넓은 귀

---

46) 애덤 스미스와 함께 영국 고전파 경제학을 대표하는 경제학자 데이비드 리카도.
47) 애덤 스미스의 계승자인 프랑스의 경제학자 장바티스트 세이.
48) 노예제 폐지론자인 영국의 해리엇 마티노 부인을 가리킴.

를 통해 들어올 첫 소식은 애들레이드 공주[49]가 백일해에 걸렸다는 정도일 것이다. 어쨌거나 1분에 1마일을 달리는 말을 타고 온다고 해서 가장 중요한 메시지를 가지고 온다는 뜻은 아니다. 그는 복음 전도자가 아니며, 메뚜기와 석청을 먹고 다니지도 않는다.[50] '플라잉 차일더스'[51]가 방앗간으로 옥수수를 반 말이라도 나른 적이 있는지 모르겠다.

어느 친구는 이런 말을 했다. "저축을 하지 않는다니 놀랍군. 자네는 여행을 좋아하잖나. 오늘이라도 기차를 타고 피츠버그로 가면 그 지역을 구경할 수 있을 텐데." 하지만 나도 제법 영리한 사람이다. 걸어 다니는 사람이 가장 속도가 빠른 여행자임을 알게 된 것이다. 나는 그 친구에게 대답했다. "누가 먼저 거기에 도착하는지 우리가 시험한다고 해 보자. 거리는 30마일이야. 기차 요금은 90센트지. 하루 품삯에 가까운 돈이지. 내 기억으로는 그 피츠버그 철도를 놓은 노동자들의 하루 품삯이 60센트였던 때가 있었다네. 자, 내가 지금 도보로 길을 나서면 밤이 되기 전에 거기 도착할 거야. 일주일 내내 그 속도로 여행한 적이 있거든. 그동안 자네는 기차 요금을 버느라 그곳에는 내일 아니면 어쩌면 오늘 저녁에 도착할 거야. 물론 운이 좋아 시기적절하게 일을 구한다면 말이지. 자네는 피츠버그에 가는 대신 하루의 대

---

49) 작센 마이닝겐 공국의 공주로 훗날 영국 국왕 윌리엄 4세가 된 클래런스 공작과 결혼했다.

50) 신약 성경 「마태복음」 3장 4절과 「마가복음」 1장 6절을 보면 예언자 세례 요한이 메뚜기와 석청을 먹었다는 내용이 있다.

51) 18세기 영국에서 유명했던 경주마로 1초에 82.5피트, 즉 1분에 1마일을 달렸다고 한다.

부분을 여기에서 일을 하며 보내겠지. 그러니, 철도가 온 세계로 뻗어 나가더라도 내가 늘 자네를 앞설걸세. 그렇게 새로운 지방을 구경하고 그런 종류의 경험을 얻으려고 하다 보면 자네를 볼 일은 아예 없어지겠군."

이런 것이 어떤 인간도 뛰어넘을 수 없는 보편 법칙이며, 철도에 관해서도 마찬가지라고 할 수 있다. 온 인류가 이용하도록 철도를 온 세계에 놓는 것은 지구의 표면 전체를 평평하게 만드는 것과 마찬가지다. 사람들은 이렇게 공동 자본을 투자하고 오랫동안 계속 공사를 하면 마침내는 모두가 무료로 눈 깜짝할 사이에 어디든 갈 수 있을 거라고 막연히 생각한다. 그러나 사람들이 역에 몰려들고 차장이 "전원 승차!"라고 외치더라도, 연기가 걷히고 증기가 물방울로 변할 즈음이면 승차한 사람은 일부이고 나머지는 기차에 치였다는 사실을 알게 될 것이다. 그것은 '우울한 사고'라고 불릴 것이며 실제로도 그렇게 될 것이다. 차비를 벌어 둔 사람들은, 다시 말해 그 정도로 오래 목숨을 부지했다면 마침내 기차를 탈 수 있을 것이 분명하다. 그러나 그때쯤이면 아마 활력과 여행 의욕을 잃었을 것이다. 인생에서 가장 기운이 떨어지는 시기 동안 미심쩍은 자유를 즐기기 위해 인생의 황금기를 그렇게 보낸다고 생각하면, 영국으로 되돌아와 시인으로 살기 위해 우선 돈을 벌려고 인도로 떠났던 어느 영국인이 떠오른다. 차라리 그는 당장 다락방으로 올라갔어야 했다. 백만 명의 아일랜드 인이 이 나라의 모든 판잣집에서 펄쩍 뛰며 "뭐라고! 우리가 지은 철도가 좋은 게 아니라고?" 외칠 것이다. 나는 "좋은 거죠."라고 대답하겠다. "**상대적**으로 좋다는 뜻입니다. 여러분은 이보다 더 나쁜 일을 했을지도 모르니까요. 하지만 여러분은 내 형제이므로 여러분이 이렇게 땅을 파는 일보다 더 나은 일을 하며 시간을 보냈다면 좋았겠다는 생각이 드는군요."

집을 다 짓기 전에, 나는 정직하고 유쾌한 방법으로 10달러에서 12달러 정도를 벌어 추가로 발생하는 비용을 부담하고자 2.5에이커쯤 되고 물이 잘 스며드는 집 근처 모래땅에 강낭콩을 주로 심고, 일부는 감자와 옥수수, 완두콩, 무를 심었다. 대지 전체는 11에이커로, 거기 자라고 있는 것은 대부분 소나무와 히커리 나무였는데 땅은 지난 계절에 1에이커당 8달러 8센트에 팔렸다.[52] 어느 농부는 "찍찍대는 다람쥐를 기를 게 아니라면 아무 짝에도 쓸모가 없는 곳"이라고 말했다. 나는 이 땅에 거름을 전혀 주지 않았는데, 땅 주인도 아니고 단순히 공유지의 무단 거주자인 데다 그렇게 많은 작물을 재배할 생각도 없었기 때문이었다. 밭 전체를 제대로 김매지도 못했다. 쟁기질을 하며 나무 그루터기를 제법 캐냈는데 덕분에 오래 쓸 땔감을 얻었고 그 자리에 작고 둥근 처녀지가 생겨 그곳에서 여름내 강낭콩이 다른 곳보다 무성히 자라 쉽게 구별되었다. 대부분이 상품 가치가 없는 집 뒤편에 있던 죽은 나무들과 호수에서 떠내려온 나무들도 땔감으로 썼다. 쟁기질을 하려면 소 한 쌍과 인부를 고용해야 했지만, 쟁기는 내가 직접 잡았다. 첫 계절에 쓴 농사 비용은 농기구와 씨앗, 품삯 등 모두 14달러 72.5센트였다. 옥수수 씨앗은 거저 얻었다. 필요 이상으로 많이 심지만 않는다면 씨앗은 그다지

---

52) 이 땅은 1844년에 에머슨에게 팔렸다.

비용이 들지 않는다. 콩 12부셸[53], 감자 18부셸, 그 외에 완두콩과 사탕옥수수 약간을 수확했다. 노란 옥수수와 무는 시기를 놓쳐 건질 것이 없었다. 농사로 얻은 총수입은 23달러 44센트였다.

총수입	23달러 44센트
경비	14달러 72.5센트
순수익	8달러 71.5센트

이 외에 내가 소비했으며 이 계산을 하던 당시 수중에 있던 농작물이 값으로 치면 4달러 5센트 정도였다. 내가 기르지 않고 사 먹은 약간의 채소 값을 충당하고도 남는 액수였다. 모든 것을 고려할 때, 즉 한 사람의 영혼과 오늘이라는 시간의 중요성을 고려할 때, 내가 실험에 쏟은 시간은 짧았지만, 아니 부분적으로는 오히려 그 일시적인 특성 때문에 나는 분명 그해에 콩코드의 어느 농부보다도 농사를 잘 지었다.

이듬해 농사는 훨씬 성공적이었다. 3분의 1에이커에 이르는, 꼭 필요했던 땅을 모두 갈아엎은 데다, 아서 영[54]을 비롯해 농업을 다룬 수많은 명저에 전혀 위축되지 않고 2년간의 경험으로 깨달음을 얻은 덕분이었다. 즉 사람이 소박하게 살고 자신이 기

---

53) 과일과 곡물 등의 무게를 나타내는 단위로, 영국에서 1부셸은 약 28.1킬로그램, 미국에서는 27.2킬로그램이다.

54) 영국의 농학자.

른 작물만을 먹되 먹을 만큼만 기르며, 그 작물을 불충분한 양의 더 사치스럽고 값비싼 물건과 바꾸려 하지 않는다면, 몇 로드의 땅만 경작해도 된다는 것이다. 밭을 갈기 위해 소를 쓰느니 삽으로 갈아엎는 편이 돈이 덜 들고, 오래 된 땅에 비료를 주느니 때때로 새로운 땅을 고르는 편이 경제적이다. 또한 꼭 해야 하는 농사일은 여름날에 넉넉해진 시간에 한가한 손으로 모두 할 수 있다. 그러니 지금처럼 황소나 말, 암소, 돼지에 얽매이지 않아도 된다. 이점에 관해서는 현재의 경제적, 사회적 처리 방식의 성공이나 실패와 이해관계가 없는 입장에서 공정하게 말하고 싶다. 나는 콩코드는 어느 농부보다도 독립적이었다. 집이나 농장에 뿌리박지 않았고, 비뚤어진 내 기질이 변덕을 부릴 때마다 얼마든지 따를 수 있었기 때문이다. 게다가 이미 그들보다 더 넉넉한 처지라서, 내 집이 불타거나 농사가 실패하더라도 전과 큰 차이 없이 잘 살았을 것이다.

사람이 가축의 주인이 아니라 가축이 사람의 주인이며 가축이 훨씬 자유롭다는 것이 내 지론이다. 사람과 소는 노동을 서로 교환한다. 그러나 꼭 필요한 일만 고려하면 소가 훨씬 유리한 입장으로 보일 것이며, 소가 일하는 공간이 훨씬 넓기도 하다. 사람은 황소와 교환해서 하는 노동의 일부로 소에게 먹일 건초를 6주 동안 마련하는데 그 작업은 어린애 장난 수준이 아니다. 모든 면에서 소박하게 사는 나라, 다시 말해 철학자들의 나라가 있다면 분명 동물의 노동력을 쓰는 것처럼 엄청난 실수는 저지르지 않을 것이다. 물론 철학자들의 나라는 과거에도 없었고 빠른 시일 내에 생길 것 같지도 않으며, 그런 나라가 존재하는 것이 바람직한지도 확신할 수가 없다. 그러나 나라면 대신 일을 시키려고 말이나 소를 길들이고 먹여 살리지는 않았을 것이다. 내가 단순한 마부나 목동 신세로 전락해 버릴지도 모르기 때문이다. 또한 그렇게 함으로써 사회에 더 큰 이득이 생기는 것처럼 보일지 모르지만, 과연 한 사람의 이득이 다른 사람의 손실이 아니며, 마구간 소년이 그의 주인과 똑같은 이유로 만족한다고 장담할 수 있을까? 몇몇 공공사업은 이런 조력이 없었다면 완공되지 못했을 것이므로 그 영광을 소나 말과 공유해야 한다는 사실을 인정한다고 치자. 그렇다면 그런 경우에 사람이 제 힘만으로는 더 가치 있는 일을 이룩하지 못했으리라는 결론을 내려야 하는가? 사람이 짐승의 도움을 받아, 단지 불필요하거나 예술적인 일뿐만 아니라 사치스럽고 무익한 일을 하기 시작한다면 소와 맞바꾼 일을 어쩔 수 없이 몇몇 사람이 떠맡게 된다. 다시 말해, 그들은 강자의 노예로 전락하고 만다. 이런 식으로 사람은 자기 내면에 있는 짐승을 위해서 일할 뿐만 아니라 그 상징으로서 자기 외부에 있는 짐승을 위해서도 일하게 되는 것이다. 우리에게는 벽돌이나 돌로 지은 견고한 집이 많이 있지만, 농부가 얼마나 풍요로운지 가늠하는 기준은 여전히 농부의 집을 능가하는 축사의 규모다. 우리 마을은 인근에서도 황소와 암소와 말이 지내는 가장 큰 축사들을 보유하고 있다고 알려졌고 공공건물의 규모도 뒤지지 않는다. 그러나 우리 마을에는 자유로운 예배나 자유로운 연설을 할 장소가 거의 없다. 국가가 후세에 전할 기념비를 남기고자 한다면 건축물이 아니라 오히려 추상적 사고의 힘에 의지해야 하지 않을까? 동양의 그 모든 유적보다 『바가바드기타』[55]가 훨씬 더 감탄을 자아내지 않는가! 탑과 신전은 군주들의 사치품이다. 소박하고 독립적인 사람이라면 어떤 군주가 명령하더라도 피땀 흘려 일하지 않는다. 비범한 재능을 소유한 사람은 어떤 황제의 신하도 아니며 소량을 제외하고는 은이나 금이나 대리석을 재료로 쓰지도 않는다. 그러면 대체 어떤 목적으로 그토록 많은 돌에 망치질을 하는 것인가? 내가 아르카디아[56]에 갔을 때 돌에 망치질을 하는 광경은 전혀 보이지 않았다. 국가들은 망치질해 만든 돌의 양으로 자신을 영원히 기념하고자 하는 광적인 야망에 사로잡혀 있다. 똑같은 수고를 국가의 품위를 다듬고 연마하는 데 들였다면 어땠을까? 달에 닿을 만큼 높이 솟은 기념비보다 미미한 분별력이 더 기념할 만하리라. 돌은 제자리에 놓여 있을 때 훨씬 보기 좋다. 테베[57]의 장관은 장관이되 천박했다. 성문이 백 개나 되었지만 인생의 진정한 목적에서 멀리 이탈해 버린 테베보다는 정직한 한 사람의 밭을 두른 높이 5미터짜리 돌담이 더 분별력 있다. 야만적이고 이교도적인 종교와 문명은 화려한 신전을 짓는다. 그러나 진정한 기독교라고 부를 만한 종교는 그렇게 하지 않는다. 한 나라에서 망치질한 돌 대부분은 결국 그 국가의 무덤을 짓는 데 쓰인다. 국가는 스스로를 생매장하는 셈이다. 피라미드에 대해 말하자면, 그토록 수많은 사람들이 야심에 찬 어느 얼간이를 위

---

55) 힌두교의 중요한 경전 중 하나.

56) 그리스 펠로폰네소스 반도에 위치한 고원 지대로, 고대 그리스의 이상향.

57) 고대 이집트의 수도로, 화려한 건축물로 유명하다.

해 무덤을 짓느라 평생을 바칠 정도로 수모를 당했다는 사실을 발견할 수 있다는 점 외에는 놀라울 것이 전혀 없다. 그 얼간이를 나일 강에 빠뜨려 죽인 다음 시체를 개들에게 던져 주는 편이 더 현명하고 용감한 행동이었을 것이다. 그 사람들과 그 얼간이를 대신해 어떤 변명거리를 만들어 낼 수는 있겠지만 나는 그럴 시간이 없다. 건축가들은 종교를 중시하고 예술을 애호한다고 하는데, 이집트의 신전이든 미합중국 은행이든 그들이 짓는 건물은 세계 어디에서나 거기서 거기다. 들인 비용에 비해 결과물은 보잘것없다. 주된 동기는 허영이고, 거기에 마늘과 버터 바른 빵에 대한 애착이 허영을 더욱 부추긴다. 촉망받는 젊은 건축가인 밸컴 씨가 단단한 연필과 자로 비트루비우스[58]의 책 뒷면에 설계도를 그린다. 그리고 석재상인 '도브슨 앤 선스'에 건축을 맡긴다. 3천 년이라는 세월이 그 건물을 내려다보기 시작하면 인류는 그것을 올려다보기 시작한다. 높은 탑과 기념비에 대해 말하자면, 예전에 우리 마을에 정신 나간 사람이 있었는데 땅을 파서 중국까지 가겠다며 그 일을 시작했고, 본인의 말에 따르면 중국의 솥과 주전자들이 달그락거리는 소리가 들릴 만큼 멀리까지 갔다고 했다. 그러나 나는 그가 만든 굴을 굳이 감상하러 갈 생각은 없다. 많은 사람들이 동서양의 기념비에 관심을 갖는다. 누가 세웠는지 알고 싶어 한다. 나로서는 그 시절에 그런 것을 세우지 않았던 사람, 그런 하찮은 일을 초월한 사람이 누구인지 알고 싶다. 그러나 지금은 내

---

58) Vitruvius. 고대 로마의 건축가로, 로마 건축의 집대성이라고 할 만한 『건축10서』를 남겼다.

가 한 일의 통계로 되돌아가겠다.

나는 그동안 마을에서 측량과 목공 및 여타 다양한 날품팔이로 13달러 34센트를 벌었다. 손가락만큼이나 많은 직업을 가진 덕분이다. 숲에서 2년 이상을 살았지만 8개월 동안의 식비, 즉 7월 4일부터 이 계산을 하던 당시인 3월 1일까지의 식비만 계산해 보았다. 내가 직접 기른 감자와 약간의 풋옥수수와 완두콩은 계산에 넣지 않았고, 마지막 날 수중에 있었던 식량의 가격도 고려하지 않았다.

쌀	1달러 73.5센트
당밀	1달러 73센트(당류 중 가장 저렴한 형태)
호밀 가루	1달러 4.75센트
옥수숫가루	99.75센트(호밀보다 저렴)
돼지고기	22센트
밀가루	88센트(돈과 노력을 따지면 옥수숫가루보다 비싸다)
설탕	80센트
돼지기름	65센트
사과	25센트
말린 사과	22센트
고구마	10센트
호박 1개	6센트
수박 1개	2센트
소금	3센트

이 실험은 모두 실패했다.

그렇다. 내가 먹은 식량은 도합 8달러 74센트였다. 하지만 뻔뻔스럽게 내 잘못을 공표하는 까닭은 독자들 대부분이 나와 똑같은 잘못을 저지르며 그 행위를 활자로 옮겨 보면 더 나아 보일리도 없다는 점을 알기 때문이다. 다음 해에는 가끔 물고기를 많이 잡아 저녁으로 먹었고, 한번은 내 콩밭을 파괴한 우드척 한마리를 잡아 죽이기까지 했는데, 타타르 족[59]이라면 우드척의 윤회를 실현해 주었다고 말할 것이다. 나는 부분적으로는 시험삼아 그 녀석을 먹어 치웠다. 사향 냄새가 나기는 했지만 그 순간은 즐겁게 먹었다. 그러나 마을 푸줏간에 맡겨 조리용으로 손질할 수 있다 해도 장기간 즐겨먹는 것은 좋은 습관이 아니라는 생각이 들었다.

같은 기간 내에 쓴 피복비와 잡비는 모두 8달러 40.75센트였는데 이 항목에서는 언급할 만한 것이 거의 없다.

기름과 가재도구 약간 ··· 2달러

세탁과 수선은 대부분 집 외부에서 해결했고[60] 그 청구서를 아직 받지 못했다. 그 비용을 제외한 지출 총액은 다음과 같았다. 이것이 이 지역에서 반드시 지출하게 되는 돈의 전부이자 최대한이다.

집 ··· 28달러 12.5센트

---

59) 타타르 지역에 거주하던 투르크계 종족으로 환생을 믿었다.
60) 본가에 있던 가족들이 해 주었다.

1년 영농비	14달러 72.5센트
8개월 식비	8달러 74센트
8개월 피복비 및 기타	8달러 40.75센트
8개월 기름 및 기타	2달러
총계	61달러 99.75센트

이제 내 독자들 중에서 생계를 책임진 이들에게 말한다. 나는 이런 지출을 충당하고자 농작물을 팔았다.

농작물 판매 수익	23달러 44센트
날품 수입	13달러 34센트
총계	36달러 78센트

지출 총액에서 이 금액을 빼면 사실 25달러 21.75센트라는 부족액이 생긴다. 이것은 내가 시작할 때 가지고 있던 금액과 거의 비슷했고 앞으로 발생할 지출의 척도였다. 그러나 다른 한편에는 이렇게 확보한 여가와 자립과 건강 외에도 내가 원한다면 얼마든지 오래 살 수 있는 안락한 집이 있었다.

이런 통계가 임의적이고 따라서 유익하지 않은 것처럼 보이겠지만 틀림없이 완벽하며 그래서 틀림없는 가치를 지니고 있다. 내가 얻은 것 중 명세서에 넣지 않은 것은 없다. 위 명세서에 따르면 식비만 일주일에 27센트 정도였다. 그 뒤로 거의 2년 동안 먹은 것은 효모를 넣지 않은 호밀 가루와 옥수숫가루, 감자, 쌀, 소금에 절인 돼지고기 아주 약간, 당밀, 소금 그리고 마실 물이었다. 나는 인도 철학을 대단히 좋아했으니 자연스럽게 쌀을 주식으로 삼았다. 툭 하면 트집을 잡아 대는 어떤 사람들의 반론에 대응하기 위해 이 말을 해 두는 편이 좋겠다. 나는 늘 그래 왔듯이 이따금씩 외식을 했고 그럴 기회가 분명 다시 생길 텐데, 그 때문에 살림살이에 손해가 날 때가 많았다. 하지만 앞에서 말했듯이 외식은 고정된 항목이라서 이런 수지 명세서에는 전혀 영향을 미치지 않는다.

2년간의 경험을 통해 배운 사실은 이런 지역에서도 놀랄 만큼 적은 수고만 들이면 기본적인 식량을 얻을 수 있다는 것이다. 또 사람은 동물처럼 단순한 식생활을 해도 건강과 체력을 유지할 수 있다는 점이다. 옥수수 밭에서 캐낸 다음 삶아서 소금을 친 쇠비름(Portulaca oleracea) 한 접시만으로도 만족스러운, 여러 모로 만족스러운 식사를 했다. 굳이 쇠비름의 라틴 어 명을 적는 이유는 그 종명이 입맛을 돋우기 때문이다.[61] 분별 있는 사람이라면 평화로운 날, 여느 때와 같은 한낮에 소금을 쳐서 삶은 넉넉한 풋옥수수 열매 외에 무엇을 더 바라겠는가? 내가 약간 다양한 식단을 짠 것도 건강 때문이 아니라 식욕의 요구에 굴복한 탓이었다. 그러나 사람들은 필수적인 식량이 부족해서가 아니라 사치스러운 음식이 부족한 탓에 굶어 죽는 지경에 이르렀다. 내가 아는 어떤 선량한 부인은 자신의 아들이 물만 마시는 습관 때문에 목숨을 잃었다고 생각한다.

독자는 내가 영양학적 관점보다는 경제적 관점에서 이 주제

---

61) 종명인 'oleracea'는 '먹을 수 있는 채소'라는 뜻이 있다.

를 다루고 있음을 알고 있을 테니, 식품이 가득한 저장실이 있는 게 아니라면 나처럼 절제된 생활을 시험해 볼 엄두는 내지 못할 것이다.

내가 처음 만든 빵은 순수하게 옥수숫가루와 설탕만으로 만든, 진짜 옥수수 빵이었다. 집 밖에서 널빤지나 집을 지을 때 잘라 낸 나무토막 끝에 반죽을 올리고 불 앞에서 구웠다. 하지만 그 빵은 불에 그을리고 소나무 향이 배기 일쑤여서, 밀가루 빵도 구워 보았다. 하지만 결국에는 호밀 가루와 옥수숫가루를 섞는 것이 가장 편리하고 적절한 방법이라는 사실을 알게 되었다. 추운 날씨에, 이집트 인들이 달걀을 부화시킬 때처럼 빵을 살피고 조심스레 뒤집으며 그 작은 빵 덩어리 몇 개를 연달아 굽는 것은 대단한 즐거움이었다. 그 빵은 내가 숙성시킨 진정한 곡물의 과일이었고, 내가 느끼기에는 다른 고귀한 과일들과 비슷한 향기가 깃들어 있었다. 그 향기를 가능한 오래 지키고자 빵을 헝겊으로 싸 두었다. 나는 고대로부터 내려오는 반드시 필요한 제빵 기술을 공부했다. 구할 수 있는 그 분야의 권위 있는 책들을 참고하며 발효시키지 않은 최초의 빵을 만든 원시 시대까지 거슬러 올라갔다. 그 시절에 야생에서 나무 열매와 고기를 얻었던 인간은 처음으로 부드럽고 세련된 이 음식을 만나게 되었다. 역사의 흐름을 따라 서서히 내려오며 공부해 보니, 밀가루 반죽이 우연히 산화되었고 아마도 덕분에 인류는 빵이 발효되는 과정을 배우게 되었으며, 그 뒤 다양한 발효법을 거쳐 생명의 양식인 "맛있고 달콤하고 건강에도 유익한 빵"이 나타나게 되었다. 어떤 이들은 효모가 빵의 세포 조직을 채우는 혼, 즉 빵의 영혼이라고 생각하며 그 생각은 제단의 성화처럼 경건하게 보존되고 있다. 병에 애지중지 담긴 채로 아마도 메이플라워 호를 통해 처음 들어온 효모는 미국을 위한 소임을 다했고, 그 영향력은 넘실대는 곡식처럼 아직까지도 이 땅 곳곳에서 솟구치고 물결치며 퍼지고 있다. 나는 이 효모라는 씨앗을 마을에서 정기적으로 성실하게 구해 오다가, 결국 어느 날 아침에 용법을 깜빡 잊고 효모를 가열해 버렸다. 그 사고로 효모조차 반드시 필요한 것이 아니라는 사실을 발견했는데, 이는 종합적인 과정이 아니라 분석적인 과정을 거쳐 얻은 발견이었다. 나는 그 뒤로 기꺼이 효모를 생략했다. 그러나 대부분의 주부들은 효모가 없으면 안전하고 건강에 좋은 빵을 만들 수 없다고 진지하게 장담했고, 노인들은 나더러 기력이 급격히 감퇴할 거라고 예언했다. 그러나 나는 효모가 절대 필요한 재료가 아님을 알고 있으며, 1년 동안 효모 없이 지냈지만 여전히 살아 있는 자의 땅에 살고 있다. 주머니에 효모 병을 넣고 다니는 시답잖은 일을 그만두게 되어 기쁘기도 하다. 효모 병이 가끔 펑 소리를 내며 당황스럽게도 내용물이 분출하곤 했기 때문이다. 효모를 쓰지 않는 편이 더 간편하고 깔끔하다. 어떤 동물보다도 온갖 기후와 환경에 적응할 줄 아는 동물이 바로 인간이다. 나는 빵에 탄산 소다나 여타 어떤 산이나 알칼리도 넣지 않았다. 내가 빵을 만든 방식은 기원전 2세기 무렵에 마르쿠스 포르시우스 카토[62]가 제시한 조리법을 따른 것처럼 보일지 모르겠다. 카토가 한 말을 옮겨 보자면, "빵 반죽은 이렇게 한다. 손과 반죽 통을 잘 씻는다. 밀가루를 반죽 통에 붓고 물을

---

62) 고대 로마의 정치인이자 군인으로 평생 검소하고 절제된 생활을 했다.

조금씩 부어 가며 빈틈없이 반죽한다. 반죽이 잘되면 모양을 빚은 다음 뚜껑을 덮고 굽는다." 즉, 빵 굽는 솥에 넣고 구우라는 뜻이다. 효모에 대한 말은 한 마디도 없다. 그러나 이 생명의 양식을 늘 먹지는 못했다. 어느 때는 주머니가 텅 비어 한 달이 넘도록 빵은 구경도 못했다.

뉴잉글랜드 사람이라면 누구나 호밀과 옥수수가 풍성한 이곳에서 자신이 먹을 빵의 모든 원료를 쉽게 기를 수 있으므로 거리도 멀고 가격 변동이 잦은 시장에 의존할 필요가 없을 것이다. 그러나 우리는 소박함과 자주성에서 너무 멀어져 버린 나머지, 콩코드의 상점에서는 신선하고 맛좋은 곡물 가루를 거의 팔지 않으며 옥수수 죽이나 훨씬 굵게 빻은 옥수숫가루를 쓰는 사람도 찾아보기 어렵다. 대부분 농부는 직접 생산한 곡물을 소와 돼지에게 주고는 대신 가게에서 밀가루를 사 오는데, 이는 건강에도 좋지 않을 뿐더러 비용도 더 많이 든다. 나는 호밀과 옥수수 한두 부셸 정도는 쉽게 경작할 수 있다는 사실을 알게 되었는데, 호밀은 척박하기 짝이 없는 땅에서도 잘 자라고 옥수수 역시 가장 좋은 토양을 필요로 하지 않기 때문이다. 이것을 맷돌로 갈아 먹으면 쌀과 돼지고기 없이도 지낼 수 있다. 또 농축된 당분을 먹어야 하는 경우에는 호박이나 사탕무로 매우 좋은 당밀을 만들면 된다는 사실을 실험으로 발견했다. 좀 더 쉽게 당분을 얻으려면 단풍나무를 몇 그루 심기만 하면 되고, 그 나무들이 자라는 동안 앞에서 말한 재료 외에 다양한 대용품을 쓸 수 있다는 사실도 알게 되었다. 선조들이 다음과 같이 노래한 것처럼 말이다.

"호박, 설탕당근, 호두나무 조각이면
입술을 달콤히 축일 술을 빚을 수 있다네."[63]

마지막으로 가장 미미한 식료품인 소금에 대해 말하자면, 이 것을 얻겠다고 해변을 찾아가더라도 무리가 아니겠지만, 소금을 전혀 먹지 않고 지낸다면 물도 덜 마시게 될 것이다. 내가 알기로 인디언들은 소금을 구하려고 애쓴 적이 없다.

이렇게 나는 음식에 관해서는 거래와 물물 교환을 전혀 하지 않아도 되었고, 집은 이미 마련했기 때문에 남은 문제는 옷과 땔감을 얻는 일이었다. 내가 지금 입은 바지는 어느 농가에서 짠 것으로, 사람에게 아직 이 정도의 미덕이 남아 있어 하늘에 감사할 따름이다. 왜냐하면 내 생각에 농부에서 직공으로 전락한 것은 사람이 농부로 전락했던 것[64]과 마찬가지로 중요하고도 주목할 만한 일이기 때문이다. 새로운 지역에 가면 연료가 걸림돌이다. 거주지의 경우에는, 이렇게 공유지 무단 거주를 허가받지 못했다면 내가 경작한 땅의 매매가, 즉 8달러 8센트를 그대로 주고 1에이커를 샀을 것이다. 그러나 무단 거주를 허가받았고 덕분에 땅의 가치를 상승시켰다고 생각한다.

다른 사람의 말을 믿지 않는 특정 부류의 사람들이 있는데, 그들은 가끔 나에게 채소만 먹고 살 수 있다고 생각하느냐는 등의 질문을 던진다. 그리고 나는 그 자리에서 문제의 근원을 파헤

---

63) 뉴잉글랜드의 민요 〈조상들의 노래〉 중 한 대목.
64) 구약 성경에서 최초의 인간 아담이 형벌로 에덴동산에서 쫓겨나 직접 땀을 흘려야 먹고 살게 된 상황을 가리킨다.

치기 위해 — 근원은 신념이기 때문에 — 늘 대못을 먹고도 살 수 있다는 식으로 대답한다. 그 말을 이해하지 못한다면 내가 하려는 말을 이해하지 못할 것이다. 나로서는 이런 실험이 시행되었다는 이야기를 들으면 기쁘다. 예를 들어 어떤 젊은이가 2주 동안 절구 대신 자신의 이를 써서 단단한 생 옥수수 알을 먹고 사는 실험을 했다고 한다. 다람쥐들은 같은 실험을 해서 성공했다. 인류는 이런 실험에 흥미를 느낀다. 다만 하고 싶어도 이렇게 할 수 없는 몇몇 늙은 부인들이나 제분소에 재산의 3분의 1을 투자한 과부들은 깜짝 놀랄 것이다.[65)

가구의 경우, 일부는 내가 직접 만들었고 나머지는 비용이 전혀 들지 않아서 명세서에 넣지 않았다. 내 세간은 침대 하나, 탁자 하나, 책상 하나, 의자 세 개, 지름이 8센티미터 정도 되는 거울 하나, 부젓가락 한 쌍과 장작 받침쇠 한 쌍, 솥 하나, 냄비 하나, 프라이팬 하나, 국자 하나, 세숫대야 하나, 나이프와 포크 두 벌, 접시 세 개, 컵 하나, 숟가락 하나, 기름 병 하나, 당밀 병 하나, 옻칠한 램프 하나였다. 호박을 의자로 쓸 정도로 가난한 사람은 없다. 의지박약일 뿐이다. 마을의 다락에는 그냥 들고 오기만 하면 되는, 정말 마음에 드는 의자들이 많다. 가구가 뭐란 말인가! 감사하게도 나는 가구점의 도움을 받지 않고 해결할 수 있었다. 철학자가 아닌 다음에야, 어떤 사람이 고작 빈 상자 몇 개뿐인 자신의 세간이 수레에 실려 대낮에 뭇사람의 시

---

65) 당대의 관행에 따르면 아내는 죽은 남편의 재산 중 3분의 1을 상속받았다.

선을 고스란히 받으며 그 지역에 들어서는 광경을 보며 부끄러워하지 않을 수 있을까? 저건 스폴딩 씨의 세간이군. 나는 짐만 살펴봐서는 그게 소위 부자의 것인지 가난한 사람의 것인지 한 번도 분간할 수가 없었다. 짐의 주인은 언제나 가난에 시달리는 것 같았다. 사실 그런 가구를 많이 가지고 있을수록 더 가난한 셈이다. 이삿짐은 하나같이 판잣집 열두 채의 세간을 실어 놓은 것처럼 보인다. 그리고 판잣집 한 채가 가난하다는 뜻이라면 이 이삿짐은 열두 배나 더 가난한 셈이다. 정말이지 **허물**과도 같은 가구를 벗어 버리기 위해서가 아니라면 **이사**를 왜 한단 말인가? 마침내는 이 세상에서 새로운 가구를 갖춘 다른 세상으로 가며 이 세상의 가구는 불태워 버리고자 함이 아닌가? 그렇지 않다면 이 모든 덫을 허리띠에 잡아매고, 그 덫을 질질 끌면서 거친 시골길을 따라 움직이고 있는 꼴이라고 할 수밖에 없다. 덫에 걸린 꼬리를 자르고 달아난 여우는 운이 좋은 녀석이다. 사향쥐는 덫에서 벗어나기 위해서라면 세 번째 다리를 물어서 끊어 낼 것이다. 사람이 유연성을 잃은 것은 놀라운 일이 아니다. 사람은 옴짝달싹 못할 때가 얼마나 많은가! "이보시오, 이런 말씀을 드려도 될지 모르겠소만, 옴짝달싹 못한다는 게 무슨 뜻이오?" 관찰력이 뛰어난 사람이라면 누군가를 만날 때마다 그의 등 뒤로 그가 소유한 모든 것 그리고 애석하게도 그가 소유하지 않은 척하는 많은 것이 보일 것이다. 부엌 가구와 그가 모아 두기만 하고 태워 버리지는 못하는 온갖 잡동사니들 말이다. 그는 그것에 꼼짝없이 매여 어떻게든 전진하려 기를 쓴다. 자신은 옹이구멍이나 문을 빠져나가겠지만 썰매에 실린 가구는 뒤따라 빠져

나가지 못하므로 옴짝달싹 못한다는 말이다. 어느 말끔하고 다부져 보이는 남자가 겉보기에는 자유롭고 빈틈없어 보이는데 자신의 '가구'에 보험을 들었느니 안 들었느니 하는 말을 들으면 나는 측은한 마음이 들고야 만다. "하지만 제 가구를 어떻게 해야 할까요?" 이렇게 말한다면, 이 화려한 나비는 거미줄에 걸린 것이다. 오랫동안 가구를 전혀 소유하지 않은 것처럼 보이는 사람들조차, 좀 더 자세히 캐물으면 다른 사람의 창고에 얼마쯤은 보관하고 있음을 알게 될 것이다. 내 눈에는 오늘날의 영국이 엄청난 짐을 가지고 여행 중인 노신사처럼 보인다. 오랜 살림살이로 축적된 잡동사니들, 즉 큰 여행 가방, 작은 여행 가방, 원통 상자, 보따리 따위인데 그는 그것을 태워 버릴 용기가 없다. 적어도 처음 세 가지는 버리길! 오늘날 건장한 사람도 침대를 등에 지고 걷는다면 힘에 부칠 것이다. 그러니 병든 사람에게는 침대를 버리고 달려가라고 간곡히 충고하겠다. 전 재산이 든 보따리를 지고 비틀거리는 이민자를 만난 적이 있는데, 그 보따리는 그의 목덜미에서 자라난 어마어마한 혹처럼 보였다. 그가 안타까웠던 까닭은 그 짐이 그의 전 재산이기 때문이 아니라 그 모든 것을 지고 다녀야 하기 때문이었다. 내가 덫을 끌고 다녀야 한다면, 가벼운 것을 골라 급소가 걸려들지 않도록 조심할 것이다. 그러나 아예 덫에 발을 집어넣지 않는 것이 현명한 처사이리라.

그건 그렇고, 커튼 값이 전혀 들지 않았다는 사실을 이야기해야겠다. 해와 달 말고는 집을 들여다보지 못하도록 막아야 할 시선이 없고, 해와 달이 들여다보는 것은 흔쾌히 받아들일 수 있기 때문이다. 달빛에 상할 우유나 고기도 없고, 햇빛에 손상될 가구나 빛이 바랠 양탄자도 없기 때문이다. 또 가끔씩 해를 벗 삼기엔 너무 뜨거울 때에도, 가계비 지출 항목을 하나 늘리는 것보다 자연이 제공하는 커튼 뒤로 물러나는 편이 훨씬 경제적이다. 한번은 어느 부인이 나에게 신발 닦는 깔개를 주겠다고 했지만, 집에 그것을 둘 공간도 없고 집 안팎에서 그것을 털 시간도 없어서 거절했다. 문 앞의 잔디에 대고 신발을 문지르는 편이 좋다. 해가 될 일은 애초부터 피하는 게 상책이다.

얼마 전에 어느 교회 집사의 재산을 경매하는 자리에 참석했는데, 일생을 무능하게 살지는 않았던지라……

"인간의 행악은 사후에도 살아남는도다."[66]

늘 그렇듯이 재산 대부분은 그의 아버지 때부터 축적되기 시작한 잡동사니였다. 그중에는 말라붙은 조충도 한 마리 있었다. 그 물건들은 그의 다락방과 다른 먼지 구덩이를 반세기 동안이나 차지하고 있으면서 지금까지도 불태워지지 않았다. 그리고 정화하는 의미로 **화톳불**에 소멸시키는 대신, 값을 올리려 **경매**를 벌인 것이었다. 동네 사람들은 물건을 구경하려고 적극 모여들어 남김없이 구입해서는 자신들의 다락방과 먼지 구덩이로 조심스럽게 운반했다. 물건은 그들의 재산이 정리될 때까지 그곳에 놓여 있을 것이고, 그때는 같은 일이 반복될 것이다. 사람이 죽

---

66) 셰익스피어의 희곡 『줄리어스 시저』 3막 2장에 나오는 안토니우스의 대사.

을 때면 먼지를 일으키기 마련이다.

일부 야만국에는 우리가 본받으면 좋으리라 여겨지는 여러 관습이 있는데, 적어도 그들은 매년 허물을 벗는 것과 비슷한 의식을 치른다. 허물의 실체가 무엇이든, 그들은 그 행위의 목적을 알고 있다. 우리도 '버스크', 혹은 '첫 소산의 축제'와도 같은 의식을 거행하면 좋지 않을까? 윌리엄 바트램[67]은 버스크가 머클래스 족 인디언의 관습이었다고 설명한다. "마을에서 버스크를 치를 때는 새 옷, 새 솥과 냄비, 새 가재도구와 가구를 미리 마련해 두고, 낡은 옷과 여타 너절한 물건들을 모두 모으고, 집과 광장을 비롯해 마을 전체를 청소해 쓰레기를 치우고, 이것들을 남은 곡식 및 다른 오래된 식량과 함께 한 무더기로 만들어 불에 태워 버린다. 약을 먹고 사흘 동안 금식한 뒤, 마을에 피운 불을 모두 끈다. 금식 기간 중에는 식욕과 성욕을 비롯해 희열을 주는 것을 모두 억제한다. 대사면이 시행되어 모든 죄인들이 자기 마을로 돌아간다."

"나흘 째 아침, 대사제가 마른 나무들을 비벼 마을 광장에 새 불을 피우고, 마을의 모든 주민은 이 새롭고 순수한 불꽃을 받아간다."

그런 다음 그들은 햇곡식과 햇과일을 마음껏 즐기며 사흘 동안 춤추고 노래한다. "그리고 그다음 나흘 동안 인근 마을에서 같은 식으로 몸을 정화하고 단장한 친구들의 방문을 받아 즐거움을 나눈다."

멕시코 인들 역시 52년이 지날 때마다 비슷하게 정화 의식을

---

67) 미국의 식물학자.

치렀는데, 세상이 52년 주기로 끝난다고 믿기 때문이었다.

사전에서는 성례를 '내적이고 정신적인 은총을 눈에 보이도록 외적으로 드러내는 행위'라고 정의하는데, 나는 이보다 더 참된 성례에 대해 들어 본 적이 없다. 또 이들에게는 계시를 기록한 성경이 없지만 처음부터 하늘로부터 직접 영감을 받아 이런 의식을 치렀다고 확신한다.

나는 5년 이상을 이렇게 내 몸의 노동에 의지해 생계를 유지했고, 1년에 6주 정도만 일하면 생활비를 모두 충당할 수 있다는 사실을 알게 되었다. 여름의 대부분은 물론이고 겨울 전체를 자유롭고 온전하게 공부에 쏟았다. 학교를 운영하려고 철저히 노력한 적이 있었는데[68] 들어가는 경비가 수입과 비슷하거나 오히려 수입을 초과한다는 사실을 깨달았다. 왜냐하면 교사다운 생각과 신념을 유지해야 했을 뿐 아니라, 옷차림에도 신경 쓰고 여러 훈련도 받아야 했으며 시간마저 빼앗겼기 때문이다. 동족인 인간을 이롭게 하기 위해서가 아니라, 그저 생계를 유지하고자 가르쳤기 때문에 그 일은 실패였다. 사업에도 손을 대 보았다.[69] 하지만 일이 궤도에 오르기까지 10년은 걸릴 것이며, 그러는 동안 내가 극악무도한 자가 되어 갈 것이라고 깨달았다. 사실 그때쯤이면 이른바 성공한 사업을 하고 있을까 봐 두려웠다. 예전에 무슨 일을 해서 먹고 살지 찾으려고 이것저것 살피고 있었을 때, 친구들의 바람에 따르다 겪었던 쓰

---

68) 소로는 1838년부터 1841년까지 형과 함께 사립 학교를 운영했다.

69) 1841년에 학교 문을 닫은 뒤 소로는 아버지의 연필 제조업을 거들었다.

라린 경험[70]이 머릿속에 생생히 떠올라 나는 궁리 끝에 허클베리를 따서 팔아야겠다는 생각을 진지하게 자주 하곤 했다. 분명할 수 있으며, 약간의 수익만 내면 충분할 거라는 생각이 들었다. 내 가장 뛰어난 재주가 그다지 욕심을 부리지 않는 것이기 때문이었다. 필요한 자본도 적고 내 평소의 일과를 방해받을 일도 거의 없었다. 어리석은 생각이었다. 친구들이 사업이나 다른 직업에 서슴없이 뛰어들 때 나는 이 일이 친구들이 하는 일과 다름없다고 생각했다. 여름내 산과 언덕을 누비며 눈에 띄는 딸기를 따서는 그 뒤에는 아무렇게나 처분했다. 아드메투스의 양떼를 돌보는 셈이었다.[71] 또 야생초를 모으거나 상록수를 수레에 실어 숲을 떠올리고 싶어 하는 마을 사람들에게, 아니면 도시까지 배달하는 상상도 해 보았다. 하지만 그 이후로 사업이란 그 손아귀에 들어온 모든 것에 재앙을 내린다는 사실을 배우게 되었다. 내가 파는 것이 하늘에서 내려온 메시지라 하더라도, 사업이 내린 재앙이 늘 따라붙기 마련이다.

나는 다른 것보다 몇 가지를 더 중시했는데 특히 자유를 귀중하게 여겼고, 경제적으로 빠듯해도 잘 살 수 있으므로 값비싼 양탄자나 다른 화려한 가구, 맛 좋은 요리, 혹은 그리스 양식이나 고딕 양식 주택을 얻는 데 내 시간을 허비하고 싶지 않았다. 이런 것을 얻기 위해 거리낌 없이 애쓸 수 있는 사람, 얻고 나서도

---

70) 소로는 에머슨의 재촉을 받아 『콩코드 강과 메리맥 강에서 보낸 일주일』을 출간했으나 판매 실적이 좋지 않아 재고를 모두 사들이며 출판사에 빚을 졌고 4년 동안 그 빚을 갚아야 했다.

71) 그리스 신화에서 아폴로는 올림포스에서 추방당해 아드메투스 왕의 양치기로 일하게 된다.

활용할 방법을 아는 사람이 있다면 나는 이런 것을 추구할 권리를 그 사람에게 양도하겠다. '근면한' 어떤 사람들은 노동 자체가 좋아서, 혹은 노동을 하면 나쁜 짓을 할 여유가 없기 때문에 노동을 즐기는 것 같다. 그런 사람에게는 지금 할 말이 없다. 현재 누리는 여가보다 더 많은 여가가 생기면 어찌할 바를 모를 사람들에게는 지금보다 두 배로 열심히 일을 하라고 조언하겠다. 스스로 빚을 다 갚고 자유 증서를 얻을 때까지 일을 하라고 말이다. 내 경우에는 날품팔이가 어떤 직업보다도 독립적이라는 사실을 발견했는데, 특히 1년에 30일에서 40일만 일하면 한 사람의 생계를 유지할 수 있기 때문이다. 노동의 일과는 해가 지면서 끝나고, 그 뒤로는 노동에서 벗어나 자신이 선택한 일에 마음껏 전념할 수 있다. 그러나 그의 고용주는 매달 머리를 이래저래 굴리느라 1년 내내 한숨도 돌리지 못한다.

간단히 말해, 나는 우리가 소박하고 지혜롭게 살아간다면 이 세상에서 제 몸을 먹여 살리는 것이 고난이 아니라 놀이처럼 즐거운 일임을 신념과 경험을 통해 깨닫게 되었다. 소박한 민족이 일상적으로 했던 일이 더 인위적으로 사는 민족에게는 현재 스포츠로 자리 잡았다. 굳이 이마에 땀을 흘려 가며 밥벌이를 할 필요는 없다. 나보다 쉽게 땀이 나는 체질이 아니라면 말이다.

내가 아는 어느 젊은이는 몇 에이커의 땅을 유산으로 받았는데, **방법만 알면** 나처럼 살고 싶다고 말했다. 그러나 어떤 이유에서든 누구도 내 생활 방식을 따라하지 않기를 바란다. 왜냐하면 그가 내 생활 방식을 제대로 체득하기도 전에 내가 다른 방식을 찾아내 스스로에게 적용할 수도 있거니와 나는 세상에 개성 있는 사람들이 가능한 많이 존재하기를 바라기 때문이다. 각 사람이 자신의 아버지나 어머니, 혹은 이웃의 길을 따르는 게 아니라 매우 신중하게 **자신만의** 길을 찾아내 추구하기를 바란다. 젊은이는 건축가가 될 수도 있고 농부나 선원이 될 수도 있으니, 그가 하고 싶다고 말하는 일을 못하도록 방해만 하지 말자. 선원이나 도망 노예가 언제나 북극성을 바라보듯이, 우리는 아주 정확한 어떤 지표가 있어야만 지혜를 발휘할 수 있다. 그 지표만 있으면 평생의 길잡이가 생기는 셈이다. 예측 가능한 시간 이내에 항구에 도착하지 않을 수도 있지만, 정당한 항로에서 벗어나지는 않을 것이다.

틀림없이 이런 경우는 한 사람에게 적용되는 원리가 수많은 사람에게도 적용된다. 큰 집을 지을 때 작은 집에 비해 그 크기만큼 비용이 더 많이 들지 않는 것과 마찬가지이다. 집 크기에 상관없이, 지붕 하나로 천장을 가릴 수 있고 지하실도 밑에 하나만 만들면 되고, 벽 하나만 있으면 여러 세대로 나눌 수 있기 때문이다. 그러나 나는 독채가 더 좋았다. 게다가 다른 사람에게 벽을 공유하는 이점을 납득시키느니, 혼자서 집 한 채를 짓는 편이 대개 돈이 덜 들 것이다. 또 상대를 잘 설득했다 해도 공동으로 쓰는 벽은 비용을 절감하기 위해 분명 얇게 만들어질 것이며 상대가 나쁜 이웃으로 밝혀질 수도 있고 자기 쪽 벽을 파손된 채로 방치할 수도 있다. 이웃과는 대개 지극히 부분적이며 피상적인 협력만 가능할 뿐이다. 진정한 협력이란 거의 없으며, 있다고 해도 사람의 귀에 들리지 않는 화음 같은 것이다. 신념을 가진 사람이라면 어디에서든지 똑같은 신념으로 협력할 것이다.

신념이 없다면, 어떤 무리와 어울리든 나머지 세상 사람들처럼 살아갈 것이다. 협력이란 가장 숭고한 의미에서든 가장 저속한 의미에서든 **함께 생계를 꾸려 나간다**는 뜻이다. 최근에 두 젊은 이가 함께 세계 일주를 할 계획이라는 이야기를 들었다. 한 명은 돈이 없어서 여행 중에 선원 노릇을 하거나 농사를 거들며 경비를 벌고, 다른 사람은 주머니에 환어음을 가지고 가기로 했다. 한 사람이 전혀 **일**을 하지 않을 테니 두 사람의 동행이나 협력이 **오래가지** 않을 게 뻔하다. 그들은 흥미롭게도 모험의 첫 고비에서 헤어질 것이다. 무엇보다도 내가 언급했듯이, 혼자 가는 사람은 오늘이라도 떠날 수 있다. 그러나 다른 사람과 함께 여행하는 사람은 그 사람이 준비될 때까지 기다려야 하고, 어쩌면 떠나기까지 시간이 오래 걸릴지 모른다.

그러나 이 모든 것이 무척 이기적인 행동이라고 몇몇 마을 주민이 말하는 소리를 들었다. 솔직히 여태까지 자선 사업에는 거의 신경을 쓰지 않았다. 의무감 때문에 몇 가지를 희생해 왔는데 그러는 와중에 이런 자선의 기쁨도 희생된 것이다. 어떤 사람들은 온갖 책략을 동원해 내가 이 마을에 있는 어느 가난한 가정의 생계를 보살피도록 설득하려고 한다. 악마는 한가한 사람에게 일자리를 찾아 준다는 말처럼, 내게 할 일이 전혀 없다면 기분 전환 삼아 그런 일에 손을 대 보았을지도 모른다. 실은 이런 일에 열심을 내 보자 싶어, 어느 가난한 사람들이 하늘의 도움을 얻도록, 모든 면에서 나처럼 안락하게 밥벌이를 할 수 있게끔 보살펴야겠다는 생각을 한 적이 있다. 용기를 내서 제안을 했지만 그들은 망설이지도 않고 이구동성으로 지금처럼 가난하게 사는 편이 낫다고 했다. 남녀를 불문하고 이 마을 사람들은 수많은 방법으로 이웃의 행복을 위해 헌신하고 있으니, 적어도 한 사람쯤은 그리 인도적이지 않은 다른 일에 시간을 할애해도 좋을 것이다. 다른 일과 마찬가지로 자선에도 재능이 필요하다. 선행이라는 것도 빈자리가 없는 직업 중의 하나다. 게다가 나도 그쪽으로 꽤나 노력해 보았는데, 이상하게 보이겠지만 그 일은 내 체질에 맞지 않아 외려 만족스러웠다. 사회가 나에게 요구하는 선행을 하고 우주를 파멸에서 구하기 위해, 나만의 특별한 사명을 의식적, 고의적으로 저버려서는 안 될 것이다. 또 나는 다른 어딘가에 이와 비슷하지만, 훨씬 더 숭고한 기상이 존재하기 때문에 우주가 지금처럼 보존된다고 믿는다. 그러나 누구든 재능을 계발하고자 한다면 방해할 생각은 없다. 또한 내가 거부하는 이 일에 온 마음과 영혼과 삶을 바치는 사람에게는 이렇게 말하고 싶다. 십중팔구 그렇겠지만 세상이 그것을 악행이라고 부르더라도 꿋꿋이 버텨 내십시오.

내 경우가 특이하다고 생각하지는 않는다. 분명 내 독자들 중 많은 이들도 비슷한 변명을 할 것이다. 나는 어떤 일을 할 때, 이웃들이 그것을 좋은 일이라고 이름표를 붙이든 말든 상관없으며, 내가 최고의 적임자라고 서슴없이 말한다. 그러나 내게 어떤 일을 맡길지 결정하는 것은 고용주의 몫이다. 일반적인 의미에서 **선한 일**을 하는 것이 내가 주로 추구하는 바가 아니며, 대부분의 경우 전혀 의도치 않은 것이다. 사람들은 실제로 이렇게 말한다. "더 가치 있는 사람이 되는 것을 주된 목표로 삼지 말고 지금 그 자리에서 지금 그 모습으로 시작하되, 계획했듯이 친절한 태도로 선행을 개시하시오." 내가 이와 같은 어조로 설교를 하게 된다면, 차라리 "우선 선한 사람부터 되시오."라고 말하겠다. 이는 마치 태양이 달이나 6등성 별[72] 정도로만 불을 밝히고 다른 활동을 멈춘 뒤 로빈 굿펠로처럼 돌아다니면서 모든 오두막집의 창문을 하나하나 들여다보며 미치광이들을 자극하고 고기를 상하게 하고 악행이나 폭로하는 존재라고 치부하는 태도가 아닌가. 그러나 무릇 태양이라면 그 따뜻한 열기와 자애로움을 꾸준히 키워 나가 결국에는 어떤 인간도 똑바로 쳐다볼 수 없을 정도로 눈부시게 빛나고, 그러는 과정에서나 그 뒤에 자신의 궤도를 유지하고 세상을 돌아다니며 축복을 베풀거나, 더 참된 철학자들이 발견했듯이, 세상이 태양 주변을 돌며 혜택을 얻게 해야 할 것이다. 파에톤[73]은 자선을 통해 자신이 천상의 핏줄임을 입증하고 싶었기에 단 하루 태양 마차를 갖게 되었다. 그러나 정해진 궤도에서 이탈하는 바람에 천상의 아래 거리에 있는 집들 몇 블록이 불타고 땅 표면이 그을렸으며 모든 샘물이 말라붙었고 사하라 사막이 생겨났다. 그러다 결국 파에톤은 제우스가 던진 번개에 맞아 땅으로 곤두박질쳤다. 그리고 태양은 아들의 죽음을 슬퍼하며 1년 동안 빛을 내지 않았다.

부패한 선이 풍기는 악취만큼 고약한 냄새는 없다. 그것은 인간의 송장이요, 신의 송장이다. 어떤 사람이 나에게 선을 베풀겠

---

72) 그리스 천문학자 히파르코스가 별을 분류한 방식에 따르면 육안으로 보이는 가장 밝은 별은 1등성, 가장 어두운 별은 6등성이다.

73) 그리스 신화에서 태양신 헬리오스의 아들.

다는 고의적인 목표를 가지고 우리 집으로 오는 중임을 분명히 알게 된다면, 나는 필사적으로 도망칠 것이다. 아프리카 사막에서 불어오는 그 메마르고 타는 듯이 뜨거운 바람, 입과 코와 귀와 눈을 뒤덮어 질식할 지경으로 몰아넣는 '시뭄'이라는 바람을 피해 도망치듯이 말이다. 왜냐하면 그가 내게 베푸는 선행의 일부를 받아들여 그 균이 내 피에 섞일까 봐 두렵기 때문이다. 아니, 이런 경우라면 차라리 자연스럽게 악을 견뎌 내겠다. 내가 굶주린다고 먹을 것을 주거나 추위에 떤다고 따뜻하게 해 주거나 구덩이에 빠졌을 때 건져 준다고 그 사람이 나에게 좋은 사람이 되는 것은 아니다. 그 정도는 뉴펀들랜드 개[74]도 할 수 있다. 가장 넓은 의미에서 보면 자선은 인류애가 아니다. 하워드[75]는 의심할 바 없이 그 나름대로 대단히 친절하고 훌륭한 사람이며 그에 알맞은 보답도 받았다. 그러나 상대적으로 말해, 우리에게 가장 도움이 필요한 시기인데 남들보다 형편이 괜찮다고 자선을 베풀지 않는다면 우리에게 백 명의 하워드가 있다고 한들 무슨 소용이란 말인가? 나는 어떤 자선 모임에서도 나나 나와 비슷한 처지의 사람들에게 도움을 주자는 의견을 진지하게 나눠 보았다는 말을 들어 본 적이 없다.

예수회 선교사들은 화형을 당하던 인디언들이 자신들을 고문하는 이들에게 새로운 고문 방식을 제안하자 깜짝 놀랐다고 한다. 인디언들은 육체적 고통을 초월했기 때문에 선교사들이 제

---

74) 구조견으로 유명하다.

75) 영국의 자선 사업가이자 박애주의자, 교도소 개혁가인 존 하워드를 가리킨다.

공할 수 있는 어떤 위로도 초월하는 일이 종종 발생했다. 또 대접받고 싶은 대로 남을 대접하라는 법칙은 인디언이 듣기에는 설득력이 떨어졌는데, 그들은 남이 자신에게 어떻게 하든지 상관하지 않았고 새로운 방식으로 적을 사랑했으며 적의 모든 행동을 아주 기꺼이 용서했기 때문이었다.

가난한 사람을 도우려면 반드시 가장 필요한 도움을 주라. 그 도움이 그가 따르기 몹시 어려운 본보기일지라도 말이다. 돈을 주려면 그들에게 돈을 그냥 맡기지 말고 함께 쓰도록 하라. 우리는 때로 이상한 실수를 저지른다. 가난한 사람이 지저분하고 너덜너덜하고 꼴사나운 차림을 했더라도 반드시 춥고 배고프다고 볼 수는 없다. 그런 모습은 부분적으로는 자신의 취향 때문이기도 하며 순전히 불운 때문만은 아니다. 그에게 돈을 준다면 아마 그 돈으로 누더기를 더 많이 살 것이다. 나는 서투른 아일랜드 인 노동자들이 무척 초라한 누더기를 입고 호수에서 얼음을 잘라 내는 모습을 보면서 늘 불쌍히 여겼다. 더 깔끔하고 더 세련된 옷을 입은 나도 추위에 떨고 있었으니 말이다. 그러다가 몹시 추운 어느 날, 물속에 빠진 어느 노동자가 몸을 녹이려고 우리 집에 왔다. 옷이 정말 지저분하고 너덜너덜하긴 했지만 바지 세 벌과 긴 양말 두 켤레를 벗고서야 그는 알몸이 되었다.

그는 **내복**을 무척 많이 입고 있었으므로 내가 주려 했던 **겉옷**을 거절할 수 있었던 것이다. 그에게는 차라리 물에 빠져 옷을 벗어 버릴 기회가 필요했다는 생각이 들었다. 그때 나는 나 자신이 불쌍하게 느껴지기 시작했고, 그에게 기성복 가게를 통째로 주는 것보다 나에게 무명 셔츠 한 벌을 주는 편이 더 훌륭한 자선이 되리란 걸 깨달았다. 악의 가지를 잘라 내는 사람이 천 명이라면 악의 뿌리를 치는 사람은 한 명뿐이다. 빈궁한 사람에게 많은 양의 시간과 돈을 주는 사람은, 그런 자신의 생활 방식으로 그가 줄이고자 애쓰는 상대방의 불행을 최대한으로 부추기고 있는 셈이다. 열 번째 노예가 팔릴 때마다 그 수입의 대가로 나머지 노예들에게 일요일 하루 동안의 자유를 허락하는, 독실한 노예 상인과 다를 바 없다. 어떤 이들은 가난한 사람들을 자신의 부엌에 고용하는 행위로 친절을 베푼다. 하지만 부엌일을 직접 하는 것이 더 친절한 행동이 아닐까? 당신은 수입의 10분의 1을 자선에 쏟는다고 자랑하는데, 10분의 9를 자선에 쓰고 그걸로 자선을 끝내는 게 좋을지도 모른다. 사회는 재산의 10분의 1만을 되돌려 받는 셈이다. 이는 재산을 갖게 된 자의 아량 덕분인가, 아니면 공정해야 할 공무원들의 태만 때문인가?

자선은 인류가 충분히 가치를 인정한 거의 유일한 미덕이다. 아니, 지나치게 과대평가되고 있다. 자선을 과대평가하는 요인은 우리의 이기심에 있다. 어느 화창한 날, 이곳 콩코드에서 건장하지만 가난한 남자가 나에게 같은 마을에 사는 어떤 사람을 칭찬했는데, 가난한 사람에게 친절을 베푼다는 이유에서였다. 그 가난한 사람이란 자기 자신을 가리키는 말이었다. 친절한 아저씨와 아주머니들이 인류의 진정한 정신적 아버지와 어머니들보다 더 존경받고 있다. 학식과 지성을 갖춘 어느 목사가 영국에 대해 설교하는 내용을 들은 적이 있다. 그는 영국의 과학과 문학, 정치 분야의 명사인 셰익스피어, 베이컨, 크롬웰, 밀턴, 뉴턴 및 다른 이들의 이름을 하나하나 나열한 다음, 영국의 기독교 영웅들에 대해 말하면서, 직업이 목사라서 어쩔 수 없다는 듯이 그 영웅들을 영국의 명사들보다 훨씬 높은 자리로, 위인들 중에서도 가장 뛰어난 위인들로 끌어올렸다. 그 영웅들이란 펜[76], 하워드, 프라이 부인[77]이었다. 설교를 들은 모두가 분명 거짓과 위선을 느꼈을 것이다. 그들은 영국 최고의 위인이 아니다. 그저 영국 최고의 자선가 정도일 것이다.

자선 행위에 마땅히 돌아갈 찬사를 조금이라도 깎아내리고 싶은 생각은 없다. 단지 그 삶과 업적으로 인류에게 축복이 된 모든 이들을 공정하게 대해 달라는 뜻이다. 나는 사람의 강직함과 자비심을 가장 중시하지는 않는다. 그런 것은 말하자면 사람의 줄기와 잎이다. 푸른빛이 시들어 병자들에게 줄 허브 차로나 삼는 그런 식물들은 보잘것없는 용도로만 쓰이며 돌팔이 의사들이 애용하기 마련이다. 나는 사람의 꽃과 열매를 원한다. 어떤 향기가 그로부터 나에게 풍겨 오기를, 어떤 원숙함이 우리의 교제에 풍미를 더해 주기를 바란다. 그의 친절은 부분적이고 일시적인 행위가 아니라 끊임없이 넘쳐흐르는 것이어야 한다. 그에게 어떤 대가도 치르게 하지 않으며 그래서 그가 대가를 치른다는 사실을 자각하지 못하는 것이어야 한다. 이것이 허다한 죄를 덮어 주는 자선이다.[78] 박애주의자는 툭 하면 자신이 벗어던진 슬픔의 기억을 꺼내 대기처럼 인류를 둘러싸고는 그것을 연민이라고 부른다. 우리는 절망이 아닌 용기를, 질병이 아닌 건강과 평온을

76) 퀘이커교의 지도자로 펜실베이니아를 개척한 윌리엄 펜.

77) 교도소 개혁에 힘쓴 영국의 엘리자베스 프라이.

78) 신약 성경 「베드로 전서」 4장 8절을 빗댄 표현. "무엇보다도 먼저 서로 뜨겁게 사랑하십시오. 사랑은 허다한 죄를 덮어 줍니다." 표준새번역본 참조.

나누어야 하며 절망과 질병이 전염병처럼 확산되지 않도록 주의를 기울여야 한다. 통곡 소리가 들려오는 곳은 남부의 어느 평원인가? 우리가 빛을 보내야 할 이교도는 어느 지역에 살고 있는가? 우리가 구해 내야 할 저 무절제하고 잔인한 인간은 누구인가? 사람은 아파서 제 역할을 수행하지 못하게 되면, 심지어 배가 아프기만 해도―배는 연민이 자리 잡은 곳인 까닭에― 곧장 세상을 개혁하는 일에 착수한다. 자기 자신이 소우주인 그는 세상이 그동안 풋사과를 먹어 왔음을 발견한다. 이것이야말로 진정한 발견이며, 문제를 해결할 사람은 바로 자신이라고 그는 생각한다. 실제로 그가 보기에 지구는 커다란 풋사과이며, 인간의 자식들이 사과가 익기도 전에 조금씩 갉아 먹어 버릴 것이라는, 생각만으로도 끔직한 위험이 존재하는 곳이다. 그는 강렬한 인류애에 사로잡혀 곧장 에스키모와 파타고니아 사람들을 찾아 나서며, 인구가 많은 인도와 중국의 마을을 껴안는다. 그리고 이런 식으로, 몇 년 간 자선 활동을 하고 나면―그러는 동안 권력자들은 나름의 목적을 위해 그를 이용한다.― 의심할 바 없이 그의 위장병은 치료되고 지구의 한쪽 뺨이나 양쪽 뺨은 익어 가기 시작한 과일처럼 희미한 홍조를 띤다. 삶은 미숙함을 벗고 다시 달콤하고 건강해진다. 그러나 나는 지금까지 내가 저지른 죄보다 더 큰 죄가 있으리라고는 상상할 수가 없다. 나처럼 형편없는 인간은 지금까지도 본 적이 없고 앞으로도 만나지 못할 것이다.

　나는 사회를 개혁하려는 사람을 그토록 슬프게 하는 원인은 괴로움에 시달리는 동료 인간들에 대한 연민이 아니라, 그가 신의 가장 신성한 아이임에도 개인적으로 겪어야 하는 고통 때문이라고 믿는다. 그 고통을 치유하고, 그에게 봄을 가져다주고, 그의 침대 위로 아침이 떠오르게 해 보라. 그러면 그는 변명도 없이 자신의 관대한 동료들을 버릴 것이다. 내가 담배를 끊어야 한다고 설교를 늘어놓지 않는 이유는 담배를 씹어 본 적이 없기 때문이며, 그런 설교는 담배를 씹어 보았으나 이제는 끊은 사람들이 치러야 할 죗값이다. 물론 씹어 본 다른 많은 것들에 대해서는 얼마든지 반대를 주장할 수 있다. 혹시 어쩌다가 이런 자선 행위 중 하나라도 하게 된다면, 오른손이 한 일을 왼손이 모르게 하라. 알릴 만한 일이 아니기 때문이다. 물에 빠진 사람을 구해 준 뒤에는 자신의 신발 끈이나 묶으라. 잠깐 쉬었다가 자유롭게 할 수 있는 일을 시작하라.

우리의 관습은 성도들의 교제로 인해 타락해 버렸다. 우리의 찬송가에서는 신을 저주하면서도 영원히 그를 참아 내라는 선율이 울려 퍼진다. 누군가는 예언자와 구원자도 인간의 희망을 확증해 주기보다는 인간의 두려움을 위로해 주었을 뿐이라고 말할 것이다. 삶이라는 선물에 대한 소박하고 억누를 수 없는 만족이나 신에게 바치는 기억할 만한 칭송은 어디에도 기록되어 있지 않다. 모든 건강과 성공은 제아무리 먼 곳에 고립되어 있는 것처럼 보일지라도 나에게 유익하다. 모든 질병과 실패는 그것이 나를, 혹은 내가 그것을 제아무리 깊이 동정할지라도 나에게 해롭다. 그러니 정말 인디언 특유의 방식으로, 혹은 식물학적 방식이나 자성적 방식[79] 아니면 자연적인 방식으로 인류를 회복시

---

79) 독일 의학자 프리드리히 안톤 메스머는 '동물 자기'라는 생체 에너지를 이용한 최면 치료법을 발명했다.

키고 싶다면, 우선 우리 자신이 대자연처럼 소박하고 건강해지도록 하자. 우리 이마 위에 드리워진 구름을 걷어 버리고 우리의 숨구멍으로 약간이나마 생기를 받아들이자. 가난한 사람의 감독이 되기를 기다리지 말고 세상에서 가치 있는 사람들 중의 하나가 되고자 노력하자.

페르시아의 시라즈에서 태어난 시인 사디가 쓴 『굴리스탄』, 즉 『장미원』이라는 책에서 읽은 내용이다. "그들이 현자에게 물었다. '지극히 높은 신께서 만드신 높다랗고 그늘이 넓은 이름난 여러 나무들 중에서, 자유롭다고 불리는 나무는 열매도 맺지 못하는 삼나무뿐입니다. 여기에 숨은 신비가 무엇입니까?' 현자가 답했다. '모든 나무는 적절한 열매와 정해진 철이 있어, 그 철이 지속되는 동안에는 생기가 넘치며 꽃을 피우지만 철이 지나면 마르고 시든다. 그러나 삼나무는 열매도 제철도 없으니 언제나 번성한다. 이것이야말로 자유로운 이들, 즉 종교에서 독립한 이들의 특징이다. 그러니 그대의 마음을 덧없는 것에 쏟지 말라. 칼리프[80] 백성이 멸망한 뒤에도 티그리스 강은 바그다드를 통과하며 계속 흐를 것이다. 그대의 손에 많은 것이 있다면 대추나무처럼 관대하게 베풀라. 그러나 손에 베풀 것이 아무 것도 없다면 삼나무처럼 자유로운 사람이 되라.'"

---

80) 과거 이슬람 국가 통치자의 칭호.

보완하는 시[81]
−빈곤의 허세

가련하고 빈곤한 이여, 그대 주제넘게도

어찌 하늘의 한자리를 요구하는가.

그대의 초라한 오두막, 그 나무통이

값없는 햇빛 속에서나 그늘진 샘가에서

풀뿌리, 채소와 함께 나태하고 현학적인 덕을 기른다는 이유로.

그곳에서 그대의 오른손은

줄기에서 아름다운 미덕을 가득 꽃피울

인간의 정열을 그 마음에서 잡아 뜯어

본성을 타락시키고 감각을 마비시켜

고르곤[82]이 그랬듯이 활기찬 인간들을 돌로 바꿔 버린다.

억지로 절제하며

기쁨도 슬픔도 모르는 듯 우둔함을 가장하니

그대와의 무미건조한 교제는 필요치 않다.

적극성은 고사하고 마지못해

거짓으로 끌어올린 그대의 기개도 필요치 않다.

변변치 못한 처지에 안주한 이 비천한 무리는

---

81) 17세기의 영국 시인 토머스 커루가 쓴 유일한 궁정 가면극 『코엘룸 브리
타니쿰(Coelum Britannicum)』에서 인용. 시의 제목은 소로가 직접 붙인 것
으로, 소로는 자신의 견해와 입장이 대립되는 이 시를 실어 독자에게 두 가
지 삶의 방식을 비교해 볼 기회를 준다.

82) 그리스 신화에 등장하는 세 자매 괴물로, 머리카락은 뱀이며 멧돼지의
어금니를 가지고 있다. 눈이 마주치면 누구든 돌로 변해 버린다.

그대의 노예근성에 잘 어울리는구나.
그러나 우리가 주창하는 미덕은
넘쳐흘러도 좋은 것들뿐이니,
용맹스럽고 관대한 행위, 왕과도 같은 기품
만물을 꿰뚫어 보는 현명함, 한계를 모르는 아량
그리고 태곳적부터 이름을 붙이지 못하고
헤라클레스와 아킬레우스, 테세우스 같은
귀감만을 남겨 놓은 그 영웅적인 미덕이다.
그대의 역겨운 암자로 돌아가라.
그리고 새롭게 빛나는 별을 볼 때면
그 위인들이 어떤 존재였는지 열심을 내어 알아보라.

어디에서 어떤 목적으로 살았는가

우리는 인생의 특정 계절에 이르면 어디를 가든 집터가 될 가능성을 타진해 보는 버릇이 생긴다. 나도 그런 식으로 내가 사는 곳으로부터 사방 20킬로미터 이내에 있는 땅을 둘러보았다. 모두 매물로 나온 것이어서 가격을 알고 있었기 때문에 상상 속에서 그 모든 농장을 잇따라 사들였다. 머릿속에서 나는 농장을 하나하나 살펴보고 농부가 키운 야생 사과를 맛보며 그와 농사에 대한 이야기를 나누었다. 값은 얼마를 부르든지 간에 그 농장을 사서 다시 그에게 저당을 잡혔다. 심지어 원래 가격보다 더 높은 가격을 매기기도 했다. 모든 것을 인수하되 땅문서만은 받지 않고 대신 농부의 말을 믿었는데, 내가 말하기를 무척 좋아하는 사람이기 때문이었다. 나는 그 땅을 경작했고 어느 정도는 농부를 경작한 셈이기도 했다. 그리고 농사일을 실컷 즐긴 다음에는 농부에게 넘겨주고 물러났다. 이런 경험 때문에 친구들은 나를 일종의 부동산 중개인으로 여겼다. 어디에 앉든지, 그곳이 내 삶의 터전이 될지도 몰랐으며 풍경은 나를 중심으로 펼쳐졌다. 집이란 **세데스(sedes)**, 즉 앉은 자리가 아니고 무엇이란 말인가? 그 자리가 시골이라면 금상첨화다. 나는 빠른 시일 내에 개발되지 않을 것 같은 집터를 많이 찾아냈다. 어떤 이들은 그곳이 마을에서 너무 멀다고 생각할지 모르지만 내가 보기에는 마을이 그곳에서 너무 멀리 떨어져 있었다. 그래, 여기에서 살 수도 있겠군. 나는 이렇게 말했다. 그리고 그곳에서 한 시간 동안 여름과 겨울을 살아 보았다. 겨울과 꿋꿋이 싸우다가 봄이 찾아오는 광경을 바라보며 여러 해를 보내는 모습도 상상했다. 장차 이 지역에 살게 될 주민들은 어디에 집을 짓든, 자기보다 먼저 그런 일이 생길 거라고 예측했던 이가 있었음을 믿어도 좋다.

땅을 과수원과 숲과 목장으로 나누고, 멋진 떡갈나무와 소나무 중에서 어느 것을 문 앞에 그대로 남겨 둘 것이며 고목나무들을 각각 어느 쪽에서 봐야 가장 근사할지를 결정하는 데는 오후 몇 시간이면 충분했다. 결정이 끝나면 땅을 경작하지 않고 그대로 두었다. 그대로 놔둘 수 있는 것이 많을수록 부자이기 때문이다.

상상력은 날개를 펼쳐 나는 농장 몇 곳의 선매권을 갖는 데까지 나아갔다. 선매권은 내가 원한 전부였다. 하지만 나는 농장을 실제로 소유했다가 손해를 본 경험은 없었다. 실제로 소유할 뻔했던 경험이라고 해 봐야 할로웰 농장을 샀을 때였다. 밭에 뿌릴 씨앗을 고르고 그것을 운반할 손수레를 만들려고 재료를 모으기 시작한 뒤였는데, 땅 주인이 땅문서를 넘겨주기 전에 그의 아내가 마음을 바꿔—어떤 남자에게나 이런 아내가 있기 마련인데—농장을 계속 보유하고 싶다고 했다. 땅 주인은 나에게 해약금으로 10달러를 제시했다. 솔직히 말하면, 당시 전 재산이 10센트였는데 내 산술 능력으로는 내가 10센트를 가진 사람인지, 농장을 가진 사람인지, 10달러를 가진 사람인지 아니면 그 모두를 가진 사람인지 알 수가 없었다. 그러나 나는 그 정도면 농장을 소유할 만큼 소유해 봤다는 생각이 들어, 땅 주인에게 10달러와 농장을 그냥 가지라고 했다. 아니, 그보다는 그에게 관용을 베풀어 내가 산 값 그대로 농장을 팔되, 부자가 아닌 그에게 10달러를 선물로 준 셈이었다. 그래도 나에게는 10센트와 씨앗 그리고 손수레를 만들 재료가 남아 있었다. 이리하여 나는 가난한 형편에 손해를 보지 않고서도 부자로 살아 볼 수 있었다. 그러나 경치는 소유할 수 있었으므로 그 뒤로 매년 손수레 없이도 그 경치의 소산을 운반해 왔다. 경치에 관해서라면 이렇게 말하고 싶다.

"나는 내가 **둘러본** 모든 것의 군주이며,
그런 내 권리에 반박할 이는 아무도 없다."[1]

나는 시인이 농장의 가장 값진 부분을 마음껏 즐기다 돌아가는 모습을 자주 보았다. 그러나 무뚝뚝한 농부는 그가 야생 사과 몇 알만 가져갔다고 생각한다. 아, 여러 해가 지나는 동안에도 농부는 알지 못한다. 시인이 그 농장을 눈에 보이지 않는 가장 훌륭한 울타리인 운율 속에 옮겨 두고 사실상 거기 가둔 채로

----

[1] 낭만파 시인들에게 영향을 미친 18세기 영국 시인 윌리엄 쿠퍼(William Cowper)의 시.

젖을 짜고 지방을 걷어 낸 뒤 크림을 모두 가져가 버렸으며 농부에게는 탈지유만 남겨 놓았다는 사실을 말이다.

내가 보기에 할로웰 농장의 진짜 매력은 완전히 외진 곳에 있다는 점이었다. 마을에서는 3킬로미터 이상, 가장 가까운 이웃과는 800미터쯤 떨어져 있고, 사이에 넓은 밭이 있어 큰길과도 거리가 멀었다. 게다가 강을 끼고 있었는데, 땅 주인은 봄이면 강에서 발생한 안개가 서리로부터 땅을 보호해 준다고 말했지만 나에게는 전혀 중요하지 않았다. 폐허에 가까운 잿빛 집과 헛간, 다 허물어져 가는 울타리마저 마음에 들었는데, 그 울타리는 나와 땅 주인 사이에 상당한 거리를 만들어 주었다. 이끼로 뒤덮인 속 빈 사과나무에는 토끼가 갉아 먹은 자국이 있어 내가 어떤 종류의 이웃을 갖게 될지 알려 주었다. 그러나 가장 큰 매력은 처음에 배를 타고 그 강을 따라 올라갔을 때의 추억이었다. 그때 그 집은 붉은 단풍나무의 빽빽한 숲 뒤에 숨어 있었고 숲 사이로 그 집의 개가 짖는 소리가 들려왔다. 나는 주인이 돌을 파내고 속이 빈 사과나무를 자르고 목초지에서 자라난 어린 자작나무를 뿌리째 뽑아 버리기 전에, 요컨대 그가 개량 작업을 조금이라도 더 진행하기 전에 서둘러 농장을 샀다. 금방 말한 그런 매력을 만끽하기 위해서라면 그 농장을 짊어질 각오가 돼 있었다. 아틀라스처럼 세계를 내 어깨에 짊어지고[2]—아틀라스가 그 대가로 어떤 보상을 받았는지는 듣지 못했다.— 어떤 노고라도 감수할 작정이었다. 농장 값을 지불해서 방해받지 않고 그 농

---

[2] 그리스·로마 신화에서 거인 아틀라스는 제우스로부터 하늘을 떠받치는 형벌을 받는다.

장을 소유하려는 마음이 유일한 동기이자 이유였다. 그냥 놔두기만 해도 그 땅이 내가 원하는 종류의 작물을 풍성히 내주리란 사실을 내내 알고 있었기 때문이다. 그러나 앞에서 말했듯이 결국 농장은 내 소유가 되지 못했다.

그러니 대규모 농사에 관해—텃밭은 늘 가꿔 오긴 했지만—내가 할 수 있는 말이라고는 씨앗을 준비했었다는 것뿐이다. 많은 이들이 씨앗은 묵힐수록 좋아진다고 생각한다. 시간이 지나면 좋은 씨앗과 나쁜 씨앗은 틀림없이 구별된다. 그러니 마침내 씨를 뿌릴 때가 되면 실망할 확률이 낮아질 것이다. 그러나 비슷한 처지의 사람들에게 단언하고 싶다. "가능한 오랫동안 얽매이지 말고 자유롭게 사십시오. 농장에 얽매이든 시골 형무소에 얽매이든 별 차이가 없습니다."

고대 로마의 정치가인 대(大)카토는 나에게 농업 전문 잡지와도 같은 『농업론』에서—내가 본 유일한 번역본에서는 이 대목을 말도 안 되게 옮겼지만—다음과 같이 말한다. "농장을 살 생각이라면 욕심에 이끌려 사지 말고 심사숙고하라. 고생스럽더라도 직접 둘러보되 한 번 보았으니 충분하다고 생각하지도 말라. 좋은 농장이라면 자주 가 볼수록 더욱 마음에 들 것이다." 나는 농장을 욕심에 이끌려 사지 않고, 살아 있는 한 오래 둘러보고 둘러볼 것이다. 그리고 가장 먼저 거기 묻히게 된다면 결국 그 편이 흡족할 것이다.

다음은 이런 종류의 실험 중 두 번째로, 편의상 2년간의 경험을 1년으로 압축해 좀 더 자세히 설명하고자 한다. 앞서 말했듯이 나는 절망의 송가를 쓰려는 게 아니라 아침을 맞아 홰대에 앉은 수탉처럼 위풍당당 자랑을 해 보려는 것이다. 덕분에 이웃들이 잠에서 깨어난다면 좋으리라.

처음 숲 속에 거처를 정한 날, 다시 말해 낮뿐 아니라 밤도 지내기 시작한 날은 우연히도 1845년 7월 4일, 독립 기념일이었다. 집은 월동 준비를 끝마치지 못해 비를 막아 주는 정도였다. 회벽이나 굴뚝도 없었고 벽이랍시고 있는 것은 비바람에 변색된 거친 판자들뿐이었으며, 판자 틈이 넓어 밤이 되면 추웠다. 곧게 자르고 다듬은 흰 샛기둥과 새로 대패질한 문과 창틀 덕분에 집은 깨끗하고 시원해 보였고 목재가 이슬에 흠뻑 젖은 아침에는 더욱 그러했다. 그래서 나는 정오쯤이면 목재에서 향긋한 진액이 배어 나오리라는 상상에 빠지곤 했다. 상상 속에서 집은 낮동안에도 그런 새벽빛의 특징을 제법 간직하고 있었기에, 1년 전에 갔던 산 위의 어떤 집이 떠올랐다. 공기가 잘 통하고 회벽을 바르지 않은 오두막집이었는데, 여행 중인 신을 대접하기에도 좋고 여신이 옷자락을 끌며 거닐 만한 곳이기도 했다. 내 집을 스쳐 간 바람은 산마루를 휩쓰는 그런 바람이었으며 지상의 음악 중에서 끊어진 부분, 즉 천상에 속한 선율만을 전해 주었다. 아침 바람은 쉴 새 없이 불고 창조의 시는 끊이지 않는다. 그러나 그것을 듣는 귀는 거의 없다. 속세를 한 걸음 벗어나기만 하면 어디에나 올림포스 산[3]이 있다.

배 한 척을 제외하면 이전에 내가 소유해 본 집은 천막 하나가 전부였다. 천막은 여름에 여행을 떠나면 가끔 쓰곤 했는데 둥글

---

3) 그리스 신화에서 신들의 거처.

게 말아 아직도 다락방에 보관하고 있다. 하지만 배는 이 사람 저 사람의 손을 거치다가 세월의 강물에 떠내려가 버렸다. 이제는 이렇게 더 튼튼한 거처가 생겼으니 세상에 자리 잡는 데 있어 조금이나마 진전을 이룬 셈이다. 매우 가벼운 옷을 걸친 이 집의 뼈대는 나를 둘러싼 일종의 결정체였으며 집을 지은 나에게 감응을 주었다. 윤곽만 그린 그림처럼 얼마간 함축성을 지니고 있었다. 집 안 공기가 신선함을 잃지 않으니 바람을 쐬러 밖에 나갈 필요가 없었다. 집 안에 있다기보다는 문 앞에 앉아 있는 것이나 다름없었는데, 비가 많이 내리는 날에도 그랬다. 『하리반사』[4]에는 "새가 없는 집은 양념하지 않은 고기와 같다."라는 내용이 있다. 내가 사는 집은 그렇지 않았다. 갑자기 나는 새들의 이웃이 되어 있었기 때문이다. 새를 한 마리 가두었기 때문이 아니라 내가 새들과 가까운 곳에 스스로를 가두었기 때문이다. 텃밭과 과수원을 자주 찾는 여러 새들뿐 아니라, 마을 사람에게는 세레나데를 불러 준 적이 아예 혹은 거의 없는, 몸집이 더 작고 더 짜릿하게 노래하는 숲의 새들, 그러니까 티티새, 개똥지빠귀, 풍금새, 방울새, 쏙독새 및 그 외에 많은 새들과 더 가까이 있었다.

나는 작은 호수 옆에 살았는데, 콩코드 마을에서 남쪽으로 2.5킬로미터 정도 떨어진 곳으로 마을보다 지대가 약간 높았고 그 마을과 링컨 마을 사이에 있는 드넓은 숲 한가운데에 있었다. 근방에서 유일하게 유명한 들판인 콩코드 전쟁터[5]에서 남쪽으

---

4) 5세기경에 쓰인 인도의 서사시.

5) 미국 독립 혁명의 포문을 연 렉싱턴 콩코드 전투가 1775년 4월 19일에 이곳에서 벌어졌다.

로 3킬로미터 정도 떨어져 있었다. 그러나 내 집은 숲 속에서도 너무 낮은 곳에 있어서, 800미터쯤 떨어진 맞은편 호숫가가 가장 먼 지평선이었다. 그곳은 호숫가의 다른 곳과 마찬가지로 숲이 무성했다. 첫 주에는 호수를 내다볼 때마다 높은 산비탈에 자리 잡은 산상 호수처럼, 바닥이 다른 호수의 수면보다 훨씬 높은 듯한 느낌이 들었다. 해가 떠오르면 호수는 밤마다 걸치는 안개 옷을 벗어 던졌고 여기저기에서 호수의 부드러운 잔물결이나 맑고 잔잔한 수면이 차츰 모습을 드러냈다. 그동안 유령 같은 안개는 한밤의 비밀 집회를 끝낸 것처럼 숲 곳곳으로 슬그머니 물러갔다. 산비탈에서 그렇듯이 이슬마저도 낮이 될 때까지, 어떤 곳보다 더욱 오래 나무에 맺혀 있는 듯했다.

8월의 가벼운 비바람이 잠깐씩 멎을 때면 이 작은 호수는 이웃으로서 가장 큰 진가를 발휘했다. 하늘은 흐리고 바람과 물은 미동도 하지 않아, 오후가 반쯤 지났을 뿐인데도 초저녁처럼 더없이 평온하고 티티새의 노랫소리가 호숫가 곳곳에서 들려왔다. 이런 호수는 그런 때야말로 가장 잔잔하다. 호수 위의 맑은 공기층이 구름 때문에 얇고 어두워진 탓에, 빛과 그림자로 가득한 수면이 그 자체로 지상에 자리 잡은 훨씬 훌륭한 하늘이 된다. 최근에 나무를 베어 낸 인근의 언덕 꼭대기에 오르면, 호수 건너편 남쪽으로 기분 좋은 경치가 펼쳐졌다. 호수 기슭에서 뻗어 나간 언덕의 널찍한 골짜기 너머로 마주 보며 이어진 산비탈이 보이는데, 숲의 울창한 골짜기를 따라 개울이 흐를 것 같았지만 개울은 없었다. 눈으로 그쪽을 쭉 훑으면 가까이에 있는 초록 언덕 사이와 그 너머로, 푸른빛으로 물든 더 멀고 높은 산들이 지평선을 수놓고 있었다. 발돋움을 하면 북서쪽으로 훨씬 더 푸르고 더 멀리 있는 산맥들의 봉우리도 어렴풋이 보였는데, 그야말로 천상의 조폐국에서 찍어 낸 푸른 동전이었다. 마을의 일부도 보였다. 그러나 다른 방향으로는 그 높이에서도 나를 둘러싼 숲 너머로 아무 것도 보이지 않았다. 근처에 물이 있으면 땅에 부력을 가해 띄워 주기 때문에 좋은 점이 있다. 매우 작은 우물이라도 한 가지 가치는 있으니, 우물을 들여다보면 땅이 대륙이 아니라 섬이라는 사실을 알게 된다. 우물이 버터를 차갑게 보존한다는 것만큼이나 중요한 사실이다. 이 언덕 꼭대기에서 호수 저편의 서드베리 초원 쪽을 바라보면—홍수 때 보니 그 초원은 신기루 효과 때문인지, 소용돌이치는 계곡 가운데에 대야 속 동전처럼 떠 있었는데—호수 너머의 모든 땅은 중간에 낀 이 작은 호수 때문에 빵에서 떨어져 나와 둥둥 뜬 얇은 빵 껍질처럼 보였고 내가 살고 있는 이 땅이 그저 **물이 마른 땅**임을 깨우쳐 주었다.

내 집 문에서 보이는 풍경은 훨씬 제한적이었지만 갑갑하거나 비좁다는 느낌은 전혀 들지 않았다. 상상력을 펼칠 초원이 있었기 때문이다. 맞은편 호숫가를 따라 자리 잡은, 낮은 떡갈나무 고원은 서부 대평원과 타타르 족이 누비던 대초원까지 뻗어나가 모든 유랑민에게 넉넉한 공간을 제공해 주었다. "광대한 지평선을 자유롭게 즐기는 이 외에는 세상에 행복한 자가 없도다." 다모다라[6]가 자기 가축들에게 새롭고 더 넓은 목장이 필요하게 되자 했던 말이다.

장소와 시간에 변화가 일어나, 나는 나를 가장 매혹시켰던 우

6) 힌두교의 신 크리슈나의 다른 이름.

주의 여러 영역과 역사의 여러 시대에 더 가까이 살게 되었다. 내가 사는 장소는 천문학자들이 밤마다 관측해 온 무수한 우주 공간처럼 멀리 떨어진 곳이었다. 사람들은 멀지만, 하늘과 좀 더 가까운 우주의 어느 모퉁이에, 별자리 '카시오페이아의 의자' 너머에, 소음과 소란을 벗어난 진귀하고 즐거운 장소가 있을 거라고 상상하곤 한다. 나는 내 집이 실제로 그렇게 세상과 먼 곳, 언제까지나 새롭고 때 묻지 않는 우주의 일부분에 자리하고 있음을 깨닫게 되었다. 플레이아데스성단이나 히아데스성단, 알레바란 성이나 견우성과 가까운 곳에 사는 것이 가치 있는 일이라면, 나는 실제로 그런 곳에 살고 있었다. 내가 등지고 온 생활로부터 그 별들만큼이나 멀리 떨어져 있어, 가장 가까운 이웃의 눈에도 명멸하는 미세한 빛줄기에 불과했기에 오직 달 없는 밤에만 보일 터였다. 내가 터 잡은 곳은 우주에서도 바로 그러한 곳이었다.

"한 양치기가 살았는데
높은 생각을 품었다네.
양 떼가 매시간 그에게 젖을 주던
그 산만큼 높았다네."[7]

양 떼가 항상 양치기의 생각보다 더 높은 목초지를 찾아 배회한다면 그 양치기의 삶은 어떻게 될까?

---

7) 1610년 출간된 영시선집 『뮤즈의 정원(The Muses' Garden)』에 실린 작자 미상의 시.

매일 아침은 자연 자체와 같이 소박하게, 말하자면 순수하게 삶을 꾸려 가라고 말하는 기분 좋은 초대장이었다. 나는 그리스인들만큼이나 진심으로 새벽의 여신 에오스를 숭배해 왔다. 아침 일찍 일어나 호수에서 목욕을 했다. 그것은 종교 의식이었으며 내가 했던 가장 훌륭한 일 중의 하나였다. 탕왕[8]의 욕조에는 다음과 같은 취지의 글이 새겨져 있다고 한다. "날마다 자신을 완전히 새롭게 하라. 날이면 날마다 새롭게 하며 영원히 새롭게 하라." 나는 그 말을 이해할 수 있다. 아침은 영웅의 시대를 되살린다. 문과 창문을 열고 앉아 있던 첫새벽에, 보이지도 않고 상상할 수도 없는 모습으로 방 안을 돌아다니는 희미한 모기 소리가 들렸다. 그 소리는 지금껏 명성을 칭송한 그 어떤 나팔 소리 못지않게 큰 감동을 주었다. 호메로스의 진혼곡이라 할 만했다. 분노와 방황을 노래하며 공중에서 울려 퍼지는 『일리아스』와 『오디세이아』였다. 거기에는 무한한 뭔가가 깃들어 있었으니, 허락되는 한 언제까지나 세상의 영원한 활력과 번식력을 널리 알리고자 하는 소리였다. 하루 중 가장 인상적인 때인 아침은 잠이 깨는 시간이다. 졸음이 가장 멀리 달아난 시간이다. 밤낮 자기만 하는 우리 몸의 어떤 일부분도 최소한 그 한 시간 동안은 깨어 있다. 우리가 기계적인 하인의 손길에 의해서가 아니라 자신의 특별한 재능에 의해 잠에서 깨어난다면, 공장의 종소리가 아니라 물결치는 천상의 음악을 듣고 공중에 가득한 향기를 맡으며 새로 얻게 된 스스로의 힘과 내적인 열망에 의해 깨어난다면, 우리는 잠이 들었던 순간보다 더 고귀한 삶을 향해 깨어나

8) 중국 은나라의 시조.

118

는 것이다. 그리하여 어둠은 그 열매를 맺고, 빛만큼이나 유익하다는 사실을 스스로 증명하게 된다. 그렇지 않다면 그것을 하루라고 부를 수 있을지언정, 그날에 기대할 것은 거의 없다. 하루하루가 자신이 이미 더럽힌 시간보다 더 이르고 더 신성한 새벽 시간을 품고 있음을 믿지 않는 사람은 삶에 절망해 캄캄한 내리막길을 따라가고 있는 사람이다. 감각을 즐겁게 하는 삶을 불완전하게나마 그만두고 나면 사람의 영혼, 아니 사람의 기관들은 매일 소생하고 사람의 정신은 숭고한 삶을 꾸려 나가고자 다시금 애쓰게 된다. 내 생각에 모든 기억할 만한 사건은 아침 시간에 그리고 아침 정취 속에서 일어난다. 힌두교 경전인 『베다』에는 "모든 지성은 아침과 함께 깨어난다."라는 말이 있다. 시와 예술 및 가장 아름답고 기억할 만한 인간의 행동은 그런 시간에 시작된다. 모든 시인과 영웅은 멤논과 마찬가지로 새벽의 여신 에오스의 자녀이며, 그들은 해가 뜰 때 자신의 음악을 퍼뜨린다. 태양과 보조를 맞추어 경쾌하고 활기차게 사고하는 사람에게 하루는 영원히 지속되는 아침이다. 시계가 몇 시를 알리든, 사람들이 어떤 태도로 어떤 일을 하든 상관없다. 내가 깨어 있고 내 속에 새벽이 있다면 그때가 바로 아침이다. 도덕적 개혁이란 잠을 쫓으려는 노력이다. 계속 졸고 있었던 게 아니라면, 자신의 하루에 대해 왜 그토록 빈약한 설명만 늘어놓는가? 계산에 그리 약하지도 않으면서 말이다. 졸음에 정복당하지 않았다면 뭐든 이루어 냈을 것이다. 육체노동을 할 만큼 깨어 있는 사람은 수백만 명이다. 그러나 지적 능력을 효과적으로 발휘할 만큼 깨어 있는 사람은 백만 명 중 한 명이며, 시적인 혹은 신성한 삶을 살 만큼 깨어 있는 사람은 1억 명 중 오직 한 명뿐이다. 깨어 있다는 것은 살아 있다는 것이다. 나는 지금까지 정말로 깨어 있는 사람을 만난 적이 없다. 그러니 어찌 그와 얼굴을 마주할 수 있었겠는가?

우리는 기계적인 도움을 받고 깨는 것이 아니라, 깊고 깊은 잠에 빠지더라도 우리를 저버리지 않는 새벽을 무한히 기대하며 다시 깨어나고 그렇게 깨어 있는 상태를 유지하는 법을 배워야 한다. 인간에게는 의식적인 노력으로 자신의 삶을 개선하는 확실한 능력이 있으며, 나는 이보다 더 고무적인 사실을 알지 못한다. 특별한 그림을 그리거나 동상을 조각해서 대상을 아름답게 만드는 것은 훌륭한 일이다. 그러나 그런 대상을 바라볼 때의 분위기나 수단을 조각하고 색칠하는 것이야말로 훨씬 영광스러운 일이며, 실제로 우리가 할 수 있는 일이다. 가치 있는 하루가 되도록 영향을 미치는 것, 그것이야말로 최고의 예술이다. 모든 사람은 가장 고귀하고 중요한 시간에 자신의 삶을 그 세세한 부분까지 관조할 가치가 있도록 애쓸 의무가 있다. 혹시 우리가 우리에게 주어진 사소한 정보를 거부하거나 소모해 버리더라도, 어떻게 그 의무를 다할 수 있는지는 신탁이 똑똑히 알려 줄 것이다.

내가 숲으로 간 까닭은 의도적인 삶을 살고 싶었기 때문이다. 삶의 본질적인 사실만을 직면하며, 삶이 가르치는 바를 내가 배울 수 있는지 알아보고 싶어서였다. 그래서 죽음이 다가왔을 때 내가 제대로 살지 않았음을 깨닫는 일이 없도록 하기 위해서였다. 삶이란 무척 소중한 것이니, 나는 삶이 아닌 삶은 살고 싶지 않았다. 반드시 필요하지 않다면, 습관적으로 체념하며 살고 싶지도 않았다. 진심을 다해 살아가며 삶의 골수를 모두 빨아들이고 강건하게 스파르타 인처럼 살고 싶었다. 삶이 아닌 것은 모조리 궤멸시키고, 낫을 대담하게 휘둘러 풀을 바싹 잘라 내며 삶을 구석으로 몰아 최소한의 조건만 갖춘 상태로 끌어내린 다음, 삶이 저열한 것으로 밝혀진다면 그때는 그 저열함을 있는 그대로 낱낱이 파악하여 세상에 공표하고 싶었다. 반대로 삶이 숭고한 것이라면 경험으로 그것을 알아내 다음번 여행 때 정확히 설명하고 싶었다. 내가 보기에 대부분의 사람들은 삶이 악마의 것인지 신의 것인지 묘하게도 확신하지 못한다. 그래서 사람이 이 세상을 살아가는 주된 목적은 "신을 영화롭게 하고 영원토록 그를 향유하는 것"[9]이라고 **다소 성급하게** 결론지어 버린다.

신화에서는 우리가 오래전에 사람으로 바뀌었다고 말하는데 우리는 여전히 개미처럼 비천하게 살아간다.[10] 우리는 피그미 족[11]처럼 두루미와 싸우고 있다. 실수에 실수를 더하고 누더기 위에 누더기를 입는다. 우리의 가장 훌륭한 미덕이라는 게 쓸데없고 피할 수 있는 불행을 기회로 여기는 정도이다. 우리의 삶은 사소한 일로 허비된다. 정직한 사람은 계산할 때 대부분 열 손가락만으로 충분하며 극단적인 경우에는 발가락 열 개를 보태면 될 것이고 나머지는 하나로 묶어 버리면 된다. 간소하게, 간소하게, 간소하게 살자! 부디 해야 할 일을 백 가지나 천 가지로 늘리

---

9) 웨스트민스터 교리 문답 제1문의 답.

10) 그리스 신화에서 제우스는 아들인 아이아코스 왕이 전염병으로 거의 모든 백성을 잃고 탄식하자 그의 소원대로 개미 떼를 사람으로 만들어 준다.

11) 그리스 신화에 나오는 난쟁이족.

지 말고 두세 가지로 줄이자. 백만 대신에 여섯까지만 세고, 계산 결과를 엄지손톱에 기록하라. 문명 생활이라는 이 변덕스러운 바다 한복판에서는 구름과 폭풍과 유사(流砂)[12] 및 수많은 요소를 고려해야 한다. 배가 바다 밑으로 침몰해 항구에는 가 보지도 못하는 사태를 피하려면 추측 항법[13]으로 살아가야 한다. 계산 능력이 매우 출중하지 않는 한 성공은 불가능하다. 그러니 간소하게, 간소하게 살자. 하루 세 끼 대신 필요하다면 한 끼만 먹자. 백 가지 요리를 다섯 가지로 줄이고 다른 것들도 이와 같은 비율로 줄이자. 우리의 삶은 군소국들로 구성된 독일 연방과도 같다. 국경선이 끝없이 변하므로 독일 인조차 현재 국경선이 어떻게 되는지 알지 못한다. 미국 역시 소위 내부적 개선을 시행하고는 있지만, 실인즉 죄다 외부적이고 피상적인 개선인 탓에 거추장스럽고 비대하기만 한 기관이 되어 버렸다. 가구들 때문에 어지럽고 제가 놓은 덫에 걸려 버렸으며, 신중한 계획과 가치 있는 목표는 없으면서 사치와 무모한 지출만 일삼아 이 나라의 수많은 가정과 마찬가지로 망가지고 말았다. 이들에게 있어 유일한 구제책은 철저한 절약과 스파르타 인보다 더한 엄격하고 단순한 생활 그리고 숭고한 목표다. 미국은 너무 빠른 속도로 살고 있다. 분명 사람들은 **자신**은 어떻든 간에 **국가**는 상업을 하고 얼음을 수출하고 전신으로 통신하고 시속 50킬로미터로 전진해야 한다고 생각한다. 하지만 우리가 원숭이처럼 살아야 하는지, 아

---

12) 밟으면 빨려 들어가는 모래땅.

13) 선박의 현재 위치를 알 수 없을 때, 가장 최근에 파악한 위치를 기준으로 항로와 속도, 시간 등을 참조하여 현재 위치를 추정하고 항해하는 방법.

니면 인간답게 살아야 하는지에 대해서는 제대로 알지 못한다. 우리가 꼼목을 자르고 철로를 만들고 밤낮 그 일에 전념하는 게 아니라 **삶**을 개선한다며 땜질만 하고 다닌다면 누가 철도를 놓겠느냐고, 또 철도가 놓이지 않으면 어떻게 제때 천국에 도착하겠느냐고 말한다. 하지만 우리가 집에 머물며 각자의 일이나 잘 돌본다면, 누가 철도를 필요로 하겠는가? 우리가 철도를 타고 달리는 것이 아니다. 철도가 우리 위에서 달리는 것이다. 철로를 받쳐 주는 꼼목이 무엇인지 생각해 본 적이 있는가? 꼼목 하나는 곧 한 사람이다. 아일랜드 인이나 미국인이다. 그 사람들 위에 철로가 놓이고 모래가 덮이며, 기차는 그 위를 미끄러지듯 달린다. 장담컨대 그들은 견고한 꼼목이다. 몇 년마다 꼼목이 새로 깔리고 기차는 그 위를 달린다. 그러니 어떤 이들이 기차를 타고 달리는 즐거움을 누린다면, 다른 이들은 그 밑에 깔리는 불운을 겪는 셈이다. 그리고 기차가 잠결에 걷던 사람[14], 즉 잘못된 위치에 놓인, 쓰고 남은 꼼목을 치어 그를 깨우면, 사람들은 기차를 세우고 마치 뜻밖의 일이라도 일어난 듯이 야단을 떤다. 나는 꼼목이 수평을 유지하며 제자리를 이탈하지 않도록 8킬로미터 간격으로 관리 인력을 배치해야 한다는 사실을 알고 기쁜 마음이 들었다. 그것은 꼼목이 언젠가 다시 일어날 거라는 뜻이기 때문이다.

왜 삶을 낭비하며 조급하게 살아야 하는가? 우리는 배가 고프기도 전에 굶어 죽기로 작정한 사람들 같다. 제때의 바느질

14) 소로는 '꼼목'이라는 뜻과 '잠든 사람'이라는 뜻을 모두 가진 영어 단어 'sleeper'로 말장난을 하고 있다.

한 땀이 나중의 아홉 땀을 덜어 준다고 말하면서 내일의 아홉 땀을 덜고자 오늘 천 땀을 뜬다. 우리가 **일**이라고 하는 것들 중에서 정말 중요한 일은 하나도 없다. 우리는 무도병에 걸려 도무지 머리를 가만 두지 못한다. 내가 불이 났다고 알릴 때처럼, 그러니까 일정한 간격 없이 교회 종을 몇 번 당기기만 해도 콩코드 변두리의 농장에서 꾸물거릴 농부는 거의 없을 것이다. 오늘 아침만 해도 할 일이 많다고 수차례나 핑계를 대던 사람들이 만사를 제쳐 두고 종소리를 따라올 것이다. 아이들이나 여자들도 마찬가지이다. 진실을 고백한다면 대개는 불길에서 재산을 구하기 위해서가 아니라, 재산은 어차피 불에 탈 테니 불구경이나 하자는 마음이 훨씬 크고, 자신은 불을 지른 범인이 아님을 보여 주고 싶기 때문이다. 그게 아니면 진화되는 광경을 구경하다가 멋지게 해결될 것 같으면 좀 거들어 보려는 속셈이다. 그렇다, 불이 난 건물이 마을 교회라고 하더라도 마찬가지이다. 어떤 사람이 식사를 마치자마자 30분 동안 선잠이 들었다가 잠에서 깨자 고개를 들고 "새로운 소식 없어?"라고 묻는다. 나머지 인류가 그를 위해 보초라도 서고 있었던 것처럼 말이다. 어떤 이들은 30분마다 깨워 달라고 하는데, 분명 목적은 다르지 않다. 그런 다음에는 보답이랍시고 어떤 꿈을 꾸었는지 이야기한다. 하룻밤을 자고 난 뒤라면 그 소식은 아침 식사만큼이나 꼭 필요한 것이 된다. "세상 어디에서 누구에게 일어난 일이든 새로운 소식이 있으면 제발 말해 줘." 그리고 커피와 빵을 먹으며 신문을 읽는데, 어떤 남자가 오늘 아침 와치토 강에서 눈알이 뽑혔다는 기사다. 그러는 동안에도 그는 자신이 이 세상이라는 캄캄하고 깊이를 가늠할 수 없는 거대한 동굴에 살고 있으며, 자신도 흔적 기관 같은 눈 하나만 가지고 있을 뿐이라는 사실은 꿈에도 생각하지 못한다.

나는 우체국 없이도 편히 지낼 수 있을 것이다. 우체국을 통해 주고받을 중요한 내용이란 거의 없다고 생각한다. 비판적으로 말해, 우표 값이 아깝지 않은 편지를 평생 한두 통밖에 받지 못했다.— 몇 년 전에 글로 썼던 내용이다.— '1페니 우편 제도'는 흔히 무슨 생각을 하고 있는지 말해 주면 1페니를 주겠다는 시답잖은 농담이 진지하게 1페니를 지불하는 제도가 된 것이다. 또한 단언컨대, 나는 신문에서 기억할 만한 뉴스를 읽은 적도 없다. 누가 강도를 당했다거나, 살해됐다거나, 사고로 죽었다거나, 어떤 집에 불이 났다거나, 배가 난파됐다거나, 증기선이 폭발했다거나, 어떤 소가 서부 철도 노선에서 기차에 치었다거나, 어느 미친개를 죽였다거나, 겨울인데 메뚜기 떼가 나타났다는 내용을 신문에서 읽었다면, 두 번 읽을 필요가 없다. 한 번이면 족하다. 원칙을 알면 됐지 무수한 사례와 응용에 왜 신경을 쓴단 말인가? 철학자에게 소위 **뉴스**란 잡담거리에 불과하며 그것을 편집하고 읽는 사람들은 차를 홀짝이는 노파들이다. 그런데 그런 잡담거리를 갈구하는 사람들이 적지 않다. 듣자하니 일전에 어느 신문사에 최근 도착한 외신의 내용을 알아내겠다고 사람들이 몰려드는 바람에, 건물에 딸린 넓은 판유리 몇 장이 압력을 견디지 못하고 깨졌다고 한다. 이런 뉴스는 눈치 빠른 사람이라면 12개월 전에, 아니 12년 전에라도 얼마든지 정확하게 쓸 수 있었을 것이라고 나는 진심으로 생각한다. 예를 들어 스페인의 경우, 돈 카를로스와 인판타 공주, 혹은 돈 페드로와 세비야와 그라나다를 적절한 비율로 곳곳에 배치하고— 내가 신문에서 보았을 때와 이름이 달라졌을지 모르겠지만— 여타 마땅한 흥밋거리가 없을 때 투우 소식을 실으면 사실에 충실한 기사가 될 것이다. 그리고 같은 표제를 달고 나온 가장 간결하고 명쾌한 기사 못지않게 스페인의 정확한 실태 혹은 혼란상을 제대로 전달해 줄 것이다. 영국의 경우, 중요한 국내 뉴스거리 중에 가장 최근 사건은 1649년 혁명이었다. 혹시 영국의 연평균 농산물 수확량의 이력을 알게 되었다고 해도 단순히 금전적인 문제로 투자하는 사람이 아닌 이상 그 문제에 다시 신경 쓸 필요는 없다. 신문을 거의 들여다보지 않는 사람으로서 판단하건대 국외에서 일어나는 새로운 일은 없으며, 프랑스에서 일어나는 변혁도 예외가 아니다.

뉴스가 뭐기에! 결코 낡지 않는 것을 아는 편이 훨씬 중요하지 않은가! "위나라의 대부(大夫) 거백옥이 공자에게 사람을 보내 새로운 소식이 있으면 알려 달라고 했다. 공자는 사자를 가까이 앉히고 다음과 같이 물었다. '선생께서는 지금 무엇을 하고 계시는가?' 사자가 공손히 답했다. '스스로의 허물을 줄이고자 하시나 이루지 못하시는 듯합니다.' 사자가 돌아간 뒤 공자가 말했다. '참으로 훌륭한 사자로다! 훌륭한 사자로다!'"[15] 목사는 일주일의 끝을 장식하는 휴일에, 졸린 농부들의 귀를 장황한 설교로 새삼 괴롭혀서는 안 된다. 일요일은 헛되이 보낸 일주일을 적절히 끝맺는 날이지, 새로운 일주일을 산뜻하고 용감하게

---

15) 『논어』제14편 26절에서 인용.

시작하는 날은 아니기 때문이다. 그보다는 천둥 같은 목소리로 "중지! 그만! 그렇게 빠른 척하더니 실상은 왜 이리 느려 터졌는 가?" 하고 일갈해야 한다.

허위와 기만이 가장 완전한 진실로 평가되는 반면, 진실은 거짓으로 여겨진다. 사람들이 꾸준히 진실만 바라보면서 기만당하는 것을 용납하지 않는다면, 삶은 우리가 아는 것에 비유하자면 동화나 『천일 야화』에 나오는 재미난 이야기처럼 될 것이다. 필연적인 것과 존재할 권리가 있는 것만을 존중한다면, 음악과 시가 거리에 울려 퍼질 것이다. 서두르지 않고 현명하게 행동한다면 오직 위대하고 가치 있는 것들만이 영구적이고 절대적인 존재이며 사소한 두려움과 사소한 기쁨은 그저 현실의 그림자에 불과하다는 것을 깨닫게 된다. 그런 깨달음은 언제나 유쾌하고 숭고하다. 사람들은 두 눈을 감거나 졸거나 겉모양에 기꺼이 속아 넘어가면서, 판에 박힌 일상과 습관을 도처에 확립하고 강화한다. 하지만 그런 일상은 순전히 허구라는 토대 위에 세워져 있다. 삶이 곧 놀이인 아이들은 삶의 진정한 법칙과 관계를 어른들보다 더 분명히 식별하는 반면, 어른들은 가치 있게 사는 데 실패하면서도 경험 때문에, 즉 실패 때문에 자신들이 더 현명하다고 생각한다. 힌두교 경전에서 이런 내용을 읽은 적이 있다. "왕의 아들이 있었는데 갓난아기 시절에 태어난 도시에서 쫓겨나 숲지기의 손에서 자랐다. 그 상태로 어른이 되어 자신을 함께 사는 미개인 종족의 일원으로 생각했다. 그러다가 왕의 신하 중 하나가 그를 발견해 그가 누구인지 알려 주었고 그는 자신의 신분에 대한 오해를 풀고 왕자임을 자각하게 되었다." 그 힌두교 철학자는 말을 잇는다. "영혼도 마찬가지로 현재 처한 환경을 보고 자신의 신분을 오해한다. 그러나 어느 신성한 스승에 의해 진실이 드러나면 자신이 브라흐마[16]임을 자각하게 된다." 나는 우리 뉴잉글랜드 주민들이 이토록 비루한 삶을 사는 이유가 사물의 표면을 꿰뚫는 통찰력이 없기 때문이라고 생각한다. 우리는 '존재하는 것처럼 보이는 것'을 존재한다고 생각한다. 어떤 사람이 이 마을을 돌아다니며 오직 진실만을 본다면, '물방아 댐'[17]은 어디로 갈 것 같은가? 그가 마을에서 본 진실을 우리에게 이야기한다면 우리는 그가 어느 마을을 묘사하고 있는지 모를 것이다. 회관이나 재판소, 교도소, 상점, 주택을 바라보고 진실하게 응시하는 눈 앞에서라면 그것들이 진정 무엇으로 보일지 말해 보라. 설명하는 도중에 그 모든 것은 산산조각 날 것이다. 사람들은 진리가 아주 먼 곳에, 우주의 변두리에, 가장 멀리 떨어진 별 너머에, 아담 시대 이전과 마지막 인간 이후의 시대에 있다고 생각한다. 영원 속에 진실하고 숭고한 무언가가 있는 것은 사실이다. 그러나 모든 시간과 장소와 사건은 지금 여기에 존재한다. 신 역시 현재라는 순간의 정점에 위치하며, 지나가는 모든 시대를 통틀어 지금이야말로 신 자신이 가장 거룩한 때다. 그리고 우리는 우리를 둘러싼 진실을 끊임없이 빨아들이고 거기 흠뻑 젖어 들어야만 숭고하고 고귀한 것을 이해할 수 있게 된다. 우주는 끊임없이 그리고 순순히 우리가 품은 구상과 착상에

---

16) 힌두교 사상에서 창조의 신이자 영적 존재의 중심.

17) 이곳을 기원으로 마을이 형성되므로 마을 중심지를 가리키는 비유적 표현으로 쓰이기도 한다.

응답한다. 빠르게 가든 느리게 가든, 길은 우리 앞에 놓여 있다. 그러니 구상하고 착상하며 삶을 보내자. 시인이나 화가가 아무리 아름답고 고귀한 계획을 세웠더라도 어쨌든 후대의 누군가가 그것을 완성시켜 왔다.

하루라는 시간을 자연처럼 의도한 그대로 살아 보자. 호두 껍데기와 모기의 날개가 철로에 떨어진다고 매번 탈선하지는 말자. 아침 일찍 일어나 식사를 하든지 거르든지 요란을 떨지 말고 차분히 하자. 손님이 오가거나 종이 울리거나 아이들이 울어도 그대로 두자. 즉 하루를 즐겁게 보내기로 마음먹자. 왜 시류에 굴복해 휩쓸려야 하는가? 정오의 여울에 자리 잡은 만찬이라는 저 무시무시한 급류와 소용돌이에 당황하거나 압도당하지 말자. 이 위험을 극복하면 안전하다. 나머지 길은 내리막이기 때문이다. 등등한 기세와 아침의 활력으로, 오디세우스처럼 돛대에 몸을 묶고 눈앞의 위험이 아닌 다른 곳을 바라보며 급류를 통과해 나아가자. 기관차가 기적을 울리면, 울리다 목이 쉴 때까지 그대로 내버려 두자. 초인종 소리가 들린다고 왜 달려가야 하는가? 그런 소리가 어떤 음악이겠거니, 생각하면 될 일이다. 마음을 다잡고 할 일을 하며, 지구를 덮은 충적층, 즉 견해와 편견과 전통과 망상과 허울이라는 진창 속으로 발을 쑥 밀어 넣자. 파리와 런던을 지나고 뉴욕과 보스턴과 콩코드를 지나고 교회와 국가를 지나고 시와 철학과 종교를 지나면 드디어 제자리를 지키는 단단한 바닥과 바위에 이를 것이니, 우리는 그것을 진실이라 부르며 "여기가 정말 확실해!"라고 말할 수 있으리라. 그런 다음에는 홍수와 서리와 불이 닿지 않는 곳에 **거점**을 확보해, 성벽이나 나라의 토대를 놓거나 가로등 기둥을 하나 안전하게 세우거나 어쩌면 계측기를 하나 설치할 장소를 마련하자. 그 계측기는 '나일강 수위 측량기'가 아니라 '진실 측량기'로써, 후대 사람들은 이것을 보고 허위와 허울이라는 홍수가 때때로 얼마나 깊게 범람했는지 알 것이다. 우리가 진실과 정면으로 마주 선다면, 마치 언월도처럼 진실의 양날에서 햇빛이 어른거리는 모습을 보게 될 것이다. 그 감미로운 칼날이 우리의 심장과 골수를 쪼개는 것을 느끼며, 생애를 행복하게 마감하게 될 것이다. 삶이든 죽음이든 우리가 갈구하는 것은 오직 진실이다. 우리가 정말로 죽어 가고 있다면, 목구멍에서 나는 가르랑거리는 소리를 들으며 사지가 차가워지는 것을 느끼자. 그러나 살아 있다면, 할 일을 시작하도록 하자.

시간은 내가 낚시를 드리운 강물에 지나지 않는다. 나는 그 물을 마신다. 그러나 물을 마시는 동안 모래 바닥을 보며 얼마나 얕은지 알게 된다. 시간의 얕은 물줄기는 흘러가 버리지만 영원은 남는다. 나는 더 깊은 물을 마시고 싶다. 별들이 조약돌처럼 깔린 하늘에 낚시를 드리우고 싶다. 나는 숫자를 하나도 세지 못한다. 알파벳의 첫 글자도 모른다. 태어난 날만큼 현명하지 못하다는 사실이 늘 애석했다. 지성은 식칼과도 같다. 만물의 비밀을 포착해 헤집고 들어간다. 나는 정말이지 필요 이상으로 손을 바쁘게 놀리고 싶지 않다. 내 머리가 곧 손과 발이기 때문이다. 내 최고의 능력이 머릿속에 모두 집약되어 있음을 느낀다. 어떤 동물들이 주둥이와 앞발로 굴을 파듯이, 나에게는 머리가 굴을 파는 기관이라고 본능이 말해 준다. 그 머리로 나는 이 산들을 팔 것이다. 근처 어딘가에 노다지가 있을 거라는 생각이 든다. 그러니 수맥 탐사용 막대기와 가느다랗게 피어오르는 증기로 판단해 보련다. 이제 굴을 파기 시작해야겠다.

독서

    직업 선택에 좀 더 신중을 기한다면, 모든 사람은 아마 기본적으로 연구자와 관찰자가 될 것이다. 누구나 본성과 운명에 관심이 있기 때문이다. 우리가 자기 자신이나 후손을 위해 재산을 축적하고 가족이나 국가를 창설하거나 명성까지 얻는다 하더라도 우리는 죽게 되어 있다. 그러나 진리를 다룬다면 불멸의 존재가 되므로 변화나 재난을 겁낼 필요가 없다. 먼 옛날 이집트나 인도의 철학자가 신상을 덮은 베일의 한 귀퉁이를 들어 올렸다. 그 흔들리는 덮개는 여전히 들어 올려진 상태 그대로이고, 나는 옛 철학자와 마찬가지로 그 생생한 찬란함을 물끄러미 바라본다. 당시 그토록 대담한 행동을 했던 사람은 그 철학자 속에 있던 나 자신이고, 지금 그 광경을 되새기는 사람은 내 속에 있는 그 철학자이기 때문이다. 그 덮개에는 티끌 한 톨 내려앉지 않았다. 그 신상이 드러난 이래로 시간이 전혀 흐르지 않았기 때문이다. 우리가 진정으로 더 나은 사람이 되는 때, 혹은 더 나아질 수 있는 때는 과거나 현재나 미래라는 시간에 제약을 받지 않는다.

내 거처는 사색뿐 아니라 진지한 독서를 하기에도 대학보다 더 유리했다. 평범한 순회도서관이 찾아오는 범위에서 벗어난 곳이었지만, 세상 곳곳을 순회하는 여러 책들의 영향권에 그 어느 때보다도 깊이 들어가게 되었다. 그런 책에 실린 문장은 처음에는 나무껍질에 기록되었으나 지금은 때로 리넨 종이에 복사될 뿐이다. 시인 미르 카마르 우딘 마스트[1]는 이렇게 말한다. "앉은 자리에서 정신세계라는 영역을 섭렵할 수 있으니, 나는 그러한 이점을 책에서 얻어 왔다. 포도주 한 잔이 흥을 돋운다. 나는 그러한 기쁨을 심원한 교리라는 술을 마시며 경험해 왔다."

여름 내내 호메로스의 『일리아스』를 탁자 위에 올려 두었지만, 이따금씩 책장을 들춰 보는 수준이었다. 처음에는 집 짓기를 마무리하는 와중에 콩밭에서 김을 매느라 두 손을 쉴 새 없이 놀려야 했기에 학문에 더 신경 쓸 수가 없었다. 그러나 나중에는 그렇게 책을 읽을 시간이 생기리라 기대하며 스스로를 격려했다. 일하다가 틈틈이 가벼운 여행 서적 한두 권을 읽었는데, 그러다가 그런 행동에 스스로가 부끄러워져서는 지금 무엇을 하고 있느냐고 자문하기도 했다.

학생이 호메로스나 아이스킬로스를 그리스 어로 읽는다면 방탕이나 사치에 빠질 위험이 없다. 그런 책을 읽는다는 것은 영웅들을 어느 정도 귀감으로 삼고 아침 시간을 그 책을 읽는 데 바친다는 뜻이기 때문이다. 타락한 세대에게 영웅을 다룬 책들

---

1) 18세기 인도 시인.

은, 모국어로 인쇄되었다고 해도 늘 죽은 언어로 쓰인 책처럼 느껴질 것이다. 그러니 우리는 우리가 지닌 지혜와 용기와 관용을 동원해, 일반적인 용법 이상의 더 넓은 의미를 추측하며 단어와 문장 하나하나의 뜻을 열심히 파악해야 한다. 오늘날의 값싼 대량 출판으로 수많은 번역물이 쏟아져 나왔지만 우리를 영웅적인 고대 작가들에게 더 가까이 데려다주지는 못했다. 오늘날에도 여전히 그 작가들은 고독해 보이며 그들의 작품이 인쇄된 글자는 드물고 진기해 보인다. 젊은 날의 귀중한 시간을 투자해 몇 단어라도 고대 언어를 배우는 것은 가치 있는 일이다. 그 언어는 거리의 천박함에서 벗어나, 끊임없는 암시와 자극을 줄 것이다. 농부가 어쩌다 들은 라틴 어 몇 마디를 기억하고 암송하더라도 헛된 일은 아니다. 때로 사람들은 고전 연구가 결국에는 더 현대적이고 실용적인 학문에 자리를 내줄 거라고 말한다. 그러나 모험심 강한 학생이라면, 어떤 언어로 쓰였건 그리고 얼마나 오래되었건 반드시 고전을 연구할 것이다. 고전이란 다름 아닌 인간의 가장 고귀한 생각을 기록한 것이 아닌가! 고전은 붕괴되지 않는 유일한 신탁이고, 그 안에는 델포이와 도도나의 신탁[2]도 결코 제시하지 못할, 가장 현대적인 의문에 대한 답이 들어 있다. 고전 연구를 그만두자는 말은 자연이 오래되었으니 자연 연구를 그만두자는 말이나 다름없다. 독서를 제대로 하는 것, 다시 말해 참된 책을 참된 정신으로 읽는 것은 고귀한 훈련이며, 독자에게는 이 시대의 풍조가 높이 평가하는 그

---

2) 델포이에 있는 아폴로 신전과 도도나에 있는 제우스 신전은 고대 그리스 시대에서 신탁으로 유명한 신전이다.

어떤 훈련보다 더욱 힘든 일이 될 것이다. 운동선수들이 하는 것과 같은 훈련, 즉 거의 평생토록 독서를 하겠다는 확고한 의지가 필요하다. 작가는 신중하고 조심스럽게 책을 쓰는데 독자도 마찬가지 태도로 책을 읽어야 한다. 책에 쓰인 해당 민족의 언어를 말할 능력이 있다 해도 그것으로는 부족하다. 왜냐하면 구어와 문어, 즉 듣는 언어와 읽는 언어 사이에는 상당한 거리가 있기 때문이다. 구어는 대개 일시적이며 하나의 소리, 한 번의 말, 특정한 지역어에 불과해서 짐승의 말이나 마찬가지이며, 우리는 그것을 짐승들처럼 어머니로부터 무의식적으로 배운다. 문어는 구어가 성숙하고 경험이 쌓여 얻어지는 말이다. 구어가 어머니의 말이라면 문어는 아버지의 말로, 신중하게 선택된 표현이며 깊은 뜻이 있어 귀로만 들을 수 없고, 그것을 말로 나타내려면 다시 태어나야 가능할 것이다. 중세에 그리스 어와 라틴 어를 단순히 말하기만 했던 수많은 사람들이 우연히 그 나라에 태어났다고 해서 그리스 어와 라틴 어로 쓰인 걸작을 읽을 권리까지 얻은 것은 아니었다. 그 작품들은 그들이 아는 그리스 어나 라틴 어로 쓰인 것이 아니라 엄선된 문학의 언어로 쓰였기 때문이다. 그들은 그리스나 로마의 좀 더 고상한 방언을 배운 적이 없었기에 그런 언어로 쓰인 책은 휴지 조각이나 다름없었다. 대신 그들은 당대의 싸구려 문학에 더 열광했다. 그러나 유럽의 몇몇 국가가 세련되지는 못했으나 독특한 자기만의 언어, 문학 발전에 이바지하기에는 충분한 언어를 갖게 되자, 처음으로 학문이 되살아났고 학자들은 머나먼 시간 저편에 있는 고대의 보물을 알아볼 수 있게 되었다. 로마와 그리스의 서민들이 귀로 **들을** 수 없었던 언어를 오랜 세월이 지난 뒤에 몇몇 학자들이 **읽을** 수 있게 되었고, 지금도 일부 학자만이 그것을 읽고 있다.

연설가가 때로 토해 내는 열변이 제아무리 감동적이라고 해도, 가장 고귀한 문어(文語)는 대개 덧없는 구어(口語)보다 훨씬 멀고 높은 곳에 있다. 별들이 자리한 창공이 구름보다 높이 있듯이 말이다. 그곳에는 별이 있고, 별을 읽을 수 있는 사람들이 있다. 천문학자들은 끊임없이 별을 관찰하고 논의한다. 글로 적힌 말은 우리의 일상 대화나 가벼운 숨결처럼 증발하지 않는다. 토론회에서 달변이라 불리는 것을 서재에서 살펴보면 대개 미사여구일 뿐이다. 연설가는 그 순간의 감흥에 젖어 눈앞에 보이는 군중, 즉 그의 말을 **들을** 수 있는 사람들에게 이야기한다. 그러나 작가는 좀 더 차분한 생활이 있어야 글을 쓰며 연설가에게 영감이 될 사건이나 군중이 있다면 주의가 산만해질 것이다. 작가는 지적이고 건전한 인류, 즉 시대에 상관없이 그를 **이해할** 수 있는 모든 사람에게 이야기한다.

알렉산드로스 대왕이 원정을 떠날 때 귀중품 상자에『일리아스』를 넣어 가지고 다녔다는 사실은 놀라운 일이 아니다. 기록된 언어는 가장 소중한 유물이기 때문이다. 다른 어떤 예술 작품보다 더욱 우리와 친숙하면서도 더욱 보편적이다. 삶 자체와 가장 가까운 예술 작품이다. 모든 언어로 번역되며 그저 읽는 수준을 넘어 모든 사람의 입술에서 숨결처럼 실제로 퍼져 나온다. 캔버스 천이나 대리석 위에 표현될 뿐만 아니라 삶 자체의 숨결로 조각할 수도 있다. 고대인의 사상에 담긴 상징이 현대인의 말로 드러나는 것이다. 2천 년의 여름이 지났지만 그리스의 대리석 건축물이 그런 것처럼 그리스 문학의 기념비에도 좀 더 원숙한 가을의 황금빛이 더해졌을 뿐이다. 그 기념비들이 자신의 평온하고 신성한 정취를 온 세상에 퍼뜨려 시간의 부식으로부터 스스로를 보호했기 때문이다. 책은 세계의 귀중한 재산이며 모든 세대와 모든 나라가 마땅히 남길 유산이다. 가장 오래되고 훌륭한 책들은 어느 오두막집 선반에 놓아도 자연스럽고 당당한 자태를 뽐낸다. 그런 책들은 스스로 명분을 내세우지 않지만 독자를 계몽하고 지탱해 주므로 양식 있는 사람이라면 거부하지 않을 것이다. 그런 책의 저자는 어느 사회에서나 당연하면서도 압도적인 귀족이 되어, 왕이나 황제 이상으로 인류에게 영향을 미친다. 무지몽매한 데다 어쩌면 냉소적인 장사꾼이 부지런히 일해서 원하던 여가와 자립을 손에 넣고 부유한 상류 사회의 일원이 되면, 훨씬 높지만 아직은 접근할 수 없는 지성과 재능을 갖춘 무리에게 결국 눈길을 돌리기 마련이다. 그러나 그는 자신의 교양이 불완전하며 그 모든 재산이 덧없고 불완전함을 절감할 뿐이다. 그리고 거기에서 그치지 않고 자신이 양식 있는 사람임을 입증하고자, 결핍되었다고 느낀 그 지적 교양을 자녀들만큼은 갖추게 해 주려고 어떤 노력이든 감수한다. 그리고 바로 이렇게 한 가문의 창시자가 된다.

고대의 고전을 원어로 읽는 법을 배우지 못한 사람들은 인류 역사에 대한 지식이 불완전할 수밖에 없다. 우리의 문명 자체를 그런 고전의 번역으로 간주한다면 모를까, 놀랍게도 현대어로 번역된 고전이 전혀 없기 때문이다. 호메로스는 영어로 인쇄된 적이 없으며, 아이스킬로스나 심지어 베르길리우스[3]도 마찬가지다. 이들의 작품은 아침 그 자체만큼이나 우아하고 옹골차며 아름답다. 후대 작가들은 우리가 그들의 재능에 대해 뭐라고 말하건, 고대 작가들의 정교한 아름다움과 완성도와 문학에 기울인 평생의 영웅적 노고에 도무지 필적할 수 없으며, 있다 해도 몹시 드물다. 고대 작가들을 전혀 모르는 사람들이 그들을 잊어버리자고 떠들어 댄다. 그러나 고전에 심취해 감상할 수 있을 정도의 학식과 재능을 갖추고 나서 고전을 잊어도 늦지 않을 것이다. 우리가 고전이라고 부르는 유산과 그보다 훨씬 오래되고 더욱 고전적이지만 제대로 알려지지도 않은 여러 나라의 경전들이 지금보다 더 많이 쌓이게 된다면, 바티칸 도서관이 『베다』[4]와 『젠드아베스타』[5]와 『성경』에다 호메로스와 단테와 셰익스피어의 작품들로 가득하게 된다면 그리고 다가올 모든 세기마다 자신의 전리품을 세계의 광장에 연달아 내놓게 된다면 그 시대는 진정 풍요로워질 것이다. 그렇게 쌓인 유산이 있어야 우리는 마침내 하늘에 오르기를 소망해도 될 것이다.

위대한 시인들의 작품은 아직 인류에게 읽힌 적이 없으니, 위대한 시인들만이 읽을 수 있는 것이기 때문이다. 읽혔다 한들 그저 대중이 별을 읽듯이, 천문학적으로가 아니라 점성술로 읽혔다. 대부분의 사람들은 장부를 정리하고 거래할 때 속지 않기 위해 셈을 배운 것처럼 하찮은 편의를 누리고자 읽기를 배웠다. 고

---

3) 고대 로마 최고의 시인으로, 11년에 걸쳐 쓴 『아이네이스』로 유명하다.
4) 힌두교의 경전.
5) 조로아스터교의 경전.

귀한 지적 훈련인 독서에 대해서는 거의, 혹은 아예 모른다. 그러나 사치품처럼 안도감을 주지만 읽는 동안 우리의 더 고귀한 능력을 잠재워 버리는 독서는 독서가 아니다. 까치발로 서서 해야 하는 독서, 정신이 가장 또렷하게 깬 시간을 바쳐야 하는 독서, 그것만이 고차원적인 의미에서의 독서다.

우리는 글자를 배웠으니 가장 훌륭한 문학 작품을 읽어야 한다. 평생을 4, 5학년 학생들처럼 교실 맨 앞줄의 가장 낮은 의자에 앉아 알파벳이나 단음절 단어만 끝없이 반복하지는 말아야 한다. 대부분의 사람들은 한 권의 양서, 즉 성경을 읽거나 귀동냥한 다음 성경에 담긴 지혜 덕분에 죄가 있다는 것을 깨닫고 나면 그것으로 만족해 버린다. 그러고는 여생을 무기력하게 살며 이른바 '가벼운 독서'로 자신의 능력을 낭비한다. 우리 마을 순회도서관에는 '리틀 리딩'[6]이라는 제목이 붙은 몇 권짜리 책이 있는데, 나는 그것이 내가 가 본 적 없는 어느 마을의 이름인 줄로만 알았다. 가마우지와 타조처럼 고기와 채소를 배불리 먹은 뒤에도 이런 잡동사니를 다 소화해 내는 사람들이 있다. 뭐든 아까워서 버리지를 못하는 것이다. 다른 사람들이 이런 여물을 제공하는 기계라고 한다면, 이들은 그것을 읽어 치우는 기계다. 이들이 읽는 것은 '제블론과 세프로니아'에 관한 9천 번째 이야기인데, 내용인즉 그 두 사람이 누구도 해 보지 못한 사랑을 나누었으나 이 참된 사랑의 과정은 순탄하지 않았고 어쨌거나 그 사랑은 달리다가 넘어졌다가 다시 일어나 앞으로 나아갔다는 것

6) Littitle Reading. 영국과 미국에 실제로 '리딩'이라는 이름의 마을이 있다.

이다. 또 첨탑에 올라간 가엾고 불운한 사람의 이야기도 있다. 그는 종루처럼 높은 곳에 아예 올라가지 말았어야 할 사람인데, 소설가가 쓸데없이 그를 거기 올려놓고는 종을 울려 세상 모든 사람들을 불러 모아 이야기를 들려준다. "오, 맙소사! 그가 어떻게 다시 땅으로 내려왔는지 좀 들어 보시지요!" 내 생각에는 소설가들이 예전에 영웅들을 별자리 사이에 올려 두었듯이, 전 세계적인 소설 왕국의 그 야심만만한 주인공들을 모두 인간 풍향계로 만들어, 녹슬 때까지 그곳에서 빙글빙글 돌게 해서 다시는 땅으로 내려와 정직한 사람들에게 못된 장난을 치지 못하게 해야 한다. 다음번에 소설가가 종을 울리면 나는 교회당이 불타 없어지더라도 꼼짝하지 않을 것이다. "『티틀 톨 탄』을 쓴 유명 작가의 신간, 중세 로맨스 『팁 토 홉의 도약』 매달 분책 출간! 주문 폭주! 혼잡 피해 방문 요망!" 사람들은 이런 소설이라면 눈에 화등잔을 켜고는 팽팽하고 원시적인 호기심으로 읽어 댄다. 그들의 배 속에는 지칠 줄 모르는 모래주머니가 있으며 모래주머니의 주름을 날카롭게 다듬을 필요도 없다.[7] 마치 네 살짜리 아이가 벤치에 앉아 2센트를 주고 산 금박 표지의 『신데렐라』를 읽는 것과 같다. 내가 보기에는 그렇게 읽어 대도 발음, 말투, 억양이 나아지지도 않고 교훈을 끌어내거나 삽입하는 기술도 전혀 향상되지 않는다. 시력 감퇴, 혈액 순환 장애, 온갖 지적 능력의 전반적인 마비와 붕괴만이 결과로 남을 뿐이다. 이런 종류의 생강 빵이 거의 모든 가정의 화덕에서 순수한 밀 빵이나 옥수수빵보

---

[7] 조류는 이빨이 없는 대신 소화 기관인 모래주머니의 근육질 주름으로 모래와 잔돌, 음식을 잘게 부순다.

다 더 정성스레 매일 구워지며 시장에서도 더 확실히 자리를 잡는다.

이른바 좋은 독자라는 이들마저 가장 훌륭한 책을 읽지 않는다. 우리 콩코드의 문화 수준은 어느 정도에 이르렀을까? 이 마을에서 극소수의 예외를 제외하고는, 누구나 읽고 쓸 수 있는 언어로 된 영문학에서마저 걸작이나 걸작에 버금가는 책들을 즐기는 사람이 도무지 없다. 다른 곳도 그렇지만 이곳에서도 대학을 나왔고 소위 교육을 받을 만큼 받았다고 하는 사람들조차 영문학 고전에 대해 아는 사람이 사실 거의, 혹은 아예 없다. 또 인류의 지혜를 기록한 고대의 고전이나 경전의 경우, 알고자 하는 마음만 있으면 누구나 쉽게 접근할 수 있는데도, 지역을 불문하고 그것을 제대로 알아보려는 노력은 그야말로 미약한 수준이다. 내가 아는 중년의 나무꾼은 프랑스 어 신문을 구독하는데, 본인의 말에 따르면 뉴스 같은 것은 이미 초월한 상태이니 뉴스를 보기 위해서가 아니라 캐나다 태생인 만큼 "프랑스 어를 계속 연습하기 위해서"라고 한다. 그에게 자신이 이 세상에서 할 수 있는 가장 훌륭한 일이 무엇이라고 생각하느냐고 물으면, 프랑스 어 연습 외에도 영어 실력을 유지하고 향상하는 것이라고 대답한다. 대학 교육을 받은 사람들이 일반적으로 하거나 하고 싶어 하는 일은 대략 이 정도 수준이며, 그 목적을 달성하려고 영어 신문을 구독한다. 영어로 쓰인 명저 중 한 권을 이제 막 읽고 난 사람이 있다고 하자. 그 책에 관해 대화를 나눌 수 있는 상대를 과연 몇이나 찾을 수 있을까? 혹은 그가 이른바 일자무식이라는 사람들에게도 명성이나마 친숙한 그리스 어나 라틴 어

고전을 원어로 읽고 난 뒤라고 하자. 그 책에 대해 대화를 나눌 사람을 전혀 찾지 못해 입을 다물어야 할 것이다. 사실 미국 대학의 교수들 중에 그리스 어를 배우는 어려움을 극복한 사람이 있다고 해도, 그리스 시인의 기지와 시적 정취가 지닌 난해성마저 함께 극복하고, 온 정신을 쏟으며 대담하게 그 책을 읽고 있는 학생에게 호의를 베풀 교수는 거의 없다. 그리고 인류의 성서인 성스러운 경전들로 말할 것 같으면, 이 마을에서 나에게 그런 경전의 이름이라도 댈 수 있는 사람이 과연 있을까? 대부분의 사람들은 유대인 이외의 다른 민족에게 경전이 있다는 사실을 알지 못한다. 누구나 1달러짜리 은화 하나를 줍기 위해서라면 꽤 먼 길이라도 돌아갈 것이다. 그러나 가장 현명한 고대인들이 했던 황금과도 같은 문장, 이후에 나타난 모든 세대의 현자들이 우리에게 그 가치를 확증한 문장들이 여기 있는데도 우리는 초급 독본과 교과서처럼 쉬운 것만 읽는 법을 배우며, 학교를 졸업하면 청소년과 초보자용인 『리틀 리딩』과 이야기책 정도만 읽는다. 그래서 우리의 독서와 대화와 사고는 모두 매우 낮은 수준으로, 키로 따지면 피그미 족과 난쟁이에 불과하다.

나는 콩코드의 토양이 낳은 이런 사람들보다 더 현명한 이들과 친분을 나누고 싶다. 그들의 이름이 이곳에서는 거의 알려지지 않았더라도 말이다. 플라톤의 이름을 듣고도 그의 책을 전혀 읽지 않는 게 괜찮은 일인가? 그것은 플라톤이 같은 마을 사람인데 내가 그를 한 번도 본 적이 없다는 말과 마찬가지이다. 옆집에 사는데도 그가 말하는 소리를 들어 본 적이 없거나 지혜가 담긴 그의 말을 경청하지 않았다는 뜻이다. 그런데 실상은 어떤

가? 플라톤의 영원불멸한 부분이 담긴 『대화편』이 바로 옆 선반에 있지만 아직 한 번도 읽지 않았다. 우리는 비루하고 천박하며 무지하다. 이 점에 있어서 솔직히, 나는 글을 전혀 읽지 못하는 마을 사람들의 무지와 아이들이나 지적 능력이 낮은 사람들을 위한 책만 읽을 줄 아는 사람들의 무지 사이에 큰 차이가 없다고 생각한다. 우리는 고대 위인들만큼이나 훌륭해져야 하지만, 부분적으로는 우선 그들이 얼마나 훌륭했는지를 알아야 한다. 우리는 가장 작고 미약한 종족이며 지적으로 일간지 칼럼 이상의 비상을 하지 못한다.

　모든 책이 책을 읽는 사람들만큼 지루한 것은 아니다. 아마 우리의 상황을 정확히 표현해 주는 말도 있을 것이다. 우리가 그 말을 제대로 듣고 이해할 수 있다면, 아침이나 봄보다 우리 삶에 더 좋은 영향을 줄 것이다. 우리에게 만물의 새로운 측면을 보여 줄 수도 있을 것이다. 얼마나 많은 사람들이 한 권의 책을 읽고 자신의 삶에 새로운 시대를 열었던가! 어쩌면 우리에게 일어난 기적을 설명하고 새로운 기적을 드러낼 책이 존재할지 모른다. 지금은 말로 표현할 수 없는 이야기가 찾아보면 어딘가에 표현되어 있을지 모른다. 우리에게 불안과 혼란과 당혹감을 준 질문들은 모든 현자들에게도 번갈아 나타났던 질문이다. 하나도 빠짐없이 말이다. 그리고 현자들은 저마다 자신의 능력에 따라, 자신의 언어와 삶으로 그 질문에 답해 왔다. 뿐만 아니라 우리는 지혜와 더불어 관용을 배우게 될 것이다. 콩코드 교외의 한 농장에 고용된 고독한 농부는 그것이 사실이 아니라고 생각할지 모르겠다. 그는 독특한 종교적 체험을 하고 거듭난 사람으로, 신앙에 따라 엄숙하게 침묵하며 배타적으로 살아야 한다고 믿는다. 그러나 수천 년 전에 조로아스터는 같은 길을 걸었고 같은 체험을 했으되, 현명한 사람이었기에 그것이 보편적인 경험임을 깨닫고 그 깨달음에 따라 이웃을 대했으며 결국 종교까지 창시해 사람들 사이에 확립했다고 전해진다. 그러니 그 농부가 조로아스터와 겸허히 교감하게 해 주자. 그리고 모든 위인들의 관대한 영향력에 힘입어 다름 아닌 예수 그리스도와도 교감하게 해 주고 '우리 교회'라는 식의 말버릇을 버리게 해 주자.

우리는 우리가 19세기에 속하며 어떤 나라보다 빨리 발전하고 있음을 자랑한다. 그러나 이 마을이 마을의 문화 발전을 위해 하는 일이 얼마나 적은지 생각해 보라. 나는 마을 주민들에게 아첨을 하고 싶지도 않고, 아첨을 받고 싶지도 않다. 피차간에 발전이 없을 테니 말이다. 우리는 자극을 받아야 한다. 정말이지 황소처럼 채찍을 맞고서 빠르게 전진해야 한다. 우리에게는 비교적 훌륭한 공립 초등학교 제도가 있지만 어린이들이 다니는 학교일 뿐이다. 겨울에나 열리며 반쯤은 얼어 죽은 문화 회관과 주 정부의 권고로 최근에 생긴 보잘것없는 도서관을 제외하면, 성인을 위한 교육 기관은 없다. 우리는 정신적 질병보다는 육체적 자양분이나 질병과 관련된 항목에 비용을 더 많이 쓴다. 이제는 성인을 위한 학교를 세워 어른이 되면서 교육을 중단하지 않도록 해야 한다. 이제는 마을이 대학이 되고 나이 많은 주민들은 대학의 특별 연구원이 되어 여생 동안 여유롭게—실제로 그토록 유복하다면—교양을 갖추기 위한 학문을 추구해야 한다.

세계에 파리 대학이나 옥스퍼드 대학이 언제까지 하나만 있어야 하겠는가? 학생들이 이 마을에 하숙하며 콩코드의 하늘 아래에서 교양 과목을 공부할 수는 없을까? 우리에게 강의를 해 줄 아벨라르[8] 같은 학자를 초빙할 수는 없을까? 오, 안타깝게도 우리는 가축을 먹이고 가게를 돌봐야 한다며 너무 오래 학교를 멀리했으며 서글프게도 교육을 등한시했다. 이 나라에서 마을은 어떤 면에서 유럽의 귀족이 하던 역할을 맡아야 한다. 순수 예술의 후원자가 되어야 한다. 돈은 충분하다. 단지 그렇게 할 수 있는 아량과 교양이 부족할 뿐이다. 마을은 농부와 상인들이 중시하는 일에는 충분한 돈을 쓸 수 있지만, 지성인들이 훨씬 가치 있다고 판단하는 일에 돈을 쓰자고 제안하면 지나치게 이상적인 발상으로 치부한다. 우리 마을은 자산이 많아서인지 정치 덕분인지 마을 회관을 짓는 데 1만 7천 달러를 사용했다. 그러나 회관이라는 껍데기 속에 들어갈 참된 알맹이인 '살아 있는 지혜'를 초청하는 데는 백 년이 지나도 그 정도의 비용을 들이지 않을 것이다. 겨울에 열리는 문화 회관을 유지하는 데 들어가는 연간 기부금 125달러는 같은 금액의 다른 어떤 마을 기금보다 더 유용하게 쓰인다. 우리가 19세기에 살고 있다면, 19세기가 주는 이점을 왜 누리려 하지 않는가? 어떤 측면에서든 왜 편협하게 살아야 하는가? 신문을 읽게 된다면, 보스턴 가십 기사 따위는 건너뛰고, 현재 세계에서 가장 훌륭한 신문을 골라야 하지 않겠는가? 이곳 뉴잉글랜드에서 나오는 '중립적 가정'을 위한 신문을

---

8) 중세 프랑스의 철학을 대표하는 철학자 겸 신학자로, 소르본 대학의 기초를 닦았으며 무수한 학생들이 몰려들 정도로 강의 실력이 뛰어났다.

젖처럼 빨아 먹거나 〈올리브 가지〉[9]를 풀처럼 뜯어 먹지는 말자. 모든 학회의 보고서를 구독하면 그들이 뭐라도 아는 게 있는지 살펴볼 수 있을 것이다. 읽을 책을 고를 때 왜 하퍼 앤 브라더스나 레딩 앤 컴퍼니 출판사에 맡겨야 하는가? 취향이 세련된 귀족이 교양에 도움이 되는 모든 것, 즉 천재와 학식과 기지와 책과 그림과 조각상과 음악과 철학 연구 수단 등등으로 주변을 둘러싸듯이 마을에서도 그렇게 하자. 우리의 청교도인 선조들이 한때 황량한 기반 위에서 추운 겨울을 날 때 그랬다는 이유로 선생 하나, 목사 하나, 교회지기 하나, 교구 도서관 하나, 행정 위원 셋으로 끝내지는 말자. 단체 행동은 우리의 제도에 깃든 정신과도 일치한다. 확신하건대 유럽의 귀족들보다 우리가 형편상 더 큰 번영을 누리고 있으니 자산도 더 많을 것이다. 뉴잉글랜드는 세계의 모든 현자들을 유료로 초빙하여 가르침을 얻고, 강의가 진행되는 기간 동안 숙식을 제공하여 편협함을 완전히 벗을 수 있다. 이것이 우리가 원하는 성인을 위한 **비범한** 학교다. 귀족 대신 보통 사람이 사는 고귀한 마을을 세우자. 필요하다면 조금 돌아가더라도 강에 다리 하나를 덜 놓고, 대신 우리를 둘러싼 무지라는 더 캄캄한 심연 위에 무지개다리 하나라도 놓자.

---

9) 중요한 뉴스보다는 기분 전환용 기사를 제공했던 주간지.

소리

그러나 제아무리 엄선된 고전이더라도 책만 들여다본다면 그리고 편협한 방언일 뿐인 특정 언어로 쓰인 책만 읽는다면, 모든 사물과 사건이 은유를 쓰지 않고도 스스로를 표현하는 언어, 그 자체로 어휘가 풍부하며 표준이기도 한 언어를 잊어버릴 위험을 자초할 수 있다. 이 언어로는 많은 것이 발표되지만 활자화되는 것은 거의 없다. 덧문 사이로 새어 들어온 햇살은 덧문을 없애버리면 기억에서 사라질 것이다. 어떤 방법이나 훈련도 늘 깨어 있으려는 태도를 대체하지 못한다. 제대로 고른 역사나 철학이나 시 강좌도, 매우 훌륭한 교우 관계나 칭찬할 만한 일과도, 보아야 할 것을 늘 눈여겨보는 훈련에 비하면 중요한 것이 아니다. 당신은 단순히 독자나 학생이 되겠는가, 아니면 관찰하는 사람이 되겠는가? 자신의 운명을 읽고 앞에 놓인 것을 바라보며 미래 속으로 꾸준히 걸어가라.

숲에 들어온 첫 여름에는 책을 읽지 않았다. 콩밭에서 김을 맸다. 아니, 더 나은 일을 할 때가 많았다. 머리로 하는 일이건 손으로 하는 일이건, 그 일 때문에 꽃처럼 활짝 핀 현재라는 순간을 희생할 수 없었던 때가 여러 번이었다. 내 삶에 넓은 여백을 두고 싶다. 여름날 아침, 이제는 습관으로 자리 잡은 목욕을 한 뒤 햇빛이 잘 드는 문간에 해 뜰 무렵부터 정오까지 앉아 있곤 했다. 소나무와 히커리 나무와 옻나무에 둘러싸인 채, 방해꾼 없는 고독과 정적 속에서 공상에 잠겼다. 그동안 새들이 주변에서 지저귀거나 소리없이 집을 드나들었다. 그러다가 서쪽 창가에서 해가 저물거나 멀리 떨어진 큰길에서 어느 여행자의 마차 소리가 들리면, 비로소 시간이 흘렀음을 깨닫곤 했다. 그런 계절 동안 나는 옥수수처럼 밤새 쑥쑥 자랐고, 손으로 일을 했다고 한들 그 시간보다 값지지는 않았을 것이다. 그런 시간은 내 삶에서 공제된 시간이 아니라, 말하자면 평소의 수당을 한참 초과한 상여금이었다. 나는 동양인들이 일을 그만두고 명상에 잠기는 이유를 깨닫게 되었다. 대개는 시간이 어떻게 흘러가든 신경 쓰지 않았다. 하루는 내가 해야 할 일을 조금 덜어주려는 듯이 지나갔다. 아침이구나 싶었는데 어느새 저녁이었고, 그렇다고 중요한 일을 끝마친 것도 아니었다. 나는 새처럼 노래하는 대신 끝없이 이어지는 행운에 조용히 웃음 지었다. 참새가 내 집 문 앞에 있는 히커리 나무에 앉아 지저귈 때면 키득거리는 웃음이나 새처럼 지저귀고 싶은 마음을 억눌렀는데, 내 둥지에서 나는 그 소리를 새가 들었을지도 모르겠다. 내 하루하루는 이교도 신들의 특징을 나타내는 일주일의 어느 요일이 아니었고,[1] 시

---

[1] 월요일과 화요일을 제외한 영어의 요일 이름은 북유럽 신화와 로마 신화에 등장하는 신들의 이름에서 유래했다.

간 단위로 잘게 쪼개고 똑딱거리는 시계 소리에 마음 졸이며 보내는 날들도 아니었다. 나는 푸리 족 인디언[2]처럼 살았다. 그들은 다음과 같았다고 한다. "단 한 단어로 어제와 오늘과 내일을 나타내며, 어제를 뜻할 때는 뒤쪽을 가리키고 내일을 뜻할 때는 앞을, 현재 지나가는 날을 뜻할 때는 머리 위를 가리켜 그 차이를 표현한다."[3] 같은 마을 주민들에게는 순전히 게으른 생활로 보였을 것이다. 그러나 새들과 꽃들이 나름의 기준으로 판단했다면 내 삶에서 부족함을 발견하지 못했을 것이다. 진실로 사람은 자신의 내면에서 동기를 찾아야 한다. 자연의 하루는 아주 평온하여 사람의 나태함을 전혀 나무라지 않을 것이다.

사교계나 극장 같은 외부에서 오락거리를 찾아야 하는 사람들과 비교하면 내 생활 방식에는 적어도 이점이 있었으니, 내 삶 자체가 오락이었고 신기함은 끝이 없었다. 그것은 수많은 장면이 이어지며 끝나지 않는 한 편의 드라마였다. 우리가 가장 최근에 배운 최선의 방법에 따라 늘 생계를 유지하고 삶을 관리한다면, 실로 권태에 시달릴 겨를이 없을 것이다. 자신의 비범한 재능을 바짝 따라가라. 그러면 반드시 매시간 새로운 경치를 보게 될 것이다. 집안일은 즐거운 놀이였다. 바닥이 지저분하면 일찌감치 일어나, 침대와 침대 틀까지 해서 한 꾸러미로 만든 살림살이를 문밖의 풀밭으로 내놓았다. 그리고 바닥에 물을 끼얹은 다음 호수에서 가져온 흰모래를 뿌리고 바닥이 깨끗하고 하얗게 되도록 솔로 북북 문질렀다. 마을 사람들이 아침 식사를 끝낼 즈

---

2) 브라질의 인디언 부족.

3) 이다 페이퍼의 『어느 여인의 세계일주』에서 인용.

음이면 아침 햇볕에 집이 충분히 말라서 다시 집 안으로 들어가 계속해서 명상에 잠길 수 있었다. 모든 가재도구들이 집시의 짐 보따리처럼 작은 꾸러미가 되어 풀밭에 놓인 모습 그리고 책과 펜과 잉크를 그대로 올려 둔 삼각 탁자가 소나무와 히커리 나무 사이에 서 있는 모습을 바라보면 기분이 좋았다. 물건들도 밖에 나와 즐거워하는 듯했고 다시 들어가기 싫어하는 것처럼 보였다. 가끔은 그 위로 차양을 펼치고 그 아래 앉아 있고 싶다는 생각이 들었다. 해가 그 물건들을 비추는 모습을 바라보고 바람이 자유롭게 스치는 소리를 듣는 것은 값진 일이었다. 아무리 친숙한 물건들도 집 안에 있을 때보다 집 밖에서 보면 훨씬 흥미롭게 느껴진다. 옆 나뭇가지에는 새가 한 마리 앉아 있고 탁자 밑에서는 떡쑥이 자라고 블랙베리 넝쿨이 탁자 다리를 휘감는다. 솔방울과 밤송이, 딸기 잎사귀가 여기저기 흩어져 있다. 이런 자연의 형상이 우리의 가구, 즉 탁자와 의자와 침대 틀에 옮겨진 게 아닌가 싶었다. 가구가 된 나무도 한때는 이러한 자연 가운데에 서 있지 않았을까.

내 집은 커다란 숲 가장자리와 맞닿은 산 중턱에 자리했고 리기다소나무와 히커리 나무가 자라는 젊은 숲에 둘러싸여 있었다. 호수에서 30미터쯤 떨어진 곳이었는데 언덕 아래로 난 작은 오솔길이 호수로 이어졌다. 앞뜰에서는 딸기와 블랙베리, 산떡쑥, 물레나물, 미역취, 관목성 떡갈나무, 모래벚나무, 월귤나무, 감자콩이 자랐다. 5월 말이 가까워지면 모래벚나무(학명 Cerasus pumila)의 짧은 줄기 주위에 섬세한 꽃들이 원통 모양의 산형 꽃차례로 피어나 길 양쪽을 장식했다. 가을이 되면 그

줄기에 큼직하고 탐스러운 버찌가 달렸고 그 무게를 이기지 못한 가지들은 밖으로 퍼진 화환처럼 사방으로 휘어졌다. 나는 자연에 경의를 표하려 버찌를 따 먹어 보았지만 썩 맛있지는 않았다. 옻나무(학명 Rhus glabra)는 내가 만든 둑을 뚫고 올라와 집 주위에 무성하게 자리 잡았는데 첫해에 자란 높이가 1.5미터에서 2미터 정도였다. 넓은 날개 모양의 열대 잎사귀는 보고 있으면 기이했지만 기분이 좋았다. 그 커다란 새순은 늦봄 무렵에 죽은 것처럼 보이던 마른 가지에서 불쑥 돋아나더니, 우아하고 가냘픈 초록색 가지로 마법처럼 자라났다. 가지의 직경은 2.5센티미터쯤 되었다. 창가에 앉아 있노라면, 거침없이 자라느라 연약한 마디에 부담을 준 탓인지 새로 나온 그 가냘픈 가지가 부채처럼 툭 하고 땅에 떨어지는 소리가 들리곤 했다. 뒤흔드는 바람한 점 없었지만 제 무게를 못 견디고 부러진 것이었다. 8월이 되면 꽃을 피워 수많은 야생벌들을 끌어들였던 큰 딸기 덩굴이 밝고 매끄러운 진홍빛으로 서서히 물들어 갔다. 그리고 그 연약한 가지들 역시 딸기의 무게를 이기지 못하고 휘어지다 부러지곤 했다.

이런 여름날 오후에 창가에 앉아 있노라면 매 몇 마리가 내가 자리 잡은 공터 주변을 맴돈다. 재빠른 멧비둘기가 두세 마리씩 내 시야를 가로질러 날아가거나 집 뒤편 백송 나무 가지에 들썩들썩 내려앉으며 허공을 향해 지저귄다. 또 물수리 한 마리가 거울 같은 호수 표면에 잔물결을 일으키며 물고기를 낚아 올린다. 밍크 한 마리가 집 앞의 늪에서 슬그머니 빠져나와 호숫가에 있던 개구리를 붙잡는다. 여기저기 옮겨 다니는 개개비들의 무게에 사초가 휘어진다. 보스턴에서 시골로 여행객을 실어 나르는 기차의 덜커덩거리는 소리가 30분 동안 들려오는데, 자고새의 날갯짓 소리처럼 희미해졌다 다시 살아나곤 한다. 나는 이 마을 동쪽에 있는 어느 농가로 보내졌다는 소년과는 달리 세상에서 그리 멀지 않은 곳에 살고 있었던 것이다. 그 소년은 오래지 않아 농가에서 달아나 집에 돌아왔는데 꾀죄죄한 몰골에 향수병까지 걸려 있었다. 소년은 그토록 지루하고 외진 곳을 본 적이 없었다고 한다. 사람들은 모두 어디론가 떠나 버렸고 세상에, 기적 소리까지 들리지 않았다나! 지금 매사추세츠에 그런 곳이 있다니 믿기지가 않는다.

"실로 우리 마을은
철도라는 저 날쌘 화살의 표적이 되었구나.
우리의 평화로운 초원 위를 뒤덮은 그 감미로운 소리는— 콩코드."[4]

피츠버그 철도는 내가 사는 곳에서 남쪽으로 500미터쯤 떨어진 지점에서 호수 옆을 지나간다. 나는 대개 철둑길을 따라 마을로 간다. 말하자면 그 철도가 사회와 나를 연결해 주는 셈이다. 화물차를 타고 노선 전체를 왕복하는 사람들은 오래 알고 지낸 사람처럼 나에게 인사를 한다. 자주 지나치다 보니 내가 철도

---

4) 소로와 가까운 친구였던 윌리엄 엘러리 채닝이 쓴 「월든의 봄(Walden Spring)」의 한 구절.

회사 직원인 줄 아는 게 분명하다. 사실 그렇기도 하다. 나 역시 지구의 궤도 어디에선가 기꺼이 선로를 고치고 싶은 마음이기 때문이다.

기관차의 기적 소리는 여름이건 겨울이건 내가 사는 숲을 꿰뚫고 들어온다. 어느 농가의 마당 위를 날아가는 매의 울음소리 같다. 그 기적 소리는 한쪽에서 수많은 도시 상인들이 부산스럽게 마을 경계 안으로 들어오고 있으며 반대편에서는 모험을 좋아하는 시골 상인들이 들어오고 있음을 나에게 알려 준다. 양쪽 상인들이 한 지평선에 이르면 그들은 비키라며 서로에게 큰 소리로 경고를 해 대니, 가끔은 그 기적 소리가 두 마을의 깊은 곳까지 미친다. "이봐요, 여기 식료품이 왔소. 양식 왔단 말이오, 시골 양반들아!" 자기 농장에서 난 농산물로 자급자족하고 있으니 그런 것은 필요 없다고 말할 수 있는 사람은 없다. 그래서 시골 사람의 기차는 "식료품 값 여기 있소!"라고 기적을 울린다. 기차는 긴 파성퇴[5]처럼 생긴 목재를 싣고 도시의 성벽을 향해 시속 30킬로미터로 돌진한다. 성벽 안에 사는 지치고 무거운 짐을 진 사람들 모두를 앉힐 만큼 의자도 충분히 실려 있다. 시골은 거창하고 느려 터진 예의를 갖추고 도시에게 의자를 넘긴다. 인디언 허클베리로 뒤덮였던 언덕은 모조리 벌거숭이로 바뀌고 초원에서 긁어모은 크랜베리도 모두 도시로 실려 간다. 면사는 도시로 올라오고 옷감은 시골로 내려간다. 견직물은 올라오고 모직물은 내려간다. 책은 도시로 올라오지만 그 책을 쓴 재주 많은 이는 시골로 내려간다.

---

5) 전투에서 성벽을 부수는 데 쓰이던 망치.

차량이 여러 개 달린 기관차가 행성처럼 달려가고 ─ 아니, 그보다는 '혜성처럼'이라고 하는 편이 낫겠다. 그 궤도가 순환 곡선 모양이 아니라서 보는 사람은 기차가 그런 속력과 방향으로 달리다가 다시 태양계로 돌아올지 가늠할 수 없기 때문이다. ─ 증기 구름이 깃발처럼 나부끼며 금빛과 은빛 화환을 뒤에 남기고, 내가 언젠가 보았듯이 수많은 솜털 구름이 높은 하늘에서 햇빛을 향해 제 몸을 펼칠 때, 그래서 마치 여행 중이던 반신(半神), 즉 구름의 신이 머지않아 해 질 녘 하늘을 자기 일행의 제복으로 삼는 것처럼 보일 때면, 또 그 철마가 발굽으로 땅을 뒤흔들고 콧구멍에서 불과 연기를 내뿜어 그 천둥 같은 콧김으로 산꼭대기에 메아리를 울릴 때면 ─ 새로운 신화에 어떤 종류의 날개 달린 말과 불 뿜는 용이 등장할지는 모르겠지만 ─ 드디어 지상에 살아도 될 만한 종족이 나타난 것 같다는 생각이 든다. 만물이 보이는 그대로라면, 그리고 인간이 고귀한 목적을 위해 자연의 힘을 하인처럼 부린다면 얼마나 좋을까! 기관차 위에 걸린 구름이 영웅적 행위를 하느라 맺힌 땀이거나 농장 위에 떠다니는 구름처럼 자비롭다면, 자연의 힘과 자연 그 자체도 사명을 수행하는 사람과 기쁘게 동행하며 그를 호위해 줄 것이다.

나는 떠오르는 태양을 바라볼 때와 같은 기분으로 아침 열차가 지나가는 모습을 지켜본다. 떠오르는 태양만큼 시간을 잘 지키는 것도 없기 때문이다. 기차가 보스턴으로 가는 동안 연기구름은 뒤로 길게 쭉 뻗어 나가며 점점 높이 떠오르다가 잠시 태양을 가리고 멀리 떨어진 내 밭에 그림자를 드리운다. 그것은 마치 천상의 기차 같아 땅에 달라붙어 나란히 달리는 조그만 기차는 창끝에 달린 미늘에 불과하다. 철마의 마부는 이런 겨울 아침에도 산속을 비추는 별빛에 의지해 일찌감치 일어나, 말에게 여물을 먹이고 마구를 채웠다. 철마에게 생명의 열을 지펴 출발시켜야 하므로 불도 마찬가지로 일찍 깨어나야 했다. 이 모든 일이 아침 일찍 시작되는 만큼 또한 순수하기도 하다면 얼마나 좋을까! 눈이 깊이 쌓이면 마부들은 철마에 눈 신을 신겨 칭칭 동여매고 거대한 쟁기로 산속에서부터 해안까지 고랑을 판다. 기차 칸은 말을 따라가는 파종기가 고랑에 씨를 뿌리듯이 소란스러운 사람들과 곳곳을 떠도는 물품들을 시골 마을에 뿌려 준다. 이 화마는 종일 온 나라를 날아다니며, 주인이 쉬려고 할 때만 멈춘다. 숲 속의 어느 외진 골짜기에서, 얼음과 눈으로 완전무장한 자연의 힘과 대결하는 화마의 발굽 소리와 반항적인 콧김을 내뿜는 소리가 한밤중에 내 잠을 깨우곤 한다. 화마는 새벽별이 뜰 무렵에야 비로소 마구간에 돌아오는데, 쉬거나 자지도 못하고 다시 여행길에 나선다. 혹은 저녁에 화마가 마구간에서 그날의 여력을 발산하는 소리가 들리기도 하는데 아마 몇 시간이나마 단잠을 청하고자 신경을 안정시키고 간과 뇌를 식혀 두려는 모양이다. 지칠 줄 모르고 이어지는 이 일이 그만큼 영웅적이고 위풍당당하다면 얼마나 좋을까!

한때는 대낮에도 사냥꾼만이 힘겹게 드나들었던 마을 변두리의 인적 드문 깊은 숲 속을 불을 환히 켠 객차들이 승객들도 모르게 칠흑 같은 어둠을 뚫고 달려간다. 어느 순간에는 인파로 북적이는 마을이나 도시의 밝은 역사에 멈추었다가, 다음 순간에는 디즈멀 대습지6)를 지나며 부엉이와 여우를 놀라게 한다. 기차의 발착은 이제 마을의 하루에 기준점이 되었다. 기차는 규칙적이고 정확하게 오가며 기적 소리는 멀리에서도 들리므로 농부들은 거기에 시계를 맞추게 되었으니, 이렇게 적절히 시행된 제도 하나가 온 나라를 통제하게 된 것이다. 철도가 발명된 덕분에 사람들의 시간관념이 좀 더 나아진 게 아닐까? 사람들은 오래전의 역마차 역에서보다 지금의 기차역에서 더 빨리 말하고 더 빨리 생각하게 된 게 아닐까? 기차역의 분위기에는 사람을 흥분시키는 뭔가가 있다. 나는 그 덕분에 일어난 기적에 여러 번 놀랐다. 예를 들어 나는 동네 사람들 중 어떤 이들은 기차처럼 빠른 교통수단으로 결코 보스턴에 가는 일은 없을 것으로 생각했는데, 기차역의 종이 울리면 그 자리에 나와 있는 것이 아닌가. 이제는 일을 '철도식으로' 처리한다는 말이 유행어가 되었다. 힘을 가진 존재가 앞길을 막지 말라고 그토록 자주 그리고 그토록 진지하게 경고할 때는 귀를 기울일 필요가 있다. 기차는 굳이 소요 단속법7)을 낭독하려고 멈추지도 않고, 군중의 머리 위로 발포하지도 않는다. 우리는 결코 옆으로 비키지 않는 **아트로포스**8) 같은 ─ 기관차에 이 여신의 이름을 붙여도 좋을 것이다. ─ 운명을 만들었다. 이 화살이 몇 시 몇 분에 나침반의 특정 지점을 향

6) Dismal Swamp. 버지니아 주 남동부에서 노스캐롤라이나 주 북동부에 걸쳐 펼쳐진 습지.

7) 1715년에 공표된 영국의 법률로, 사람이 열두 명 이상 모이면 불법 모임으로 간주해 해산시키거나 처벌했다.

8) 그리스 신화에서 운명을 관장하는 세 여신 중 하나로 사람이 죽을 때를 결정한다.

해 발사될지 사람들에게 공지된다. 그러나 그 화살은 사람의 일을 방해하지 않으며, 아이들은 다른 길로 학교에 간다. 우리는 기차 덕분에 좀 더 안정된 삶을 살고 있다. 우리 모두 이와 같이 빌헬름 텔[9]의 아들이 되도록 훈련을 받고 있다. 공중에는 눈에 보이지 않는 화살이 가득하다. 자기 자신의 길을 제외한 모든 길이 운명의 길이다. 그러니 자신이 선택한 길을 그대로 걸어가라.

내가 느끼는 상업의 매력은 그 진취성과 대담함이다. 상업은 손을 모아 제우스 신에게 기도하지 않는다. 내가 보니 상업에 종사하는 사람들은 매일 어느 정도의 용기와 만족감을 가지고 일을 시작해 자신들의 기대 이상으로 많은 일을 하기도 하며, 의식적으로 계획했더라도 더 잘해 낼 수 없었을 만큼의 몫을 해내기도 한다. 나는 부에나비스타[10] 최전선에서 반 시간을 버텨 낸 영웅적 행위보다, 겨울 동안 제설차를 막사로 삼고 지내는 사람들의 성실하고도 쾌활한 용기에 더 큰 감동을 받는다. 그들은 나폴레옹이 가장 드문 용기라고 여겼던 '새벽 세 시의 용기'[11]를 지녔다. 게다가 그들은 그 용기를 일찌감치 잠자리로 보내지도 않으며 자신들도 눈보라가 잠잠해지거나 철마의 근육이 얼어붙

---

9) 스위스의 전설 속 영웅으로 아들의 머리 위에 사과를 놓고 활을 쏘아야 했던 명사수. 독일의 대문호 프리드리히 실러가 이 전설을 바탕으로 동명의 희곡을 썼다.

10) 멕시코 북부의 마을. 멕시코 전쟁 중이던 1847년에 미군과 멕시코 군이 이곳에서 격전을 치렀고 결과는 미국의 승리였다.

11) 정확히는 '새벽 두 시의 용기'이다. 나폴레옹은 위험이 기습적으로 닥치는 순간에 발휘되는 용기를 '새벽 두 시의 용기'라고 표현하며 자신만큼 그 용기를 지닌 병사를 만나보지 못했다고 말했다.

을 때에서야 잠을 청한다. 폭설이 맹위를 떨치며 사람들의 피를 오싹 얼어붙게 만드는 오늘 아침에도 얼어붙은 입김 같은 안개층 사이로 둔탁하게 울리는 기관차의 종소리가 들린다. 그 소리는 기차가 뉴잉글랜드 북동부에 휘몰아친 눈보라의 저항에도 불구하고 오랜 지연 없이 **도착하고 있음**을 알려 준다. 곧 눈과 서리를 뒤집어쓴 제설 인부들의 모습이 보인다. 그들은 세계의 변두리에 자리 잡은 시에라네바다 산맥의 바위처럼 제설판 위로 머리를 내밀고 데이지 꽃과 들쥐의 보금자리를 피해 가며 눈을 치우고 있다.

상업은 예상 외로 대담하고 차분하며, 기민하고 모험적이고 싫증 나지 않는 일이다. 게다가 다수의 엉뚱한 사업이나 감상적인 실험과 달리 방법이 매우 자연스러워서 보기 드문 성공을 거두었다. 화물 열차가 덜커덩덜커덩 옆을 지나갈 때면 나는 기분이 상쾌해지고 가슴이 부풀어 오른다. 또 보스턴의 롱워프에서 뉴욕 주과 버몬트 주의 경계인 샘플레인 호수에 이르기까지 화물들이 풍겨 대는 냄새를 맡노라면 외지와 산호초, 인도양, 열대 기후, 드넓은 지구가 머리에 떠오른다. 내년 여름에 수많은 뉴잉글랜드 사람들의 담황색 머리카락을 덮을 종려나무 잎과 마닐라 삼, 코코넛 껍질, 오래된 잡동사니, 마대, 고철, 녹슨 못을 보면 세계의 시민이 된 듯한 기분이 든다. 이렇게 화물칸에 실려 있는 찢어진 돛은 종이로 만들어져 책으로 인쇄된다 해도, 지금의 모습보다 더 이해하기 쉽고 흥미로운 이야기를 들려주지는 못할 것이다. 돛이 견뎌 낸 폭풍의 역사를 그 찢어진 흔적만큼 생생하게 글로 나타낼 사람이 과연 있겠는가? 돛은 손볼 필요가 없는 교정지다. 메인 주의 숲에서 온 목재도 있다. 지난 홍수 때 바다로 떠내려가지 않은 것들로, 당시 떠내려가거나 쪼개진 나무들 때문에 목재 값이 1000달러당 4달러씩 올랐다. 소나무, 가문비나무, 삼나무 등 1등급부터 4등급까지 분류되어 있지만 아주 최근까지는 모두 동일한 등급으로 곰과 사슴과 순록의 머리 위에서 가지를 흔들던 나무들이다. 다음으로 토마스턴[12]에서 나온 최상급 석회가 지나간다. 골짜기를 헤치며 먼 길을 가서야 비로소 소석회로 변할 것이다. 또 색깔도 품질도 각양각색인 누더기가 짐짝에 실려 지나간다. 무명과 아마포가 더 닳을 수 없을 만큼 너덜너덜해진 이 누더기는 옷의 종착지로, 밀워키[13]가 아니라면 더는 호평받을 일이 없는 문양이다. 영국과 프랑스와 미국에서 만든 날염 무늬 천, 깅엄, 모슬린 등 화려했던 옷감을 유행과 빈부에 상관없이 모든 지역에서 수거한 것이다. 곧 한 가지 색이나 몇 가지 색조만 넣은 종이로 변할 텐데, 정말이지 거기에는 현실에 근거한 상류층이나 하류층의 실생활 이야기가 기록될 것이다! 문이 닫힌 화물칸에서는 소금에 절인 생선 냄새가 풍긴다. 뉴잉글랜드의 이 강렬한 상업적 냄새를 맡다 보면 그랜드뱅크스[14]와 여타 어장들이 머릿속에 떠오른다. 소금에 절인 생선을 본 적 없는 사람이 있을까? 오래 살아남도록 철저히 절인 덕분에 도무지 썩을 일이 없으며 인내심 강한 성자들마저 얼굴을

---

12) 미국 메인 주에 위치한 마을.

13) 독일계 이민자들이 몰려들었던 미국 중서부의 도시. 맥주 생산지로 유명하다.

14) 캐나다 남동부 뉴펀들랜드 섬 동쪽에 펼쳐진 세계 최대의 대구 어장이다.

붉힐 정도다. 절인 생선으로 거리를 쓸거나 도로를 포장하고 불 쏘시개를 쪼갤 수도 있겠고 마부는 그 생선 뒤에서 해와 바람, 비로부터 자신의 몸과 짐을 보호할 수도 있을 것이다. 한때 콩코 드의 어느 상인이 그랬듯이, 상인들은 개업할 때 간판 대신 소금 에 절인 생선을 문에 걸어 둘 수도 있다. 그러다 결국 오래된 단 골마저 그것이 동물성인지 식물성인지 광물성인지 확실히 구별 할 수 없는 때가 이르겠지만, 여전히 눈송이처럼 깨끗하므로 냄 비에 넣고 끓이면 토요일 저녁에 훌륭한 회갈색 생선 요리로 내 놓을 수 있다. 다음은 스페인산 소가죽이다. 꼬리는 소의 몸에 달려 있던 시절에 스페니시메인[15]의 대초원을 질주하던 때와 똑같은 각도로 여전히 휘어져 있다. 이 꼬리는 모든 완고함의 전 형으로, 타고난 악덕이 종류를 막론하고 얼마나 절망적이며 고 쳐지지 않는지 증명한다. 솔직히 나는 어떤 사람의 진짜 기질을 알게 되면 이 세상을 살아가는 동안에는 그 기질이 좋은 쪽으로 든 나쁜 쪽으로든 바뀔 거라는 기대를 하지 않는다. 동양에서는 "개의 꼬리를 데우고 누르고 노끈으로 묶을 수는 있다. 그러나 12년 동안 그렇게 애를 쓰더라도 꼬리는 타고난 형태 그대로일 것이다."라고 한다. 이런 꼬리가 나타내는 완고함을 효과적으로 고칠 유일한 방법은 꼬리를 아교로 만드는 것이다. 내가 알기로 대개 아교는 꼬리로 만든다고 하니, 그렇게 하면 그 자리에 딱 붙어 있을 것이다. 이제는 당밀 아니면 브랜디가 담긴 통이 보이 는데, 수신인은 버몬트 주 커팅스빌에 사는 존 스미스 씨다. 그 는 그린 산맥 지대의 상인으로 자기 개간지 인근에 사는 농부들

---

15) 남미 북부 해안 지대, 즉 스페인 식민지였던 카리브 해 연안 지방.

에게 팔 물건을 들여온다. 어쩌면 지금쯤 칸막이 벽 너머에 서서 가장 최근에 해안에 도착한 물건들이 무엇이고 자신의 물건 가격에 어떤 영향을 미칠지 헤아리는 동시에, 고객들에게 오늘 아침 전까지만 해도 스무 번이나 했던 말, 그러니까 다음 기차로 최상품이 들어올 것 같다는 말을 하고 있을지 모른다. 그 물건은 〈커팅스빌 타임스〉에 광고로 나온 내용이다.

이런 물건이 도시로 올라가는 동안 다른 물건들은 시골로 내려온다. 획 하는 소리에 놀라 책에서 고개를 들어 보면, 먼 북쪽 산 지방에서 베어 낸 키 큰 소나무가 그린 산맥과 코네티컷 주를 넘어 빠르게 날아오더니, 10분도 안 돼서 읍내를 화살처럼 관통하고 다른 누가 보기도 전에 사라져 버린다. 이는

"어느 거대한 군함의
돛대가 되기 위함이니."[16]

이제 들어 보라! 저기 가축 열차가 온다. 천 개의 산에서 자란 가축을 실은 공중에 뜬 양 우리이자 외양간이다. 막대를 든 소몰이꾼들과 양떼 가운데 서 있는 목동들까지, 산 위의 목초지를 뺀 모든 것이 9월 강풍을 타고 산에서 휘날리는 낙엽처럼 밀려온다. 송아지와 양의 울음소리, 황소들의 힘겨루기 소리가 공중에 가득하니, 마치 목초지의 계곡이 지나가는 것만 같다. 맨 앞에 선, 방울을 매단 나이 많은 양이 방울을 울리면 큰 산들은 숫양처럼 말 그대로 훌쩍 뛰어 오르고 작은 산들은 아기 양처럼 폴

---

16) 밀턴의 『실낙원』 제1권 중에서.

짝 뛰어 오른다.[17] 어떤 칸에는 소몰이꾼들이 가축들 틈바구니에 끼어서 이제는 임무고 뭐고 간에 자기 가축들과 같은 처지가 되어 버렸는데도 쓸모없는 막대기가 직무의 징표라도 되는 듯이 꼭 붙들고 있다. 그런데 몰이꾼의 개, 개들은 어디에 있는가? 개들에게는 가축들이 우르르 달아난 상황이나 다름없다. 가축들은 개들로부터 완전히 벗어나 냄새조차 행방불명이다. 개들이 피터보로 산[18] 뒤편에서 짖는 소리나 그린 산맥 서쪽 산비탈을 헐떡이며 오르는 소리가 들리는 듯하다. 개들은 가축이 죽는 현장에 있지는 않을 것이다. 그러나 일자리도 함께 사라졌다. 개들의 충성심과 영특함도 이제는 보통 이하로 떨어졌다. 개들은 수치심에 젖어 개집으로 슬그머니 돌아가거나, 어쩌면 야성을 표출하며 늑대나 여우와 몰려다닐지도 모른다. 이렇게 목장 생활은 휘몰아치는 바람에 날아가 버린다. 하지만 종이 울리면, 나는 기차가 지나가도록 선로에서 비켜나야 한다.

철도는 내게 무엇인가?
철도가 끝나는 지점을
나는 결코 보러 가지 않는다.
철도는 골짜기 몇 개를 메우고
제비를 위해 둑을 쌓는다.
철도는 모래를 흩날리고

17) 구약 성경 「시편」 114편 4절을 빗댄 표현. 산들은 숫양들 같이 뛰놀며 작은 산들은 어린 양들 같이 뛰었도다. 개역개정본 참조.
18) 콩코드가 속한 뉴햄프셔 주 남서쪽에 위치한 산.

블랙베리를 자라게 한다.

그러나 나는 숲 속에서 수레가 다니는 길을 건너듯이 철로를 건넌다. 연기와 증기와 쉭쉭거리는 소리 때문에 눈과 귀가 멀게 하지는 않겠다.

이제 기차는 지나갔고 분주하게 들썩이던 세상도 더불어 지나갔다. 호수의 물고기들도 더는 덜커덩거리는 기차의 진동을 느끼지 않는다. 나는 그 어느 때보다도 혼자다. 아마 긴 오후의 나머지 시간 동안 내 명상을 방해하는 것은 멀리 떨어진 큰길에서 마차나 수레가 희미하게 덜거덕거리며 지나가는 소리뿐이다.

이따금씩 일요일에 바람이 알맞게 불어오면 링컨이나 액턴, 베드퍼드, 콩코드에서 종소리가 들려왔다. 어렴풋하고 감미로운 그 소리는 말하자면 야생에 들어올 가치가 있는 자연의 선율이었다. 먼 거리에서 숲을 지나쳐 오는 동안 윙윙거리는 어떤 떨림이 이 소리에 깃든다. 마치 지평선에 있는 솔잎들을 하프의 현처럼 쓸고 오는 듯하다. 귀로 들을 수 있는 가장 먼 거리에서 들려오는 모든 소리는 하나같이 똑같은 효과를 낸다. 말하자면 '우주의 리라'가 떨리는 소리 같다. 멀리 있는 산등성이가 중간에 낀 대기 때문에 하늘빛으로 물들어 우리 눈에 더 이채롭게 보이는 현상과 마찬가지다. 나를 찾아온 그 종소리는 대기에서 걸러진 다음 솔잎을 비롯한 숲의 모든 잎사귀와 대화를 나누었던 선율, 자연의 힘에 붙들려 조율된 다음 골짜기에서 골짜기로 메아리쳤던 그 선율이다. 메아리는 얼마쯤 독창적인 소리이며, 거기에 메아리의 마법과 매력이 있다. 메아리는 단순히 종소리 중에서 되풀이할 가치가 있는 부분만 되풀이된 것이 아니라 부분적으로는 숲의 목소리다. 숲의 요정이 흔히 부르는 바로 그 노랫말과 음률이다.

저녁 무렵, 숲 저편 지평선에서 들려오는 아득한 소의 울음소리는 감미롭고 아름답다. 처음에 나는 그 소리가 산과 골짜기를 정처 없이 돌아다니며 가끔 나에게 세레나데를 들려주던 어느 음유 시인의 노랫소리로 착각했다. 그러다 그 소리가 길게 이어지면서 그것이 소가 부르는 보잘것없고 자연스러운 음악이라는 사실을 깨닫고 실망했지만 기분은 나쁘지 않았다. 그 젊은이들의 노래가 소의 노래와 비슷하게 느껴졌다고 말한 것은 정말이지 비꼬려는 뜻이 아니라 음유 시인들이 부르는 노래의 진가를 나타내고자 함이다. 결국 둘 다 자연이 표현하는 하나의 소리가 아닌가.

여름의 어느 시기에는 저녁 열차가 지나간 뒤인 일곱 시 반만 되면 어김없이 쏙독새들이 문 옆의 나무 그루터기나 집 마룻대에 앉아 30분 동안 저녁 기도를 지저귄다. 거의 시계만큼이나 정확하게, 그러니까 매일 저녁 일몰 이후 특정한 시각이 되면 5분 이내에 노래를 부르기 시작했다. 덕분에 나는 그 새들의 습성을 알게 되는 귀한 기회를 얻었다. 때로는 네다섯 마리가 숲 여기저기에서 한꺼번에 우는 소리가 들렸다. 우연히도 저마다 한 소절씩 늦게 시작한 데다, 나와 매우 가까이 있었던 덕분에 나는 그 새들이 한 차례 지저귀고 난 다음 뒤따라 꾸륵꾸륵거리는 소리를 포착했을 뿐 아니라 윙윙대는 기묘한 소리도 자주 들을 수 있었다. 그것은 거미줄에 걸린 파리가 내는 소리와 비슷했지만 몸집이 큰 만큼 더 시끄러웠다. 때로는 숲에 들어가면 쏙독새 한마리가 1~2미터쯤 떨어진 곳에서 줄에 묶인 것처럼 내 주변을 맴돌곤 했는데, 아마 내가 그 새의 알에 너무 가까이 있었기 때문인 듯하다. 이 새들은 밤새 일정한 간격으로 울어 댔고 동트기 직전이나 그 무렵에는 어느 때보다도 아름답게 또 한 번 노래를 불렀다.

다른 새들이 잠잠해지면 부엉이가 그 노래를 이어받아, 태곳적부터 그랬듯이 애곡하는 여인들처럼 부우부우 울기 시작한다. 그 음침한 비명은 진정 벤 존슨[19] 풍이었다. 교활한 한밤의 마녀들 같으니! 그들의 노래는 시인들이 들려주는 정직하고도 투박한 부엉부엉 소리가 아니라, 장난기는 눈곱만큼도 없는 가장 엄숙한 무덤의 소곡이며, 동반 자살한 연인이 지옥의 숲에 이르러 숭고한 사랑의 고통과 기쁨을 떠올리며 주고받는 위로다. 그러나 나는 숲가에서 떨리는 소리로 노래하는 그들의 통곡과 비탄에 젖은 화답을 듣는 것이 무척 좋다. 때로는 음악과 노래하는 새들이 머리에 떠오르기 때문이다. 그들은 음악의 어둡고 슬픈 측면, 후회와 탄식이야말로 반드시 노래해야 할 주제라고 말하는 듯하다. 부엉이는 타락한 영혼의 정령이다. 미천한 정령이자 우울한 전조다. 한때는 인간의 형상을 하고 밤마다 지상을 걸으며 악행을 저질렀으나 이제는 그 죄의 현장에서 통곡의 노래와 비가를 부르며 속죄하고 있다. 부엉이는 우리가 다 함께 살고 있

---

19) Ben Jonson. 17세기 영국의 시인이자 극작가로 궁정 가면극을 많이 썼는데 그중 하나로 마녀들이 등장하는 『여왕들의 가면(The Masque of Queens)』이 있다.

는 자연의 다양함과 능력을 새롭게 깨닫게 한다. 호수 이편에서 한 마리가 "**아아아, 결코 태어나지 말 것으으으을!**" 하고 탄식하고 는 절망에 빠져 불안한 모습으로 원을 그리며 날아가 회색 떡갈 나무 위에 새로 자리 잡는다. 그러면 호수 저편에서 다른 부엉이 가 "**태어나지 말 것으으으을!**" 하고 떨리는 목소리로 진지하게 화 답한다. 그러면 멀리 떨어진 링컨 숲에서 희미하게 "…… **말 것 으으으을!**" 하는 소리가 희미하게 들려온다.

올빼미도 나에게 세레나데를 들려주었다. 가까이에서 들으면 그 소리가 자연에서 가장 우울한 소리라는 생각이 들 것이다. 자 연이 죽어 가는 인간의 신음 소리를 이 소리로 정형화해 자신의 합창단에서 영원히 노래하게 만든 것만 같다. 희망을 모두 버리 고 떠난 인간의 어느 가련하고 허약한 유골이 지옥의 골짜기로 들어서자마자 동물처럼 울부짖되 인간처럼 흐느끼는 소리 같다. 그 흐느낌은 목젖을 울리는 선율 때문에 한층 오싹해진다.─내 가 그 소리를 흉내 내려 하면 '꾸륵' 하는 소리부터 나온다.─ 그 소리는 온갖 건전하고 대담한 생각을 억누르느라 끈끈한 흰곰팡 이가 피고 만 인간의 정신을 나타낸다. 그 소리를 들으면 나는 시체를 뜯어 먹는 악귀와 백치와 광기 어린 포효가 떠올랐다. 그 러나 지금은 먼 숲에서 올빼미 한 마리가 거리 때문인지 참으로 듣기 좋은 선율로 화답한다. "**후엉, 후엉, 후엉, 후우, 후엉.**" 그리 고 사실 대부분의 경우 이 울음소리는 밤이건 낮이건, 여름이건 겨울이건 들을 때마다 기분 좋은 것들만을 연상시켰다.

나는 부엉이와 올빼미가 있어 기쁘다. 이 새들이 인간을 위해 바보처럼, 미치광이처럼 부엉부엉 울도록 내버려 두자. 그 소리는 낮에도 캄캄한 늪지와 해 질 녘의 숲에 멋지도록 어울리며, 인간이 인식하지 못한 광활한 미개척 자연을 연상시킨다. 이들은 누구나 간직한 을씨년스러운 황혼과 충족되지 못한 기대를 상징한다. 종일토록 해가 어느 황량한 늪지의 수면을 비췄다. 그곳에는 소나무겨우살이에 뒤덮인 가문비나무 한 그루가 서 있고 위에서는 작은 매들이 맴돌며, 상록수 사이에서는 박새들이 지저귀고 그 밑에서는 꿩과 토끼가 살금살금 돌아다닌다. 그러나 이제 더 음침하고 이곳에 어울리는 날이 시작되면, 다른 종류의 동물들이 잠에서 깨어나 자연의 의미를 표현한다.

저녁 늦게 멀리서 짐마차들이 덜컹덜컹 다리를 건너는 소리가 들렸다. 밤이면 어떤 소리보다 더 멀리까지 들리는 소리였다. 또 개 짖는 소리와 때로는 먼 외양간 앞마당에서 슬픔에 잠긴 암소의 낮은 울음소리가 들렸다. 그사이에 호숫가는 황소개구리의 울음소리로 떠나갈 듯하다. 이 황소개구리들은 아직까지도 잘못을 뉘우칠 줄 모르고 스틱스 강[20]에서 돌림노래나 부르려는 그 옛날 술고래와 주정꾼의 억센 영혼과도 같았다.─물풀은 거의 없지만 개구리가 많아 스틱스 강에 비유했으니 월든 호수의 요정들은 용서해 주길.─ 황소개구리들은 옛 잔칫상 앞에서 벌어졌던 흥겨운 풍습을 흔쾌히 되살리려고 하지만 목소리가 점점 쉬어 가 엄숙할 만큼 심각해져서 잔치의 즐거움을 비웃는 것처럼 느껴지고, 술은 그 풍미를 잃어 단지 배를 채우는 액

20) 그리스 신화에 따르면, 사람이 죽어서 저승으로 가려면 다섯 개의 강을 건너야 하는데 첫 번째는 '비통의 강'인 아케론, 두 번째 강은 '시름의 강'인 코키투스, 세 번째는 '불의 강'인 플레게톤, 네 번째는 '증오의 강'인 스틱스, 다섯 번째는 '망각의 강'인 레테다.

체가 되어 버렸으며 과거의 기억을 잊게 해 줄 달콤한 취기는 결코 찾아오지 않는다. 그저 물배 때문에 포만감과 팽창감만 느껴질 뿐이다. 최고참 개구리가 이 북쪽 호숫가 아래에서 냅킨 대신 침받이로 쓰는 하트 모양 잎사귀에 턱을 괸 채로 한때 경멸하던 물을 쭉 들이켜고 갑자기 "개구울, 개구울, 개구울!" 하고 울며 잔을 돌린다. 그러자 즉시 저 멀리 어느 후미진 곳에서 똑같은 암호가 물을 건너 들려온다. 나이로 보나 허리둘레로 보나 다음 서열인 개구리가 그곳에서 제 몫의 물을 들이켠 모양이다. 이 의식이 호숫가를 한 바퀴 돌고 나면 이 잔치를 시작한 주인이 만족스럽다는 듯이 "개구울!" 하고 소리친다. 그러면 모두 차례로 같은 소리를 반복하다가 배가 가장 홀쭉하고 물컹하며 축 늘어진 개구리가 마지막을 장식하는데 그 순서에 실수란 결코 있을 수 없다. 그 뒤로 잔이 다시 돌고 도는데 그러다 마침내 해가 아침 안개를 걷어 갈 때가 이른다. 그때쯤이면 최고참 개구리만이 호수에 빠지지 않고 홀로 남아 이따금씩 개굴, 하고 헛되이 울어 보지만 누구도 응답하지 않는다.

내가 사는 개간지에서 수탉의 울음소리가 들린 적이 있는지는 확실히 모르겠다. 나는 노래하는 새라고 여기고 노랫소리나 듣고자 수평아리 한 마리를 키워 보는 것도 괜찮겠다고 생각했다. 한때 인도의 들꿩이었던 수탉의 울음소리는 확실히 여느 새들보다 비범하다. 길들이지 않고 자연스럽게 키우면 머지않아 끼룩거리는 기러기나 부엉부엉 우는 부엉이를 제치고 숲에서 최고의 명성을 떨칠 것이다. 또한 대장인 수탉이 나팔을 내리고 쉴 때면 꼬꼬댁 울며 그 공백을 채우는 암탉을 생각해 보라! 이러니 달걀과 닭 다리는 말할 것도 없이 인간이 이 새를 가축의 하나로 삼은 것은 놀라운 일이 아니다. 어느 겨울 아침, 이 새들이 모여 사는 숲, 그들의 고향 숲을 거닐다가 나무 위에서 우짖는 야생 수탉들의 소리를 듣는다고 생각해 보자. 그 청명하고 날카로운 소리가 다른 새들의 가냘픈 울음소리를 집어 삼키고 대지를 울리며 수 킬로미터까지 퍼져 나가는 모습을 생각해 보라! 그 소리에 많은 나라가 바짝 긴장할 것이다. 그 소리를 듣고 누가 일찍 일어나지 않겠는가? 그다음 날에는 더욱 일찍 일어나고 평생토록 그렇게 매일 좀 더 일찍 일어나서 마침내는 말로 표현할 수 없을 만큼 건강하고 부유하고 현명해지지 않겠는가? 타국에서 온 이 새의 노래는 온 나라 시인들로부터 자국 새들의 노래와 더불어 칭송받는다. 용맹스러운 수탉은 어느 지역에서든 적응한다. 심지어 본토의 새들보다 더 토종 같다. 건강은 언제나 양호하고 폐는 튼튼하며, 기력은 쇠할 줄을 모른다. 태평양과 대서양의 선원들도 수탉의 울음소리에 깨어난다. 그러나 나는 그 날카로운 목청에 선잠을 깬 적이 없다. 나는 개나 고양이, 소, 돼지, 닭을 기르지 않았기 때문에, 가정적인 소리가 부족한 게 아니냐고 생각하는 사람이 있을지도 모르겠다. 사람의 마음을 달래 주는 소리, 즉 버터를 만들기 위해 우유를 휘젓는 소리나 물레 돌아가는 소리도 없었고, 심지어 솥이 보글보글 노래하는 소리도, 주전자에서 나는 쉭쉭 소리도, 아이들의 울음소리도 없었다. 전통적인 사고방식을 지닌 사람이라면 미쳐 버리거나 그 전에 권태감에 죽었을지도 모른다. 심지어 벽 속에 쥐도 없었다. 굶주려서 나가 버렸거나 애초부터 먹을거리를 찾아 들어온 적이 없었을 것이다. 그저 지붕 위와 마루 밑에는 다람쥐가, 마룻대 위에는 쏙독새가, 창 아래에는 날카롭게 외치는 어치가, 집 밑에는 산토끼나 우드척이, 집 뒤에는 부엉이나 올빼미가, 호수 위에는 기러기 떼나 사람 웃음소리를 내는 되강오리가, 밤에는 울부짖는 여우가 있었다. 농장에서 볼 수 있는 온순한 새들인 종달새나 꾀꼬리는 한 마리도 내가 사는 개간지를 찾아오지 않았다. 마당에서 삐악거리는 수평아리도, 꼬꼬댁거리는 암탉도 없었다. 마당 자체가 없었다! 그러나 울타리 없는 자연이 문 앞까지 다가와 있었다. 창문 밑에서는 어린 숲이 자라고 있었고 야생 옻나무와 블랙베리가 지하실을 파고들었다. 강인한 리기다소나무들은 자리가 비좁다는 듯이 지붕널을 비비며 삐걱삐걱 소리를 내고 뿌리를 집 바로 아래까지 뻗었다. 강풍이 불더라도 날아갈 채광창이나 해 가리개가 없었고, 대신 집 뒤편에서 소나무 하나가 부러지거나 뿌리째 뽑혀 땔감이 되어 주었다. 폭설이 내리더라도 앞마당의 대문으로 이어지는 길이 막힐 일은 없었다. 문도 없었고 앞마당도 없었으며, 문명 세계로 이어지는 길 자체가 없었으므로!

고독

  기분 좋은 저녁이다. 온몸이 하나의 감각 기관인 듯 숨구멍 하나하나로 즐거움을 들이마신다. 나는 자연의 일부가 되어 이상하리만치 자유롭게 자연 속을 누빈다. 구름이 끼고 바람이 부는 데다 서늘하기까지 하지만, 나는 셔츠만 입고서 돌투성이 호숫가를 거닌다. 특별히 마음을 끌어당기는 것은 보이지 않아도 자연의 모든 요소들이 유난히 흡족하게 느껴진다. 황소개구리들은 밤을 초청하느라 목청껏 울어 대고, 쏙독새의 노래가 바람에 일렁이는 잔물결을 타고 저편에서 들려온다. 바람에 몸을 떠는 오리나무, 포플러 나뭇잎과 하나가 된 듯한 기분에 숨이 멎을 것만 같다. 그러나 호수와 마찬가지로 내 평온한 마음은 잔물결만일 뿐 요동치지는 않는다. 저녁 바람에 이는 이 작은 물결들은 매끄러운 거울 같은 수면만큼이나 폭풍과는 거리가 멀다. 이제는 어두워졌지만 바람은 여전히 불어오며 숲 속을 질주하고, 물결도 여전히 일렁인다. 어떤 동물들이 노랫소리로 다른 동물들의 마음을 달래 준다. 완벽한 휴식은 없는 법이다. 야수들은 휴식을 취하지 않고 이제 먹이를 찾아 나선다. 여우와 스컹크와 토끼는 이제 안심하고 산과 들을 돌아다닌다. 그들은 자연의 야경꾼으로, 활기찬 생명력으로 가득한 나날을 이어 주는 고리이다.

외출 후 돌아오면 손님들이 왔다가 남겨 둔 명함이 보인다. 그 명함이란 꽃 한 다발이나 상록수 가지를 엮은 화환, 혹은 연필로 이름을 적어 넣은 호두나무 잎이나 나뭇조각 등이다. 숲에 좀처럼 오지 않는 사람들은 도중에 숲의 일부인 작은 물체들을 손에 쥐고 만지작거리다가, 일부러 그러는지 우연인지 모르겠지만 그것을 남겨 두고 간다. 어떤 사람은 버드나무 가지의 껍질을 벗겨 고리 모양으로 엮은 것을 내 탁자에 두고 가기도 했다. 나는 구부러진 나뭇가지나 뒤틀린 풀이나 신발 자국을 보고 내가 없는 동안 손님들이 다녀갔는지를 틀림없이 알아낼 수 있다. 또 대개는 손님이 남긴 아주 사소한 흔적, 즉 떨어뜨린 꽃이나 한 움큼 뽑혔다가 버려진 풀—그 풀이 아주 멀리, 그러니까 800미터쯤 떨어진 철도 위에 버려졌다고 해도— 혹은 다 사라지지 않은 엽궐련이나 파이프 담배의 냄새로 손님의 성별이나 나이나 성품을 짐작할 수도 있다. 그뿐 아니라, 어느 여행자가 300미터 떨어진 도로를 지나고 있다는 사실을 파이프 담배 냄새만으로도 곧잘 알아맞혔다.

우리 주위에는 보통 충분한 공간이 있다. 지평선은 우리 코앞에 있는 게 아니다. 울창한 숲도 호수도 집 바로 앞에서부터 펼쳐지지는 않는다. 개척된 공간이 어느 정도는 반드시 존재한다. 우리는 자연의 일부를 개간해 친숙하게 만들고 닳도록 사용하며 어떤 식으로든 내 것으로 삼아 울타리를 친다. 그렇다면 사람들로부터 버려져 나에게 온 이 광막한 대지를, 몇 제곱킬로미터에 이르는 인적 드문 숲을 어떤 이유에서 나는 홀로 차지하고 있는가? 가장 가까운 이웃도 1.5킬로미터 이상 떨어져 있고, 언덕 꼭대기에 올라가지 않는 한 반경 800미터 이내에서는 어디를 가든 다른 집이 전혀 보이지 않는다. 나는 숲으로 둘러싸인 지평선을 독차지하고 있다. 한쪽으로는 호수와 인접한 철도가 멀찍이 보이고, 다른 쪽으로는 숲 가장자리를 따라 뻗은 울타리가 보였다. 그러나 대체로 내가 사는 곳은 대초원만큼이나 적막하다. 뉴잉글랜드인데도 아시아나 아프리카 같다. 말하자면 나는 나만의 해와 달과 별을 가지고 있으며 이 작은 세상을 독차지한 셈이다. 밤이면 내 집을 지나가거나 문을 두드리는 여행자가 단 한 명도 없어서, 마치 내가 최초의 인간이나 최후의 인간인 것만 같았다. 다만 봄에는 마을 사람들이 매기를 잡으러 아주 가끔씩 오곤 했다. 그들은 어둠이라는 미끼를 낚싯바늘에 꿰어 월든 호수에서 물고기보다는 자신의 본성을 더 많이 낚은 모양인지, 대개는 가벼운 바구니를 들고 금세 물러나 "세상을 어둠과 나에게"[1] 남겨 주었고, 그러고 나면 밤의 검은 핵심이 인근에 사는 인간에 의해 더럽혀지는 일은 결코 없었다. 내 생각에 사람들은 대개 어둠을 조금씩은 두려워한다. 마녀들은 모두 교수형을 당했고 기독교와 양초가 오래전에 전파되었는데도 말이다.

그러나 나는 가장 달콤하고 다정하며 가장 순수하고 용기를

---

1) 영국 시인 토머스 그레이(Thomas Gray)의 「어느 시골 교회 묘지에서 쓴 비가」 중에서.

주는 우정의 대상을 자연물 속에서 찾을 수 있다는 사실을 때때로 경험했다. 인간을 혐오하는 가련한 사람이나 그 누구보다도 우울한 사람도 마찬가지이다. 자연 가운데에서 살며 평온한 감각을 유지하는 사람에게는 어둠과도 같은 우울이 존재할 수가 없다. 건강하고 순수한 사람의 귀에는 폭풍우마저 아이올로스[2]의 음악으로 들린다. 그 어떤 것도 소박하고 용감한 사람을 천박한 슬픔에 억지로 빠뜨릴 수는 없다. 내가 사계절과 함께 우정을 만끽하는 동안에는 어떤 것도 삶을 무거운 짐으로 만들 수 없다. 오늘 내 콩밭에 물을 주면서 나를 집에 머물게 하는 저 보슬비는 지루하거나 우울하게 느껴지지 않고 오히려 나에게도 유익하다. 비가 내려 호미질을 할 수 없지만 비는 호미질보다 훨씬 가치가 있다. 땅속에서 씨앗들이 썩고 저지대에서 감자가 못 쓰게 될 만큼 비가 계속 내리더라도, 고지대에서 자라는 풀에게는 유익할 테고 풀에게 유익하다면 나에게도 유익한 일이다. 때로 나 자신을 다른 사람들과 비교해 보면, 내가 아는 한 과분할 만큼 신들의 편애를 받고 있다는 느낌이 든다. 마치 다른 사람들이 갖지 못한 권한이나 보증서를 내가 가지고 있고 신들의 특별한 인도와 가호를 받고 있는 것만 같다. 스스로를 치켜세우려고 하는 말은 아니지만, 혹시 그것이 가능하다면 신들이 나를 치켜세우는 셈이다. 나는 외로움을 느낀 적이 없으며 고독감에 짓눌린 적도 없다. 다만 단 한 번, 숲에 들어오고 몇 주가 지난 뒤였는데, 사람들을 이웃에 두고 사는 것이 평온하고 건강한 삶의

---

2) 그리스 신화에 나오는 바람의 신. 바람이 불어 그의 하프를 건드리면 소리가 난다고 함.

필수 요건이 아닌가, 하는 고민을 한 시간쯤 한 적이 있다. 혼자라는 사실이 못마땅했다. 하지만 동시에 내 기분이 약간 비정상적이라는 사실을 자각하고 있었고 회복되리라는 사실을 예감했던 듯하다. 보슬비가 내리는 동안 이런 생각에 잠겨 있다가, 문득 자연 속에, 후드득 떨어지는 그 빗방울 속에 그리고 집 주위의 모든 소리와 광경 속에 다정하고 자비로운 벗들이 있음을 느끼게 되었다. 나를 지탱시키는 대기처럼 무한하고 형언할 수 없는 그 우정 덕분에, 사람을 이웃에 두었을 때 얻게 될 것 같았던 이점이 하찮게 여겨졌다. 그래서 그 뒤로는 그런 생각을 다시 하지 않았다. 작은 솔잎 하나하나가 나와 교감하며 커지고 부풀어 올라 친구가 되었다. 나는 사람들이 황량하고 쓸쓸하다고 하는 장소에서도 나와 친밀한 어떤 존재가 있음을, 또 혈연상 가장 가깝다거나 가장 인간적으로 느껴지는 대상이 반드시 어떤 사람이나 마을 사람일 필요는 없다는 사실을 분명히 알게 되었다. 그래서 다시는 어떤 장소도 나에게 낯설게 느껴지지 않았으니.

"애도는 슬퍼하는 이들을 불시에 사로잡나니,
산 자의 땅에서 그들이 머물 날도 얼마 남지 않았구나.
토스카의 아름다운 딸이여."[3]

가장 즐겁게 보낸 시간 중에는 봄이나 가을에 긴 비바람이 치던 때도 있다. 그런 때 나는 오전은 물론이고 오후에도 집에 틀어박혀 쉬지 않고 몰아치는 바람 소리와 빗소리로 마음을 달랬

3) 3세기경 고대 켈트 족의 유명한 음유 시인 오시안의 시 「크로마」중에서.

다. 황혼이 일찍 다가온 탓에 긴 저녁이 시작되고 그 시간을 틈타 수많은 상념이 뿌리를 내리고 날개를 펼쳤다. 북동쪽에서 휘몰아친 폭우가 마을의 민가를 덮쳐 하녀들이 빗자루와 양동이를 들고 문간에 서서 밀려드는 빗물을 막아 내려 할 때, 나는 내작은 집의 하나뿐인 문 뒤에 앉아 철저히 보호를 받았다. 천둥을 동반한 폭우가 쏟아지던 어느 날, 호수 건너편의 커다란 리기다소나무에 벼락이 떨어졌다. 벼락은 깊이 3센티미터 정도에폭이 10센티미터가 넘는 나선형 홈을 마치 지팡이를 하나 파낸듯이 나무의 꼭대기에서부터 밑동까지 아주 뚜렷하고 완벽하게파 놓았다. 얼마 전에 그 나무 옆을 다시 지나가다가, 고개를 들어 8년 전에 악의 없는 하늘에서 무시무시한 불가항력의 번갯불이 떨어졌던 흔적이 이제는 그 어느 때보다 선명하게 남은 모습을 보고는 경외감에 사로잡히고 말았다. 사람들은 자주 나에게 말한다. "거기 있으니 분명 외롭겠군. 특히 비나 눈이 내리면 낮이나 밤이나 사람들에게 더 가까이 있고 싶을 거야." 나는그런 질문에 이렇게 대답하고 싶다. "우리가 사는 이 지구 전체가 우주에 있는 하나의 점에 불과하다네. 저 별에 사는 사람들중 가장 멀리 떨어진 두 사람 사이의 거리가 얼마나 된다고 생각하나? 저 별의 폭은 우리가 만든 기계로는 가늠할 수 없지 않나. 내가 왜 외로움을 느껴야 하나? 우리의 지구도 은하수에 있는 게 아닌가? 자네가 나에게 던진 이 질문은 가장 중요한 질문이 아닌 듯하네. 사람을 다른 사람들과 갈라놓고 외롭게 만드는 공간은 어떤 종류의 공간인가? 나는 두 사람이 다리를 열심히 움직여도 서로에게 더 가까워지지 못한다는 사실을 깨달았다네. 우리는 무엇과 가장 가까이 살고 싶어 할까? 수많은 사람들 가까이는 분명 아닐 거야. 기차역이나 우체국, 술집, 마을 회관, 학교, 식료품점, 비컨 힐[4], 파이브포인츠[5]처럼 사람들이 가장 많이 모이는 곳은 아닐걸세. 이 문제에 관해서라면 우리가 온갖 경험으로 깨달은 바, 버드나무가 물가에 가까이 서서 물을 향해 뿌리를 뻗듯이 우리도 생명이 끊이지 않고 흘러나오는 원천과 가까이 살고 싶을걸세. 본성에 따라 다를 수는 있겠지만, 현명한 사람이라면 바로 그곳에 지하 저장고를 팔 거야." 어느 날 저녁, 월든 거리에서 소위 '상당한 재산'—나는 그 재산을 **똑똑히** 본 적은 없지만—을 축적했다는 마을 사람을 앞질러 간 적이 있다. 그 사람은 소 두 마리를 몰고 시장으로 가던 길이었는데 나에게 어떻게 인생의 그 많은 안락함을 포기할 생각을 할 수 있느냐고 물었다. 나는 정말이지 내 삶이 꽤 만족스럽다고 대답했다. 농담이 아니었다. 나는 그렇게 잠자리가 있는 내 집으로 돌아왔고, 그가 어둠과 진창길을 헤치고 '브라이턴'[6]인지 '브라이트타운'인지 하는 곳으로 가도록 내버려 두었다. 아마 그곳에는 다음 날 아침쯤 도착했을 것이다.

죽은 사람이 깨어나거나 다시 살아날 가능성이 있다면 시간과 장소는 하찮은 문제가 되어 버린다. 그런 일은 언제나 같은 장소에서 일어날 것이며 말로 표현할 수 없을 만큼 우리의 감각을 즐겁게 해 준다. 대개 우리는 핵심을 벗어난 일시적인 상황만

---

4) 매사추세츠 주 보스턴에 있는 부촌.
5) 뉴욕 맨해튼 남부에 있었던 악명 높은 슬럼가.
6) 보스턴 교외 지역.

을 기회로 삼는다. 사실 그것이야말로 우리의 정신을 산란하게 만드는 원인이다. 만물과 가장 가까운 곳에는 만물을 존재하게 하는 힘이 있다. 우리의 **옆**에서는 원대한 법칙들이 끊임없이 실행되고 있다. 우리의 **옆**에는 우리가 고용해서 유쾌한 말 상대로 삼은 일꾼이 아니라, 우리 자체를 일감으로 삼는 일꾼이 있다.

"천지의 오묘한 힘이 미치는 영향이 그 얼마나 광대하고 심오한가!"

"우리는 그 힘을 포착하고자 하나, 보이지 않는다. 그 힘을 듣고자 하나, 들리지 않는다. 그것은 만물의 본질과 같아서 만물로부터 분리될 수 없다."

"그 힘이 원인이 되어 온 세상 사람들은 자신의 마음을 정화하고 성화하며, 예복을 갖춰 입고 조상들에게 제물과 공물을 바친다. 이는 오묘한 신들이 존재하는 바다이다. 그것은 어디에나 존재하며 우리 위에도, 왼편에도, 오른편에도 있다. 사방에서 우리를 에워싸고 있다."[7]

인간은 내가 상당한 관심을 가지고 있는 어떤 실험의 대상이다. 이런 상황에서 잡담이나 주고받는 대신, 자기 자신에게 격려가 되는 생각을 할 수는 없을까? 공자는 진심으로 이렇게 말한다. "덕은 버림받은 고아처럼 남겨지지 않는다. 반드시 이웃이 생기기 마련이다."[8]

사색을 통해 우리는 건전한 의미에서 제정신을 잃을 수도 있다. 의식적인 정신 활동을 통해 우리는 행위와 그 결과에 초연할

---

7) 위의 세 구절 모두 공자의 『중용』 제16장에서 인용.

8) 『논어』 제4편에서 인용.

수 있다. 그러면 좋건 나쁘건 모든 일은 급류처럼 우리 곁을 지나가 버린다. 우리는 자연에 온전히 몰입된 상태가 아니다. 나는 냇물에 떠내려가는 나무토막일 수도 있고 아니면 그 모습을 하늘에서 내려다보는 인드라[9]일 수도 있다. 나는 연극 공연에 **감동받을지** 모르나, 반면에 나와 훨씬 깊은 관계가 있을지 모르는 실제 사건에는 영향을 **받지 않을** 수도 있다. 나는 나 자신을 인간적인 실체로만, 다시 말해 생각과 감정이 존재하는 무대로만 인식한다. 그리고 타인과 마찬가지로 나 자신에 대해서도 멀리 떨어져 있을 수 있는 어떤 이중성을 느낀다. 아무리 강렬한 경험을 하더라도 나의 일부가, 아니 그보다는 나의 일부가 아니며 내 경험을 공유하지 않고 기록하기만 하는 관객이 있어 그 경험을 비판한다는 것을 자각하게 된다. 그것은 '나'라기보다는 '타인'이다. 인생이라는 연극―비극일 수도 있다.―이 끝나면 관객은 제 갈 길을 간다. 관객에게 그것은 그저 일종의 허구이며 상상에서 나온 작품에 불과하다. 이런 이중성 때문에 우리는 순식간에 딱한 이웃이나 친구가 되어 버리는지도 모른다.

나는 대부분의 시간을 홀로 보내는 편이 유익하다고 생각한다. 사람들과 함께 있으면, 아무리 좋은 사람들이라고 해도 우리는 금세 지루하고 산만해진다. 나는 혼자 있는 것이 참 좋다. 고독만큼 붙임성 있는 벗을 본 적이 없다. 우리는 대개 방에 혼자 있을 때보다 밖으로 나가 사람들 사이를 돌아다닐 때 더 고독하다. 생각하거나 일할 때면 사람은 늘 혼자다. 그러니 그가 있고자 하는 곳에 있도록 내버려 두자. 고독은 사람과 사람 사이에

9) 고대 인도의 신화에 나오는 하늘의 신.

있는 거리로 측정되는 것이 아니다. 북새통 같은 케임브리지의 대학 기숙사에서 정말 열심히 공부하는 학생이 있다면 사막에 있는 수도승만큼이나 혼자인 것이다. 농부는 밭을 갈거나 나무를 베며 온종일 들과 숲에서 혼자 일하더라도 거기 몰두해 있다면 외로움을 느끼지 않을 것이다. 그러나 어두워져 집에 돌아오면 방에 홀로 앉아 마음껏 생각에 잠기지 못하고 '사람들을 만나' 기분 전환을 해야 한다고, 그것으로 혼자 지냈던 하루를 보상받는다고 생각한다. 때문에 농부는 학생이 어떻게 온밤과 낮 시간의 대부분을 집 안에 혼자 앉아 있으면서도 권태와 '우울'을 느끼지 않는지 의아해한다. 그러나 농부는 학생이 집에 있되 실은 농부가 그러듯이 **자기 나름의** 밭에서 일을 하고 **자기 나름의** 숲에서 나무를 베는 것이며, 그런 다음에는 좀 더 간결한 형태이기는 하지만 농부와 마찬가지로 휴식과 교제할 사람을 찾는다는 사실을 알지 못한다.

사람들이 나누는 교제는 대개 너무 천박하다. 우리는 너무 자주 만나는 탓에 서로에게서 새로운 가치를 발견할 시간을 도무지 갖지 못한다. 우리는 하루 세 번 끼니때마다 만나서는 우리 자신이라는 그 케케묵은 치즈를 상대에게 새삼 맛보인다. 우리는 이토록 잦은 만남을 참아 낼 수 있도록, 그래서 전쟁을 시작할 일이 없도록 이른바 예의와 정중함이라는 일련의 규칙에 합의해야 했다. 우리는 우체국에서 그리고 친목회에서, 또 매일 밤 난롯가에서 사람을 만난다. 너무 친밀하게 지내느라 서로의 앞길을 막고 서로의 발에 걸려 넘어진다. 이 때문에 서로에 대한 존경심을 잃어버린다. 분명 좀 더 띄엄띄엄 만나도 얼마든지 중요하고 진심 어린 대화를 나눌 수 있다. 공장에서 일하는 여공들을 생각해 보라. 심지어 꿈속에서도 결코 혼자 있지 못한다. 내가 사는 곳처럼 2.6제곱킬로미터당 한 명씩만 산다면 더 나을 것이다. 사람의 가치는 외피에 있는 것이 아니므로 만져 봐야 아는 건 아니다.

숲에서 길을 잃어 나무 밑에서 굶주림과 탈진으로 죽어 가던 어느 남자의 이야기를 들은 적이 있다. 그는 몸이 쇠약해진 탓에 병적인 상상력에서 비롯된 기괴한 환영에 포위됐고 그것이 진짜라고 믿어 버렸다. 그러나 덕분에 외로움이 파고들 틈이 없었다. 그러니 우리가 신체적·정신적으로 건강하고 강인하다면 위와 비슷하되 더 정상적으로 자연스러운 교제를 통해 끊임없이 기운을 얻을 것이며 자신이 결코 혼자가 아님을 알게 될 것이다.

내 집에는 함께하는 벗들이 무척 많다. 아무도 찾지 않는 아침에는 더욱 그렇다. 내 상황을 잘 이해할 수 있도록 몇 가지 비유로 설명해 보겠다. 그토록 크게 웃어 대는 호수의 되강오리가 외롭지 않듯이, 혹은 월든 호수가 외롭지 않듯이 나도 외롭지 않다. 저 고독한 호수에 무슨 벗이 있느냐고? 호수는 그 하늘빛 물속에 푸른 악마들[10]이 아니라 푸른 천사들을 품고 있다. 태양은 혼자다. 안개가 자욱할 때는 때로 두 개처럼 보이기도 하지만 하나는 가짜 태양이다. 신은 혼자다. 그러나 악마는 결코 혼자인 법이 없다. 수많은 무리를 대동하니, 말하자면 군단이다. 초원에 핀 뮤레인[11], 민들레, 혹은 콩잎이나 괭이밥, 등에, 호박벌이

---

10) 원문의 'blue devils'는 한 단어로 쓰이면 '우울증'이라는 뜻이다.

11) 2미터 정도 자라는 허브로 6~8월에 꽃이 핀다.

외롭지 않듯이 나도 외롭지 않다. 밀브룩[12]이나 풍향계, 북극성, 남풍, 4월의 소나기, 1월의 해빙, 새로 지은 집에 처음 들어간 거미가 외롭지 않듯이 나도 외롭지 않다.

눈이 펑펑 쏟아지고 숲 속에 바람이 휘몰아치는 긴 겨울 저녁이면 예전에 정착해 살던 원래 주인이 이따금씩 찾아온다. 들리는 바에 따르면 그가 월든 호수를 파고 돌을 깐 다음 가장자리를 따라 소나무를 심었다고 한다. 그는 나에게 예전에 일어났던 일들과 새로운 영원에 대해 이야기해 준다. 사과나 사과 주스가 없어도 우리는 사귐의 즐거움과 유쾌한 관점을 주고받으며 즐거운 저녁 시간을 보낸다. 그는 누구보다 현명하고 유머가 풍부한 친구라서 나는 그를 무척 좋아한다. 그는 고프나 휠리[13]가 그랬던 것보다도 훨씬 은밀하게 몸을 숨기고 지낸다. 사람들은 그가 죽었다고 생각하지만 그가 어디에 묻혔는지 아는 사람은 없다. 나이 지긋한 부인도 내 이웃에 살고 있는데 대부분의 사람들에게는 보이지 않는다. 나는 가끔 그 부인의 향기로운 약초밭을 거닐며 약초를 캐거나 부인이 들려주는 설화를 듣는 것이 참 좋다. 그분은 타의 추종을 불허하는 비옥함이라는 재능을 지녔고 그 기억은 신화 이전까지 거슬러 올라가기 때문이다. 그분은 모든 설화의 기원과 설화가 무엇에 바탕을 두고 있는지를 나에게 들려줄 수 있다. 그분이 젊었을 때 일어난 일들이기 때문이다. 혈색이 좋고 원기 왕성한 노부인은 사시사철을 즐겁게 지내며, 자

---

12) 콩코드의 중심부를 관통하던 개울.

13) 17세기 청교도 혁명 때 영국 국왕 찰스 1세에게 사형을 선고한 재판관인 윌리엄 고프(William Goffe)와 에드워드 휠리(Edward Whalley). 왕정복고 이후 미국으로 도피해 여생을 굴에서 숨어 지냈다.

녀들보다 장수하실 것 같다.

해와 바람과 비, 여름과 겨울 등 자연은 형언할 수 없이 순수하고 자비로워서 건강과 기쁨을 무한히 베푼다! 또 우리 인간에게 느끼는 동정심도 무한해서, 타당한 이유로 슬퍼하는 사람이 있다면 온 자연이 영향을 받아 해는 빛을 흐리고 바람은 인간처럼 탄식하며 구름은 비를 눈물처럼 쏟고 숲은 한여름에도 나뭇잎을 떨어뜨리고 상복을 입을 것이다. 그러니 내가 어찌 대지와 교감하지 않을 수 있겠는가? 내 몸의 일부도 나뭇잎과 식물의 부식토가 아닌가?

우리를 늘 건강하고 평온하고 만족스럽게 해 줄 묘약은 무엇일까? 그것은 나나 그대의 증조부가 만든 알약이 아니라 우리 모두의 증조모인 자연이 만든, 어디에나 있는 채소와 식물이라는 약이다. 그것으로 자연은 언제나 젊음을 유지해 왔고 '파아 노인'14) 같은 수많은 노인들보다도 오래 살았으며 식물의 부패한 기름기로 건강을 키웠다. 내게 만병통치약이란 돌팔이 의사가 저승의 아케론 강에서 퍼 올린 물과 사해의 바닷물을 섞어 만들었다는, 병에 담긴 물약이 아니다. 종종 볼 수 있듯이 그들은 그 약병들을 운반하려고 길고 납작하며 검은 배처럼 생긴 수레를 만들고는 거기에서 그 물약을 꺼낸다. 나는 그보다 희석하지 않은 아침 공기 한 모금을 마시고 싶다. 아침 공기! 사람들이 하루의 근원인 시각에 이것을 마시지 않으려 한다면, 아, 그렇다면, 아침 공기를 병에 담아 가게에서 팔기라도 해야 한다. 이 세상의 아침 시간을 누릴 수 있는 구독권을 잃어버린 사람들을 위

14) 152세까지 장수했다는 영국인 토머스 파아(Thomas Parr).

해서다. 그러나 명심하자. 아침 공기는 아무리 서늘한 지하실에 보관하더라도 정오까지 버티지 못하고 그보다 한참 전에 병마개를 밀어 올리고 아우로라의 발자국을 따라 서쪽으로 가 버릴 것이다. 나는 히기에이아 여신의 숭배자는 아니다. 히기에이아는 약초로 죽은 이를 살려 낸 나이 많은 의술의 신 아스클레피오스의 딸이며, 조각상으로 표현된 모습을 보면 손에는 뱀을 들고 다른 손에는 가끔씩 그 뱀이 마실 물이 담긴 잔을 들고 있다. 나는 그보다는 제우스에게 술을 따르는 헤베 여신을 숭배한다. 이 여신은 헤라 여신과 야생 상추의 딸로서 신과 인간에게 활기찬 젊음을 되돌려 줄 힘이 있었다. 아마 지상을 거닌 아가씨들 중 오직 헤베만이 완벽히 건전하며 건강하고 굳센 여성이었으리라. 그리고 그녀가 가는 곳은 어디든 봄이었다.

손님들

대부분의 사람들과 마찬가지로 나도 다른 이들과 어울리기를 좋아하며, 열정이 넘치는 사람을 만나게 되면 한동안은 거머리처럼 달라붙어 떨어지지 않을 각오도 되어 있다. 은둔을 즐기는 천성도 아니며, 볼 일이 있어 술집에 간다면 가장 끈덕지게 머무르는 단골손님보다 더 오래 앉아 있을지도 모른다.

내 집에는 의자가 세 개 있다. 하나는 고독을 위해 쓰고 둘은 우정을 위해 쓰고 셋은 교제를 나눌 때 쓴다. 뜻밖에 손님들이 단체로 우르르 찾아와도 그 모든 이들을 위해 내놓을 의자가 셋뿐이지만, 대개 손님들도 서 있음으로써 공간을 효율적으로 이용했다. 작은 집에 얼마나 많은 사람들이 들어갈 수 있는지, 놀랍기만 하다. 내 집 지붕 밑에 스물다섯 명에서 서른 명의 영혼이 그들의 육신과 더불어 한꺼번에 들어온 적도 있었지만, 우리는 서로 비좁게 붙어 있었다는 사실을 자각하지도 못하고 헤어질 때가 많았다. 공용 주택이든 개인 주택이든 우리의 많은 주택에는 수없이 많은 방과 넓은 홀, 포도주를 포함해 평화 시에 이용할 여타 필수품을 저장할 지하실이 딸려 있는데, 내가 보기에는 집이 거주자에 비해 터무니없이 크다. 너무 거대하고 웅장한 나머지 거주자들이 그 속에 들끓는 해충으로 보일 지경이다. 전령이 트레몬트나 애스터, 미들섹스하우스[1] 앞에서 나팔을 불 때마다, 주민들이 모두 모여야 할 광장에 우스꽝스럽게 생긴 쥐 하나가 기어 나왔다가 곧장 보도에 난 구멍으로 슬금슬금 들어가는 모습을 보면 어처구니가 없다.

내가 작은 집에서 가끔 겪는 불편 하나는, 손님과 내가 거창한 생각을 거창한 단어를 써서 나누기 시작할 때 우리 둘 사이에 충분한 거리를 두기 어렵다는 점이다. 우리의 생각은 입항하기 전에 우선 출범 준비를 마치고 시험 삼아 항로를 한두 번 달려 볼 기회를 가져야 한다. 생각이라는 탄환은 좌우 반동을 극복하고 마지막까지 확고한 경로를 유지해야 듣는 이의 귀에 도달할 수 있다. 그렇지 않으면 그 탄환은 듣는 이의 머리를 뚫고 밖으로 나가 버릴지 모른다. 우리가 말하는 문장도 일정한 간격으로 늘어서서 이야기를 펼칠 공간이 필요하다. 국가와 마찬가지로 개인 사이에도 적당히 넓고 자연스러운 경계가 있어야 하며 꽤 넓은 중립 지대도 필요하다. 한 친구와 호수를 사이에 두고 대화를 나눈 적이 있는데 대단히 즐거웠다. 내 집에서는 서로 너무 가까워 상대방의 이야기를 귀담아 들을 수가 없었다. 제대로 들릴 만큼 목소리를 낮춰 말할 수가 없었다. 잔잔한 수면에 돌 두 개를 너무 가깝게 던지면 서로의 파문을 망가뜨리는 것과 마

---

1) 각각 보스턴, 뉴욕, 콩코드에 있던 호텔.

찬가지다. 그저 큰 소리로 수다 떨기를 좋아하는 사람들이라면, 뺨과 턱이 닿고 서로의 숨결이 느껴질 정도로 바싹 다가서도 괜찮을 것이다. 그러나 진중하고 사려 깊게 말하는 사람들이라면, 모든 동물적 열기와 습기가 증발되도록 어느 정도 떨어져 있어야 할 것이다. 말로 표현되지 않는, 혹은 말을 뛰어넘는 생각을 나누며 더없이 친밀한 교제를 즐기고 싶다면 침묵을 지켜야 할 뿐 아니라, 대개는 어떤 경우에든 서로의 목소리가 들리지 않을 만큼 물리적인 거리가 필요하다. 이런 기준으로 보면 말은 듣기를 어려워하는 사람들의 편의를 위한 것이다. 그러나 큰 소리로 외쳐서는 전달할 수 없는 섬세한 것이 많이 있다. 나와 손님들은 대화가 좀 더 고상하고 장중한 분위기를 띄기 시작하면 의자를 차츰 뒤로 밀다가 결국 뒤편의 벽에 닿기도 했지만 그 뒤로도 공간이 충분하게 느껴지지 않을 때가 많았다.

그러나 나의 '가장 좋은' 방이자 언제든 손님을 맞이할 준비가 된 응접실은 집 뒤편의 소나무 숲이었다. 거기 깔린 양탄자에는 해가 거의 들지 않았다. 여름날 귀한 손님들이 오면 나는 그곳으로 데려갔다. 가치를 매길 수 없을 만큼 소중한 하인이 바닥을 쓸고 가구에서 먼지를 털고 잘 정돈해 둔 곳이었다.

손님이 한 명이라면 가끔 내 간소한 식사를 나눠 먹었다. 즉석 푸딩을 휘젓거나 잿더미 속에서 빵 한 덩어리가 부풀고 익어 가는 모습을 지켜보며 무리 없이 대화를 이어 갔다. 그러나 스무 명이 집에 와서 앉아 있을 때는 두 사람 몫의 빵이 있더라도 식사에 대한 말은 꺼내지도 않았고, 오히려 음식을 먹는 것을 이미 버린 습관처럼 취급했다. 그래서 우리는 자연스럽게 금식을 했지만,

그것이 손님 접대에 어긋나는 행동이라고 느끼는 사람은 없었으며 그야말로 적절하고 사려 깊은 행동으로 여겨졌다. 이런 때면, 잦은 회복이 필요한 육체적 생명력도 소모되고 쇠약해지는 시기를 기적적으로 늦추는 것 같았고 활력도 제자리를 굳게 지켰다. 이런 식이라면 스무 명이 아니라 천 명도 대접할 수 있었을 것이다. 혹시 내 집에 와서 나를 만났는데도 실망하거나 배고픈 채로 돌아간 사람이 있었더라도 내가 그 심정에 백분 공감한다는 사실만큼은 알아주기를 바란다. 많은 주부들은 의심스러워하겠지만 옛 습관을 버리고 새롭고 더 나은 습관을 확립하기란 전혀 어려운 일이 아니다. 우리는 손님들에게 대접하는 식사에 우리의 평판을 맡길 필요가 없다. 내 경우에, 케르베로스[2] 만큼이나 다른 사람의 집에 드나들지 못하도록 막는 것이 있다면, 나를 접대하겠답시고 내놓는 요리 행렬이다. 나는 그것을 주인이 다시는 자신을 귀찮게 하지 말아 달라고 매우 정중하고도 은근히 부탁하는 것으로 받아들인다. 그런 곳에는 두 번 다시 가지 않을 작정이다. 어느 손님이 노란 호두나무에 새긴 스펜서의 시를 명함 대신 두고 갔는데, 그 시를 내 오두막의 표어로 삼게 되어 무척 뿌듯하다.

"거기 이르러 그들은 자그마한 집을 가득 채운다.
환대가 없는 곳이니 누구도 환대를 바라지 않는다.
그들에게는 휴식이 곧 향연이며, 모든 것이 자유자재로구나.
가장 고귀한 정신이 가장 큰 만족을 누리는 법이다."[3]

---

2) 그리스 신화에서 지옥문을 지키는 머리가 셋 달린 개.

3) 에드먼드 스펜서(Edmund Spenser)의 『요정 여왕』제1권 중에서.

훗날 플리머스 식민지의 총독이 된 윈슬로[4]가 한 동료와 함께 매사소이트 추장[5]을 방문했을 때의 일이다. 그들은 걸어서 숲을 통과한 탓에 지치고 굶주린 상태로 추장의 오두막에 도착했다. 추장은 그들을 환영했지만 그날의 식사에 대해서는 말 한 마디 없었다. 그들의 말을 인용하면 밤이 되자 "추장은 우리를 아내와 함께 쓰는 침대에 눕게 했다. 그들이 한쪽 끝에, 우리가 다른 쪽 끝에 누웠다. 침대라고는 하지만 바닥에서 30센티미터 정도 올라온 판자에 얇은 깔개를 깐 것이었다. 추장의 부하 중 두 사람이 자리가 없었는지 우리 옆에 끼어 우리 몸 위에 눕다시피 했다. 그래서 그곳을 찾아간 거친 여정보다 잠자리가 훨씬 피곤했다." 다음 날 한 시에 매사소이트 추장이 "자신이 잡은 물고기 두 마리를 가져왔다." 크기가 잉어보다 세 배쯤 컸다. "그 물고기를 삶는 동안, 적어도 40명쯤 되는 사람들이 제 몫을 기다리고 있었다. 거의 모든 사람이 그 물고기를 나눠 먹었다. 우리가 이틀 밤과 하루 낮 동안 먹은 끼니는 그게 전부였다. 우리 둘 중 한 사람이 자고새를 사 왔기에 망정이지, 그러지 않았다면 여행 내내 굶을 뻔했다." 그들은 음식을 제대로 먹지 못한 데다 "미개인들이 야만스럽게 부르는 노래 때문에—그들은 노래하며 잠드는 습관이 있었다."— 현기증이 날까 봐 두려워서 그리고 여행할 기력이 남아 있는 동안 집에 돌아갈 수 있도록 길

---

4) 에드워드 윈슬로. 메이플라워호를 타고 아메리카로 건너 간 초기 정착민으로 플리머스 식민지의 실상이 담긴 일기를 남겼다.

5) 신대륙에 도착한 뒤 굶주림으로 죽어 가던 청교도들에게 호의를 베풀고 우호적인 관계를 유지한 인디언 추장. 그의 이름에서 지명인 '매사추세츠'가 나왔다.

을 나섰다. 잠자리로 말하자면, 그들이 형편없는 대접을 받은 건 사실이었지만 불편하게 느꼈더라도 인디언은 분명 경의를 표한 것이었다. 그러나 음식에 관해서는, 그 이상 잘 대접할 수 없었을 것이다. 그들 자신도 먹을 것이 전혀 없었다. 그리고 손님들에게 사과하는 행동으로 음식을 대신할 수 있다고 생각할 만큼 어리석지도 않았다. 그래서 그들은 허리띠를 더욱 졸라맸고 그런 이야기를 입에 올리지 않았다. 그 뒤 윈슬로가 다시 그들을 방문했을 때는 먹을 것이 풍족한 계절이라서 음식 대접에 부족함이 없었다.

어디에 살든 사람들을 만나지 않기란 거의 불가능하다. 나는 숲에서 사는 동안 내 생애 어떤 시기보다 더 많은 손님을 만났다. 그러니까 찾아오는 손님들이 좀 있었다는 뜻이다. 숲에 있었기에 다른 어느 곳보다 양호한 환경에서 여러 손님들을 만날 수 있었다. 그러나 사소한 일로 찾아오는 사람은 훨씬 줄었다. 이런 측면으로 보면 내가 마을에서 멀리 떨어져 있다는 이유만으로 친구들이 걸러진 셈이었다. 나는 고독이라는 대양으로 멀리 물러났고, 교제라는 강물이 그 바다로 흘러들었다. 덕분에 내게 필요한 것을 기준으로 볼 때, 대부분의 경우 가장 고운 퇴적물만이 내 주변에 쌓였다. 게다가 다른 쪽에서는 아직 탐험된 적 없고 개척되지 않은 대륙들이 존재한다는 증거가 내 앞으로 떠내려왔다.

오늘 아침, 내 집에 찾아온 이는 실로 호메로스의 작품에 등장하는 인물이나 파플라고니아[6] 인 같은 사람이었다. 그의 이

---

6) 고대 소아시아 지역에 있던 국가.

름은 그에게 무척 잘 어울리며 시적이기도 했는데 여기에 밝힐 수 없어 유감이다. 어쨌든 그는 캐나다 태생이고 나무꾼이며 기둥 만드는 일을 한다.[7] 하루에 50개의 기둥에 구멍을 팔 수 있는 사람으로, 자신의 개가 잡아 온 우드척을 어제 저녁 식사로 먹었다고 했다. 그도 호메로스에 대해 들어 본 적이 있는지 "책이 없으면 비 오는 날에 뭘 해야 할지 몰랐을 것"이라고 말했지만, 아마 우기가 여러 번 지나는 동안에도 책 한 권 제대로 읽지 않았을 것이다. 이곳에서 멀리 떨어진 고향의 교구에서 그리스어를 읽을 줄 아는 어느 신부가 그에게 『성경』 구절 읽는 법을 가르쳐 주었다는데, 이제는 그가 호메로스의 책을 들고 있는 동안 내가 번역해 그에게 들려주어야 한다. 아킬레우스가 파트로클로스[8]의 슬픔에 젖은 낯빛을 나무라는 대목이다.

"왜 어린 여자아이처럼 눈물을 흘리는가, 파트로클로스?
혹 프티아에서 온 소식을 자네 혼자 들었는가?
듣자 하니 악토르의 아들 메노이티오스가 아직 살아 있고
아이아코스의 아들 펠레우스도 살아서 미르미돈 사람들 사이에 있다더군.
둘 중 어느 쪽이 죽었다면 크게 슬퍼하는 게 마땅하겠지."[9]

그는 "멋지군요."라고 말한다. 이런 일요일 아침에도 어느 환

---

7) 이 나무꾼의 이름은 알렉 시리언이다. 소로의 일기에는 그와 마주친 이야기가 더 자세히 기록되어 있다.
8) 아킬레우스와 가장 친한 친구.
9) 『일리아스』 제16권 중에서.

자에게 주려고 모은 흰떡갈나무 껍질 한 보따리를 옆구리에 끼고 있었다. "오늘 이런 걸 찾으러 돌아다닌다고 별 일이야 있겠어요?"라고 그는 말한다. 책 내용은 몰랐지만 그에게 호메로스는 위대한 작가였다. 이보다 더 소박하고 꾸밈없는 사람은 찾기 어려울 것이다. 온 세계를 음울한 도덕적 색채로 물들이는 악덕과 질병이 그에게는 도무지 존재하지 않는 듯했다. 그는 스물여덟 살 정도였고 12년 전에 캐나다에 있는 부모님 집을 떠나 일을 하러 미국에 왔는데, 언젠가는 고국에 돌아가 아마도 농장을 하나 사려고 돈을 벌고 있었다. 외모는 무척 투박했다. 몸은 튼튼하면서도 굼떠 보였으나 기품 있게 행동했다. 굵은 목은 햇볕에 그을렸고 검은 머리카락이 텁수룩했으며 푸른 눈은 탁하고 졸린 듯했는데 이따금씩 반짝이며 감정을 드러냈다. 납작한 회색 천 모자를 쓰고 우중충한 색깔의 양털 외투를 걸치고 소가죽 장화를 신고 있었다. 그는 육식을 무척이나 즐겼다. 여름 내내 나무를 베느라 양철통에 도시락을 싸 들고 내 집을 지나 3킬로미터쯤 떨어진 일터로 가곤 했다. 도시락은 차갑게 식힌 고기, 대개 우드척 고기였고 석기로 된 병에 커피를 담아 허리띠에 끈으로 매달고 다녔다. 때론 나에게 커피를 권하기도 했다. 그는 아침 일찍 내 콩밭을 가로질러 갔지만 미국 사람들처럼 불안하거나 조급한 기색 없이 일터로 향했다. 그는 몸이 상할 정도로 일하려고 하지는 않았다. 입에 풀칠할 정도면 된다고 생각했다. 일하러 가던 중에 그의 개가 우드척을 잡는 날이면 도시락을 덤불 속에 던져 놓고는 2킬로미터가 넘는 거리를 되돌아가 고기를 손질해 하숙집 지하실에 보관해 두었다. 물론 그러기 전에 우선 그 우드척을 해 질 녘까지 호수 속에 안전하게 담가 두는 게 낫지 않을까, 하는 고민을 30분쯤 하긴 했다. 그는 이런 문제로 한참 생각에 잠기기를 좋아했다. 아침에 내 집을 지나가며 이렇게 말하곤 했다. "비둘기가 엄청 많아요! 매일 일하지만 않았으면 원하는 고기를 사냥해서 싹 잡았을 거예요. 비둘기, 우드척, 토끼, 자고새까지……, 거 참! 하루만 사냥해도 일주일 치는 넉넉히 잡을 수 있을 텐데."

그는 솜씨 좋은 나무꾼이었고, 약간 멋을 부리며 나무 베기를 좋아했다. 나무를 최대한 지면과 가깝게 그리고 평평하게 베어 냈다. 덕분에 나중에 새싹이 좀 더 힘차게 돋았고 썰매를 타더라도 그루터기들이 방해가 될 것 같지 않았다. 그리고 장작 다발을 받쳐 두었던 통나무도 그대로 두지 않고 껍질을 벗겨 얇은 막대기로 만들거나 나중에 손으로 부러뜨려 쓸 수 있도록 작은 조각으로 쪼개 두었다.

그가 내 관심을 끈 이유는 그토록 조용하고 고독하게 살면서도 무척 행복해 보였기 때문이다. 그의 눈은 유쾌함과 만족감이 흘러넘치는 샘이었다. 즐거워하는 그 모습에는 불순물이 섞여 있지 않았다. 가끔 나는 그가 숲에 있는 일터에서 나무를 베는 모습을 보곤 했다. 그럴 때면 표현할 수 없을 만큼 만족스럽게 웃으며 영어를 잘하면서도 캐나다 식 프랑스 어로 나에게 인사를 건넸다. 내가 가까이 다가가면 그는 일을 잠시 멈추고 기쁨을 반쯤 억누른 채 자기가 베어 넘긴 소나무 위에 길게 드러누웠다. 그리고 나무의 속껍질을 벗겨 공처럼 둥글게 말고 입에 넣어 질겅거리면서 웃기도 하고 말하기도 했다. 무척이나 생기가 넘치는 사람이라, 뭔가 생각하거나 재미있게 느껴지는 일이 생기면 웃다가 바닥으로 굴러 떨어지기 일쑤였다. 그는 주변에 있는 나무들을 올려다보며 외치곤 했다. "정말이지, 여기에서 나무를 베면 기분이 한없이 즐겁답니까요. 이보다 더 좋은 장소는 바라지도 않아요." 그는 이따금씩 한가할 때면 소형 권총 하나를 들고 종일 신나게 숲 속을 돌아다니며 일정한 간격으로 자신을 위해 축포를 쏘곤 했다. 겨울에는 불을 지펴 두었다가 정오가 되면 커피 주전자를 데웠다. 그가 통나무에 앉아 점심을 먹으면 가끔 박새들이 다가와 그의 팔에 내려앉아서는 그가 든 감자를 쪼아 먹곤 했다. 그러면 그는 "작은 **친구들**이 옆에 있으니 참 좋아요."라고 말했다.

내면적으로 그는 동물적인 성향이 주로 발달한 것 같았다. 육체적 지구력과 만족감으로 보면 소나무와 바위의 사촌이었다. 한번은 종일 일하고 나면 밤에 피곤할 때가 있지 않느냐고 물었더니 진지한 표정으로 "천만에요, 평생 피곤이라고는 느껴 본 적 없는걸요."라고 대답했다. 그러나 그의 내면에서 지적인 면, 이른바 정신적인 면이라고 할 만한 것은 아기처럼 잠들어 있었다. 그는 가톨릭 신부가 원주민을 가르치는 순진하고 비효율적인 방법으로만 교육을 받았다. 그런 식으로 배운 학생은 스스로 깨우치는 수준에는 이르지 못하고 상대를 신뢰하고 존경하는 정도에 그치므로 어른이 되지 못하고 어린아이로 남게 된다. 자연이 그를 만들 때, 강인한 몸과 자족하는 마음을 그의 운명으로 주었고 존경과 신뢰라는 지지대를 사방에 받쳐 주었으므로 그는 어린아이로 칠십 평생을 살 수 있을 것이다. 그는 참으로 순수하고 천진난만해서 어떤 방법으로도 소개를 할 수가 없다. 이웃 사람에게 우드척을 소개할 수 없는 것과 마찬가지이다. 누구든 그가 어떤 사람인지 직접 알아내야 한다. 그는 어떤 역할도 떠맡지 않았다. 사람들은 그에게 일을 시키고 품삯을 주었으며 덕분에 그는 음식과 옷을 해결할 수 있었다. 그러나 그는 결코 다른 사람들과 생각을 주고받지 않았다. 열망이 아예 없는 사람을 겸손하다고 말해도 되는지 모르겠지만, 그의 겸손은 무척 소박하고도 자연스러운 것이라서 두드러진 특징으로 보이지도 않았고 스스로도 인식하지 못했다. 그에게 자기보다 현명한 사람들은 신이나 다름없었다. 그에게 그런 현명한 사람이 찾아올 거라고 말한다면, 그는 그토록 위대한 존재가 자신에게 어떤 것도 전혀 기대하지 않을 테고 모든 일을 스스로 처리하되 그는 잊혀진 존재처럼 가만히 내버려 둘 것이라고 생각하는 사람 같았다. 그는 칭찬을 들어본 적이 없었다. 작가와 설교자를 특히 존경했고 그들이 하는 일을 기적처럼 놀랍게 여겼다. 내가 글을 제법 쓴다고 그에게 말했을 때, 그는 오랫동안 그 말을 내가 글씨를 많이 쓴다는 뜻으로만 생각했다. 자신도 글씨를 무척 잘 썼기 때문이었다. 때로 나는 그의 고향 교구의 이름이 프랑스어 특유의 강세 부호까지 갖추고 도로변에 쌓인 눈 위에 반듯하게 쓰인 것을 보고 그가 그곳을 지나갔음을 알아보곤 했다. 한번은 그에게 생각을 글로 쓰고 싶은 적은 없었느냐고 물었다. 그는 글을 모르는 사람들을 대신해 편지를 읽어 주거나 써 준 적은 있지만 자신의 생각을 적어 보려고 한 적은 없다고 말했다. 아니, 쓸 수 없을 거라고, 무엇을 먼저 써야 하는지 알 수가 없으니 자칫하다간 제

명에 못 살 거라고, 게다가 철자법까지 신경을 써야 하지 않느냐고 말했다.

　나는 어느 유명하고 똑똑한 사회 개혁가가 그에게 세상이 바뀌기를 바라지 않느냐고 묻는 모습을 보았다. 그는 많은 이들이 던지는 질문이라는 것을 알지 못한 채, 놀란 듯이 웃으며 그 캐나다 인 특유의 억양으로 "아니요, 지금도 충분히 좋은데요."라고 대답했다. 어떤 철학자든 그와 이야기를 주고받으면 많은 것을 깨달을 것이다. 모르는 사람이 보기에 그는 대체로 세상 물정을 모르는 사람이었다. 그러나 나는 이따금씩 그에게서 내가 지금껏 본 적 없는 사람의 모습을 보았고, 그가 셰익스피어만큼 똑똑한 건지, 아이처럼 그저 무지한 건지 헷갈리기도 했다. 그가 섬세한 시적 의식을 갖춘 사람인지, 아니면 그냥 어리석은 사람인지 파악할 수가 없었다. 한 마을 사람은 그가 머리에 꼭 맞는 작은 모자를 쓰고 마을을 어슬렁거리면서 휘파람을 부는 모습을 보면 변장한 왕자가 떠오른다고 나에게 말했다.

　그에게 있는 책은 연감 한 권과 산수 책 한 권이 전부였다. 그는 산수 실력이 무척 뛰어났다. 연감은 그에게 일종의 백과사전으로, 그는 연감에 인간의 지식이 압축되어 있다고 여겼고, 사실 어느 정도는 맞는 말이었다. 나는 당시 일어난 다양한 개혁에 대해 그에게 즐겨 물었고, 그는 언제나 가장 단순하고 실용적인 관점으로 개혁을 바라보았다. 전에 그런 문제에 대해 들어 본 적이 없는데도 말이다. 공장이 없어도 살 수 있겠느냐고 내가 물었다. 그는 버몬트 지역 사람들이 집에서 짠 회색 옷감으로 만든 옷을 입고 있는데 괜찮다고 말했다. 차와 커피를 마실 수 없다면? 이 나라에 물을 대체할 다른 음료가 있을까? 그 질문에는 솔송나무 잎을 물에 담가 두었다가 마신 적이 있는데 더운 날씨에는 물보다 낫더라고 했다. 돈 없이 살 수 있겠느냐고 물었더니, 화폐 제도의 기원에 대한 가장 철학적인 설명과 일치하는 방식으로 돈의 편리성을 설명해 주었고 '페쿠니아'라는 단어의 유래까지도 알려 주었다.[10] 소 한 마리가 전 재산인데 가게에서 바늘과 실을 사고 싶다면, 그것을 살 때마다 그 값에 해당하는 소의 일부분을 저당 잡히는 것은 불편하고도 불가능한 방식이라는 내용이었다. 그는 많은 제도를 어떤 철학자보다 더욱 훌륭하게 변호할 수 있었다. 그 제도를 자신과 관련해 설명하면서 그 제도가 보급된 진짜 이유를 제시할 수 있었고 굳이 다른 이유를 찾으려고 고민하지도 않았기 때문이다. 또 언젠가는 플라톤이 인간을 '깃털 없는 두 발 동물'이라고 정의했으며 어떤 이가 털을 뽑은 수탉을 들고 그것을 플라톤의 인간이라고 불렀다는 이야기를 듣더니, **무릎**이 다른 방향으로 구부러지는 게 중요한 차이라고 생각한다고 말했다. 그는 이따금씩 이렇게 외치곤 했다. "이야기하는 게 정말 좋아요! 정말이지, 하루 종일이라도 얘기할 수 있을 거예요!" 한번은 그를 몇 달 만에 만나게 되어, 여름을 보내는 동안 새로운 생각이라도 떠올랐느냐고 물었다. 그는 "무슨 말씀을요, 저처럼 일을 해야 하는 사람은 이미 가지고 있던 생각이라도 까먹지 않으면 다행일걸요. 같이 괭이질하는 사람이 경주를 하려 들면, 정말이지 거기에 온 정신이 쏠릴 거예

---

10) Pecunia. 라틴 어로 '돈'이라는 뜻이며 어원은 '소'를 뜻하는 '페쿠스 (pecus)'다.

요. 잡초만 생각하게 된다고요."라고 대답했다. 오랜만에 만나면 그가 먼저 내게 어떤 발전이라도 있었는지 물을 때도 있었다. 어느 겨울날, 나는 그에게 늘 자신에게 만족하느냐고 물었다. 외부의 성직자들이 하는 일을 대신할 존재가 그의 내부에 있으며, 좀 더 고귀한 삶의 동기가 있다는 사실을 넌지시 알려 주고 싶어서였다. "만족하지요!" 그가 말했다. "어떤 사람은 이것에, 다른 사람은 저것에 만족합니다. 아마 형편이 넉넉한 사람은 등 따습고 배만 부르면 종일 앉아만 있어도 만족할걸요!" 갖은 수를 써도 그가 세상을 정신적 관점에서 보게 할 수 없었다. 그가 이해하는 것 중 가장 수준 높은 개념은 단순한 편리성 정도였는데, 그 정도는 동물도 인식할 수 있을 터였다. 사실 대부분의 사람들도 마찬가지다. 내가 그의 생활 방식에서 개선할 점을 제안하면 그는 후회하는 기색도 없이 너무 늦었다고 대답할 뿐이었다. 그러나 그는 정직을 비롯해 그와 비슷한 미덕을 철저히 신봉했다.

미약하기는 했지만 나는 그의 내면에서 건설적인 독창성을 발견했고, 이따금씩 그가 스스로 생각해서 자기만의 견해를 표현하는 모습을 보기도 했다. 그것은 매우 드물게 일어나는 일이라서, 그 모습을 보기 위해서라면 언제든지 먼 길도 마다않고 달려갈 것이다. 그의 견해는 사회의 수많은 제도를 재창조하는 수준까지 이르렀다. 더듬거리며 말했고 생각을 명료하게 표현하지 못했지만, 그는 언제나 사람들 앞에 내놓을 만한 생각을 품고 있었다. 그러나 생각이 너무 원시적인 데다 동물적인 생활에 묻혀 있어, 단순히 학식 있는 사람의 생각보다 유망한 것이라고 할지라도 다른 사람에게 전달될 만큼 성숙되는 경우는 거의 없었다. 사회 계층의 밑바닥에 있는 사람들이 평생 초라하고 무지하게 살아간다 하더라도 그중에는 늘 나름의 관점을 가지고 살되 모든 걸 다 아는 척하지는 않는 천재들이 있을지 모른다는 사실을, 그의 존재가 암시해 주었다. 그들은 거무스름하고 진흙투성이일지 몰라도 월든 호수만큼이나 그 깊이를 헤아릴 수 없는 이들인 것이다.

많은 여행자가 가던 길에서 벗어나 나와 내 집의 내부를 보려고 찾아왔으며, 물 한 잔 얻어 마시러 왔다고 핑계를 댔다. 나는 호수에서 물을 떠 마신다고 말하며 호수 쪽을 가리켰고, 국자를 빌려주겠다고 했다. 외딴 곳에 살고 있었는데도, 바깥나들이가 많아지는 4월 초하루경 모두가 연례행사처럼 치르는 손님 접대를 피할 수가 없었다. 다행히 좋은 사람들이 오기도 했지만, 유별난 사람들도 있었다. 구빈원이나 그 외의 다른 곳에서 지내는, 머리가 좀 모자라는 사람들이 찾아오기도 했다. 나는 그들이 지닌 지적 능력을 최대한 발휘해 자신의 이야기를 털어놓게 하려고 애를 썼다. 그런 경우에 지적 능력 자체를 대화 주제로 삼으면 효과가 있었다. 사실 나는 그들 중 어떤 이들은 이른바 빈민 **감독관**이라고 불리는 사람들이나 시 의원들보다 더 현명하다는 사실을 깨달았다. 그래서 주객이 전도되어야 할 때가 됐다는 생각도 들었다. 지적 능력이라는 측면에서 보면, 머리가 좀 모자라는 사람과 정상적인 사람 사이에 큰 차이가 없다는 것도 알게 되었다. 어느 날, 무해하고 순박한 빈민이 찾아와 나처럼 살고 싶다고 했다. 나는 그가 들에서 다른 이들과 함께 곡식 부대 위에 앉거나 서서 가축들과 자기 자신이 일탈하지 않도록 울타리 노릇을 하는 모습을 여러 번 본 적이 있었다. 그는 이른바 겸손이라고 할 수 있는 모든 것을 초월한 듯이, 아니 오히려 겸손이라고 말하기도 어려울 만큼 극도로 단순하고 진실한 태도로 자신은 "정신이 박약하다."고 말했다. 이것은 그의 말을 그대로 옮긴 것이다. 하느님이 자신을 그렇게 만들었지만, 하느님은 다른 사람들을 돌보는 만큼 그를 돌본다고 그는 생각했다. 그가 말했다. "어릴 때부터 쭉 그랬어요. 머리가 제대로 돌아간 적이 없었어요. 다른 아이들과 달랐어요. 머리가 나빠요. 아마도 주님의 뜻이겠죠." 그리고 그 말이 진실임을 증명하려는 듯이 거기서 있었다. 나에게 그는 형이상학적인 수수께끼였다. 나는 그토록 전도유망한 기반을 가진 사람을 만난 적이 거의 없었다. 그가 하는 말은 모두 무척 단순하고 진지하고 진실했다. 정말이지 그는 스스로를 낮춘 만큼 높아 보였다. 처음에는 몰랐지만 그것은 현명하게 처신한 결과였다. 가련하고 정신이 박약한 이 빈민이 놓은 진실과 정직이라는 기반 위에서라면 우리의 관계는 현인들의 관계보다 더욱 훌륭하게 발전할 것 같았다.

마을에서는 대개 가난하게 여겨지지 않았지만 마땅히 그렇게 여겨져야 했던 사람, 어쨌거나 세계적으로는 가난한 사람으로 여겨져야 할 사람들도 몇몇 나를 찾아왔다. 그런 사람들은 손님 대접이 아니라 **자선**을 바라는 이들이다. 이들은 진심으로 도움을 받기 원하며, 무엇보다 자신의 문제를 스스로 해결할 생각이 전혀 없다는 사실부터 밝힌다. 나는 손님이 세계 최고의 식욕을 자랑하더라도, 그런 식욕을 어떻게 가지게 됐건, 실제로 굶어 죽을 지경이 되어 나를 찾아오지 않기를 바란다. 자선의 대상은 손님이라고 할 수 없다. 내가 다시 일을 하러 가면서 점점 더 멀리서 대꾸하는데도 자신의 방문이 끝났다는 사실을 모르는 손님들도 있었다. 이동이 잦은 계절에는 지적 능력이 제각각인 사람들이 찾아왔다. 어떤 이들은 감당할 수 있는 수준 이상의 능력 때문에 어쩔 줄 몰라 했다. 농장에서 일하던 습관이 남아 바짝 뒤따라온 사냥개들의 소리가 들리기라도 한 듯이, 우화에 나오는 여우처럼 이따금씩 귀를 쫑긋 세우는 도망 노예들도 있었다. 그들은 애원하다시피 나를 보며 이렇게 말하는 것만 같았다.

"오, 그리스도인이여, 저를 돌려보내실 건가요?"[11]

그중에는 내가 북극성 쪽으로 계속 길을 가도록 도와준 진짜 도망 노예도 한 명 있었다. 또 병아리 한 마리를 데리고 다니는 암탉처럼 한 가지 생각만 하는 사람들도 있었는데, 사실 그 병아리는 오리 새끼였다. 천 가지 생각에 빠진 데다 백 마리 병아리를 돌보게 된 암탉처럼 머리가 어수선한 사람들도 있었다. 병아리들은 모두 벌레 한 마리를 쫓아다녔는데 매일 아침 내리는 이슬 속에서 스무 마리씩 길을 잃어버렸고, 그 결과 암탉은 속이 바짝 타고 몸이 지저분해지는 것이다. 여러 가지 사상을 다리 삼아 돌아다니는, 일종의 지적인 지네 같은 사람들도 있었는데 이

---

11) 미국 노예제 폐지론자 일리아저 라이트의 시 「도망 노예에서 그리스도인으로」 중에서.

들을 보면 온몸이 오싹했다. 어떤 사람은 화이트 산맥에서처럼 손님들의 이름을 적도록 방명록을 비치해 놓으라고 제안했다. 하지만 안타깝게도 나는 기억력이 너무 좋아서 그럴 필요가 없었다.

나는 방문객의 몇 가지 특징에 주목하지 않을 수 없었다. 소년, 소녀들과 젊은 여성들은 대개 숲에 오면 즐거운 것 같았다. 호수를 들여다보고 꽃을 바라보면서 시간을 잘 활용했다. 반면 사업가들, 심지어 농부들마저 내 고독함과 일거리 그리고 이런저런 것에서 멀리 떨어져 지내는 생활의 단점 따위에만 관심을 보였다. 그들은 가끔 숲 속을 거닐기를 무척 좋아한다고 했지만 분명 사실이 아니었다. 생활비를 벌거나 생계를 유지하느라 모든 시간을 바치며 쉬지 못하는 사람들, 신에 관한 주제에 대해서는 독점권을 가진 듯 다른 의견은 용납하지 못하는 목자들, 의사들과 변호사들, 내가 없는 사이에 내 찬장과 침대를 슬쩍 들여다보는 골치 아픈 가정주부들,─아무개 부인은 내 시트가 자신의 시트만큼 깨끗하지 않다는 걸 어떻게 알았을까?─ 청춘을 포기하고 잘 닦인 전문직의 길을 따라가는 게 가장 안전하다고 결론 내린 젊은이들……, 이들 모두가 대개 나와 같은 상황에서는 유익한 일을 그다지 할 수 없을 거라고 말했다. 아아! 그것이 문제로다! 나이와 성별을 막론하고, 노인과 병자들과 겁 많은 사람들은 병이나 갑작스러운 사고, 죽음에 대한 생각을 가장 많이 했다. 그들에게 삶이란 위험으로 가득한 것이었다.─하지만 위험을 아예 생각하지 않으면 위험할 게 뭐가 있겠는가.─ 또 그들은 신중한 사람이라면 가장 안전한 곳, 즉 위급할 때 B박사가 당장이라도 달려올 수 있는 곳을 신중하게 선별해야 한다고 생각했다. 그들에게 마을은 문자 그대로 공동체, 즉 공동으로 방어하기 위한 동맹이었다. 짐작하겠지만 그들은 약상자 없이는 허클베리도 따러 가지 않을 것이다. 내 말의 핵심은 살아 있는 사람이라면 언제나 죽을 위험이 있다는 것이다. 그가 처음부터 산송장과 다름없는 사람이라면 그 위험은 그만큼 감소하겠지만 말이다. 앉아 있는 사람이나 달리는 사람이나 위험을 감수해야 하는 것은 마찬가지이다.

마지막으로, 자칭 개혁자들이 있었는데 찾아온 이들 중 가장 성가신 사람들이었다. 그들은 내가 언제까지나 이런 노래를 부르고 있을 거라고 생각했다.

여기가 내가 지은 집이랍니다.
이 사람이 바로 내가 지은 집에 사는 사람이랍니다.

그러나 그들은 다음 구절이 있다는 것을 몰랐다.

이 사람들은 내가 지은 집에 사는 사람을
괴롭히는 사람들이랍니다.

나는 병아리를 키우지 않기 때문에 닭을 노리는 매는 두렵지 않았다. 오히려 인간을 노리는 매가 두려웠다.

그런 사람들보다는 유쾌한 방문객이 더 많았다. 딸기를 따러 온 아이들, 깨끗한 셔츠를 입고 일요일 아침에 산책을 나온 철도원들, 낚시꾼들과 사냥꾼들, 시인들과 철학자들, 즉 정말로 마을을 뒤로 하고 자유를 찾아 숲 속으로 들어온 순례자라면 나는 언제든지 이렇게 맞아들였다. "어서 오세요, 영국인 여러분! 어서 오세요, 영국인 여러분!"[12] 나는 그 민족과 오래전부터 친분을 쌓아 왔기 때문이다.

---

12) 1621년에 최초의 청교도들이 플리머스에 상륙했을 때, 그들과 처음 만난 원주민 사모세트가 건넨 인사말.

콩밭

그러는 사이에, 모두 이어 붙이면 총 11킬로미터가 넘는 밭이 랑에 심어 둔 콩들이 김매기를 초조하게 기다리고 있었다. 가장 마지막 콩을 제대로 심기도 전에 가장 먼저 심은 콩이 꽤 자랐 던 것이다. 사실 김매기를 더 미룰 수는 없었다. 자존감을 가지 고 꾸준히 해야 하는 이 일, 이 작은 '헤라클레스의 고행'이 무슨 의미가 있는지 나는 몰랐다. 원한 것보다 더 많긴 했지만 나는 밭이랑과 콩을 사랑하게 되었다. 그것들은 나를 대지와 연결시 켜 주었고, 나는 안타이오스[1]처럼 힘을 얻었다. 그러나 나는 왜 콩을 키워야 하는가? 하늘만이 알고 있으리라. 전에는 양지꽃 과 블랙베리, 물레나물 같은 향긋한 야생 열매와 아리따운 꽃들 만 자라던 땅에서 이제는 대신 콩이 나오게 하는 일, 그 진기한 일에 나는 여름 내내 매달렸다. 나는 콩에 대해서 무엇을 배워야

---

1) 그리스 신화에 등장하는 거인으로 어머니인 대지에 닿을 때마다 새 힘을 얻는다. 헤라클레스가 안타이오스를 공중에 들어 올려 죽였다.

하며 콩은 나에 대해 무엇을 배워야 할까? 나는 콩을 정성스레 돌보고 잡초를 뽑고 아침저녁으로 살펴본다. 이것이 내 하루 일과다. 넓적한 잎사귀를 바라보면 기분이 좋다. 나를 돕는 조수들이 있으니, 이 마른 땅을 적시는 이슬과 비 그리고 척박한 땅에 조금이나마 남은 생산력이 바로 그것이다. 반면 내 적은 벌레들과 서늘한 날씨 그리고 무엇보다 우드척이다. 우드척은 4분의 1에이커나 되는 콩을 싹 먹어 치워 버렸다. 그러나 나 역시 무슨 권리가 있기에 물레나물과 그 외의 모든 식물을 몰아내며 그들의 오랜 약초밭을 망가뜨린단 말인가? 하지만 남은 콩들은 우드척을 당해 낼 만큼 강인해질 테고, 그러고 나면 또 새로운 적을 만나게 될 것이다.

지금도 생생히 기억하는 일인데, 네 살 때 보스턴에서 이곳 고향 마을로 되돌아오면서 이 숲과 밭을 지나 월든 호수에 들렀다. 이곳은 내 뇌리에 가장 오래전에 새겨진 장소 중 하나다. 오늘 밤 내가 부는 피리 소리가 바로 그날의 호수 위로 메아리를 퍼뜨렸다. 나보다 나이를 더 많이 먹은 소나무들도 아직 여기 서 있다. 혹, 몇 그루쯤 쓰러졌다고 해도 나는 그 나무의 그루터기를 태워 저녁을 지었다. 어린 나무들이 사방에서 자라나며 새로 태어난 아기들의 눈에 비칠 새로운 풍경을 준비하고 있다. 이 풀밭에서는 똑같은 다년생 뿌리에서 거의 똑같은 물레나물이 싹 트고, 나 자신마저도 어린 시절에 꿈꾸던 저 아름다운 풍경에 옷을 입히는 데 마침내 힘을 보태게 되었다. 내가 여기 살며 미친 영향 중 하나가 이 콩잎과 옥수수 잎 그리고 감자 덩굴로 나타났다.

나는 고지대에 있는 1만 제곱미터 정도 되는 땅에 콩을 심었다. 개간된 지 15년 정도밖에 되지 않았고 내가 그루터기를 2~3코드[2] 파내기도 했으므로 거름은 전혀 주지 않았다. 그러나 여름 동안 김을 매며 발견한 화살촉으로 봐서, 백인들이 이 땅에 와서 개간하기 전에도 지금은 멸종된 인디언 부족이 이 땅에 오래 살면서 옥수수와 콩을 심었고, 그 탓에 내가 지금 심은 작물에 필요한 영양분을 어느 정도 소진한 듯했다.

우드척이나 다람쥐가 길을 건너기 전에, 태양이 떡갈나무 관목 위로 떠오르기 전에, 이슬이 모두 그대로 맺힌 동안에 — 농부들은 내게 이슬이 있을 때 일하지 말라고 경고했지만, 나는 가능하면 이슬이 맺혀 있는 동안 일을 모두 끝내라고 조언하고 싶다. — 나는 콩밭에 자란 거만한 잡초들의 대열을 무너뜨리고 그 위에 흙을 덮기 시작했다. 이른 아침 나는 맨발로 나와 조형 미술가처럼 이슬에 젖은 무른 모래를 찰바닥거리며 일을 했다. 그러나 나중에는 햇볕 때문에 발에 물집이 잡혔다. 태양이 내가 김을 맬 콩밭을 비추는 동안, 나는 노르스름한 자갈투성이 고지대에서 80미터나 뻗은 길고 푸른 이랑을 앞뒤로 오가며 괭이질을 했다. 이랑 한쪽 끝에는 떡갈나무 관목 숲이 있어서 그 그늘에서 쉴 수 있었고, 다른 쪽 끝에는 블랙베리 밭이 있었는데, 다음 이랑을 매러 돌아올 때마다 녹색의 딸기가 점점 짙어지는 것 같았다. 잡초를 뽑고 콩대 주위에 새 흙을 덮어 주고 내가 뿌린 이 식물을 다독이고, 누런 흙이 여름에 품었던 생각을 쑥이나 후추풀, 나도겨이삭이 아니라 콩잎과 콩 꽃으로 표현하도록 이끌어 대지가 '풀' 대신 '콩'을 말하도록 하는 것, 그것이 내 일과였다.

2) 쌓아 둔 목재의 부피 단위로 1코드(cord)는 약 3.6세제곱미터이다.

말이나 소의 도움을 거의 받지 않았고 어른이든 아이든 일꾼을 두지 않았으며 개량 농기구도 쓰지 않았기 때문에 일이 몹시 더디게 진행됐지만, 대신 콩들과는 여느 때보다 훨씬 친밀한 관계를 맺을 수 있었다. 그러나 손으로 하는 노동은 제아무리 지루하게 진행되더라도 최악의 태만이라고 할 수는 없다. 육체노동에는 영원불멸의 교훈이 담겨 있으므로 학자에게는 대단한 성과를 가져다준다. 어디로 가는지는 모르지만 링컨과 웨일랜드를 지나 서쪽으로 가는 여행자들에게는 내가 전형적인 '아그리콜라 라보리오수스'[3]로 보였을 것이다. 그들은 이륜마차에 편히 앉아 팔꿈치를 무릎에 괴고 고삐를 꽃 줄 장식처럼 느슨하게 쥐고 있었지만, 나는 집을 떠나지 못하고 힘들게 땅을 일구는 촌사람이었다. 내 농지는 그들의 시야와 생각에서 금세 사라졌다. 그러나 한동안 길 어느 쪽을 봐도 경작지라고는 내 농지뿐이었으니 그들은 그것이라도 구경할 수밖에 없었다. 때로는 여행자들이 주고받는 이야기가 밭에 있는 내 귀까지 들려오기도 했다. "콩을 이렇게 늦게 심다니! 완두콩도 너무 늦었어!" 다른 사람들이 김매기를 시작할 때도 나는 계속 콩을 심고 있었으니, 농사 전문가로 자처하던 어느 목사였다면 생각지도 못한 일일 터였다. "어이, 사료로는 옥수수가 제일이야. 사료 하면 옥수수지." "저 사람 정말 여기 **사는** 거예요?" 검은 보닛을 쓴 여자가 회색 외투를 입은 남자에게 묻는다. 그러자 험상궂게 생긴 농부가 고삐를 당겨 충성스러운 말을 세우더니 밭이랑에 거름이 전혀 보이지 않는데 뭘 하고 있는 거냐고 묻고는 톱밥이나 그밖에 여러 찌꺼기

3) Agricola aboriosus, 라틴 어로 '열심히 일하는 농부'라는 뜻.

를 조금이라도 거름으로 쓰라고, 아니면 재나 회반죽도 괜찮다
고 권한다. 그러나 밭은 1만 제곱미터나 되고 나에게 있는 것이
라고는 수레를 대신하는 괭이 한 자루와 그 괭이를 드는 두 손뿐
이었다. 수레나 말은 쓰고 싶지 않았고 톱밥은 먼 곳에 있었다.
동행한 여행자들이 덜컹덜컹 지나가며 그전에 지나친 밭과 내
밭을 큰 소리로 비교했고, 덕분에 나는 내가 농업의 세계에서 어
떤 위치에 서 있는지 알게 되었다. 내 밭은 콜먼 씨의 보고서[4]
에는 나오지 않는 밭이었다. 그런데 사람이 개간하지 않아 아직
은 야생을 간직한 들판에서 자연이 생산하는 작물의 가치를 누
가 평가하겠는가? **영국식** 건초를 수확하면 신중하게 무게를 달
고 습도를 재며 규산염과 칼륨의 비율도 측정한다. 그러나 숲 속
의 모든 골짜기와 호수, 목초지와 습지에서도 다양한 곡물이 풍
성하게 자라고 있으며 단지 사람의 손에 수확되지 않을 뿐이다.
말하자면 내 밭은 야생의 들판과 경작지를 연결하는 고리와도
같았다. 어떤 나라는 문명국이라고 부르고 어떤 나라는 반(半)
문명국이라고 하며, 또 어떤 나라는 미개국이나 야만국이라고
하는 것처럼 내 밭은 나쁘지 않은 의미에서 반(半) 경작지였다.
내가 경작하는 콩들은 원시적인 야생의 상태로 흔쾌히 돌아가고
있었고 내 괭이는 그 콩들을 위해 '**랑즈 데 바슈**'[5]를 불렀다.
　바로 옆에 있는 자작나무의 맨 꼭대기 가지에서 갈색 지빠귀
―붉은 개똥지빠귀라고 부르고 싶어 하는 사람들도 있다.― 가
나와 함께 있어 즐겁다는 듯이 아침 내내 노래를 부른다. 내 콩

---

4) 목사 겸 농업 연구가인 헨리 콜먼이 작성한 매사추세츠 주 농업 보고서.

5) Rans des Vaches. 스위스 산악 지대에서 목동들이 부르는 노래.

밭이 여기 없었다면 다른 농부의 밭을 찾아갔을 것이다. 내가 씨앗을 심는 동안 그 새가 외친다. "씨를 뿌려요, 뿌려! …… 흙을 덮어요, 덮어! …… 풀을 뽑아요, 뽑아요, 뽑아." 하지만 그 씨앗은 옥수수가 아니라서 그 새와 같은 적들로부터 안전했다. 연주하는 악기가 1현인지 20현인지 모르겠지만 서투르게 파가니니를 흉내 내는 그 새의 시시한 노래가 씨뿌리기와 대체 무슨 관련이 있으며, 거름으로는 잿물이나 회반죽이 낫지 않느냐고 생각할지도 모르겠다. 그러나 그 새의 노랫소리야말로 내가 전적으로 신뢰하는 값싼 웃거름이었다.

괭이로 좀 더 신선한 흙을 긁어 이랑 주위에 모으다 보면 원시 시대에 이 하늘 아래 살았던, 연대기에는 기록되지 않은 민족들의 유골을 건드리는 바람에 그들이 쓰던 작은 전쟁 도구나 사냥 도구가 현대에 그 모습을 드러내기도 했다. 그것은 다른 자연석과 뒤섞여 있었는데 어떤 자연석에는 인디언의 모닥불이나 햇볕에 그을린 흔적이 고스란히 남아 있었다. 또 최근에 이 땅을 경작한 사람들이 가져왔을 도자기 조각과 유리 조각도 있었다. 괭이가 돌에 부딪히면 그 소리는 음악이 되어 숲과 하늘에 메아리쳤고, 그 순간마다 무한한 작물을 수확하는 내 노동에 반주가 되어 주었다. 그때부터 내가 괭이질하는 곳은 더 이상 콩밭이 아니었고, 콩밭에서 괭이질하는 사람은 내가 아니었다. 그리고 내가 조금이라도 어떤 생각을 떠올렸다면, 그것은 오라토리오[6]를 들으러 도시까지 나간 지인들에 대한 생각이었는데 그들이 자랑스러운 만큼 안타깝기도 했다. 때로는 종일 일을 하기도 했는

6) 대개 성서의 내용을 바탕으로 만든 대규모 악곡.

데, 화창한 오후에는 쏙독새가 눈 속의 티처럼, 아니 하늘의 눈에 들어간 티처럼 머리 위 높은 곳에서 맴돌았다. 그러다가 가끔 하늘이 찢어져 결국 산산조각 나고 만 듯이 시끄러운 소리를 내며 급강하했지만, 하늘은 찢어진 틈 하나 없이 그대로였다. 작은 장난꾸러기 같은 쏙독새들은 하늘을 가득 채우고 지상의 휑한 모래밭이나 산꼭대기 바위 위에 알을 낳지만, 사람들은 그 알을 거의 찾지 못한다. 이 새들은 호수에 문득 일렁인 잔물결처럼, 바람을 타고 공중으로 떠오른 잎사귀처럼 우아하고 늘씬하다. 자연에는 이처럼 닮은꼴이 있다. 쏙독새는 그가 하늘을 누비며 탐색하던 물결의 형제, 공중에 있는 형제다. 바람에 부푼 쏙독새의 완벽한 날개는 깃털 없이 소박한 바다의 날개에 상응한다. 나는 또 때때로 솔개 한 쌍이 높은 하늘을 맴돌며 번갈아 치솟았다가 내려오고, 서로 다가갔다가 멀어지는 모습을 지켜보았다. 마치 내 머릿속 생각을 표현해 주는 것 같았다. 산비둘기들이 가볍게 떨리는 듯한 날갯소리를 내며 바쁜 전령처럼 이 숲 저 숲 날아다니는 모습도 매혹적이다. 썩은 나무 그루터기 밑을 괭이로 파다 보면 불길하면서도 이국적인 느낌의 점박이 도롱뇽이 느릿느릿 나타나기도 했다. 이집트와 나일 강의 흔적을 간직한 녀석이지만 우리와 같은 시대에 살고 있다. 일을 멈추고 괭이에 기대 잠시 쉬고 있으면, 밭이랑 어디에서든 이런 광경과 소리가 보이고 들렸다. 전원이 주는 무한한 즐거움의 일부였다.

경축일이면 마을에서 대포를 쏘아 올렸는데, 그 소리가 장난감 총소리처럼 이 숲 속에 울려 퍼졌다. 때로는 군악대의 연주 소리가 이 먼 곳까지 파고들기도 했다. 마을 반대편 끝의 콩밭에 있는 나에게는 대포 소리가 마치 말불버섯이 팡 터지는 소리처럼 들렸다. 그리고 내가 알지 못하는 군사 훈련이 있을 때는 마치 성홍열 같은 것이 금세 발생할 것처럼, 종일 지평선에서 어떤 가려움증과 질병의 기미가 어렴풋이 느껴지기도 했다. 그러다 보면 결국 좀 더 호의적인 바람이 서둘러 들판을 건너, 웨일랜드로(路)를 따라 불어와서는 그것이 '민병대 훈련'임을 나에게 알려 주었다. 멀리서 웅웅거리는 소리는 마치 누군가가 기르는 벌들이 떼 지어 밖으로 나온 탓에 이웃 사람들이 베르길리우스의 조언에 따라 가재도구 중에서 가장 울림이 좋은 것을 약하게 **땅땅** 두드려, 벌들을 다시 벌집으로 들여보내려 하는 것만 같았다. 그 소리가 제법 잦아들고 웅웅거리는 소리도 멈추고 가장 호의적이던 산들바람마저 더는 이야기를 들려주지 않으면, 나는 그들이 마지막 수벌까지 죄다 미들섹스의 벌집에 안전하게 들여보냈으며, 이제는 벌집에 밴 꿀에 마음이 쏠렸다는 사실을 알게 되는 것이다.

나는 매사추세츠 주에서 그리고 우리의 조국에서 자유가 무사히 유지되고 있다는 사실에 자부심을 느꼈다. 그래서 다시 괭이질을 시작할 때면 형언할 수 없는 신뢰가 마음에 가득 찼고, 미래에 대한 평온한 믿음을 느끼며 흔쾌히 일에 매진했다.

여러 악단이 한꺼번에 연주할 때는 온 마을이 거대한 풀무가 된 듯한 소리가 들렸다. 마을의 모든 건물이 그 소리에 맞춰 번갈아 몸을 부풀렸다 줄였다 하는 것만 같았다. 그러나 때로는 정말 숭고하고 영감을 불러일으키는 선율이 이 숲까지 들려왔고 명성을 노래하는 트럼펫 소리도 따라왔으므로, 나는 멕시코 사람[7]을 꼬챙이에 꿰어 맛있는 양념까지 바를 수도 있을 것만 같은 기분이 들었다.―이런 상황에서 사소한 일에 매달릴 필요가 있겠는가.― 그래서 내 기사도를 발휘할 우드척이나 스컹크가 없는지 주변을 둘러보았다. 이런 군악대의 선율은 저 멀리 팔레스타인에서 들려오는 것만 같았고 지평선을 행진하는 십자군의 모습이 머리에 떠올랐으며 마을 위로 솟은 느릅나무 꼭대기가 바르르 떨리는 것도 같았다. 이날은 그런 대단한 날들 중 하나였지만 내가 사는 개간지에서 보이는 하늘은 평소와 다름없이 위대한 모습이었고 내 눈에는 아무런 차이가 보이지 않았다.

내가 콩을 경작하며 콩과 오랫동안 나눈 친교는 색다른 경험이었다. 나는 콩을 심고 김을 매고 수확하고 도리깨질하고 추려내고 팔았다.―파는 것이 가장 어려웠다.― 콩을 맛보았으니 먹었다는 말도 덧붙여야겠다. 나는 콩을 알고자 결심했다. 콩이 자라는 동안 새벽 다섯 시부터 정오까지 괭이질을 했고 그 뒤로는 주로 다른 일을 하며 보냈다. 내가 온갖 종류의 잡초들과 맺은 친밀하면서도 기이한 관계를 상상해 보라. 이 이야기를 반복하게 될 텐데, 밭일 자체가 반복의 연속이기 때문이다. 나는 잡초들의 섬세한 조직을 무자비하게 무너뜨렸고, 괭이로 부당한 차별 대우를 일삼으며 어떤 종류는 죄다 없애 버리고 어떤 종류는 부지런히 경작했다. 저건 유럽산 쑥이고, 저건 돼지풀이고, 저건 괭이밥이고, 저건 후추풀이구나. 달려들어 잘라 내자. 뿌리째 뽑아 햇볕 속으로 던져 버리자. 수염뿌리 하나라도 그늘 속에 놔둬서는 안 된다. 잘못했다가는 몸을 뒤집고 이틀 만에 부

---

7) 소로가 월든에서 살던 당시에 미국 멕시코 전쟁이 시작되었다.

추처럼 새파래질 것이다. 긴 전쟁이었다. 두루미와의 전쟁이 아니라 잡초와의 전쟁이었다. 잡초는 태양과 비와 이슬을 제 편으로 둔 트로이 사람들이었다. 콩들은 매일 내가 괭이로 무장을 하고 구하러 오는 모습을 보았다. 내가 적군의 대열을 무너뜨리고 참호를 잡초의 시체로 가득 채우는 모습을 보았다. 주변에 몰려든 전우들보다 머리 하나는 더 크고 투구에 달린 깃털을 흔들던 건장한 헥토르 장군들이 내 무기 앞에서 우수수 쓰러져 먼지 속에 뒹굴었다. 그런 여름날에 나와 같은 시대를 사는 어떤 이들이 보스턴이나 로마에서 미술품에 열중하거나 인도에서 명상에 몰두하고, 런던이나 뉴욕에서 사업에 전념하고 있을 때, 나는 이렇게 뉴잉글랜드의 다른 농부들과 함께 농사에 온 힘을 기울였다. 콩이 먹고 싶어서 그랬던 것은 아니다. 다른 사람이야 콩으로 죽을 쑤든 투표할 때 쓰든 상관없지만 나는 선천적으로 피타고라스학파[8]라서 콩을 쌀로 바꾸었기 때문이다. 그러나 비유나 문학적 표현을 위해서만이 아니라 훗날 어느 우화 작가에게 도움을 주기 위해서라도 누군가는 밭에서 일을 해야 할 것 같았다. 농사일은 대체로 굉장히 즐거워서 지나치게 지속하면 방탕으로 변질될지도 모를 정도였다. 나는 콩밭에 거름을 아예 주지 않았고 밭 전체를 한 번에 김매기 한 적도 없지만, 나름대로 공을 들였으며 그 결과 그만큼의 보상을 받았다. 작가 이블린이 말했듯이 "어떤 퇴비나 거름도 이렇게 삽으로 흙을 뒤집고 또 뒤집는 작업에 비할 수 없다." 또 이블린은 다른 책에서 이렇게 말했다.

---

8) 고대 그리스의 철학자이자 수학자인 피타고라스는 제자들에게 콩을 먹지 말라고 가르쳤다.

"흙, 특히 신선한 흙 속에는 어떤 자기력이 있어서 그 자기력으로 흙에 생명력을 주는 염분과 힘, 혹은 덕목—어느 쪽으로 부르든 상관없다.—을 끌어당긴다. 우리가 흙을 계속 뒤집으며 고생하는 이유가 바로 그것이며, 그 힘이 우리를 지탱시킨다. 모든 분뇨나 여타 지저분한 퇴비는 이런 토지 개선의 대용물일 뿐이다." 게다가 내 밭은 '지칠 대로 지쳐 안식일을 즐기는 밭' 중하나였기 때문에, 비슷하게 생각했던 케넬름 딕비 경[9]의 말처럼 '생명의 영기'를 공기로부터 끌어당겼는지도 모른다. 내가 수확한 콩은 총 12부셸이었다.

그러나 콜먼 씨가 주로 돈이 많이 드는 부농의 실험만 보고 대상으로 삼았다는 불만이 있으므로, 내 지출을 좀 더 상세하게 밝혀 보겠다.

괭이	54센트
쟁기질, 써레질, 고랑 파기	7달러 50세트(너무 비쌈)
강낭콩 씨앗	3달러 12.5센트
씨감자	1달러 33센트
완두콩 씨앗	40센트
순무 씨앗	6센트
까마귀 방지 울타리용 흰 끈	2센트
말쟁이[10]와 소년의 세 시간 품삯	1달러

---

9) 영국의 외교관이자 철학자, 과학자로 이 내용은 『식물의 생장에 대한 담론』에 나온다.

10) 추수 때 품삯을 받고 대신 말을 모는 사람.

수확물 운반용 말과 수레	75센트
합계	14달러 72.5센트

수입은 다음과 같았다. — 가장은 파는 버릇을 들여야지, 사는 버릇을 들여서는 안 된다. [11]

강낭콩 9부셸 12쿼트 판매	16달러 94센트
큰 감자 5부셸	2달러 50센트
작은 감자 9부셸	2달러 25센트
풀	1달러
콩대	75센트
합계	23달러 44센트

앞서 말했듯이 순이익은 8달러 71.5센트였다. 콩을 재배한 경험으로 얻은 결과는 다음과 같다. 6월 초순 경, 흔히 보이는 작고 하얀 강낭콩 중에서 다른 색깔이 섞이지 않은 신선하고 동그란 것을 잘 골라, 1미터 간격으로 판 이랑에 약 50센티미터 간격으로 심는다. 처음에는 벌레를 주의하고 벌레 먹은 곳은 새로 심어야 한다. 그다음으로는, 개방된 밭이라면 우드척을 조심해야한다. 우드척은 밭을 지나가면서 처음 나온 싹을 모조리 갉아 먹기 때문이다. 또 새 넝쿨이 나오면 그걸 알아차리고 다람쥐처럼 꼿꼿이 서서 새순뿐 아니라 꼬투리까지 죄다 뜯어 먹어 버린다. 그러나 무엇보다, 서리를 피하고 내다 팔 수 있을 만큼 알찬 콩

---

11) 카토의 『농업론』에서 인용.

을 거둬들이려면 가능한 일찍 수확해야 한다. 이렇게 하면 큰 손해를 예방할 수 있다.

내가 얻은 경험은 더 있다. 나는 다음 해 여름에는 이렇게 열심히 콩과 옥수수를 심지 말고 대신 내 안에 남아 있기만 하다면 성실과 진리, 소박함, 믿음, 순수 등과 같은 씨앗을 심어, 수고나 거름을 덜 들이더라도 그 씨앗들이 이 토양에서 자라나 나를 지탱시켜 줄지 살펴보자고 마음속으로 생각했다. 이 땅은 그런 씨앗을 키우지 못할 만큼 메마르지는 않았을 테니 말이다. 그런데 안타깝게도 나는 또 이렇게 생각했다. 그다음 여름은 이미 지나갔고, 그다음과 다음 여름마저 지나갔다고. 그러니 독자에게 말해야겠다. 나는 씨앗을 뿌렸고, 그것은 **분명** 그런 미덕의 씨앗들이었지만 벌레 먹거나 생명력을 잃은 탓에 싹을 틔우지 못했다. 대개 사람들은 조상들이 그랬던 것만큼만 용감하거나 비겁해진다. 이 세대는 수백 년 전에 인디언이 최초의 백인 정착민들에게 가르쳐 준 방법을 숙명처럼 따르며 매년 옥수수나 콩을 뿌린다. 얼마 전에 나는 어느 노인이 괭이를 들고 적어도 일흔 번째쯤 되는 구덩이를 파는 모습을 보고 놀라고 말았다. 자신이 죽어서 누울 곳도 아니었는데 말이다! 하지만 뉴잉글랜드 사람들은 왜 곡물이나 감자, 목초, 과수원만 그토록 강조하고 새로운 모험은 시도하지 않는 것일까? 왜 씨앗으로 쓸 콩만 걱정하고 새로운 세대의 인간에 대해서는 아무런 관심을 기울이지 않는 것일까? 우리가 누군가를 만날 때, 내가 앞에서 거론했고 우리 모두가 다른 어떤 작물보다 소중하게 여기지만 대부분 공중에만 떠도는 그런 미덕 중 일부가 상대방의 내면에 뿌리내려 자라고 있음을 확실히 보게 된다면, 참으로 만족스럽고도 즐거울 것이다. 예컨대 진리와 정의처럼 형언할 수 없는 신비로운 미덕이, 지극히 적은 양이건 새로운 품종으로건 어쨌든 나타났다고 하자. 해외에 파견된 대사들은 즉시 그 씨앗을 고국으로 보내라는 지시를 받아야 하며, 의회는 열과 성을 다해 그것을 전국에 배포해야 한다. 결코 진지하게 격식만 따져서는 안 된다. 가치와 우정의 핵심이 그 속에 있다면 서로 속이고 욕하고 배척하는 비열한 짓은 하지 않게 될 것이다. 그러니 우리는 사람을 성급하게 만나지 말아야 한다. 요즘 나는 사람을 거의 만나지 않는다. 다들 시간이 없어 보이기 때문이다. 각자의 콩을 돌보느라 바쁜 것이다. 그렇게 일만 하는 사람은 상대하지 않아야 한다. 그들은 일하는 틈틈이 괭이나 삽을 지팡이 삼아 기대지만 버섯과는 달리 똑바로 서 있기보다는, 땅에 내려앉아 돌아다니는 제비처럼 지면에서 발을 약간 떼고 있다.

"그리고 그는 말을 하면서, 날아가려는 듯이
가끔 날개를 펼쳤다가 다시 접곤 했다."[12]

그래서 이런 이들과 이야기를 나누다 보면 천사와 대화하는 게 아닐까, 하는 생각이 들 것이다. 빵은 늘 우리에게 영양을 주지는 않을 것이다. 그러나 인간이나 자연에 깃든 어떤 너그러움을 인식하며 순수하고 이타적인 기쁨을 함께 나누는 것은 우리에게 언제나 유익한 일이다. 특히 알지 못하는 이유로 마음이 괴

12) 프랜시스 퀄스의 전원시 「목동의 신탁」 중에서.

로울 때, 우리의 뻣뻣한 관절을 풀어 주며 몸을 탄력 있고 유연하게 만들어 줄 것이다.

고대의 시와 신화만 봐도 한때 농업이 신성한 예술이었음을 짐작할 수 있다. 그러나 지금 우리는 대규모 농장과 대량 수확만을 목표로 삼고 불경스러울 만큼 성급하고 경솔하게 농사를 짓는다. 우리에게는 농부가 자신의 소명이 얼마나 신성한지 표현하거나 그 일의 신성한 기원을 되새길 축제나 행렬, 의식이 없다. 가축 품평회와 이른바 추수 감사절도 수준은 마찬가지다. 농부를 유혹하는 것은 상품과 잔치 음식뿐이다. 그는 농업의 여신 케레스나 지상을 다스리는 주피터가 아니라 지옥의 플루토[13]에게 오히려 제물을 바친다. 탐욕과 이기심 때문에 그리고 땅을 재산이나 주된 재산 획득 수단으로 여기는 천한 습성에서 누구도 자유로울 수 없기 때문에 풍경은 훼손되고 농사일은 우리와 함께 지위가 떨어졌으며, 농부는 비천하기 짝이 없는 삶을 살아간다. 농부는 자연을 도둑으로 생각한다. 카토는 농사로 얻는 이익이야말로 특히 경건하고 정당한 것이라고 말했고, 바로[14]에 따르면 고대 로마 인들은 "대지를 어머니이자 케레스라고 불렀다. 그리고 대지를 일구는 사람들은 경건하고 유익한 삶을 살며 그들만이 사투르누스 왕[15]의 후손이라고 생각했다."

태양은 경작된 밭과 초원과 숲을 차별 없이 내려다본다는 사실을 우리는 늘 잊어버린다. 그것들은 햇살을 똑같이 반사하고

---

13) 그리스 신화에서 각각 데메테르, 제우스, 플루톤에 해당하는 로마 신화의 신들.

14) 고대 로마의 철학자이자 저술가인 마르쿠스 테렌티우스 바로.

15) 로마 신화에서 농경의 신.

흡수하며, 경작된 밭은 태양이 매일 지나는 길에서 내려다보는 아름다운 풍경의 작은 부분일 뿐이다. 태양의 눈에 이 지구는 어디든 하나같이 잘 가꾸어진 정원이다. 그러니 우리는 태양의 빛과 열이라는 혜택을 받는 만큼 믿음과 아량으로 응답해야 한다. 내가 이 콩 씨앗을 애지중지하다가 가을에 수확한들 그게 뭐 그리 중요하겠는가? 내가 그토록 오래 보살핀 이 넓은 밭은 나를 주요한 경작자로 여기지 않고, 밭에 물을 주고 푸르게 만들어 주는 다정한 힘을 좀 더 따른다. 이 콩이 맺은 결실을 내가 다 수확하는 것은 아니다. 일부는 우드척을 위해 자라고 있는 게 아닐까? 밀의 이삭—라틴 어로 이삭을 뜻하는 '스피카(spica)'의 어원은 희망을 뜻하는 '스페(spe)'인데 지금은 폐어가 되었지만 중간에 '스페카(speca)'라는 단어를 거쳤다.—이 농부의 유일한 희망이 되어서는 안 된다. 또한 이삭의 핵, 즉 낟알—라틴 어로는 '그라눔(granum)'인데 결실을 뜻하는 '게렌도(gerendo)'가 그 어원이다.—만이 밀이 생산하는 전부가 아니다. 이렇게 본다면 어찌 수확에 실패가 있겠는가? 잡초의 씨앗이 새들에게 풍성한 먹이라면, 무성한 잡초를 보고도 기뻐해야 하지 않겠는가? 밭농사로 농부의 헛간이 가득 차느냐 아니냐는 그다지 중요하지 않다. 다람쥐가 올해 숲에 밤이 열릴지 안 열릴지 걱정하지 않듯이, 진정한 농부라면 그런 걱정은 접어 두고 밭에서 나는 모든 작물에 대한 권리도 포기한 채 첫 열매뿐 아니라 마지막 열매까지도 제물로 바칠 각오로 매일의 노동을 끝마칠 것이다.

마을

오전에 괭이질을 하거나 책을 읽고 글을 쓴 뒤에는 대개 호수에 가서 목욕을 했다. 호수의 어느 후미진 곳에서 잠시 이리저리 헤엄치면서 일하다 묻은 먼지를 몸에서 씻어 내거나, 공부하면서 생긴 주름살을 마지막 하나까지 매끈하게 펴고 나면 오후는 완전히 자유로운 시간이었다. 나는 세상 이야기나 들을까 해서 매일 혹은 이틀에 한 번씩 마을로 산책을 갔다. 세상 이야기는 입에서 입으로, 신문에서 신문으로 끝없이 전해지고 있었고, 동종 요법[1]처럼 조금씩 들으면 나뭇잎이 살랑거리는 소리나 개구리 울음소리처럼 진정 상쾌하게 느껴졌다. 숲을 거닐며 새와 다람쥐를 보았듯이, 나는 마을을 거닐며 어른들과 아이들을 보았다. 소나무 사이를 스치는 바람 소리 대신 덜컹거리는 수레 소리를 들었다. 내 집에서 한쪽으로 쭉 가면 강가 풀밭에 사향쥐

---

1) 현재 겪는 질병의 증상과 비슷한 증상을 유발하는 물질을 소량으로 투여하며 치료하는 방법.

가 모여 사는 곳이 있었다. 그 반대편 지평선에는 느릅나무와 플라타너스로 이루어진 작은 숲 아래쪽으로 분주한 사람들이 모인 마을이 있었다. 내 눈에는 그 사람들이, 각자의 굴 앞에 앉아 있다가 소문을 주고받으려고 옆 굴로 달려가는 프레리도그가 된 것처럼 신기해 보였다. 나는 그들의 습성을 관찰하려고 자주 마을을 찾았다. 내가 보기에 마을은 거대한 신문사 편집실 같았다. 그 생각을 뒷받침하듯, 마을 한쪽에서는 한때 보스턴의 스테이트 가(街)에 있었던 '레딩 앤 컴퍼니' 서점처럼 견과류와 건포도, 소금, 옥수숫가루 및 다른 식료품을 팔고 있었다. 어떤 이들은 앞에서 말한 상품, 즉 뉴스에 대한 식욕이 어마어마한 데다 소화 기관까지 튼튼해서, 큰길가에 미동도 없이 죽치고 앉아서는 뉴스가 서서히 끓어올라 에테시안 계절풍2)처럼 그들 사이를 누비며 속삭이는 소리를 듣기도 한다. 혹은 에테르3)를 흡입한 듯이 사람들은 뉴스를 듣고도 의식에는 아무런 영향을 받지 않고 고통을 무감각하게 받아들인다. 그렇지 않다면 듣기 괴로운 소식일 때가 많았을 것이다. 마을을 어슬렁거리며 돌아다니노라면 반드시 그런 위인들이 줄지어 있는 모습이 눈에 띄었다. 사다리에 앉아 햇볕을 쪼이며 몸을 앞으로 약간 숙인 채 신문 기사의 행을 따라 눈을 이리저리 굴리며 이따금씩 음탕한 표정을 짓는 이들이 있는가 하면, 어떤 이들은 호주머니에 두 손을 찔러 넣고 창고에 기대서 있었는데, 마치 헛간을 지지하는 여인상이 조각된 기둥 같았다. 그들은 대개 집 밖에서 시간을 보내

2) 특히 여름에 40일 동안 북쪽으로 줄곧 부는 지중해의 바람.
3) 최초의 흡입 마취제.

며 바람결에 실린 소문이라면 놓치지 않고 들었다. 이들은 거칠기 짝이 없는 제분기라서 온갖 소문이 일단 그 안으로 들어가 대충 소화되고 부서진 다음, 집 안에 있는 좀 더 가늘고 섬세한 깔때기 안으로 모이는 것이다. 나는 마을의 핵심이 식료품점과 술집, 우체국, 은행이라는 사실을 알게 되었다. 또 주민들은 마을이라는 기계의 필수 부품으로 종과 대포, 소방차를 편리한 곳에 갖추어 두었다. 집들은 사람을 최대한 이용해 먹을 수 있도록 골목길에 마주 보며 서 있어서 모든 나그네들은 양면에서 쏟아지는 집중 공격을 받아야 했고, 남자든 여자든 아이들이든 누구나 그에게 한 방 먹일 수 있었다. 물론 줄의 맨 앞과 가까운 자리를 차지한 사람들은 눈앞의 광경을 가장 잘 볼 수 있고, 나그네에게 가장 먼저 주먹을 날릴 수 있었기 때문에 가장 높은 값을 지불했다. 그리고 마을 변두리에는 사람들이 띄엄띄엄 사는 탓에 거기에 이르면 줄의 간격이 많이 벌어지게 되므로 나그네가 담을 넘거나 소들이 다니는 길로 도망칠 가능성이 있었다. 그래서 변두리의 집들은 토지세와 창문세를 아주 조금만 지불했다. 나그네를 유혹하려고 사방에 간판이 걸려 있었다. 선술집과 음식을 제공하는 지하실은 식욕을 미끼로 그를 붙잡으려 했다. 포목점과 보석상은 화려함을 미끼로, 이발소와 구둣방과 재봉사는 차례로 머리카락과 발목과 치맛자락을 미끼로 나그네를 붙잡으려 했다. 이런 집들은 유혹하는 것으로 그치지 않고 더욱 무시무시하게도 어서 찾아오라며 초대장까지 보냈고 사람들은 이맘때면 누군가 있을 테니 한 번 들러 볼까, 하는 마음과도 싸워야 했다. 나는 그런 집중 공격을 받는 사람들에게 주는 충고를 따라, 앞뒤

잴 것 없이 대담하게 목표점만을 향해 전진하거나 "수금을 타며 신을 찬양하는 노래를 크게 불러 세이렌들의 목소리를 압도하고 위험에서 벗어난" 오르페우스처럼 고상한 생각에만 몰두해서 이런 위험으로부터 멋지게 달아났다. 때로는 느닷없이 달아난 탓에 누구도 내 행방을 알지 못했다. 나는 체면 따위는 그리 따지지 않았고, 울타리에 작은 구멍이라도 있으면 주저하지 않기 때문이다. 심지어 나는 곧잘 아무 집에나 불쑥 들어갔다가 환대를 받고 체로 걸러 낸 최신 뉴스의 핵심이자 이미 물속에 가라앉아 버린 소식, 즉 전쟁과 평화에 대한 전망이나 세상이 더 오래 존속할 가능성이 있는지에 대한 소식을 들은 뒤, 뒷길로 빠져나와 다시 숲으로 달아났다.

밤늦도록 마을에 머무르다가 캄캄해져서 집으로 돌아올 때면, 특히 어둡고 세찬 비바람이 휘몰아쳐 불이 환히 켜진 마을 회관이나 강연장에서 호밀이나 옥수숫가루 부대를 등에 지고 숲 속에 있는 내 아늑한 항구를 향해 출항하는 날이면 참으로 기분이 유쾌했다. 그럴 때 나는 내 외면의 인간에게 키를 맡겨 버리거나 항해가 순조로우면 키마저 제자리에 고정시키고, 외부를 완전히 차단한 뒤 사색이라는 즐거운 선원과 함께 갑판 아래 선실로 들어갔다. "항해를 할 때면"[4] 나는 선실 난롯가에 앉아 즐거운 생각을 많이 했다. 격렬한 폭풍을 만날 때도 있었지만 어떤 날씨에도 표류하거나 조난당하지 않았다. 평범한 밤에도 숲 속은 대부분의 사람들이 짐작하는 것 이상으로 어둡다. 길 위에 우거진 나무 사이로 하늘을 쳐다보며 길을 찾아야 할 때가 많았

4) 미국 민요 〈로버트 키드 선장의 발라드〉의 후렴구.

다. 수레가 다니는 길조차 없는 곳에서는 내가 전에 밟아서 다져 놓은 희미한 길을 발로 더듬었다. 칠흑같이 어두운 숲 한복판에 서, 예컨대 50센티미터도 떨어지지 않은 두 소나무 사이를 지나 갈 때는 손에 느껴지는 특정한 나무와의 친숙한 관계를 바탕으로 방향을 찾았다. 가끔은 어둡고 무더운 한밤에, 보이지 않는 숲길을 발로 더듬어 집에 오는 내내 꿈속인 듯 멍한 상태였다가, 손으로 문의 빗장을 들어 올리면서야 비로소 정신이 들었다. 그럴 때면 내가 걸어온 길이 단 한 발자국도 기억나지 않았다. 그래서 나는 손이 아무 도움 없이 입을 찾듯이 내 몸도 주인에게 버림받더라도 집까지 잘 찾아올 거라는 생각을 했다.

손님이 내 집에 저녁 늦게까지 머문 적이 몇 번 있었는데, 어두운 밤이 되어 나는 그에게 집 뒤편에 있는 수레 길로 안내한 다음 그가 갈 방향을 손가락으로 가리켰다. 그 방향을 잘 따라가려면 눈보다는 발의 인도를 받아야 했다. 몹시 어두웠던 어느 날 밤에 호수에서 낚시 중이던 두 청년에게도 그런 식으로 길을 알려 주었다. 그들은 숲길로 1.5킬로미터쯤 떨어진 곳에 살고 있어 그 길을 제법 잘 알고 있었다. 하루 이틀이 지나, 그중 한 청년이 나에게 말하기를 집이 바로 코앞인데 밤새도록 헤매다가 거의 새벽녘에야 들어갔다고 했다. 그러는 와중에 세찬 소나기가 몇 차례 쏟아져 나뭇잎들은 쫄딱 젖었고 자신들도 물에 빠진 생쥐 꼴이었다고 했다. 속담에도 있지만 칼로 벨 수 있을 만큼 어둠이 두껍게 깔린 밤에는 마을의 큰길에서도 길을 잃는 사람이 많다는 이야기를 들었다. 교외 지역에 사는 사람은 마차를 타고 마을에 뭔가를 사러 왔다면 반드시 하룻밤 묵어야 했다.

또 외지에서 찾아온 신사 숙녀가 발로 전해지는 느낌에만 의지해 보도를 따라가다가 언제 옆길로 접어들어야 할지 몰라 길에서 수백 미터나 벗어나고 말았다는 이야기도 있다. 어느 때건 숲에서 길을 잃는 것은 놀랍고 인상 깊은 경험일 뿐 아니라 가치 있는 경험이기도 하다. 낮에도 눈보라가 치면 잘 아는 길을 따라가다가도 어느 쪽으로 가야 마을로 이어지는지 판단할 수 없을 때가 많다. 그 길을 수없이 지나다녔지만 길의 특징 하나 알아볼 수 없고 시베리아 길처럼 낯설기만 하다. 물론 밤에 느끼는 당혹감이야 비교할 수 없이 크다. 정말 대수롭지 않은 산책을 할 때도 우리는 무의식중에 수로 안내인처럼, 잘 알려진 수로 표지와 돌출부를 보고 방향을 잡는다. 평소 다니던 항로를 벗어날 때는 근처에 있는 곳의 위치를 늘 염두에 둔다. 그래서 길을 완전히 잃거나 한 바퀴 돌게 되면 — 인간은 눈을 감고 한 바퀴만 돌아도 이 세상에서 길을 잃을 수 있다.— 비로소 자연의 광활함과 기묘함을 깨닫게 된다. 잠에서 깨어나든 몽상에서 깨어나든, 우리는 깨어날 때마다 나침반이 가리키는 방향을 읽을 줄 알아야 한다. 길을 잃고 나서야, 다시 말해 세상을 잃고 나서야, 비로소 우리는 나 자신을 발견하게 되며 우리가 어디에 있으며 우리의 관계가 얼마나 무한한지를 깨닫기 시작한다.

첫해 여름이 끝나 가던 어느 날 오후, 나는 구둣방에 맡긴 구두를 찾으려고 마을로 갔다가 체포되어 감옥에 갇혔다. 다른 곳에서도 말했듯이,[5] 주 상원의사당 입구에서 남녀노소를 가축처럼 사고파는 주 정부에 세금을 납부하지 않거나, 혹은 그 권위

---

5) 「시민 불복종」을 뜻함.

를 인정하지 않은 탓이었다. 내가 숲 속에 들어간 것은 다른 목적 때문이었다. 그러나 사람이 어디를 가든 다른 사람들이 쫓아와 역겨운 제도를 그에게 마구 들이댄다. 그리고 할 수만 있다면 자신들의 기이한 공제 조합에 억지로 집어넣으려 한다. 물론 나는 무력으로 저항해 어느 정도 성과를 거둘 수도 있었을 테고 사회에 반발해 '발광'할 수도 있었을 것이다. 그러나 차라리 사회가 나에게 반발해 '발광'하는 편이 나았다. 가망 없는 쪽은 그쪽이니까 말이다. 그러나 나는 다음 날 풀려났고 수선된 구두를 찾아 숲으로 돌아왔으며 늦지 않게 페어헤이븐 언덕에 올라 허클베리로 점심을 먹을 수 있었다. 나는 정부를 대표하는 사람들 말고는 그 누구에게도 괴롭힘을 당한 적이 없었다. 원고를 넣어 둔 책상 말고는 자물쇠를 채우거나 빗장을 걸지 않았고 걸쇠나 창문에 못 하나 꽂아 두지 않았다. 여러 날 집을 비울 때도 밤이건 낮이건 문을 잠그지 않았다. 가을이 되어 메인 주의 숲 속에서 2주간 지냈을 때도 마찬가지였다. 그렇게 해도 내 집은 병사들이 둘러싸고 지키는 곳보다 더 존중을 받았다. 산책하다 지친 사람은 내 집의 난롯가에서 몸을 녹이며 쉴 수 있었고, 문학을 좋아하는 사람은 내 탁자에 놓인 책 몇 권을 즐겁게 읽을 수 있었다. 호기심 많은 사람이라면 찬장 문을 열고 내가 점심으로 먹고 남긴 것이 무엇이며 저녁으로는 무엇을 먹을지 알아낼 수 있었다. 온갖 계층의 수많은 사람들이 호수로 가면서 이 길을 지났지만, 그들 때문에 심각한 불편에 시달린 적은 없었고 작은 책 한 권 말고는 잃어버린 것도 없었다. 그것은 호메로스의 작품으로 어울리지 않게 금박을 입힌 책이었는데, 분명 지금쯤은 우리 편의 병사에게 갔을 것이다. 모든 사람이 당시 내가 그랬던 것처럼 소박하게 산다면 절도나 강도는 이름조차 알지 못하는 것이 되리라 확신한다. 그런 범죄는 어떤 이들이 충분한 것 이상의 재산을 소유하고 있는 반면 다른 이들은 필요한 것도 갖추지 못한 사회에서만 일어난다. 포프6)가 번역한 호메로스의 작품이 어서 제대로 배포되기를.

"너도밤나무 그릇이면 족하던 시절에는
전쟁이 사람들을 괴롭히지 않았나니."7)

"백성을 다스린다는 이들이 왜 처벌을 이용하고자 하는가? 그대들이 덕을 사랑하면, 백성이 덕을 갖추게 될 것이다. 윗사람의 덕은 바람과 같고 서민의 덕은 풀잎과 같다. 바람이 불며 지나가면 풀잎은 고개를 숙이기 마련이다."8)

---

6) 영국 시인 알렉산더 포프. 호메로스의 『일리아스』와 『오디세이아』를 번역했다.
7) 고대 로마의 시인 알비우스 티불루스의 『비가』 제3권 중에서.
8) 『논어』의 안연 편에서 인용.

호수들

    이따금씩 사람들을 만나 잡담을 나누기도 지겹고 마을 친구들과도 지치도록 어울리고 나면 나는 마을에서도 사람들이 자주 가지 않는 지역, 즉 "새로운 숲과 새로운 풀밭을 향해"[1] 평소에 돌아다니던 곳보다 훨씬 더 멀리 서쪽으로 걸어갔다. 때로는 해가 질 무렵 페어헤이븐 언덕에서 허클베리나 블루베리를 저녁으로 먹고 며칠 먹을 분량을 비축하기도 했다. 과일은 그것을 사는 사람이나 시장에 팔려고 재배하는 사람에게는 그 참맛을 알려주지 않는다. 참맛을 보는 방법은 한 가지뿐인데 그 방법을 택하는 사람은 거의 없다. 허클베리의 맛을 알고 싶다면 소몰이 소년이나 자고새에게 물어보라. 허클베리를 따 보지 않고도 그 맛을 안다고 생각한다면, 그건 흔히 말해 착각이다. 허클베리는 보스턴까지 오지 않는다. 허클베리가 보스턴의 세 언덕[2]에서 자란

---

1) 존 밀턴의 시 「리시다스」 제3행 중에서.

2) 보스턴은 콥스와 포트, 비컨 언덕을 토대로 세워졌다.

이래로, 보스턴에서 허클베리를 볼 수 있었던 적은 없다. 시장으로 가는 수레에서 열매끼리 부대끼다 과분이 없어지며 허클베리의 향기와 핵심적인 부분도 사라지고 단순한 먹을거리로 전락해 버린다. 영원한 정의가 통치하는 한, 순수한 허클베리는 한 알도 시골 언덕에서 보스턴으로 운반되지 못할 것이다.

가끔 그 날 해야 할 괭이질이 끝나면 나는, 아침부터 호수에서 낚시질을 하고 있는 성미 급한 친구를 찾아갔다. 그는 오리나 물에 뜬 나뭇잎처럼 입을 꾹 다물고 미동 없이 앉아 있었다. 그는 다양한 철학을 검토한 결과, 내가 도착할 때쯤이면 대개 자신이 오래된 '시노바이트'[3] 수도회의 수사라고 결론 내렸다. 또 뛰어난 낚시꾼이자 온갖 종류의 목공 기술을 자랑하는 좀 더 나이 많은 사람도 있었다. 그는 내 집을 낚시꾼들의 편의를 위해 지어진 건물로 여기고 기뻐했다. 나 역시 그가 내 집 문간에 앉아 낚싯줄을 정리하는 모습을 보면 즐거웠다. 우리는 가끔 호수에 배를 띄우고 각각 배 양 끝에 앉았다. 그러나 우리 사이에 많은 말은 오가지 않았다. 최근 몇 년 동안 그의 청력이 점점 약해진 탓이었다. 그러나 그는 가끔 찬송가를 흥얼거렸는데, 내 철학과 제법 조화를 이루는 노래였다. 우리의 친교는 그야말로 온전한 조화를 이루는 것으로, 말로 맺은 관계보다 훗날 회상하기에 훨씬 즐거운 교제였다. 대개 그렇긴 했지만 나는 친밀한 교제를 나눌 사람이 없으면 노로 뱃전을 두드려 메아리를 울렸다. 그 소리는 둥글게 퍼져 나가 주위를 둘러싼 숲을 가득 채운 다음, 동물

3) 'Coenobites'는 수도원에서 공동 생활을 하는 수사라는 뜻이지만 여기에서 소로는 이와 발음이 비슷한 "See, no bite(봐, 입질이 전혀 없어)."라는 문장이 연상되도록 말장난을 하고 있다.

조련사가 자신이 맡은 야생 동물들을 자극하듯이 숲을 뒤흔들었다. 그러다 마침내 모든 골짜기와 산기슭에서 메아리의 포효가 터져 나왔다.

따뜻한 저녁이면 나는 자주 배에 앉아 피리를 불었는데, 퍼치들이 그 소리에 홀린 듯이 주변을 맴도는 모습이 보였다. 달빛은 숲의 잔해가 흩뿌려진 울퉁불퉁한 호수 바닥을 비추고 있었다. 예전에는 어두운 여름날 밤이면 가끔 한 친구와 함께 모험 삼아 이 호수에 오곤 했다. 물고기들을 꾀어내려고 물가에 모닥불을 피우고 실에 지렁이를 매달아 메기를 잡았다. 밤이 깊어 낚시를 끝낸 뒤에는 불붙은 장작을 폭죽처럼 하늘 높이 던졌다. 장작은 호수에 빠지며 '쉬익' 하는 커다란 소리와 함께 꺼졌고, 우리는 갑자기 칠흑 같은 어둠 속을 더듬거려야 했다. 그리고 휘파람을 불며 인간들이 출몰하는 곳으로 되돌아갔다. 그러나 이제 나에게는 호숫가에 지은 집이 생긴 것이다.

가끔은 마을의 어느 집 응접실에 머무르다가 그 집 식구들이 모두 잠자리에 들 때가 되어서야 숲으로 되돌아왔다. 그리고 나서는 다음 날 먹을 점심거리를 낚을 겸, 한밤중의 달빛에 의지해 몇 시간 동안 배에 앉아 낚시를 했다. 올빼미와 여우가 세레나데를 불러 주었고 가끔은 이름을 알 수 없는 새가 가까이에서 삐익 삐익 우는 소리도 들렸다. 오래도록 추억으로 간직할 소중한 경험이었다. 호숫가에서 100미터에서 150미터쯤 떨어진 수면에 자리를 잡고 12미터 아래로 닻을 내리고는, 달빛 아래서 꼬리로 수면에 잔물결을 일으키는 수천 마리의 작은 퍼치와 은빛 잉어에게 둘러싸여 아마(亞麻)로 만든 긴 낚싯줄을 통해 12미터 아래에 사는 신비로운 밤의 물고기들과 교신을 했다. 또 가끔은 부드러운 밤바람에 밀려다니며 20미터쯤 되는 낚싯줄을 호수 여기저기로 끌고 다니다 보면 이따금씩 가벼운 떨림이 낚싯줄을 타고 전해졌다. 그것은 어떤 생명체가 낚싯줄 끄트머리 주위를 배회하고 있으며, 확신이 없어 우물쭈물 결단을 내리지 못하고 있다는 뜻이었다. 마침내 내가 한 손 한 손 움직이며 천천히 줄을 감으면, 뿔이 달린 메기가 끽끽거리고 몸부림치면서 물 위로 모습을 드러냈다. 매우 기이한 경험이었다. 특히 어두운 밤이면, 다른 천체들과 관련된 방대하고 우주론적인 주제에 골몰하다가 그런 희미한 경련을 감지하고 퍼뜩 몽상에서 깨어나 다시 자연과 이어지기도 했다. 마치 내가 낚싯줄을 공기보다 밀도가 높지 않은 물속으로 늘어뜨리고 그 줄을 동시에 공중으로도 던진 것만 같았다. 이렇게 나는 낚싯바늘 하나로 물고기 두 마리를 낚았다.

월든의 풍경은 소박한 편이다. 매우 아름답지만 웅장하다고 할 수는 없고, 오랫동안 즐겨 찾은 사람이나 호숫가에 사는 사람이 아니라면 그다지 흥미롭지 않을 것이다. 하지만 호수가 무척 깊고 맑기 때문에 자세히 묘사할 가치가 있다. 이 호수는 맑고 깊은 초록빛 우물로서 길이는 800미터, 둘레는 3킬로미터에 조금 못 미치며 면적은 61.5에이커다. 소나무와 떡갈나무 숲 한복판에 위치한 마르지 않는 샘인데, 구름과 수증기 증발이 아니라면 물의 유입구나 유출구라고 할 만한 것이 딱히 없다. 호수를 에워싼 산들은 수면으로부터 12미터에서 25미터 정도의 높이로 불룩 솟아 있지만 400미터에서 500미터쯤 떨어진 남동쪽과 동쪽의 산들은 각각 높이가 30미터와 45미터에 이른다. 주변이 완전히 삼림지인 것이다. 콩코드의 모든 물은 적어도 두 가지 색을 띤다. 하나는 먼 거리에서 본 색이고 다른 하나는 가까이 가면 보이는, 본래와 좀 더 가까운 색이다. 첫 번째 색은 빛에 많이 좌우되고 하늘의 색에 따라 달라진다. 화창한 여름날, 조금 떨어진 곳에서 보면 푸른색으로 보이는데 물결이 일렁일 때는 특히 그렇다. 그러나 멀리서 보면 모두 같은 색깔이다. 폭풍우 치는 날에는 짙은 청회색을 띠기도 한다. 하지만 대기에 뚜렷한 변화가 없더라도 바다는 어느 날은 파란색, 어느 날은 초록색이라고 하지 않는가. 온 세상이 눈으로 뒤덮였던 날, 나는 콩코드 강의 물과 얼음이 풀처럼 초록빛을 띤 광경을 보았다. 어떤 이들은 "액체든 고체든 푸른색이야말로 순수한 물의 색"이라고 생각한다. 그러나 배를 타고 이 마을의 강이나 호수를 들여다보면 정말 다양한 색이 보인다. 월든 호수는 같은 지점에서 바라보아도 어떤 때는 파란색, 어떤 때는 초록색이다. 땅과 하늘의 중간에 있어서 그 두 가지 색을 모두 갖게 된 것일지도 모른다. 언덕 꼭대기에서 보는 호수는 하늘의 색을 그대로 담아내지만 모래까지 보이는 호숫가에서 보면 물이 누런빛이며 좀 더 깊은 곳은 연한 녹색이고 점점 색이 진해지다가 호수 중심에 이르면 전반적으로 암녹색이다. 빛의 밝기가 달라지면 언덕 꼭대기에서도 호수 가장자리가 선명한 초록색으로 보인다. 어떤 이들은 푸른 숲이 호수에 반사된 탓에 그렇게 보인다고 하지만, 철로의 모래 둑 옆에서도 똑같이 선명한 초록색이고 봄에 나뭇잎이 무성해지기 전에도 마찬가지이다. 그러니 그것은 단지 호수의 전반적인 색인 파란색이 모래의 노란색과 섞인 결과일 것이다. 이것이 월든의 홍채가 띠는 색깔이다. 또한 이 부분은 봄에 호수 바닥에서 반사되고 땅을 통해 전해지는 태양열에 의해 얼음이 가장 먼저 녹기 시작하면, 아직 얼어붙은 호수의 중심부 둘레에 좁은 수로가 생기는 곳이기도 하다. 마을의 다른 호수나 강처럼 월든 호수 역시 맑은 날씨에 물결이 일렁일 때 조금 떨어진 곳에서 보면 수면이 햇빛을 직각으로 반사하기 때문인지, 수면에 빛이 더 많이 섞이기 때문인지 모르겠지만 하늘보다도 더 짙은 파란색으로 보인다. 그런 때 호수 위로 나아가 햇살에 반사된 수면을 이쪽저쪽 바라보면, 물결무늬가 있고 빛에 따라 색이 변하는 비단이나 칼날에서 볼 수 있는 비길 데 없고 형언할 수도 없는 밝은 푸른색이 눈에 띄었다. 그 색은 하늘보다 더 하늘색에 가까웠고 물결의 반대쪽 면에서 보이는 호수의 원래 색인 암녹색과 번갈아 나타났다. 그러다 보니 그 암녹색은 하늘색과 대비되어 진흙처럼 칙칙해 보였다. 내가 기억하기로 이 호수는 겨울날 해가 지기 전 서쪽 구름 사이로 조각조각 보이는 하늘처럼 투명한 녹청색이었다. 그러나 유리잔으로 그 물을 떠서 햇빛에 비추어 보면 같은 양의 공기와 마찬가지로 색이 없다. 잘 알려졌다시피 큰 유리판은 제조업자들의 말대로 그 '부피' 때문에 초록빛을 띠지만 같은 유리라도 작은 조각으로 나누면 색이 없어질 것이다. 부피가 얼마나 큰 그릇에 담아야 월든 호수의 물도 초록빛을 보여 줄지 나는 실험해 본 적이 없다. 콩코드 강의 물은 바로 가까이에서 내려다보는 사람의 눈에는 검은색이나 암갈색으로 보이고, 대부분의 호수와 마찬가지로 그 물에 몸을 담근 사람의 몸을 노르스름하게 물들인다. 그러나 월든 호수의 물은 수정처럼 맑아서 이 물에서 헤엄치는 사람의 몸을 설화 석고처럼 희게 나타내는 동시에, 팔다리가 커지고 뒤틀려 괴물이 된 듯한 효과를 연출해 부자연스러움을 한층 더한다. 미켈란젤로와 같은 화가들이 연구 대상으로 삼기에 딱 좋을 것이다.

호수의 물은 무척 투명해서 7미터에서 9미터 깊이의 바닥까지도 얼마든지 들여다보인다. 호수 위에서 노를 젓다 보면 저 아래에서 헤엄치는 퍼치와 은빛 잉어 떼가 보일 것이다. 그 물고기들은 길이가 3센티미터도 안 되지만 퍼치는 가로 줄무늬 때문에 쉽게 구별된다. 이런 곳에서 먹고 살 수 있다니, 매우 금욕적인 물고기들인 것 같다. 오래전 어느 겨울날, 강꼬치고기를 잡으려고 호수에 얼음 구멍을 몇 개 뚫었다. 물가로 올라서면서 도끼를 얼음 위로 던졌는데 귀신에 씐 듯이 도끼가 20여 미터를 미끄러져 가더니 얼음 구멍 하나로 쑥 빠지는 게 아닌가. 수심이 8미터 가까이 되는 곳이었다. 호기심이 생긴 나는 얼음 위에 엎드려 구멍 속을 들여다보았다. 도끼 머리가 바닥에 비스듬히 박혔고 꼿꼿이 선 자루는 호수의 맥박에 따라 앞뒤로 가볍게 흔들리고 있었다. 그대로 두면 도끼는 거기 꼿꼿이 선 채 자루가 썩어 없어질 때까지 흔들릴 것 같았다. 나는 가지고 있던 얼음끌로 도끼 바로 위에 구멍을 하나 더 뚫은 다음 근처에서 찾을 수 있는 가장 긴 자작나무 가지를 주머니칼로 잘라 왔다. 올가미를 만들어 자작나무 끝에 매달고 조심스럽게 내려뜨린 다음, 자루의 옹이 부분에 올가미를 걸고 줄을 잡아당겨 도끼를 다시 밖으로 끌어냈다.

호숫가는 작은 모래사장 한두 군데를 빼고는 포장용 석재처럼 매끄럽고 둥근 흰 돌이 쭉 깔려 있다. 그리고 매우 가파른 탓에 물속으로 훌쩍 뛰어들면 머리가 푹 잠기는 곳이 많다. 물이 놀랄 만큼 투명하지 않았다면, 맞은편 호숫가에 이를 때까지 다시는 호수의 바닥을 볼 수 없었을 것이다. 이 호수에 바닥이 없다고 생각하는 사람들도 있다. 물이 탁한 곳이 전혀 없고 무심코 보면 수초도 전혀 없는 것처럼 보인다. 최근에 침수된 작은 풀밭은 엄밀히 말해 호수에 속한 곳이 아니라서 이곳을 제외하면 아무리 자세히 찾아보아도 창포나 부들은 물론이고 노란색이든 흰색이든 백합도 한 송이 없다. 그저 하트 모양의 작은 잎과 가래 약간 그리고 아마도 순채인 듯한 물풀 한두 개만 눈에 띈다. 그러나 헤엄치는 사람은 이마저도 보지 못할 것이다. 이 식물들은 몸 담고 자라는 호수의 물처럼 깨끗하고 맑다. 호숫가에 깔린 돌들은 물속으로 5미터에서 10미터까지 뻗어 있고, 그다음부터는 가장 깊은 곳을 제외하고는 순전히 모래 바닥이다. 가장 깊은 곳에는 대개 수없이 많은 가을이 지나는 동안 거기로 떠내려온 낙엽들이 썩으며 생성된 퇴적물이 있고, 한겨울에도 그곳에서는 선명한 초록색 수초가 닻에 걸려 올라오곤 한다.

월든 호수와 매우 비슷한 호수가 또 하나 있는데, 서쪽으로 4킬로미터쯤 떨어진 마을 '나인 에이커 코너'에 있는 화이트 호수가 그것이다. 그러나 나는 여기에서 20킬로미터 이내에 있는 호수들을 대부분 알고 있는데도 월든 호수의 3분의 1만큼이라도 맑고 샘물 같은 호수는 찾지 못했다. 아마 지금까지 수많은 종족이 연달아 이 호수의 물을 마시고, 감탄하고, 그 깊이를 가늠한 다음 사라졌겠지만 호수의 물은 지금도 변함없이 푸르고 투명하다. 월든 호수는 물이 차올랐다 말랐다 하는 간헐 샘이 아니다!
아담과 이브가 에덴동산에서 추방되던 그 봄날 아침에도 월든
호수는 아마 존재하고 있었을 것이다. 그때에도 안개와 남풍을
동반한 부드러운 봄비가 호수의 얼음을 녹였을 것이고, 인간이
몰락했다는 소식을 듣지 못한 채 이 티 없이 맑은 호수에서 마냥
흡족하던 수많은 오리와 기러기들이 수면을 뒤덮었을 것이다.
그때에도 호수의 수위가 오르내렸고 덕분에 물이 정화되어 지금
과 같은 빛깔을 띠게 되었을 것이며, 그렇게 이 세상에서 하나뿐
인 월든 호수가 되어 천상의 이슬을 증류할 특허권을 하늘로부
터 따냈을 것이다. 지금은 사라진 수많은 민족들의 문학에서 이
호수가 '카스탈리아의 샘'[4] 같은 역할을 했을지 누가 알겠는가?
또 황금시대에 어떤 요정들이 이 호수를 다스렸는지 그 누가 알
겠는가? 월든 호수는 콩코드가 자신의 왕관에 박아 장식한 최고
급 보석이다.

그러나 이 샘에 가장 먼저 이르렀던 사람들이 그 흔적을 조금
남겨 둔 것 같다. 나는 호수를 한 바퀴 돌며 울창했던 숲이 최근
잘려 나간 곳까지 갔다가 가파른 산기슭에서 좁은 선반처럼 생
긴 오솔길을 발견하고 놀란 적이 있다. 산허리를 따라 오르내리
며 물가에 가까워졌다 멀어지기도 하는 그 길은 이곳에 사람들
이 살기 시작했던 그 옛날부터 있던 길로, 원주민 사냥꾼들이 밟
고 다녀 생겼을 것이며 지금 이 지역에 사는 사람들도 무심코 이
따금씩 밟고 다닐 것이다. 그 길은 겨울에 눈이 약간 내린 직후,
호수 한복판에 서서 보면 특히 선명하게 나타난다. 잡초나 나

---

4) 그리스 신화에서 델포이의 파르나소스 산에 있는 신성한 뮤즈의 샘.

뭇가지에 가리지지 않은 덕에, 파도처럼 물결치는 하얀 선이 뚜렷하게 보인다. 여름에는 가까이에서는 잘 보이지 않고 오히려 400미터쯤 떨어진 곳에서는 매우 선명하게 보인다. 말하자면 눈이 그 오솔길을 흰색 활자로 뚜렷하게 돋을새김하는 것이다. 언젠가 이곳에 별장이 지어지면 거기 딸린 아름다운 정원이 이 길의 흔적을 어느 정도는 보존해 줄 것이다.

월든 호수의 수위는 오르락내리락하는데 그 간격이 주기적인지 아닌지, 얼마 동안 지속되는지 정확히 아는 사람은 없지만 늘 그렇듯이 많은 사람들이 아는 체한다. 대개 겨울에는 수위가 높아지고 여름에는 낮아지되, 일반적인 우기나 건기와 일치하지는 않는다. 내가 이 호숫가에 살았던 시기보다 수위가 30센티미터에서 60센티미터쯤 낮아졌던 때와 150센티미터 이상 높아졌던 때가 기억난다. 호수 속으로 이어지는 좁은 모래톱이 있고 모래톱 한쪽은 수심이 무척 깊다. 나는 1824년경, 호숫가에서 30미터쯤 떨어진 그 모래톱 끝에서 솥에 생선 스프 끓이는 일을 도운 적이 있는데, 지난 25년 동안은 그런 일을 할 수가 없었다. 한편 내 친구들은 생선 스프를 끓이던 때로부터 몇 년이 지난 뒤 내가 숲 속의 후미진 만에서 배를 타고 가끔 낚시를 했다고 말하면 믿기지 않는다는 듯이 귀를 기울였다. 그 만은 그들이 알고 있는 유일한 호숫가에서 80미터쯤 떨어진 곳으로, 오래전에 풀밭으로 변했기 때문이다. 그러나 지난 2년간 호수의 수위는 줄곧 상승했고 1852년 여름, 현재는 내가 그곳에 살던 때보다 정확히 1.5미터 높아져 30년 전과 같으니 그 풀밭에서 다시 낚시를 할 수 있게 된 것이다. 따라서 수위의 변동 폭은 많아야 2미터 안팎이다. 그러나 호수를 에워싼 여러 언덕에서 흘러드는 물의 양은 미미하므로, 깊은 땅속 수원이 미친 영향들 때문에 수위가 상승하는 게 분명하다. 올 여름에는 호수의 수위가 다시 낮아지기 시작했다. 주목할 만한 사실은 주기적이든 그렇지 않든, 이런 변동이 오랜 세월을 거치며 완료되는 것처럼 보인다는 점이다. 나는 한 차례의 상승과 두 차례의 하락을 부분적으로나마 관찰했는데, 앞으로 12년에서 15년 후에는 내가 아는 최저 수위 이하로 떨어지리라 예상하고 있다. 이곳에서 동쪽으로 1.6킬로미터쯤 떨어진 플린츠 호수와—물의 유입구와 유출구가 있어 그에 따른 변동을 감안해야 하지만— 그 사이에 있는 작은 호수들도 월든 호수와 같은 폭으로 수위가 변동한다. 최근에도 이 호수들은 월든 호수와 같은 시기에 수위가 최고에 달했다. 내 관찰에 따르면 화이트 호수도 마찬가지다.

월든 호수의 수위가 긴 간격을 두고 오르내리는 현상은 적어도 다음과 같은 이점이 있다. 지금처럼 높은 수위가 1년 이상 지속되면 호수 주변을 걸어 다니기가 어려워지겠지만, 마지막으로 수위가 상승했던 때 이후로 호숫가에 자라난 관목과 나무들, 즉 리기다소나무, 자작나무, 오리나무, 사시나무 등이 죽게 되므로 수위가 다시 낮아지면 호숫가가 정돈된 모습으로 드러난다. 매일 반복되는 밀물과 썰물에 영향을 받는 다른 호수나 강과는 달리 월든 호수는 수위가 낮을수록 호숫가도 깔끔해지기 때문이다. 내 집 옆의 호숫가에는 줄지어 서 있던 4.5미터 높이의 리기다소나무들이 지렛대로 넘어뜨린 것처럼 죽어서 쓰러져 있었는데, 덕분에 이 나무들은 호수를 잠식하지 못하게 되었다. 이 나무들의 크기를 보면 마지막으로 수위가 상승한 때부터 지금의 높이가 되기까지 시간이 얼마나 흘렀는지 가늠할 수 있다. 이런 수위 변동을 근거로 호수는 호반에 대한 권리를 주장하고 이에 따라 **호반**(shore)은 **수염을 깎게**(shorn) 되며, 나무들은 점유권을 내세워 호반을 차지할 수 없다. 호반은 수염이 자라지 않는 호수의 입술이다. 호수는 갈라진 입술을 이따금씩 혀로 핥는다. 수위가 최고조에 이르면 오리나무와 버드나무와 단풍나무는 자리에서 버텨 보려고 물에 잠긴 줄기에서 붉은 섬유질 뿌리들을 수없이 사방으로 몇 미터씩 뻗어 대는데, 그러다 뿌리가 땅 위로 1미터 이상 올라오기도 한다. 대개는 열매를 맺지 않는 키가 큰 블루베리도 이런 상황에서 많은 열매를 맺는다는 사실을 나는 알게 되었다.

어떤 사람들은 어떻게 이 호숫가가 그토록 고르게 돌로 뒤덮였는지 궁금해한다. 마을 사람들 모두가 아는 전설이 하나 있는데, 나이가 아주 많은 노인들이 어렸을 때 그 전설을 들었다면서 나에게 말해 주었다. 내용인즉, 옛날에 인디언들이 이곳에 있는 어느 언덕에서 주술 의식을 행하고 있었다. 그 언덕은 현재 월든 호수의 깊이만큼이나 하늘 높이 솟은 언덕이었다. 인디언들은 그 의식 중에 신을 모독하는 언행을 일삼았지만 그런 악덕에 전혀 죄책감을 느끼지 않았다. 그런데 의식을 진행하는 동안 언덕이 심하게 흔들리더니 갑자기 바닥으로 쑥 내려앉았다. 그때 월든이라는 노파만이 가까스로 살아남았고 호수의 이름은 그 노파의 이름을 따서 지어졌다. 그리고 언덕이 흔들릴 때 비탈을 타고 굴러 떨어진 돌들이 지금의 호숫가를 이루었다는 것이다. 어쨌거나 옛날에는 이곳에 호수가 없었지만 지금은 있다는 사실만은 확실하다. 이 인디언의 전설은 내가 앞서 말한 오래전의 개척자 이야기와 어느 면에서도 모순되지 않는다. 그는 수맥 탐지용 막대를 들고 이곳에 처음 왔을 때 풀밭에서 엷게 피어오르는 증기를 보았고, 개암나무로 만든 탐지용 막대가 계속 아래를 가리키는 모습을 보고는 이곳에 우물을 파기로 결정했던 때를 생생히 기억할 것이다. 돌에 대해서는, 언덕에 부딪치는 물결의 작용만으로는 설명하기 어렵다고 생각하는 사람들이 아직도 많다. 그러나 내가 관찰한 바로는 호수 주변의 여러 언덕에 호숫가의 돌과 비슷한 돌들이 놀랄 만큼 많다. 호수 바로 옆을 지나는 철로를 놓을 때 도로 양옆에 그 돌들을 쌓아야 할 정도였다. 그뿐 아니라 호수에서 가장 가파른 기슭에 돌이 가장 많이 있다. 그러니 유감스럽게도 이 돌들은 더 이상 나에게 불가사의한 존재가 아니다. 나는 누가 돌을 깔았는지 알게 되었다. 월든이라는 이름이 '새프론월든' 같은 영국의 지명에서 유래한 것이 아니라면, 이 호수가 원래는 담에 둘러싸인 호수라는 뜻에서 '월드 인(Walled-in)' 호수로 불렸을 거라는 추측도 가능하다.

나에게 월든 호수는 미리 준비된 우물이었다. 물은 일 년 내내 맑지만 그중 4개월은 차갑기까지 했다. 그 시기에 호수의 물은 마을에서 최고는 아니더라도 다른 물 못지않게 훌륭하다. 겨울에 대기에 노출된 모든 물은 대기와 접촉하지 않은 샘물이나 우물물보다 차갑다. 1846년 3월 6일 오후 다섯 시부터 다음 날 정오까지, 내 방에 걸어 둔 온도계는 부분적으로는 지붕에 내리쬐는 햇볕 때문에 어느 순간 섭씨 18도에서 21도까지 올라갔지만 방에 떠다 놓은 호수 물의 온도는 5도를 넘지 않았는데, 이것은 마을에서 가장 차가운 우물물을 막 떠서 쟀을 때보다 1도 낮은 온도였다. 같은 날 보일링 샘물의 온도는 7도로, 온도를 재본 물 중에서는 가장 따뜻했지만, 내가 알기로 수면에 얕게 고인 물이 섞이지만 않는다면 여름에는 가장 차가운 물이다. 게다가 월든 호수는 수심이 깊어 여름에도 햇볕에 노출된 대부분의 물처럼 따뜻해지지 않는다. 무척 더운 날에는, 근처의 샘물도 이용하긴 했지만 대개는 호수의 물을 양동이에 채워 지하실에 두었는데, 그곳에서 밤새 차가워진 물은 낮 동안에도 그대로였다. 호수에서 떠 온 물은 일주일이 지나도 처음과 물맛이 같았고 펌프 맛도 나지 않았다. 여름에 호숫가에서 일주일 동안 야영을 하는 사람이 있다면, 야영장 그늘에 50센티미터에서 100센티미터 깊이로 양동이를 묻어 두기만 해도 사치스러운 얼음에 의지하지 않아도 될 것이다.

월든 호수에서는 예로부터 강꼬치고기가 잡혔다. 3.2킬로그램짜리가 잡힌 적도 있었고 대단한 속도로 릴을 채서 달아난 물고기도 있었는데, 낚시꾼은 눈으로 직접 보지 못한 까닭에 그 물고기가 3.6킬로그램은 될 거라고 무작정 우겼다. 퍼치와 메기도 잡혔는데 그중에는 1킬로그램이 넘는 놈도 있었으며, 은빛 잉어, 황어, 로치[5] — 이 물고기들은 통칭 '레우키스쿠스 풀켈루스(Leuciscus pulchellus)'[6]로 불린다. — 도 잡혔고, 개복치는 몇

---

5) 잉어과에 속하는 민물고기.

6) Leuciscus pulchellus에서 레우키스쿠스는 '잉어과'를 뜻하는 학명이며 풀켈루스는 '귀여운' 또는 '예쁜'을 뜻하는 라틴 어다. 즉 '귀여운 잉어과 물고기'라는 뜻이다.

마리 되지 않았으며 뱀장어도 두 마리 잡았는데 한 마리는 무게가 1.8킬로그램이나 되었다. 이렇게 자세히 쓰는 이유는 물고기에게는 대개 무게가 명성의 유일한 근거이고, 내가 듣기로 이곳에서 잡힌 뱀장어는 이 두 마리뿐이기 때문이다. 또 길이가 13센티미터 정도에 옆구리는 은색이며 등은 녹색인, 특징이 황어와 조금 비슷한 작은 물고기를 잡았던 기억도 어렴풋이 난다. 지금 이 말을 하는 이유는 무엇보다도 내가 겪은 일을 전설로 만들고 싶어서다. 사실 이 호수에는 고기가 그리 많지 않다. 그나마 강꼬치고기가 가장 큰 자랑거리다. 한번은 얼음 위에 엎드려 적어도 세 종류의 강꼬치고기를 본 적이 있다. 하나는 길고 납작하며 강철처럼 푸른색이었는데 강에서 잡히는 강꼬치고기와 매우 비슷했다. 다른 하나는 이 호수에서 가장 흔히 잡히는 종류로, 몸이 선명한 황금색인데 빛이 반사되면 굉장히 짙은 초록빛을 발한다. 다른 종류는 황금색에다 두 번째 것과 비슷하게 생겼지만 옆구리에 작은 암갈색이나 검은색 반점들이 희미한 적색 반점 몇 개와 뒤섞여서 송어와 무척 비슷해 보인다. 그러니 이 물고기에게는 '레티쿨라투스'[7]라는 종명보다는 차라리 '구타투스'[8]라는 종명이 어울린다. 이 물고기들은 모두 살이 단단해 크기에 비해 무게가 많이 나간다. 은빛 잉어와 메기, 농어뿐 아니라 사실상 이 호수에 사는 모든 물고기는 물이 더 맑은 만큼 훨씬 깨끗하고 예쁘장하며 살도 더 단단하다. 그래서 다른 호수의 물고기와 쉽게 구별할 수 있다. 아마 많은 어류학자들은 이 호수의 물

---

7) Reticulatus. 라틴 어로 '그물 모양의'라는 뜻.

8) Guttatus. 라틴 어로 '반점이 있는'이라는 뜻.

고기 일부를 새로운 변종으로 여길 것이다. 이 호수에는 깨끗한 종류의 개구리와 거북이도 살며 민물조개도 조금 있다. 사향쥐와 밍크가 호수 주변에 흔적을 남기고, 떠돌아다니는 진흙거북도 이따금씩 호수를 찾는다. 가끔 아침에 배를 호수로 밀어 내다보면, 밤새 배 밑에 숨어 있던 커다란 진흙거북이 놀라곤 했다. 봄과 가을에는 오리와 기러기가 호수를 자주 찾아왔고, 녹색제비(학명 Hirundo bicolor)는 수면을 스치듯 날아가며 도요새(학명 Totanus macularius)는 여름 내내 돌투성이 호숫가를 '뒤뚱뒤뚱' 돌아다닌다. 가끔 호수 위로 솟은 백송 나무에 앉아 있던 물수리가 나 때문에 놀라기도 했다. 그러나 페어헤이븐 만에서처럼 월든 호수도 갈매기의 날개에 더럽혀진 적이 있는지는 확실히 모르겠다. 이 호수는 기껏해야 매년 찾아오는 되강오리 한 마리만 용인해 준다. 현재 이 호수를 자주 찾아오는 주요한 동물들은 이 정도다.

바람이 잔잔한 날, 모래로 뒤덮인 동쪽 기슭으로 배를 타고 가서 수심이 2.5미터에서 3미터쯤 되는 물속을 들여다보면 둥근 돌무더기가 보일 것이다. 호수의 다른 부분에서도 볼 수 있는 이 돌무더기는 달걀보다 작은 돌들이 지름 2미터에 높이 30센티미터 정도로 쌓여 있고 주변은 온통 모래다. 처음에는 인디언들이 어떤 목적이 있어 얼음 위에 돌을 쌓았고 얼음이 녹자 그 돌무더기가 바닥으로 가라앉은 게 아닐까 싶었다. 그러나 그렇게 생각하기에는 돌이 너무 규칙적으로 쌓인 데다 그중 어떤 돌무더기들은 분명 그리 오래된 것이 아니다. 강에서 보이는 돌무더기와 비슷하다. 그러나 이 호수에는 빨대잉어도, 칠성장어도 없으니 도대체 어떤 물고기가 만든 것인지 알 수가 없다. 어쩌면 황어의 보금자리일지 모른다. 이런 것이 호수 바닥에 재미있는 수수께끼를 더해 준다.

호반은 모양이 불규칙해서 단조롭지 않다. 깊은 만이 톱니처럼 들쭉날쭉한 서쪽과 좀 더 가파른 북쪽 그리고 아름다운 조가비 모양이며 곶이 서로 겹치듯이 이어져서 그 사이에 아직 탐험되지 않은 후미진 곳이 있음을 넌지시 일러 주는 남쪽 호반을 나는 마음의 눈으로 그려 본다. 가장자리를 따라 솟아오른 산에 둘러싸인 호수, 그 호수 한복판에서 바라볼 때만큼이나 숲이 멋진 풍경과 뚜렷한 아름다움을 뽐내는 때가 있을까. 그때 숲의 모습이 반사된 물은 최고의 전경을 연출할 뿐 아니라 들쭉날쭉한 호반 때문에 가장 자연스럽고도 보기 좋은 경계가 되어 준다. 그 경계는 도끼가 한 부분을 베어 낸 곳이나 경작지와 맞붙은 숲처럼 거칠거나 불완전하지 않다. 나무들은 물가로 뻗을 공간이 충분하니 저마다 가장 힘찬 가지를 그쪽으로 뻗는다. 자연의 여신이 그곳에 자연스러운 테두리를 짜 넣은 덕분에, 보는 사람의 시선은 호숫가의 작은 관목에서부터 가장 높은 나무까지 차근차근 올라간다. 인간의 손이 닿은 흔적은 보이지 않는다. 호수의 물이 천 년 전과 마찬가지로 기슭을 쓰다듬는다.

호수는 풍경에 담긴 지형 중에서도 가장 아름답고 표정이 풍부하다. 그것은 대지의 눈이다. 사람은 그 눈을 들여다보며 제 본성의 깊이를 가늠한다. 호숫가에 자라는 나무들은 그 눈의 가장자리에 난 가냘픈 속눈썹이며, 그 주변의 울창한 산과 절벽은 눈 위에 걸린 눈썹이다.

9월의 어느 고요한 오후, 엷은 안개에 가려 맞은편 호숫가의 경계가 흐릿해질 때, 호수 동쪽 끝에 있는 부드러운 모래사장에 서 있노라면 '거울처럼 잔잔한 호수의 수면'이라는 표현이 어디에서 왔는지 알 듯했다. 허리를 숙이고 거꾸로 바라보면, 수면은 섬세하기 그지없는 거미줄 하나가 계곡이 걸린 듯한 모습으로 먼 소나무 숲을 배경 삼아 반짝거리며 대기층을 둘로 가른다. 수면 밑을 걸어 물에 젖지 않고 맞은편 언덕까지 갈 수 있을 것만 같고 호수 위를 스치듯 나는 제비들은 수면에 내려앉아도 될 것만 같다. 사실 제비들은 가끔 착각이라도 했는지 수면 밑으로 돌진하다가 정신을 차리곤 한다. 호수 서쪽을 바라보면 진짜 태양과 수면에 반사된 태양이 똑같이 눈부시게 빛나는 탓에 두 손으로 눈을 가려야 한다. 또 이 두 개의 태양 사이에 있는 수면을 자세히 살펴보면, 말 그대로 유리처럼 매끄럽다. 다만 호수 전체에 일정한 간격으로 흩어진 소금쟁이들이 햇빛 속에서 움직이며 상상할 수 있는 가장 섬세한 광채를 발하는 곳이나 오리가 깃털을 다듬는 곳, 또는 앞에서 말했듯이 제비가 수면을 스칠 만큼 낮게 날아가는 곳은 예외다. 멀리서 물고기 한 마리가 반원을 그리며 공중으로 1미터 이상 뛰어오를 수도 있다. 물고기가 나온 순간 섬광이 한 번 번득이고, 물고기가 다시 수면을 때릴 때 또 한 번의 섬광이 나타날 것이다. 때로는 물고기가 그리는 은빛 반원이 고스란히 드러난다. 또 여기저기 떠다니는 엉겅퀴의 관모(冠毛)[9]에 물고기들이 달려드는 바람에 수면에는 다시금 잔물결이 일기도 한다. 호수의 수면은 용해된 유리가 식기는 했지

---

9) 꽃받침이 변해 씨방의 맨 끝에 붙은 솜털 같은 것.

만 아직 굳지 않은 상태와도 같으며, 그 속에 있는 몇 개의 티끌은 유리 속의 불순물처럼 순수하고 아름답다. 가끔은 물의 요정들이 올라가 쉬려고 보이지 않는 거미줄 같은 울타리라도 둘러쳤는지, 호수의 나머지 부분과 분리되어 더 매끄럽고 더 짙은 색을 띤 수면이 보이기도 한다. 언덕 꼭대기에 오르면 호수 대부분에서 물고기가 뛰어오르는 모습을 볼 수 있다. 강꼬치고기나 은빛 잉어가 이 매끄러운 수면에서 벌레 한 마리라도 낚아챌 때면 반드시 호수 전체의 평정이 깨지기 때문이다. 물고기가 저지른 살생은 발각되기 마련이지만 그 단순한 사실이 얼마나 정교하게 알려지는지, 놀랍기만 하다. 둥그렇게 퍼져 가는 파문의 지름이 30미터에 이르면 먼 언덕 위에 앉은 나도 그 광경을 볼 수 있다. 심지어는 400미터 거리에서도, 매끄러운 수면 위를 쉬지 않고 돌아다니는 물매암이(학명 Gyrinus)[10] 한 마리를 볼 수 있다. 물매암이는 물 위에 작은 고랑을 파면서 테두리가 두 겹인 뚜렷한 잔물결을 일으키기 때문이다. 그러나 소금쟁이는 눈에 띌 만한 잔물결은 일으키지 않고 미끄러지듯 나아간다. 수면이 심하게 흔들릴 때는 소금쟁이도 물매암이도 보이지 않는다. 그러나 바람이 없는 날이면, 안식처에서 나온 이 곤충들은 순간적인 충동에 이끌려 대담하게 물가를 떠나 결국 호수를 장악해 버린다. 따뜻하게 내리쬐는 태양이 더없이 고마운 어느 화창한 가을날에, 이처럼 언덕 꼭대기의 나무 그루터기에 앉아 호수를 내려다보며 호수에 비친 하늘과 나무 사이로 끝없이 새겨지는 둥그란 보조개를 관찰하노라면 마음이 위로가 된다. 그 보조개 같은 파문이

10) 수면을 맴도는 일종의 수생 딱정벌레.

없다면 수면은 잘 보이지 않을 것이다. 이 드넓은 수면에서는 평화를 깨뜨릴 것이 없기도 하지만 혹시 동요가 일어도 이처럼 즉시 잦아든다. 물병이 흔들릴 때 그 떨리는 파문이 가장자리로 밀려나 다시 모든 것이 차분해지는 것과 마찬가지이다. 물고기 한 마리가 뛰어오르거나 벌레 한 마리가 호수로 떨어져도, 아름다운 선이 그리는 동그란 잔물결로 인해 그 사실은 알려지고야 만다. 마치 호수의 수원에서 끝없이 물이 샘솟고 호수의 생명이 부드럽게 고동치며 호수의 가슴이 들썩이는 듯하다. 기쁨의 전율인지 고통의 전율인지 구별할 수가 없다. 호수의 모든 현상은 그 얼마나 평화로운지! 인간의 행위도 다시 봄을 맞은 듯 빛난다. 아아, 오늘 오후에는 모든 잎사귀와 나뭇가지와 돌과 거미줄이 봄날 아침 이슬에 젖어 있을 때처럼 반짝거린다. 노를 한 번 젓거나, 벌레 한 마리가 움직일 때마다 빛이 번쩍인다. 또한 노가 물을 치며 울리는 그 메아리는 얼마나 감미로운가!

9월이나 10월의 이런 날이면 월든 호수는 완벽한 숲의 거울이 된다. 테두리에 돌을 두른 그 거울은 내 눈에는 보석보다 귀하다. 호수만큼 아름답고 순수하며 동시에 커다란 사물은 지표면에 존재하지 않는다. 하늘의 물. 여기에는 울타리가 필요 없다. 많은 종족이 왔다 갔지만 이것을 더럽히지 못했다. 이것은 어떤 돌로도 깰 수 없는 거울이며, 거기 입힌 수은은 결코 닳지 않을 것이며, 이 거울의 금박도 자연이 끝없이 보수해 줄 것이다. 어떤 폭풍이나 먼지에도, 언제나 맑은 그 표면은 흐릿해지지 않는다. 거울에 나타난 모든 불순물은 아래로 가라앉거나 태양의 솔인 아지랑이가, 그 가벼운 걸레가 쓸어 내고 닦아 준다. 이 거울에는 입김을 불어도 자국이 남지 않는다. 호수는 자신의 입김을 구름으로 만들어 수면 위로 높이 띄워 보내고, 그 구름의 모습까지도 제 가슴에 투영한다.

들판처럼 넓은 호수는 대기에 떠도는 정령의 모습을 드러낸다. 위로부터 새로운 생명과 움직임을 끊임없이 받아들인다. 본성으로 볼 때 호수는 땅과 하늘의 중간이다. 땅에서는 풀과 나무만이 몸을 흔들지만 호수는 바람에 그 자체가 물결을 일렁인다. 빛줄기나 빛의 파편을 보면 나는 산들바람이 호수의 어느 부분을 지나는지 알 수 있다. 우리가 이런 호수의 표면을 굽어볼 수 있다는 것은 놀라운 일이다. 어쩌면 언젠가는 대기의 표면도 이와 같이 굽어보며 한층 미묘한 정령이 대기의 어느 부분을 지나는지 포착하게 될 것이다.

10월 하순경, 된서리가 내리면 소금쟁이와 물매암이는 마침내 모습을 감춘다. 그리고 그 뒤로 11월이 되면 바람이 잔잔한 날에는 정말이지 아무 것도 호수의 표면에 잔물결을 일으키지 않는다. 11월의 어느 오후, 며칠 연속 불어오던 비바람이 그치고 날은 평온해졌지만, 하늘은 여전히 구름으로 뒤덮였고 대기는 안개로 자욱했다. 호수는 어디가 수면인지 구별하기 어려울 만큼 몹시도 잔잔했다. 수면은 이제 10월의 선명한 빛깔이 아니라 호수를 에워싼 여러 언덕을 물들인 11월의 어두컴컴한 색을 비추고 있었다. 그 수면 위를 나는 가능한 조용조용 지나갔지만 배가 일으킨 가벼운 파동이 내 시선이 닿는 먼 곳까지 퍼져 나가며, 호수에 비친 풍경에 구불구불한 이랑을 팠다. 그런데 수면을 굽어보고 있으려니 저 멀리 여기저기에서 희미하게 깜빡이는 빛들이 보였다. 서리를 피한 몇몇 소금쟁이들이 거기 모여 있는 것도 같았고, 수면이 너무 잔잔한 탓에 호수 바닥에서 물이 솟아오르는 지점이 드러난 것도 같았다. 부드럽게 노를 저어 그중 한 곳으로 가 보았더니, 놀랍게도 어느새 작은 퍼치 떼가 나를 에워싸고 있었다. 길이가 15센티미터 정도의 짙은 청동색 퍼치들이 초록빛 물속에서 까불거리다가 끊임없이 수면으로 올라와 잔물결을 일으켰고 가끔은 거품을 남기기도 했다. 이토록 투명하고 바닥이 없어 보이는 물속에 구름의 모습이 비치니 열기구를 타고 공중을 떠다니는 듯한 기분이 들었고, 지느러미를 돛처럼 활짝 펼치고 헤엄치는 물고기들은 떼 지어 하늘을 날거나 빙빙 맴도는 새 떼처럼 바로 내 밑을 좌우로 지나갔다. 호수에는 이런 물고기 떼가 많았다. 겨울이 그 넓은 채광창에 얼음처럼 차가운 덧문을 내리기 전에 얼마 남지 않은 시간이나마 마음껏 즐기려는지, 물고기들은 때로는 산들바람이 수면을 스치듯이 때로는 빗방울이 몇 방울 떨어지듯이 수면으로 모습을 드러냈다. 내가 무심코 다가가면, 놀란 물고기들은 누군가 잎이 무성한 나뭇가지로 수면을 때리기라도 한 듯이 갑자기 텀벙거리며 꼬리로 잔물결을 일으키고는 즉시 깊은 물속으로 몸을 피했다. 마침내 바람이 일고 안개가 짙어지며 파도가 치기 시작하자, 퍼치들은 전보다 훨씬 높이 뛰어올라 몸의 절반을 수면 위로 내밀었다. 7센티미터가 넘는 검은 점 수백 개가 한꺼번에 수면 위로 올라온 것이다. 어느 해에는, 12월 5일처럼 늦은 때에도 수면에 이는 잔물결이 보였다. 안개도 짙어서 나는 세찬 비가 곧 쏟아질 거라는 생각에 서둘러 집을 향해 노를 저었다. 얼굴에 빗방울이 떨어진

건 아니었지만 순식간에 비가 쏟아져 온몸이 쫄딱 젖을 것 같았다. 그런데 갑자기 잔물결이 사라졌다. 그것은 퍼치들이 일으켰던 물결이었는데, 내가 노를 젓는 소리에 겁을 먹고 깊은 물속으로 숨어 버린 것이다. 고기 떼가 사라지는 모습이 어렴풋이 보였다. 결국 나는 비에 젖지 않고 오후를 보냈다.

주변을 에워싼 숲으로 호수가 캄캄했던 60여 년 전에 이 호수를 자주 찾아왔던 어느 노인이 나에게 들려준 이야기에 따르면, 그 시절에 호수는 종종 오리와 다른 물새들로 북적였고 주변에 독수리도 많았다고 한다. 그는 낚시를 하려고 호수에 찾아와 호숫가에서 찾아낸 낡고 긴 통나무배를 이용했다. 그 배는 두 그루의 백송 나무속을 파서 하나로 붙인 다음 끄트머리를 네모지게 깎아 낸 것이었다. 몹시 투박한 배였지만 아주 오랜 세월을 버티다가 결국 물을 잔뜩 먹고 아마 바닥으로 가라앉았을 거라고 했다. 노인은 그 배의 주인이 누구인지 몰랐다. 배는 그저 호수의 것이었다. 노인은 히커리 나무의 껍질을 길쭉하게 잘라 하나로 묶어서 닻줄로 썼다. 미국이 독립하기도 전에 이 호수 옆에 살았던 어느 옹기장이 노인이 그에게 해 준 이야기가 있는데, 예전에 호수 밑바닥에 쇠로 만든 상자가 하나 있었고 옹기장이 노인이 직접 눈으로 보았다고 했다. 그 상자는 가끔 호숫가로 떠오르곤 했지만 가까이 다가가면 다시 깊은 물속으로 들어가 사라져 버렸다. 나는 그 오래된 통나무배 이야기를 듣고 반가운 마음이 들었다. 그 배는 같은 재료로 좀 더 정교하게 만든 인디언의 통나무배 대신 쓰인 것이었다. 아마 처음에는 호숫가에 서 있던 나무가 물속으로 쓰려져 한 세대가 지나는 동안 떠다니다가 호수에 가장 알맞은 배가 된 것이리라. 내가 이 호수의 깊은 물속을 처음 들여다보았을 때 밑바닥에 놓인 커다란 나무줄기들이 어렴풋이 보였던 기억이 난다. 그 통나무들은 예전에 바람에 떠밀려 그곳으로 갔거나 나무 값이 쌌을 때 마지막으로 벌목되었다가 얼음 위에 남겨진 나무였을 것이다. 그러나 지금은 대부분이 사라져 버렸다.

내가 처음 월든 호수에 배를 띄우고 노를 저었을 때, 호수는 울창하고 키 큰 소나무와 떡갈나무의 숲으로 완전히 에워싸여 있었다. 여기저기 후미진 만에서는 포도 넝쿨이 호수 옆에 서 있던 나무를 타고 올라간 탓에 일종의 정자가 생겨서 배가 그 아래로 지나갈 수 있었다. 호숫가와 이어지는 언덕들이 매우 가팔랐고 당시 그 위에서 자라던 나무들은 무척 높이 솟아 있었으므로 서쪽 끝에서 굽어보면 호수는 숲 속 풍경을 감상하려고 만든 원형 극장처럼 보였다. 지금보다 젊었던 시절, 나는 여름날 오전이면 호수 한가운데로 배를 저어 가서는 산들바람에 배를 맡기고 그 안에 드러누워 몽상에 빠진 채 많은 시간을 보냈다. 그러다 배가 모래밭에 닿을 때야 비로소 깨어나 내 운명이 나를 어떤 호반으로 데려왔는지 보려고 자리에서 일어났다. 그런 무위(無爲)가 가장 매력적이고 생산적인 일로 여겨지던 나날이었다. 하루의 가장 귀중한 시간을 이런 식으로 보내고 싶어, 아침이면 그렇게 몰래 빠져나왔던 날이 얼마나 많았는지 모른다. 나는 부자였다. 돈은 없었지만 햇살이 눈부신 시간과 여름날은 풍족했기에 그것들을 마음껏 썼다. 그때 공장의 작업장이나 학교 교실에서 더 많은 시간을 보내지 않았던 것을 나는 후회하지 않는다.

그러나 내가 떠난 이후로 나무꾼들이 훨씬 오래 남아 그 시절의 호숫가를 황폐하게 만들어 버렸으므로 이제는 숲 속 오솔길을 거닐며 그 사이로 이따금씩 보이는 호수를 바라보기란 오랫동안 불가능한 일일 것이다. 이후로 내 뮤즈가 침묵하더라도 나는 탓할 수 없을 것이다. 숲이 베어졌는데 어찌 새들이 노래하기를 바랄 수 있겠는가?

이제는 호수 바닥의 나무줄기들과 낡은 통나무배 그리고 호수를 둘러쌌던 캄캄한 숲도 사라지고 없다. 월든 호수가 어디 있는지 제대로 알지 못하는 마을 사람들은 호수에 와서 목욕을 하거나 물을 마시려 하지 않고, 대신 그 물을 끌어와 접시를 씻는데 쓰려고 한다! 적어도 갠지스 강만큼은 신성하게 여겨야 할 호수를! 수도꼭지를 돌리거나 마개를 뽑는 것만으로 월든의 물을 손에 넣으려 하다니! 저 악마 같은 철마의 귀청을 찢는 듯한 울음소리는 마을 곳곳을 울리고 철마의 앞발은 보일링 샘물을 흙탕물로 만들어 버렸다. 월든 호숫가의 숲을 모조리 갉아먹어 버린 놈도 바로 그 철마인 것이다. 이것이야말로 돈에 눈이 먼 그리스 인이 배 속에 천 명의 병사를 숨긴 채 놓아 둔 트로이의 목마가 아닌가! 이 교만한 해충을 딥 커트[11]에서 막아서서 갈비뼈 사이로 복수의 칼날을 찔러 넣을 무어홀의 무어[12], 즉 이 나라의 투사는 과연 어디에 있는가?

그럼에도 내가 아는 월든 호수의 모든 특징 중에 가장 잘 보존된 것은 순수함이다. 많은 이들이 이 호수에 비유됐으나 그 명

---

11) 월든 호수에서 북서쪽에 있는 지점으로 피츠버그 철도의 노선에 속한다.
12) 영국 민요에 등장하는 용을 죽인 영웅.

예를 누릴 자격이 있는 사람은 거의 없다. 나무꾼들은 처음에는 호수의 이쪽 기슭을 다음에는 저쪽 기슭을 벌거숭이로 만들었고, 아일랜드 사람들은 호숫가에 돼지우리 같은 집을 지었으며 철도는 호수의 경계선을 침범했고 한때 얼음 장사꾼들은 호수에서 얼음을 걷어 갔지만, 호수 자체는 변함이 없다. 어린 시절 나의 눈이 바라보았던 그 물 그대로이다. 모든 변화는 내 속에서 일어났다. 수많은 잔물결이 일어도 호수에는 영원히 남는, 주름 하나 패이지 않았다. 호수는 영원히 젊다. 또한 그 옛날에 그랬듯이 지금도 호수 옆에 서면 제비가 벌레를 낚을 생각에 부리를 수면에 담그는 모습이 보일 것이다. 오늘 밤에도 월든 호수는 마치 내가 20년이 넘도록 이 호수를 매일같이 보지 않았던 것처럼, 새삼 감동을 주었다. '아, 여기가 월든 호수로구나! 내가 아주 오래전에 발견했던 모습 그대로의 숲 속 호수가!' 지난겨울에 이 숲의 일부가 벌목되었지만 다른 숲이 언제나처럼 왕성하게 자라나고 있다. 그때와 같은 생각이 수면 위로 샘물처럼 솟아오르고 있다. 월든은 자기 자신에게나 이 호수를 만든 이에게나 똑같이 기쁨과 행복의 샘이다. 아, 그리고 나에게도 마찬가지이리라. 이 호수는 분명 속임수라고는 찾아볼 수 없는 용감한 이의 작품이다! 그는 손으로 이 호수를 둥글게 빚고 자신의 생각을 담아 깊고 맑게 만들었으며, 콩코드에 유산으로 남겨 주었다. 나는 호수의 얼굴을 보고 호수가 나와 같은 생각에 잠겼음을 깨닫는다. 이 말이 목구멍까지 차오른다. '월든, 자네인가?'

시 한 줄에 아름다움을 더하는 것이

내 꿈은 아니다.
월든 곁에 사는 것보다
신과 천국에 더 가까이 갈 방법이 있을까.
나는 돌이 깔린 호반이며
수면을 스치는 산들바람이다.
둥글게 오므린 내 손 안에 담긴 것은
호수의 물과 호수의 모래.
이 호수의 가장 깊은 곳은
내 생각의 가장 높은 곳에 자리 잡는다.

기차는 호수를 구경하려고 멈추지 않는다. 그러나 나는 기관사와 화부와 제동수 그리고 정기 승차권을 끊어 호수를 자주 보는 승객이 호수의 풍경 덕분에 더 나은 사람이 되리라 믿는다. 기관사는 고요하고 순수한 호수의 모습을 낮에 적어도 한번은 보았다는 사실을 밤에도 잊지 않는다. 아니, 그의 본성은 잊지 않는다. 단 한 번 보더라도, 호수의 풍경은 스테이트 가[13]와 증기 기관의 검댕을 씻어 줄 것이다. 어떤 이는 월든을 '신의 물방울'로 부르자고 제안하기도 했다.

나는 월든 호수에 눈에 보이는 유입구나 유출구가 없다고 말한 적이 있다. 그러나 한편으로는 중간에 있는 일련의 작은 호수들을 통해 더 멀고 높은 지대에 위치한 플린츠 호수와 간접적인 관계를 맺고 있다. 한편, 더 낮은 지대에 위치한 콩코드 강과는 일련의 호수들을 통해 직접적이고 분명한 관계를 맺고 있다. 다

13) 보스턴의 금융과 상업 중심지.

른 지질 시대에 월든 호수의 물이 그 호수들로 흘러들어 갔을 것
이다. 그러니 신은 금지하시겠지만, 땅을 조금만 파면 물이 다
시 그쪽으로 흘러가도록 만들 수 있다. 숲 속의 은둔자처럼 오랫
동안 금욕적이고 절제된 삶을 살았기에 월든 호수가 그토록 경
이로운 순수함을 얻었다면, 상대적으로 탁한 플린츠 호수의 물
이 월든에 섞이거나 월든 물이 바다의 파도 속에서 그 달콤함을
잃어버리게 될 경우 그 누가 애석하게 여기지 않겠는가?

링컨 마을 근처의 플린츠 호수는 샌디 호수라고도 불리는데,
이 지역에서 가장 큰 호수이자 내해로, 월든에서 동쪽으로 1.6
킬로미터쯤 떨어져 있다. 월든보다 훨씬 큰데, 면적이 197에이
커에 이른다고 하며 물고기가 훨씬 많다. 그러나 수심이 상대적
으로 얕고 물이 특별히 맑지도 않다. 나는 기분 전환 삼아 종종
숲 속을 걸어 그곳까지 가곤 했다. 거침없이 불어오는 바람을 두
뺨으로 느끼고 일렁이는 물결을 보며 선원들의 삶을 떠올리는
것만으로도 거기까지 가 볼 가치가 있었다. 바람 부는 가을날이
면 밤을 주우러 그곳으로 갔는데, 호수로 떨어진 밤송이들이 물
살을 타고 내 발치로 밀려왔다. 어느 날은 상쾌한 물보라를 얼굴
에 맞으며 사초로 뒤덮인 호숫가를 따라 천천히 걷다가 썩어 가
는 배의 잔해를 발견했다. 배의 옆 부분은 사라졌고 평평한 바닥
의 흔적만 골풀 사이에 남아 있었다. 그러나 넓적한 잎이 썩어
잎맥만 남은 수련처럼, 배의 형체는 뚜렷하게 남아 있었다. 해
안에서나 상상할 수 있는 난파선만큼 인상적이었으며 훌륭한 교
훈도 담고 있었다. 이제는 그저 식물성 부식토가 되어 호숫가와
한 몸이 되었고 골풀과 붓꽃이 그 흙을 뚫고 자라난 상태다. 플

린츠 호수의 북쪽 끝에 가면 모래 바닥에 물결무늬 자국이 있는데 나는 그것을 보며 감탄하곤 했다. 물의 압력으로 굳어진 자국이었고 물에 발을 담그고 밟아 보면 그 단단함을 느낄 수 있었다. 또 이 자국을 따라 물결 모양을 한 골풀들이 일렬종대로 자라고 있었는데, 마치 물결이 거기 심어 놓은 듯이 대열이 가지런했다. 또 그곳에서 공처럼 생긴 신기한 물체가 꽤 많이 있는 것을 보았는데, 아마도 곡정초의 가느다란 잎이나 뿌리로 만들어진 것 같았다. 지름이 1.5센티미터에서 10센티미터에 이르는 완전한 구체(球體)였다. 이 공들은 모래 바닥을 덮은 얕은 물속에서 앞뒤로 흔들거리다 가끔 물 밖으로 밀려 나오곤 한다. 이 공은 속이 꽉 찬 풀일 때도 있고 중간에 모래가 조금 섞여 있을 때도 있다. 처음에는 조약돌처럼 파도의 작용으로 그런 모양이 만들어졌을 거라고 말할 수도 있겠지만, 지름이 1.5센티미터 정도인 가장 작은 것들도 똑같이 거친 물질로 이루어지며 일 년 중 한 계절에만 만들어진다. 게다가 내 생각에 파도는 어떤 물질을 새로 만드는 게 아니라 이미 단단해진 물질을 마모시키기만 할 뿐이다. 또 이 공들은 물기가 마른 뒤에도 오랫동안 그 형태를 유지한다.

플린츠 호수라니! 우리의 작명 실력은 이처럼 형편없다. 하늘에서 내려온 이 물 옆에 농장을 꾸미고 이 물가의 나무들을 가차 없이 베어 버렸던 그 불순하고 어리석은 농부가 대체 무슨 권리로 이 호수에 자신의 이름을 붙였단 말인가? 그는 지독한 구두쇠로, 그 뻔뻔스러운 얼굴을 비춰 볼 수 있는 1달러짜리나 반짝거리는 1센트짜리 동전을 더 좋아했으며, 심지어 호수에 정착한 들오리들을 침입자로 여기기도 했다. 하피[14])처럼 움켜쥐는 오랜 습관 때문에 그의 손가락은 꼬부라지면서 딱딱한 발톱이 되어 버렸다. 그러니 나는 이 이름을 받아들일 수가 없다. 내가 이 호수에 가는 이유는 그 농부를 만나기 위해서도, 그의 소식을 듣기 위해서도 아니다. 그는 그 호수를 제대로 **본 적** 없으며, 거기에서 목욕을 한 적도 없고, 사랑하지도 않았으며 보호하지도 않았고 호수에 대해 감탄하는 말 한 마디 한 적이 없으며, 그 호수를 만든 신께 감사드린 적도 없다. 오히려 그 호수에서 헤엄치는 물고기와 그곳을 자주 찾는 물새와 네발짐승이나 호반에서 자라는 야생화의 이름을 붙이거나 지금까지 호수의 역사와 밀접하게 관련을 맺으며 살아온 미개인이 있다면 어른이든 아이든 그 사람의 이름을 붙이는 편이 나았을 것이다. 비슷한 사고방식을 가진 이웃 사람이나 주의회가 인정한 토지 대장 외에는 호수의 소유권을 주장할 어떤 자격도 보여 주지 못한 사람의 이름을 따서는 안 되는 일이었다. 그는 호수의 금전적 가치만 생각하는 사람이며 그가 모습을 드러내기만 해도 호숫가 전체가 저주를 받고 말 것이다. 그는 호수 주변의 땅을 황폐하게 만들고 가능하다면 호수의 물까지도 다 써 버리고 싶어 했을 사람이었다. 그는 호수가 영국식 건초나 덩굴월귤이 자라는 목초지가 아니라는 사실만을 애석해했다. 그의 눈에 호수는 정말이지 환금성이 없는 것이었다. 차라리 호수의 물을 빼서 바닥에 깔린 진흙이라도 팔자고 생각했을 것이다. 호수는 그의 제분소를 돌리지 못했고 호수를 바라보는 것도 그에게는 **특권**이 아

14) 그리스 신화에 등장하는 탐욕스러운 괴물로 얼굴과 몸은 여자처럼 생겼으나 날카로운 발톱과 날개가 있다.

니었다. 나는 그의 노동을 존경하지 않는다. 모든 것에 가격을 붙인 그의 농장도 마찬가지다. 그는 조금이라도 이익을 얻을 수 있다면 풍경이라도, 자신이 믿는 신이라도 시장에 내다 팔 인간이다. 사실 그는 자신의 신을 **만나려고** 시장에 가는 것이다. 그의 농장에서는 어떤 것도 공짜로 자라지 못한다. 그의 밭에서는 곡식이 아니라 돈이 자라며, 그의 목초지에서는 꽃이 아니라 돈이 피어나며, 그의 나무는 열매가 아니라 돈을 맺는다. 그는 자신이 가꾼 열매의 아름다움을 사랑하지 않는다. 그 열매는 돈으로 교환될 때까지는 무르익은 것도 아니다. 나는 진정한 풍요를 누리는 가난을 택하겠다. 나에게 농부들은 가난한 만큼 존경스럽고 흥미로운 존재다. 가난한 농부들은 그렇다. 모범 농장이라니! 그곳에는 집이 퇴비더미에 핀 곰팡이처럼 서 있고, 사람들이 사는 방과 말, 소, 돼지가 사는 우리가 깨끗하건 더럽건 모두 따닥따닥 붙어 있다! 사람마저 사육하려는 셈인가! 퇴비와 버터밀크 냄새를 풍기는 그 거대한 기름얼룩! 인간의 심장과 뇌를 거름으로 삼아 고도의 경작이 이루어지는 곳! 흡사 교회 묘지에서 감자를 재배하는 셈이다! 이런 곳이 바로 모범 농장이다.

아니, 안 된다. 풍경에서도 가장 아름다운 곳에 사람의 이름을 따서 붙이려면 가장 고귀하고 훌륭한 사람들의 이름만을 붙이자. 우리의 여러 호수에 적어도 '이카리아 해'[15])처럼 진실한

---

15) '이카로스의 바다'라는 뜻. 그리스 신화에서 아버지 다이달로스와 함께 크레타 섬에 갇혀 있던 이카로스는 다이달로스와 함께 밀랍으로 만든 날개를 달고 탈출했다. 그러나 태양에 너무 가까이 다가가는 바람에 날개가 녹아 이카로스는 바다에 떨어져 죽었다. 이카리아 해의 위치는 그리스 사모스 섬 남쪽이다.

이름을 붙여 주자. 그곳에서는 "아직도 해변에서" "용맹스러운 도전이 메아리친다."[16]

자그마한 구스 호수는 내가 플린츠 호수로 가는 길에 들르는 곳이다. 콩코드 강이 넓어지는 곳인 페어헤이븐 만은 면적이 70 에이커 정도라고 하며, 남서쪽으로 1.6킬로미터쯤 떨어져 있다. 그리고 화이트 호수는 면적이 약 40에이커이며 페어헤이븐을 지나 2.5킬로미터쯤 더 가면 나타난다. 이상이 내 '호수 지구'[17] 이다. 나는 콩코드 강과 함께 이 호수들의 물을 이용할 특권이 있다. 밤이든 낮이든 그리고 해가 바뀌더라도 이 호수들은 내가 가져간 곡식을 잘 빻아 준다.

나무꾼들과 철로 그리고 나 자신까지도 월든 호수를 더럽혔으므로, 이 지역에서 가장 아름답지는 않더라도 아마 가장 매력적인 호수이자 숲의 보석은 화이트 호수일 것이다. 하지만 그 이름은 호수의 물이 놀랄 만큼 맑아서 생긴 것이든, 모래 색깔 때문에 생긴 것이든 너무 평범해서 아쉽다. 하지만 이런 점과 또 다른 점에서, 화이트 호수는 월든 호수의 쌍둥이 동생과도 같다. 둘은 무척이나 닮아서 분명 지하로 연결되어 있을 거라는 생각이 들 정도다. 둘 다 호숫가에 돌이 많고, 물빛도 똑같다. 월든 호수와 마찬가지로, 푹푹 찌는 삼복더위에 화이트 호수의 그다지 깊지 않

16) 인용된 부분은 스코틀랜드 시인 윌리엄 드러먼드의 시 「이카루스」의 일부.

17) 원문의 'lake district'를 번역한 것으로, 윌리엄 워즈워스를 비롯한 영국 낭만주의 시인들이 즐겨 찾았던 영국 북서부의 호수 지역 '레이크 디스트릭트'를 빗댄 표현이다.

은 만을 숲 사이로 굽어보면 바닥에서 반사된 색깔 때문에 물이 뽀얀 청록색을 띤다. 내가 사포를 만들 모래를 수레 가득 담으려고 거기 갔던 때로부터 많은 세월이 흘렀지만, 나는 그 뒤로도 줄곧 그 호수를 찾았다. 이 호수를 자주 찾는 어떤 사람은 '비리드 호수'[18]라고 부르자고 한다. 그러나 내 생각에는 '옐로파인 호수(Yellow-Pine Lake)'라고 불러도 될 것 같은데 사연은 이러하다. 약 15년 전에는 아직 별개의 종으로 분류된 것은 아니지만 '옐로파인'이라고 불리는 리기다소나무의 일종이 호숫가에서 수십 미터 떨어진 깊은 물속에서 수면 위로 꼭대기 부분을 내밀고 있는 모습을 볼 수 있었다. 어떤 사람들은 땅이 가라앉아 이 호수가 생겼고 이 나무는 예전에 거기 있던 원시림의 일부분일 거라고 추측하기도 했다. 내가 찾아보니, 꽤 오래전인 1792년에 콩코드의 어느 시민[19]이 매사추세츠 역사학회 학회지에 발표한 「콩코드 시의 지형」이라는 논문에서 월든 호수와 화이트 호수에 대해 설명한 뒤 이렇게 덧붙인다. "수위가 매우 낮아지면 화이트 호수의 한복판에는 그 자리에서 내내 자라고 있었다는 듯이 나무 한 그루가 모습을 드러낸다. 그러나 뿌리는 수면에서 15미터 아래에 있다. 이 나무의 꼭대기는 잘려 나갔고 잘려 나간 부분의 지름은 약 49센티미터다." 1849년 봄에 나는 서드베리에서 이 호수와 가장 가까운 곳에 사는 남자와 이야기를 나누었다. 그는 나에게 10년 전인지 15년 전인지 그 나무를 호수에서 끌어낸 사람이 바로 자기라고 말했다. 그의 기억이 사실이라면, 그 나무는 호숫가에

---

18) 비리드(Virid)는 '연초록색'이라는 뜻이다.

19) 윌리엄 존스가 하버드 대학 재학 중에 이 논문을 제출했다.

서 60미터에서 75미터쯤 떨어진 물속에 서 있었고, 그 자리의 수심은 9미터에서 12미터 정도였다. 그날은 겨울이었고 그는 오전에 호수에서 얼음을 채집하면서 오후가 되면 이웃들의 도움을 받아 저 오래된 노란 소나무를 끌어내야겠다고 결심했다. 그는 얼음을 톱으로 잘라 나무가 있는 곳에서 호수 쪽으로 수로를 만들었고 황소의 힘을 빌려 나무를 당기며 얼음 위로 끌어올렸다. 하지만 일을 더 진행하기 전에, 그는 나무가 거꾸로 서 있었다는 사실을 깨닫고 깜짝 놀랐다. 나뭇가지가 달린 몸통 부분이 아래를 향하고 있었고 좁은 끝부분이 모래 바닥에 단단히 박혀 있었던 것이다. 굵은 쪽의 지름이 30센티미터쯤 되었으므로 그는 톱질하면 쓸 만한 통나무를 얻을 수 있을 거라고 기대했다. 하지만 나무는 심하게 썩어서 쓰더라도 땔감으로나 알맞았다. 나와 이야기를 나누던 당시 그는 나무의 일부를 자신의 헛간에 보관하고 있었다. 나무 밑동에 도끼와 딱따구리의 흔적이 남아 있었다. 그는 그 나무가 호숫가에 있던 죽은 나무였으나 결국 바람에 떠밀려 호수 속으로 빠졌으며, 나무 윗부분은 물을 먹은 반면 밑동 부분은 아직 물기가 없어 가벼운 탓에, 수면에 떠다니다가 거꾸로 가라앉게 되었을 거라고 생각했다. 여든 살인 그의 아버지는 그 나무가 없었던 적이 기억나지 않는다고 했다. 지금도 꽤 큰 통나무들이 이 호수 바닥에 박힌 모습이 보인다. 수면이 일렁이면 그 나무들은 커다란 물뱀처럼 꿈틀거린다.

이 호수는 배 때문에 더럽혀진 적이 거의 없다. 낚시꾼을 유혹할 물고기가 거의 없기 때문이다. 진흙이 필요한 백합이나 흔한 종류의 창포 대신 붓꽃(학명 Iris versicolor)이 돌밭에서 줄기를 뻗어 호숫가 곳곳의 맑은 물속에서 드문드문 자라고 있다. 6월이 되면 벌새들이 붓꽃을 찾아오고, 붓꽃의 푸르스름한 잎사귀와 꽃의 빛깔, 특히 물에 비친 붓꽃의 모습이 뽀얀 청록색 물과 색다른 조화를 이룬다.

화이트 호수와 월든 호수는 지표면에 박힌 거대한 수정이며 '빛의 호수'이다. 두 호수가 영원히 응결된다면, 그리고 움켜쥘 수 있을 만큼 작다면, 아마 보석처럼 황제의 머리를 장식하도록 노예들이 가져갈 것이다. 그러나 이 호수들이 액체이고 무척 큰 데다 우리와 우리 후손에게 영원히 맡겨진 까닭에, 우리는 이 호수들을 무시하고 대신 '코이누르 다이아몬드'[20]를 좇는다. 이 호수들은 너무나 순수해서 시장 가치를 매길 수가 없다. 더러운 것은 하나도 들어 있지 않다. 우리의 삶보다 그 얼마나 아름답고, 우리의 인격보다 그 얼마나 투명한지! 이 호수들은 우리에게 천박한 모습을 보여 준 적이 없다.

이 호수들은 농가의 문 앞에 있는 오리들이 헤엄치는 웅덩이보다 그 얼마나 아름다운가! 이곳에는 깨끗한 들오리들이 찾아온다. 인간은 자연 속에 살면서도 그 참된 가치를 알지 못한다. 깃털 달린 새들은 노래를 부르며 꽃들과 조화를 이루거늘, 그 어떤 청년이나 처녀가 자연에 깃든 야생의 화려한 아름다움과 손을 맞잡는단 말인가? 자연은 이들이 사는 도시에서 멀리 떨어져 홀로 풍성한 꽃을 피운다. 감히 천국을 이야기하다니! 그것은 지상을 욕되게 하는 일이다.

---

20) 1850년에 영국 빅토리아 여왕이 선물받은 인도산 다이아몬드로, 186캐럿이다. 코이누르는 '빛의 산'이라는 뜻이다.

베이커 농장

가끔 나는 소나무 숲으로 산책을 나갔다. 숲은 신전처럼, 혹은 장비를 모두 갖추고 바다에 나간 함대처럼 우뚝 서서 나뭇가지를 흔들고 햇빛 속에서 물결처럼 일렁였다. 은은하고 푸르른 데다 그늘까지 드리우니, 드루이드교[1]의 사제들이 보았다면 떡갈나무 숲을 버리고 이 숲에 와서 예배했을 것이다. 또 나는 플린츠 호수 너머에 있는 삼나무 숲으로 산책을 나가기도 했다. 잿빛이 감도는 푸른 열매로 뒤덮인 채 하늘 높은 줄 모르고 솟은 나무들은 발할라 궁전[2] 앞에 서 있어도 어울릴 것이며, 노간주나무는 열매가 잔뜩 달린 화환으로 땅을 뒤덮고 있다. 늪지를 찾아가면 소나무겨우살이가 가문비나무에 꽃 줄처럼 매달려 있고, 늪을 다스리는 신들의 원탁인 독버섯이 땅에 가득하다. 더 아름

---

1) 고대 갈리아 지방과 브리튼 섬에 살던 켈트 족의 종교로, 떡갈나무를 신성하게 여겼다.
2) 북유럽 신화의 주신인 오딘이 명예로운 전사자들을 데려와 쉬게 하는 궁전으로, 일종의 이상향을 뜻한다.

다운 버섯들은 나비나 조개껍데기, 혹은 식물을 먹이로 삼는 경단고둥처럼 나무 그루터기를 장식하고 있다. 또 야생 진달래와 산딸나무가 자라고, 감탕나무의 붉은 열매는 꼬마 도깨비의 눈동자처럼 빛난다. 제아무리 단단한 나무라도 한 번 휘감기면 자국이 패이거나 부스러지고 마는 노박 덩굴도 있다. 야생 호랑가시나무 열매는 얼마나 아름다운지 그것을 보는 사람은 집에 돌아갈 생각을 까맣게 잊으며, 인간이 맛보기에는 너무 아름다운 이름 모를 금단의 야생 열매들이 그를 홀리고 유혹한다. 나는 학자들을 방문하지 않고 대신 이 근방에서 보기 힘든 특이한 나무들을 여러 번 찾아갔다. 그런 나무들은 넓은 목초지 한복판이나, 숲이나 늪지의 깊숙한 곳, 아니면 산꼭대기에 자리 잡고 있었다. 예를 들면 직경이 60센티미터쯤 되는 잘생긴 검은자작나무와 그 나무의 사촌으로 헐렁한 금색 조끼를 걸치고 검은자작나무와 같은 향기를 풍기는 노란자작나무가 있었다. 깔끔한 줄기에다 이끼가 아름답게 덮인 너도밤나무는 사소한 부분마저 완벽하다. 내가 알기로 이 지역에서 너도밤나무는 곳곳에 흩어져 자라는 몇 그루를 제외하면, 큼직한 나무들이 모인 어느 작은 숲만 하나 남았을 뿐이다. 예전에 사람들이 근처에 있던 너도밤나무 열매를 미끼 삼아 산비둘기를 잡으려 했고 산비둘기들이 그 열매를 떨어뜨린 탓에 이 숲이 생겼다는 이야기가 있다. 이 나무를 쪼갤 때 반짝거리는 은빛 나뭇결도 볼 만하다. 또 참피나무와 서어나무도 있다. 학명이 **켈티스 옥시덴탈리스(Celtis occidentalis)**인 팽나무도 있지만 잘 자란 것은 한 그루뿐이다. 돛대보다 높이 솟은 소나무, 지붕널 나무, 평균 이상으로 완벽한 솔송나무가 숲 한복판에 탑처럼 서 있다. 그 외에도 여기에 이름을 적을 수 없는 많은 나무들이 있다. 그 나무들이야말로 내가 여름에도 겨울에도 찾아가는 신전이었다.

한번은 둥그렇게 굽은 무지개의 한쪽 끝에 우연히 서게 되었다. 무지개의 끝이 대기의 낮은 층을 가득 채우며 주변의 풀과 나뭇잎을 물들였다. 나는 알록달록한 수정을 통해 세상을 바라본 듯 황홀한 기분에 사로잡혔다. 그곳은 무지갯빛 호수였고, 잠시나마 나는 돌고래처럼 그 호수 속을 누볐다. 그 시간이 조금 더 지속되었다면 내 일과 삶까지 무지갯빛으로 물들었을 것이다. 철둑길을 따라 걸을 때면 나는 내 그림자 주위에 아른거리는 후광을 신기하게 생각했고 혹시 내가 선택받은 사람 중 하나일지 모른다는 상상에 젖기도 했다. 나를 찾아왔던 어떤 사람은 자기 앞에 걸어가던 아일랜드 사람들의 그림자에는 그런 후광이 없었다고, 그런 후광은 이 나라에서 태어난 사람들만의 특징이라고 단언했다. 벤베누토 첼리니[3]가 회고록에서 말하기를, 성 안젤로 성에 갇혀 지내는 동안 악몽을 꾸거나 환상을 본 다음 날이면 아침저녁으로 자신의 머리 그림자 주위에 찬란한 빛이 나타났다고 한다. 그가 이탈리아에 있건 프랑스에 있건 상관없이 그런 빛이 나타났고, 특히 풀이 이슬에 젖어 있을 때면 더욱 뚜렷했다는 것이다. 아마도 내가 말한 것과 같은 현상인 듯하다. 이런 현상은 특히 아침에 관찰되지만 다른 때에도 나타나며 심지어 달빛이 비칠 때도 볼 수 있다. 늘 일어나는 현상이지만 사람들은 대개 눈여겨보지 않는다. 그리고 첼리니처럼 흥분하

---

3) 16세기 이탈리아의 유명한 조각가이자 금세공인.

기 쉬운 상상력을 가진 경우에는 미신으로 발전할 충분한 근거가 된다. 게다가 첼리니는 그 후광을 극소수의 사람에게만 보여주었다고 말한다. 어쨌거나 자신이 주목받는 존재라고 의식하는 사람이야말로 진정 뛰어난 사람이 아닌가?

어느 날 오후, 나는 채식 위주의 빈약한 식단을 보충하기 위해 숲을 지나 페어헤이븐으로 낚시를 하러 갔다. 도중에 베이커 농장에 딸린 플레전트 초원을 지났는데, 베이커 농장은 어느 시인이 이렇게 노래할 정도로 외딴 곳에 있었다. 그 시는 이렇게 시작된다.

"그대의 문은 유쾌한 들판
이끼 낀 과실나무들이 들판의 일부를
기운찬 냇물에 내준다.

그 냇물에서 사향쥐는 쪼르르 달려가고
활달한 송어는
짤짤 쏘다니는구나."[4]

월든 호수에 가기 전에 그곳에서 살아 볼까 생각한 적도 있었다. 나는 사과를 '슬쩍했고', 냇물을 훌쩍 뛰어넘으며 사향쥐와 송어를 놀라게 했다. 집을 나설 때는 오후가 이미 반쯤 지난 뒤였지만, 그날은 우리의 자연스러운 삶이 대개 그러하듯이 한없이 길게 느껴지고 많은 사건들이 일어날지도 모르는 그런 오후

---

4) 엘러리 채닝의 시 「베이커 농장」을 소로가 약간 바꾸어 적은 것이다.

중 하나였다. 도중에 소나기를 만난 나는 어쩔 수 없이 나뭇가지들이 층층이 겹친 어느 소나무 밑으로 들어가 오두막 대신 손수건으로 머리를 가리고 30분을 서 있었다. 그러다 물이 허리에 차오른 상태에서 물옥잠 너머로 낚싯줄을 던졌는데 갑자기 구름의 그림자가 내 몸을 뒤덮었다. 천둥마저 거칠게 우르르 울리기 시작해서 나는 그저 그 소리에 귀를 기울이는 수밖에 없었다. '신들이 무기도 없는 가련한 낚시꾼 하나를 내쫓겠다고 저런 번개 창까지 내려치다니, 꽤나 뿌듯하시겠군.' 하는 생각이 들었다. 그래서 나는 가장 가까운 오두막으로 서둘러 몸을 피했다. 어떤 길에서든 800미터는 떨어진 곳에 있었지만 호수와는 그만큼 가까웠고, 오랫동안 사람이 살지 않은 집이었다.

> "그리고 한 시인이 여기 집을 지었네
> 몇 년의 수고 끝에
> 보라, 다 쓰러져 가는
> 볼품없는 오두막을"[5]

뮤즈는 이렇게 이야기한다. 그러나 오두막에 들어가니, 지금은 존 필드라는 아일랜드 사람이 아내와 여러 아이들과 함께 살고 있었다. 큰아들은 아버지의 일을 돕는 얼굴이 넓적한 소년이었는데, 비를 피해 이제 막 아버지와 함께 늪지에서 달려온 참이었다. 막내는 주름진 얼굴에 무녀 같은 분위기를 풍겼으며 머리가 원뿔형인 젖먹이였는데 귀족들의 궁전에 앉은 듯 아버지

---

5) 엘러리 채닝의 시 「베이커 농장」에서 인용.

의 무릎에 앉아 있었다. 그 아이는 습기와 굶주림에 찌든 자신의 집에서 어린아이의 특권을 행사하며 호기심 가득한 눈으로 낯선 사람을 내려다보았다. 아이는 자신이 존 필드의 가엾고 굶주린 자식이 아니라 고귀한 가문의 막내이며 세상의 희망이자 관심의 초점임을 모르고 있었다. 밖에서 비가 쏟아지고 천둥이 치는 동안, 우리는 지붕에서 비가 가장 적게 새는 쪽에 다 함께 앉아 있었다. 이 가족을 미국으로 태워 온 배가 만들어지기도 전인 옛날부터 나는 그곳에 수차례 앉곤 했다. 존 필드는 정직하고 근면했지만 분명 주변머리가 없는 남자였다. 그의 아내 역시 저 높은 화덕 한구석에서 끝없이 돌아오는 끼니에 맞춰 씩씩하게 음식을 만들었다. 그녀는 둥글고 번들거리는 얼굴에 가슴은 다 드러나 있었지만, 언젠가는 형편이 나아지리라고 생각했다. 한 손에는 언제나 대걸레가 들려 있었는데, 그 효과는 집 안 어디에서도 보이지 않았다. 역시 비를 피해 집 안으로 들어온 닭들은 가족의 일원인 것처럼 방 여기저기를 돌아다녔고 너무 인간화되어서 구워도 제맛이 안 날 것 같다는 생각이 들었다. 닭들은 멈춰서서 내 눈을 들여다보거나 중요한 일이라도 되는 듯이 내 구두를 쪼아 댔다. 그러는 동안 집주인이 나에게 살아온 이야기를 들려주었다. 동네의 어느 농부를 위해 '수렁에 빠진 듯' 열심히 일한다고 했다. 삽과 습지용 곡괭이로 초지를 뒤엎어 개간을 하면 개간지 1에이커당 10달러를 받고 1년 동안 비료를 쓰며 그 땅을 경작할 수 있다는 조건이었다. 얼굴이 넓적한 어린 아들은 아버지가 얼마나 형편없는 조건으로 계약을 맺었는지도 모른 채, 아버지 옆에서 신 나게 일을 했다. 나는 내 경험을 토대로 그를 도와주려고 이렇게 말했다. 나는 매우 가까운 이웃에 살고 있으며, 낚시나 하러 여기 온 놈팡이처럼 보이겠지만 나 역시 당신과 마찬가지로 내 손으로 밥벌이를 하고 있다. 나는 아담하고 깨끗한 집에 살고 있는데 이처럼 쓰러져 가는 집의 1년 집세보다 적은 돈으로 지은 집이다. 그러니 원하기만 한다면 당신도 한두 달 이내에 당신만의 궁전을 지을 수 있을 것이다. 나는 차나 커피, 버터, 우유 그리고 신선육을 먹지 않기 때문에 그런 것을 얻으려고 일을 할 필요가 없다. 또 힘든 일을 하지 않으니 많이 먹을 필요가 없어 식비가 아주 적게 든다. 그러나 그는 우선 차와 커피, 버터, 우유, 소고기를 먹기 때문에 그 값을 치르기 위해 힘들게 일해야 하고, 힘들게 일하면 소모된 기력을 회복해야 하니 다시 많이 먹어야 한다. 그러니 형편이 늘 거기에서 거기겠지만, 당신은 만족을 느끼지 못하는 데다 삶을 허비하고 있으니 실은 더 악화되는 셈이다. 당신은 여기에서 매일 차와 커피, 고기를 먹을 수 있으니 미국으로 건너오길 잘했다고 말했다. 그러나 참된 미국은 그런 것 없이도 살아갈 수 있는 생활 양식을 자유롭게 추구하는 나라여야 한다. 정부가 국민에게 그런 물품을 사용했으니 직접적으로나 간접적으로 발생한 결과인 노예 제도나 전쟁 및 불필요한 제반 비용을 지지하거나 부담하라고 강요하지 않는 나라여야 한다. 이렇게 나는 일부러 그가 철학자이거나 철학자가 되고 싶어 하는 사람인 것처럼 대하며 말했다. 지상의 모든 초원이 야생 상태 그대로 남더라도 그것이 인간 스스로를 구제하기 시작한 결과라면 나는 기쁠 것이다. 각자에게 어울리는 교양을 쌓는 최상의 방법이 무엇인지 알아내려고 굳이 역사를 공부할 필요는 없다. 그러나 안타깝게도 아일랜드 사람에게 교양을 갖추게 하는 것은 일종의 정신적인 습지용 괭이를 들고 애써야만 하는 일이다. 나는 그에게 말했다. 당신은 습지를 개간하느라 무척 열심히 일을 하므로 두꺼운 장화와 질긴 작업복이 필요하지만, 그것들은 금세 더러워지고 닳아 버린다. 그러나 나는 가벼운 신발과 얇은 옷을 입었고 당신은 내가 신사 같은 옷차림을 했다고 생각할지 모르지만—사실 그렇지 않았지만—당신이 옷에 쓰는 비용의 절반밖에 들지 않는다. 또 나는 원할 경우 힘든 노동이 아니라 기분 전환 삼아 한두 시간 몸을 쓰며 이틀 동안 먹을 만큼의 물고기를 잡거나, 일주일을 살아갈 충분한 돈을 벌 수도 있다. 당신과 당신의 가족이 소박하게 살고자 한다면, 여름에 다 함께 재미 삼아 허클베리를 따러 다닐 수도 있을 것이다. 이 말을 듣더니 존은 한숨을 토해 냈고, 그의 아내는 양손을 허리춤에 대고 나를 빤히 바라보았다. 두 사람 모두 자신들이 그런 생활을 시작할 밑천이 넉넉한지, 아니면 그런 생활을 계속 꾸려 나갈 계산 능력이 있는지 고민하는 표정이었다. 그들에게 그런 생활은 추측항법으로 항해하는 것과 마찬가지라서 항구까지 가는 길이 뚜렷이 보이지 않았을 터였다. 그러니 아마 그들은 여전히 자신들의 방식대로 씩씩하게 삶과 정면으로 맞서며 필사적으로 살고 있을 것이다. 그들은 삶이라는 거대한 기둥에 예리한 쐐기를 박아 쪼갠 다음 세세한 부분까지 섬멸하는 기술을 갖추지 못했다. 엉겅퀴를 다루듯이 삶을 거칠게 다뤄야 한다고 생각하는 것이다. 그러나 그들은 어마어마하게 불리한 싸움을 하고 있다. 안타까운 삶이로다, 존 필드여! 계산 능력이 없으니 실패하는 수밖에.

"낚시는 해 본 적 있소?" 내가 물었다. "아, 그럼요. 한가할 때는 가끔 가서 한 번 먹을 정도는 잡죠. 실한 퍼치를 잡기도 해요." "미끼로는 뭘 쓰시고요?" "지렁이로 피라미를 잡고, 피라미로 다시 퍼치를 잡지요." "지금 다녀오지 그래요, 존." 그의 아내가 눈을 빛내며 희망에 찬 얼굴로 말했다. 그러나 존은 머뭇거렸다.

이제 소나기는 그치고 동쪽 숲 위에 걸린 무지개가 맑은 저녁을 약속했다. 그래서 나는 자리를 털고 일어났다. 밖으로 나와서 나는 그릇을 하나 달라고 했다. 우물 바닥을 살펴보는 것으로 이 집에 대한 조사를 끝내기 위해서였다. 그러나 안타깝게도 우물은 물이 얕고 바닥에 모래가 깔려 있었으며, 줄이 끊겨 두레박을 우물에서 다시 건질 수가 없었다. 그러는 사이에 집주인은 적당한 조리용 그릇을 골랐고 물을 증류하는 것 같았다. 의논하느라 시간이 한참 지난 뒤에야 목마른 이에게 물그릇이 건네졌다. 아직 제대로 식지도 않고 불순물이 가라앉지도 않은 물이었다. 이런 죽 같은 물이 이곳에서는 생명을 부지시켜 주는구나, 하는 생각이 들었다. 그래서 나는 눈을 질끈 감고 능숙하게 그릇을 흔들어 티끌을 아래로 가라앉힌 다음, 진심 어린 환대에 걸맞게 성심성의껏 물을 마셨다. 그렇게 예의가 필요한 경우라면 나는 까다롭게 비위를 따지지 않는다.

비가 그친 뒤 나는 아일랜드 사람의 집을 떠나 다시 호수 쪽으로 걸음을 옮겼다. 그런데 순간, 황량한 야생의 땅에서 외진 풀밭과 수렁과 진흙 구덩이를 헤치며 강꼬치고기를 잡겠다고 서

두르는 내 꼴이 교육을 받고 대학까지 나온 사람치고 너무 하찮아 보인다는 생각이 들었다. 그러나 무지개를 등에 지고 점점 붉어져 가는 서쪽을 향해 언덕을 달려 내려가면서 깨끗해진 공기 사이로 어디선가 내 귀로 날아오는 희미한 방울 소리를 듣노라니, 나의 수호신이 이렇게 말하는 것 같았다. 날마다 멀고 넓은 곳으로 낚시와 사냥을 나가라. 더 멀리, 더 넓은 곳으로. 그리고 개울가든 난롯가든 두려워하지 말고 편히 쉬어라. 젊은 날에 그대의 창조주를 기억하라. 동이 트기 전에 근심을 벗고 자유롭게 일어나 모험을 찾아 나서라. 한낮에는 여러 다른 호숫가를 찾아가고 밤에는 그 어디든 집으로 삼아라. 이보다 더 넓은 들판은 없고, 여기에서 즐기는 것보다 더 가치 있는 놀이는 없다. 그대의 본성에 따라 저 사초와 고사리처럼 야생을 즐겨라. 그것들은 결코 영국식 건초가 되지는 않으리니. 천둥이 울리면 그대로 받아들여라. 천둥이 농부의 작물을 해치겠다고 위협한들 어떠랴? 그것은 그대가 상관할 일이 아니다. 사람들이 수레와 오두막으로 피하더라도 그대는 구름 밑을 피난처로 삼아라. 밥벌이를 의무로 삼지 말고 즐거움으로 삼아라. 대지를 즐기되 소유하지 말라. 사람들은 진취성과 신념이 부족해 현재에 안주하며 물건을 사고팔며 농노처럼 살아가는 것이다.

아, 베이커 농장이여!

그 풍경에서 가장 풍요로운 요소는
순수하게 내리쬐는 약간의 햇빛.
[중략]

울타리 친 그대의 풀밭에 달려가
흥청거리며 노는 이는 하나도 없나니.
[중략]
난처한 질문을 받을 일이 없으니
그대는 누구와도 논쟁하지 않는다.
수수한 적갈색 옷을 입은 그대
처음 보았을 때나 지금이나 온순하구나.
[중략]
오라, 사랑하는 사람들이여
미워하는 사람들이여.
거룩한 비둘기의 자녀들도 오고
이 나라의 가이 포크스[6]도 오라.
그리고 음모를 교수형에 처하라.
단단한 나무 서까래에서![7]

사람들은 밤이 되면 고분고분 집에 돌아온다. 그러나 집에서
나는 소리가 줄곧 들릴 정도로 가까운 근처의 밭이나 길에서 돌
아오는 것뿐이다. 자신이 내뱉은 숨을 다시 들이마시는 탓에 그
들의 삶은 시들어 간다. 그들이 매일 밟고 다니는 곳보다 오히려
그들의 그림자가 아침저녁으로 더 멀리까지 뻗어 나간다. 우리
는 먼 곳에서 집에 돌아오는 사람이 되어야 한다. 날마다 모험과

---

6) 영국의 가톨릭교도로, 1605년 11월 5일에 의회 의사당을 폭파하려 했으
나 실패하고 교수형을 당했다. 영국에서는 그날을 '가이 포크스 데이'로 기
념하며 화려한 불꽃놀이를 즐긴다.
7) 엘러리 채닝의 시 「베이커 농장」에서 인용.

위험을 겪고 새로운 것을 발견해서 새로운 경험과 인격을 가지고 돌아오는 사람이 되어야 한다.

내가 호수에 도착하기 전에 존 필드가 따라왔다. 어떤 새로운 충동을 느꼈는지 일몰 전까지 '수렁'에서 일하려던 생각을 바꾼 것이다. 그러나 내가 고기를 잡아 한 줄 가득 엮는 동안 가여운 그 사람은 물고기 두 마리 정도만 놀라게 했을 뿐이었다. 그는 그것이 자신의 운이라고 말했다. 그러나 우리가 배 안에서 자리를 바꾸자, 그의 운도 따라서 자리를 옮겼다. 가련한 존 필드! ─그가 이 글을 읽고 더 나아진다면 모를까, 아니면 이 글을 읽지 않기를 바란다.─ 그는 예전에 살던 나라의 방식을 조금 바꿔 이 원시적인 새 나라에서 살려고 생각하는지, 굳이 피라미를 미끼로 퍼치를 낚으려 한다. 물론 그것은 좋은 미끼가 되기도 할 것이다. 지평선을 독차지하고도 그는 가난하다. 태어날 때부터 가난하다. 아담의 할머니 때부터 물려받은 아일랜드의 가난, 가난한 삶 그리고 수렁 같은 삶의 방식으로는, 늪을 헤매는 물갈퀴 달린 발뒤꿈치에 헤르메스의 샌들에 달린 **날개**라도 달지 않는 한 그도 그의 자손들도 세상에서 일어서지 못할 것이다.

더 높은 법칙들

날이 꽤 어두워졌고, 나는 줄에 꿴 물고기를 들고 낚싯대를
질질 끌면서 숲을 지나 집으로 돌아왔다. 그때 우드척 한 마리가
내 앞길을 슬그머니 건너갔다. 그 모습을 보자 나는 이상하게도
야만적인 기쁨에 전율하며 그 녀석을 잡아 산 채로 먹어 치우고
싶다는 강한 유혹을 느꼈다. 배가 고프지는 않았지만 우드척이
상징하는 야생성 때문이었다. 그러나 호숫가에 사는 동안 한두
번쯤, 굶어 죽을 듯한 사냥개처럼 묘한 자포자기의 심정으로 어
떤 종류의 고기라도 찾아내서 먹으려고 숲을 헤맨 적이 있었다.
그런 고기를 한 입 먹더라도 전혀 야만적인 행위가 아닐 것 같
았다. 설명하기 어렵지만, 그야말로 야생적인 광경에도 익숙해
진 탓이었다. 그때나 지금이나 내 속에는 대부분의 사람들이 그
렇듯이 더 높은 삶, 이른바 정신적인 삶을 추구하는 본능과 더불
어 더 원시적이고 야만적인 삶을 추구하는 또 다른 본능이 존재
한다. 그리고 나는 두 본능을 모두 존중한다. 나는 선량함 못지

않게 야성을 사랑한다. 낚시에는 야성과 모험이 있기 때문에 나는 아직도 낚시에 매력을 느낀다. 때로는 삶을 거칠게 움켜잡고 동물들처럼 하루를 보내고 싶다. 어쩌면 나는 어릴 때부터 낚시와 사냥을 해 온 덕택에 자연과 가까운 친분을 나누게 된 것 같다. 낚시와 사냥은 일찍부터 우리를 자연의 풍경으로 인도해 그 속에 붙들어 준다. 그게 아니면 우리는 어린 나이에 자연과 친해지기 어렵다. 낚시꾼과 사냥꾼, 나무꾼 등은 산과 들에서 시간을 보내기 때문에 특별한 의미에서 자연의 일부이다. 그래서 그들은 어떤 기대를 충족시키려고 자연에 접근하는 철학자나 시인들보다 일하는 틈틈이 좀 더 호의적인 태도로 자연을 관찰한다. 자연은 두려워하지 않고 그들에게 스스로를 드러낸다. 대초원을 여행하는 사람은 자연스럽게 사냥꾼이 되고, 미주리 강과 컬럼비아 강 상류를 여행하는 사람은 덫을 놓는 사냥꾼이 되며, 세인트메리 폭포에서는 낚시꾼이 된다. 그러나 단순히 여행만 하는 사람은 세상을 간접적으로 그리고 절반만 배우기 때문에 자연을 제대로 안다고 할 수 없다. 자연과 가까운 사람들이 실제 경험을 통해서나 본능적으로 이미 아는 사실을 과학이 보고하면, 사람들은 굉장한 관심을 보인다. 그것이야말로 진정한 **인문학**, 즉 인간의 경험에 대한 이야기이기 때문이다.

미국에는 공휴일이 많지 않고 영국만큼 어른이나 아이나 다양한 놀이를 즐기지 않기 때문에 미국인에게 오락거리가 거의 없다고 주장하는 사람들은 잘못 생각하고 있다. 이곳에서는 사냥과 낚시처럼 좀 더 원시적이지만 홀로 즐기는 오락거리가 영국의 오락거리에 아직 자리를 내주지 않았기 때문이다. 내 또래의 뉴잉글랜드 소년 대부분은 열 살에서 열네 살 사이에 이미 엽총을 어깨에 멘다. 이들의 사냥터와 낚시터는 영국 귀족들의 사유지처럼 제한된 구역이 아니며 야만인의 낚시터보다 무한하다. 그러니 이들이 마을 광장에 자주 나가 놀지 않았던 것은 이상한 일이 아니다. 그러나 이미 변화가 일어나고 있다. 인도주의가 확산되었기 때문이 아니라 사냥감이 적어지고 있기 때문이다. 사냥꾼이야말로 사냥되는 동물들의 가장 좋은 친구일지 모르겠다. 물론 동물보호단체를 포함하더라도 말이다.

또 나는 호숫가에 살 때 가끔 식단에 다양성을 줄 겸 물고기를 곁들이려고 했다. 나는 사실상 최초의 낚시꾼들이 느꼈던 것과 똑같은 필요성 때문에 낚시를 했다. 내가 어떤 인도주의적 근거로 낚시를 반대하건, 그것은 그야말로 부자연스러운 일이며 내 감정보다는 철학에 관련된 것이다. 지금은 낚시에 대해서만 말하고 있는 중이다. 새 사냥에 대해서는 오래전에 생각이 달라져 숲에 들어오기 전에 엽총을 팔아 버렸기 때문이다. 낚시의 경우는 내가 다른 사람들보다 자비심이 부족해서가 아니라, 낚시를 할 때는 감정에 크게 영향을 받지 않기 때문이다. 나는 물고기나 벌레들이 가엾게 여겨지지 않았다. 그것은 습관이었다. 새의 경우에는, 엽총을 메고 다닌 마지막 몇 년 동안 나는 조류학을 연구한다는 핑계를 대며 처음 본 새나 희귀한 새만 잡았다. 그러나 솔직히 말해서 이제는 새 사냥보다 더 훌륭한 방법으로 조류학을 연구할 수 있다는 생각이 든다. 새를 연구하려면 새의 습성을 훨씬 면밀히 관찰해야 하므로, 그 이유만으로도 나는 기꺼이 총을 포기할 수 있었다. 그러나 인도주의적 차원에서 새 사냥을 반대하면서도 이것을 대신할 만큼 대등한 가치가 있는 오락거리가 있을지 의구심을 버릴 수가 없다. 그리고 몇몇 친구들이 나에게 아들 녀석이 사냥을 하도록 내버려 둬도 되겠냐고 걱정스럽게 질문하면, 나는 사냥이 내가 받은 교육 중에서 가장 훌륭한 부분 중 하나였음을 기억하며 이렇게 대답한다. "물론이지, 그 애들을 사냥꾼으로 만들어 주게. 처음에는 재미 삼아 하더라도, 가능하다면 결국에는 강인한 사냥꾼이 되도록 해 주게. 이곳이나 풀이 자라는 다른 황무지에 나가도 사냥감으로 만족할 만큼 큰 동물을 찾지 못할 사냥꾼으로 말일세. 사람을 낚는 어부이자 사냥꾼이 되도록 말이야." 이런 면에서 나는 초서의 작품에 나오는 수녀의 생각에 동의한다. 그 수녀는

"사냥꾼은 성자가 아니라고 말하는 구절은
깃털 뽑힌 암탉만큼도 신경 쓰지 않았다."[1]

인류 역사에서와 마찬가지로 개인의 역사에서도 사냥꾼이야말로 알곤킨 족 인디언의 말처럼 "최고의 인간"이 되는 시절이 있다. 우리는 한 번도 총을 쏴 보지 못한 소년을 동정하지 않을 수 없다. 그것은 소년이 다른 사람들보다 인정이 더 많아서가 아니라, 안타깝게도 교육을 제대로 받지 못한 탓이기 때문이다. 이것이 사냥에 빠진 젊은이들에 대한 내 대답이었다. 나는 머지않아 그들이 사냥에 흥미를 잃을 것이라고 믿었다. 인간적인 사

---

1) '영시의 아버지'로 불리는 중세 영국의 대시인 제프리 초서의 대표작 『켄터베리 이야기』의 서문에서 인용했다. 다만, 원작은 수녀가 아닌 수도사를 묘사한 것이다.

람이라면, 무분별한 소년기가 지난 다음에는 자신과 똑같은 조건으로 삶을 살아가는 동물을 제멋대로 살생하지는 못할 것이다. 위험의 극단에 처하면 산토끼도 어린아이처럼 운다. 자식을 둔 어머니들에게 경고하건대, 내 동정심은 보통 그렇듯이 **인간**에 대한 박애만을 중시하는 건 아니다.

대개 젊은이는 다음과 같은 과정을 통해 숲과 자신의 가장 원초적인 부분을 처음으로 대면한다. 처음에는 사냥꾼이자 낚시꾼으로 숲을 찾아온다. 그러나 그의 내면에 더 훌륭한 삶의 씨앗이 있다면, 그는 시인이나 박물학자처럼 결국에는 자신에게 어울리는 목적을 찾아내고 총과 낚싯대를 버리게 된다. 이런 측면에서 보면, 많은 사람들은 아직도 그리고 언제까지나 어른이 되지 못한다. 어떤 나라에서는 사냥하는 성직자의 모습을 흔히 볼 수 있다. 그런 사람은 선한 목자의 개는 될 수 있으나 선한 목자와는 거리가 멀다. 나무를 베거나 얼음을 자르는 일, 혹은 그와 비슷한 몇 가지 일을 제외하면, 내가 알기로 어른이건 아이건 마을 사람을 월든 호수에 한나절 동안 붙들어 둘 수 있는 활동이 낚시뿐임을 깨닫고 놀란 적이 많다. 그들은 낚시하는 내내 호수를 볼 수 있는 기회를 누렸음에도, 대개는 긴 줄에 꿸 만큼 고기를 많이 낚지 못하면 운이 없었거나 시간을 헛되이 보냈다고 생각했다. 이런 사람들은 아마 낚시를 천 번쯤은 하러 가야 낚시에 섞인 불순물이 바닥으로 가라앉고 순수한 목적만 남을 것이다. 그러나 그렇게 찾아오는 동안 이런 정화의 과정이 계속 일어날 것임은 분명하다. 주지사와 자문 위원들도 어린 시절에 낚시를 했으므로 호수에 대한 기억이 어렴풋하게 남아 있다. 그러나 이제는 낚시를 하기에는 나이가 너무 많이 들었고 품위도 지켜야 하므로 낚시와는 영원히 멀어져 버렸다. 그러나 그런 사람들조차 언젠가는 천국에 가리라 기대한다. 주 의회가 호수에 관심을 가진다면 주로 이곳에서 사용되는 낚싯바늘의 수를 규제하려는 목적일 것이다. 그러나 그들은 주 의회를 미끼 삼아 호수 자체를 낚는 낚싯바늘 중의 낚싯바늘에 대해서는 아무 것도 모른다. 이처럼 문명사회에서도 미숙한 인간은 수렵이라는 발전 단계를 거치게 된다.

최근에 나는 낚시를 할 때마다 자긍심이 조금씩 약해진다는 사실을 거듭 깨달았다. 나는 낚시를 하고 또 해 보았다. 나는 낚시에 재주가 있고 내 또래의 많은 사람들처럼 낚시에 대한 어떤 본능을 지니고 있으며 그 본능이 가끔 되살아나지만, 낚시를 하고 나면 차라리 하지 말걸 그랬다는 생각이 든다. 그런 기분이 착각은 아닌 듯하다. 그것은 어렴풋한 신호다. 그러나 아침의 첫 햇살도 어렴풋하지 않은가. 내 속에는 분명 하등 동물이 지닌 것과 같은 본능이 있다. 그러나 인정이 더 많아진 것도 아니고 더욱 지혜로워진 것도 아닌데 매년 낚시 하는 횟수가 점점 줄다가, 지금은 전혀 낚시를 하지 않는다. 그러나 황야에서 살아야 한다면, 다시 낚시나 사냥을 본격적으로 하고 싶어질 것이다. 게다가 낚시로 잡은 물고기나 모든 육류는 기본적으로 깨끗하지 않은 면이 있다. 그리고 나는 집안일이 어디에서 시작되는지, 그러니까 매일 깔끔하고 보기 좋은 외관을 갖추고, 집에서 온갖 악취와 지저분한 것을 없애 향기롭고 상쾌한 공간으로 유지하기 위해 들이는 그토록 값비싼 노력이 어디에서 시작되는지를 알게 되었다. 나는 요리를 대접받는 신사인 동시에 푸줏간 주인이자 설거지꾼이자 요리사였으므로, 남달리 완벽한 경험을 바탕으로 말할 수 있다. 내 경우에 육류를 반대하는 실제적인 이유는 불결함이었다. 게다가 물고기를 잡아 씻은 뒤 요리해서 먹었지만, 본질적으로 영양을 섭취한 것 같지가 않았다. 무의미하고 불필요한 일이었으며 수고에 비해 얻는 것이 없었다. 빵 약간이나 감자 몇 개를 먹었다면 수고를 덜 들이고 쓰레기도 덜 만들면서 비슷한 영양분을 섭취했을 터였다. 동년배인 많은 사람들처럼 나는 육류나 차, 커피 등을 오랫동안 먹지 않았다. 그런 음식이 어떤 식으로든 악영향을 미쳤다는 사실을 알아냈기 때문이 아니라, 내 상상력에 부합하지 않았기 때문이다. 육류에 대한 거부감은 경험의 결과가 아니라 본능이다. 소박한 식사를 하며 검소하게 사는 것이 여러 면에서 더욱 아름답게 보였다. 비록 완벽히 그렇게 살지는 못했지만, 내 상상력을 만족시킬 만큼은 되었다. 나는 자신이 가진 한층 고귀한 능력이나 시적인 능력을 최상의 상태로 유지하고자 진지하게 노력해 본 사람이라면 누구나, 특히 육류를 삼가고 음식의 종류에 상관없이 과식을 피하는 경향이 있다고 믿는다. 내가 커비와 스펜스[2]의 책에서 발견한 곤충학자들의 진술에 따르면 "어떤 곤충들은 성충이 되고 나면 섭식 기관을 갖추고 있음에도 사용하지 않는다."라고 하는데, 이는 중요한 사실이다. 또 그 책에서는 "일반적으로 이 상태에 이른 거의 모든 곤충은 유충 상태일 때보다 음식을 훨씬 적

---

2) 19세기의 생물학자인 윌리엄 커비와 윌리엄 스펜스로, 『동물학 입문』이라는 책을 썼다.

게 먹는다. 게걸스럽던 애벌레가 나비로 변하고, …… 탐욕스럽던 구더기가 파리가 되고 나면" 한두 방울의 꿀이나 다른 단물로 만족한다고 밝힌다. 나비의 날개 밑에 있는 배는 여전히 유충의 모습을 하고 있다. 이 맛있는 부분이 있으니 나비는 언젠가는 곤충으로 작아 먹힐 운명이다. 대식가는 유충 상태에 있는 인간이다. 그리고 온 국민이 그런 상태인 국가도 있는데, 그들의 거대한 배는 그들이 공상도 상상도 할 줄 모르는 국민이라는 사실을 알려 준다.

상상력을 해치지 않을 만큼 소박하고 깨끗한 음식을 마련해서 요리하기란 어려운 일이다. 그러나 나는 우리가 몸에 영양분을 줄 때 상상력에도 영양분을 주어야 한다고 생각한다. 몸과 상상력이 한 식탁에 앉아야 한다. 불가능한 일은 아닐 것이다. 과일을 적당히 먹는다면 우리는 식욕을 부끄러워할 필요가 없으며, 가장 가치 있는 일을 추구하는 데도 방해가 되지 않는다. 그러나 주어진 음식에 양념을 더 추가하면 독이 될 것이다. 기름진 음식을 먹는 삶은 그만한 가치가 없다. 대부분의 사람들은 매일 다른 사람들이 만들어 주는 음식을 먹으면서, 육식이건 채식이건 바로 그 음식을 직접 준비하는 모습을 들키면 부끄러워할 것이다. 그러나 이런 생각이 바뀌지 않는다면 우리는 문명인이 아니며, 신사 숙녀로 불릴지라도 진정한 남자와 여자는 아니다. 그러니 어떤 변화가 일어나야 하는지 분명 짐작할 수 있을 것이다. 상상력이 왜 살코기나 기름기와 조화를 이루지 못하는지 질문해 봤자 헛된 일이다. 나는 조화를 이루지 못한다는 사실로 만족한다. 인간이 육식 동물이라는 사실은 치욕이 아닌가? 그렇다, 인간은 다른 동물을 먹이로 먹으며 살 수 있고 상당 부분은 그렇게 살고 있다. 그러나 덫을 놓아 토끼를 잡거나 어린 양을 도살해 본 사람은 알겠지만 이것은 비참한 생활 방식이다. 인류에게 좀 더 순수하고 건강한 음식만 먹는 방법을 가르치는 사람이 있다면 인류의 은인으로 여겨질 것이다. 내 자신의 식습관이 어떻든지, 인류가 점차 발전해 가면서 육식을 그만두게 되는 것이 인류의 운명 중 일부임을 나는 믿어 의심치 않는다. 그것은 야만족이 좀 더 문명화된 사람들과 접촉하면서 서로를 잡아먹던 행위를 그만둔 것만큼이나 확실하다.

무척 희미하지만 끊임없이 속삭이는 수호신의 제안, 틀림없이 진실한 그 목소리에 귀를 기울이면 그것이 우리를 어떤 극단으로, 심지어는 광기로 이끌어 가지 않을까 의심스럽겠지만, 의지와 신념이 점점 강해지면 그것이 자신이 걸어야 할 길임을 알게 된다. 한 건강한 사람이 느끼는 희미하지만 확실한 반발심이 결국에는 인류의 주장과 관습을 압도할 것이다. 자신의 수호신을 따르다가 잘못된 길로 빠진 사람은 없다. 그 결과로 육신이 쇠약해졌다고 해도, 이것이야말로 더 고귀한 원리에 부합하는 삶이므로 누구도 그 결과가 후회스럽다고 말할 수는 없을 것이다. 낮과 밤을 기쁨으로 맞이할 수 있다면, 삶이 꽃이나 향긋한 풀처럼 향기를 내뿜고 한층 유연해지며 더욱 별처럼 빛나며 더욱 영원에 가까워진다면 그것이 우리에게는 성공이다. 모든 자연이 우리에게 축하를 전할 것이며 우리는 시시각각 자기 자신을 축복할 이유를 얻게 된다. 최고의 이익과 가치는 평가할 수 없는 것이다. 우리는 그런 이익과 가치가 존재하는지 쉽게 의심하고, 금세 잊어버린다. 하지만 그것들은 가장 높은 곳에 실재한다. 어쩌면 가장 놀랍고 가장 진실한 사실은 사람에게서 사람으로 전달되지 않는 것 같다. 내가 매일의 삶에서 거두는 진정한 수확은 아침이나 저녁의 어슴푸레한 빛처럼 만질 수도, 표현할 수도 없는 것이다. 그것은 손에 잡힌 약간의 별 먼지이며, 내가 움켜쥔 무지개 조각이다.

그러나 내가 유난히 비위가 약한 것은 아니다. 때로는 필요하다면 튀긴 쥐라도 맛있게 먹을 수 있었다. 나는 아편쟁이가 경험하는 천국보다 자연스러운 하늘을 더 좋아한다는 이유에서, 그토록 오랫동안 물을 마셔 왔다는 사실이 기쁘다. 나는 언제나 맑은 정신을 유지하고 싶다. 취하려고 한다면 끝이 없을 것이다. 나는 물이야말로 현명한 사람이 마시는 유일한 음료라고 믿는다. 포도주는 그렇게 고상한 술이 아니다. 아침의 희망을 따뜻한 커피 한 잔으로 내동댕이치고 저녁의 희망을 한 잔의 차로 내동댕이친다고 생각해 보라! 아, 그런 것에 유혹을 느낄 때 나는 얼마나 낮은 곳까지 추락하는 것인가! 음악조차 사람을 취하게 할 수 있다. 겉보기에는 그토록 사소한 원인이 그리스와 로마를 멸망시켰고 영국과 미국도 멸망시킬 것이다. 이왕 취해야 한다면, 무엇보다 자신이 숨 쉬는 공기에 취하기를 바라지 않는 사람이 있을까? 내가 장시간 지속되는 거친 노동을 반대하는 가장 중대한 이유는 그런 노동을 하면 어쩔 수 없이 그만큼 거칠게 먹고 마셔야 하기 때문이다.

그러나 솔직히 말해서, 이런 면에서 나는 예전보다 조금 덜 까다로워졌다. 식탁에 종교를 끌어오는 경우도 적어졌고 식사기도를 요구하지도 않는다. 내가 전보다 더 현명해졌기 때문이 아니라, 솔직히 고백하자면 상당히 유감스럽기는 해도 세월이 지나면서 내가 좀 더 투박해지고 무관심해졌기 때문이다. 아마 이런 문제는 대부분의 사람들이 시를 대할 때 갖는 믿음처럼 젊은 시절에만 품는 것일지 모른다. 실천은 '어디에도 없고' 의견 만 여기 있을 뿐이다. 그렇다고 해서 내가 베다 경전에서 "무소 부재하는 지고의 존재를 믿는 이는 존재하는 모든 것을 먹을 수 있다."라고 묘사하는 특혜받은 이들 중 하나라고는 결코 생각하지 않는다. 저 구절은 음식이 무엇이건, 누가 만들었건 궁금해 할 필요가 없다는 뜻이다. 그러나 인도의 어느 주석가가 말했듯이, 베다 철학에서는 이런 특권을 '곤궁한 시기'에만 제한한다는 사실에 주목해야 한다.

가끔 식욕과 아무 상관없이 먹은 음식에서 말로 표현할 수 없는 만족을 느껴 보지 않은 사람이 있을까? 미각이라는 천박한 감각 덕분에 정신적 직관을 얻었고, 입천장을 통해 영감을 얻어 왔으며, 산비탈에서 먹은 딸기 열매가 내 천재성의 자양분이 되었다는 사실을 생각하면, 나는 전율을 느꼈다. 증자는 "스스로 마음을 다스리지 못하는 자는 보아도 보지 못하고, 들어도 듣지 못하며, 먹어도 음식의 맛을 알지 못한다."고 말했다. 자신이 먹는 음식의 참맛을 아는 사람은 결코 폭식하지 않지만, 그 맛을 모르는 사람은 폭식하게 된다. 시 의원이 거북 요리를 대할 때처럼 청교도라도 천박한 식욕에 사로잡혀 통밀 빵 껍질을 향해 달려들지 모른다. 입으로 들어가는 음식이 사람을 더럽히는 것이 아니라, 그것을 먹을 때의 식탐이 사람을 더럽힌다. 문제는 음식의 양이나 질이 아니라, 감각적인 맛에 대한 탐닉이다. 우리가 먹는 것이 동물적·정신적·영적 생명을 지탱해 주는 음식이 아니라, 우리를 차지한 벌레들의 먹이가 될 때 문제가 생긴다. 사냥꾼이 흙탕거북과 사향쥐 및 그 외에 여러 야만적인 음식에 입맛을 다시고, 고상한 귀부인이 송아지 발로 만든 젤리나 바다 건너에서 온 정어리의 맛을 즐긴다면, 둘은 다른 점이 없다. 사냥꾼은 물방아용 연못을 찾아가고 귀부인은 식품 저장용 단지에 손을 뻗는다는 점만 다를 뿐이다. 이 사람들이 그리고 당신과 내가 음식을 먹고 마시며 어찌 이처럼 저열하고 짐승 같은 삶을 살 수 있는지 놀랍기만 하다.

우리의 인생은 놀라울 만큼 도덕적이다. 미덕과 악덕 사이에는 한순간의 휴전도 없다. 선이야말로 결코 실패하지 않을 투자다. 세상 곳곳에 울려 퍼지는 하프 선율 속에 우리를 전율시키는 것이 있다면 바로 이렇게 선을 고집하는 태도다. 하프는 우주의 법칙을 따르라고 권유하며 돌아다니는 '우주 보험 회사' 외판원이며, 우리가 지불하는 보험료는 우리의 사소한 선행이 전부다. 젊은이는 결국 그 선율에 무관심해지지만, 우주의 법칙은 무관심해지지 않고 언제까지나 가장 민감한 사람의 편에 선다. 산들바람 속에는 반드시 어떤 질책이 실려 오므로 귀를 기울이자. 그 소리를 듣지 못하는 사람은 불행하다. 악기의 현을 건드리거나 음전[3]을 움직이면 반드시 매혹적인 도덕의 선율이 우리를 얼어붙게 만든다. 지겨운 소음들도 멀리 떨어져서 들으면 우리의 천박한 생활을 당당하고 감미롭게 풍자하는 음악처럼 들린다.

---

3) 오르간 같은 악기에서 음관으로 들어가는 바람의 입구를 여닫는 장치.

우리는 내면의 동물을 자각하고 있다. 우리의 고귀한 본성이 잠들면 잠들수록 그 동물도 그만큼 깨어난다. 야비하고 감각에 충실한 이 동물적 본성은 아마 완전히 몰아낼 수 없을 것이다. 활기차고 건강한 사람의 몸에도 기생충이 있는 것과 마찬가지이다. 우리는 그 동물적 본성을 멀리할 수는 있으나 그 본성을 바꿀 수는 없다. 동물적 본성이 그것 스스로 어떤 건강을 누리는 것 같아 걱정스럽다. 그렇다면 우리는 건강해질 수는 있지만 순수해질 수는 없을 것이다. 얼마 전에 나는 돼지의 아래턱뼈를 주웠는데, 거기 달린 희고 건강한 이빨과 어금니는 정신적인 건강이나 활력과 구별되는 동물적인 건강과 활력이 있음을 암시하고 있었다. 이 동물은 절제와 순수성이 아닌 다른 방법으로 성공을 거뒀다. 맹자는 말한다. "인간이 금수와 다른 점은 매우 사소한 특징 때문이다. 보통 사람은 그것을 매우 빨리 잃어버리나 군자는 그것을 신중하게 보존한다." 우리가 순수함을 얻는다면 그 결과 어떤 종류의 삶을 살게 될지 누가 알겠는가? 나에게 순수함을 가르쳐 줄 만큼 현명한 사람을 알게 된다면, 나는 당장 그를 찾아 나서겠다. 『베다』는 "우리의 마음이 신에게 가까이 다가가는 데 반드시 필요한 것은 욕망을 자제하고 몸의 외적인 감각을 억제하며 선을 행하는 것"이라고 선언한다. 정신은 잠시나마 몸의 모든 부분과 기능에 스며들어서 장악하고, 가장 천박한 관능을 순수함과 헌신으로 변형시킨다. 생식력은 우리가 문란할 때는 헛되이 쓰이며 우리를 불순하게 만들지만, 우리가 절제할 때는 활력과 영감을 준다. 순결은 인간을 꽃피운다. 그리고 이른바 천재성, 영웅적 자질, 신성함 등은 순결이라는 꽃이 맺은 다양한 열매일 뿐이다. 순결이라는 수로가 열리면 인간은 즉시 신에게 흘러간다. 순결은 우리에게 영감을 주고 불순은 우리를 넘어뜨린다. 내면의 동물이 날마다 죽어 가고 있으며 대신 신성함이 굳게 자리 잡고 있음을 확신하는 사람은 복 있는 사람이다. 자신이 열등하고 야수 같은 본성과 동맹을 맺고 있음을 수치스럽게 여기지 않을 사람은 없다. 우리가 파우누스나 사티로스 같은 신이나 반신, 즉 짐승과 결합한 신이나 욕망에 사로잡힌 동물이면 어쩌나, 그래서 어느 정도는 우리의 삶 자체가 우리의 치욕이 되면 어쩌나, 하는 것이 내가 두려워하는 바다.

"자신의 짐승들에게 적당한 장소를 정해 주고
마음의 숲을 개간한 자는 얼마나 행복한가!
[중략]
말과 염소, 늑대 및 모든 짐승을 부릴 수 있지만
자신은 어떤 짐승에게도 나귀가 되지 않는 이는 얼마나 행복한가!
그렇지 않으면 사람은 돼지치기일 뿐 아니라
돼지들을 격분시켜 더 고약하게 만든 악마인 것이다."[4]

모든 육욕은 수많은 형태로 나타나지만 실은 하나다. 모든 순수함도 하나다. 사람이 먹거나 마시거나 다른 사람과 함께 살거나 잠을 자는 것은 육욕이라는 측면에서 모두 같은 행위다. 이

---

4) 영국의 시인이자 성직자였던 존 던의 시 「에드워드 허버트 경에게」에서 인용.

런 행위들은 하나의 욕망에 불과하며, 사람이 얼마나 육욕에 충실한지를 알려면 그의 이런 행위들 중 하나만 보면 된다. 불순한 사람은 서거나 앉을 때도 순수함이 없다. 파충류는 굴 한쪽 입구를 공격당하면 다른 쪽에서 모습을 드러낸다. 순결해지고 싶다면 절제해야 한다. 순결이란 무엇인가? 사람은 자신이 순결한지 아닌지를 어찌 알 수 있는가? 알지 못할 것이다. 우리는 이 미덕에 대해 들어 왔으나 그것이 무엇인지는 알지 못한다. 그저 들었던 소문대로만 말할 뿐이다. 몸을 열심히 움직이면 지혜와 순수가 찾아온다. 나태는 무지와 육욕을 불러들인다. 학생들에게 나타나는 육욕은 나태한 정신의 습관 때문이다. 불순한 사람은 일반적으로 나태하며, 난로 옆에 앉아 있는 사람이며, 태양이 빛나는데도 엎드려 있는 사람이며, 피곤하지 않은데 휴식을 취하는 사람이다. 불순함과 그 외의 모든 죄를 피하려면 성실하게 일해야 한다. 마구간을 청소하는 일이라도 말이다. 본성은 극복하기 어렵지만 반드시 극복해야 한다. 이교도보다 순수하지 못하고 이교도보다도 자기 욕망을 부인하지 못하고 이교도보다 더 종교적이지 않다면, 자신이 기독교인이라고 주장한들 무슨 소용이 있겠는가? 나는 이단이라고 평가받는 많은 종교 체계를 알고 있는데, 이들의 계율은 읽는 사람을 부끄럽게 하고, 단순히 의식적인 수행일지라도 새롭게 노력하려는 의욕을 북돋는다.

이런 말을 하기가 망설여지는데, 그 이유는 주제 때문이 아니라—나는 내가 쓰는 **단어들**이 얼마나 외설적이든 신경 쓰지 않지만— 이야기를 하다 보면 나 자신의 불순함이 드러날 수밖에 없기 때문이다. 우리는 어떤 형태의 육욕은 부끄러워하지 않고 자유롭게 말하지만, 어떤 형태의 육욕에 대해서는 침묵한다. 우리는 너무나 타락한 나머지 인간이 타고난 필수적인 기능에 대해서도 간단히 말하지 못한다. 옛날에 몇몇 나라에서는 그런 모든 기능에 대해 경건하게 논의하고 법으로 규정했다. 현대인의 취향으로는 불쾌할지라도, 인도의 법전 제정자는 어떤 것도 사소하게 다루지 않았다. 그는 먹는 법과 마시는 법, 함께 사는 법, 대소변 누는 법 등을 가르치며 천한 것을 드높였고, 거짓으로 이런 것을 사소하게 취급하며 발뺌하지 않았다.

모든 사람은 육체라는 신전의 건축가이다. 이 신전은 각자가 숭배하는 신을 위해 순전히 나름의 양식에 따라 지어야 한다. 대리석을 망치로 두드린다고 해서 이 육체라는 신전을 벗어날 수는 없다. 우리는 모두 조각가이자 화가이며 우리가 쓰는 재료는 우리 자신의 살과 피와 뼈다. 고결함은 즉시 인간의 이목구비를 세련되게 다듬어 주지만, 천박함이나 육욕은 그것을 짐승처럼 만들어 버린다.

9월의 어느 저녁에, 존 파머는 힘든 하루의 노동을 마치고 집 문간에 앉아 있었다. 그의 마음은 얼마간 자신이 했던 일에 머물러 있었다. 목욕은 이미 했으므로 자신의 지적인 내면을 되살려 보고자 그렇게 앉아 있었다. 다소 쌀쌀한 저녁이었고, 어떤 이웃들은 서리를 걱정하고 있었다. 꼬리를 물고 이어지는 생각을 따라간 지 얼마 되지 않았을 때, 누군가 연주하는 플루트 소리가 들려왔고 그 선율은 그의 기분과 썩 잘 어울렸다. 그래도 그는 일에 대해 생각했다. 그 무거운 생각에 짓눌리고, 또 계속 그 생각에 매달리며 의지와는 다르게 계획을 세우고 이런저런 궁리를 해 보았지만 그 일이 도무지 중요하게 느껴지지 않았다. 끝없이 벗겨지는 피부의 각질에 불과했다. 그러나 플루트의 선율은 그의 일이 속한 곳과는 다른 영역에서 그의 귀에 간절하게 들려왔고 그의 내면에 잠든 여러 기능에게 할 일이 있음을 일러 주었다. 그 플루트 소리에 그가 사는 거리와 마을, 나라가 조용히 사라졌다. 어떤 목소리가 그에게 말했다. "영광스러운 삶을 살 수 있건만, 왜 여기 머물러 이토록 천하고 악착스러운 삶을 살고 있느냐? 저 별들은 이곳이 아닌 다른 들판에서도 똑같이 반짝이거늘." 그러나 어떻게 이 상황에서 벗어나 정말 그곳으로 갈 수 있을까? 그가 찾을 수 있는 방법은 그저 검소한 생활을 새롭게 실천하고 정신을 육체 속으로 내려보내 육체를 구원시키며, 자기 자신을 점점 커져 가는 존경심으로 대하자는 것뿐이었다.

동물 이웃들

　가끔은 낚시를 할 때 한 친구[1]가 동행했다. 그는 마을 반대편에서 마을을 가로질러 우리 집까지 왔고 저녁거리를 잡는 일은 그것을 먹는 일 못지않은 친목 행사가 되었다.

　은둔자 : 세상이 지금 어떻게 돌아가고 있는지 궁금하군. 지난 세 시간 동안 소귀나무 위에서 메뚜기 한 마리 파닥거리는 소리도 듣지 못했지. 비둘기들은 다들 횃대 위에서 잠든 모양이야. 날개 소리가 들리지 않는 걸 보니. 금방 숲 저편에서 들린 저 소리는 정오를 알리는 농부의 뿔피리 소리인가? 일꾼들은 소금에 절인 삶은 쇠고기와 사과즙, 옥수수빵을 먹으러 가고 있겠군. 사람들은 왜 저리도 걱정을 하는 거지? 먹지 않는 사람은 일할 필요도 없는데. 얼마나 수확을 했는지 궁금한걸. 보스[2]가 짖는

---

1) 시인 엘러리 채닝인데, 이어지는 대화에서 '시인'으로 표기된다.
2) 당시 개에게 흔히 붙이던 이름.

소리 때문에 생각이란 걸 할 수 없는 곳에서 누가 살려고 할까? 게다가 살림살이! 이렇게 화창한 날, 그놈의 문손잡이를 반질반질 윤을 내고 통들을 씻어야 할 테지! 차라리 집이 없는 게 나아. 그래, 속이 빈 나무 같은 곳이 낫겠어. 그러면 아침 손님과 저녁 만찬 대신 나무를 쪼아 대는 딱따구리뿐일 거야. 아, 마을에는 사람들이 너무 바글거려. 햇볕도 너무 뜨겁고. 그 사람들은 태어날 때부터 삶에 푹 젖어 있으니 나와는 안 맞아. 샘에서 물을 길어다 뒀고 선반에는 통밀 빵이 한 덩이 있지. 잠깐! 나뭇잎 바스락거리는 소리가 들리는군. 굶주린 마을 개가 본능을 따라온 건가? 아니면 이 숲에서 길을 잃었다는 돼지? 비가 그친 뒤에 돼지의 발자국을 봤었지. 소리가 점점 가까워지는군. 옻나무와 들장미가 흔들리고…… 어, 시인, 자넨가? 오늘 세상은 어떻게 돌아가던가?

시인 : 저 구름들을 보게. 멋지게도 걸려 있군! 내가 오늘 본 광경 중에 최고야. 옛날 그림에서도 저런 건 없었고, 이국땅에도 저런 구름은 없지. 스페인 해안으로 가 본다면 모를까. 정말 지중해의 하늘 같아. 오늘 아무 것도 못 먹었는데 먹을거리를 구해야 하니 낚시나 갈까 했네. 시인이 하기 딱 좋은 일이지. 내가 배운 유일한 기술이기도 하고. 자, 함께 가자고.

은둔자 : 거절할 수가 없군. 통밀 빵도 곧 떨어질 테니, 조금 뒤에 기꺼이 함께 가겠네. 중요한 명상을 마무리 짓던 참이라네. 금방 끝날 거야. 그러니 잠시만 혼자 놔두게. 하지만 시간을 절약할 겸 그동안 미끼를 구해 두게.

이 구역에서는 지렁이를 구경하기 힘들다네. 거름으로 비옥하게 해 준 적이 없으니 말이야. 거의 멸종한 셈이야. 배가 심하게 고픈 게 아니라면 지렁이 파내는 일도 낚시질만큼이나 재미있지. 오늘은 그 재미를 자네가 독차지 하라고. 충고 좀 하자면, 저기 물레나물이 물결치는 것처럼 보이는 감자콩 사이를 삽으로 파 보게. 잡초를 뽑을 때처럼 풀뿌리 사이를 자세히 살피면, 흙을 세 번쯤 뒤집은 뒤에 지렁이 한 마리가 분명 나올 거야. 더 멀리 가더라도 어리석은 선택은 아닐 테고. 훌륭한 미끼는 거리의 제곱과 거의 비례해서 늘어난다는 사실을 발견했거든.

은둔자(혼잣말로) : 어디 보자, 아까 무슨 생각을 하고 있었더라? 그래, 세상이 이런 양상으로 돌아가고 있다고, 그런 생각을 하고 있었지. 천국에 갈 것인가, 아니면 낚시를 하러 갈 것인가? 이 명상을 얼른 끝내 버리면 과연 이런 달콤한 기회가 또 찾아올까? 내 평생 그 어느 때보다 사물의 본질에 녹아들던 참이었는데. 내 상념들이 다시 돌아오지 않을까 걱정스럽군. 효과가 있다면 휘파람이라도 불러서 그 상념들을 불러낼 텐데. 상념들이 나에게 손을 내밀 때, 잠깐 생각 좀 해 보지, 하고 말하는 게 현명한 일일까? 내 상념은 흔적을 남기지 않으니, 그 길을 다시 찾을 수가 없구나. 내가 어떤 생각을 하고 있었을까? 오늘은 안개가 짙은 날이었지. 공자가 말한 세 문장을 떠올려 보자. 그러면 아까 그 상태로 되돌아갈 수 있을지 몰라. 좀 전에 내가 우울한 상태였는지, 황홀경에 빠져들려는 참이었는지도 모르겠군. 메모, 같은 기회는 두 번 다시 오지 않는다.

시인 : 이제 어떤가, 은둔자 양반, 내가 너무 빨리 왔나? 온전

한 지렁이 열세 마리를 잡아 왔다네. 끊긴 놈과 작은 놈도 몇 마리 있는데 이건 작은 물고기를 잡는 데 쓰면 되겠지. 낚싯바늘을 다 감싸지 못할 테니까. 마을에 있는 지렁이들은 커도 너무 커. 잉어라면 낚싯바늘에 걸리지 않고도 지렁이 한 마리를 쏙 빼먹을걸세.

은둔자 : 그래, 그럼 출발하세. 콩코드로 갈까? 수위가 너무 높지 않으면 거기가 쏠쏠하지.

왜 세상은 우리 눈에 보이는 이런 대상들만으로 이루어지는 것일까? 왜 이런 종류의 동물들만이 인간의 이웃이 되는 것일까? 저 틈새를 메울 동물은 생쥐만이 아닐 텐데 말이다. 필페이[3] 같은 작가들은 동물들을 적절히 이용하는데, 그 동물들은 모두 짐을 나르는 동물들로서, 어떤 의미에서 그 짐은 인간이 하는 생각의 일부다.

내 집에 드나드는 쥐는 외국에서 들어왔다는 평범한 생쥐가 아니라 마을에서는 보이지 않는 토종 들쥐였다. 나는 그 쥐 한 마리를 저명한 박물학자에게 보냈고, 그는 상당한 관심을 보였다. 내가 집을 짓는 동안 그런 쥐 중 한 마리가 내 집 밑에 보금자리를 마련했고, 내가 두 번째 마루를 깔고 대팻밥을 쓸어 내기도 전에, 그 쥐는 점심때마다 어김없이 나와서는 내 발치에 떨어진 빵 부스러기를 주워 먹었다. 사람을 한 번도 본 적이 없는 모양이었다. 그 쥐는 금세 나와 친해져서, 내 구두 위를 넘나들거

---

3) 3세기경에 활동한 인도의 우화 작가다. 대개 세계 우화의 3대 발상지로 인도, 중국, 그리스를 꼽는다.

나 옷을 타고 기어오르기도 했다. 다람쥐와 비슷한 동작으로 방 안의 벽을 순식간에 쪼르르 타고 올라가기도 했다. 마침내는 어느 날 내가 긴 의자에 팔꿈치를 대고 기대앉아 있을 때, 쥐가 내 옷을 타고 올라오더니 소매를 따라 내려가서 도시락을 싼 종이 주변을 빙글빙글 맴돌았다. 나는 도시락 봉지를 여미고 이리저리 몸을 피하면서 그 녀석과 숨바꼭질을 했다. 드디어 내가 엄지와 검지로 치즈 한 조각을 들고 가만히 있자, 녀석은 다가와서 내 손바닥에 앉아 치즈를 갉아 먹었다. 그 뒤에는 파리처럼 얼굴과 앞발을 닦고 사라져 버렸다.

얼마 지나지 않아서는 딱새 한 마리가 내 헛간에 둥지를 틀었고, 개똥지빠귀는 내 집에 기대다시피 자라난 소나무에 보금자리를 마련했다. 6월에는 부끄러움을 잘 타는 자고새(학명 Tetrao umbellus)가 새끼들을 이끌고 집 뒤편 숲에서 나오더니 창문을 지나쳐 집 앞쪽으로 갔다. 암탉처럼 꼬꼬 울며 새끼들을 불렀는데 어느 모로 보나 그야말로 숲 속의 암탉이었다. 사람이 다가가면 새끼들은 어미의 신호를 받고 회오리바람에 휩쓸린 듯 순식간에 흩어진다. 새끼들의 모습은 마른 잎사귀나 나뭇가지와 꼭 닮아서, 지나가던 사람들은 대개 그 새끼들 가운데에 발을 들여놓더라도 어미 새가 사람의 주의를 끌고자 파드득 시끄럽게 날아오르고 걱정스레 고양이처럼 울어 대는 소리를 듣느라, 혹은 날개를 질질 끄는 모습에 눈이 팔려 새끼들이 자기 옆에 있는 줄은 짐작도 하지 못한다. 때로 어미 새는 사람 앞에서 정신 나간 듯이 데굴데굴 구르고 빙빙 도는 까닭에 보는 사람은 그것이 무슨 동물인지 얼마 동안은 알아차리지 못한다. 새끼들은 종종 머리를 나뭇잎 밑에 처박고 몸을 웅크린 채 납작 엎드려, 어미 새가 멀리에서 보내는 신호만을 기다린다. 사람이 가까이 가도 다시 달아나거나 모습을 드러내지 않을 것이다. 심지어 새끼를 밟거나, 1분 동안이나 그 모습을 바라보면서도 새끼가 거기 있다는 사실을 알지 못할 수도 있다. 그런 때에 나는 손바닥을 펴서 새끼들을 올려 두곤 했는데, 새끼들은 어미의 지시와 자신들의 본능에 복종하여 두려워하거나 떨지도 않고 오로지 그대로 웅크리고만 있었다. 이 본능이 얼마나 철저한지, 한번은 새끼들을 나뭇잎 위에 다시 내려놓았을 때 우연히 한 놈이 옆으로 넘어졌는데 10분 뒤에 보니 나머지 새끼들도 정확히 똑같은 자세로 누워 있었다. 이 새끼들도 여느 새의 새끼들과 마찬가지로 깃털이 아직 자라지 않았지만, 병아리보다도 발육이 훨씬 완벽했고 빨랐다. 그 새끼들의 솔직하고 평온한 눈동자에 깃든, 놀랄 만큼 어른스러우면서도 천진난만한 표정이 쉽게 잊히지 않는다. 모든 지혜가 그 눈동자에 어려 있는 듯하다. 유아기의 순수함은 물론이고 경험으로 확고해진 지혜까지도 담긴 것 같다. 그런 눈동자는 그 새가 태어날 때 생긴 것이 아니라, 그 눈에 비친 하늘과 같은 시대에 생긴 것이다. 숲에서 이와 같은 보석은 또다시 나오지 못하리라. 여행자가 그토록 투명한 샘물을 들여다볼 기회도 흔치 않으리라. 무지하거나 무분별한 사냥꾼이 이런 때에 어미 새를 총으로 쏘는 바람에 이 무고한 새끼들은 어슬렁거리는 야수나 떠돌아다니는 새들의 먹잇감으로 전락하고 만다. 혹은 자신들과 그토록 닮은 썩은 나뭇잎과 점차 뒤섞여 버린다. 암탉이 품어서 부화한 자고새 새끼들은 뭔가에 놀라 흩어지면 길을 잃어 버린다고 한다. 자신들을 다시 불러 모으는 어미의 목소리를 결코 듣지 못하기 때문이다. 이 자고새들이 내게는 암탉이요, 병아리였다.

놀랍게도 수많은 동물들이 숲 속에서 눈에 띄지는 않지만 자유분방하게 살아가며, 마을 근방에서도 여전히 목숨을 부지하고 있다. 오직 사냥꾼만이 그들의 존재를 감지할 뿐이다. 수달은 이곳에서 얼마나 여유로운 삶을 꾸려 나가는지! 다 자라면 키가 1.2미터 정도로 작은 소년과 비슷해지는데, 아마 잠깐이라도 그 수달을 본 사람은 누구도 없을 것이다. 전에 집 뒤편 숲에서 너구리를 보았는데 아직도 밤에 그 놈이 우는 소리가 들리곤 한다. 나는 씨를 뿌리고 나서 정오가 되면 대개 샘터 그늘에 앉아 한두 시간 쉬면서 점심을 먹고 책을 조금 읽었다. 그 샘은 내 밭에서 800미터쯤 떨어진 브리스터 언덕 아래에서 솟아 나와 늪과 개울의 원천이 되었다. 그 샘에 가려면 어린 리기다소나무가 우거지고 풀이 무성한 골짜기를 쭉 내려오다가 늪지 근처의 더 큰 숲으로 들어가야 했다. 그곳에 가면 가지를 넓게 뻗은 백송 나무가 몹시 한적한 그늘을 드리웠고, 그 그늘 속에는 앉아도 될 만큼 깨끗하고 단단한 풀밭이 있었다. 나는 샘을 파서 맑은 잿빛 물이 고이는 샘을 만들어 두었기에, 물을 휘젓지 않아도 한 양동이 정도는 퍼 올릴 수 있었다. 호수의 물이 뜨거워지는 한여름에는 그 물을 얻으려고 거의 매일 그곳에 갔다. 누른도요도 진흙 속에서 벌레를 캐내려고 새끼들을 데리고 그곳을 찾아왔다. 어미가 둑을 따라 새끼들 위로 30센티미터쯤 간격을 두고 날아가는 동안 새끼들은 밑에서 무리 지어 달렸다. 하지만 마침내 나를 발견한 어미는 새끼들을 내버려 두고 내 주변을 맴돌곤 했다. 점점 가까이 다가와 거리가 1미터에서 1.5미터로 좁혀지면 날개나 다리가 부러진 시늉을 하며 내 주의를 끌어 새끼들로부터 나를 떼어 놓으려 했다. 새끼들은 이미 행군을 시작해, 가냘프지만 꿋꿋하게 삑삑 울며 어미의 지시에 따라 한 줄로 서서 늪을 지나고 있었다. 또 어미 새가 보이지 않는데 새끼들의 울음소리가 들린 적도 있었다. 그곳에는 멧비둘기들도 찾아와 샘터 위에 앉거나 내 머리 위에서 부드러운 백송 나뭇가지를 파드득거리며 옮겨 다녔다. 또 붉은다람쥐가 가장 가까운 가지까지 내려와 유난히 친근한 태도로 호기심을 보였다. 그저 숲 속의 어느 매력적인 장소에 적당히 오래 앉아 있기만 하면, 숲에 사는 모든 생물들이 번갈아 눈앞에 모습을 드러낼 것이다.

그다지 평화롭지 못한 사건을 목격하기도 했다. 어느 날 장작더미, 아니 나무그루터기를 쌓아 둔 곳에 갔다가 커다란 개미 두 마리가 서로 맹렬하게 싸우는 모습을 보았다. 한 놈은 붉은색이었고 다른 놈은 몸집이 훨씬 커서 1센티미터가 넘어 보이는 검은색 개미였다. 일단 뒤엉킨 두 개미는 절대 몸을 떼지 않고 나무토막 위에서 엎치락뒤치락 데굴데굴 끝없이 사투를 벌였다. 주변으로 눈을 돌리니 놀랍게도 나무토막은 그런 전투 부대로 뒤덮여 있었다. '두엘룸'[4]이 아니라 '벨룸'[5]이었다. 두 개

---

4) Duellum. 라틴 어로 '결투'라는 뜻.

5) Bellum. 라틴 어로 '전쟁'이라는 뜻.

미 종족 사이에 벌어진 전쟁이었다. 반드시 붉은 개미가 검은 개미와 맞싸웠는데, 대개 붉은 개미 두 마리에 검은 개미 한 마리였다. 이 미르미돈[6] 군단이 내 나무 더미의 언덕과 계곡을 모두 뒤덮었고, 땅에는 이미 죽었거나 죽어 가는 양측의 개미들이 널려 있었다. 이것이 내가 목격한 유일한 전투였고, 전투가 한창일 때 발을 들여놓은 유일한 전장이었다. 골육상잔의 전쟁이었다. 한쪽은 붉은 공화주의자, 다른 쪽은 검은 제국주의자들이었다. 나에게는 어떤 소음도 들리지 않았지만 사방에서 사투가 벌어지고 있었고, 인간 병사들도 그토록 결연히 싸운 적이 없었을 터였다. 나는 나무토막 사이의 작고 양지 바른 계곡에서 서로 단단히 엉겨 붙은 개미 두 마리를 지켜보았다. 바야흐로 정오가 되었건만 해가 질 때까지, 아니면 목숨이 다할 때까지 싸울 태세였다. 둘 중 더 작은 붉은 용사는 상대에게 바이스[7]처럼 달라붙어서는 전장에서 이리저리 뒹굴면서도, 상대의 한쪽 더듬이 뿌리 근처를 단 한순간도 멈추지 않고 갉아 대고 있었다. 다른 쪽 더듬이는 이미 전장 밖으로 떨어지고 없었다. 그러는 동안 힘이 더 센 검은 개미는 붉은 개미를 좌우로 흔들어 댔는데 더 가까이 다가가 살펴보니 상대의 다리 몇 개를 이미 없애 버린 뒤였다. 두 개미는 불도그보다 더 집요하게 싸웠다. 어느 쪽도 후퇴할 기미가 전혀 보이지 않았다. 이들의 전투 구호는 '승리가 아니면 죽음을 달라!'임이 분명했다. 그러는 사이에 붉

---

6) 그리스 신화에서 미르미돈 족은 개미 떼가 사람으로 변한 것인데, 이들은 아킬레우스를 따라 트로이 전쟁에 참가해 헌신적으로 싸웠고, 오늘날 이 이름은 명령에 복종하는 충실한 부하를 뜻하게 되었다.

7) 기계공작에서 공작물을 넣고 조이는 기구.

은 개미 한 마리가 이 계곡 기슭을 따라 다가오고 있었다. 틀림 없이 흥분으로 가득한 모습이었는데, 적을 이미 해치웠거나 아직 전투에 참여하지 않은 듯했다. 사지가 모두 그대로인 것으로 봐서는 후자였을 것이다. 그의 어머니는 그에게 방패를 들고 돌아오든지 아니면 방패에 실려 돌아오라고 당부한 모양이었다. 아니면 그는 아킬레우스처럼 홀로 분노를 키우고 있다가 드디어 친구인 파트로클로스의 복수를 하거나 그를 구하려고 나타났는지도 몰랐다. 그는 멀리에서 이 불공평한 싸움 — 검은 개미의 몸집은 붉은 개미의 두 배 가까이 되었으므로 — 을 보고, 빠른 속도로 다가와 전사들로부터 1.5센티미터쯤 떨어진 곳에 서서 경계 태세를 취했다. 기회를 엿보던 그 개미는 검은 전사에게 달려들어 그의 오른쪽 앞다리 뿌리 근처를 공략하기 시작했고, 적이 자신의 다리 하나를 붙잡아도 개의치 않았다. 이렇게 이 세 마리 개미는 필사적으로 뒤엉켰는데, 마치 세상 모든 자물쇠와 시멘트를 수치스럽게 만들 새로운 접착제가 발명되기라도 한 것 같았다. 이때쯤 나는 이들에게 각기 군악대가 있음을 알게 되었지만 놀랍지 않았다. 군악대는 우뚝 솟은 나무토막 위에 자리를 잡고 국가를 연주하면서, 둔해진 병사들의 사기를 북돋고 죽어 가는 병사들을 격려했다. 개미들이 사람이기라도 한 듯이, 나 스스로도 다소 흥분한 상태였다. 사실 그 점을 생각하면 생각할수록 개미와 사람은 별반 다르지 않다. 그리고 분명, 미국 역사에서는 아니더라도 적어도 콩코드의 역사에서, 참전한 병사들의 수로 보나 그들이 보여 준 애국심과 영웅적 행위로보나, 이 순간의 전투에 비할 전투는 없을 것이다. 참전 병사들의 수나 학살의 규모에서 이 전투는 아우스터리츠 전투[8]나 드레스덴 전투[9]라 할 만했다. 그리고 콩코드 전투! 민병대 측에서 두 사람이 전사했고 루터 블랜처드[10]가 부상당했던 그 전투! 그러나 여기에서는 모든 개미가 버트릭[11] 소령이다. "사격하라! 제발 사격하라!" 그리고 수천 마리의 개미가 그 전투에서 전사했던 데이비스와 호스머 같은 운명을 맞이했다. 여기에는 용병이 하나도 없었다. 나는 이 개미들이 우리의 선조들처럼 신념을 위해 싸운 것이지, 차(茶)에 부과되는 3페니의 세금을 피하고자 싸운 것이 아님을 믿어 의심치 않는다. 이 전투의 결과는 당사자들에게 있어 최소한 벙커힐 전투[12]의 결과만큼이나 중요하고 기념할 만한 것이리라.

나는 앞에서 자세히 묘사한 개미 세 마리의 격전지인 나무 조각을 집 안으로 들고 가 창틀에 놓고 커다란 유리컵을 씌웠다. 전투 결과를 알기 위해서였다. 현미경을 들고 내가 처음 언급한 붉은 개미에게 들이댔더니, 적의 남은 더듬이를 이미 끊어 버리고 앞다리 부근을 부지런히 갉아 대고 있었다. 그 개미

---

8) 1805년 12월 2일에 나폴레옹이 오스트리아와 러시아의 동맹군을 격파한 전투로, 전사자와 포로가 각각 2만 명이 넘었다.

9) 1813년 8월 26일에서 27일에 나폴레옹의 12만 군대와 오스트리아 · 프로이센 · 러시아 동맹군 17만 군대가 드레스덴 외곽에서 벌인 전투.

10) 콩코드 전투 최초의 부상자로 여겨짐.

11) 콩코드 전투에서 민병대를 지휘한 존 버트릭으로, 이어지는 사격 명령은 그가 한 말이다.

12) 1775년 6월 17일에 벌어진 미국 독립 전쟁 초기의 전투로, 콩코드 전투에서 승리를 거두고 두 달 뒤에 일어났으며 실제 전투지는 벙커힐이 아니라 찰스타운의 브리즈힐이다.

의 가슴은 갈가리 찢겨져, 거기 있는 내장들이 검은 전사의 턱에 고스란히 노출되어 있었다. 그러나 검은 개미의 가슴판은 붉은 개미가 꿰뚫기에는 너무 두꺼운 게 분명했다. 고통에 시달리는 붉은 개미의 짙은 홍옥 같은 눈동자에서는 오직 전쟁만이 불러일으킬 수 있는 흉포함이 번득였다. 그 개미들은 큰 컵 밑에서 30분을 더 싸웠다. 그리고 내가 다시 가 보았을 때, 검은 병사는 적들의 머리를 몸통에서 떼어 낸 뒤였고 여전히 살아 있는 머리들이 안장의 앞 테에 묶어 둔 섬뜩한 전리품처럼 검은 개미의 양쪽 옆구리에 매달려 있었다. 그 머리들은 검은 개미의 옆구리를 그 어느 때보다도 단단히 물고 있었고, 더듬이를 모두 잃고 남은 다리도 하나뿐이며, 내가 알지 못할 무수한 상처를 입었을 검은 개미는 그 머리들을 떼어 내려고 힘겹게 몸부림쳤다. 그리고 마침내 30분이 더 지나서야 그 개미는 목적을 이루었다. 나는 유리컵을 들었고 개미는 만신창이 상태로 창틀을 넘어 사라졌다. 그가 결국에는 그 전투에서 살아남아 여생을 '앵발리드 저택'[13] 같은 곳에서 보냈는지는 모를 일이다. 그러나 그의 끈기는 그 뒤로 그다지 쓸모가 없었을 것이다. 나는 어느 쪽이 승리를 거두었는지, 전쟁의 원인이 무엇이었는지 결코 알아내지 못했다. 그러나 마치 내 집 앞에서 인간들이 벌인 흉포한 살육의 전장을 목격한 것처럼, 그날 남은 시간 내내 가슴이 울컥하고 고통스러웠다.

커비와 스펜스에 따르면 현대의 저자 중에 개미들의 전투를

---

13) Hotel des Invalides. 루이 14세 때 상이군인 병원으로 파리에 건축되었다. 1840년에 나폴레옹의 유해가 이곳에 안장되었으며 현재는 박물관으로 쓰이고 있다.

목격한 사람은 스위스의 박물학자 후버뿐인 듯하지만, 그 전투는 오래전부터 유명하며 그 역사도 기록되어 있다고 한다. 그들은 다음과 같이 이야기한다. "아이네아스 실비우스[14]는 배나무 줄기에서 큰 개미들과 작은 개미들이 매우 집요하게 벌인 어느 싸움을 아주 자세히 기록한 다음, 이 싸움은 교황 유게니우스 4세의 임기 중에 저명한 법률가 니콜라스 피스토리엔시스가 직접 목격한 것으로, 그가 자신에게 이 싸움의 과정을 아주 충실하게 이야기해 주었다고 했다. 큰 개미들과 작은 개미들 사이에 벌어진 이와 비슷한 싸움을 올라우스 마그누스[15]도 기록했다. 이 싸움에서는 승리를 거둔 작은 개미들이 아군의 시체는 매장했으나 거대한 적군의 시체는 새들의 먹이가 되도록 내버려 두었다고 한다. 이 전투는 폭군 크리스티안 2세[16]가 스웨덴에서 추방되기 전에 일어났다." 그리고 내가 목격한 전투는 포크 대통령[17] 시대, 즉 웹스터의 도망 노예법[18]이 통과되기 5년 전에 일어났다.

지하 식품 저장실에서 흙탕거북이나 쫓을 능력밖에 안 되는

---

14) 교황 피우스 2세의 필명으로 시인이자 지리학자에 역사학자이기도 했다.

15) 스웨덴의 성직자이자 역사학자.

16) 16세기에 덴마크와 노르웨이, 스웨덴을 다스린 왕으로 1523년에 숙부 프레데리크 1세에 의해 폐위되었다.

17) 미국의 11대 대통령.

18) 1793년과 1850년에 미국 의회가 통과시킨 법률로, 도망간 흑인 노예를 주인에게 반환해야 한다고 규정했다. 남북 전쟁의 한 원인이 되었고, 남북 전쟁이 끝나기 전인 1864년에야 폐지되었다.

마을의 많은 개들이 주인 몰래 그 육중한 몸을 이끌고 숲으로 달려와 큰 소득도 없이 오래 된 여우 굴이나 우드척이 판 구멍에 코를 대고 냄새를 맡고 다녔다. 이 개들의 우두머리는 홀쭉한 들개인 것 같은데, 그 녀석은 민첩하게 숲을 누비며 숲에 사는 동물들에게 본능적인 두려움을 불러일으켰을 것이다. 이제 이 길잡이로부터 멀리 뒤쳐진 마을의 개들은, 나무에 올라가 개들을 감시하던 작은 다람쥐를 향해 불도그처럼 짖어 댔다. 그런 다음에는 길 잃은 날쥐라도 뒤쫓는다고 생각하는지, 무거운 몸으로 덤불을 짓누르며 달려가 버렸다. 나는 고양이 한 마리가 돌이 많은 월든 호숫가를 걸어 다니는 모습을 보고 놀란 적이 있다. 고양이는 집에서 멀리 떨어져 헤매는 경우가 드물기 때문이다. 고양이도 놀라기는 마찬가지였다. 그러나 종일 양탄자 위에 엎드려 있는 잘 길들여진 고양이도 숲에 오면 무척 편안해 보이고, 교활하게 살금살금 움직이는 모습을 보면 숲에 사는 동물들보다 더 숲의 토박이처럼 보인다. 한번은 산딸기를 따러 숲에 갔다가 새끼들을 데리고 있는 고양이와 마주쳤다. 고양이들은 무척 거칠었고 어미나 새끼나 등을 치켜세우며 나를 향해 사납게 그르렁거렸다. 내가 숲에 들어가 살기 몇 년 전에, 링컨 마을에서 호수와 가장 가까운 길리언 베이커 씨의 농가에 '날개 달린 고양이'라고 불리는 고양이가 있었다. 1842년 6월, 내가 그 고양이를 보려고 찾아갔을 때 고양이는 평소 습관대로 숲으로 사냥을 나가고 없었다.— 그 고양이가 수컷이었는지 암컷이었는지 확실히 모르지만 흔히 그러듯이 여성 명사로 칭하겠다.— 안주인이 나에게 해 준 이야기는 다음과 같다. 그 고양이는 지금으로부터 1

년이 조금 더 되는 작년 4월에 동네에 나타났고, 마침내 그 집에 살게 되었다. 털은 진한 갈색빛이 도는 회색인데 목덜미에 흰 반점이 있고, 발은 흰색이며, 꼬리는 여우처럼 크고 복슬복슬했다. 겨울에는 털이 무성해지면서 몸통 양쪽으로 반듯하게 늘어지는데 길이는 25센티미터에서 30센티미터이고 폭은 6센티미터가 넘는 띠를 형성했다. 그리고 턱밑에서는 술 같은 털이 자랐는데 윗부분은 느슨하고 아랫부분은 펠트 천처럼 납작했다. 그리고 봄이 되면 이런 부속물 같은 털들이 몸에서 떨어져 나왔다. 베이커 부부는 고양이의 '날개' 한 쌍을 나에게 주었고, 나는 아직도 그것을 보관하고 있다. 날개에 피막처럼 보이는 건 없었다. 어떤 사람들은 그것이 날다람쥐나 다른 들짐승의 일부분이라고 생각했고, 가능한 추측이었다. 박물학자들의 말에 따르면 담비와 집고양이를 교배해 여러 잡종이 생겼기 때문이다. 내가 고양이를 기른다면 그 고양이가 적합한 종류였을 것 같다. 시인의 말[19]처럼 시인의 고양이에도 날개가 달리지 말란 법은 없기 때문이다.

가을이 되면 언제나처럼 되강오리(학명 Colymbus glacialis)가 호수를 찾아와 털갈이를 하고 목욕을 하면서 내가 잠을 깨기도 전에 그 자유분방한 웃음소리로 숲을 쩌렁쩌렁 울린다. 되강오리가 도착했다는 소문이 퍼지면 물방아 댐의 모든 사냥꾼들은 경계 태세에 돌입해, 최신 소총과 원뿔형 탄환과 망원경을 갖추고 둘씩 혹은 셋씩 짝을 지어 마차를 타거나 걸어서 찾아온다.

19) 그리스 신화에서 날개 달린 말 페가수스는 시인에게 영감을 주는 뮤즈들의 사랑을 받았다.

그들은 가을 낙엽처럼 바스락거리며 숲을 지나는데 되강오리 한 마리를 적어도 열 명의 사냥꾼이 뒤쫓는다. 그 가여운 새가 어디에나 있는 것은 아니므로 사냥꾼들 일부는 호수 이쪽 편에, 일부는 저쪽 편에 자리를 잡는다. 되강오리는 이쪽에서 입수하면 분명 저쪽으로 나오기 때문이다. 그러나 이제 자상한 10월의 바람이 불어오면 나뭇잎들은 바스락거리고 수면에는 잔물결이 일렁인다. 그래서 되강오리의 소리가 들리지도 않고 모습이 보이지도 않지만, 적들은 망원경으로 호수를 살피고 총소리로 숲을 뒤흔든다. 물결이 물새의 편을 들며 기운차게 몸을 일으켜 성난 듯이 달려들면 우리의 사냥꾼들은 아직 끝내지 못한 일을 하러 마을과 가게로 후퇴해야 한다. 그러나 사냥꾼이 성공을 거두는 때가 더 많았다. 아침 일찍 물 한 양동이를 길으러 호수로 가면, 그 당당한 새가 약 10미터 앞에서 헤엄을 치며 내가 있는 만을 떠나는 모습이 자주 보였다. 그 새가 어떻게 움직이는지 보고 싶어 배를 타고 따라잡으려 하면 되강오리는 물속으로 들어가 완전히 자취를 감춰 버렸다. 그래서 때로는 그날 늦게까지도 다시는 그 새를 보지 못했다. 그러나 수면에서는 나도 만만한 상대가 아니었다. 비가 올 때도 되강오리는 모습을 드러내지 않았다.

몹시 고요한 어느 10월 오후, 나는 북쪽 호반으로 노를 저어가고 있었다. 특히 이런 날에는 되강오리가 박주가리의 솜털처럼 호수에 떠 있기 마련이라, 되강오리를 찾아 호수를 살펴보았지만 헛수고였다. 그러다 갑자기 한 마리가 호반에서 헤엄쳐 나와 내 앞에서 십여 미터 떨어진 호수 한복판으로 가더니, 그 격렬한 웃음을 터뜨리며 모습을 드러냈다. 내가 노를 저어 쫓아가자 그 새는 잠수해 버렸지만 다시 물 위로 나왔을 때 나는 아까보다 더 가까이 다가간 뒤였다. 되강오리는 다시 잠수를 했다. 그런데 그 새가 나올 방향을 내가 잘못 계산한 탓에 그 새가 수면에 다시 나타났을 때 우리의 간격은 약 250미터나 되었다. 내가 간격을 넓히는 데 일조한 셈이었다. 되강오리는 다시 큰 소리로 한참을 웃어 댔는데 사실 이번에는 웃을 이유가 충분했다. 되강오리는 무척 교활하게 움직여서 나는 20미터에서 30미터 이내로도 접근할 수가 없었다. 수면으로 나올 때마다 되강오리는 고개를 이쪽저쪽 돌려 호수와 땅을 침착하게 살펴보았고, 배와 최대한 멀리 떨어져 있고 수면이 가장 넓게 펼쳐진 곳으로 갈 수 있도록 경로를 선택하는 게 분명했다. 얼마나 신속하게 결정을 내리고 실행하는지, 놀랍기만 했다. 되강오리는 즉시 나를 호수에서 가장 넓은 수면으로 이끌었고, 나는 되강오리를 다른 곳으로 몰아갈 수가 없었다. 되강오리가 머릿속으로 어떤 생각을 하면, 나는 내 머릿속으로 그 생각을 알아내려고 노력했다. 매끄러운 수면 위에서 인간과 되강오리가 벌이는 멋진 게임이었다. 상대방의 말은 갑자기 게임판 밑으로 사라지는데 문제는 그가 다시 나타날 만한 곳과 가장 가까운 곳에 내 말을 놓는 것이다. 때로 그것은 뜻밖에도 내 반대편에서 나타난다. 분명 배 바로 밑을 지나간 것이다. 되강오리는 매우 오래 숨을 참을 수 있으며 쉽게 지치지도 않아서, 아주 멀리까지 헤엄쳐 가다가도 즉시 또 한 번 잠수를 하곤 했다. 그럴 때는 아무리 머리를 굴려도 깊은 호수 속, 매끄러운 수면 아래 어디쯤에서 그 새가 물고기처럼 빠르게 나아가고 있을지 알아낼 도리가 없었다. 되강오리는 숨도 오래 참을 수 있고 기력도 좋아서 가장 깊은 호수 바닥까지 내려갈 수도 있기 때문이었다. 뉴욕에서는 송어를 노리고 수심 25미터로 내린 낚싯바늘에 되강오리가 잡힌 적이 있다고 한다. 물론 월든 호수는 그보다 깊다. 딴 세상에서 온 이 꼴사나운 손님이 자기들 사이에서 질주하는 모습을 본 물고기들은 얼마나 놀랐을까! 그러나 되강오리는 수면에서와 마찬가지로 물 밑에서도 자신이 가야 할 길을 정확히 아는 것 같았고, 물속에서 훨씬 빨리 헤엄쳤다. 나는 되강오리가 수면으로 접근할 때 그 자리에 잔물결이 이는 모습을 한두 번 보았다. 녀석은 고개만 내밀어 주변을 살피고 곧장 물속으로 사라졌다. 나는 되강오리가 어느 쪽으로 올라올지 계산하려 애쓰기보다는 차라리 노를 내려놓고 다시 나타나기를 기다리는 편이 낫다는 것을 깨달았다. 눈에 힘을 주고 한쪽 수면을 노려보다가 갑자기 등 뒤에서 들려오는 그 섬뜩한 웃음소리에 깜짝 놀란 적이 여러 번이다. 그런데 되강오리가 그토록 교활하게 처신하다가 수면으로 올라오면 반드시 그 요란한 웃음소리로 자신을 드러내는 이유가 뭘까? 그 흰 가슴만으로도 존재를 드러내기 충분치 않았을까? 정말 어리석은 되강오리라고 나는 생각했다. 되강오리가 물 위로 올라올 때면 흔히 텀벙거리는 물소리가 들리기 때문에 되강오리가 나타났음을 알 수 있었다. 그러나 한 시간이 지나도 되강오리는 한결같이 기운찬 모습이었고, 기꺼이 물속으로 뛰어들어 처음보다 더 멀리까지 헤엄쳐 갔다. 일단 수면으로 올라오면 물속에서는 물갈퀴 달린 발을 열심히 놀리면서도 가슴 털 하나 들썩이지 않고 유유히 헤엄치는 모습이 참으로 놀라웠다. 되강오리의 평소 울음소

리는 악마의 웃음소리 같았지만 물새의 울음소리와도 닮은 데가
있었다. 그러나 가끔, 되강오리는 나를 완벽하게 좌절시킨 다음
멀리 떨어진 곳에서 다시 나타나서는 섬뜩한 소리를 길게 뽑으
며 울부짖었는데, 그럴 때 그 소리는 새가 아니라 늑대의 울음소
리 같았다. 마치 어느 야수가 주둥이를 땅에 대고 일부러 울부짖
는 것만 같았다. 이런 되강오리의 울음소리야 말로 내가 이곳에
서 들은 가장 야생적인 소리였다. 멀고 깊은 숲 속까지 울려 퍼
지는 소리였다. 나는 되강오리가 자신의 능력을 확신하고 내 노
력을 조롱하며 비웃는 것이라고 결론을 내리곤 했다. 이제 하늘
은 흐려졌지만 호수는 무척 잔잔해서 되강오리의 소리는 들리지
않아도 그 새가 수면의 어느 곳으로 나왔는지는 알 수 있었다.
자신의 흰 가슴과 평온한 대기, 잔잔한 물 때문에 새에게는 불
리한 상황이었다. 마침내 250미터쯤 떨어진 곳에서 되강오리는
수면 위로 올라와 되강오리들의 신에게 도움을 요청하는 것처럼
그 긴 울음소리를 뽑았고, 그 즉시 동쪽에서 바람이 불어와 수면
에 물결을 일으켰으며 안개비가 공중을 가득 메웠다. 되강오리
의 기도가 응답받았고 그의 신이 나에게 화를 내고 있는 것만 같
았다. 그래서 나는 요동치는 수면 위에서 되강오리가 멀리 사라
지는 모습을 가만히 바라만 보았다.

가을날이면 나는 오리들이 사냥꾼들로부터 멀리 떨어진 호수
한복판에서 약삭빠르게 방향을 바꾸며 헤엄치는 모습을 몇 시간
이고 지켜보았다. 루이지애나의 늪지대 같은 강어귀에서라면 그
다지 쓸 일이 없는 재주였다. 어쩔 수 없이 날아올라야 할 때면
호수를 빙글빙글 맴돌며, 다른 호수들과 강이 쉽게 보일 만큼 높

이 올라가 검은 점처럼 하늘에 떠 있었다. 그리고 내가 오리들이 가 버렸다고 생각할 때쯤, 오리들은 몇 백 미터쯤 되는 거리에서 비스듬히 날아와 멀리 떨어진 호젓한 곳에 내려앉았다. 그러나 오리들이 호수 한가운데에서 안전하게 헤엄칠 수 있다는 점 외에 월든에서 어떤 이득을 얻었는지, 나는 모른다. 어쩌면 나와 같은 이유로 이 호수를 사랑했던 게 아닐까.

난방

　10월에는 강가의 풀밭으로 포도를 따러 갔다가, 먹기만 하기에는 그 빛깔이며 향기가 무척이나 귀하게 느껴져서 몇 송이씩 들고 돌아왔다. 그곳에 있는 덩굴월귤도 감탄을 자아냈지만 따지는 않았다. 반지르르 윤기가 흐르는 그 작은 보석들이 빨간 진주처럼 왕포아풀에 주렁주렁 매달려 있는데, 농부들이 흉측한 갈퀴로 이것들을 긁어모으는 바람에 그 평온한 풀밭은 뒤죽박죽 어지럽혀지고 만다. 농부들은 풀밭에서 얻은 이 전리품을 아무 생각 없이 부셸이나 달러 단위로 계산해 보스턴과 뉴욕에 내다 판다. 이 열매들은 짓이겨져 **잼**이 되고 그곳에 있는 자연 애호가들의 입맛을 만족시킬 것이다. 이와 마찬가지로 도축업자들은 식물이 꺾이고 시들어도 아랑곳하지 않고 대초원의 풀밭에서 들소의 혀를 갈퀴로 긁어모은다. 매자나무의 반짝거리는 열매도 나에게는 오직 눈이 즐기는 음식이었다. 그러나 땅 주인이나 나그네들이 보지 못하고 지나친 야생 사과는 약한 불에 익혀 먹으려고 조금 따왔다. 또 밤이 여물면 겨울에 먹으려고 반 부셸 정도를 저장해 두었다. 이 계절에 링컨 마을에 끝없이 펼쳐진 밤나무 숲—이제는 철로 밑에서 긴긴 잠을 자고 있지만—을 떠도는 것은 매우 신 나는 일이었다. 어깨에는 자루를 하나 짊어지고 손에는 밤송이를 열 때 쓸 막대를 들고 다녔는데, 늘 서리가 내릴 때까지 기다리지 못하고 나선 탓에 나뭇잎이 바스락거리는 소리와 붉은 날다람쥐와 어치들이 큰소리로 질책하는 소리를 들으며 다녀야 했다. 나는 가끔 날다람쥐나 어치가 반쯤 먹고버린 밤을 훔치기도 했다. 그 동물들이 고른 밤송이에는 반드시실한 알밤이 들어 있었기 때문이다. 때로는 밤나무에 올라가 나무를 흔들었다. 내 집 뒤편에서도 밤나무들이 자랐는데 그중 한그루는 집을 거의 뒤덮을 만큼 커서 꽃이 피면 주변으로 온통 향기를 발산하는 꽃다발이 되었다. 그러나 그 열매는 대부분 다람쥐와 어치들이 가져갔다. 어치는 이른 아침에 무리 지어 날아와서는 밤송이가 떨어지기 전에 부리로 쪼아서 속에 든 밤을 꺼냈다. 나는 집 뒤편의 나무들은 이 동물들에게 양보하고 밤나무로만 이루어진 훨씬 먼 숲을 찾아갔다. 알밤은 나름대로 훌륭하게빵을 대체했다. 물론 다른 대용식도 많이 찾아낼 수 있었을 것이다. 어느 날은 미끼로 쓸 지렁이를 파내다가 덩굴에 달린 감자콩(학명 Apios tuberosa)을 발견했는데, 그것은 원주민의 감자라고 할 만한 일종의 전설적인 열매다. 언젠가 말했듯이, 나는 어린 시절에 정말 그것을 캐 먹은 적이 있었는지 의심이 들었고 그것을 먹게 되리라고는 꿈에도 생각하지 못했다. 전에도 주름 진벨벳 같은 그 빨간 꽃들이 다른 식물의 줄기에 기대고 있는 모습을 자주 보았지만 그게 이 감자콩인 줄은 몰랐다. 땅을 개간하면서 감자콩은 거의 멸종되고 말았다. 냉해를 입은 감자와 매우 비슷한 단맛이 나는데, 내가 먹어 보니 구울 때보다 삶을 때가 더 맛있었다. 감자콩의 덩이줄기는 미래의 어느 시기가 오면 자신의 아이들을 여기에서 소박하게 먹이고 키우겠노라는 자연의 어렴풋한 약속처럼 보였다. 소들은 살찌고 곡식들이 논밭에서 물결치는 오늘날, 한때 어느 인디언 부족의 토템이었던 이 소박한 뿌리는 기억에서 아예 잊혔거나 꽃이 핀 넝쿨로만 알려졌을 뿐이다. 그러나 야생의 자연이 다시 이곳을 지배하게 되면 허약하고 사치스러운 영국의 곡물들은 수많은 적들 앞에서 스러질 것이며, 사람이 옥수수를 보살피지 않으면 까마귀는 마지막 남은 옥수수 씨앗마저 인디언의 신이 다스리는 남서부의 드넓은 옥수수 밭으로 다시 가져갈 것이다. 원래 옥수수는 까마귀가 그곳에서 가져왔다는 말이 있다. 그러나 현재 거의 멸종되다시피 한 감자콩은 서리와 척박함에도 불구하고 되살아나 번성할 것이며, 자신이 이 땅의 토박이임을 증명하고 수렵 민족의 식량으로서 오래전에 지니고 있던 의의와 품위를 되찾을 것이다. 이 식물을 창조해 인디언에게 준 존재는 인디언이 숭배하던 곡물의 신이나 지혜의 여신이었을 것이다. 그리고 시(詩)가 이 땅을 지배하기 시작하면, 감자콩의 잎과 열매가 달린 덩굴은 우리의 예술품에도 모습을 드러낼 것이다.

나는 9월 1일이 되기도 전에 이미 호수 건너편에 있는 작은 단풍나무 두세 그루가 붉게 물든 모습을 보았다. 그 밑에서는 길쭉하게 튀어나온 곳에 서 있는 사시나무 세 그루가 호숫가로 하얀 줄기를 뻗고 있었다. 아, 이 나무들의 빛깔은 얼마나 많은 이야기를 들려주는지! 한 주, 한 주 지나는 동안 나무들은 저마다 서서히 개성을 드러냈고, 거울처럼 매끄러운 호수에 비친 제 모습을 넋을 잃고 바라보았다. 매일 아침 이 화랑의 관리자는 벽에 걸린 낡은 그림을 떼어 내고, 대신 한층 선명하거나 조화로운 색채가 돋보이는 새 그림을 걸었다.

10월에는 셀 수 없이 많은 말벌이 겨울을 지낼 장소라도 되는 듯이 내 집에 찾아와 창문 안쪽이나 천장에 자리를 잡고, 집으로 들어오려는 손님들을 이따금씩 저지하곤 했다. 나는 그 벌들이 추위로 마비된 아침이면 빗자루를 휘둘러 벌을 조금 밖으로 내보냈지만, 굳이 전부 없애려고 애쓰진 않았다. 심지어 내 집을 쓸 만한 안식처로 여겨 주니 뿌듯하기도 했다. 벌들은 나와 함께 잠을 자기도 했지만 심각하게 괴롭힌 적은 없었다. 그리고 겨울과 지독한 추위를 피하려고 내가 모르는 어느 틈새로 점차 사라졌다.

11월이 되어 말벌들처럼 월동 준비를 하기 전에, 나는 월든 호수의 북동쪽을 자주 찾아갔다. 그곳은 리기다소나무 숲과 돌이 많은 호반이 햇빛을 반사한 덕분에 호수의 난롯가 같은 곳이었다. 인공적으로 피운 불보다는 가능한 오래 햇볕으로 몸을 따뜻하게 하는 것이 훨씬 즐겁고 건강에 유익하다. 나는 이렇게 떠나 버린 사냥꾼처럼 여름이 남기고 간, 채 꺼지지 않은 불씨로 몸을 따뜻하게 했다.

나는 굴뚝을 지을 무렵 석공 기술을 공부했다. 내가 가져온 벽돌들은 중고였기 때문에 흙손으로 깨끗이 다듬어야 했다. 덕분에 나는 벽돌과 흙손의 특징을 보통 이상으로 알게 되었다. 벽돌에 붙은 회반죽은 50년이 넘는 것이었고, 계속해서 단단하게 굳어 간다고 한다. 그러나 그것은 사람들이 사실이건 아니건 남들이 하는 대로 되풀이하는 그런 말 중 하나다. 그런 말이야말로 시간이 지나며 더 단단하게 굳고 더 질기게 달라붙기 마련이며, 뭐든 아는 척하며 그런 말을 하고 다니는 사람을 떼어 내려면 흙손으로 수없이 두드려야 할 것이다. 메소포타미아의 많은 마을은 바빌론의 폐허에서 획득한 품질이 매우 좋은 중고 벽돌로 지어졌다. 그 벽돌에 붙은 시멘트는 더 오래된 만큼 아마 훨씬 단단할 것이다. 그건 그렇다 치더라도, 나는 흙손을 쓰면서 그토록 세차게 수없이 내려치는데도 닳지 않는 강철 특유의 강인함에 놀라고 말았다. 내 벽돌은 네부카드네자르[1]의 이름이 새겨지지는 않았지만 전에 굴뚝으로 쓰였던 것이라서, 일손을 덜고 버려지는 벽돌을 줄이려고 벽난로로 쓸 벽돌을 가능한 많이 골라냈다. 그리고 벽난로 주위에 벽돌을 쌓을 때는 사이사이의 빈틈을 호숫가에서 가져온 돌로 메우고 회반죽 역시 그곳에서 가져온 흰 모래로 만들었다. 나는 집에서 가장 핵심적인 부분인 벽난로에 가장 많은 시간을 들였다. 사실 어찌나 신중하게 작업했던지, 아침에 바닥부터 쌓기 시작했는데 밤이 되어서도 벽돌의 높이가 바닥에서 얼마 올라오지 않아 베개로나 삼아야 할 지경이었다. 그러나 그 일 때문에 목이 뻣뻣해진 것은 아니었다고 기억한다. 내 뻣뻣한 목은 더 오래전부터 나타난 증상이었다. 그 무

[1] 신(新) 바빌로니아 제국 2대 왕.

렵 나는 2주 정도 시인 한 명[2]을 집에 묵게 했는데, 그 때문에 비좁아서 애를 먹었다. 나에게는 칼이 두 개 있었지만 그는 자신의 칼을 가져왔고, 우리는 칼들을 흙속에 찔러 넣어 연마시키곤 했다. 그는 나를 거들어 요리도 했다. 공들인 벽난로가 점차 네모반듯하고 견고하게 쌓여 가는 모습을 보니 기분이 좋았다. 그리고 천천히 완성되는 만큼 오랜 시간 버틸 거라는 생각이 들었다. 굴뚝은 땅 위에 서서 집을 통해 하늘로 솟아오르는, 어느 정도 독립적인 건축물이다. 집이 불타 없어지더라도 굴뚝은 그대로 남아 있기도 하므로, 그 중요성과 독립성은 자명한 것이다. 이는 여름이 끝나갈 무렵의 일이었다. 그리고 이제 11월이 되었다.

북풍이 불어와 호수는 이미 차가워지고 있었다. 호수가 워낙 깊어 완전히 차가워지려면 바람이 몇 주는 더 꾸준히 불어야 할 터였다. 저녁에 불을 처음 피우기 시작했을 때는 벽에 회반죽을 바르기 전이었고 벽에 두른 판자 사이에 틈이 많아서 굴뚝으로 연기가 유난히 잘 빠져 나갔다. 나는 그 시원하고 통풍이 잘되는 방에서 기분 좋은 저녁을 보내기도 했다. 거칠고 옹이투성이의 갈색 판자들이 벽을 둘러싸고 머리 위 높은 곳에서는 나무껍질이 그대로 붙은 서까래가 보이는 방이었다. 회반죽을 바른 다음에는 솔직히 말해서 좀 더 아늑해졌지만 그 전만큼 눈이 즐겁지는 않았다. 무릇 사람이 사는 방이라면 천장이 높아 머리 위에 어슴푸레 어두운 공간이 생겨서 저녁이면 가물거리는 그림자들이 서까래 주위에서 춤추는 곳이어야 하지 않겠는가? 그런 그

2) 친구 엘러리 채닝을 뜻함.

림자의 형태가 프레스코 벽화나 다른 값비싼 가구들보다 공상과 상상을 펼치기에 더 알맞다. 이제야 나는 처음으로 내 집에 살게 되었다고 말할 수 있을 텐데, 몸을 피하는 곳일 뿐 아니라 온기를 얻는 곳으로도 사용되기 시작했기 때문이다. 나는 벽난로 바닥에서 장작을 좀 떼어 놓으려고 낡은 장작 받침쇠 한 쌍을 구해 두었고, 내가 지은 굴뚝 안쪽에 검댕이 생기는 모습을 보니 흐 뭇했다. 나는 평소보다 더 큰 자부심과 보람을 느끼며 난롯불을 뒤적였다. 내 집은 작아서, 집 안에서 소리가 울릴 일은 거의 없었다. 그러나 방이 하나뿐이고 이웃들과 멀리 떨어진 탓에 실제보다 넓어 보였다. 집 한 채가 갖출 만한 모든 매력이 방 하나에 집약되어 있었다. 방은 부엌이자 침실이자 응접실이자 거실이었다. 그리고 하나의 집에 살며 부모나 자녀로서, 주인이나 하인으로서 누릴 수 있는 만족이 무엇이건, 나는 그 모두를 만끽했다. 카토가 말한 것처럼, 한 가정의 **가장**(patremfamilias)은 시골 별장에 "기름과 포도주 저장실과 많은 통을 갖추어야 한다. 그러면 어려운 시기가 와도 마음이 즐거울 것이다. 이것이 그의 이익이자 미덕이요, 여왕이 될 것이다." 나에게는 지하실에 감자가 든 작은 통 하나와 바구미가 섞인 완두콩 한 되 정도가 있으며, 선반에는 약간의 쌀과 당밀 한 병 그리고 호밀과 옥수숫가루가 각각 반 말 정도 있다.

나는 가끔 황금기를 맞이한 더 크고, 사람이 붐비는 집을 상상해 본다. 내구성이 뛰어난 재료로 만들었으며 요란한 장식 따위는 없는 그 집은 역시 방 하나로만 구성되는데 그 방은 매우 넓고 투박하며, 견고하고 원시적인 데다 천장이 없고 회반죽 칠도 하지 않았으며, 고스란히 드러난 서까래와 도리[3]가 머리 위에 있는 일종의 낮은 하늘을 떠받치고 있어 비와 눈을 효과적으로 막아 준다. 문지방을 넘자마자 기력이 다한 고대 왕조의 농경 신 사투르누스에게 경의를 표했는데, 곧이어 왕대공과 상대공[4]이 인사를 받겠다고 서 있는 집이다. 동굴 같은 집이라서 지붕을 보려면 장대에 횃불을 매달아 높이 들어야 한다. 이 집에서 어떤 이는 벽난로 속에 살고, 어떤 이는 창문이 있는 우묵한 곳에 살며, 어떤 이들은 긴 의자에 살고, 어떤 이들은 방 한쪽 끝에서 살고 어떤 이들은 다른 쪽 끝에서 살며, 어떤 이들은 원한다면 높은 서까래 위에서 거미들과 함께 살기도 한다. 바깥문을 열면 바로 집 안으로 들어오게 되니 격식을 차릴 필요가 없다. 지친 나그네가 더 헤매지 않고, 씻고 먹고 대화를 나누고 잠들 수 있는 집이다. 폭풍이 치는 밤이면 반갑게 들어서게 될 피난처다. 집에 반드시 필요한 물건은 모두 있지만 특별히 신경 써서 관리해야 할 것은 없다. 집의 모든 보물을 한눈에 볼 수 있고, 사용할 물건은 모두 못에 걸려 있다. 부엌인 동시에 식품 저장실, 응접실, 침실, 창고, 다락방이다. 통이나 사다리처럼 반드시 필요한 물건과 찬장처럼 매우 편리한 시설이 보이고, 솥에서 보글거리는 소리가 들리며, 음식을 조리해 주는 불과 빵을 구워 주는 오븐에 경의를 표할 수 있는 집이다. 이곳에서 필수적인 가구들과 가재도구는 주요 장식품이나 다름없다. 빨래거리나 불

---

3) 서까래를 받치려고 들보와 직각 방향으로 놓는 나무.
4) 왕대공은 용마루의 보를 받치는 중앙의 기둥이고 상대공은 마루를 받치려고 마룻보 위에 세우는 짧은 기둥이다.

을 밖으로 내놓지 않아도 되고 안주인도 밖으로 나갈 일이 없으며, 아마도 가끔은 요리사가 지하실로 내려가야 하니 바닥에 달린 뚜껑 문에서 비켜 달라고 할 텐데, 덕분에 발을 구르지 않고도 바닥이 단단한지 아니면 그 아래가 비어 있는지 알 수 있는 그런 집이다. 집의 내부가 새 둥지처럼 개방되어 훤히 보이며, 앞문으로 들어와 뒷문으로 나가는 동안 집에 사는 사람들 중 누군가를 반드시 마주치게 된다. 이 집의 손님이 된다는 것은 집을 마음껏 돌아다닐 자유를 부여받는다는 뜻이지, 집의 8분의 7은 깐깐하게 출입 금지를 시키고 정해진 칸에만 손님을 가둬 둔 채, 독방에 감금된 그 손님에게 내 집처럼 편하게 지내라고 말하는 그런 곳은 아니다. 요즘에는 주인이 손님에게 **자기의** 난로를 내주지 않으며, 석공을 시켜 복도 어딘가에 손님이 쓸 난로를 하나 설치하니, 환대란 손님을 최대한 멀리 **떼어 놓는** 기술이 되었다. 요리는 손님을 독살할 계획이라도 있는 것처럼 너무 비밀스럽게 만들어진다. 나는 지금까지 많은 사람의 땅에 들어가 보았고 자칫 합법적인 퇴거 명령을 받을 수도 있었지만, 들어가 본 곳 중에 사람 사는 집이라고 느껴진 곳은 많지 않았다. 방금 묘사한 이런 집에서 소박하게 사는 왕과 왕비가 있고 내가 그쪽으로 갈 일이 있다면, 나는 낡은 옷을 그대로 입고 그 집을 찾아갈 것이다. 그러나 그곳이 현대식 궁전이라면, 어쩌다 들어갔다 해도 뒷걸음질 쳐서 빠져나오는 방법을 배우려고 안달할 것이다.

때로는 우리가 응접실에서 주고받는 말이 활력을 모두 잃고 완전히 쓸모없는 잡담으로 전락해 버렸으며, 말이 상징하는 바와 너무 동떨어진 삶을 사는 나머지 말의 은유와 비유가 말하자면 미끄럼틀과 식품용 승강기에 실려 아주 멀리 운반되는 듯한 생각이 든다. 즉 응접실이 부엌과 일터에서 너무 멀어졌다는 뜻이다. 식사조차 대개는 식사에 대한 우화에 불과하다. 자연과 진실 가까이에 살고 있어서, 거기에서 비유를 빌릴 수 있는 존재는 야만인뿐인 것만 같다. 미국 북서부 지방이나 아일랜드 해에 있는 맨 섬에 사는 학자가 부엌의 주요 쟁점이 무엇인지 어찌 알 수 있겠는가?

그러나 내 손님들 중 나와 함께 머물며 즉석 푸딩을 먹을 정도로 대담했던 사람은 한두 명에 불과했다. 손님들은 그런 위기가 다가오면, 마치 내 집의 토대가 흔들릴 것처럼 서둘러 퇴각했다. 하지만 많은 즉석 푸딩을 내놓는 동안에도 집은 굳건히 서 있었다.

얼어붙을 만큼 추운 날씨가 되어서야 나는 회반죽을 칠했다. 이 일을 하기 위해 호수 반대편에서 더 희고 깨끗한 모래를 배에 실어 날랐다. 배는 필요하다면, 훨씬 먼 곳까지도 가고 싶은 마음이 들 만한 운송 수단이었다. 그러는 사이 내 집은 사면이 바닥까지 널빤지로 뒤덮였다. 윗가지를 붙일 때는, 망치질을 한 번만 해도 못이 제자리에 어김없이 박혀 뿌듯했다. 그리고 판자에 모아 둔 회반죽을 벽으로 옮겨 깔끔하고 신속하게 바르는 것이 내 야망이었다. 나는 멋진 옷을 입고 마을을 어슬렁거리면서 인부들에게 조언을 해 대던 어느 교만한 남자의 이야기가 떠올랐다. 어느 날, 그는 말이 아니라 행동으로 보여 주려고 소매를 걷어 붙이고는 미장이의 흙받기를 붙잡았다. 그리고 흙손으로 회반죽을 무사히 뜬 다음 머리 위의 윗가지를 득의양양한 얼굴로 바라보며 그쪽으로 대담하게 흙손을 내밀었다. 그리고 그 순간, 흙손에 있던 회반죽이 주름 잡힌 옷가슴에 전부 떨어지고 말았으니 망신도 그런 망신이 없었다. 나는 회반죽 칠의 경제성과 편리성에 새삼 감탄했다. 회반죽 칠을 하면 냉기가 효과적으로 차단되고 깔끔하게 마무리 지을 수 있다. 또 나는 미장이가 저지르기 쉬운 여러 실수에 대해서도 알게 되었다. 늘 목이 마른 벽돌은 내가 회반죽을 평평하게 다듬기도 전에 그 속에 있는 수분을 모두 흡수해 버리며, 그래서 새 벽난로를 처음으로 사용하려면 여러 통의 물이 필요하다는 것을 알고 나니 놀랍기만 했다. 나는 이전 해 겨울에 시험 삼아 강에서 나는 민물 홍합(학명 Unio fluviatilis) 껍데기를 태워 소량의 석회를 만든 적이 있었다. 그래서 재료를 어디에서 구해야 하는지 알고 있었다. 마음만 먹으면 2~3킬로미터 이내에서 괜찮은 석회석을 구하거나 내가 직접 불에 태워서 만들 수도 있을 터였다.

그사이에 호수의 가장 그늘지고 가장 얕은 만에 살얼음이 얼었다. 며칠, 혹은 심지어 몇 주가 지나서야 호수 전체가 얼어붙었다. 첫 얼음은 특히 흥미롭고 완벽하다. 단단하고 색이 진하면서도 투명해서 얕은 호수 바닥을 조사할 가장 좋은 기회를 주기 때문이다. 두께가 고작 2.5센티미터 정도인 얼음 위에 몸을 뻗어 수면 위의 소금쟁이처럼 엎드리면 불과 10센티미터 떨어진 호수의 바닥을 유리 너머의 그림을 바라보는 것처럼 살펴볼 수 있는데, 그 무렵의 호수는 언제나 잔잔하다. 모래에는 어떤 동물이 지나갔다가 다시 돌아온 것처럼 고랑이 많이 파여 있다. 또 흰 석영의 미세한 알갱이로 구성된 날도래 유충의 허물이 잔해처럼 흩뿌려져 있다. 허물의 일부가 고랑에 떨어진 상황으로 봐서는 어쩌면 이 생물이 고랑을 만들었을지도 모르지만, 그 고랑은 날도래 유충이 만들기에는 너무 깊고 넓다. 그러나 얼음 자체가 가장 흥미로운 관찰 대상이다. 다만 그것을 연구하려면 아주 이른 시간을 이용해야 한다. 얼음이 언 다음 날 아침에 자세히 살펴보면, 공기 방울 대부분이 처음에는 얼음 속에 있는 것 같지만 실은 얼음 밑에 있으며 더 많은 공기 방울이 끊임없이 바닥에서 올라오고 있음을 알게 된다. 아직 얼음은 비교적 단단하고 어두워서 얼음을 통해 물을 볼 수가 있다. 지름이 0.3밀리미터에서 3밀리미터까지 다양한 이 공기 방울은 무척 맑고 아름다워서 바라보는 내 얼굴이 얼음 너머 공기 방울 속에 어릴 정도다. 얼음 6제곱센티미터당 이런 공기 방울이 서른 개에서 마흔 개는 있는 듯하다. 얼음 속에도 이미 가늘고 긴 공기 방울들이 수직으로 늘어서 있는데 길이는 1.2센티미터 정도고 정점이 위쪽에 있는 길고 예리한 원뿔 모양이다. 이제 막 생긴 얼음의 경우에는 작고 동그란 공기 방울들이 구슬을 엮어 놓은 듯이 다닥다닥 붙어 있다. 그러나 얼음 속에 있는 공기 방울들은 얼음 밑에 맺힌 공기 방울들만큼 많지도 않고 선명하지도 않다. 가끔 나는 얼음의 강도를 시험하려고 돌을 던져 보았는데, 얼음을 뚫고 들어간 돌들은 공기도 함께 끌고 들어가서 얼음 밑에 크고 뚜렷한 공기 방울들이 달라붙었다. 어느 날은 48시간이 지난 뒤 같은 장소에 가 보았더니, 얼음 가장자리의 이음매로 분명히 알 수 있었듯이 얼음은 2.5센티미터 정도 더 두껍게 얼었지만 그 큰 공기 방울들은 고스란히 남아 있었다. 그러나 최근 이틀 동안 '인디언 서머'[5]라도 찾아온 듯 날씨가 매우 따뜻했기 때문에, 짙은 초록빛 물과 호수 바닥을 보여 주던 투명한 얼음이 이제는 불투명해졌고 희끄무레하거나 잿빛을 띠었다. 그리고 얼음은 두 배로 두꺼워졌지만 전보다 더 단단하지는 않았는데, 따뜻한 날씨에 공기 방울들이 크게 팽창하며 서로 달라붙어서 규칙성을 잃어버린 탓이었다. 이제는 수직으로 나열된 공기 방울보다는 자루에서 쏟아진 은색 동전처럼 서로 포개지거나 살짝 쪼개진 틈에 낀 얇은 조각 같은 형태가 더 많았다. 얼음의 아름다움은 사라져 버렸고, 호수 바닥을 살펴보기에도 너무 늦어 버렸다. 내가 만든 큰 공기 방울들이 새로 생긴 얼음과의 관계에서 어떤 위치를 차지하는지 궁금해진 나는 중간 크기의 공기 방울이 든 얼음 조각을 깨서 뒤집었다. 새로 형성된 얼음은 공기 방울 주변과 그 밑에 형성되어 있었으므로, 공기 방울은 두 얼음 사이에 낀 상태였다. 공기 방울은 모두 아래쪽 얼음에만 있었지만 위쪽 얼음에 달라붙어 있었고, 모양은 납작했는데 끝이 둥글어 렌즈와 비슷했고, 두께는 6밀리미터에 지름은 10센티미터가 조금 넘었다. 놀랍게도 공기 방울 바로 아래의 얼음은 뒤집은 접시 형태로 매우 고르게 녹아 있었고, 가운데 부분의 두께가 1.5센티미터 정도였으므로 물과 공기 방울 사이에는 불과 3밀리미터 두께의 얇은 칸막이만이 남아 있는 셈이었다. 여러 곳에서 이 칸막이 속에 있는 작은 공기 방울들은 아래쪽으로 터진 상태였는데 아마도 지

---

5) 북아메리카에서 늦가을쯤에 며칠 정도 갑자기 날씨가 따뜻해지는 기간을 일컫는 말.

름이 30센티미터 정도 되는 가장 큰 공기 방울들 밑에는 얼음이 없었던 모양이다. 내가 처음 본, 얼음 밑에 매달려 있던 수많은 작은 공기 방울들도 지금쯤 마찬가지로 얼어붙었을 테고 하나하나가 각자의 각도에 따라 돋보기 역할을 해서 밑에 있는 얼음을 녹여 없애 버렸을 것이다. 이 공기 방울들이야말로 얼음을 쩌억하고 가르는 작은 공기총인 셈이다.

내가 회반죽 칠을 끝마치자마자 드디어 겨울이 본격적으로 시작되었다. 바람은 그때까지 허락이 떨어지기만을 기다렸다는 듯이 집 주변에서 울부짖기 시작했다. 밤마다 기러기들이 어둠 속에서 무거운 몸을 이끌고 큰 소리로 울고 날개를 퍼덕이면서 찾아왔다. 땅이 눈으로 뒤덮인 뒤에도, 어떤 기러기들은 월든 호수에 내려앉았고 어떤 기러기들은 숲 위를 나지막이 날아 멕시코로 가려고 페어헤이븐으로 향했다. 몇 번은 밤 열 시나 열한 시에 마을에서 집으로 돌아오면서, 집 뒤편 작은 연못 옆의 숲 속에서 먹이를 찾으러 나온 기러기 떼나 오리 떼가 낙엽을 밟는 소리와 희미하게 끼루룩거리거나 왝왝거리는 우두머리의 지시에 따라 서둘러 날아오르는 소리를 들었다. 1845년에 월든 호수는 12월 22일 밤에야 처음으로 전체가 얼어붙었다. 플린츠 호수와 그 외의 수심이 얕은 몇몇 호수 그리고 콩코드 강은 이미 그보다 열흘 정도 일찍 얼어 있었다. 1846년에는 12월 16일에, 1849년에는 12월 31일경에, 1850년에는 12월 27일경에, 1852년에는 1월 5일에, 1853년에는 12월 31일에 얼어붙었다. 눈은 11월 25일부터 이미 땅을 뒤덮으며 갑자기 내 주변을 겨울 풍경으로 감싸 버렸다. 그러나 나는 내 껍데기 속으로 더욱 깊이 파고들었고, 집 안에도 내 가슴 속에도 환한 불을 꾸준히 지피려고 노력했다. 이제 내가 집 밖에서 할 일은 숲에서 고목을 모아 품에 안거나 어깨에 메고 헛간으로 나르는 것이었다. 가끔은 소나무 고목을 양 옆구리에 하나씩 끼고 질질 끌고 오기도 했다. 가장 화려한 시절을 보내고 난 숲의 낡은 울타리는 내게 월척이나 다름없었다. 그 나무가 '경계의 신' 테르미누스를 섬기던 때는 지나갔으므로, 나는 그것을 '불의 신' 불카누스에게 바쳤다. 이제 막 눈을 헤치고 저녁을 요리할 땔감을 찾아온, 아니 훔쳐 온 사람의 식사는 그 얼마나 흥미로운 행사인가! 그의 빵과 고기는 달고 맛있다. 사람들이 사는 마을 대부분의 숲 근처에는 땔감으로 쓸 만한 온갖 종류의 삭정이와 못 쓰는 나무가 얼마든지 있는데, 현재는 불을 피우는 데 전혀 쓰지 않으며 어떤 이들은 그런 나무가 어린 숲의 성장을 방해한다고 생각한다. 또 호수에 떠다니는 유목(流木)이 있었다. 여름을 보내는 동안 나는 철로를 건설할 때 아일랜드 노동자들이 껍질을 벗기지 않은 리기다소나무를 통나무 그대로 엮어 만든 뗏목을 발견했다. 나는 그 뗏목을 물가로 어느 정도 끌어올렸다. 2년 동안 물에 젖어 있다가 6개월을 육지에서 보낸 이 나무는 다 마를 수 없을 만큼 물이 배어 있었지만 상태는 흠잡을 데 없이 좋았다. 어느 겨울날, 나는 그 뗏목에서 통나무를 풀어 낱개로 만든 뒤 미끄러뜨리듯 운반하며 호수를 800미터쯤 건넜는데 정말 재미있었다. 길이가 5미터인 통나무 한쪽 끝을 어깨에 얹고 다른 쪽은 얼음 위에 내려놓은 채 뒤에서 밀거나, 통나무 몇 개를 자작나무 가지로 묶은 다음 끝 부분이 갈고리처럼 둥글고 긴 자작나무나 오리나무를 통나무 사이에 끼워 끌기도 했다. 완전히 물을 먹어 납덩이처럼 무거웠음에도, 이 통나무들은 불 속에서 오랫동안 탔을 뿐 아니라 불길도 매우 뜨거웠다. 아니, 물이 배어 더 잘 탄다는 생각이 들었다. 물에 적신 송진이 램프 속에서 더 오래 타듯이 말이다.

영국의 저술가 길핀은 영국의 숲 경계에 사는 사람들을 묘사하며 이렇게 말한다. "무단 침입자들이 숲의 경계에 짓는 집과 울타리는" 짐승들을 놀라게 하고 숲을 해칠 위험이 있어 "옛 삼림법에서는 심각한 불법 행위로 간주되었고 **공유지 침해**라는 죄목으로 엄한 처벌을 받았다." 그러나 나는 사슴과 사슴이 숨는 푸른 숲을 보존하는 데 사냥꾼이나 나무꾼 이상으로 관심이 많다. 삼림 감독관이나 다름없이 말이다. 비록 나는 실수로 숲에 불을 낸 적이 있기는 하지만, 어디든 숲의 일부가 불에 타면 나는 숲의 주인보다 더 오래 슬퍼하며 더 큰 비탄에 빠졌다. 아니, 나는 숲의 주인이라는 이들이 나무를 베어 낼 때도 슬픔을 참지 못했다. 이 나라의 농부들이 숲을 베어 낼 때, 고대 로마 인들이 **신성한 숲**(lucum conlucare)에 빛이 들도록 나무들을 베어 내며 품었던 그런 경외감을 가지기를 바란다. 로마 인들은 숲이 어느 신에게 바쳐진 것이라고 믿었다. 그들은 속죄 제물을 바치며 기도했다. "이 숲을 받은 남신, 혹은 여신이시여 저와 제 처자식에게 은혜를 베풀어 주소서."

이 시대, 이 새로운 나라에서도 나무에 대단한 가치, 즉 황금보다 더 영구적이고 보편적인 가치를 부여한다는 사실을 생각하면 놀라울 뿐이다. 인류가 그토록 많은 것을 발견하고 발명했음에도 나무 더미를 그냥 지나칠 사람은 없을 것이다. 나무는 우리의 선조들인 앵글로색슨 족과 노르만 족에게 그랬듯이 우리에게도 소중하다. 그들이 나무로 활을 만들었다면, 우리는 나무로 총의 개머리판을 만든다. 30년도 더 전에 미쇼[6]가 말하길, 뉴욕과 필라델피아에서 땔감으로 쓰이는 나무의 가격이 "파리에서 파는 최상급 목재의 가격과 비슷하거나 때로는 더 높다. 이 거대한 수도는 매년 30만 코드가 넘는 장작을 소비하고 사방 500킬로미터까지는 경작지로 둘러싸여 있는데도 그렇다." 우리 마을에서도 장작 가격은 거의 꾸준히 오르고 있으며 문제가 있다면 전년보다 올해 얼마나 더 오르느냐는 것뿐이다. 다른 용건도 없이 숲을 찾아오는 기계공이나 상인들은 분명 목재 경매에 참여하러 온 것이며, 심지어는 나무꾼이 남기고 간 부스러기를 줍는 특권을 고가에 구입하기도 한다. 인간은 아주 오래전부터 연료와 예술품의 재료를 구하려고 숲을 찾았다. 뉴잉글랜드 사람이나 뉴네덜란드 사람, 파리 사람과 켈트 족, 농부와 로빈 후드, 구디 블레이크와 해리 길[7], 세계 거의 모든 나라의 군주건 농부건, 학자건 미개인이건 누구나 마찬가지로 몸을 따뜻하게 하고 음식을 조리하기 위해서는 숲에서 가져온 약간의 나무가 필요하다. 나 역시 그것 없이는 살 수 없다.

사람들은 누구나 자신이 쌓은 장작더미를 일종의 애정을 가지고 바라본다. 나는 장작더미를 창문 밖에 쌓아 두는 것을 무척 좋아하는데, 그 장작더미가 높으면 높을수록 즐겁게 일하던 때

---

6) 프랑스 박물학자 프랑수아앙드레 미쇼를 말함.

7) 영국 낭만주의 시인 워즈워스의 시 「구디 블레이크와 해리 길」에서 가난한 노파인 구디 블레이크와 젊고 건강한 가축상 해리는 땔감을 두고 갈등을 겪는다.

가 더욱 선명하게 떠올랐다. 나에게는 주인을 알 수 없는 낡은 도끼 한 자루가 있었다. 겨울날에는 가끔 집의 양지바른 곳에 자리 잡고 콩밭에서 파낸 나무 그루터기를 그 도끼로 쪼갰다. 내가 쟁기질을 하고 있을 때 소를 몰고 지나가던 사람이 예언했듯이, 그 그루터기는 나를 두 번 따뜻하게 해 주었다. 한번은 내가 그것을 쪼갤 때였고 다른 한번은 그것으로 불을 지필 때였는데 어떤 연료도 그 이상의 열기를 뿜어낼 수는 없을 터였다. 도끼로 말하자면, 마을 대장장이에게 가져가서 '다듬으라'는 조언을 들었다. 하지만 나는 대장장이를 건너뛰고, 숲에서 가져온 히커리 나무로 자루를 만들어 붙여 쓸 만한 도끼로 만들었다. 날은 무디긴 했지만 적어도 자루는 튼튼했다.

송진이 풍부한 소나무 조각 몇 개는 대단한 보물이었다. 불을 살리는 이 양식이 깊은 땅속에 얼마나 많이 감춰져 있는지 떠올려 보면 흥미롭기만 하다. 예전에는 리기다소나무 숲이었지만 이제는 헐벗은 산들을 나는 이전 몇 년 동안 종종 '탐사'하며 쏘다녔고, 그곳에서 송진이 풍부한 소나무 뿌리들을 캐냈다. 이런 뿌리는 거의 썩지 않는다. 적어도 30~40년은 된 그루터기들은 속은 아직 온전하겠지만 백목질[8]은 모두 부식토가 되어 버렸다. 그루터기 중심에서 10~15센티미터 떨어진 지점에 두꺼운 나무껍질 층이 흙과 같은 높이로 둥근 테를 형성한 모습을 보면 알 수 있다. 도끼와 삽으로 이 광산을 탐색해 보면, 깊은 땅속에서 쇠기름처럼 노란 골수가 모인 곳이 나타나는데, 마치 금맥이라도 만난 기분이다. 그러나 대개 나는 눈이 내리기 전에 숲에서

8) 나무껍질 바로 안쪽에 있는 희고 무른 부분.

가져와 헛간에 저장해 둔 마른 나뭇잎으로 불을 지폈다. 나무꾼들은 숲에서 야영할 때 녹색 히커리 나무를 가늘게 쪼개 불쏘시개로 쓴다. 나도 이따금씩 그것을 조금 쓰긴 했다. 마을 주민들이 지평선 너머에서 불을 피우고 있을 때면 나 역시 굴뚝으로 가늘고 긴 연기를 피워 월든 골짜기의 다양한 야생 주민들에게 내가 깨어 있음을 알렸다.

가벼운 날개를 단 연기여,
높이 날아오르며 제 날개를 녹이는 이카로스의 새여,
노래하지 않는 종달새, 새벽의 전령이여,
작은 마을 위를 둥지인 듯 맴도는구나.
혹은 떠나가는 꿈인가, 치맛자락을 끌어 올리는
한밤의 환영 그 어렴풋한 형상인가.
밤에는 별에 베일을 씌우고
낮에는 해를 가려 빛을 어둡게 하는구나.
그대 나의 향이여, 이 난로에서 높이 날아올라
이 빛나는 불길을 눈감아 달라고 신들에게 청해 주렴.

갓 잘라 낸 단단한 생나무는 거의 사용한 적은 없지만 다른 땔감보다 내 목적에 더욱 알맞았다. 겨울날 오후에는 가끔 불을 활활 피워 놓고 산책을 나서곤 했다. 그리고 서너 시간 뒤에 돌아와 보면, 불이 꺼지지 않고 여전히 타오르고 있었다. 내가 나가고 없어도 집은 비어 있는 게 아니었다. 마치 쾌활한 가정부를 남겨 둔 듯했다. 그곳에서 나와 불이 함께 살고 있었다. 그리고 보통 내 가정부는 믿음직했다. 그러나 하루는 장작을 패고 있다가 집에 불이 붙진 않았는지 창문으로 들여다봐야겠다는 생각이 들었다. 내 기억으로는 그 문제로 유난히 염려가 되었던 적은 그때가 유일했다. 집 안을 들여다보니 불꽃이 침대로 튄 상황이었다. 나는 집으로 들어가 불을 껐는데 불에 탄 자국이 손바닥만하게 남아 버렸다. 하지만 내 집은 햇볕이 잘 들고 비바람이 들이치지 않는 위치에 있었으며 지붕이 매우 낮아서, 겨울에도 한낮에는 거의 불을 지피지 않아도 되었다.

내 지하실에서는 두더지들이 보금자리를 꾸미고 감자를 3분의 1이나 갉아 먹고 있었다. 심지어 회반죽 칠에 쓰고 남은 털과 갈색 종이로 그곳에 아늑한 침대까지 마련해 놓았다. 가장 야생적인 동물들도 사람과 마찬가지로 안락함과 온기를 좋아하기 마련이며, 주도면밀하게 그것을 확보해야만 겨울 동안 생존할 수 있다. 내 친구들 중에는 내가 얼어 죽으려고 숲에 들어온 것처럼 이야기하는 이들이 있다. 동물들은 비바람을 막아 주는 장소에 잠자리만 마련하고, 제 몸으로 그것을 덥힌다. 그러나 불을 발견한 인간은 널찍한 방에 공기를 가두고, 체온을 빼앗기는 대신 그 공기를 데워 침대로 삼는다. 그곳에서는 거추장스러운 옷을 벗고 돌아다니며 한겨울에도 여름 같은 기온을 유지할 수 있다. 그리고 창문이 있어 햇빛까지 들어오며 램프가 있어 낮을 연장할 수 있다. 이런 식으로 인간은 본능보다 한두 발 앞서 걸으며 예술에 쏟을 약간의 시간을 마련한다. 사납기 짝이 없는 바람에 장시간 시달리느라 온몸이 무감각해졌을 때, 집 안의 온화한 공기 속으로 들어오면 나는 금세 몸의 기능을 회복하고 생명을 연장할 수 있었다. 그러나 이 점에 있어서는 제아무리 호화로운 집에 사는 사람들도 자랑할 점이 거의 없으며, 우리는 인류가 결국 어떻게 멸망할 것인지 골치 아프게 추측할 필요도 없다. 좀 더 매서운 북풍이 불어오기만 해도 생명의 실은 쉽게 끊어질 테니 말이다. 우리는 종종 '혹독히 추웠던 금요일'이나 '대폭설이 덮친 날'을 겪고도 지금까지 목숨을 부지하고 있지만, 조금 더 혹독한 금요일이나 조금 더 큰 폭설이 내리면 지상에서 인간의 존재는 종지부를 찍을 것이다.

내가 숲의 주인은 아니었으므로, 이듬해 겨울에는 절약 차원에서 작은 조리용 화로를 사용했다. 그러나 그것은 한쪽이 뚫린 벽난로처럼 불을 잘 유지하지 못했다. 또 그때쯤 요리는 더 이상 시적인 일이 아니라 단순히 화학적인 과정일 때가 대부분이었다. 요즘 같은 난로의 시대에는 우리가 인디언의 방식을 따라 잿더미 속에 감자를 넣고 구웠다는 사실도 곧 잊히고 말 것이다. 화로는 자리를 많이 차지하고 집에 냄새를 풍길 뿐 아니라 불길을 감춰 버려서, 나는 마치 친구 하나를 잃은 기분이었다. 불길 속에서는 반드시 어떤 얼굴이 보인다. 일꾼들은 저녁에 불길을 들여다보며 낮 동안 쌓인 찌꺼기와 세속의 먼지를 머릿속에서 깨끗이 지워 버린다. 그러나 나는 이제 불 앞에 앉아 불길을 들여다볼 수 없었고, 그래서 어느 시인이 읊은 적절한 시구가 새삼 힘차게 내 머릿속에 떠올랐다.

"밝게 타오르는 불꽃이여, 삶을 비추는 그대의
다정하고 친근한 연민을 내게 금하지 말아다오.

내 희망이 아니면 그 무엇이 그토록 밝게 높이 솟아오르겠는가?

내 운명이 아니면 한밤중에 그 무엇이 그토록 낮게 꺼져 가겠는가?

그대는 어찌하여 우리의 벽난로와 복도에서 추방당했는가?

모두에게 환영받고 사랑받던 그대가 아니었던가!

몹시도 흐릿한 우리 삶의 평범한 빛에 비하면

그때 그대가 너무 환상적인 존재였던 것일까?

그대의 환하고 밝은 빛은 뜻이 맞는 우리의 영혼과

신비로운 대화를 나누지 않았던가? 너무도 대담한 비밀마저!

이제 우리는 벽난로 옆에 앉아 안전과 견고함을 누린다.

그곳에서는 어두침침한 그림자도 깜빡이지 않고

기쁨이나 슬픔을 부추기는 것도 없이 그저

손발을 따뜻하게 해 주는 불길만 있을 따름이니…… 더 큰 열망도 없다.

그 간편하고 실용적인 무더기 옆에서

현재라는 순간은 자리에 앉아 잠이 들겠지만

어슴푸레한 과거에서 걸어 나와 너울거리는 옛 장작불 옆에서

우리와 함께 이야기를 나누던 유령도 두려워하지 않으리라."[9]

---

9) 미국의 시인 앨런 스터기스 후퍼의 시 「장작불」 중에서.

전에 살던 이들과 겨울 손님들

나는 신명 나게 휘몰아친 몇 번의 눈보라를 견뎌 냈다. 밖에서 사납게 몰아치는 눈이 올빼미의 울음소리마저 잠재웠지만 나는 난롯가에 앉아 즐거운 겨울 저녁을 보내곤 했다. 몇 주 동안은 산책을 나가도 나무를 베서 마을까지 썰매에 실어 나르는 사람들을 가끔씩 보는 것 외에는 누구도 만나지 못했다. 하지만 자연의 힘에 이끌린 나는 숲 속에 높이 쌓인 눈 사이로 길을 냈다. 내가 한 번 지나가면 바람이 내 발자국 속으로 떡갈나무 잎들을 날려 보냈고, 잎들은 그 자리에 머무르며 햇빛을 흡수해 눈을 녹였다. 그렇게 발로 밟고 다니기 좋은 마른 바닥이 생겼고 밤이면 검은 선처럼 이어진 잎들이 내 길잡이가 되어 주었다. 사람들과 교제를 나누는 대신, 나는 전에 이 숲에 살던 사람들을 상상 속에서 불러내지 않을 수 없었다. 많은 마을 주민들이 기억하기로는, 현재 내 집이 있는 곳과 가까운 길을 지날 때면 숲에 사는 사람들이 웃고 떠드는 소리가 들려왔으며 집 가장자리를 둘러싼 숲에는 그 사람들의 텃밭과 집이 곳곳에 자리 잡고 있었다고 한다. 물론 당시에는 숲이 지금보다 훨씬 울창했다고 한다. 내 기억으로도, 어떤 곳들은 마차가 지나갈 때 길 양쪽 소나무들이 일제히 긁히곤 했고, 어쩔 수 없이 그 길을 걸어 혼자 링컨 마을로 가야 했던 여자들과 어린아이들은 겁에 질린 채 걸음을 옮겼으며 먼 거리를 뛰어서 갈 때도 많았다. 비록 이 길은 이웃 마을로 가거나 나무꾼의 수레가 지나갈 때 주로 이용하는 보잘것없는 길이었지만, 그때는 지금보다 훨씬 다양한 모습을 뽐내며 나그네를 즐겁게 해 주었고 그의 기억 속에도 더 오래 머물렀다. 지금은 단단하고 탁 트인 밭이 마을에서 숲까지 펼쳐져 있지만, 그때에는 통나무를 깔아 만든 길이 담갈색 습지를 가로질러 나 있었다. 현재는 구빈원으로 쓰이는 스트래튼 농장에서 브리스터 언덕까지 이어지는 먼지투성이 도로 밑에 아직 그 흔적이 분명히 남아 있을 것이다.

내 콩밭 동쪽 길 건너에는 카토 잉그램이 살았는데, 그는 콩코드 마을의 유지이자 신사인 던컨 잉그램의 노예였다. 주인은 월든 숲 속에 집을 한 채 지어서 노예가 거기 살도록 해 주었다. 그 노예는 우티카의 카토[1]가 아니라 콩코드의 카토인 셈이었다. 어떤 이들은 그가 서아프리카 기니 출신의 흑인이었다고 말한다. 호두나무들 사이에 있던 그의 작은 밭을 기억하는 이도 몇 사람은 된다. 카토는 늙으면 필요하리라 생각되어 그 호두나무를 키웠다고 한다. 그러나 더 젊고 피부가 하얀 투기꾼이 결국

---

1) 카이사르와 동시대에 살았던 로마의 정치가로 북아프리카 우티카에서 세상을 떠난 마르쿠스 포르시우스 카토를 가리킨다.

그 나무들을 차지해 버렸다.

하지만 그 사람도 현재는 다른 사람들과 똑같이 좁은 집[2]을 차지하고 있다. 반쯤 사라진 카토의 지하실은 아직 그대로 남아 있지만, 주변을 에워싼 소나무가 행인들로부터 감추고 있는 탓에 그 존재를 아는 사람은 거의 없다. 현재 그곳은 매끄러운 옻나무 관목(학명 **Rhus glabra**)으로 뒤덮였으며 메역취 중에서도 가장 일찍 꽃을 피우는 종(학명 **Solidago stricta**)이 무성하게 자라고 있다.

마을과 좀 더 가까운 내 콩밭 모퉁이에는 유색 인종인 질파라는 여인의 작은 집이 있었다. 그곳에서 그녀는 마을 주민들에게 팔 리넨을 짰는데, 목소리가 크고 독특한 탓에 그녀가 소리 높여 노래하면 월든 숲 속이 쩌렁쩌렁 울렸다. 결국 1812년 영국과의 전쟁 중에 그녀가 집을 비운 사이, 가석방된 영국인 병사들이 그녀의 집에 불을 질렀고, 그녀가 기르던 고양이와 개와 암탉들까지 모조리 불에 타 버렸다. 그녀는 힘겹고 어느 정도는 잔혹한 삶을 살았다. 이 숲을 자주 드나들던 어떤 사람이 기억하기로는, 어느 날 정오에 그녀의 집을 지나가는데 그녀가 부글거리는 냄비를 보면서 "넌 죄다 뼈뿐이야, 뼈!"라고 중얼거리는 소리가 들렸다고 한다. 내가 보니 그곳에는 떡갈나무 잡목 숲 사이에 벽돌만 조금 남아 있었다.

길을 따라 내려가다 보면 오른쪽의 브리스터 언덕 위에 '손재주 좋은 흑인' 브리스터 프리먼이 살았는데, 그는 한때 대지주 커밍스의 노예였다. 그 언덕에는 브리스터가 심고 가꾼 사과나

---

2) 무덤을 뜻함.

무들이 아직도 자라고 있다. 이제는 큰 노목이 되었지만 그 열매를 먹어 보니 여전히 사과답게 맛있었다. 얼마 전에 링컨 마을의 오래된 묘지에서 그의 묘비명을 읽은 적이 있다. 콩코드 전투 때 후퇴하다 쓰러진 영국 척탄병들의 이름 없는 무덤 근처 한쪽 구석에 자리 잡은 작은 묘비였다. '시피오 브리스터'라고 쓰여 있었는데 스키피오 아프리카누스[3]라고 불릴 근거는 있었겠지만, 마치 그가 탈색이라도 되었다는 듯이 '유색인'이라는 표현이 덧붙어 있었다. 묘비명에는 그가 죽은 날짜가 눈에 띌 만큼 강조되어 있었지만 이는 그가 한때 살아 있었다는 사실을 나에게 간접적으로 알려 주는 방식일 뿐이었다. 그는 펜다라는 친절한 아내와 함께 살았다. 그녀는 점치는 여자였는데 언제나 기분 좋은 결과를 말해 주었다. 몸집이 크고 둥글둥글했으며 피부는 그 어떤 밤의 아이들보다도 검었다. 그토록 까만 달은 그 이전에도 이후에도 콩코드에 뜬 적이 없다.

언덕을 따라 더 내려오면 왼쪽 숲 속의 오래된 길 위에 스트래튼 가족이 살았던 농가의 흔적이 있다. 그 가족의 과수원은 한때 브리스터 언덕의 비탈을 모조리 뒤덮었지만 아주 오래전에 리기다소나무들에 잠식되어 그루터기 몇 개만 남았다. 그러나 마을에서 무성하게 자라는 많은 나무들을 접붙일 때 아직도 이 그루터기의 늙은 뿌리를 대목으로 쓰고 있다.

마을로 좀 더 가까이 가면 길 맞은편, 숲의 가장자리에 브리드의 집터가 나온다. 옛 신화에서도 이름이 명확히 나오지 않는

---

3) 아프리카 출신의 시피오라는 뜻으로, '시피오'는 '스키피오'의 영어식 발음이다.

어느 악마의 짓궂은 장난으로 유명한 땅이다. 그 악마는 이곳 뉴잉글랜드 생활에서 종횡무진 놀라운 활약을 해 왔기에, 여느 신화 속 등장인물 못지않게 언젠가는 그의 전기를 써도 될 만한 존재다. 처음에는 친구나 일꾼으로 위장하고 다가왔다가 온 가족의 재산을 약탈하고 목숨을 빼앗는 그 존재는 바로 '뉴잉글랜드 럼주'이다. 그러나 지금은 이 집에서 술 때문에 일어난 비극을 자세히 이야기할 때가 아니다. 시간이 어느 정도 흘러 그 비극이 누그러지고 하늘빛으로 물들 때까지 기다리자. 전해지는 이야기에 따르면 이곳에 선술집 하나가 있었다는데 아주 불분명하고 의심스러운 이야기이다. 나그네의 목을 축여 주고 말의 기운을 되살려 주었던 우물도 정말 있었는지 알 수 없다. 당시 이곳에서 사람들은 서로 인사를 나누고 새로운 소식을 주고받은 뒤 다시 제 갈 길로 갔다고 한다.

브리드의 오두막은 12년 전만 해도 그 자리에 서 있었다. 물론 사람이 살지 않은 건 더 오래전부터다. 이 오두막은 내 집과 크기가 비슷했다. 내 기억이 맞는다면 선거가 있던 날 밤 장난꾸러기 소년들이 이 집에 불을 질렀다. 나는 당시 마을 끄트머리에 살았고 영국 시인 윌리엄 대버넌트가 쓴 『곤디버트』에 정신없이 빠져 지냈다. 무기력증에 시달리던 겨울도 바로 그해였다. 그런데 이 무기력증을 유전병으로 봐야 하는지— 나의 삼촌은 면도를 하다가 잠들기도 하고, 일요일에는 잠들지 않고 안식일을 지키기 위해 지하실에 내려가 감자의 싹을 도려내야만 했다.— 아니면 차머스가 엮은 영시선집을 샅샅이 통독하려던 내 도전의 결과인지 알 수 없었다. 이 무기력증은 나의 네르

비 족[4]을 완전히 압도해 버렸다. 내가 책에 얼굴을 파묻은 순간 화재를 알리는 종소리가 들렸다. 삼삼오오 몰려가는 어른들과 아이들을 뒤따라 소방차들이 화급히 달렸다. 나는 개울을 건너뛴 덕에 선두에 속했다. 우리는 전에도 화재 장소로 여러 번 달려가 보았고 불이 난 장소가 숲 너머 훨씬 남쪽이라고 생각했다. 헛간이나 상점, 가정집, 아니면 그 모두가 타고 있다고 생각했다. "베이커네 헛간이야." 누군가 외쳤다. "코드먼 저택이야!" 다른 사람이 단언했다. 그리고 그때 지붕이 주저앉은 듯 숲 위로 새로운 불길이 치솟았고, 우리는 모두 "콩코드 시민들이여, 출동합시다!"라고 외쳤다. 사람을 잔뜩 태운 마차들이 무시무시한 속도로 달려갔다. 아마 그중에는 제아무리 먼 곳이라도 달려가야 하는 보험 회사 직원도 있었을 것이다. 때때로 소방차가 짤랑짤랑 종을 울리며 좀 더 천천히 침착하게 뒤따랐고, 나중에 사람들이 쑥덕댄 바에 따르면 불을 질러 놓고 경보를 울린 당사자들이 맨 뒤에서 따라왔다. 이렇게 우리는 진정한 이상주의자처럼 분별력의 증언을 거부한 채 계속 달렸다. 그러다가 어느 길모퉁이에서 우리는 불꽃이 타닥타닥 튀는 소리를 들었고 담장 위로 치솟는 불의 열기를 실제로 느끼며, 안타깝지만 드디어 현장에 도착했음을 깨달았다. 현장을 바로 눈앞에 두고서야 우리는 열기를 식혔다. 처음에는 개구리 연못의 물을 거기에 부으려고 생각했다. 그러나 이미 많은 부분이 타 버렸고 그다지 값비싼 집도 아니니 타도록 내버려 두기로 결론을 내렸

---

4) Nervii. 기원전 1세기경 갈리아 북쪽에 살던 강력한 켈트 족으로 기원전 57년에 율리우스 카이사르에게 제압되었다. '신경'을 뜻하는 영어 단어 'nerve'를 대신한 말장난이다.

다. 그래서 우리는 소방차를 에워싸고 서로를 밀쳐 대며 확성기에 대고 우리의 기분을 표현하거나, 목소리를 낮추어 배스컴 상점에 일어난 화재를 비롯해 온 세상이 목격한 대화재를 입에 올리기도 했다. 그리고 만일 우리가 물통[5]을 때맞춰 끌고 왔고 개구리 연못에 물이 가득했다면 그 세계적인 최후의 화재를 또 하나의 홍수로 바꿔 버릴 수도 있었으리라는 이야기를 우리끼리 속닥거렸다. 마침내 우리는 어떤 나쁜 짓도 하지 않고 물러나 잠자리로 그리고 『곤디버트』로 돌아갔다. 그러나 『곤디버트』 중에서 서문에 나오는, 기지가 영혼의 화약이라는 대목인 "그러나 인디언이 화약을 모르듯이 인류의 대부분은 기지를 모른다."라는 문장은 빼는 게 좋다고 생각한다.

다음 날 저녁, 거의 같은 시간에 우연히 들판을 가로질러 그쪽으로 지나가는데, 그 화재 현장에서 낮은 신음 소리가 들렸다. 어둠 속에서 가까이 다가갔더니 내가 알기로 그 집안사람 중 유일한 생존자가 그곳에 있었다. 집안의 장점과 단점을 모두 물려받은 그는 이 화재와 이해관계가 있는 유일한 사람으로서, 배를 깔고 엎드려 지하실 벽 너머로 저 밑에서 아직도 타고 있는 재를 바라보며 버릇처럼 혼자 중얼거리고 있었다. 그는 멀리 떨어진 강변 풀밭에서 종일 일을 하는데 처음으로 마음대로 쓸 수 있는 시간이 생기자 조상들의 집이자 유년 시절을 보낸 그 집을 찾아온 것이었다. 그는 엎드린 자세 그대로 방향과 위치만 이리저리 바꿔 가며, 돌 사이에 숨겨 둔 보물이라도 기억난다는 듯이 지하실을 들여다보았다. 그러나 그곳에는 벽돌더미와 잿더미 말

---

5) 소방차를 뜻함.

고는 정말이지 아무 것도 없었다. 집은 사라져 버렸고 그는 그 잔해를 바라보았다. 내가 나타난 사실 자체로 위로를 받은 듯했으며, 우물이 감춰진 곳을 어둠이 허락하는 만큼 나에게 보여 주었다. 다행히도 우물은 불에 탈 수 없는 것이었다. 그는 한참 벽을 더듬어 그의 아버지가 나무를 깎아 설치했다는 방아두레박을 찾아냈고, 한쪽 끝이 무겁도록 묵직한 물체를 고정시킨 쇠갈고리인지 꺽쇠인지 하는 것을 손으로 만지며 그것이 평범한 '연결고리'가 아님을 나에게 납득시키려고 했다. 이제 그가 매달릴 수 있는 것은 그게 전부였다. 나는 쇠갈고리를 만져 보았고, 아직도 산책하는 도중에 거의 매일 그것을 눈여겨본다. 한 집안의 역사가 거기 담겨 있기 때문이다.

그곳에서 다시 좀 더 내려가면 왼쪽으로 그 우물과 담장 옆에 있는 라일락 덤불이 보이는데, 지금은 탁 트인 들판이지만 예전에는 너팅과 르그로스라는 사람들이 살던 곳이다. 그러나 이제는 링컨 마을 쪽으로 되돌아가자.

이런 집들이 있는 곳보다 더 깊은 숲 속, 호수와 가장 가까운 길에 자리 잡은 곳에서는 와이먼이라는 옹기장이가 무단으로 땅을 점유하고 살면서 도기를 마을 주민들에게 팔았고 자손들에게도 그 직업을 물려주었다. 물질적으로 풍족하지도 않았고, 땅주인이 눈감아 준 덕분에 그곳에서 살 수 있었다. 가끔 보안관이 세금을 징수하러 그곳에 왔지만 딱히 압류할 것이 없어서, 내가 그의 보고서에서 읽은 바에 따르면, 형식이나마 갖추려고 '나무조각을 첨부'했다. 한여름의 어느 날, 괭이질을 하고 있는데 도기를 수레 가득 싣고 시장으로 가던 어떤 남자가 내 밭 옆에 말을 세우고는 젊은 와이먼이 어떻게 지내느냐고 물었다. 남자는 오래전에 와이먼에게서 도기 제작용 녹로를 샀고 그가 어떻게 되었는지 궁금해했다. 나는 성경에서 옹기장이의 점토와 녹로에 대해 읽은 적이 있었지만, 우리가 쓰는 도기가 성경 시대부터 대를 이어 내려온 것이거나 조롱박처럼 어딘가의 나무에 열리는 것으로만 생각했다. 그래서 내 이웃에서 도예가 행해진 적이 있었다는 이야기를 들으니 반가운 마음이 들었다.

내가 숲에 들어오기 전 마지막으로 여기 살았던 사람은 아일랜드 사람인 휴 코일―그의 이름에서 '코일(coil)'이 충분히 연상되도록 'Quoil'로 적어 보았다.[6]―이다. 와이먼의 집에 살았던 그는 코일 대령으로 불렸다. 그가 워털루 전쟁에 참여한 군인이었다는 소문이 있었다. 그가 살아 있었다면 나는 그가 전장에서 겪은 무용담을 몇 번이고 들려 달라고 했을 것이다. 이곳에서 그의 직업은 도랑을 파는 것이었다. 나폴레옹은 세인트헬레나 섬으로 갔고 코일은 월든 숲으로 온 것이었다. 내가 그에 대해 아는 내용은 모두 비극적이다. 그는 세상 경험이 풍부한 사람답게 예의가 발랐고 부담스러울 만큼 격식을 차린 말투를 쓰기도 했다. 그는 몸이 떨리는 섬망증을 앓고 있어서 한여름에도 커다란 외투를 입었고 얼굴은 진홍빛이었다. 그는 내가 이 숲으로 온지 얼마 안 돼 브리스터 언덕 기슭에 있는 길에서 죽었기 때문에 나에게 이웃으로서 그에 대한 기억은 별로 없다. 나는 그의 동료들이 '불길한 성'이라고 부르며 피하던 그의 집이 헐리기

6) 휴 코일의 성은 원래 'Coyle'이다. 소로는 자신의 일기에 휴 코일이 엄청난 술꾼이라고 적었는데 'coil'에는 똘똘 휘감은 고리라는 뜻 외에 '격동', '혼란'이라는 뜻도 있다.

전에 다녀왔다. 평상 침대 위에 그가 벗어 둔 옷이 구겨진 채 놓여 있었는데 마치 그가 누워 있는 것 같았다. 샘 옆에서 물동이가 깨진 대신에[7] 벽난로 위에 그의 파이프가 깨진 채로 놓여 있었다. 깨진 물동이가 그의 죽음을 상징하는 물건이 될 일은 결코 없었을 것이다. 그는 브리스터 샘에 대해 들어 본 적은 있지만 직접 본 적은 없다고 나에게 털어놓았기 때문이다. 또 바닥에는 다이아몬드와 스페이드와 하트의 킹 등 더러워진 카드들이 흩어져 있었다. 유산 관리인이 잡을 수 없었던, 밤처럼 까맣고 울음소리 한 번 없는 조용한 병아리 한 마리가 곧 여우 르나르[8]가 올 줄도 모르고 보금자리를 찾아 옆방에 들어와 있었다. 집 뒤에는 윤곽이 흐릿한 텃밭이 있었다. 씨는 뿌렸지만 그 지독한 수전증 때문에 주인은 수확기인 지금까지도 김 한번 매지 않은 모양이었다. 텃밭은 로마쑥과 가막사리 천지였는데 가막사리 열매는 내 옷에 달라붙어 떨어지지 않았다. 집 뒤쪽에는 그가 치른 마지막 워털루 전투의 전리품인 우드척의 가죽이 생생하게 펼쳐져 있었다. 그러나 그에게는 이제 따뜻한 모자도 털장갑도 필요치 않을 터였다.

이제는 땅에 묻힌 지하실의 돌들과 더불어 땅이 파인 흔적만이 여기가 집이 있던 장소임을 알려 준다. 그곳의 양지바른 풀밭에는 딸기, 나무딸기, 골무딸기, 개암나무 관목, 옻나무가 자라고 있다. 굴뚝이 있었던 구석 자리에는 리기다소나무와 옹이

---

7) 구약 성경 「전도서」 12장 6절을 빗댄 표현. "은사슬이 끊어지고, 금 그릇이 부서지고, 샘에서 물 뜨는 물동이가 깨지고, 우물에서 도르래가 부숴지기 전에, 네 창조주를 기억하여라." 표준새번역본 참조.

8) 꾀 많은 여우를 통해 현실을 풍자한 중세 프랑스 우화의 주인공.

투성이 떡갈나무가 서 있고, 섬돌이 있던 곳에서는 향기로운 검정자작나무가 가지를 흔든다. 때로 우물의 흔적이 보이기도 했는데, 한때 샘이 흘러나오던 곳이지만 지금은 메말라 눈물조차 맺히지 않는 풀들만 자랄 뿐이다. 마지막으로 여기 살던 사람들이 떠나며 훗날, 어느 날이 될 때까지는 발견되지 않도록 우물을 평평한 돌로 막고 그 위를 잔디로 뒤덮어 꽁꽁 숨겨 둔 곳도 있었다. 우물을 막다니, 얼마나 서글펐을까! 우물을 막을 때 그들의 눈에서는 눈물의 샘이 터졌으리라. 이제는 버려진 여우 굴이나 오래된 구멍처럼 움푹 파여 지하실의 흔적만이 남아 있지만 한때는 사람들이 북적이며 시끄럽게 생활하던 곳이었을 것이다. 이곳에서 어떤 형태나 방언으로 혹은 다른 방법으로 '운명, 자유의지, 절대적 예지'[9]를 번갈아 논의했을 것이다. 그러나 그들이 내린 결론에 대해 내가 알 수 있는 것은 "카토와 브리스터가 사기를 쳤다."라는 것뿐이다. 이는 유명한 여러 철학 학파의 사상만큼이나 큰 교훈을 주는 말이다.

문과 상인방과 문지방이 모두 없어지고 한 세대가 지난 뒤에도 생기발랄한 라일락은 그대로 자라나 봄마다 향기로운 꽃을 피우고 나그네는 생각에 잠겨 그 꽃을 꺾는다. 앞마당의 빈터에 그 집 아이들이 심고 키웠던 그 라일락은 이제 외진 풀밭의 담장 옆에 서서 새로 자라나는 숲에 자리를 양보하고 있다. 그 어린 숲이야말로 이 집안의 마지막 혈통, 유일한 생존자인 셈이다. 가무잡잡한 그 아이들은 집의 그늘진 땅에 심고 매일 물을

---

9) 밀턴의 『실낙원』에서는 악마들이 이런 주제로 끝없이 논의하는 벌을 받는다고 묘사한다.

준 라일락이, 눈이 둘밖에 안 달린 그 어린 가지가 단단히 뿌리를 내려 그들보다 오래 살아남으리라고는 생각하지 못했을 것이다. 그 라일락이 햇볕을 가려 주던 집 뒷벽과 어른들이 가꾸던 텃밭과 과수원보다 오래 살아남으리라고는, 그래서 그들이 어른이 되고 죽은 뒤 반세기가 지나서도 첫봄과 마찬가지로 아름답게 꽃을 피우고 달콤한 향기를 풍기며 외로운 방랑자에게 어렴풋하게나마 그들의 이야기를 전해 주리라고는 상상하지 못했을 것이다. 변함없이 부드럽고 점잖으면서도 쾌활한 라일락의 빛깔이 내 눈길을 끈다.

그러나 콩코드 마을이 굳건히 자리를 지키는 데 반해, 더 큰 가능성을 품고 있었던 이 작은 마을은 왜 무너지고 말았을까? 정말이지 이곳에는 천혜라 할 만한 물이라는 특권이 있지 않았던가? 아아, 깊은 월든 호수와 시원한 브리스터의 샘물에서 오랫동안 건강한 물을 마실 수 있는 특권이 있었건만, 이들은 그것을 전혀 선용하지 못하고 술을 희석하는 데 썼을 뿐이다. 그들은 하나같이 술에 목마른 종족이었다. 이곳에서 바구니를 엮고 마구간 빗자루나 깔개를 만들고 옥수수를 볶고 리넨을 짜고 도기를 제작하는 일이 번창해서 황무지를 장미꽃처럼 피어나게 하고 수많은 후손이 조상의 땅을 물려받게 할 수는 없었을까? 땅이 척박하니 최소한 저지대에 나타나는 타락이 이곳에는 발을 붙이지 못했을 텐데. 안타깝다! 이곳에 살던 사람들에 대한 기억으로 이 아름다운 풍경에 감동을 더할 수 없다는 사실이! 어쩌면 자연은 나를 최초의 정착민으로, 지난봄에 세운 내 집을 가장 오래된 집으로 삼고 작은 마을을 다시 한 번 세워 보려 애쓸지도 모르겠다.

내가 집을 세운 장소에 누군가 먼저 집을 지은 적이 있었는지는 모르겠다. 나는 고대 도시의 터에 다시 세워진 도시에는 살고 싶지 않다. 그곳의 자재는 폐허일 것이고 그곳의 정원은 공동묘지일 테니 말이다. 그곳은 저주를 받고 하얗게 바랜 땅이며 그런 일이 불가피하게 일어나기 전에 지구는 멸망할 것이다. 나는 이런 회상 속에서 숲에 다시 사람들이 살도록 되살려 내어, 마음을 달래다 잠이 들었다.

이 계절에는 찾아오는 사람이 거의 없었다. 눈이 아주 많이 쌓이면 한두 주일 동안 그 어떤 방랑자도 내 집 근처로 오지 않았지만, 나는 그곳에서 풀밭의 생쥐처럼 아늑하게 지냈다. 혹은 먹을 것도 없이 눈보라에 파묻히고도 오랫동안 살아남았다는 소나 닭처럼, 아니면 이 주에 속한 서튼 마을의 초기 개척자 가족처럼 살았다고 할 수도 있겠다. 서튼 마을의 그 가족이 살던 오두막은 1717년 폭설 때 집주인이 집을 비운 사이 완전히 눈에 덮여 버렸는데, 어느 인디언이 굴뚝의 연기로 인해 눈에 생긴 구멍을 보고서야 그 집을 발견해 남은 가족들을 구했다고 한다. 그러나 여기에는 나를 염려해 주는 친절한 인디언은 없었고 사실 필요도 없었으니, 이 집의 주인은 집에 있기 때문이었다. 폭설! 듣기만 해도 얼마나 유쾌한 말인가! 폭설이 내리면 농부들은 수레를 끌고 숲이나 늪에 갈 수 없어서 어쩔 수 없이 집 앞에서 그늘을 만들어 주던 나무를 베어야 했다. 눈이 얼어서 더 단단해지면 늪에서 나무들을 잘라 와야 했는데 이듬해 봄에 보면 잘라낸 면은 지상에서 3미터 높이였다.

눈이 엄청나게 쌓였을 때, 큰길에서 집까지 이어지는 800미터 정도의 길은 점들이 넓은 간격을 두고 이어진 구불구불한 점선으로 모습을 드러내곤 했다. 평온한 날씨가 이어지는 일주일 동안, 나는 똑같은 걸음 수와 똑같은 보폭으로, 처음에 눈 속에 난 내 발자국을 일부러 컴퍼스처럼 정확하게 그대로 밟으며 이 길을 오갔다. 겨울이면 사람은 이렇게 판에 박힌 일상을 보내게 된다. 종종 이 발자국에 하늘의 푸른빛이 가득 차기도 했다. 그러나 제아무리 궂은 날씨도 내 산책, 아니 외출을 치명적으로 방해하지는 못했다. 나는 너도밤나무나 노랑자작나무, 혹은 예전부터 친하게 지내는 어떤 소나무와의 약속을 지키려고 높이 쌓인 눈을 헤치고 12킬로미터에서 16킬로미터에 이르는 길을 자주 걸어 다녔다. 그런 날에는 얼음과 눈의 무게로 나뭇가지들이 늘어져 꼭대기만 뾰족하게 남기 때문에 소나무가 전나무처럼 보였다. 지면에서 60센티미터 높이로 쌓인 듯한 눈을 헤치며 높은 언덕 꼭대기로 갈 때는 걸음을 옮길 때마다 머리로 쏟아지는 또다른 눈보라를 털어 내야 했다. 사냥꾼들마저 겨울용 숙소에 틀어박힌 그런 때에 나는 손과 무릎으로 언덕을 기어오르며 허우적거렸다. 어느 날 오후에는 줄무늬올빼미(학명 Strix nebulosa) 한 마리를 관찰하며 즐거운 시간을 보냈다. 올빼미는 그런 대낮에 백송 나무의 아래쪽에 달린 죽은 가지에서 줄기와 가까운 자리에 앉아 있었고 나와의 거리는 5미터가 되지 않았다. 내가 움직이며 눈을 밟아 뽀드득 소리가 났을 때 올빼미도 그 소리를 들은 것 같았지만 내 모습이 뚜렷이 보이지 않는 모양이었다. 내가 더 큰 소리를 내자 올빼미는 목을 빼며 목둘레 깃털을 곤추 세우고 눈을 크게 떴다. 그러나 눈꺼풀은 다시 감겼고 올빼미는 졸기 시작했다. 눈을 반쯤 감고 고양이처럼, 고양이의 날개 달린 사촌처럼 앉아 있는 녀석을 30분 동안 지켜보자니 나 역시 졸음이 왔다. 올빼미는 가늘게 실눈만 뜨고 있었고 그것으로 나와의 관계를 아슬아슬하게 놓치지 않고 있었다. 이렇게 반쯤 감긴 눈으로 꿈나라에서 밖을 내다보며 자신의 몽상을 방해하는 희미한 물체인지 티끌인지 모를 내 정체를 밝히려 애쓰고 있었다. 그러다가 내가 더 큰 소리를 내거나 더 가까이 다가가면 올빼미는 꿈꾸는 데 방해하는 게 거슬린다는 듯이 나뭇가지 위에서 불편한 몸짓으로 느릿느릿 방향을 바꾸곤 했다. 그리고 결국에는 가지에서 날아올라 소나무 사이로 날아가 버렸는데, 양쪽으로 펼친 날개는 뜻밖에도 무척 넓었고 아주 작은 소리도 내지 않았다. 이렇게 올빼미는 시력보다는 주변 사물을 감지하는 다른 섬세한 감각의 안내를 받아 소나무 가지 사이로 날아갔다. 그 예민한 날개가 느끼기에는 황혼이나 다름없는 길을 더듬어 새로운 나뭇가지를 찾아냈고, 그곳에서 자신만의 동이 터오기를 평화롭게 기다릴 터였다.

철로를 놓으려고 풀밭을 가로질러 낸 둑길을 걷다 보면 살을 엘 듯이 거세게 몰아치는 바람과 만날 때가 많았다. 바람이 그보다 더 자유롭게 뛰놀 곳은 없기 때문이다. 냉랭한 바람이 내 한쪽 뺨을 때리면, 나는 기독교 신자가 아니었음에도 다른 쪽 뺨마저 내 주었다. 브리스터 언덕에서 내려오는 마찻길도 사정이 더 낫지는 않았다. 넓게 펼쳐진 밭을 뒤덮었던 눈이 월든으로 가는 길의 담벼락 사이로 모두 날아와서 수북이 쌓이고 바로 앞에 지나간 행인의 발자국을 30분도 채 안 돼 지워 버릴 때도, 나는 우호적인 인디언처럼 여전히 마을을 향해 갔다. 내가 돌아올 때쯤엔 분주한 북서풍이 길모퉁이에 가루눈을 둥그스름하게 쌓아 둔 탓에 새로운 눈더미가 생겨났고 나는 허우적거리며 그것을 헤치고 지나가야 했다. 토끼의 발자국도, 심지어는 초원에 사는 들쥐가 섬세하고 작은 활자처럼 남기는 발자국마저도 보이지 않았다. 그러나 한겨울에도, 따뜻한 물이 샘솟는 늪 옆에서 잔디와 앉은부채[10]가 변함없이 푸르게 자라고 있는 모습과 이따금씩 어느 강인한 새가 그 옆에서 봄이 오기를 기다리는 모습 역시 심심치 않게 보였다.

때로는 눈이 내렸음에도 산책을 나갔다가 저녁 무렵에 돌아오면, 내 집에서 나오는 나무꾼의 푹 파인 발자국과 마주치곤 했다. 벽난로 위에는 그가 뭔가를 깎아 낸 부스러기가 쌓여 있고 집 안은 그가 피운 파이프담배 냄새로 가득했다. 어느 일요일 오후에는 우연히 집에 있었는데 어느 명석한 농부가 눈을 밟고 찾아오는 소리가 들렸다. 그는 사교적 '한담'이나 나누자며 먼 곳에서 숲을 지나 내 집을 찾아왔다. 농부들 중에서 드물게 자작농이었는데, 교수의 가운 대신 작업복을 입고서 헛간 마당에서 퇴비 한 짐을 끌어내는 실력뿐 아니라 교회나 국가로부터 교훈을 이끌어 내는 실력도 훌륭했다. 우리는 좀 더 투박하고 단순했던 시절에 대해, 춥지만 상쾌한 날에 사람들이 커다란 불을 피워 놓고 보다 맑은 정신으로 둘러앉아 있던 시절에 대해 이야기를 나누었다. 그리고 다른 간식이 없을 때는 현명한 다람쥐들이 껍데

10) 키 작은 여러해살이 풀.

기가 두꺼울수록 대개는 속이 비어 있다는 사실을 알고 오래전에 버리고 간 밤 여러 개를 이로 깨물어 보기도 했다.

아주 깊이 쌓인 눈과 아주 우울한 폭풍우를 헤치고 멀고 먼 곳에서 내 집까지 찾아온 사람은 어느 시인[11]이었다. 농부나 사냥꾼, 군인, 기자, 심지어 철학자마저도 이런 날씨에는 기가 꺾이련만, 이 시인을 막을 수 있는 것은 아무 것도 없다. 그는 순수한 애정에 따라 행동하는 사람이기 때문이다. 그의 오고감을 누가 예측할 수 있을까? 시인이라는 직업 때문에 그는 어느 시간이든 가리지 않고, 심지어 의사들이 잠든 시각에도 밖으로 나간다. 우리는 그 작은 집을 떠들썩한 웃음으로 뒤흔들고 조곤조곤 퍼져나가는 진지한 이야기를 오래도록 나누며, 월든 골짜기가 견뎌야 했던 오랜 침묵에 보상해 주었다. 이에 비하면 브로드웨이는 오히려 조용하고 삭막했다. 적당한 간격으로 어김없이 웃음의 예포가 터졌는데, 좀 전에 했던 말 때문이기도 했고 앞으로 나올 농담 때문이기도 했다. 우리는 묽은 귀리죽 한 그릇을 나눠 먹으며 인생에 대한 '최신' 이론을 수없이 만들어 냈다. 철학이 요구하는 명석한 두뇌에 유쾌함이라는 이점을 결합한 이론들이었다.

호숫가에서 보낸 마지막 겨울에 찾아왔던 또 한 명의 반가운 손님[12]을 잊어서는 안 될 것이다. 그는 마을을 지나 눈과 비와 어둠을 헤치고 나무 사이로 내 집의 등불이 보일 때까지 걸어온 적도 있었고 긴 겨울 저녁을 나와 함께 보낸 적은 여러 번이었

---

11) 친구 엘러리 채닝을 뜻함.

12) 교육자이자 철학자로 말년에 콩코드 철학 학교에서 제자 양성에 힘썼던 에이모스 브론슨 올콧를 뜻함. 소설 『작은아씨들』의 저자인 루이자 메이 올콧의 아버지이기도 하다.

다. 그는 마지막 남은 철학자들 중 한 명이며 코네티컷 주가 세상에 선물로 준 사람으로, 처음에는 코네티컷의 산물을 팔러 다니다가 나중에는, 본인의 말에 따르면 자신의 두뇌를 팔러 다녔다. 그는 신을 다그치고 인간에게 수치심을 일깨워 주고자 아직도 그 일을 계속하고 있는데, 밤송이가 제 속에 알맹이를 맺듯이, 그 결과 자신의 두뇌만 더욱 영글어 갈 뿐이었다. 내 생각에 그는 살아 있는 그 어떤 사람들보다 신념이 굳은 사람이다. 그의 말과 태도는 언제나 다른 사람들이 알고 있는 것보다 한층 좋은 상태를 상정하고 있으며, 세상이 어떻게 돌아가든 결코 실망하지 않을 사람이다. 그는 현재에 모든 것을 내맡기지 않는다. 지금 그는 비교적 무시되고 있지만, 그의 때가 오면 대부분의 사람들로서는 생각지도 못한 법령이 시행될 것이며 집안의 가장들과 나라의 지도자들이 조언을 구하러 그를 찾아올 것이다.

"그 얼마나 눈이 멀었기에 평온을 보지 못하는가!"[13]

그는 인류의 참된 친구이며, 인류 발전에 대한 거의 유일한 지지자이다. '묘지기 노인',[14] 아니 그보다는 불멸의 존재라고 할 만하다. 그는 불굴의 인내심과 신념으로, 사람의 몸에 새겨진 형상이 손상되고 기울어진 기념비일지라도 신의 형상임을 밝히 드러내려고 애쓰는 사람이기 때문이다. 그는 친절한 지성으로 아이들과 거지, 미친 사람과 학자들을 모두 포용하며 모든 사

---

13) 영국 시인 토머스 스토러의 시 「추기경 토머스 울지의 삶과 죽음」 중에서.
14) 월터 스콧이 쓴 동명 소설의 주인공.

상을 받아들이고 거기에 대개 넓이와 정밀함까지 더한다. 나는 그가 세계의 큰길에서 모든 나라의 철학자들이 묵을 수 있는 커다란 여관을 운영해야 한다고 생각한다. 간판에는 "사람은 환영, 동반 짐승은 사절. 느긋하고 평온한 마음을 지닌 이들, 올바른 길을 진심으로 찾는 이들은 들어오시오."라고 써 붙여야 한다. 아마 그는 내가 아는 이들 중 정신이 가장 온전한 사람이며 변덕이 가장 적은 사람으로, 어제나 내일이나 한결 같을 것이다. 오래전 우리는 함께 거닐며 이야기를 나누었는데 마치 속세를 완전히 벗어난 것만 같았다. 그는 어떤 제도에도 얽매이지 않은 자유인, 즉 인게누우스[15]였기 때문이다. 우리가 어느 쪽으로 걸음을 돌리든, 마치 하늘과 땅이 서로 만난 것처럼 보였다. 그가 풍경의 아름다움을 한층 더해 주었기 때문이다. 푸른 옷을 입은 그 사람에게는 그의 평온함을 반영하는 둥근 하늘이야 말로 가장 어울리는 지붕이다. 나는 그가 죽으리라고는 생각할 수가 없다. 자연이 그의 부재를 견딜 수 없을 것이므로.

우리는 생각이라는 널빤지를 하나하나 잘 말린 다음 자리에 앉아 그것을 깎으며 우리의 칼을 시험하고 호박색 소나무 널빤지의 선명하고 노란 나뭇결에 감탄했다. 우리는 매우 조용하고 경건하게 물속을 거닐거나 힘을 모아 매우 순조롭게 낚싯줄을 끌어 올렸기에, 생각이라는 물고기들은 겁을 먹고 개울에서 달아나지도 않았고 강둑의 낚시꾼을 두려워하지도 않았으며, 서쪽 하늘에 둥실 뜬 구름처럼, 때로 하늘에 모였다가 흩어지는 자개구름처럼 웅장한 모습으로 다가왔다 떠나갔다. 그곳에서 우리는 신화를

15) Ingenuus. '타고난 자유인'이라는 뜻의 라틴 어.

수정하고 우화를 여기저기 매만지며, 지상에서는 마땅한 토대를 찾을 수 없는 성채를 공중에 짓기도 했다. 위대한 관찰자! 위대한 선견자! 그와 나누는 대화는 『천일 야화』에 뒤지지 않는 뉴잉글랜드 야화였다. 아! 은둔자와 철학자 그리고 내가 말했던 오랜 개척자, 우리 셋은 얼마나 많은 대화를 나누었던가! 그 이야기가 부풀어 올라 내 작은 집이 삐걱거릴 정도였다. 지름이 2센티미터 정도인 원 하나마다 기압 외에 몇 파운드의 압력이 가해졌는지 감히 헤아릴 수는 없지만, 판자 틈새가 얼마나 벌어졌던지 그 후에 새는 것을 막기 위해 틈새를 몹시도 지루하게 메워야 했다. 그러나 나에게 그런 틈새를 메울 뱃밥[16]은 이미 넉넉했다.

오래 기억할 만한 '알찬 시간'을 함께 보낸 사람이 또 하나[17] 있었다. 마을에 있는 그의 집에서 만나기도 했고, 가끔 그가 나를 찾아오기도 했다. 내가 숲 속에서 나누었던 친분은 이것이 전부다.

어디에서나 그랬듯이 숲 속에서도 나는 결코 오지 않을 손님을 기다리곤 했다. 힌두교 경전 중 하나인 『비슈누 푸라나』에는 이런 구절이 있다. "집주인은 저녁 무렵이면 마당에서 소 한 마리의 젖을 짜는 데 걸리는 시간만큼, 혹 괜찮다면 그보다 오랜 시간 동안 손님이 도착하기를 기다려야 한다." 나는 이런 손님 접대의 의무를 자주 수행했고, 소 떼 전체의 젖을 짤 수도 있을 만큼 오래도록 손님을 기다렸으나 마을에서 다가오는 사람은 보이지 않았다.

---

16) 배의 누수를 막기 위해 틈을 메우는 물건.

17) 랠프 월도 에머슨을 가리킨다.

겨울 동물들

　호수가 단단히 얼어붙자 수많은 지점을 잇는 새로운 지름길이 생겼을 뿐 아니라, 얼어붙은 수면 위에서 바라보니 익숙한 주변 풍경도 새롭게만 보였다. 플린츠 호수에서 자주 노를 저었고 스케이트를 타기도 했는데도 눈으로 뒤덮인 그 호수를 가로지르다 보면 의외로 무척이나 넓고 낯설어서 배핀 만[1]밖에 떠오르지 않았다. 이 드넓은 설원 끝에서 호수를 에둘러 솟은 링컨 마을의 산들도 내가 전에 그곳에 가 본 적이 있었던가 싶은 모습이었다. 얼음 저편, 가늠하기 힘든 먼 거리에서 늑대를 닮은 개들을 데리고 천천히 돌아다니는 낚시꾼들은 마치 바다표범 사냥꾼이나 에스키모 인 같았고 안개가 자욱한 날에는 전설 속의 동물처럼 형체가 흐릿해서 거인인지 난쟁이인지 구별할 수가 없었다. 저녁에 링컨 마을로 강연을 하러 갈 때면 얼어붙은 이 호수를 이용했는데, 길을 걷거나 건물을 지나지 않고도 내 오두막에서 강

---

1) 대서양과 북극해 사이에 있는 만으로 거의 1년 내내 얼어 있다.

연장까지 이동할 수 있었다. 도중에 있는 구스 호수에는 사향쥐 집단이 서식했고 얼음 위 높은 곳에 집을 지어 두었지만 내가 호수를 가로지르는 동안 밖에 나와 있는 것을 한 마리도 보지 못했다. 월든 호수는 다른 호수들과 마찬가지로 대개 눈이 아예 쌓이지 않거나 드문드문 얇게 쌓이기 때문에, 다른 곳에서 눈이 거의 60센티미터 높이로 쌓여서 마을 사람들이 간신히 길로만 걸어다닐 때에도 나는 월든 호수를 마당처럼 마음껏 돌아다닐 수 있었다. 마을의 거리에서 멀리 떨어져 있고 썰매의 방울 소리도 아주 가끔씩만 들리는 그곳에서, 눈의 무게로 가지가 휘고 고드름이 잔뜩 매달린 떡갈나무들과 장엄한 소나무들이 그늘을 드리우고 광활한 말코손바닥사슴들이 발로 잘 다져 놓은 사슴 운동장에서 나는 썰매와 스케이트를 탔다.

겨울밤이면 그리고 때로는 겨울 낮에도 한없이 먼 곳에서 쓸쓸하지만 듣기 좋은 올빼미의 울음소리가 들렸다. 얼어붙은 땅을 적당한 피크[2]로 긁으면 날 것 같은 그 소리는 그야말로 월든 숲의 '**링구아 베르나쿨라**'[3]였다. 나는 결국 그 소리에 꽤나 익숙해졌지만 올빼미가 우는 모습을 목격한 적은 없었다. 겨울 저녁에 문을 열면 십중팔구 그 소리가 들렸다. 낭랑하게 울려 퍼지는 "**부엉, 부우, 부엉부엉.**" 하는 그 소리는 첫 세 음절을 강조하며 "**안녕, 어이, 안녕.**" 하고 말하는 것처럼 들리기도 했고, 어느 때는 "**부엉부엉**" 하는 소리로만 들리기도 했다. 호수가 아직 얼지 않은 초겨울의 어느 날 밤 아홉 시경에 나는 기러기의 커다란 울

---

2) 기타 등의 현악기를 연주할 때 줄을 튕기기 위해 쓰는 작은 조각.

3) Lingua vernacula. 라틴 어로 '토속어'라는 뜻.

음소리에 깜짝 놀라 문으로 걸음을 옮겼다. 기러기들이 내 집 위에서 나지막이 날며 숲 속에 휘몰아친 폭풍처럼 날개를 퍼덕이는 소리가 들렸다. 기러기들은 호수에 내려앉으려던 계획을 내 집에서 새어 나오는 불빛 때문에 단념한 듯 호수를 지나 페어헤이븐으로 가던 중이었다. 그러는 동안 대장 기러기가 일정한 간격으로 크게 울어 대고 있었던 것이다. 갑자기 나와 아주 가까운 곳에서 틀림없는 수리부엉이가 대장 기러기에게 일정한 간격으로 응답했다. 내가 들은 숲 속 동물들의 목소리 중에서 가장 사납고 무시무시한 소리였다. 마치 이곳 토박이의 음역과 성량이 훨씬 크다는 사실을 과시함으로써 허드슨 만에서 날아온 이 침입자의 정체를 드러내고 치욕을 주어, 콩코드의 지평선 밖으로 **부엉부엉** 내쫓으려는 것 같았다. 나에게 신성하게 바쳐진 이 밤 시간에 성채에 경보를 울리다니 대체 저의가 무엇이냐? 내가 이런 시각에 잠이나 잘 줄 알았더냐? 나에게 네놈만큼의 폐와 목청이 없는 줄 알았더냐? **부엉, 부엉, 부엉!** 내가 그때까지 들어 본 가장 오싹한 불협화음 중 하나였다. 그러나 귀가 예민한 사람이라면 이 근처의 평원에서 지금껏 보지도 듣지도 못했던 협화음의 요소가 그 속에 담겨 있음을 깨달았으리라.

또 콩코드의 이쪽 지역에서 나의 가장 좋은 잠자리 친구인 월든 호수에서는 얼음의 함성이 들려왔다. 마치 얼음이 잠 못 이루고 뒤척이며 소화 불량과 악몽에 시달리는 것만 같았다. 서리 덮인 땅이 갈라지는 소리에 잠이 깬 적도 있었는데 마치 누군가 소 떼를 몰고 와서 내 집 문에 부딪쳐 대는 소리 같았다. 아침에 보면 400미터에 이르는 땅이 폭 1센티미터 정도로 갈라져 있었다.

때로는 여우들이 달밤에 자고새나 다른 사냥감을 찾아 얼어붙은 눈밭을 돌아다니면서 마치 불안감과 싸우고 있거나 어떤 감정을 표출하려는 듯이 숲 속에 사는 개처럼 거칠고 포악하게 짖는 소리가 들렸다. 빛을 찾으려고 발버둥치고 있으며, 완전히 개가 되어 자유롭게 거리를 달리고 싶은 것 같기도 했다. 인간이 긴 세월을 거쳐 문명화되었듯이 짐승들 사이에서도 문명화가 진행되고 있는 것은 아닐까? 내 눈에는 짐승들이 굴속에서 살던 원시적 인간, 아직은 방어에 주력하고 있지만 변화를 기다리는 그런 인간처럼 보였다. 가끔은 여우 한 마리가 불빛에 이끌려 내 집 창가로 다가왔다가 나를 보고 여우답게 교활한 저주를 시끄럽게 퍼부은 다음 사라지기도 했다.

대개는 붉은다람쥐(학명 Sciurus Hudsonius)가 새벽에 지붕을 뛰어다니고 벽을 오르내리면서 나를 깨웠다. 마치 나를 깨우라고 누군가 숲에서 보낸 것만 같았다. 겨우내 나는 여물지 않은 단옥수수 반 부셸을 문밖의 얼어붙은 눈밭에 던져두고는 그것에 이끌려 찾아온 다양한 동물들의 움직임을 즐겁게 관찰했다. 해 질 녘과 밤중에는 토끼들이 어김없이 찾아와 마음껏 배를 채웠다. 붉은다람쥐들은 온종일 드나들며 교묘한 동작으로 나에게 큰 즐거움을 주었다. 처음에는 한 마리가 떡갈나무 관목 사이에서 조심조심 다가오면서 때때로 바람에 날린 나뭇잎처럼 얼어붙은 눈밭을 달리는데, 이쪽으로 몇 걸음 달렸다가 놀라운 속도와 기세로, 마치 내기라도 한 듯이 '뒷다리'를 믿을 수 없을 만큼 재빨리 놀려서는 다시 저쪽으로 몇 걸음 달려갔다. 하지만 한 번에 2미터 이상 전진하지는 않았다. 그러다 마치 온 세상의 시선을 한 몸에 받기라도 하다는 듯이 갑자기 멈춰서 익살맞은 표정을 지으며 괜스레 공중제비를 넘었다. 사실 숲에서 가장 쓸쓸하고 외진 곳에서도 다람쥐의 모든 동작은 무희의 동작만큼이나 관객을 의식한 것 같다. 다람쥐는 이렇게 목적지까지 걸어가는 데 쓰는 시간보다 — 다람쥐가 걷는 모습을 본 적은 없지만 — 더 많은 시간을 머뭇거리고 경계하는 데 보낸다. 그러다 다람쥐는 눈 깜짝할 사이에 어린 리기다소나무 꼭대기로 올라가 시계태엽을 감는 듯한 소리를 내며 수많은 가상의 관중을 꾸짖었다. 혼잣말을 하는 동시에 온 세상을 향해 말했다. 아무리 생각해도 그럴 만한 이유를 모르겠는데, 과연 다람쥐 자신은 그 이유를 아는지 의심스러웠다. 마침내 다람쥐는 옥수수가 있는 곳에 도착했고 적당한 옥수수를 하나 골라서는 아까와 마찬가지로 변화무쌍한 삼각 전법을 구사하며 왔다 갔다 하다가 창문 앞에 쌓아 둔 장작더미 꼭대기에 있는 막대 위로 올라갔다. 그리고 그곳에서 나를 빤히 쳐다보며 몇 시간 동안 앉아 있으면서 이따금씩 옥수수를 새로 가져갔다. 처음에는 게걸스럽게 갉아 먹다가 알갱이가 반쯤 남으면 속대를 던져 버렸다. 마침내는 입맛이 한층 까다로워졌는지 알갱이 속만 파먹고는 옥수수를 가지고 놀았다. 그러다가 막대 위에 올려 두고 한 발로 균형을 잡아 붙들고 있던 옥수수가 방심한 사이 발에서 스르르 빠져나가 땅에 떨어지자, 다람쥐는 옥수수가 살아 있는 게 아닌지 의심하는 것처럼 바보 같은 표정으로 옥수수를 바라보며, 그 옥수수를 다시 가져와야 할지 아니면 새 옥수수를 들고 와야 할지 아니면 그냥 자리를 뜰지 결정하지 못했다. 그리고 옥수수를 생각하다가도 다음 순간 바람에 실려 오는 소식에 귀를 기울였다. 이런 식으로 그 작고 건방진 녀석은 오전 내내 수많은 옥수수를 낭비하는 것이었다. 그러다 마침내 좀 더 크고 통통하며 제 몸보다 훨씬 큰 옥수수를 붙들고 능숙하게 균형을 잡으며 숲으로 나르기 시작했다. 옥수수를 수평과 수직의 중간인 대각선 방향으로 넘어뜨려서는 마치 들소를 물고 가는 호랑이처럼 지그재그로 걸어가다 걸핏하면 걸음을 멈추었고, 너무 무거워 감당하기 벅차다는 듯이 질질 끌고 가면서 내내 넘어지고 또 넘어졌지만 어떻게든 해내고야 말겠다고 굳게 결심한 듯했다. 몹시도 까불대고 종잡을 수 없는 녀석이었다. 그리고 그렇게 녀석은 옥수수를 제집으로, 아마도 내 집에서 200~300미터 떨어진 소나무 꼭대기까지 끌고 갔을 것이다. 나중에 보니 숲 속 여기저기에 옥수수 속대가 널브러져 있었다.

그러다 마침내 어치들이 나타났다. 어치들은 약 200미터 떨어진 곳에서부터 이미 조심스레 다가오고 있었기 때문에 귀에 거슬리는 그 날카로운 울음소리는 한참 전부터 들려왔다. 어치들은 남몰래 슬그머니 다가와 이 나무에서 저 나무로 날아다니며 점점 가까이 다가와서는 다람쥐들이 떨어뜨린 옥수수 알갱이를 부리로 문다. 그런 다음엔 리기다소나무 가지에 앉아 옥수수 알갱이를 서둘러 삼키려고 하지만 알갱이가 너무 커서 목구멍에 걸린 나머지 캑캑거린다. 어치는 갖은 고생을 한 끝에 알갱이를 토해 낸 다음 그것을 잘게 부수려고 한 시간 동안 부리로 열심히 쪼아 댄다. 어치들은 명백한 도둑이며, 나는 이 새들을 그다지 존경하지 않았다. 그러나 다람쥐들은 처음에는 수줍어하지만 곧 제 것이라는 듯이 당당하게 옥수수를 가져갔다.

그사이에 박새 떼도 찾아와 다람쥐들이 떨어뜨린 부스러기를 물고 가장 가까운 나뭇가지로 날아갔다. 부스러기를 발톱 밑에 놓고 그것이 나무껍질 속에 든 벌레인 듯 작은 부리로 쪼아 대며 결국에는 그 가느다란 목구멍으로 넘어갈 만큼 잘게 부수는 것이었다. 이 박새는 매일 몇 마리씩 무리 지어 날아와서는 장작더미에 앉아 제대로 식사를 하거나 내 집 문 앞에 떨어진 부스러기를 쪼아 먹었다. 그때 이 새들이 내는 희미한 혀짤배기소리는 풀에 매달린 고드름이 짤랑거리는 소리처럼 들렸다. 또 "데이, 데이, 데이." 하고 경쾌하게 울거나 아주 가끔 날씨가 봄처럼 포근할 때면 숲 언저리에서 "피비" 하고 여름을 연상시키는 쇳소리를 내기도 했다. 박새들은 나와 친해진 나머지 급기야는 내가 두 팔 가득 안고 집 안으로 나르던 장작 위에 한 마리가 내려앉아 겁도 없이 나뭇가지를 쪼아 댔다. 언젠가는 내가 마을 텃밭에서 괭이질을 하고 있는 동안 참새 한 마리가 내 어깨에 날아와 앉은 적이 있었는데, 그 어떤 견장을 달았다 해도 이보다 더 큰 자부심을 느끼지는 못했을 것이다. 다람쥐들도 결국에는 무척 친해져서, 이따금씩 지름길이라고 생각될 때는 내 신발을 타고 넘기도 했다.

땅이 아직 눈으로 뒤덮이지 않은 초겨울이나, 겨울이 끝나가며 남쪽 산기슭과 내가 쌓아 둔 장작더미 근처에서 눈이 녹을 때면 자고새들이 먹이를 구하러 아침저녁으로 숲에서 나왔다. 숲을 걷다 보면 자고새들이 어느 쪽에서건 갑자기 달아나며 파드득 날갯짓을 하는 바람에, 마른 나뭇잎이나 높은 가지에 쌓여 있던 눈이 흔들려 햇빛 속에서 금가루처럼 폴폴 떨어져 내린다. 이

용감한 새는 겨울을 두려워하지 않는다. 눈 더미 속에 자주 몸을 묻기도 하며, "때로는 날갯짓을 하다가 부드러운 눈 속으로 뛰어들어 하루 이틀쯤 그 속에서 숨어 지낸다."는 이야기도 있다. 나는 해 질 녘에 야생 사과나무에서 '새순을 쪼아 먹으려고' 숲에서 들판으로 나온 자고새를 놀라게 하곤 했다. 자고새들은 저녁마다 특정한 나무를 어김없이 찾아가므로 교활한 사냥꾼은 거기 숨어 자고새를 기다리며, 마을에서 멀리 떨어져 숲 옆에 자리잡은 과수원들은 자고새 때문에 적지 않은 피해를 본다. 나는 어쨌거나 자고새가 배불리 먹는다는 사실이 기쁘다. 새싹과 맑은 물을 먹고 사는 자고새는 자연이 직접 기르는 새이기 때문이다.

어두운 겨울 아침이나 해가 짧은 겨울날 오후면, 때로 한 떼의 사냥개가 추적 본능을 억제하지 못해 고함치듯 짖어 대며 온 숲 속을 누비는 소리가 들렸다. 사이사이 들리는 사냥 나팔 소리는 뒤따르는 사람이 있다는 뜻이었다. 숲이 다시 떠들썩해졌지만 호숫가의 공터로 여우도 뛰어나오지 않고 악타이온[4]을 뒤쫓는 사냥개 무리도 나타나지 않는다. 저녁 무렵이면 전리품으로 여우 꼬리 하나만 썰매에 매달아 질질 끌며 숙소를 찾아 돌아가는 사냥꾼은 보일 것이다. 사냥꾼들이 나에게 들려준 이야기에 따르면, 여우는 얼어붙은 땅속에 그대로 있다면 안전할 것이고, 그렇지 않더라도 일직선으로 멀리 달아난다면 어떤 여우 사냥개도 따라잡지 못할 것이다. 그러나 여우는 추적자들로부터 멀리 달아난 뒤에는 걸음을 멈추고 쉬면서 추적자들이 다가올 때까지

---

4) 그리스 신화에 등장하는 사냥꾼. 아르테미스 여신이 목욕하는 장면을 엿본 죄로 수사슴으로 변해서 결국 자신의 사냥개들에게 물려 죽는다.

귀를 기울인다. 추적자들이 나타나면 여우는 한 바퀴를 돌아서 예전에 살던 굴로 달려오는데, 그곳에서는 사냥꾼들이 이미 기다리고 있다. 그러나 때로 여우는 담장 위를 한참 달리다가 한쪽으로 멀리 뛰어내리기도 하며, 물에 들어가면 자신의 냄새가 사라진다는 사실을 알고 있는 것 같다. 어느 사냥꾼이 나에게 말해주었는데, 사냥개들에게 쫓긴 여우가 월든 호수로 뛰어드는 모습을 본 적이 있다고 한다. 그때 호수는 얼음으로 뒤덮였지만 곳곳에 얕은 웅덩이가 있었는데, 여우는 호수를 어느 정도 건너다가 다시 처음 나타났던 호숫가 쪽으로 되돌아왔다. 얼마 지나지 않아 사냥개들이 도착했지만 그곳에서 여우의 냄새를 놓치고 말았다. 때로는 한 무리의 사냥개들이 주인 없이 내 집 앞을 지나가다가 집 주변을 빙빙 돌면서 나에게는 눈길도 주지 않고 어떤 광기에 시달리는 듯이 컹컹 짖어 대며 사냥감을 찾기도 했다. 사냥감을 추적하는 일 외에는 그 무엇도 안중에 없는 듯했다. 이렇게 사냥개들은 여우가 최근에 남긴 흔적을 우연히 찾을 때까지 주변을 도는데, 영리한 사냥개라면 그 어떤 이유로도 이 일을 그만두지 않을 것이다. 어느 날 한 남자가 렉싱턴에서 내 오두막까지 찾아와서는, 커다란 발자국을 남기며 일주일째 혼자 사냥을 하고 돌아다니는 자신의 개를 보지 못했느냐고 물었다. 하지만 애석하게도 내가 뭐라고 말하든 그에게는 도움이 되지 않았다. 내가 그의 질문에 답을 하려 할 때마다 그는 내 말을 가로막고 "여기에서 뭘 하는 거요?"라고 물었기 때문이다. 그는 개 한 마리를 잃었으나 사람 하나를 찾아낸 것이었다.

말투가 딱딱한 어느 늙은 사냥꾼은 일 년에 한 번씩 물이 가장 따뜻할 때 월든 호수에 와서 목욕을 했다. 그때마다 나를 보러 왔는데, 이런 이야기를 해 준 적이 있다. 그는 오래전, 어느 날 오후에 엽총을 들고 월든 호수를 둘러보려고 나갔다. 웨일랜드 쪽 길을 걷고 있던 중에 사냥개들이 짖는 소리가 점점 가까워졌다. 얼마 지나지 않아 여우 한 마리가 담을 넘어 길로 뛰어들더니 눈 깜짝할 사이에 맞은편 담으로 뛰어올랐다. 그는 재빨리 총을 쏘았지만 총알은 여우의 몸을 스치지도 못했다. 잠시 뒤, 늙은 사냥개가 새끼 세 마리를 데리고 부지런히 달려왔다. 주인 없이 자기들끼리 사냥을 하고 있었던 그 개들은 다시 숲 속으로 사라졌다. 그날 오후 늦게 그가 월든 호수 남쪽에 있는 울창한 숲에서 쉬고 있을 때, 아직도 여우를 쫓는 사냥개들의 소리가 멀리 페어헤이븐 쪽에서 들렸다. 숲을 뒤흔들며 컹컹 짖는 그 소리는 점점 가까워졌고 한 번은 웰메도 쪽에서, 한 번은 베이커 농장 쪽에서 들려왔다. 그는 한참을 가만히 서서, 사냥꾼의 귀에는 무척 감미롭게 들리는, 사냥개들의 노랫소리에 귀를 기울였다. 그런데 여우가 불쑥 나타났다. 여우는 가볍고 민첩한 발걸음으로 장엄한 숲길을 이리저리 헤쳐 나왔고 동정심 많은 나뭇잎들은 바스락거리며 그 발소리를 숨겨 주었던 것이다. 여우는 몸을 낮추고 추적자들을 멀리 따돌리며 민첩하고 조용하게 지나가다가 숲 한가운데 있는 바위로 훌쩍 뛰어올라, 사냥꾼을 등진 채로 허리를 꼿꼿이 세우고 앉아서 귀를 기울였다. 순간 측은한 마음이 사냥꾼의 팔을 붙잡았다. 그러나 그런 기분은 금세 지나갔고, 그는 순식간에 엽총을 들어 조준했다. 탕! 바위에서 굴러 떨어진 여우는 죽어서 땅에 쓰러졌다. 사냥꾼은 자리에 그대로 서서 사냥개들의 소리에 귀를 기울였다. 사냥개들은 계속 다가오고 있었고 이제는 근처에 있는 숲의 모든 통로가 포악하게 짖어 대는 사냥개들의 소리로 쩌렁쩌렁 울렸다. 마침내 어미 사냥개가 주둥이를 땅에 대고 킁킁거리거나 귀신 들린 것처럼 허공에 달려들기도 하면서 갑자기 모습을 드러내더니 곧장 바위로 달려갔다. 그러나 죽은 여우를 본 순간, 너무 놀라 말문이라도 막혔는지 갑자기 짖기를 멈추고 말없이 여우의 주변을 맴돌기만 했다. 새끼 사냥개들도 한 마리씩 도착했고, 어미와 마찬가지로 그 수수께끼 같은 상황 앞에서 흥분을 가라앉히고 침묵했다. 그때 사냥꾼이 앞으로 나서 사냥개들 사이에 섰고, 수수께끼는 풀렸다. 사냥꾼이 여우의 가죽을 벗기는 동안 사냥개들은 말없이 기다렸다가 잠시 여우의 꼬리를 뒤따라오더니, 마침내는 다시 숲 속으로 발길을 돌려 사라졌다. 그날 저녁, 웨스턴 마을의 어느 대지주가 콩코드에 있는 그 사냥꾼의 오두막에 찾아와 자기 사냥개들의 행방을 물으면서, 그 개들이 웨스턴 숲에서부터 시작해 일주일째 자기들끼리 사냥을 하고 다닌다고 말했다. 콩코드의 사냥꾼은 그 주인에게 자신이 아는 바를 이야기해 주고 여우 가죽을 내주었다. 그러나 사냥개들의 주인은 사양하고 그 집을 떠났다. 주인은 그날 밤 사냥개들을 찾지 못했지만, 다음 날에는 사냥개들이 밤새 강을 건너 어느 농가에 묵었고 그곳에서 배를 두둑이 채운 다음 아침 일찍 떠났다는 사실을 알게 되었다.

나에게 이 이야기를 들려준 사냥꾼은 샘 너팅이라는 사람을 기억하고 있었다. 너팅은 페어헤이븐 바위 턱에서 곰을 사냥해 그 가죽을 콩코드 마을에서 럼주와 교환하곤 했는데, 그곳에서

말코손바닥사슴을 본 적이 있다고 말했다는 것이었다. 너팅에게
는 버고인이라는 유명한 여우 사냥개가 있었는데, 본인은 여우
의 이름을 '버긴'이라고 발음했고, 나에게 이야기를 들려준 사냥
꾼에게 그 개를 빌려주곤 했다. 콩코드의 옛 상인으로 전직 대위
이자 마을의 서기 및 의원이기도 했던 어떤 사람의 '거래 장부'
에서 나는 다음과 같은 기록을 발견했다. 1742년~1743년 1월
18일, "존 멜번 대위. 회색 여우 1마리, 2실링 3펜스." 회색 여우
는 이제 이곳에서 찾아볼 수 없다. 1743년 2월 7일에는 장부에
헤즈키야 스트래튼에게 "고양이 가죽 절반을 담보로 2실링 4.5
펜스"를 빌려주었다고 나오는데, 물론 고양이가 아니라 살쾡이
였을 것이다. 스트래튼은 프랑스 전쟁[5]에 하사관으로 참전했던
위인인데 고양이처럼 보잘것없는 동물을 사냥해 담보로 맡겼을
리가 없기 때문이다. 사슴 가죽도 담보로 기록되어 있었고, 사
슴 가죽은 거의 매일 팔렸다. 어떤 사람은 이 근방에서 마지막으
로 사냥된 사슴의 뿔을 아직도 간직하고 있으며, 또 어떤 사람은
나에게 자신의 삼촌이 참여했던 사냥의 특징을 자세히 말해 주
기도 했다. 예전에 이곳에는 사냥꾼들이 많았고 모두 유쾌한 사
람들이었다. 나도 니므롯이라는 비쩍 마른 사냥꾼이 기억난다.
내 기억이 틀리지 않다면, 그는 길가에서 나뭇잎 하나를 뜯어 그
어떤 사냥 나팔보다도 힘차고 구성지게 음악을 연주했다.

　나는 달이 뜬 한밤중에 길을 걷다가, 숲을 배회하는 사냥개들
과 종종 마주치기도 했다. 사냥개들은 겁이라도 나는지 내 앞에
서 슬금슬금 비켜났고 내가 지나갈 때까지 덤불 속에 조용히 서

---

5) 영국과 프랑스가 1754년부터 9년 동안 벌인 프렌치 인디언 전쟁.

있었다.

다람쥐와 들쥐는 내가 비축해 둔 밤을 서로 가져가려고 다투었다. 내 집 주변에는 지름이 2.5~10센티미터에 이르는 리기다소나무가 수십 그루 있었는데, 지난겨울에 생쥐들은 이 나무들을 이빨로 갉아 먹었다. 노르웨이의 겨울처럼 오랫동안 내린 눈이 높게 쌓여서 생쥐들은 어쩔 수 없이 다른 먹이와 함께 소나무 껍질을 많이 곁들여서 먹어야 했던 것이다. 이 나무들은 한여름에도 죽지 않고 무성하게 자랐는데, 많은 나무들의 껍질에 빙 둘러 갉아 먹힌 자국이 있긴 했지만 키가 30센티미터씩은 자랐다. 그러나 겨울에 또 한 번 같은 일을 겪는다면 예외 없이 죽고 말 터였다. 쥐 한 마리가 소나무를 통째로 먹이로 삼아 나무를 오르내리면서 껍질을 둥그렇게 갉아 먹는다는 사실이 참 놀랍다. 그러나 밀집해서 자라는 속성이 있는 소나무를 솎아 내기 위해서 반드시 필요한 방법일지도 모른다.

산토끼(학명 Lepus Americanus)는 매우 흔했다. 한 마리는 겨우내 내 집 밑을 보금자리로 삼았다. 나와 토끼 사이에 마루만 있었던 셈인데 아침마다 내가 움직이기 시작하면 토끼는 다급히 밖으로 뛰어나가며 나를 깜짝 놀라게 했다. 쿵! 쿵! 쿵! 토끼는 서두르다 머리를 마루의 목재에 부딪혔다. 땅거미가 질 무렵이면 토끼들은 내가 내다 버린 감자 껍질을 뜯어 먹으려고 문 앞에 모여들곤 했는데, 몸 색깔이 땅 색깔과 무척 비슷해서 가만히 있으면 거의 구별되지 않았다. 때로는 해 질 녘에 창문 밑에 꼼짝 않고 앉아 있는 토끼의 모습이 보였다가 사라지곤 했다. 저녁에 문을 열면 토끼들은 찍 울며 폴짝 뛰어 달아났다. 가까이에서 토끼들을 보면 마냥 측은하다. 어느 날 저녁, 문 앞에서 두 걸음쯤 떨어진 곳에 토끼 한 마리가 앉아 있었는데, 처음에는 두려워서 벌벌 떨며 움직이려고 하지 않았다. 그 가련하고 작은 동물은 비쩍 말라 뼈만 앙상했으며, 털이 텁수룩한 귀와 날카로운 코, 빈약한 꼬리와 가느다란 다리를 하고 있었다. 마치 자연이 더 이상 고귀한 혈통을 기르지 않고 발끝으로 버티고 있는 것처럼 보였다. 토끼의 커다란 눈은 어리고 허약해 보였으며 수종에라도 걸린 것만 같았다. 나는 토끼를 향해 한 걸음 다가갔다. 그런데 이럴 수가! 토끼는 경쾌하게 튀어 올라 몸통과 팔다리를 우아하게 뻗으며 얼어붙은 눈밭을 쏜살같이 달려 나를 남겨 두고 숲 속으로 사라져 버렸다. 야생의 그 동물은 그렇게 자신의 활기와 자연의 위엄을 주장했다. 마른 데는 다 이유가 있었던 것이다. 그것이 산토끼의 본성이었다. (토끼는 라틴 어로 **레푸스[lepus]**인데, 어떤 이들은 경쾌한 발이라는 뜻의 **레비페스[levipes]**에서 유래했다고 생각한다.)

시골에 토끼와 자고새가 없다면 어떨까? 토끼와 자고새는 가장 천진하고 토속적인 동물이다. 옛날이나 지금이나 잘 알려진, 오래되고 유서 깊은 혈통이다. 이들은 자연의 색깔과 본성을 지녔고 나뭇잎과 대지의 가장 가까운 친척이며 서로의 관계 또한 친밀하다. 날개가 달렸는지, 다리가 달렸는지만 다를 뿐이다. 토끼나 자고새가 갑자기 달아날 때면 우리는 야생 동물을 본 것이 아니라 그저 바스락거리는 나뭇잎처럼 당연하고 자연스러운 동물을 본 것이다. 그 어떤 변화가 일어나도 자고새와 토끼는 진정한 토박이답게 변함없이 번성할 게 분명하다. 숲이 잘려 나가도, 그곳에서 자라나는 새싹과 덤불이 이들을 숨겨 줄 것이며 이들은 이전보다 수가 더욱 늘어날 것이다. 산토끼 한 마리를 먹여 살리지 못하는 땅은 진정 불모지가 틀림없다. 목동들이 잔가지와 말총으로 덫을 놓아 괴롭히더라도, 우리 숲에는 자고새와 산토끼가 가득하므로 늪 주변 어디에서든 자고새나 토끼가 거니는 모습을 볼 수 있을 것이다.

겨울 호수

조용한 겨울밤을 보내고 나면, 나는 잠든 동안 "무엇을, 어떻게, 언제, 어디에서?"와 같은 질문을 받고 대답하려 헛되이 애쓰다가 깨어난 듯한 기분이 들었다. 그러나 깨어 보면 모든 생물의 터전인 자연이 밝아 오며 평온하고 흡족한 얼굴로 내 넓은 창문을 들여다보고 있었고, **그녀의** 입술로 어떤 질문도 하지 않았다. 나는 그런 질문의 답인 자연과 햇살 속에서 깨어난 것이다. 어린 소나무들이 점점이 박힌 땅에 높이 쌓인 눈과 내 집이 자리한 산비탈이 "전진하라!" 하고 말하는 것 같았다. 자연은 어떤 질문도 하지 않고 우리 인간이 묻는 질문에 답하지도 않는다. 오래 전에 그렇게 하기로 굳게 결심한 것이다. "아, 왕이시여, 우리의 눈은 이 우주의 놀랍고 다양한 광경을 바라보고 탄복하며 영혼에게 전합니다. 밤은 분명 이 영광스러운 피조물의 일부를 베일로 가리지만, 낮이 찾아오면 지상에서부터 드넓은 창공까지 뻗어 나간 이 위대한 작품을 우리에게 드러냅니다."[1]

그 뒤로 나는 아침 일을 시작한다. 우선 도끼와 양동이를 들고 물을 구하러 간다. 이게 꿈이 아니라면 말이다. 춥고 눈 내린 밤이 지난 뒤에 물을 찾으려면 수맥 탐지용 막대가 필요했다. 어떤 숨결에도 민감하게 반응하고 모든 빛과 그림자를 그대로 담아내며 출렁이고 파르르 떨던 호수의 수면이 겨울에는 30~40센티미터 두께로 꽁꽁 얼어붙어 제아무리 무거운 소 떼가 몰려와도 끄떡없을 정도다. 게다가 눈이 얼음과 같은 두께로 수면을 뒤덮으면 호수는 평평한 들판과 전혀 구별되지 않는다. 주변을 둘러싼 언덕에 사는 우드척처럼 호수는 눈꺼풀을 내리고, 석 달 혹은 그보다 오래 겨울잠을 잔다. 나는 산으로 에워싸인 목초지에 선 듯한 기분으로 그 눈 덮인 평원에 서서, 우선 30센티미터 깊이의 눈을 치운 다음, 또 30센티미터 깊이의 얼음을 깨서 발밑에 창문을 연다. 거기에서 무릎 꿇고 앉아 물을 마신 다음, 물고기들의 조용한 응접실을 들여다본다. 젖빛 유리창으로 들어온 것 같은 부드러운 햇빛이 고루 스며 있고 여름철과 똑같이 바닥에 밝은 모래가 깔려 있다. 그곳에 사는 생물들의 차분하고 침착한 기질과 어울리게 해 질 녘의 호박색 하늘처럼 언제나 잔잔한 평온이 그곳을 다스린다. 하늘은 우리 머리 위에만 있는 게 아니라 발밑에도 있다.

온 세상이 혹한으로 꽁꽁 얼어붙은 이른 아침, 사람들이 낚싯대와 가벼운 도시락을 들고 호수를 찾아와 강꼬치고기와 퍼치를 잡으려고 이 눈 덮인 들판에 구멍을 뚫고 가느다란 낚싯줄을

---

1) 고대 인도의 서사시 「하리반사」 중에서.

드리운다. 이들은 본능적으로 마을 주민들과 다른 방식으로 살며 다른 권위를 신봉하는 야성적 인간이다. 끊어지고 말았을지 모르는 여러 마을의 교류가 이들의 왕래 덕분에 곳곳에서 이어진다. 이들은 두툼한 외투 차림으로 호숫가에 깔린 마른 떡갈나무 잎에 앉아 점심을 먹는다. 도시인이 인공적인 분야에서 박식하다면 이들은 자연이라는 분야에서 박식하다. 이들은 결코 책을 참고하지 않으며, 자신이 아는 것과 말해 줄 수 있는 것 이상으로 많은 일을 해 왔다. 이들이 하는 일들은 세상에 아직 알려지지 않았다. 그중에 다 자란 퍼치를 미끼로 강꼬치고기를 낚는 사람이 있다. 그의 양동이를 들여다보면 여름철의 호수를 들여다본 듯 탄성이 절로 나온다. 그는 여름을 제집에 가둬 두었거나 여름이 어디로 물러나 쉬는지 아는 것만 같다. 정말이지 한겨울에 이런 물고기를 어떻게 잡았을까? 그렇다, 땅이 얼어붙었으니 대신 썩은 통나무 속에서 벌레를 잡았고 그것으로 물고기를 낚은 것이다. 그의 삶 자체가 박물학자의 서재보다 더욱 깊숙이 자연을 꿰뚫고 있다. 그 사람 자체를 박물학자의 연구 대상으로 삼아도 좋을 것이다. 박물학자는 주머니칼로 이끼와 나무껍질을 살짝 들추고 벌레를 찾는다. 그러나 낚시꾼은 도끼를 들고 통나무를 속까지 쪼개 버리기 때문에 이끼와 나무껍질이 사방으로 마구 튀어 나간다. 그는 나무껍질을 벗겨 생계를 유지한다. 이런 사람에게는 물고기를 낚을 자격이 있으니, 나는 자연이 그를 통해 뜻을 이루는 모습을 참으로 보고 싶다. 퍼치는 애벌레를 삼키고 강꼬치고기는 퍼치를 삼키며 낚시꾼은 강꼬치고기를 삼킨다. 이렇게 존재의 사슬 사이의 틈새가 모두 메워진다.

나는 안개가 자욱한 날 호숫가를 거닐다가, 가끔 어느 투박한 낚시꾼이 쓰는 원시적인 방식을 즐겁게 지켜보곤 했다. 그는 호숫가에서부터 일정하게 20~30미터 간격으로 얼음에 좁은 구멍을 뚫고 그 위에 오리나무 가지를 꽂았다. 낚싯줄이 물속으로 끌려 들어가지 않도록 실 끝을 막대기에 묶고 그 느슨한 낚싯줄을 얼음 위로 30센티미터쯤 솟은 오리나무의 어린 가지 위에 걸친 다음 낚싯줄 끝에 마른 떡갈나무 잎을 매달았다. 떡갈나무 잎이 아래로 당겨지면 물고기가 미끼를 물었다는 뜻이다. 호숫가를 반 바퀴 돌며 걷다 보면 이런 오리나무 가지들이 일정한 간격으로 꽂힌 모습이 안개 사이로 어렴풋이 보였다.

아, 월든 호수의 강꼬치고기! 강꼬치고기들이 얼음 위에 누워 있는 모습이나 낚시꾼들이 물이 들어오도록 얼음에 작은 구멍을 파서 만든 웅덩이 속에 있는 모습을 볼 때마다, 나는 전설에 등장하는 물고기들인 것처럼 진귀한 그 아름다움에 새삼 놀라고 만다. 콩코드 사람들에게 아라비아가 머나먼 이국이듯 이 물고기들은 길거리에서도, 심지어는 숲에서도 이국적인 존재다. 정말 눈부시고 초월적인 아름다움을 지닌 이 물고기는 마을에서 명성이 자자한 그 창백한 대서양대구나 해덕대구와는 하늘과 땅 차이다. 강꼬치고기는 소나무처럼 녹색도 아니고 돌처럼 회색도 아니며 하늘처럼 푸른색도 아니다. 내가 보기에는 꽃과 보석처럼 훨씬 진기한 빛깔이라서, 진주 같기도 하고 동물로 구현된 월든 호수의 **핵심**, 즉 월든의 결정체다. 물론 강꼬치고기는 어느 모로 보나 월든 자체다. 동물의 왕국에서 작은 월든이자 발도파[2]라고 할 수 있다. 이런 물고기가 이곳에서 잡힌다는 사실이 놀랍기만 하다. 수레와 마차가 덜거덕거리고 썰매가 짤랑짤랑 종을 울리며 지나는 월든 길보다 훨씬 아래 있는 이 깊고 넓은 샘물 속에서, 황금빛과 에메랄드 빛이 뒤섞인 이 커다란 물고기가 헤엄치고 있다니 놀라울 따름이다. 나는 어떤 시장에서도 강꼬치고기를 본 적이 없다. 혹 시장에 나온다면 모든 시선이 집중될 것이다. 이 물고기들은 물 밖으로 나오면, 임종을 맞기도 전에 공기가 희박한 하늘로 승천하는 인간처럼 발작 같은 경련을 몇 차례 일으키고는 물에 젖은 영혼을 쉽게 포기해 버린다.

나는 오랫동안 행방불명인 월든 호수의 바닥을 되찾고 싶어서, 1846년 초 얼음이 녹기 전에 나침반과 사슬과 측심줄[3]로 호수 바닥을 꼼꼼히 조사했다. 호수 바닥에 대해서는 바닥이 없다는 말을 포함해 많은 이야기가 있었지만 그런 이야기들이야말로 바닥이 없는, 즉 확실한 근거가 없는 말들이었다. 수심을 재는 수고를 해 보지도 않은 채 호수에 바닥이 없다고 오랫동안 믿어 왔다니, 의아할 뿐이다. 나는 산책을 한번 나갔다가 이 근방에서 그런 '바닥없는 호수'를 두 군데나 다녀온 적이 있다. 월든 호수가 지구 반대편까지 뚫려 있다고 믿는 사람들이 많았다. 얼음 위에 오래 엎드려 착각을 일으키는 그 매개체를 통해, 게다가 아마

---

2) 발도파(Waldenses)는 12세기 남프랑스에서 발생한 기독교의 일파로 청빈을 중시했다. 소로는 강꼬치고기의 순수함을 강조하는 동시에 '월든'에 '발생지', '원산지'를 뜻하는 라틴 어 접미사 '-ensis'를 붙여 만든 조어로 강꼬치고기와 월든 호수의 밀접한 관계를 나타내고 있다.

3) 수심을 재기 위해 추를 매단 줄.

물기 젖은 눈으로 호수를 들여다보고는 감기라도 걸릴까 봐 겁이 나서 쫓기듯 결론을 내렸을 어떤 사람들은 '건초를 가득 실은 수레가 들어갈 만한'—물론 그런 수레를 끌고 들어갈 사람이 있다면 말이지만— 커다란 구멍을 보았다고, 그 구멍이야말로 분명 스틱스 강의 원천이며 이 지역에서 지옥으로 들어가는 입구라는 것이었다. 또 다른 이들은 '25킬로그램짜리 추' 하나를 준비하고 굵기가 2.5센티미터인 밧줄을 짐마차 가득 싣고 마을에서 호수로 찾아왔지만 바닥을 전혀 찾지 못했다. '25킬로그램짜리 추'가 바닥에 닿았는데도 그들은 밧줄을 헛되이 계속 풀면서 경이로움을 무한대로 받아들일 수 있는 자신들의 능력을 측정하고 있었기 때문이다. 그러나 나는 독자들에게 월든 호수가 유난히 깊긴 하지만 터무니없을 만큼 깊지는 않고 상당히 단단한 바닥이 있다고 장담할 수 있다. 나는 대구잡이용 낚싯줄과 무게 700그램 정도의 돌을 이용해 쉽게 호수의 깊이를 쟀다. 돌이 바닥에서 떨어지는 순간도 정확히 알 수 있었는데, 바닥에 닿은 돌 밑으로 물이 몰려들어 돌을 밀어 올리기 전에는 줄을 좀 더 힘껏 잡아당겨야 했기 때문이다. 가장 깊은 곳은 정확히 31미터였다. 그 뒤로 수위가 1.5미터 상승했으니, 이제는 32.5미터일 것이다. 작은 면적을 생각하면 놀라운 깊이다. 그러나 상상력을 발휘해 몇 센티미터라도 빼서는 안 된다. 모든 호수가 얕다면 어떻게 될까? 인간의 마음에도 영향을 미치지 않을까? 이 호수가 깊고 맑아 하나의 상징이 된다는 사실이 참으로 고맙다. 인간이 무한을 믿는 한, 바닥이 없다고 여겨지는 호수들이 존재할 것이다.

어느 공장 주인은 내가 호수의 깊이를 알아냈다는 소식을 들고 사실일 리가 없다고 생각했다. 댐에 대한 자신의 지식으로 판단하건대, 모래가 그토록 가파른 각도로 자리 잡을 수는 없다는 것이었다. 그러나 아주 깊은 호수들도 대다수 사람들이 생각하듯이 수심이 면적에 비례하지는 않는다. 그러니 혹시 호수의 물을 다 퍼내더라도 엄청난 계곡이 드러날 일은 없다. 호수는 산과 산 사이에 깊이 파인 골짜기와는 다르다. 월든 호수의 경우, 면적에 비해 수심이 유난히 깊지만 중심을 지나는 수직면으로 본다면 얕은 접시보다 깊지 않을 것이다. 대부분의 호수는 물을 모두 퍼내면 흔히 보이는 목초지와 비슷하게 파인 정도일 것이다. 풍경과 관련해서는 모든 면에서 감탄스럽고 대개는 정확히 묘사하는 윌리엄 길핀은 스코틀랜드의 '피너 호수'의 유입구에 서서 그 호수가 "수심이 110미터에서 125미터에 폭이 6.5킬로미터 정도 되는, 염수로 이루어진 만"이며 길이는 약 80킬로미터쯤 되고 산으로 둘러싸여 있다고 설명한다. 그는 "빙하 시대에 발생한 함몰이나 그것을 초래한 자연의 변동이 일어난 직후에, 혹은 함몰된 곳으로 물이 밀려들기 전에 우리가 이곳을 보았다면, 무시무시한 협곡이 모습을 드러냈을 것이다!"라며 이렇게 묘사한다.

"으스대는 산들은 하늘 높이 치솟고
　광대하고 깊지만 텅 빈 바닥은 그만큼 낮게 내려앉아
　너른 물 바닥이 되었구나."[4]

그러나 피너 호수에서 가장 짧은 지름을 기준으로 월든 호수

---

4) 길핀이 인용한 이 시구는 밀턴의 『실낙원』 제7권에 나오는 대목이다.

와 그 크기를 비교해 보면, 앞에서 살펴보았듯이 수직으로 잘랐을 때 얕은 접시 정도인 월든 호수가 파인 호수보다 네 배 더 깊다는 결과가 나올 것이다. 피너 호수의 물을 다 퍼냈을 때 **얼마나** 무시무시한 협곡이 들어날지에 대한 이야기는 이쯤 해 두기로 하자. 탁 트인 수많은 골짜기와 거기에서 뻗어 나온 옥수수밭들이 바로 물이 빠진 그 '무시무시한 협곡'이거늘, 아무 것도 모르는 주민들에게 이 사실을 납득시키려면 지질학자의 통찰력과 멀리 내다볼 수 있는 시야가 필요하다. 탐구심이 왕성한 사람이라면 종종 지평선의 야트막한 언덕들이 원시 시대의 호숫가였다는 사실을 간파할 수도 있을 것이다. 원시 시대 이후에 평원이 융기하지 않았더라도 그런 과거사는 얼마든지 감춰질 수 있었다. 그러나 도로에서 작업하는 사람들이 알고 있듯이, 소나기가 내린 뒤에 물웅덩이를 살펴보면 움푹 팬 땅을 가장 쉽게 찾을 수 있다. 간단히 말해, 상상력은 조금만 틈을 주면 자연보다 더 깊이 잠수하고 더 높이 날아오른다. 그러니 바다의 수심도 그 넓이에 비하면 그리 대단하지 않다는 사실이 밝혀질 것이다.

나는 얼음을 뚫고 수심을 쟀기 때문에 얼지 않은 항구를 조사해서 얻을 수 있는 결과보다 더 정확하게 바다의 형태를 가늠할 수 있었는데 놀랍게도 바다는 전반적으로 고른 형태를 갖추고 있었다. 가장 깊은 부분은 면적이 수 에이커에 이르는데 태양과 바람과 쟁기질에 노출된 대부분의 밭보다도 평평했다. 일례로, 임의로 선을 하나 정해 선상의 여러 지점에서 측정해 보니 150미터 이내에서는 수심이 30센티미터 이상 차이 나지 않았다. 그리고 호수 중심 부근에서는 어느 방향으로든 대개 수심의 변동

폭이 30미터 당 10센티미터 이내임을 예측할 수 있었다. 어떤 이들은 월든처럼 바닥이 모래로 뒤덮인 조용한 호수에도 깊고 위험한 구멍이 있다고 입버릇처럼 말하지만, 이런 환경에서는 물의 작용으로 모든 기복이 평평해진다. 호수 바닥은 매우 고르며 그 형태는 호반과 인근의 산세와도 완벽하게 일치하기 때문에, 맞은편 호수의 수심을 재다 보면 멀리 갑(岬)이 있다는 사실이 드러나며, 갑의 방향도 맞은편 호반을 관찰하면 파악할 수 있다. 갑은 모래톱이 되고 평원은 여울이 되고, 계곡과 협곡은 깊은 물과 수로가 된다.

나는 10로드를 1인치로 축소해[5] 호수의 지도를 만들고 총 백 군데가 넘는 지점의 수심을 측정해 지도에 적었다. 그러자 다음과 같은 놀라운 우연의 일치가 발견되었다. 수심이 가장 깊은 지점을 나타내는 숫자가 분명히 지도 중앙에 있음을 확인하고, 지도 위에 자를 가로로, 그다음에는 세로로 놓아 보았더니 놀랍게도 가장 긴 가로선과 가장 긴 세로선의 수심이 가장 깊은 지점에서 **정확히** 교차하는 게 아닌가! 호수 한복판은 거의 평평하고, 호수의 윤곽은 매우 불규칙하며, 가장 긴 가로선과 가장 긴 세로선은 후미진 만의 안쪽까지 포함해서 정한 것이었는데도 말이다. 나는 혼잣말로 중얼거렸다. "이 결과를 바탕으로 호수나 웅덩이만이 아니라 바다의 가장 깊은 수심까지도 측정할 수 있지 않을까? 계곡을 엎어 놓은 것으로 여겨지는 산의 높이를 잴 때도 이 규칙을 적용할 수 있지 않을까? 다들 알다시피, 산에서 가장 좁은 곳이 가장 높은 부분은 아니니 말이다.

5) 미터법으로 10로드는 약 50미터, 1인치는 2.54센티미터이다.

소리가 측량한 월든 호수 측약도(1846)

월든 호수의 다섯 개의 만 중에 내가 수심을 측정한 세 곳은 관찰 결과 유입구를 가로지르는 모래톱이 있었고 안쪽은 수심이 더 깊었다. 따라서 이런 만에서는 물이 수평만이 아니라 수직으로도 육지 내부로 뻗어 나가며 내포(內浦)[6]나 독립적인 호수를 형성하는 경향이 있었고, 두 개의 갑이 튀어나온 방향을 알면 모래톱이 뻗은 방향도 알 수 있었다. 해안의 모든 항구에도 입구에 모래톱이 있다. 만의 유입구가 길이에 비해 넓을수록 모래톱 너머의 수심은 내포의 수심보다 깊었다. 따라서 만의 길이와 너비 그리고 주변 호반의 특징을 알면 어떤 경우에도 적용되는 공식을 만들기에 충분한 요소를 갖춘 셈이다.

이 경험을 바탕으로, 나는 수면의 윤곽과 호반의 특징만 관찰함으로써 호수에서 수심이 가장 깊은 곳을 얼마나 정확히 추측할 수 있는지 알아보려고 화이트 호수의 지도를 만들었다. 이 호수의 면적은 41에이커 정도였고 월든 호수와 마찬가지로 섬도 없고 눈에 보이는 유입구나 유출구도 없었다. 마주 보는 두 갑의 튀어나온 부분을 잇고 마주 보는 두 만의 들어간 부분을 이어 보니, 가장 긴 가로선과 가장 짧은 가로선은 서로 매우 가까웠다. 그래서 나는 가장 긴 가로선 위에 위치했으되 가장 짧은 세로선에서 약간 떨어진 어느 지점이 수심이 가장 깊은 곳이라고 과감하게 표시해 보았다. 알고 보니 수심이 가장 깊은 지점은 내가 표시한 곳에서 30미터 이내에 있었으며, 좀 더 멀기는 했지만 그래도 내가 예상했던 방향이었다. 수심도 18미터로, 내가 예상했던 지점의 수심과 30센티미터 밖에 차이가 나지 않았다. 물론

6) 바다나 호수가 육지 안쪽으로 우묵하게 들어간 부분.

호수에 조류가 흘러들거나 호수 안에 섬이 있으면 문제는 훨씬 복잡해진다.

우리가 자연의 법칙을 모두 안다면, 한 가지 사실이나 실제 일어난 자연 현상 하나에 대한 기록만 있어도 그 시점에 일어난 상세한 결과를 모두 추론할 수 있을 것이다. 그러나 우리가 아는 자연 법칙은 몇 가지뿐이므로, 우리가 내리는 결론은 무효가 된다. 물론 이는 자연에 혼란스럽거나 변칙적인 특징이 있기 때문이 아니라 계산에 반드시 필요한 요소를 우리가 모르기 때문이다. 법칙과 조화에 대한 우리의 개념은 대개 우리가 파악해 낸 사례에 한정된다. 그러나 우리가 간파하지 못한 법칙들, 즉 겉보기에는 모순되는 듯하지만 실제로는 일치하는 수많은 법칙들이 훨씬 경이롭게 조화를 이룬다. 각각의 법칙은 우리의 관점에 따라 다른 면모를 보여 준다. 나그네가 걸음을 옮길 때마다 산의 윤곽이 달리 보이듯이, 자연의 법칙은 절대적인 하나의 형태를 가지고 있지만 우리에게 보여 주는 모습은 무한하다. 산을 쪼개거나 구멍을 뚫더라도 산 전체를 파악할 수 있는 것은 아니다.

내가 호수에서 관찰한 법칙은 윤리에도 그대로 적용된다. 평균 법칙이라 할 수 있다. 두 개의 지름이 이끌어 내는 그런 법칙은 은하계의 태양과 인간의 마음속으로 우리를 인도한다. 게다가 그 법칙은 한 사람의 일상적이고 구체적인 행동에 그의 작은 만과 내해에 밀려드는 삶의 파도까지 모두 합해 가로와 세로로 선을 긋는다. 그리고 그 두 선이 교차하는 지점이 그의 인격이 지닌 높이나 깊이일 것이다. 아마 그의 호반이 어느 쪽을 향하고 있으며 그와 인접한 지역이나 주변 환경이 어떤지만 알아도, 우리는 그의 깊이와 감추어진 바닥을 알 수 있을 것이다. 그가 아킬레우스의 고향처럼 산악 지대로 둘러싸여 있고 높은 산봉우리들이 그의 가슴에 그림자를 던지며 모습을 비춘다면, 이는 그의 내면이 그만큼 깊다는 뜻이다. 그러나 낮고 평탄한 호반은 그의 내면이 얕다는 뜻이다. 우리 몸에서 뚜렷하게 튀어나온 이마는 생각이 그만큼 깊다는 뜻이다. 우리 내면에 있는 모든 만의 유입구에는 모래톱이 하나씩 있는데 이것은 개인 특유의 성향을 뜻한다. 모래톱은 저마다 어느 시기 동안 우리의 항구가 되어 주며, 우리는 거기 머물며 부분적으로 육지에 둘러싸인다. 이 성향은 대개 쉽게 바뀌지 않지만, 그 형태와 크기와 방향은 오래전에 솟은 축, 즉 호반에 있는 갑에 의해 결정된다. 폭풍이나 조류나 해류에 밀려온 알갱이들로 모래톱이 서서히 커지거나 물이 줄어 모래톱이 수면 위로 드러나면, 처음에는 호숫가에서 한 가지 사상만 정박시키던 갑과도 같았던 그 성향은 바다와 단절된 독자적인 호수가 되고, 그 호수 속에서 개인의 생각은 나름의 여건을 확보해 바닷물에서 민물로 바뀌기도 하고, 소금기 없는 바닷물이나 사해, 혹은 늪이 되기도 한다. 한 사람이 이 세상에 도래했을 때, 그런 모래톱이 어디선가 수면으로 올라온 것으로 여기면 어떨까? 사실 우리는 서투르기 짝이 없는 항해사라서 우리의 생각은 대부분 항구 없는 해변을 서성이거나 시(詩)라는 작은 만의 만곡부만 즐겨 찾을 뿐이고, 누구에게나 열린 항구로만 키를 돌리며, 과학이라는 드라이 독[7]에 들어가 그저 세상 풍조에 맞게 수리를 하는 바람에 자신에게 개성을 불어넣어 줄 자연의

───────────────

7) 선박을 수리하거나 청소하기 위해 배를 넣을 수 있도록 땅을 파낸 작업장.

조류와는 합류하지 못한다.

나는 비와 눈과 증발 작용 외에 월든 호수의 유입구나 유출구가 될 만한 것을 발견하지 못했다. 그러나 호수로 물이 들어오는 곳은 여름에는 가장 차갑고 겨울에는 가장 따뜻할 테니 온도계와 줄이 있으면 유입구와 유출구를 찾을 수 있을지도 모른다. 1846년에서 1847년에 채빙 인부들이 이곳에서 얼음을 채취하고 있었는데, 하루는 호숫가에서 얼음덩어리를 쌓던 인부들이 채빙된 얼음덩어리들을 거부했다. 호숫가로 운반된 그 얼음들은 두께가 얇아서 나머지 얼음덩어리들과 나란히 놓을 수 없다는 이유에서였다. 이렇게 채빙 인부들은 특정한 좁은 영역의 얼음이 다른 곳보다 5~8센티미터 정도 얇다는 사실을 발견했고, 그곳에 유입구가 있을 거라고 생각하게 되었다. 또한 이들은 나에게 '여과 구멍'으로 생각되는 다른 곳을 보여 주었다. 그들은 호수의 물이 그 구멍을 통해 언덕 밑을 지나 근처의 풀밭으로 빠져나가는 것 같다면서 내가 그것을 보도록 얼음덩어리에 태워서 밀어 주었다. 그 구멍은 수심 3미터 깊이에 있는 작은 구멍이었다. 그러나 장담컨대 그보다 더 심각한 구멍이 발견되지 않는 한 호수에 땜질을 할 필요는 없을 것이다. 어떤 사람은 그런 '여과 구멍'이 발견될 경우 풀밭과 연결되었는지 증명할 방법을 제안했는데, 여과 구멍 입구에 착색한 가루나 톱밥을 집어넣은 다음 풀밭에서 솟는 샘에 여과기를 설치해서 그 입자가 물을 타고 운반되는지 살펴보면 된다는 것이었다.

내가 수심을 측량하는 동안, 두께가 40센티미터나 되는 얼음이 약한 바람에도 물결처럼 일렁였다. 얼음 위에서 수평기를 사용할 수 없다는 것은 잘 알려진 사실이다. 육지에 설치한 수평기를 얼음 위에 세운 눈금 막대 쪽으로 향하게 하고 관찰해 보니, 호숫가에서 5미터 떨어진 지점에서 얼음은 최대 2센티미터까지 일렁였다. 그러나 얼음은 호숫가에 단단히 붙어 있는 것처럼 보였다. 아마 호수 한복판에서는 더 크게 요동칠 것이다. 우리가 쓰는 도구가 매우 정밀하다면 지각의 일렁임도 탐지할 수 있을지, 누가 알겠는가? 수평기의 두 다리는 호반에, 나머지 한 다리는 얼음 위에 올리고 얼음에 올린 다리 너머를 관찰했더니, 얼음이 아주 미세하게 일렁이기만 해도 호수 건너편의 나무가 몇 미터는 오르락내리락하는 것처럼 보였다. 수심을 재려고 얼음에 구멍을 뚫으면서 보니, 두껍게 쌓인 눈과 그 밑에 있는 얼음 사이에 7센티미터에서 10센티미터 깊이의 물이 고여 있었다. 그러나 고여 있던 물은 내가 뚫은 구멍으로 즉시 흘러들기 시작했고 깊은 물길을 내며 이틀 동안 계속 흘러갔다. 그 물길에 사방의 얼음이 조금씩 녹았고 호수의 표면에서 물기를 없애는 데 주된 역할은 아니더라도 본질적인 역할을 했다. 물이 구멍으로 흘러들어가 얼음을 들어 올려 위로 띄웠기 때문이다. 물을 빼려고 배의 바닥에 구멍을 뚫는 원리와 비슷했다. 이런 구멍들이 얼어붙고 뒤이어 비가 내리고 마침내 새로 생긴 매끈한 얼음이 호수 위를 뒤덮으면, 거미줄과 비슷하게 생긴 거무스름한 무늬가 얼음의 내부에 아름답게 얼룩진다. 물이 사방에서 중앙으로 흘러들며 물길을 냈으니, 얼음의 장미라고 불러도 좋을 것이다. 또한 가끔씩 얼음 위에 얕은 웅덩이가 많이 생길 때면 내 그림자도 이중으로 보였는데, 하나가 다른 하나의 머리 위에 서 있는 모습이

었다. 즉 하나는 얼음 위에, 다른 하나는 나무나 산비탈에 서 있
는 모습이었다.

아직은 추운 1월, 눈과 얼음은 두껍고 단단한데 빈틈없는 땅
주인은 여름에 음료를 차갑게 유지해 줄 얼음을 마련하려고 마
을에서 호수를 찾아온다. 이런 1월에 7월의 더위와 갈증을 예견
하다니, 인상적이기도 하지만 그 현명함이 애처로울 지경이다.
그것도 많은 물품이 공급되지 않는 이 계절에 두툼한 외투와 장
갑까지 낀 사람이 말이다! 그래 봤자 저승의 여름 음료를 시원하
게 해 줄 보물을 이승에서 비축하지는 못할 것이다. 그는 단단하
게 언 호수를 칼과 톱으로 자르면서 물고기들의 지붕을 들어내
고 물고기들의 서식지와 공기를 장작더미처럼 수레에 싣고 사슬
과 막대기로 고정한다. 그리고 겨울의 순풍을 가르며 황량한 지
하실로 날라서는 그곳에서 여름을 나게 한다. 얼음이 수레에 실
려 거리를 달려가는 모습을 멀리서 보면 마치 응고된 하늘같다.
채빙 인부들은 농담과 장난을 즐기는 유쾌한 이들로, 내가 구경
할 때면 나에게 구덩이식 톱질[8]을 하자고 청했는데 그럴 때면
나는 아래에 섰다.

1846년에서 1847년 겨울에, 100명의 히페르보레오이[9]가 볼
품없는 농기구와 썰매, 쟁기, 파종기, 잔디 깎기용 칼, 삽, 톱,
갈퀴를 여러 수레에 잔뜩 싣고 호수를 급습했다. 그들은 저마다
끝이 뾰족하게 양쪽으로 갈라진 막대기로 무장했는데 〈뉴잉글

---

8) 통나무를 자를 때 땅에 큰 구덩이를 파서 한 사람은 통나무 위에 서고 한
사람은 구덩이 속에 들어가 함께 톱질하는 방식.

9) 그리스 신화에서 북풍 너머에 사는 민족.

랜드 농민〉이나 〈경작자〉 같은 잡지에서도 본 적 없는 것이었다. 겨울 호밀 씨를 뿌리러 왔는지, 아니면 최근에 아이슬란드에서 들어온 다른 곡물을 파종하러 왔는지 알 수가 없었다. 거름이 보이지 않았기 때문에 나는 그들이 나처럼 깊고 오래 묵힌 땅임을 감안해 토양의 겉 부분만 다듬고 씨를 뿌리려는 모양이라고 생각했다. 그들이 하는 말을 들어 보니, 이 일의 배후에는 소일거리 삼아 농사를 짓는 부자가 있었다. 내가 이해한 바로, 그에게는 이미 50만 달러에 이르는 재산이 있는데 그것을 두 배로 불리고 싶어 했다. 자신이 가진 지폐에 다른 지폐를 한 장 더 얹기 위해, 그는 이 엄동설한에 월든 호수의 유일한 외투를, 아니 피부 그 자체를 벗겨 냈다. 인부들은 즉시 일에 착수해서는 이곳을 모범 농장으로 만들 작정이라도 한 듯이 쟁기질과 써레질로 땅을 고르게 만든 다음 이랑을 팠다. 그들이 어떤 종류의 씨앗을 이랑에 뿌리는지 유심히 관찰하고 있는데, 내 옆에 있던 한 무리의 인부들이 갑자기 그 처녀지의 전체 틀에 갈고리를 걸고 특이한 동작으로 힘껏 잡아당기기 시작했다. 갈고리는 모래가 있는 곳까지, 아니 물기가 많은 땅이었으므로 정확히는 물이 있는 곳까지 쑥 파고들어 그야말로 땅 전체를 들어 올려서는 썰매에 어렵사리 싣고 갔다. 그래서 나는 그들이 늪에서 토탄(土炭)[10]을 캐내는 모양이라고 생각했다. 그렇게 그들은 기관차가 지르는 기이한 비명과 함께, 극지방 어디에선가 매일 이곳을 오갔다. 내 눈에 그들은 북극에서 오는 흰멧새 떼처럼 보였다. 그러나 가끔 원주민인 월든 호수가 복수를 했다. 수레 뒤에서 걷던 어느

---

10) 완전히 탄화되지 못한 석탄으로 비료나 연탄의 원료로 쓰인다.

인부는 땅이 갈라진 틈에 빠져 저승으로 직행할 뻔했다. 그전까지 무척이나 대담했던 그 사람은 갑자기 활기가 9분의 1로 줄어들어 동물적 열기마저 거의 잃고는 내 집을 반가운 피난처로 삼았고 난로에 장점이 있다는 사실도 인정했다. 또 얼어붙은 땅 때문에 쟁기 날에서 이가 빠지기도 했고 쟁기가 이랑에 박히는 바람에 잘라내야 할 때도 있었다.

사실적으로 말하자면, 미국인 감독관들을 대동한 100명의 아일랜드 사람들이 얼음을 채취하려고 매일 케임브리지에서 찾아왔다. 그들은 너무 잘 알려져서 설명이 필요 없는 방식으로 얼음을 네모난 덩어리로 잘라 썰매에 실어 호숫가로 운반했다. 그리고 그것을 얼음 승강장으로 옮긴 뒤 말이 끄는 쇠갈고리와 도르래로 들어 올려서는 밀가루 통을 쌓듯이 정확하게 쌓았다. 나란히 그리고 층층이 질서 정연하게 쌓인 그 모습은 마치 구름을 뚫고 솟아오른 오벨리스크[11]의 견고한 토대처럼 보였다. 인부들이 나에게 말하길, 운 좋은 날에는 1000톤의 얼음을 캘 수 있는데 약 1에이커의 면적에서 나오는 양이었다. 얼음을 실은 썰매가 같은 길을 반복해서 다녔기 때문에 얼음 위에는 마치 **땅**처럼 깊은 바퀴 자국과 '요람 구멍'[12]이 생겼고, 말들은 속을 파내 양동이처럼 만든 얼음 덩어리에 담긴 귀리를 먹었다. 인부들은 야외 공터에 가로세로가 30미터, 높이가 10미터쯤 되도록 얼음덩어리를 쌓고 바깥쪽 얼음층 사이에 건초를 끼워 넣어 공기를 차단했다. 아주 차가운 바람

---

11) 고대 이집트에서 태양신을 상징하는 사각의 돌기둥으로, 위로 올라갈수록 가늘어진다.

12) 얼음이 녹아서 생긴 웅덩이나 마차, 수레 따위의 바퀴 자국.

이 아니더라도 얼음 사이로 바람이 새면 큰 구멍이 뚫리고 무게를 지탱하지 못하는 얼음이 곳곳에 생겨서 결국 얼음 더미가 무너지기 때문이다. 그 얼음 더미는 처음에는 거대한 푸른 요새나 발할라 궁전처럼 보였다. 그러나 얼음의 틈새로 거친 건초를 집어넣기 시작하면 얼음 더미는 서리와 고드름으로 뒤덮이면서, 오래 전에 하늘빛 대리석으로 지었으나 이제는 이끼가 낀 고색창연한 유적처럼 보였다. 또한 달력에서 노인으로 상징되는 겨울의 거처, 그러니까 그 겨울 노인이 우리와 함께 여름잠을 자려고 만든 오두막처럼 보이기도 했다. 인부들은 이 얼음 더미의 25퍼센트는 목적지에 도착하지 못하고, 2~3퍼센트는 기차 안에서 녹아 버릴 것으로 예상했다. 그러나 얼음 더미 중에서 훨씬 많은 부분이 처음 의도와는 다른 운명을 맞이했다. 얼음 속에 평소보다 공기가 많이 들어가 예상만큼 잘 보존되지 않기도 하고, 여타 다른 이유로 시장에 이르지 못하기도 했던 것이다. 1846년에서 1847년에 만들어진 이 얼음 더미는 총 1만 톤에 이르는 것으로 추정되는데, 결국에는 건초와 나무판자에 덮여 가려지고 말았다. 그 덮개는 이듬해 7월에 걷혔고 일부는 다른 곳으로 운반되기도 했지만, 그 자리에 남아 태양에 노출된 나머지 얼음은 그해 여름과 그다음 겨울을 버티다가 1848년 9월에서야 완전히 녹았다. 이리하여 호수는 빼앗겼던 부분을 거의 되찾게 되었다.

월든 호수의 얼음은 호수의 물과 마찬가지로 가까이에서 보면 초록빛을 띠지만 멀리서 보면 아름다운 푸른색이다. 그래서 강에 생긴 얼음이나 400미터쯤 떨어진 몇몇 호수의 단조로운 녹색 얼음과 쉽게 구별할 수 있다. 이따금씩 채빙 인부의 썰매에 실린 커다란 얼음덩어리가 마을 길거리로 주르르 떨어지면, 일주일 동안 커다란 에메랄드처럼 그 자리에 놓인 채 모든 행인들의 관심을 집중시킨다. 내가 관찰한 결과, 월든 호수에서 물 상태였을 때 초록색이었던 부분은 같은 각도에서 보더라도 얼음이 되면 푸른색으로 변한다. 그래서 겨울에 호수의 얼음에 난 구멍에는 원래대로 초록빛 물이 고이지만, 다음 날 보면 푸른색으로 얼어붙어 있다. 아마 물과 얼음이 띠는 푸른색은 그 속에 담긴 빛과 공기 때문인 것 같다. 가장 투명한 부분이 가장 푸르다. 얼음은 곰곰이 생각하기에 흥미로운 주제이다. 사람들 말로는 프레시 호수의 얼음 창고에 5년 된 얼음이 있는데 처음과 다름없이 멀쩡하다고 한다. 양동이에 담아 둔 물은 금세 썩는데, 얼음은 왜 언제까지나 신선할까? 흔히들 그것이 감성과 이성의 차이라고 한다.

이렇게 나는 100명의 인부가 수레와 말과 틀림없는 각종 농기구들을 가지고 분주한 농부들처럼 일하는 모습을 열엿새 동안 지켜보았다. 그 광경은 달력 첫 페이지에 나오는 그림과도 비슷했다. 밖을 내다볼 때마다 종달새와 추수꾼에 대한 우화나 씨 뿌리는 사람에 대한 비유 같은 것이 떠올랐다. 이제 그들은 모두 사라졌고 한 달쯤 지나면 아마 나는 똑같은 창문을 통해, 바다처럼 초록빛으로 물든 순수한 월든 호수가 구름과 나무를 투영하며, 수증기를 고독하게 올려 보내는 모습을 바라볼 것이다. 그리고 그곳에서 사람이 서 있었다는 흔적은 찾지 못할 것이다. 얼마 전까지 100명의 인부가 안전하게 작업하던 그곳에서 외로운 되강오리가 자맥질을 하고 깃털을 뽑으며 웃는 소리가 들릴 수도 있고 외로운 낚시꾼이 물에 띄운 낙엽처럼 배에 앉아 물결에 비치는 자신의 모습을 바라보는 광경이 보일지도 모른다.

　이런 식으로 찰스턴과 뉴올리언스 그리고 마드라스와 봄베이와 캘커타의 무더위에 지친 주민들도 내 샘의 물을 마시게 된 것 같다. 아침이면 나는 『바가바드기타』의 방대하고 우주론적인 철학으로 내 지성을 목욕시킨다. 그 책이 쓰인 뒤 신들의 시대는 지나갔으며, 그에 비하면 이 시대의 세계와 문학은 초라하고 천박해 보인다. 그 철학은 우리가 도무지 짐작할 수 없을 만큼 숭고하여, 존재 이전의 상태를 언급하는 게 아닐까 싶을 정도다. 나는 책을 내려놓고 물을 뜨러 나의 우물로 간다. 그런데 이럴 수가! 그곳에서 나는 브라마와 비슈누와 인드라를 모시는 사제 브라만의 하인을 만난다. 브라만은 아직도 갠지스 강가에 있는 자신의 사원에서 『베다』를 읽거나 빵 껍질과 물 주전자만 가지고 나무 밑에서 살고 있다. 나는 주인을 위해 물을 길러 온 하인을 만나고 우리의 양동이는 한 우물 속에서 서로를 스친다. 순수한 월든의 물이 갠지스 강의 신성한 물과 뒤섞인다. 그 물은 순풍을 타고 전설적인 아틀란티스 섬이 있던 곳[13]이나 헤스페리데스의 정원[14]을 지나 한노가 항해했던 길을 따라갔다가 테르나테 섬과 티도레 섬[15], 페르시아 만 입구를 떠돌고는 인도양에 부는 열대 강풍에 누그러들어 알렉산드로스 대왕도 그 이름만 들어 본 항구에 상륙할 것이다.

---

13) 아틀란티스는 플라톤이 이상향으로 묘사한 섬이다. 이 섬은 신의 노여움을 사서 하루 만에 바닷속으로 가라앉았다고 하는데, 이 섬이 실제로 있었다고 믿고 위치를 추측하는 사람들이 많다.

14) 고대 그리스 인들이 세상의 서쪽 끝에 있다고 여겼던 낙원.

15) 이 두 섬은 인도네시아 몰루카 제도에 있으며 밀턴의 『실낙원』 제2권에 등장한다.

봄

채빙 인부들이 파낸 넓은 구멍 때문에 보통 호수의 얼음은 좀 일찍 녹는다. 추운 날에도 물이 바람에 일렁이며 주변의 얼음을 녹이기 때문이다. 그러나 그해 월든 호수에는 그런 현상이 나타나지 않았다. 월든 호수는 낡은 옷을 벗고 금세 두툼한 새 옷으로 갈아입었던 것이다. 월든 호수는 인근의 다른 호수들처럼 얼음이 빨리 녹지 않는다. 수심이 훨씬 깊기도 하고 호수를 관통해 흐르며 얼음을 녹이거나 갉아 먹는 조류가 없기 때문이다. 나는 겨울 동안 호수의 얼음이 쪼개지는 것을 본 적이 없다. 호수가 가혹한 시련을 겪었던 1852년에서 1853년도 예외는 아니었다. 월든 호수는 대개 4월 1일경, 플린츠 호수와 페어헤이븐 호수보다 일주일에서 열흘 늦게 해빙되는데 가장 먼저 얼었던 북쪽 면과 수심이 얕은 부분부터 녹는다. 기온의 일시적인 변화에 영향을 가장 적게 받기 때문에 근처의 어떤 강이나 호수보다도 계절의 절대적인 추이를 잘 나타내 준다. 3월에 혹독한 추위가 며칠 지속되어 다른 호수들의 해빙이 상당히 늦어지더라도 월든 호수는 기온이 거의 끊임없이 상승한다. 1847년 3월 6일에 월든 호수 중앙에 온도계를 넣었더니 화씨 32도, 즉 빙점을 가리켰고 호숫가 근처는 화씨 33도였다. 같은 날 플린츠 호수의 중앙은 32.5도였고 호숫가에서 60미터 정도 떨어진 얕은 지점, 즉 30센티미터 두께의 얼음 밑에 있는 물은 화씨 36도였다. 플린츠 호수의 깊은 곳과 얕은 곳의 온도차가 3.5도라는 점 그리고 대부분의 수심이 상대적으로 얕다는 점에서 이 호수가 월든 호수보다 빨리 해빙되는 이유를 알 수 있다. 이 무렵 수심이 가장 얕은 지점의 얼음은 호수 중앙의 얼음보다 십여 센티미터 얇았다. 한겨울에는 호수 중앙이 가장 따뜻하고 얼음도 가장 얇게 언다. 따라서 여름에 호숫가를 거닐어 본 사람은 누구나 깨달았겠지만 수심이 7~10센티미터에 불과한 호숫가 근처의 물이 호수 중앙에 더 가까운 물보다 따뜻하며, 수심이 깊은 곳에서는 바닥 근처보다 수면 쪽의 물이 훨씬 따뜻하다. 봄이 되면 태양은 공기와 땅의 온도를 높여 영향을 미칠 뿐 아니라, 태양열이 30센티미터가 넘는 얼음을 관통하며 얕은 물에서는 반사된 그 열이 물을 데우고 얼음 밑 부분을 녹인다. 이와 동시에 위에서 내리쬐는 직사광선이 얼음을 녹여 울퉁불퉁하게 만들고, 얼음 속의 공기 방울들은 위아래로 팽창해 완벽한 벌집 모양이 되는데, 그러다 결국 봄비가 한 번이라도 내리면 얼음은 싹 사라져 버린다. 얼음에는 나무처럼 단단한 성질도 있고 결도 있다. 얼음덩어리가 부서지기 시작하거나 '벌집'이 되어 버리면, 즉 벌집 모양을 띠게 되면 얼음덩어리의 위치에 상관없이 기포는 원래의 수면과 직각을 이룬다. 수면 가까이에 바위나 물에 뜬 통나무가 있으면 그곳에는 얼음이 훨씬 얇게 얼고 반사열로 녹을 때도 많다. 듣자하니 케임브리지에서 나무로 만든 얕은 연못에서 물을 얼리는 실험을 했다고 한다. 물 밑에서 찬 공기를 순환시켜 수면 위아래 모두 찬 공기와 만나게 했지만 바닥에서 반사된 태양열이 그 찬 공기의 위력을 상쇄하고도 남았다고 한다. 한겨울에 내린 따뜻한 비에 월든 호수의 눈과 얼음이 녹아 호수 가운데에 거무스름하거나 투명한 얼음만 남으면, 호숫가 주변에는 이런 반사열로 인해 두껍지만 잘 부서지는 폭 5미터 정도의 흰 얼음 띠가 생긴다. 그리고 앞에서 말했듯이 이 얼음 속에 있는 공기 방울들이 돋보기 역할을 해서 밑에 있는 얼음을 녹인다.

　1년 동안 일어나는 이런 현상이 작은 규모로 매일 호수에서 일어난다. 대개 수심이 얕은 곳의 물은 수심이 깊은 곳의 물보다 아침에 더 빨리 따뜻해지지만 뜨거울 정도로 기온이 올라가지는 않으며, 저녁부터 다음 날 아침까지는 더 빨리 차가워진다. 하루는 1년의 축소판이다. 밤은 겨울이고 아침과 저녁은 봄과 가을이며, 정오는 여름이다. 얼음이 깨지며 쾅, 하고 요란한 소리가 나면 기온이 변하고 있다는 뜻이다. 1850년 2월 4일, 추운 밤이 지나고 상쾌한 아침이 찾아온 그날, 나는 하루를 보내려고 플린츠 호수로 갔다. 그런데 놀랍게도 도끼 머리로 얼음을 내려치자 징소리 같은, 혹은 팽팽한 북을 쳤을 때 나는 소리가 사방 몇 십 미터로 울려 퍼지는 게 아닌가. 해가 뜨고 한 시간쯤 지나자 호수는 산 너머에서 비스듬히 내리쬐는 태양열의 영향을 받아 요란한 소리를 내기 시작했다. 호수는 잠에서 깬 사람처럼 기지개를 켜고

하품을 하며 목소리를 점점 높였는데, 이런 현상이 서너 시간 계속되었다. 정오가 되자 호수는 잠깐 낮잠을 자더니, 태양이 그 세력을 거두어들이는 저녁이 가까워지자 한 번 더 큰 소리를 냈다. 날씨가 알맞으면 호수는 저녁마다 매우 규칙적으로 대포를 쏘아 올렸다. 그러나 한낮에는 얼음 여기저기에 금이 가고 공기도 탄력이 줄어서 요란하게 울리는 그 소리는 완전히 잦아들었다. 그럴 때는 얼음을 탕탕 때려도 물고기와 사향쥐들이 기절초풍할 일은 없을 것이다. 낚시꾼들의 말에 따르면 '호수의 천둥소리' 때문에 물고기들이 놀라 미끼를 물지 않는다고 한다. 호수가 저녁마다 큰 소리를 내는 것은 아니며 정확히 언제 그런 천둥소리를 내는지 예측할 수도 없다. 나는 날씨의 변화를 전혀 느끼지 못하지만 호수는 그 변화를 감지한다. 그토록 거대하고 차갑고 두꺼운 피부를 가진 존재가 그토록 민감할 줄, 누가 짐작이나 했겠는가? 그러나 봄이면 새싹이 돋듯이 호수 역시 나름의 법칙에 따라 때가 되면 반드시 천둥소리를 낸다. 대지는 생생하게 살아 있으며 섬세한 돌기로 뒤덮여 있다. 제아무리 넓은 호수라도 온도계 속의 수은 방울만큼이나 대기 변화에 민감하게 반응한다.

숲에 살도록 나를 이끈 매력 중 하나는 봄이 오는 모습을 지켜볼 여유와 기회를 누릴 수 있다는 사실이었다. 호수의 얼음은 마침내 벌집 모양을 띠기 시작하고, 나는 발뒤꿈치로 얼음을 푹푹 누르며 산책을 할 수 있다. 안개와 비와 좀 더 따뜻해진 태양이 눈을 서서히 녹이고 있다. 낮은 이미 피부로 느껴질 만큼 길어졌다. 장작을 더 마련하지 않아도 겨울을 날 수 있을 것 같다. 이제는 큰 불을 피울 필요가 없기 때문이다. 나는 봄이 오는 첫 징조를 포착하려고 정신을 바짝 차린다. 호수에 도착한 새의 노랫소리나 이제는 식량이 거의 다 떨어졌을 줄무늬다람쥐의 찍찍거리는 소리가 들릴까 싶어서 귀를 기울인다. 겨울 보금자리에서 대담하게 밖으로 나온 우드척을 찾아보기도 한다. 3월 13일, 파랑새와 멧종다리와 붉은어깨검정새의 울음소리가 이미 들렸는데도 호수의 얼음은 아직 두께가 30센티미터나 되었다. 날씨는 점점 따뜻해지고 있었지만 얼음은 물에 녹아 없어지거나 강의 얼음처럼 깨지거나 떠내려가지도 않았다. 호숫가에서는 2~3미터 정도의 너비로 얼음이 완전히 녹았지만 한가운데의 얼음은 벌집 모양을 하고 물에 젖어 있을 뿐이었다. 얼음 두께가 15센티미터가 되었을 때 밟아 보면 발이 안으로 쑥 들어갔다. 그러나 따뜻한 비가 내리고 안개가 끼면 다음 날 저녁에는 얼음이 완전히 자취를 감춰 버렸다. 안개와 함께 바람처럼 사라졌다. 어느 해에는 호수를 걸어서 건넌 지 닷새밖에 되지 않았는데 호수의 얼음이 완전히 사라져 버리기도 했다.

1845년에 월든 호수는 4월 1일이 되어서야 얼음이 완전히 녹았다. 1846년에는 3월 25일, 1847년에는 4월 8일, 1851년에는 3월 28일, 1852년에는 4월 18일, 1853년에는 3월 23일, 1854년에는 4월 7일경에 완전한 해빙을 맞이했다.

극심한 기후 변화를 겪으며 사는 우리와 같은 사람들에게는 강과 호수의 얼음이 깨지고 날이 풀리며 일어나는 일들 하나하나가 특히 흥미롭게 느껴진다. 날이 따뜻해지면 강 근처에 사는 사람들은 밤중에 얼음이 대포처럼 깜짝 놀랄 만큼 큰 함성을 지르며 갈라지는 소리를 듣는다. 마치 얼음 족쇄가 강의 한쪽 끝에서 다른 쪽 끝까지 쫙 갈라지는 듯한 소리다. 그리고 며칠 이내에 얼음이 빠르게 사라지는 모습이 보인다. 땅이 진동하며 악어도 진흙 속에서 나와 모습을 드러낸다. 자연을 자세히 관찰해 온 어떤 노인이 있는데, 마치 그가 어렸을 때 자연이라는 배가 건조되었고 그는 그 배의 용골을 놓는 일을 거들었기 때문에 자연의 모든 활동을 속속들이 아는 것처럼 보인다. 이미 나이가 많이 들기도 했거니와, 므두셀라[1]만큼 장수한다 하더라도 자연에 대해서 더는 지식을 습득할 필요가 없을 것만 같은 사람이다. 그런 그가 자연의 모든 활동이 경이롭다고 말해서 나는 놀라움을 느꼈다. 그 노인과 자연 사이에는 아무런 비밀이 없을 거라고 생각했기 때문이다. 그가 나에게 들려준 이야기가 있다. 어느 봄날 그는 오리 사냥을 좀 해 볼 생각으로 엽총을 챙겨 배를 타고 나섰다. 초원에는 아직 얼음이 남아 있었지만 강에서는 얼음이 모두 사라진 뒤였고, 그는 자신이 사는 서드베리에서 페어헤이븐 호수까지 아무런 장애물 없이 나아갈 수 있었다. 그런데 뜻밖에도 페어헤이븐 호수 대부분이 단단한 얼음판으로 뒤덮여 있었다. 따뜻한 날이었고, 그는 그토록 거대한 얼음덩어리가 남아 있는 광경에 놀랐다. 오리가 한 마리도 보이지 않아서 배를 호수에 있는 섬의 북쪽 기슭, 즉 섬 뒤편에 숨겨 두고 자신은 남쪽 기슭의 덤불 속에 숨어 오리들을 기다렸다. 호숫가의 얼음은 15~20미터 정도의 폭으로 녹아 있었고, 물은 잔잔하고 따뜻했으며 바닥은 진흙이었다. 오리들이 좋아하는 환경이었기 때문에 그는 머지않아 오리들이 나타나리라 생각했다. 그곳에 숨은 지

---

[1] 구약 성경 「창세기」에 나오는 인물로 969세까지 살았다고 한다.

한 시간쯤 지났을 때, 매우 멀리에서 나는 듯한 낮은 소리가 들렸다. 한 번도 들어 보지 못한, 이상하리만치 웅장하고 엄숙한 소리가 마치 우주적이고 인상적인 마무리를 지으려는 듯이 점점 고조되며 커져 갔다. 문득 그는 음침하면서도 뭔가 몰려오며 울부짖는 듯한 그 소리에 어마어마한 새 떼가 내려앉는 소리라고 생각하게 되었다. 그래서 총을 움켜쥐고 흥분한 마음으로 벌떡 일어섰다. 그러나 놀랍게도 그는 자신이 덤불에 숨어 있는 동안 호수의 얼음덩어리 전체가 호숫가로 떠내려왔다는 사실을 깨달았다. 그가 들은 소리는 얼음덩어리의 가장자리가 호숫가를 스친 소리였다. 얼음덩어리는 처음에는 부드럽게 부서지고 허물어졌으나, 결국 섬 위로 매우 높이 밀려 올라와 그 파편을 사방에 흩뿌리고 나서야 멈추었던 것이다.

드디어 햇살은 수직으로 꽂혔고 따뜻한 바람이 안개와 비를 몰고 와 그동안 쌓였던 눈을 녹였다. 태양은 안개를 흩어 버리고 적갈색과 흰색으로 얼룩덜룩한 풍경에서 향긋하고 하얀 수증기가 모락모락 피어오르는 모습을 보며 미소 짓는다. 그 풍경 속을 누비는 나그네는 졸졸 흐르는 수많은 실개천과 개울이 들려주는 음악에 신이 나서는 이 섬에서 저 섬으로 발길을 옮긴다. 실개천과 개울은 자신들의 혈관에 가득한 겨울의 피를 흘려보내는 중이다.

마을로 가려면 철로를 놓으려고 산비탈을 깊숙이 깎아 낸 곳을 지나야 하는데, 얼었던 모래와 진흙이 그 철둑 양쪽으로 흘러내리며 만드는 여러 형상을 관찰하는 것보다 더 큰 즐거움을 주는 자연 현상은 없을 것 같다. 철도가 발명된 이래, 적절한 재료로 만들어 비바람에 고스란히 노출시킨 둑은 분명 그 수가 굉장히 많아졌겠지만 이처럼 대규모의 현상이 나타나는 경우는 드물다. 둑을 구성한 재료는 굵기와 색깔이 다양한 모래이며 대개 약간의 진흙이 섞여 있다. 봄이 되어 서리가 녹을 때 그리고 심지어는 겨울에도 얼음이 녹는 날이면 모래가 용암처럼 비탈을 따라 흘러내리기 시작하는데, 때로는 눈을 뚫고 쏟아져 나와 전에 모래가 전혀 보이지 않던 곳에 범람하기도 한다. 무수한 모래 실개울들이 서로 겹치고 얽히면서, 반은 물줄기의 법칙을 따르고 반은 식물의 법칙을 따르는 일종의 혼합물을 만들어 낸다. 그 혼합물은 흘러내리는 동안 수액이 많은 잎사귀나 덩굴의 모습으로 둔갑하고는 흐물흐물한 잔가지들을 30센티미터나 그 이상의 높이로 쌓아 올린다. 그것을 내려다보면 지의류 중에서 잎이 들쭉날쭉하고 비늘 모양으로 겹쳐진 엽상체[2]와 비슷하다. 혹은 산호, 표범이나 새의 발, 뇌, 폐, 내장 혹은 각종 배설물이 연상되기도 한다. 이것은 진정 기괴한 식물로, 그 형태와 색깔을 모방한 청동 제품도 있다. 그것은 아칸서스, 치커리, 담쟁이, 포도넝쿨이나 어떤 식물의 잎보다도 유서 깊고 전형적인 건축 장식이다. 어쩌면 이 무늬는 상황에 따라 미래의 지질학자들에게 수수께끼가 될 운명일지도 모른다. 비탈의 전체적인 인상은 햇빛에 완전히 노출된 종유석 동굴 같았다. 모래의 다채로운 빛깔은 유난히 선명하고 경쾌한데 갈색, 회색, 누르스름한 색, 불그스름한 색 등 철의 여러 색깔을 아우른다. 흘러내리는 모래 덩어리는 둑의 끄트머리에 있는 배수구에 이르면 좀 더 납작하게 퍼지며 실 가닥처럼 변한다. **실 가닥**처럼 가늘어진 모래 줄기들은 반

---

2) 김이나 미역처럼 줄기와 잎, 뿌리의 기관이 분화되지 않은 식물.

원통형이었던 모습을 잃고 점점 납작해지고 넓어지며, 습기를 머금고 하나로 합쳐져 흐르다가 결국 거의 평평한 **모래**가 된다. 빛깔은 여전히 다채롭고 아름답지만, 그 속에서 식물의 원래 형태를 발견할 수 있다. 그러다 결국 물속에 들어가면 모래는 강어귀에 형성된 것과 비슷한 둑으로 변하고, 식물의 형태는 바닥에 생기는 물결무늬 자국 속으로 사라진다.

둑 전체는 높이가 6미터에서 12미터에 이르는데, 그중에서 한쪽이나 양쪽 둑의 400미터가량이 단 하루의 봄날이 빚어낸 이런 모래 잎사귀들, 즉 분출된 모래로 뒤덮인다. 이 모래 잎사귀의 놀라운 점은 이렇게 갑자기 나타난다는 사실이다. 둑 한쪽은 단조로운데 ─ 태양이 한쪽 둑에 먼저 내리쬐므로 ─ 다른 쪽은 한 시간 만에 이런 모래 잎사귀로 무성해지는 광경을 보면, 특별한 의미에서 온 세상과 나를 만든 예술가의 작업실에 들어간 것처럼 감동이 밀려온다. 예술가는 계속 작업에 몰두해 이 둑을 만지작거리며 넘치는 에너지로 자신의 새로운 디자인을 사방에 퍼뜨리고 있고, 나는 그 현장에 있는 것만 같다. 또 범람하는 모래가 동물의 내장처럼 잎사귀 모양의 덩어리인 까닭에, 지구의 내장에 좀 더 가까이 다가간 기분이 들기도 한다. 이런 이유로 우리는 모래 속에서도 식물의 잎이 나기를 기대하게 되는 것이다. 대지가 외부로 모습을 드러낼 때 잎사귀 형태를 취한다는 것은 놀라운 일이 아니다. 대지는 내적으로 그 같은 잎사귀를 생각하며 노력을 기울이기 때문이다. 원자들은 이미 이 법칙을 터득해서 그 법칙에 따라 잉태된다. 나무에 달린 잎사귀가 원자의 원형이다. 지구든 동물의 몸이든 **내부**에는 축축하고 두꺼운 **엽(lobe)**

이 있다. 이 단어는 특히 간과 폐, 지방의 **잎**에 적용되어 간엽, 폐엽, 지방엽으로 쓰인다. (이 '엽'이라는 단어에서 그리스 어 레이보[λειβω], 라틴 어 **라보르[labor]**, **랍수스[lapsus]**가 파생되었는데 아래로 흘러내리거나 미끄러지거나 타락했다는 뜻이다. 또 그리스 어 로보스[λοβοζ], 라틴 어 **글로부스[globus]**처럼 각각 잎과 지구를 뜻하는 단어도 나왔으며 그밖에 '둘러싸다[lap]' '펄럭이다[flap]'를 비롯한 수많은 단어가 파생되었다.) **외부적**으로는 마르고 얇은 **잎(leaf)**인데, 'f'와 'v'는 'b'가 압축되고 말라서 생긴 것이다. 엽(lobe)의 어근은 'lb'로 뒤에 있는 유음 'l'이 부드러운 덩어리인 유성음 'b'를 앞으로 밀어낸다. 지구(globe)의 어근은 'glb'인데 목구멍에서 나오는 후음 'g'가 단어의 의미에 목구멍에서 나오는 힘을 더해 준다. 새들의 깃털과 날개는 좀 더 마르고 얇은 잎이다. 이와 같이 우리도 땅속에 있던 둔한 유충에서 가뿐하게 날개를 팔랑이는 나비가 된다. 지구 자체도 끝없이 스스로를 초월하고 모습을 바꿔, 자신의 궤도에서 날갯짓을 한다. 얼음조차 섬세한 수정 같은 잎에서 시작된다. 얼음은 마치 수초의 잎을 거울 같은 물에 찍어 틀을 만들고 그 틀에 흘려 넣은 물이 굳어진 것만 같다. 나무도 그 전체가 하나의 잎일 뿐이다. 강은 훨씬 거대한 잎으로, 그 사이에 낀 대지는 잎살[3]이고 마을과 도시는 잎 겨드랑이에 자리 잡은 곤충의 알이다.

해가 물러나면 모래의 흐름도 멈춘다. 그러나 아침이 되면 모래 줄기는 다시 흐르기 시작해 갈라지고 또 갈라져 무수한 실개울을 만든다. 혈관의 형성 과정도 비슷할 것 같다. 자세히 살펴

---

3) 잎에서 잎맥을 제외한 나머지 부분.

보면 처음에는 해빙된 모래 덩어리에서 부드러워진 모래가 둥근 손가락 끝부분처럼 물방울 모양으로 가늘게 흘러나와 아래쪽으로 천천히 더듬더듬 내려온다. 그러다 마침내 해가 더 높이 떠올라 이 모래 물줄기에 열과 수분이 많아지면 가장 유동적인 부분은 가장 느린 부분과 같은 법칙을 따르려고 애쓰다가 결국 거기에서 갈라져 나와 독자적으로 그 내부에 굽이치는 물길, 즉 동맥을 형성한다. 그 동맥 속에서 은빛 실개울이 번개처럼 번득이며 잎살이나 가지를 한 단계, 한 단계 만들어 가다가 이따금씩 모래에 파묻히기도 한다. 모래가 흘러가며 물줄기의 끝을 예리하게 만들려고 모래 덩어리에서 얻을 수 있는 가장 좋은 재료를 이용해 신속하고 완벽하게 스스로를 조직해 나가는 모습을 보면 놀랍기만 하다. 강의 수원도 이와 마찬가지이다. 물속에 가라앉은 규산질 속에 강의 뼈를 구성하는 조직이 있을 것이며, 이보다 훨씬 섬세한 토양과 유기물 속에 강의 육질을 구성하는 섬유와 세포 조직이 있을 것이다. 인간이 해빙되는 진흙덩어리가 아니면 무엇이겠는가? 인간의 둥근 손가락 끝은 응결된 물방울일 뿐이다. 손가락과 발가락은 해빙된 덩어리인 몸에서 그만큼 흘러나온 것이다. 좀 더 온난한 하늘 밑에 있다면 인간의 몸이 어디까지 뻗어 나가고 흘러갈지 누가 알겠는가? 손은 엽과 잎맥이 있는 종려나무[4] 잎이 아닌가? 상상의 날개를 펴 본다면 귀는 머리 옆에 붙은 엽이나 멍울이 달린 지의류, 즉 움빌리카리아[5]다. 입

---

[4] 여기에서 소로가 쓴 영어 단어 'palm'에는 '종려나무' 외에도 '손바닥'이라는 뜻이 있다.

[5] Umbilicaria. 잎사귀 모양의 지의류. 다른 말로 '엽상 지의류'라고 한다. 목이버섯과 석이버섯은 사실 버섯이 아니라 엽상 지의류이다.

술(라틴 어로는 **라비움[labium]**인데 아마도 **라보르[labor]**에서 파생된 듯하다.)은 동굴 같은 입의 위아래에서 열렸다 닫혔다 한다. 코는 진흙 방울이나 종유석이 응결된 것이 분명하다.

턱은 훨씬 큰 진흙 방울로, 얼굴을 타고 흘러내린 방울들이 합쳐진 것이다. 뺨은 진흙이 이마에서부터 얼굴의 골짜기 속으로 미끄러지다가 광대뼈에 걸려 퍼진 것이다. 식물의 잎에서도 둥그런 열편[6]은 크건 작건 잠시 늑장을 부리고 있는 두툼한 방울이다. 열편은 잎의 손가락이다. 그리고 열편이 많으면 많을수록 잎은 여러 방향으로 흐르려는 성향을 띠며, 열기가 더 강하거나 더 온화한 환경이었다면 더 멀리까지 흘러갔을 것이다.

이렇게 이 산비탈 하나가 자연의 모든 활동에 잠재된 원리를 보여 주는 것만 같았다. 이 지구의 창조자는 잎 하나만을 개발해 특허를 따낸 것이다. 그 어떤 샹폴리옹[7]이 나타나 이 상형 문자를 해독해서 우리로 하여금 마침내 새 시대를 열게 해 줄 것인가? 이곳에서 나타나는 현상을 보면 나는 풍요롭고 비옥한 포도밭을 볼 때보다 더욱 마음이 설렌다. 사실 어떤 면에서, 이 광경에는 배설물과 비슷한 특징이 있어서 지구의 안팎을 뒤집은 듯 간과 폐와 내장이 끝없이 쌓여 있는 듯한 느낌도 든다. 그러나 이는 적어도 자연에 내장이 있으며 따라서 결국 자연이 인류의 어머니임을 암시해 주는 셈이다. 모래가 흐르는 이 현상은 얼었던 물이 땅속에서 빠져나오기 때문에 생기는 것이다. 이것이 바로 봄이다.

---

6) 잎사귀 하나에서 사방으로 갈라져 나온 부분을 뜻한다. 영어 단어 'lobe'는 앞서 나왔던 인체 기관의 '엽'과 식물의 열편을 모두 뜻한다.

7) 프랑스의 학자 장프랑수아 샹폴리옹. 로제타석과 파일리 섬의 오벨리스크를 비교 연구해 이집트 상형 문자를 해석하는 원칙을 세웠다.

신화가 있어야 그 뒤에 본격적인 시가 탄생하듯이 이런 현상이 나타난 뒤에야 꽃피는 푸른 봄이 찾아온다. 겨울의 독기와 소화 불량을 이보다 더 깨끗이 해소해 주는 것은 없으리라. 이 현상을 보며 나는 지구가 아직 배내옷을 입은 아기이며 작은 손가락을 사방으로 뻗고 있다고 확신하게 된다. 민숭민숭한 이마에 곱슬곱 슬한 머리카락이 새로 돋아난다. 인위적인 것은 하나도 없다. 잎 사귀처럼 생긴 이 모래 더미는 용광로의 찌꺼기처럼 둑을 따라 퍼지며, 자연이 내부에서 '용광로를 활활' 불태우고 있음을 알려 준다. 대지는 책장처럼 겹겹이 쌓여 주로 지질학자와 고고학자들 의 연구 대상이 되는 죽은 역사의 단편이 아니다. 대지는 꽃과 열 매보다 먼저 나무에 돋아나는 잎사귀처럼 살아 있는 시다. 화석 이 되어 굳은 땅이 아니라 살아 있는 땅이다. 대지의 중심에 자리 잡은 그 위대한 생명력에 비하면, 모든 동식물의 생명은 기생적 인 것에 불과하다. 대지는 진통을 겪으며 우리의 허물을 그 무덤 에서 토해 낼 것이다. 인간은 여러 금속을 녹여 가장 아름답게 만 든 거푸집에 부을 수 있겠지만 그렇게 만든 물건도 용해된 대지 가 흘러나와 만들어 낸 이 형상만큼 나에게 감동을 주지는 못할 것이다. 대지뿐 아니라 대지 위에 세워진 여러 제도들도 옹기장 이의 손에 있는 진흙처럼 언제든 모양이 달라질 수 있다.

머지않아 이 둑뿐만 아니라 모든 언덕과 평원과 골짜기에서, 겨울잠을 자던 네발짐승들이 굴에서 나오듯이 땅속에 있던 서리 가 밖으로 흘러나와 음악 소리를 내며 바다를 찾아가거나 구름 을 타고 다른 지방으로 이동할 것이다. 부드러운 설득력을 지닌 해빙의 기운이 망치를 든 토르보다 더 강력하다. 전자는 세상을 녹이지만 후자는 산산조각 낼 뿐이다.

땅 위에서 눈이 드문드문 사라지고 따뜻한 날이 며칠 지속되어 지표면이 어느 정도 마르면, 새로운 해가 시작된다는 첫 징조로 살그머니 고개를 내민 보드라운 새싹들과 겨울을 견뎌 내느라 시들었으나 당당한 아름다움을 아직 간직한 초목을 비교하는 재미가 제법 쏠쏠하다. 떡쑥, 미역취, 쥐손이풀 그리고 우아한 들풀은 마치 이제야 자신들의 아름다움이 무르익었다는 듯이 지난여름보다 훨씬 선명한 모습으로 자꾸만 관심을 끈다. 황새풀, 부들, 현삼, 물레나물, 조팝나무, 터리풀 및 줄기가 강인한 다른 식물도 보이는데 이들은 가장 먼저 이곳을 찾아온 새들을 즐겁게 해 주는 바닥나지 않은 곡창이다. 그게 아니면 미망인인 자연이 입은 단정한 상복[8]이다. 특히 나를 매료시킨 것은 윗부분이 활처럼 휘고 다발처럼 뭉친 사초(莎草)였다. 이 풀은 겨울을 잊지 못한 우리에게 여름을 떠올리게 해 주며 예술에서도 자주 모방되는 형상 중 하나다. 또 천문학이 인간의 마음속에 이미 존재하는 여러 유형과 연결되듯이 식물의 세계에서도 그런 유형과 연결되는 존재가 있다면 바로 이 사초다. 사초는 그리스나 이집트의 표현 양식보다 더 오래된 양식이다. 겨울에 일어나는 수많은 현상은 표현할 수 없는 부드러움과 깨지기 쉬운 섬세함이 겨울에 있음을 암시한다. 우리는 겨울이라는 이 왕이 거칠고 시끄러운 폭군으로 묘사되는 이야기를 주로 듣지만, 그는 연인처럼 다정하게 여름 여왕의 삼단 같은 머리털을 장식해 준다.

---

8) 'weed'에는 '잡초'라는 뜻과 '상복'이라는 뜻이 있다.

봄이 다가오자 붉은다람쥐 두 마리가 동시에 내 집 밑으로 들어와 내가 앉아서 책을 읽거나 글을 쓸 때면 내 발밑에서 낄낄대고 키득대고 찍찍거리고, 목구멍에서 혀가 빙그르르 도는 듯한 소리에다 꾸르륵 소리까지 여태껏 들어 본 것 중 가장 괴상한 소리로 쉬지 않고 떠들었다. 내가 발을 쿵쿵 구르면 다람쥐들은 오히려 더 큰 소리로 찍찍거렸다. 장난에 열중한 나머지 인간에 대한 두려움과 존경심을 모두 잃어버렸는지, 해볼 테면 해보라는 태도였다. 그렇게는 못할 걸, 찍찍, 찍찍. 다람쥐들은 조용히 하라는 내 주장이 귀에 전혀 들리지 않았는지, 아니면 그 속에 담긴 위력을 알아채지 못했는지, 도저히 말릴 수 없을 만큼 욕을 퍼부어 댔다.

봄에 찾아온 첫 참새! 그 어느 때보다 싱그러운 희망으로 시작되는 한 해! 군데군데 헐벗고 축축한 들판 위에서 지빠귀, 노래참새, 티티새의 은방울 소리 같은 노래가 어렴풋이 들려온다. 겨울의 마지막 눈 조각들이 떨어지며 짤랑거리는 것만 같다! 이런 때에 역사와 연대기, 전통과 기록된 모든 계시가 무슨 의미가 있겠는가? 시냇물은 봄에게 기쁨의 노래를 불러 준다. 개구리매는 초원 위를 낮게 날며 가장 먼저 겨울잠에서 깬 끈적끈적한 생명체를 벌써부터 찾고 있다. 모든 계곡에서 눈이 녹아 가라앉는 소리가 들리고 호수에서는 얼음이 서둘러 자취를 감춘다. 마치 대지가 귀환하는 태양을 맞이하려고 내부의 열을 발산하듯이 산비탈에서는 봄 불처럼 풀들이 타오르고 "첫 비의 부름을 받아 첫 풀들이 싹튼다".[9] 그 불꽃은 노란색이 아니라 초록색이다.

---

9) 고대 로마의 문학가이자 저술가인 마르쿠스 테렌티우스 바로의 『농사론』에서 인용.

영원한 젊음의 상징인 풀잎은 긴 초록 리본처럼 잔디밭에서 솟아올라 여름을 향해 가지만 서리를 만나 제지를 당하고 만다. 그러나 풀은 지난해에 남은 마른 줄기를 뿌리의 싱싱한 생명력으로 밀어 올리며 다시금 솟아오른다. 땅속에서 흘러나오는 시냇물처럼 풀은 꾸준히 자란다. 풀과 시냇물은 거의 같은 것이다. 만물이 성장하는 시기인 6월에 시냇물이 마르면 풀잎이 수로가 되므로, 해마다 가축들은 마르지 않는 그 초록 개울에서 물을 마시고 풀 베는 사람은 이것으로 겨울 식량을 일찌감치 장만한다. 이와 마찬가지로 우리 인간의 생명도 뿌리까지 시들지언정 영원을 향해 여전히 그 초록색 잎을 내뻗는다.

월든 호수가 빠르게 녹고 있다. 북쪽과 서쪽 물가에서는 얼음이 녹아 10미터 너비의 운하가 두 개 생겼고 동쪽 끝은 더 넓은 폭으로 녹았다. 얼음의 몸체에서 널찍한 얼음이 이미 갈라져 나온 뒤였다. 노래참새가 호숫가 덤불 속에서 지저귀는 소리가 들린다. **올릿, 올릿, 올릿, 칩, 칩, 칩, 체 차, 체 위스, 위스, 위스.** 노래참새 역시 얼음을 쪼개는 데 한몫하는 중이다. 얼음의 가장자리를 따라 크게 굽이치는 곡선은 얼마나 아름다운가! 그 곡선은 호숫가의 곡선을 그대로 본딴 모양이나 더욱 매끄럽다. 최근 일시적으로 불어닥친 매서운 추위 때문에 호수의 얼음은 전반적으로 단단해져, 궁전 바닥처럼 물결무늬를 띠고 있다. 바람은 그 불투명한 표면 위에서 동쪽으로 미끄럼을 타지만 얼음은 꼼짝도 않고, 바람은 결국 얼음을 지나 일렁이는 수면에 이른다. 리본처럼 굽이치는 물이 햇빛 속에서 반짝이는 모습을 바라보면 눈이 부신다. 환희와 젊음으로 가득한 호수의 민얼굴이 그 속에 사는 물고기들과 호숫가의 모래가 주는 기쁨을 이야기하는 것만 같다. **잉어(euciscus)**의 비늘처럼 은빛 광채를 발하는 모습이 마치 한 마리의 팔팔한 물고기 같다. 겨울과 봄은 이처럼 다른 것이다. 월든은 죽어 있다가 다시 살아난다. 그러나 올봄에는 앞에서 말했듯이 좀 더 천천히 깨어났다.

눈보라 치던 겨울이 평온하고 따뜻한 날로, 어둡고 활기 없던 시간이 밝고 탄력 있는 시간으로 바뀌는 과정은 만물이 변화를 선포하는 매우 중대한 시기이다. 겉보기에 변화는 순식간에 일어난다. 이제 곧 저녁이고 겨울 구름이 아직 하늘에 걸려 있으며 처마에서는 진눈깨비와 함께 물이 뚝뚝 떨어지고 있었는데, 갑자기 집 안 가득 햇빛이 쏟아졌다. 나는 창밖을 바라보았다. 이럴 수가! 어제까지만 해도 차가운 회색 얼음이 있던 곳에 어느새 투명한 호수가 마치 여름 저녁때처럼 잔잔하고 희망에 가득한 모습으로 자리 잡고 있는 게 아닌가. 하늘에는 여름의 모습은 그 기미도 없건만 호수는 멀리 떨어진 어느 지평선에서 소식이라도 받은 듯이 제 가슴에 여름의 저녁 하늘을 비추고 있었다. 멀리서 개똥지빠귀의 노랫소리가 들려왔다. 예전과 다름없이 감미롭고 힘찬 소리였다. 수천 년 만에 처음 들었고 앞으로 수천 년 동안 잊지 못할 것 같은 노래였다. 뉴잉글랜드의 여름날이 저물 때 들려오는 개똥지빠귀의 노래! 그가 앉은 나뭇가지를 찾아낼 수 있다면 좋으련만! **그를, 그 가지**를 말이다. 적어도 이 새는 **'투르두스 미그라토리우스'**[10]가 아니다. 그토록 오랫동안 축 늘어

---

10) Turdus migratorius. 개똥지빠귀의 학명으로 'Turdus'는 지빠귀, 'migratorius'는 계절에 따라 옮겨 다닌다는 뜻.

져 있던 집 주변의 리기다소나무들과 떡갈나무 관목들이 갑자기
자신들의 여러 개성을 되찾은 듯 더 밝고, 더 푸르고, 더 꼿꼿하
고 생생해졌다. 비에 몸이 깨끗이 씻긴 덕분에 기운을 차린 것만
같았다. 이제는 비가 더 내리지 않을 것임을 나는 알고 있었다.
숲 속의 나뭇가지 하나만 보아도, 아니 내가 직접 쌓은 장작더미
만 보아도 겨울이 지났는지 아닌지 알 수 있다. 날이 더 어두워
졌을 때, 숲 위를 낮게 날아다니는 기러기들의 **끼룩끼룩** 소리에
나는 깜짝 놀랐다. 남쪽 호수에서부터 날아온 지친 나그네들이
느지막이 도착해서는 마침내 마음껏 넋두리를 늘어놓으며 서로
를 위로하는 것 같았다. 문 앞에 서 있던 나는 맹렬하게 퍼덕이
는 기러기들의 날갯짓 소리를 들을 수 있었다. 기러기들은 내 집
쪽으로 오다가 갑자기 집의 불빛을 발견하고는 아우성을 잠재우
며 방향을 바꿔 호수에 내려앉았다. 그래서 나는 집 안으로 들어
가 문을 닫고 숲 속에서의 첫봄 날 밤을 보냈다.

아침이 되자, 나는 문간에 서서 안개 사이로 기러기들을 지켜
보았다. 기러기들은 250미터쯤 떨어진 호수 한가운데에서 헤엄
을 치고 있었는데 수도 많거니와 얼마나 떠들썩한지, 월든 호수
가 마치 기러기들의 놀이터로 만든 인공 호수처럼 보였다. 그러
나 내가 다가가 호숫가에 서자 기러기들은 대장의 신호에 따라
날개를 힘껏 퍼덕이며 한꺼번에 날아올랐다. 총 스물아홉 마리
인 기러기 떼는 대열을 정비한 뒤 내 머리 위를 맴돌다가, 대장
기러기가 일정한 간격으로 내는 **끼룩끼룩** 소리에 따라, 아침 식
사는 여기보다 탁한 다른 호수에서 하자며 캐나다를 향해 똑바
로 나아갔다. 동시에 오리 '떼'도 날아올라 자기들보다 시끄러운

사촌들을 뒤따라 역시 북쪽 길로 날아갔다.

일주일 동안 안개 자욱한 아침이면 어느 외로운 기러기가 짝을 찾아 빙빙 맴돌고 이리저리 헤매며 시끄럽게 우는 소리가 들렸다. 기러기는 숲이 감당할 수 있는 것보다 더 큰 생명의 소리로 숲을 가득 채웠다. 4월에는 몇 마리씩 무리 지어 날쌔게 날아다니는 비둘기들이 다시 모습을 드러냈고, 얼마 지나지 않아 내가 사는 개간지 위에서 흰털발제비들이 지저귀는 소리가 들렸다. 마을에는 나에게 찾아올 만큼 흰털발제비가 많지 않아 보였는데 말이다. 그래서 나는 이 제비들이 백인이 정착하기 전에 속이 빈 나무에서 살던 특이한 고대 종족이 아닐까, 하고 생각했다. 거의 모든 지역에서 거북이와 개구리는 봄의 조짐이자 전령이다. 새들은 노래하고 깃털을 번뜩이며 날아다니고 초목은 싹을 틔우고 꽃을 피우며 바람도 불어오니, 이는 지구의 양극에서 발생한 미세한 진동을 바로잡고 자연의 균형을 유지하기 위함이다.

계절이 바뀔 때면 늘 그 계절이 가장 멋지게 느껴지듯이, 봄이 오면 무질서 상태에서 우주가 창조되고 황금시대가 실현된 것 같은 느낌이 든다.

"동풍은 아우로라가 있는 곳으로, 나바테아 왕국[11]으로,
페르시아로 그리고 아침 햇살을 받는 산등성이로 물러갔다.
[중략]
인간이 태어났다. 더 나은 세계의 근원인 조물주가

---

[11] 기원전 7세기에서 기원전 2세기경까지 아라비아 반도의 북동부와 시리아, 이라크의 서부에서 활약한 나바테아 인들의 왕국.

신의 씨앗에서 그를 만들었는지
아니면 높은 창공에서 이제 막 갈라진 대지가
동족인 하늘의 씨앗을 간직했던 것인지."[12]

보슬비가 한 번만 내려도 풀은 몇 배나 더 푸르러진다. 마찬가지로 더 훌륭한 생각이 밀려들면 우리의 장래도 더 밝아진다. 우리가 언제나 현재를 산다면 그리고 이슬이 살짝만 내려도 그 영향력을 고스란히 드러내는 풀잎처럼 우리가 우리에게 일어난 모든 일을 선용한다면, 그래서 과거에 찾아왔던 기회를 박대한 행동에 대해 속죄하느라 시간을 허비하지 않는다면—이런 일을 하면서 우리는 의무를 다하고 있다고 말한다.—우리는 복된 사람이다. 봄은 이미 왔는데 우리는 겨울 속에서 늑장을 부린다. 기분 좋은 봄날 아침, 모든 인간의 죄는 용서받는다. 그런 날은 악덕과 휴전하는 날이다. 그런 태양이 타오르는 동안에는 제아무리 야비한 죄인도 돌아올 수 있다. 우리가 자신의 순수함을 회복한다면 이웃들의 순수함을 알아보게 될 것이다. 어제만 해도 당신은 이웃 사람을 도둑이나 술고래, 호색가로 알고 그를 단순히 동정하거나 경멸하며 세상에 절망했을지 모른다. 그러나 태양이 밝고 따뜻하게 빛나며 세상을 재창조하는 이 첫봄 날 아침, 우리는 평온한 어느 일터에서 그 이웃을 만나 그의 지치고 타락한 혈관이 잔잔한 기쁨으로 부풀어 올라 새날을 축복하며 어린아이의 순수함으로 봄기운을 느끼는 모습을 본다. 그러면 우리는 그의 모든 잘못을 잊고 마는 것이다. 그의 주변에서는 선의

---

12) 오비디우스의 서사시 『변신 이야기』에서 인용.

의 분위기가 느껴질 뿐 아니라, 마치 갓 태어난 본능인 듯 표현할 길을 맹목적이고 무력하게 찾아 헤매는 신성의 기미마저 감돈다. 그래서 잠시 동안 남쪽 산비탈에서는 그 어떤 저속한 농담도 울려 퍼지지 않는다. 그의 쭈글쭈글한 얼굴에서 순수하고 아름다운 새싹이 돋아나, 새파랗게 어린 식물처럼 부드럽고 싱싱한 모습으로 새로운 해의 삶을 시작해 보려는 기운이 엿보인다. 이런 인간조차 주인과 함께 기쁨을 누리게 된 것이다.[13] 왜 교도관은 교도소의 문을 열어 두지 않으며, 왜 판사는 사건을 기각하지 않으며, 왜 목사는 회중을 해산하지 않는가! 그것은 그들이 신이 내린 계시에 순종하지 않고, 신이 모든 사람에게 아낌없이 베푸는 용서를 받아들이지 않은 탓이다.

"평온하고 자비로운 아침 숨결 속에서 매일 싹트는 선으로 되돌아가면, 우리는 미덕을 사랑하고 악덕을 미워한다는 점에서 인간의 본성에 좀 더 다가가게 된다. 벌목된 숲에서 새싹이 돋는 것과 같다. 마찬가지로 사람이 낮 시간 동안 악행을 저지르면, 다시 돋아나기 시작한 미덕이라는 새싹은 자라지 못하고 죽어 버린다."

"이와 같이 미덕의 싹이 수차례 방해를 받아 자라지 못하면, 자비로운 저녁의 숨결도 그 싹을 보존하기에 역부족이다. 저녁의 숨결이 더는 싹을 보존할 수 없게 되면 곧바로 인간의 본성은 짐승의 본성과 다름없게 된다. 사람들은 그의 본성이 짐승의 본

---

13) 신약 성경 「마태복음」 25장 21절을 빗댄 표현. 그의 주인이 그에게 말하였다. "잘했다! 착하고 신실한 종아. 네가 적은 일에 신실하였으니, 이제 내가 많은 일을 네게 맡기겠다. 와서, 주인과 함께 기쁨을 누려라." 표준새번역 참조.

성과도 같은 것을 보고 그가 애초에 선천적인 이성 능력을 소유한 적이 없다고 생각한다. 그러나 그것이 인간의 진정한 천성이겠는가?"[14]

"황금시대가 처음 도래했으니 보복하는 이는 없었고
자연스레 법이 없어도 충의와 공정을 중요하게 지켰다.
형벌과 두려움이 없었고 벽에 걸린 놋쇠 판에
위협적인 말이 새겨져 있지도 않았다. 탄원하는 군중이
판관의 말을 두려워하지 않았으며 보복할 이 없어 안전했다.
산에서 베인 소나무가 맑은 파도 위로 굴러떨어져
낯선 세상을 볼 일도 아직은 없었다.
그리고 인간들은 자신들의 해안 외에는 어떤 해안도 알지 못했다.
[중략]
언제나 봄이었고 평온한 미풍이 따스하게 불어와
씨 없이 태어난 꽃들을 달래 주었다."[15]

4월 29일, 나는 '나인 에이커 코너' 다리 근처의 강둑에서 낚시를 하고 있었다. 발밑에는 방울새풀과 버드나무 뿌리가 자리 잡고 있었는데 사향쥐가 숨어 있는 곳이기도 했다. 그런데 달그락거리는 이상한 소리가 들렸다. 아이들이 손가락으로 가지고 노는 나무 막대에서 나는 소리와 어딘지 비슷했다. 고개를 드니 쏙독

---

14) 『맹자』의 고자 편 제8장에서 인용.
15) 오비디우스의 『변신 이야기』 중에서.

새와 닮은 홀쭉하고 우아한 매 한 마리가 일렁이는 물결처럼 하늘로 솟아올랐다가 5미터에서 10미터 정도 아래로 곤두박이치는 행동을 반복하고 있었다. 그러는 동안 새의 날개 안쪽은 공단 리본처럼, 혹은 조개 속에 든 진주처럼 번득였다. 이 광경을 보니 매사냥이 떠오르며 그 사냥에 있는 어떤 고귀함과 시적인 특징에 대해서도 기억이 났다. 그 매는 쇠황조롱이라는 이름으로 불리는 매처럼 보였다. 그러나 이름이야 뭐든 상관없다. 그 새는 내가 그 때까지 본 것 중 가장 우아한 자태로 날고 있었다. 단순히 나비처럼 팔랑이지도 않았고 몸집이 더 큰 매처럼 솟구치지도 않았다. 드넓은 대기 속에 자신만만하게 몸을 맡긴 채 즐거워하고 있었다. 그 이상한 웃음소리를 내면서 하늘로 올라가고 또 올라가다가, 자유롭고 아름답게 낙하하면서 연처럼 몸을 뒤집고 또 뒤집었다. 그렇게 당당히 하강하다가 다시 방향을 바꿨는데 마치 **땅**에는 한 번도 발을 디딘 적이 없는 것처럼 보였다. 그곳에서 홀로 노는 모습을 보니 마치 온 우주에 벗 하나 없지만 아침과 자신이 누비는 창공 외에는 누구도 필요치 않으리란 생각이 들었다. 매는 외롭지 않았고 오히려 그 아래 펼쳐진 모든 것이 외로워 보였다. 이 새를 부화시킨 어미와 아비, 일가친척은 하늘 어디에 있을까? 하늘의 거주민인 이 새는 언젠가 험준한 바위의 틈새에서 부화하고 난 이후로, 땅과는 인연이 없는 존재인 것 같았다. 아니면 이 새가 태어난 둥지도 무지개의 부스러기와 저녁노을을 엮고 땅에서 걷어 온 한여름의 보드라운 아지랑이로 안감을 대서 구름 한 귀퉁이에 지은 것이란 말인가? 이제는 낭떠러지와도 같은 어느 구름이 이 새의 보금자리일 것이다.

새를 구경하는 일 외에도 나는 금빛과 은빛, 밝은 구릿빛을 내는 물고기들을 굉장히 많이 잡았는데, 그 물고기들은 마치 줄에 꿴 보석 같았다. 아! 첫봄의 수많은 아침에 나는 이 언덕에서 저 언덕으로, 이 버드나무 뿌리에서 저 버드나무 뿌리로 건너뛰며 초원을 샅샅이 누볐다. 어떤 이들의 생각처럼 죽은 사람들이 무덤에서 잠을 자고 있는 것이라면, 그 죽은 이들마저 깨울 만큼 순수하고 밝은 햇빛이 야생의 강이 흐르는 계곡과 숲에 담뿍 내리쬐는 봄날 아침이었다. 불멸을 이보다 더 강력하게 증명해 줄 근거는 필요치 않으리라. 만물은 그런 빛을 받으며 살아야 한다. 오, 죽음이여, 너의 독침은 어디로 갔느냐? 오, 무덤이여, 그러면 너의 승리는 어디로 갔느냐?[16]

개척되지 않은 숲과 그 숲을 둘러싼 초원이 없다면 우리 마을의 삶은 활기를 잃었을 것이다. 우리에게는 야생이라는 강장제가 필요하다. 때로는 알락해오라기와 뜸부기가 숨어 있는 늪을 헤쳐 건너기도 하고, 꺅도요의 요란한 울음소리를 들어 보기도 해야 한다. 더 거칠고 더 고독한 새가 둥지를 트는 곳, 밍크가 배를 땅에 바싹 깔고 기어 다니는 곳으로 가서 바람에 살랑거리는 사초의 향기를 맡아야 한다. 우리는 모든 것을 탐험하고 배우기를 원하면서도 동시에 모든 것이 신비를 간직한 미답의 영역으로 남아 있기를 바란다. 육지와 바다가 무한한 야성을 간직하기를, 헤아릴 수 없는 존재이니만큼 측량할 수 없고 이해할 수 없는 상태로 남기를 바란다. 자연은 아무리 만끽해도 부족한 대

---

16) 신약 성경 「고린도전서」 15장 55절을 빗댄 표현. "죽음아, 너의 승리가 어디에 있느냐? 죽음아, 너의 독침이 어디에 있느냐?" 표준새번역본 참조.

상이다. 자연의 지칠 줄 모르는 활력, 광대하고 거대한 지세, 난파선의 잔해가 떠다니는 해안, 살아 있는 나무와 썩어 가는 나무가 공존하는 황무지, 천둥을 동반한 구름, 3주 동안 줄기차게 쏟아져 홍수를 일으키는 비를 바라보며 우리는 활기를 되찾아야 한다. 우리의 경계가 허물어지는 모습과 우리가 한 번도 가 보지 않은 곳에서 어떤 생명이 자유롭게 풀을 뜯는 광경을 목격해야 한다. 죽은 동물의 썩은 고기를 보면 역겹고 기분이 나쁘지만, 독수리가 그 고기를 먹으며 건강과 힘을 얻는 모습을 보면 우리도 기운이 난다. 내 집으로 가는 길가 웅덩이에 죽은 말이 하나 있었다. 그것 때문에 때로 길을 돌아가야 했는데 공기가 텁텁해지는 밤에는 더욱 그랬다. 그러나 그 광경을 보며 나는 자연의 왕성한 식욕과 침범할 수 없는 건강을 확인했고, 그것으로 보상을 받은 셈이었다. 자연이 생명력으로 가득한 덕분에 무수한 생명이 희생되거나 서로 먹고 먹히며 괴로워하더라도 괜찮다는 사실을 알게 되어 기쁘다. 약한 생물은 과육처럼 짓눌리더라도 평온하게 사라질 수 있으며 왜가리가 올챙이를 집어삼키거나, 거북이와 두꺼비가 길가에서 치여 죽어도 괜찮은 것이다. 가끔은 살과 피가 비처럼 쏟아지더라도 말이다! 사고는 언제든 일어날 수 있지만 그 이유는 거의 설명되지 않는다는 사실을 우리는 알아야 한다. 현명한 사람이라면 여기에서 보편적인 결백을 깨닫는다. 독은 결국 유해한 것이 아니며, 어떤 상처도 치명적이지 않다. 연민을 근거로 내세워도 옹호받을 수 없다. 연민은 분명 순간적인 감정이다. 연민에 근거해 호소하는 행위가 고착화되도록 내버려 두어서는 안 된다.

5월 초에는 호수 주변에서 떡갈나무와 히커리 나무, 단풍나무 및 다른 나무들이 소나무 숲 가운데에서 고개를 내밀며 햇빛처럼 풍경을 환히 밝혀 주었는데, 구름이 낀 날이면 특히 그랬다. 마치 태양이 안개를 뚫고 산비탈 여기저기를 어렴풋이 비추고 있는 것만 같았다. 5월 3일, 아니면 4일에는 호수에서 되강오리 한 마리를 보았고 그달 첫 주일 동안 쏙독새, 명금, 개똥지빠귀, 타이란새, 되새 및 다른 새들의 울음소리가 들렸다. 숲지빠귀의 울음소리가 들린 것은 그보다 훨씬 전이었다. 딱새는 이미 한 번 더 찾아와서 문과 창문으로 내 집을 들여다보며 자기가 들어와 살기에 충분한 동굴인지 살폈다. 공기를 움켜잡은 듯이 발톱을 구부리고 윙윙거리는 날개로 몸을 지탱하며 내 집 주변을 둘러보았다. 곧 리기다소나무의 유황처럼 노란 꽃가루가 호수와 돌들과 호숫가의 썩은 나무를 뒤덮었는데, 꽃가루를 모으려고 한다면 한 통은 가득 찰 것이다. 이것이 흔히들 말하는 '유황 소나기'다. 칼리다사[17]의 희곡 『샤쿤탈라』에도 "연꽃의 황금색 꽃가루로 노랗게 물든 실개천"이라는 구절이 나온다. 점점 키가 자라는 풀밭을 사람들이 거니는 동안, 이렇게 계절은 여름을 향해 갔다.

숲에서 보낸 나의 첫해는 이처럼 갈무리되었다. 두 번째 해도 비슷했다. 1847년 9월 6일, 마침내 나는 월든을 떠났다.

---

17) 5세기경에 활동한 인도의 시인이자 극작가로 '인도의 셰익스피어'라고 도 불린다.

맺는말

    의사는 아픈 사람들에게 공기와 환경을 바꾸라고 현명하게 조언한다. 다행히도 이곳이 세상의 전부는 아니다. 뉴잉글랜드에서는 칠엽수가 자라지 않고 흉내지빠귀의 울음소리도 거의 들리지 않는다. 기러기가 우리보다 세계인에 더 가깝다. 기러기는 캐나다에서 아침 식사를 하고, 오하이오에서 점심을 먹으며, 밤에는 남부의 어느 늪지대에서 깃털을 고른다. 들소도 어느 정도는 계절의 변화에 발맞추어 콜로라도 강변의 초원에서 풀을 뜯다가 옐로스톤 강변의 풀이 좀 더 푸르고 달콤해지면 그곳을 찾아간다. 그러나 우리는 가로장 울타리를 허물고 농장에 돌담을 쌓으면 이제부터 우리 삶에 경계가 생기고 운명이 결정된다고 생각한다. 혹시 당신이 마을의 서기로 선출된다면, 이번 여름에 티에라델푸에고에는 갈 수 없겠지만 지옥 불이 타오르는 나라에는 가게 될지도 모른다. 우주는 우리 눈에 보이는 것보다 넓다.

    그러나 우리는 호기심 많은 승객처럼 배의 뒤쪽 난간 저편을 좀 더 자주 바라보아야 하며, 뱃밥이나 만드는 어리석은 선원처럼 항해해서는 안 된다. 지구의 반대편은 우리와 편지를 주고받는 사람들이 사는 곳에 지나지 않는다. 우리는 대권 항법[1]으로만 항해를 하고, 의사들은 피부병 약만 처방해 준다. 어떤 사람은 기린을 추적하러 남아프리카로 달려가지만, 기린은 분명 그가 뒤쫓을 사냥감이 아니다. 혹 그럴 수 있다 하더라도 대체 얼마 동안이나 기린을 따라다닐 수 있겠는가? 꺅도요와 멧도요 역시 진기한 사냥감이 될 수 있다. 그러나 자아를 겨냥하는 편이 더 고상한 사냥일 것이다.

"그대의 눈을 내면으로 돌려라. 그러면 그대의 마음속에서
아직 발견되지 않은 천 개의 지역이 보이리라.
그곳을 여행하라.
그리고 자기 자신이라는 우주의 전문가가 되어라."[2]

아프리카는 무엇을 상징하며, 서부는 무엇을 의미하는가? 우리의 내면은 해도에서 흰색으로 표시되어 있지 않은가? 물론 발견되면 해안 지대처럼 검은색으로 표시될 것이다. 우리가 찾아내야 하는 것이 나일 강이나 니제르 강, 미시시피 강의 수원, 이 대륙의 북서항로[3]인가? 이런 것이 인류에게 가장 중요한 문제

---

1) 출발점과 목적지 사이의 최단 거리를 따라 향해하는 방법.

2) 윌리엄 해빙턴의 「나의 존경하는 친구, 기사 에드 P」에서 인용.

3) 대서양에서 북아메리카 대륙의 북쪽 해안을 따라 북극해를 지나서 태평양으로 연결되는 항로. 수많은 탐험가들이 실패한 끝에 1906년 노르웨이의 아문센이 항로 개척에 성공했다.

란 말인가? 아내가 애타게 찾고 있는 실종된 남자가 프랭클린[4] 한 사람뿐인가? 그리넬 씨[5]는 지금 자신이 어디에 있는지 알고 있을까? 차라리 자기 자신의 개울과 바다를 탐험하는 멍고 파크[6], 루이스와 클라크[7], 프로비셔[8] 같은 사람이 되자. 자신의 내면에 있는 고위도 지방을 탐험하자. 필요하다면 식량이 될 고기 통조림을 배에 한가득 싣고 가자. 그리고 다 먹고 난 빈 깡통을 하늘 높이 쌓아 표식을 남기자.[9] 통조림 고기가 단지 고기를 보존하기 위해서만 발명된 것일까? 그렇지 않다. 내면에 존재하는 모든 신대륙과 신세계를 탐험하는 콜럼버스가 되어, 교역할 상품이 아니라 생각이 오가는 새 수로를 열자. 누구나 한 왕국의 군주다. 이 왕국에 비하면 제정 러시아 황제의 지상 제국은 하찮은 나라, 작은 얼음 언덕에 불과하다. 그러나 **자기 자신**을 존중하지 못하면서도 애국심에 불타 작은 것을 위해 큰 것을 희생하는 사람도 있다. 그들은 자신의 무덤이 될 땅은 사랑하지만, 진

---

4) 영국의 탐험가 존 프랭클린. 탐험대를 이끌고 북서항로 개척에 나섰으나 1847년에 실종되었다. 프랭클린의 아내는 개인적으로 성금을 모아 수색대를 파견했고 결국 1859년에 탐험대의 잔해가 발견되었다. 대장 프랭클린을 비롯해 탐험대 130명 전원이 사망한 전대미문의 비극이었다.

5) 헨리 그리넬. 뉴욕의 상인으로 1850년과 1853년 두 차례에 걸쳐 프랭클린 탐험대를 찾기 위해 수색대를 보냈다.

6) 니제르 강을 탐사한 스코틀랜드의 탐험가.

7) 미국 서부를 탐험해 태평양으로 이어지는 육로를 발견한 메리웨더 루이스와 윌리엄 클라크.

8) 영국의 탐험가로 북서항로를 개척하려고 세 번이나 시도한 마틴 프로비셔.

9) 실종된 프랭클린 탐험대를 수색하는 과정에서 탐험대의 겨울 야영지가 발견되었는데, 그곳에 절인 고기를 담았던 600개 이상의 빈 깡통이 높이 쌓여 있었다.

흙과도 같은 육신에 아직도 생기를 불어넣고 있을지 모를 정신에는 전혀 공감하지 못한다. 애국심은 그들의 머리를 파먹는 구더기다. 온갖 퍼레이드를 벌이고 막대한 비용을 들여 파견한 남해 탐험대[10)]는 무슨 의미였는가? 그저 정신세계에도 대륙과 대양이 있고 모든 사람은 그것에 연결된 지협이나 작은 만이지만, 아직도 스스로에 의해 탐험되지 않았음을 간접적으로 시인하는 행위일 뿐이다. 자기 내면의 바다, 내면의 대서양과 태평양을 홀로 탐험하는 것보다 정부에서 지원한 배를 타고 선원 500명의 도움을 받아 추위와 폭풍과 식인종을 헤치며 수천 킬로미터를 항해하는 편이 쉽다는 사실을 방증할 뿐이다.

"그들이 여기저기 떠돌며 이국의 오스트레일리아 사람들을 살펴보도록 내버려 두라.
나는 신을 더 많이 알고, 그들은 길을 더 많이 안다."[11)]

아프리카 잔지바르에 고양이가 몇 마리인지 세어 보려고 세계 일주를 하는 것은 쓸데없는 일이다. 그러나 더 나은 일을 할 수 있을 때까지는 그렇게라도 하라. 그러다 보면 결국 내면으로 들어갈 '심스의 구멍'[12)] 같은 것을 발견할지도 모른다. 영국

---

10) 미국의 해군 장교 찰스 윌크스의 지휘 아래 남태평양과 남극 대륙을 탐사한 탐험대.

11) 4세기의 로마 시인 클라우디아누스의 시 「베로나의 노인」에서 인용. 소로는 원문의 '스페인 사람들'을 '오스트레일리아 사람들'로 바꾸어 먼 이국의 느낌을 강조했다.

12) 1818년에 미국인 존 클리브스 심스는 지구의 내부가 비어 있어 사람이 살 수 있으며 그곳으로 통하는 구멍이 극지방에 있다는 이론을 발표했다.

과 프랑스, 스페인과 포르투갈, 황금 해안과 노예 해안[13]은 모두 이 내면의 바다와 닿아 있다. 그러나 어떤 배도 육지가 시야에서 사라질 때까지 이 바다로 멀리 나아간 적이 없다. 분명 이것이 인도로 곧장 이어지는 길인데 말이다. 혹시 모든 나라의 말을 하고 그 풍습을 익히고자 한다면 그 어떤 여행가보다 멀리 여행해 모든 풍토에 녹아들고, 스핑크스가 돌에 머리를 부딪치게 하고 싶다면[14] 그럴수록 옛 철학자[15]의 가르침을 따르며 자기자신을 탐험하라. 이때 필요한 것은 판단력과 용기이다. 이 탐험에서 패배하고 포기한 이들, 도망쳐서 군대에 들어간 이들만이 전쟁터로 간다. 지금 당장 가장 먼 서쪽 길을 향해 출발하라. 그 길은 미시시피 강이나 태평양에서 끝나지 않고, 케케묵은 중국이나 일본을 향하지도 않는다. 그 길은 내면의 세계와 접할 수 있는, 곧장 이어지는 길이다. 여름이건 겨울이건, 밤이건 낮이건, 해가 지고 달이 지고 마침내 지구가 지더라도 말이다.

미라보 백작[16]은 "사회의 가장 신성한 법률에 정식으로 저항하려면 어느 정도의 결의가 필요한지 확인하고 싶어서" 노상강도질을 했다고 한다. 그는 "대열을 지어 싸우는 병사에게 필요한 용기는 노상강도에게 필요한 용기의 반도 되지 않는다."라고

---

13) 이 두 해안은 서아프리카 기니 만의 북쪽 해안을 가리킨다. 16세기부터 18세기까지 이곳을 통해 아프리카에서 황금과 노예가 들어왔다.

14) 그리스 신화에서 괴물 스핑크스는 행인에게 수수께끼를 내서 풀지 못하면 잡아먹었다. 오이디푸스가 수수께끼를 풀자 스핑크스는 바위에 머리를 부딪쳐 자살한다.

15) '너 자신을 알라'는 격언으로 유명한 소크라테스를 가리키는 것으로 해석된다.

16) 프랑스 혁명 시대의 유명한 연설가이자 정치인인 오노레가브리엘 리케티.

단언했고 "숙고 끝에 단호히 결정을 내릴 때 명예와 종교가 방해된 적은 없었다."라고 말했다. 세속적인 관점에서 이는 남자다운 행동이었으나 내가 보기에는 자포자기한 게 아니라면 무익한 짓이었다. 좀 더 분별 있는 사람이라면 더욱 신성한 법률에 따르는 과정에서 "사회의 가장 신성한 법률"로 여겨지는 것에 "정식으로 저항"하게 되는 때가 종종 있었을 것이며, 따라서 탈선행위를 하지 않고도 자신의 결의를 시험할 수 있었을 것이다. 사람이 할 일은 이렇게 저항하는 태도로 사회를 대하는 것이 아니라, 자기 존재의 법칙을 따르는 과정에서 갖추게 된 태도를 그대로 유지하는 것이다. 그리고 그것은 공정한 정부—혹 그런 정부를 만나게 된다면 말이지만—에 저항하는 그러한 태도는 아닐 것이다.

나는 숲에 들어갈 때와 마찬가지로 그럴 만한 이유가 있어 숲을 떠났다. 내가 살아야 할 몇 개의 삶이 더 있는 것 같았고 그래서 숲 생활에 더는 시간을 할애할 수가 없었다. 우리가 자신도 모르는 사이에 얼마나 쉽게 특정한 길에 들어서서 그 길을 계속 밟아 자신이 다닐 길을 내는지, 생각하면 놀라울 따름이다. 내가 숲에서 산 지 채 일주일도 되지 않아 집 문 앞에서 호숫가까지 내 발자취로 다져진 길이 생겼다. 내가 그 길을 걸은 지 오륙 년이 지났지만 길은 아직도 뚜렷하게 남아 있다. 아마 다른 사람들도 그 길에 들어서서 길이 사라지지 않도록 거든 모양이다. 지구의 표면은 부드러워서 사람의 발자국이 쉽게 남는다. 사람의 정신이 다니는 길도 마찬가지다. 그러니 세상의 도로는 얼마나 닳고 먼지가 쌓였겠으며, 전통과 순응은 얼마나 깊은 바퀴 자국을 남겼겠는가! 나는 선실에 묵느니 차라리 세상의 갑판 위에 올라가 돛대 앞에 서고 싶었다. 산과 산 사이에서 빛나는 달빛이 가장 잘보일 테니 말이다. 이제는 갑판 아래로 내려가고 싶지 않다.

실험 결과 나는 적어도 다음과 같은 것을 배웠다. 자신의 꿈을 향해 당당히 나아가며, 자신이 꿈꿔 온 삶을 살고자 노력하는 사람은 평소에 예상치 못했던 성공과 맞닥뜨리게 된다는 것이다. 그런 사람은 어떤 것들을 뒤로 하고 보이지 않는 경계를 넘을 것이다. 그러면 새롭고 보편적이며 한층 자유로운 법칙이 그의 주변과 내면에 확립되기 시작할 것이다. 혹은 낡은 법칙들이 확장되고, 좀 더 자유로운 의미에서 그에게 유리하게 해석되어 한층 숭고한 존재 법칙을 허용받아 그 법칙에 따라 살게 될 것이다. 그가 소박하게 살아갈수록 우주의 법칙도 그만큼 단순해질 것이며, 이제 고독은 고독이 아니고 가난도 가난이 아니며 약함도 약함이 아닐 것이다. 공중에 성채를 지었더라도 반드시 무너져야 하는 것은 아니다. 그곳이 그 성채가 있어야 할 자리다. 그러니 그 밑에 토대를 세우자.

영국과 미국은 상대방에게 알아들을 수 있게 말해 달라는 우스꽝스러운 요구를 한다. 그렇게 해서는 사람이든 독버섯이든 자라지 못한다. 그것은 마치 자신들이 알아듣도록 말하는 것이 중요하며, 자신들이 아니면 상대방을 제대로 이해할 사람이 없다는 듯한 태도다. 마치 자연이 감당할 수 있는 해석 체계가 오직한 가지뿐이라서 네발짐승과 새를, 기어 다니는 동물과 날아다니는 동물을 동시에 보살필 수 없다는 듯한 태도다. 브라이트[17]가

_____

17) 당시 수소에게 흔히 붙이던 이름.

이해할 수 있는 '이랴'와 '워' 따위가 최고급 영어라는 듯한 태도다. 오직 어리석음에만 안전함이 있다고 생각하는 듯한 태도다. 무엇보다도 나는 내가 확신해 온 진실에 어울릴 만큼 내 표현이 충분히 **일탈할 수** 없을까 봐 걱정스럽다. 내 일상적인 경험의 편협한 한계를 벗어나 멀리까지 나아가지 못할까 봐 염려가 된다. **일탈!** 이는 어떤 우리에 갇혀 있느냐에 따라 달라진다. 다른 지역에 있는 새로운 풀밭을 찾아 이동하는 들소는 젖 짜는 시간에 양동이를 걷어차고 소 우리의 울타리를 뛰어넘어 제 새끼를 찾아 달려가는 암소만큼 일탈적이지는 않다. 잠에서 깨어난 사람이 역시 잠에서 막 깨어난 다른 사람들에게 말하듯이 나는 **경계** 없는 곳에서 말하고 싶다. 진실한 표현의 기초를 놓으려면 제아무리 과장하더라도 부족하다고 확신하기 때문이다. 음악의 선율을 한 번 들어 보았다면, 그 이후로 누가 일탈해서 말하기를 두려워하겠는가! 미래나 가능성을 고려할 때, 우리는 앞에 선을 긋지 말고 느슨한 태도로, 앞에 펼쳐진 윤곽을 희미하고 흐릿하게 남겨 두며 살아야 한다. 우리의 그림자가 태양을 향해 보이지 않는 땀을 발산하듯이 말이다. 우리의 언어에 담긴 증발하기 쉬운 진실은 뒤에 남은 표현의 결점을 끝없이 폭로해야 한다.

말에 깃든 진실은 그 즉시 **전달되고 사라지며** 어구라는 기념물만이 남는다. 우리의 신념과 신앙심을 표현하는 언어들은 명확하지 않다. 그러나 탁월한 본성을 지닌 이들에게는 유향[18]처럼 의미 있고 향기롭다.

---

18) 유향은 동방 박사들이 황금, 몰약과 더불어 아기 예수에게 바친 세 가지 선물 중 하나이다.

우리는 왜 우리의 통찰력을 가장 둔한 수준으로 낮추고 그것을 상식이라 찬미하는가? 가장 높은 상식은 잠든 사람의 의식과 다름없이 코 고는 소리로만 표현된다. 때로 우리는 지적 능력이 1.5배 뛰어난 사람을 오히려 지능이 보통 사람의 반밖에 안 되는 부류로 치부하려 한다. 그 이유는 우리가 그들의 지혜를 3분의 1밖에 이해하지 못하기 때문이다. 아침 하늘이 왜 붉으냐며 트집 잡을 이들도 있을 것이다. 물론 그 정도로 일찍 일어나기만 한다면 말이다. 내가 듣기로 "인도의 신비주의자 카비르의 시에는 환상, 영혼, 지성 그리고 『베다』의 대중적인 교리, 이렇게 네 가지의 다른 의미가 담겨 있다고 주장하는 이들이 있다." 그러나 세상의 이쪽 지역에서는 어떤 사람의 글이 한 가지 그 이상으로 해석될 경우 불만을 제기할 수 있는 근거로 여긴다. 영국은 감자 역병을 치료하려고 애쓰고 있는데, 그보다 훨씬 광범위하고 치명적으로 퍼진 두뇌의 역병을 치료하기 위해서는 그 누가 노력할 것인가?

나는 내 글이 모호한 경지에 이르렀다고는 생각하지 않지만, 월든 호수의 얼음에서 치명적인 결함이 발견되지 않듯이 이 점과 관련해 내가 쓴 글에서도 치명적인 결함이 발견되지 않는다면 그것으로 뿌듯할 것이다. 월든 호수의 푸른색 얼음은 순수함의 증거인데, 남부의 고객들은 그 색깔이 마치 탁하다는 듯이 싫어하며 케임브리지의 얼음을 선호한다. 그러나 케임브리지의 얼음은 흰색이지만 풀 맛이 난다. 사람들이 좋아하는 순수함이란 지구를 감싼 안개 같은 것이지, 그 너머에 있는 하늘색 창공 같은 것이 아니다.

어떤 이들은 우리 미국인들 그리고 전반적인 현대인들이 고대인이나 심지어는 엘리자베스 여왕 시대의 사람들에 비하면 지적인 난쟁이라며 귀가 아프도록 떠들어 댄다. 그렇게 떠들어 대는 이유가 무엇인가? 살아 있는 개가 죽은 사자보다 나은 법이다. 가장 큰 소인족이 되려고 노력하는 편이 낫지, 그저 자신이 소인족이라는 이유로 가서 목매달아 죽어야 한단 말인가? 모두 제 일에나 신경 쓰고 타고난 모습에 충실하게 살도록 노력하자.

우리는 왜 성공하고자 그토록 필사적으로 서두르고 그토록 위험한 일에 뛰어드는가? 동료들과 보조를 맞추지 않는 사람이 있다면, 아마 다른 북소리를 듣고 있기 때문일 것이다. 그 북소리가 규칙적이든 멀리서 들려오든 상관없이, 그가 귀에 들려오는 그 음악 소리에 맞춰 걸음을 옮기도록 놔두자. 사람에게는 사과나무나 떡갈나무처럼 빨리 성숙하는 것이 중요하지 않다. 봄을 재촉해 여름으로 바꾸어야 하겠는가? 우리의 본성에 적합한 여건이 아직 갖추어지지 않았다면, 어떤 현실이 그것을 대체할 수 있단 말인가? 우리는 헛된 현실에 부딪혀 난파당하지는 않을 것이다. 온갖 노력을 기울여 머리 위에 푸른색 유리로 하늘을 만들 이유가 있을까? 그런 하늘이 완성되더라도 우리는 분명 그것이 없다는 듯이 훨씬 위에 있는 진정 영묘한 하늘을 묵묵히 응시할 텐데 말이다.

쿠루라는 도시에 완벽함을 얻고자 노력하는 예술가가 있었다. 어느 날, 그의 머릿속에 지팡이를 만들어야겠다는 생각이 떠올랐다. 불완전한 작품에는 시간이 하나의 요소로 작용하겠지만 완벽한 작품에는 시간이 문제되지 않는다고 생각했기에, 그는 설혹 평생 다른 일을 하지 못하게 되더라도 모든 면에서 완벽한 지팡이를 만들기로 다짐했다. 그는 부적절한 재료로는 만들지 않겠다고 결심하고 즉시 나무를 구하러 숲으로 갔다. 그가 나뭇가지를 찾으며 퇴짜를 놓는 동안 친구들은 서서히 그를 떠나 갔다. 그들은 일을 하다가 나이를 먹어 죽었지만 그는 조금도 늙지 않았기 때문이었다. 굳은 의지로 한 가지 목표에 골몰하며 더욱 경건해졌기에, 그는 자신도 모르는 사이에 영원한 젊음을 얻게 된 것이었다. 그는 시간과 타협하지 않았으므로 시간은 그를 피해 갔고 그를 정복하지 못해 멀리에서 한숨만 내쉬었다. 그가 모든 면에서 적합한 나무를 찾아내기도 전에 쿠루 시는 고색창연한 폐허가 되었고, 그는 그 폐허 더미 중 한 곳에 앉아 나뭇가지의 껍질을 벗겼다. 그가 나뭇가지를 제대로 된 지팡이 모양으로 만들기도 전에 칸다하르 왕조가 막을 내렸고, 그는 지팡이 끝으로 모래 위에 그 왕조의 마지막 왕의 이름을 쓴 다음 다시 일에 몰두했다. 그가 지팡이를 다듬고 윤을 낼 무렵에는 칼파[19] 마저 더는 북극성과도 같은 지표가 아니었다. 그리고 그가 지팡이 끝에 쇠 덮개를 끼우고 지팡이의 머리를 보석으로 장식하기도 전에, 브라마는 깨어났다 잠들기를 수없이 반복했다. 그러나 나는 왜 이런 이야기를 하고 있는가? 그가 마지막으로 지팡이를 손질하고 나자, 지팡이는 이 예술가의 눈앞에서 갑자기 커지더니 브라마의 모든 창조물 중에 가장 아름다운 존재로 변해 그에게 놀라움을 주었다. 그는 지팡이를 만들며 새로운 체계, 완벽

---

19) 힌두교의 창조신 브라마의 하루로 지상에서의 시간으로는 43억 2천만년에 해당된다.

하고 아름다운 비율을 갖춘 세계를 만들어 낸 것이다. 옛 도시들과 왕조들은 사라지고 없었지만 더 아름답고 더 영광스러운 도시와 왕조가 대신 들어선 세계였다. 그리고 이제 그는 발치에 수북이 쌓인 나무 부스러기가 아직도 썩지 않은 채 생생한 것을 보고, 자신과 자신의 작품에 있어 옛 세상에서 흐른 시간은 하나의 환상이었으며, 브라마의 뇌에서 튄 불똥 하나가 인간의 뇌라는 불쏘시개에 떨어져 불을 붙이는 데 필요한 시간밖에 흐르지 않았음을 깨달았다. 재료가 순수했고 그의 예술도 순수했다. 그러니 그 결과가 어찌 경이롭지 않을 수 있겠는가?

우리가 물질에 어떤 겉모습을 부여하든, 그것은 결국에는 진실만큼 우리에게 유익을 주지는 못할 것이다. 진실만이 오래 살아남는다. 대부분의 경우 우리는 지금 처한 그 상황 속에 있는 것이 아니라 잘못된 자리에 선다. 천성이 허약한 우리는 어떤 상황을 가정하고 우리를 그 속에 집어넣는다. 이런 이유로 우리는 한 번에 두 가지 상황에 놓이게 되므로 그 상황에서 벗어나기도 두 배로 어렵다. 분별력이 있을 때는 사실만을, 즉 상황을 있는 그대로 볼 수 있다. 의무감으로 말하지 말고 하고 싶은 말을 하라. 어떤 진실도 거짓보다는 낫다. 땜장이 톰 하이드는 교수대에 섰을 때 하고 싶은 말이 있느냐는 물음에 "재단사들에게 첫 땀을 뜨기 전에 반드시 실을 매듭지으라고 전해 주시오."라고 말했다. 그의 동료가 드린 기도가 어떤 내용이었는지는 전해지지 않는다.

자신의 삶이 아무리 초라하더라도 당당히 받아들이며 살아 내도록 하자. 삶을 회피하거나 삶을 욕하지 말자. 삶은 우리 자신만큼 나쁘지는 않다. 우리가 가장 부유할 때 삶은 가장 가난해 보인다. 트집 잡기 좋아하는 사람들은 천국에서도 트집을 찾을 것이다. 가난하면 가난한 그대로 삶을 사랑하라. 구빈원에서도 즐겁고 짜릿하고 멋진 시간을 보낼 수 있다. 저무는 해는 부자의 저택에서와 마찬가지로 가난한 노인들을 돌보는 양로원의 창에도 밝은 빛을 비춘다. 이른 봄이면 양로원 문 앞에서도 눈이 녹는다. 마음이 고요한 사람은 그런 곳에서도 궁전에서 사는 듯이 만족스럽게 지내며 유쾌한 생각을 즐길 것이다. 나는 때로 우리 마을의 가난한 사람들이 가장 독립적인 삶을 사는 것 같다는 생각을 한다. 그들이 의심 없이 도움을 받아들일 만큼 마음이 넓기 때문인지도 모른다. 대부분의 사람들은 마을의 지원을 받아 생활하는 것은 말도 안 된다고 생각한다. 그러나 부정한 방법으로 생계를 유지하는 것은 괜찮다고 생각할 때가 많은데, 그 편이 더욱 수치스러운 일이다. 뜰에서 샐비어 같은 약초를 가꾸듯이 가난을 가꾸자. 옷이든 친구든 새 것을 얻으려고 지나치게 애쓰지 말자. 낡은 옷은 뒤집어 입고 옛 친구를 다시 찾아가면 될 일이다. 세상은 변하지 않는다. 변하는 것은 우리다. 옷은 팔아 버리고 생각은 그대로 간직하자. 우리에게 사람들과의 교제가 반드시 필요하지 않다는 사실을 신은 아실 것이다. 며칠 동안 다락방 구석에 거미처럼 틀어박혀 있더라도 생각을 간직하고 있다면 세상은 나에게 변함없이 넓어 보일 것이다. 어느 철학자[20]는 말했다. "삼군(三軍)으로부터 장수를 빼앗아 혼란을 야기할 수는 있을지언정, 제아무리 비루한 자라 하더라도 그에게서 생각을 빼

---

20) 공자를 가리킴. 이어지는 인용문은 『논어』 제9편 25절.

앗을 수는 없다." 자신을 개발할 방법을 찾느라 전전긍긍하다가 수많은 영향력에 휘둘리며 이용당해서는 안 된다. 모두 낭비일 뿐이다. 겸손은 어둠처럼 하늘의 빛을 드러낸다. 가난과 비천의 그림자가 우리 주변에 모여들면 "보라! 만물이 우리 눈앞에 넓게 펼쳐진다."[21] 크로이소스 왕[22])의 재산이 우리에게 주어지더라도, 우리의 목적은 변하지 않을 것이며 수단도 본질적으로는 같을 것임을 우리는 자주 되새기게 된다. 게다가 가난 때문에 활동 범위에 제약이 생긴다면, 예를 들어 책과 신문을 사지 못하게 된다면 우리는 가장 의미 있고 필수적인 경험에만 집중하게 된다. 어쩔 수 없이 당분과 전분이 가장 많이 든 재료만 취급하게 된다. 뼈와 가까운 살코기가 가장 맛있듯이, 빈곤한 삶이 가장 달콤한 법이다.[23] 그만큼 우리는 빈둥거리지 못하도록 보호받는 셈이다. 높은 차원에서 아량을 베풀었다면 낮은 차원에서 손해 볼 일은 없다. 쓸데없이 많은 돈으로는 쓸모없는 것들만 살 수 있을 따름이다. 돈으로는 영혼의 필수품을 단 한 가지라도 살 수 없다.

나는 납으로 된 벽의 모퉁이에 살고 있는데, 그 벽의 성분에는 종을 만드는 합금이 조금 섞여 있다. 한낮에 쉬고 있으면 때로 밖에서 시끄러운 **종소리**가 벽을 타고 내 귓가에 들려온다. 그것은 나와 같은 시대를 사는 이들이 내는 소음이다. 이웃들은 나

---

21) 영국 시인 조지프 블랑코 화이트의 소네트 「밤과 죽음」 중에서 인용.

22) 기원전 6세기에 살았던 리디아의 왕으로 그리스와 소아시아 일대에서 최고의 부자로 유명했다.

23) 원문의 'near the bone'은 '뼈와 가깝다'는 뜻과 '몹시 빈곤하다'는 뜻이 있다.

에게 유명한 신사, 숙녀와 함께 겪은 모험담이나 저녁 식탁에서 만난 저명인사에 대한 이야기를 들려준다. 그러나 나는 일간지에 실린 기사만큼이나 그런 이야기에는 관심이 없다. 그들의 관심사와 대화 주제는 주로 옷과 예절이다. 그러나 거위는 아무리 멋진 옷을 입혀도 거위일 뿐이다. 그들은 나에게 캘리포니아와 텍사스에 대해, 영국과 인도에 대해, 조지아 주 아니면 매사추세츠 주의 고위 공직자 아무개 씨에 대해 이야기하는데, 죄다 허무하고 덧없는 내용뿐이라 결국 나는 맘루크[24]의 군인처럼 그들의 마당에서 뛰어내릴 준비를 한다. 내 원래의 자리로 돌아오면 그제야 기분이 좋아진다. 나는 거창하게 행렬 지어 걷는 것보다는 할 수 있다면 우주의 건축가와 함께 거닐고 싶다. 불안하고 초조하며 부산스럽고 보잘것없는 이 19세기 속에서 살기보다는 이 시대가 지나가는 동안 서거나 앉아서 생각에 잠겨 있고 싶다. 사람들은 무엇을 축하하고 있는 것일까? 모두가 준비 위원회 하나쯤은 참석해 매시간 누군가 연설하기를 기다린다. 신도 그날의 사회자에 불과하며, 웹스터[25]가 신을 대신한 연설가다. 나는 무게를 달고 결과가 나오면 가장 강력하고 정당하게 내 마음을 끄는 것에 자연스럽게 이끌려 가고 싶다. 저울대에 매달려 무게가 덜 나가도록 애쓰고 싶지는 않다. 어떤 상황을 가정

---

24) 9세기 중엽부터 존재한, 백인 노예들로 구성된 군인 엘리트 집단. 이슬람 사회에서 세력을 펼치다가 1811년에 이집트 총독 무함마드 알리에 의해 몰살된다. 이때 맘루크의 사관 한 명이 담에서 뛰어내려 말을 타고 탈출했다는 이야기가 있다.

25) 미국의 정치가이자 변호사였으며, 매사추세츠 주의 상원 의원으로 유명한 연설가였던 대니얼 웹스터.

하지 않고, 그 상황을 있는 그대로 받아들이고 싶다. 내가 갈 수 있는 유일한 길, 어떤 힘도 가로막을 수 없는 그런 길을 가고 싶다. 견고한 토대를 놓기도 전에 아치부터 쌓아 올리는 행동은 나에게 아무런 만족감을 주지 못한다. 살얼음판 위에서 놀지는 말자. 단단한 바닥은 어디에나 있다. 한 나그네가 소년에게 앞에 있는 늪의 바닥이 단단한지 물었다는 이야기를 다들 읽은 적이 있을 것이다. 소년은 바닥이 단단하다고 대답했다. 그러나 나그네의 말은 이내 뱃대끈[26]까지 늪에 잠겼고 나그네는 소년에게 말했다. "이 늪의 바닥이 단단하다고 말하지 않았느냐?" 소년이 대답했다. "맞아요. 하지만 단단한 바닥이 있는 곳까지 아직 절반도 가지 않으셨잖아요." 우리 사회에 존재하는 늪과 유사(流砂)도 마찬가지다. 그러나 그 사실을 알기까지 오랜 시간이 걸린다. 드문 경우지만 생각은 말이나 행동과 일치해야만 쓸모가 있다. 나는 윗가지를 엮고 회반죽만 칠한 벽에 못질을 하는 어리석은 사람이 되고 싶지 않다. 그런 행동을 하면 밤마다 잠을 설칠 것이다. 나에게 망치를 달라. 그러면 벽에 파인 골을 손으로 더듬어 찾아내겠다. 접착제에 의존하지 말자. 못을 제자리에 박아 넣고 끝을 정성껏 구부려 두면 밤중에 잠이 깨더라도 자신이 한 일이 흡족하게 여겨질 것이다. 그 정도 솜씨면 뮤즈 여신을 불러내도 부끄럽지 않을 것이다. 그렇게 하면, 아니 오직 그렇게 해야만 신도 우리를 도울 것이다. 우리가 박은 못 하나하나는 우주라는 기계에 박힌 또 하나의 대갈못이 되어야 하며, 우리는 계속 그 일을 해 나가야 한다.

---

26) 안장 따위를 얹을 때 배에 둘러 졸라매는 끈.

나에게 사랑보다, 돈보다, 명예보다, 진실을 달라. 나는 산해진미와 포도주가 풍성하게 차려진 식탁에 앉아 아부에 가까운 시중을 받았지만, 그곳에는 성실과 진실이 없었다. 나는 허기진 채로 그 불친절한 식탁을 떠났다. 손님 접대가 얼음사탕처럼 차가웠다. 얼음사탕을 얼릴 얼음이 필요 없을 거라는 생각이 들 정도였다. 그 식탁에 앉은 이들은 나에게 포도주가 몇 년이나 되었으며 그 생산 연도가 얼마나 유명한지 이야기했다. 그러나 나는 그들에게 없으며 그들이 살 수도 없는 더 오래되고 더 새로우며 더 순수한 포도주, 더 영예로운 생산 연도를 자랑하는 포도주를 떠올렸다. 유행과 저택과 대지 그리고 '여흥'은 나에게 아무런 의미가 없다. 나는 왕을 방문했으나 그는 나를 현관에서 기다리게 했고 손님을 접대할 능력이 없는 사람처럼 행동했다. 내 이웃 중에 속이 빈 나무에서 사는 사람이 있었다. 그의 태도는 진정 제왕과도 같았다. 차라리 그를 방문하는 편이 더 잘한 일이었으리라.

우리는 얼마나 더 현관 기둥 밑에 주저앉아 무익하고 케케묵은 미덕이나 실천하고 있어야 하는가? 어떤 일이든 시도해 보면 그런 미덕은 부적절한 것으로 판명될 텐데 말이다. 마치 어떤 사람이 오래 꾸물거리다가 겨우 하루를 시작해 감자밭에 괭이질을 해 줄 인부를 고용하고, 오후가 되면 계획대로 선의를 발휘해 기독교인다운 온정과 자비를 베풀러 가는 것과 마찬가지가 아닌가! 중국과도 같은 오만함과 정체된 자아도취에 사로잡힌 인류를 생각해 보라. 이 세대는 스스로를 빛나는 혈통의 마지막 자손으로 여기며 자화자찬하는 경향이 있다. 보스턴과 런던과 파리와 로마에서 사람들은 그 오랜 전통을 생각하며 예술과 과학과 문학에서 이룬 발전을 만족스럽게 이야기한다. 철학 학회는 보고서를 발표하고, 세상은 위인들을 공공연하게 칭송한다! 선량한 아담이 스스로의 미덕을 감상하는 꼴이다. "그렇다, 우리는 위대한 업적을 쌓았고 신성한 노래를 불렀으니, 이것들은 결코 사라지지 않을 것이다." 즉, 우리가 기억하는 한은 그럴 것이라는 뜻이다. 고대 아시리아의 학술회와 위인들, 그들은 지금 어디에 있는가? 철학자이자 실험가라고 하기에 우리는 너무나 젊지 않은가! 내 독자들 중에 인간의 전 생애를 살아 낸 사람은 한 명도 없다. 이 시대는 인류의 삶에서 몇 달에 불과한 봄일지 모른다. 콩코드에 7년째 옴[27]으로 고생하는 사람은 있을지 모르나 17년 된 매미를 본 사람은 없다. 우리는 우리가 사는 지구의 얇은 껍데기만 알고 있다. 대부분의 사람은 지표면에서 2미터 밑까지 파고 들어간 적이 없고, 지상에서 2미터 이상 도약해 본 적도 없다. 우리는 우리가 지금 어디에 있는지 알지 못한다. 게다가 우리에게 허락된 시간의 거의 절반을 잠든 채로 보낸다. 그런데도 스스로를 현명하게 여기며 지상에 어떤 질서를 확립한다. 진정 심오한 사상가이자 야심가들이 아닌가! 숲 바닥에 떨어진 솔잎 사이에서 벌레가 꿈틀거리면서 내 시야에서 몸을 숨기려 애쓰는 모습을 굽어보며, 나는 스스로에게 질문한다. 저 벌레는 왜 지레 열등감을 갖고, 어쩌면 은인이 되어 그의 종족에게 기쁜 소식을 전해 줄지도 모르는 나에게서 머리를 숨기려 하는 것일까? 그러면 벌레와도 같은 인간인 나를 굽어보는 훨씬 위대

---

27) 진드기로 인해 옮는 피부병.

한 은인이자 지적인 존재가 머리에 떠오른다.

세상에는 새로운 일이 끝없이 밀려들건만, 우리는 믿기 힘든 따분함을 견디며 살아간다. 우리의 이런 상태는 가장 개화된 나라에서 여전히 어떤 종류의 설교가 각광받는지 살펴보기만 해도 알 수 있다. 기쁨과 슬픔 같은 단어들이 있지만 콧소리를 섞어 부르는 찬송가의 후렴에만 등장할 뿐, 우리는 평범하고 천박한 것들을 믿는다. 우리는 우리가 바꿀 수 있는 것은 옷뿐이라고 생각한다. 대영 제국은 존경스러운 대국이고 미국은 일류 강국이라고들 한다. 그러나 모든 사람의 뒤에서, 마음만 먹으면 대영 제국을 나뭇조각처럼 띄워 버릴 수 있는 조류가 밀려들었다가 빠져나간다는 사실을 우리는 믿지 않는다. 앞으로 17년을 사는 어떤 종류의 매미가 땅에서 나올지 그 누가 알겠는가? 내가 사는 세상의 정부는 영국 정부처럼 만찬 후에 포도주를 마시며 나눈 대화에서 틀이 잡힌 정부가 아니었다.

우리 속에 있는 생명은 흐르는 강물과도 같다. 올해는 그 강물이 지금껏 인간이 알고 있었던 것보다 훨씬 높이 차올라 메마른 고지대까지 범람할지도 모른다. 그래서 사향쥐가 모두 익사하는 다사다난한 해가 될지도 모른다. 우리가 사는 곳이 늘 마른 땅은 아니었다. 깊숙이 들어간 내륙에, 과학이 홍수를 기록으로 남기기도 전에 고대의 강물이 밀려와서 만든 둑이 보인다. 뉴잉글랜드에는 입에서 입으로 전해져 누구나 들어 본 이야기가 있다. 사과나무로 만든 오래된 식탁의 메마른 판자에서 나온 강하고 아름다운 벌레에 대한 이야기다. 그 식탁은 처음에는 코네티컷에서, 그 뒤로는 매사추세츠에서 60년 동안이나 어느 농부의 부엌에 놓여 있던 탁자였다. 그 벌레가 있던 자리에서부터 나이 테가 여러 겹 생겨난 사실로 볼 때, 탁자가 되기 훨씬 오래 전, 살아 있는 나무일 때 알이 그 자리에 있었고 그 알에서 벌레가 나온 것이었다. 주전자의 열기 때문에 부화했는지, 몇 주 동안 나무를 갉는 소리가 들렸다고 한다. 이 이야기를 듣고 부활과 영 생에 대한 믿음이 한층 굳건해지는 것을 느끼지 않을 사람이 있 을까? 날개 달린 아름다운 생명체가 처음에는 푸른 생나무의 백 목질 속에 알의 모습으로 들어가 수많은 동심원을 그려 나가는 나무의 나이테 밑에서 말라 죽은 존재처럼 이 세상을 살아가며 오랜 세월 묻혀 있을 줄 누가 알았으랴! 그러는 동안 나무는 그 생명체에게 있어 물기가 잘 마른 무덤처럼 서서히 변해 갔다. 아 마 오랫동안 농부의 가족들은 즐겁게 식사를 하려고 식탁에 둘 러앉았을 때 나무를 갉는 소리가 들려와서 놀라곤 했을 것이다. 그런데 그 생명체가 이 세상의 가장 초라하고 흔해 빠진 가구에 서 느닷없이 나타나 마침내 완벽한 여름날을 맞이하게 되다니!

영국인이건 미국인이건 평범한 이들이 이 모든 것을 깨닫게 되리라고는 말하지 않겠다. 그러나 이것이야말로 단순히 시간이 흘렀다는 이유로 밝아 오는 것이 아닌, 새날의 특징이다. 눈을 멀게 하는 빛은 곧 어둠이다. 새날은 우리가 깨어 있을 때에만 밝아 온다. 밝아 올 새날이 아직 남아 있다. 태양은 아침에 뜨는 별에 지나지 않는다.

시민 불복종[1]

Civil Disobedience

나는 '가장 적게 다스리는 정부가 가장 훌륭한 정부'라는 표어[2]에 진심으로 동의한다. 그리고 이 말이 하루빨리 체계적으로 실현되는 광경을 보고 싶다. 이 표어가 성취된다면 궁극적으로는 '전혀 다스리지 않는 정부가 가장 훌륭한 정부'가 될 텐데, 나는 그 말도 믿는다. 사람들이 준비되었을 때 갖게 될 정부는

---

1) 소로는 노예 제도와 멕시코 전쟁을 반대하는 뜻에서 인두세 납부를 거부하다가 1846년 7월에 하룻밤 동안 수감되는데, 그때의 경험을 2년 뒤인 1848년에 콩코드 문화 회관에서 강연한다. 그리고 이듬해에 너새니얼 호손의 처제이자 미국 최초의 유치원 설립자인 엘리자베스 피바디의 요청으로 그 강연문을 다듬어 피바디가 창간한 잡지 〈미학〉에 싣는다. 당시의 제목은 '시민 정부에 대한 저항(Resistance to Civil Government)'이었다. 이 글은 소로가 죽고 나서 4년 뒤에 〈캐나다의 미국인, 노예 제도 반대와 개혁에 관한 논문집〉에 '시민 불복종'이라는 제목으로 다시 실렸는데 소로가 실제로 쓰려고 했던 제목이 어느 쪽이었는지를 두고 이견이 분분하다.

2) 이와 비슷한 표어가 격월간지 〈더 유나이티드 스테이츠 매거진 앤 데모크라틱 리뷰(The United States Magazine and Democratic Review)〉의 발행인 난과 에머슨의 에세이 「정치학」에 등장한다.

바로 이와 같을 것이다. 정부는 기껏해야 하나의 방편이다. 그러나 대부분의 정부가 대개 불편한 존재이고, 모든 정부가 때로는 불편한 존재이다. 상비군에 반대하는 진지하고 다양한 의견이 꾸준히 제기되어 왔고 설득력도 있는데, 이런 반대 의견은 결국 상설 정부에 대한 반대로 이어질지도 모른다. 상비군은 상설 정부의 팔 하나에 불과하다. 정부는 국민이 자신의 뜻을 실행하려고 선택한 하나의 방식일 뿐이지만, 국민이 그 방식을 통해 행동하기도 전에 정부 자체가 악용되고 부패하기 쉽다. 현재 진행 중인 멕시코 전쟁[3]을 보라. 비교적 소수의 개인들이 상설 정부를 자신들의 도구로 이용한 결과가 바로 이 전쟁이다. 국민들은 애초에 이런 조치에 동의하지 않았을 것이기 때문이다.

이 미국 정부라는 존재는 하나의 전통에 불과하지 않은가? 오래되지 않은 전통임에도 훼손되지 않은 상태로 후손에게 자신을 고스란히 물려주려 애쓰지만 매순간 온전함을 조금씩 잃어가고 있다. 살아 있는, 한 개인이 가지고 있는 생명력과 힘이 정부에게는 없다. 한 개인은 정부를 자신의 뜻대로 바꿀 수 있다. 정부는 국민의 입장에서는 일종의 나무총이다. 그러나 그렇다고 정부의 필요성이 줄어드는 것은 아니다. 국민들은 자신이 생각하는 정부의 개념을 충족시켜 줄 복잡한 기계를 필요로 하며, 그 기계가 돌아가며 내는 소음을 듣고 싶어 하기 때문이다. 따라서 정부는 사람들이 자신의 이익을 챙기느라 얼마나 쉽게 속아 넘어가는지를, 심지어는 얼마나 쉽게 스스로를 속이는지를

---

3) 1846년부터 1848년까지 미국과 멕시코가 텍사스의 종주권을 두고 벌인 전쟁.

보여 주는 존재다. 그건 괜찮다고 치자. 그러나 이 정부는 제힘으로 진취적인 일을 추진한 적이 없다. 그 일에 방해가 되지 않도록 약삭빠르게 몸을 피했을 뿐이다. **정부**가 이 나라의 자유를 보장한 것이 아니다. **정부**가 서부를 개척한 것이 아니다. **정부**가 제대로 된 교육을 한 것이 아니다. 미국 국민의 천부적인 기질이 지금까지 그 모든 일을 이룩한 것이다. 정부가 이따금씩 방해하지 않았다면 미국 국민은 더 많은 일을 성취했을 것이다. 정부는 국민들이 서로 간섭하지 않게 해 주는 하나의 방편일 뿐이며, 앞서 말한 바와 같이 국민을 가장 간섭하지 않는 정부야말로 가장 훌륭한 방편이기 때문이다. 무역과 상업은 인도 고무로 만들어지지 않은 이상, 위로 튀어 올라 입법자들이 끊임없이 길목에 놓아두는 장애물을 넘어가지 못할 것이다. 그러니 이 입법자들의 의도를 전혀 고려하지 않고 순전히 그 행위의 결과로만 판단한다면, 그들은 철도 위에 장애물을 가져다 두는 행악자들과 같은 부류로 취급되어 처벌을 받아 마땅할 것이다.

그러나 시민의 한 사람으로서 현실적으로 말한다면, 나는 자칭 무정부주의자라고 하는 사람들과는 달리 지금 **당장** 정부를 폐지하자고 주장하는 것이 아니라 지금 당장 더 좋은 정부를 만들자고 주장하는 바이다. 사람들은 모두 자신이 존경할 수 있는 정부가 어떤 정부인지를 공개적으로 밝혀야 한다. 그것이 그러한 정부를 얻기 위한 한 걸음이다.

결국 국민이 일단 권력을 손에 쥐게 되었을 때 다수의 지배가 허용되고 오랜 기간 지속되는 실질적인 이유는, 다수가 정당하게 처신할 가능성이 높다거나 그것이 소수에게 가장 공정하게 여겨지기 때문이 아니라 다수가 물리적으로 가장 강하기 때문이다. 그러나 다수가 모든 사안을 지배하는 정부는 국민들이 이해한다 할지라도 정의에 근거한 정부라고 할 수 없다. 사실상 다수가 옳고 그름을 판단하는 것이 아니라, 양심이 판단하는 그런 정부는 존재할 수 없단 말인가? 편의의 법칙이 적용되는 문제들만 다수가 결정하는 정부는 불가능하단 말인가? 국민이 단 한순간이라도, 아니 아주 조금이라도, 자신의 양심을 입법부 의원들에게 위임해서야 되겠는가? 그렇다면 왜 모든 인간에게 양심이 있단 말인가? 나는 우리가 국민이기보다 먼저 인간이어야 한다고 생각한다. 법에 대한 존경심보다는 먼저 정의에 대한 존경심을 함양하는 것이 바람직하다. 내가 마땅히 맡아야 할 유일한 의무는 어느 때건 내가 옳다고 생각하는 대로 행동하는 것이다. 집단에 양심이 없다는 말은 옳지만, 양심 있는 사람들이 모인 집단은 양심이 **있는** 집단이다. 법이 사람들을 조금이라도 더 정의롭게 만든 적은 없다. 오히려 법에 호의적인 사람들은 법을 존중하다가 매일 불의의 앞잡이가 되어 버린다. 법에 대한 과도한 존경심이 초래한 일반적이고 당연한 결과를 일련의 병사들에게서 볼 수 있다. 놀랄 만큼 질서 정연하게 언덕과 골짜기를 넘어 전쟁터로 행군하는 대령, 대위, 하사, 사병, 소년 폭약 운반수 등 온갖 병사들 말이다. 그들은 자신의 의지를, 아니 자신의 상식과 양심을 거슬러 행군하기 때문에 행군해 갈수록 실로 버거워지며 심장 박동마저 위험할 정도로 빨라진다. 그들은 자신이 관여한 이 일이 비난받아 마땅한 일임을 조금도 의심하지 않는다. 그들은 모두 평화롭게 살고 싶어 하는 사람들이기 때문이다. 그렇다면 이들은 무엇인가? 인간이라고 할 수 있는가? 아니면 부도덕한 권력자를 섬기는 소규모의 이동식 요새나 탄약고인가? 해군 기지에 가서 해병 한 사람을 바라보라. 미국 정부가 만들 수 있는, 아니 미국 정부가 마술을 부려 만들어 낸 듯한 그런 인간은 단지 인간성의 그림자이자 추억거리에 불과하며, 산 채로 관에 넣어 세워 둔 존재다. 장송곡과 함께 무기를 든 채 이미 땅에 묻힌 것이나 다름없는 사람이다. 비록 다음과 같이 말할 수는 있을지라도.

"우리가 그의 시신을 서둘러 성벽으로 옮길 때
북소리도 장송곡도 들리지 않았다.
우리의 영웅이 묻힌 무덤 위로
작별의 예포를 쏘는 병사는 한 명도 없었다."[4]

수많은 사람들이 이렇게 주로 인간으로서가 아니라 기계로서 몸 바쳐 국가를 섬긴다. 상비군이나 예비군, 교도관, 경찰관, **민병대**[5] 등이 이에 해당된다. 대부분의 경우 이들은 판단력이나 도덕심을 자유롭게 발휘하지 않고 자신을 나무와 흙과 돌과 같은 수준으로 취급한다. 그러니 나무로 사람을 만들더라도 그들과 같은 용도로 쓸 수 있을 것이다. 이런 사람들은 허수아비나 흙덩이 이상으로 존경받을 자격이 없다. 말이나 개와 같은 정

---

4) 아일랜드의 시인이자 성직자인 찰스 울프의 시 「코루나에서 존 무어 경을 매장하며」 중에서.
5) 평화를 유지할 목적으로 보안관이 소집한 사람들.

도의 가치만 있을 따름이다. 그럼에도 오히려 이런 사람들은 흔히 훌륭한 시민으로 존경받는다. 또 어떤 이들은 대다수의 입법자들이나 정치가, 변호사, 성직자, 공무원처럼 주로 머리를 써서 국가에 봉사한다. 이들은 도덕적 우수성이 거의 없어 **고의**가 아님에도 신과 더불어 악마를 섬기기 쉽다. 극소수만이 위대한 의미에서의 영웅, 애국자, 순교자, 개혁가로서 그리고 **인간**으로서 양심에 따라 국가를 섬기는데, 그래서 그들 대부분은 필연적으로 나라에 저항하게 되며, 국가로부터 흔히 적으로 취급된다. 현명한 사람이라면 오직 인간으로서 쓸모 있고자 할 것이며, "진흙"이 되어 "바람이 들어오지 않도록 구멍을 막는"[6] 일은 하지 않으려 할 것이다. 그것을 죽어 흙이 된 다음에 할 일로 남겨 둘지언정 말이다.

"나는 태생이 너무나 고귀하니 누군가의 소유가 될 수 없고
지배를 받는 부하도 될 수 없으며
전 세계 어느 독립국의
쓸모 있는 하인이나 도구가 될 수도 없다."[7]

다른 사람들을 위해 자기 자신을 온전히 내주는 사람은 쓸모 없고 이기적인 사람으로 여겨진다. 그러나 자기 자신의 일부만 내주는 사람은 자선가나 박애주의자로 불린다.

오늘날 이 미국 정부를 향해 한 인간으로서 어떻게 반응해야

6) 셰익스피어 『햄릿』 5막 2장 중에서.
7) 셰익스피어 『존 왕』 5막 2장 중에서.

할까? 나는 수치심 없이는 이 정부와 관계를 맺을 수 없다고 대답하겠다. **노예의** 정부이기도 한 이 정치 조직을 나는 단 한순간도 **나의** 정부로 인정할 수 없다.

사람들은 모두 혁명을 일으킬 권리, 즉 정부의 횡포나 무능이 매우 심각해 참을 수 없을 정도라면 정부에 충성하기를 거부하고 저항할 권리가 있음을 인정한다. 그러나 거의 모든 사람이 지금은 거기에 해당되는 상황이 아니라고 말한다. 그러면서도 1775년의 혁명[8]은 거기에 해당되는 상황이었다고 생각한다. 누군가 항구로 들어오는 특정한 외국 상품에 관세를 부가한다는 이유로 이 정부를 나쁜 정부라고 말하더라도 십중팔구 나는 그 문제로 법석을 떨지 않을 것이다. 그런 물건 없이도 나는 잘 지낼 수 있기 때문이다. 모든 기계는 마찰을 일으키기 마련이다. 그리고 이런 마찰은 악을 상쇄시킬 선을 만들 수도 있다. 오히려 그런 마찰을 두고 소란을 피우는 행위야말로 대단히 해롭다. 그러나 마찰이 기계를 압도해 억압과 강탈이 조직적으로 일어나면, 그런 기계를 더는 내버려 두어서는 안 될 것이다. 다시 말해, 자유를 찾아온 사람들의 피난처로 건국된 나라에서 인구의 6분의 1이 노예이고 나라 전체가 외국 군대에 의해 부당하게 짓밟히고 정복당해 군법에 종속된다면, 정직한 사람들이 당장이라도 저항하고 혁명을 일으켜야 마땅하다고 나는 생각한다. 이런 의무를 더욱 긴급히 수행해야 하는 까닭은 그렇게 짓밟힌 나라가 우리나라가 아니며 침략한 군대가 우리 군대라는 사실 때문이다.

8) 콩코드와 렉싱턴에서 시작된 미국 독립 혁명.

도덕적 문제에 있어 많은 이들이 권위자로 인정하는 페일리[9]는 자신이 쓴 책 중 '시민 정부에 대한 복종의 의무'라는 장에서 시민의 모든 의무를 편의성의 문제로 귀착시키며 이렇게 말을 잇는다. "사회 전체의 이익을 위해 필요하다면, 즉 사회 전체에 불편을 초래하지 않고서는 현 정부에 저항하거나 정부를 바꿀 수 없는 한, 현 정부에 복종하는 것이 신의 뜻이며 그것으로 충분하다. …… 이 원칙을 인정하면, 모든 개별 저항이 정당한지 판단하려고 할 때 위험과 불만이 어느 정도일지 계산하고 시정될 가능성과 비용이 어느 정도일지 계산해 비교하면 된다." 그는 이 문제에 있어서는 각자가 스스로 판단해야 한다고 말한다. 그러나 페일리는 편의성의 원칙이 적용되지 않는 경우는 결코 고려해 본 적이 없는 것 같다. 개인이든 국민이든 어떤 대가를 치르더라도 정의를 실행해야 하는 경우를 말이다. 만약 내가 물에 빠진 사람으로부터 부당하게 널빤지를 빼앗았다면, 나 자신이 익사하게 될지언정 널빤지를 그 사람에게 돌려주어야 한다. 페일리의 말에 따르면 이것은 편의성의 원칙을 거스르는 행동이다. 그러나 이런 경우 자신의 목숨을 구하려 한 사람은 결국 목숨을 잃고 말 것이다.[10] 이 나라의 국민은 국민으로서 존재하지 못하게 되는 대가를 치르더라도 노예 제도를 폐지하고 멕시코 전쟁을 중단시켜야 한다.

실제로는 많은 나라들이 페일리의 말에 동의한다. 그러나 매

---

9) 영국의 신학자이자 철학자인 윌리엄 페일리. 이어지는 인용 구절은 그의 저서 『도덕적·정치적 철학의 원리』의 일부이다.

10) 신약 성경 「마태복음」 10장 39절을 빗댄 표현. "자기 목숨을 얻으려는 사람은 목숨을 잃을 것이요." 표준새번역본 참조.

사추세츠 주가 현재의 위기 상황에서 정확히 옳은 행동을 하고 있다고 생각하는 사람이 과연 있겠는가?

"국가라는 창녀, 은실로 짠 옷을 입은 매춘부가
옷자락은 들어 올렸을지언정 영혼은 진흙 속에 끌리는구나."[11]

사실대로 말하자면 매사추세츠 주의 개혁에 반대하는 사람들은 수많은 남부의 정치인들이 아니라 이곳에 있는 수많은 상인들과 농부들이다. 이들은 인도주의보다는 상업과 농업에 더 큰 관심이 있으며 **어떤 대가를 치르더라도** 노예와 멕시코를 위해 정의를 실현할 각오가 된 사람들은 아니다. 나는 멀리 있는 적들을 책망하는 것이 아니라, 매우 가까이 있되 멀리 있는 이들과 협력하며 그들이 시키는 대로 하는 사람들을 책망하는 것이다. 이들이 없다면 멀리 있는 적들도 아무런 해를 끼치지 못할 것이다. 우리는 대중이 준비되지 않았다고 습관처럼 말한다. 그러나 개선이 더디게 이루어지는 이유는 소수가 그런 다수보다 실질적으로 더 현명하지도, 더 선하지도 않기 때문이다. 다수가 나 자신만큼 선하느냐는 중요한 문제가 아니다. 어딘가에 몇 사람이라도 절대적으로 선한 사람이 있느냐가 중요하다. 그들이 반죽 덩어리 전체를 발효시킬 것이기 때문이다.[12] 노예 제도와 전쟁에 반대하는 **의견**을 가진 사람은 매우 많지만 그것을 종식시키기

---

11) 영국 극작가 시릴 터너 「복수자들의 비극」 중에서.
12) 신약 성경 「고린도전서」 5장 6절을 빗댄 표현. "여러분은 적은 누룩이 온 반죽을 부풀게 한다는 것을 알지 못합니까?" 표준새번역본 참조.

위해 실제로는 아무런 행동도 하지 않는다. 이들은 조지 워싱턴과 벤저민 프랭클린의 후손이라고 자처하면서도 두 손을 호주머니에 넣은 채 자리에 앉아 무엇을 해야 할지 모르겠다고 말하며 아무 행동도 하지 않는다. 심지어 자유라는 문제보다 자유 무역이라는 문제를 우선시하며, 저녁을 먹고 나서는 신문에서 멕시코의 최신 전쟁 소식과 함께 물가 시세표를 차분히 읽고는 아마도 그 두 가지 기사 위에 엎드려 잠들고 말 것이다. 오늘날 정직한 사람과 애국자의 시세는 얼마인가? 사람들은 망설이고, 후회하고, 때로는 탄원한다. 그러나 진지한 태도로 어떤 결과를 이끌어 낼 만한 행동을 하지는 않는다. 그들은 다른 사람들이 악을 제거해 자신들이 그 일로 더 이상 애석해하지 않을 수 있기를 호의적인 태도로 기다린다. 기껏해야 선거 때 값싼 한 표를 던지고 정의가 지나갈 때 미약하게 지지를 표하며 행운을 빌어 줄 따름이다. 덕을 지지하는 사람은 999명이지만 덕을 행하는 사람은 단 한 명이다. 그러나 물건을 임시로 보관하는 사람보다는 그 물건의 진짜 주인과 거래하는 편이 더 쉬운 법이다.

모든 투표는 서양장기나 주사위 놀이처럼 일종의 게임이다. 약간의 도덕적 색채가 더해졌을 뿐이며 옳고 그름, 즉 도덕적 문제를 가지고 노는 게임이다. 따라서 당연히 내기가 뒤따른다. 그러나 투표자의 인격이 걸린 내기는 아니다. 나는 내가 옳다고 생각하는 대로 투표를 할 것이다. 그러나 내가 옳다고 생각하는 쪽이 기필코 승리해야 한다고는 생각하지 않는다. 결과는 다수의 뜻에 기꺼이 맡긴다. 따라서 그 의무는 편의적 차원의 의무 이상이 되지 못한다. **정의를 위해** 투표했다고 해도 정의를 위해 **행동**한 것은 아니다. 그저 정의가 승리하기를 바라는 자신의 뜻을 다른 사람들에게 미약하게 표현한 것뿐이다. 현명한 사람이라면 정의를 우연의 처분에 맡기지 않을 것이며, 다수의 힘을 통해 정의가 실현되기를 바라지도 않을 것이다. 대중의 행동에는 미덕이 거의 없다. 다수가 마침내 노예 제도를 폐지하자고 투표를 하더라도, 그것은 그들이 노예 제도에 무관심해졌거나 그런 투표로 폐지될 만한 노예 제도가 거의 남아 있지 않기 때문일 것이다. 그때는 **그들이** 유일한 노예일 것이다. 투표를 통해 자신의 자유를 주장하는 사람만이 **자신의** 투표로 노예 제도 폐지를 앞당길 수 있다.

들자하니 볼티모어인지 어디에서인지 대통령 후보를 선출하기 위한 전당 대회가 열리는데, 주로 신문 편집인들과 직업 정치인들이 참석한다고 한다. 그러나 독립적이고 명석하며 존경받을 만한 사람이라면 어떤 결론이 나든 그게 무슨 의미가 있겠는가? 결과에 상관없이, 우리는 그 후보의 지혜와 정직함이 주는 유익을 누려야 마땅하지 않을까? 우리는 일부 독립적인 표에 의지할 수는 없단 말인가? 이 나라에는 전당 대회에 참가하지 않는 개개인들이 많지 않은가? 하지만 그렇지가 않다. 내가 보니, 소위 존경할 만한 사람은 자신의 입장을 즉시 버리고 표류하며 나라에 절망하는데, 오히려 그로 인해 나라가 절망할 이유가 더 많다. 그는 곧 이렇게 선출된 후보 가운데 한 명을 **당선 가능성**이 있는 유일한 후보로 선택하고, 이런 식으로 자신이 선동 정치가의 어떤 목적에든 **이용당할 가능성**이 있다는 사실을 입증한다. 그가 던진 표의 가치는 지조 없는 외국인이나 돈만 주면 뭐든 다 하는 국민의 표와 마찬가지다. 아, 나의 어느 이웃이 말하듯이 줏대가 있어 다른 사람의 손에 휘둘리지 않는 진정한 인간은 어디에 있는가! 우리나라의 통계에는 결함이 있다. 보고서상의 인구 수치가 실제보다 너무 높다. 이 나라에서 1000제곱마일[13]마다 **사람**이 과연 몇 명이나 살고 있을까? 한 명도 되지 않을 것이다. 아메리카에는 여기 정착해서 살고 싶도록 사람들을 끌어당기는 매력이 전혀 없단 말인가? 미국은 '오드 펠로(Odd Fellow)'[14]로 전락해 버렸다. 이들은 사교성을 담당한 기관은 발달했으나 지성과 쾌활한 자존감은 눈에 보일 만큼 결핍되었기로 유명하다. 세상에 태어난 순간부터 그들의 가장 큰 관심사는 양로원이 제대로 수리되었는지 알아보는 것과 합법적으로 남성미 넘치는 옷을 입기 전부터 과부나 고아가 될지 모를 미래의 처자식을 부양하기 위해 자금을 모으는 것이다. 요컨대 이들은 번듯한 장례식을 약속한 상호 보험 회사의 도움을 받아야만 살 수 있다.

물론 제아무리 거대한 부정일지라도 그것을 근절하고자 자신을 바치는 것이 인간의 의무는 아니다. 인간에게는 당연히 그 외에도 관여해야 할 다른 문제들이 있다. 그러나 적어도, 우리는 그런 부정에서 손을 끊을 의무와 더는 부정을 저지를 생각은 없으면서도 실질적으로는 부정을 지원하는 꼴이 되지 않도록 주의할 의무가 있다. 다른 목적이나 계획에 전념하더라도 최소한 내가 다른 사람의 어깨 위에 앉아 그 목적을 추구하고 있지는 않은지를 가장 먼저 살펴야 한다. 우선 그의 어깨에서 내려와야 한

---

13) 약 2500제곱킬로미터.

14) 18세기 영국에서 창설된 비밀 공제 조합 '인디펜던트 오더 오브 오드 펠로스(Independent Order of Odd Fellows)'의 회원을 뜻하는 말.

다. 그래야 그 사람도 나름의 계획을 추구할 수 있을 것이다. 하지만 실제로는 얼마나 터무니없는 모순이 용인되는지 살펴보자. 나는 우리 마을의 어떤 주민이 하는 말을 들은 적이 있다. "정부더러 나한테 노예 폭동을 진압하는 데 힘을 보태라거나 멕시코로 행군하라고 명령만 해 보라고 해. 내가 나갈 줄 알고?" 그러나 바로 이런 이들이 직접적으로는 자신의 충성심을 통해, 간접적으로는 정부에 돈이라도 냄으로써 자기를 대신할 사람을 보낸다. 사람들은 부당한 전쟁에 참전하기를 거부하는 병사를 칭송하지만, 그런 전쟁을 일으키는 부당한 정부를 유지하는 것을 거부하지는 않는다. 참전을 거부한 병사는 그런 사람들의 행위와 권위를 무시하고 경멸하는데도 칭송을 받는다. 마치 국가가 죄를 지으면서 참회하는 뜻으로 자신을 매질할 사람을 고용하기는 하지만, 한순간이라도 죄 짓기를 중단할 만큼 깊이 참회하지는 않는 꼴이다. 이렇게 질서와 시민 정부라는 이름으로, 우리 모두는 결국 자신의 비열함에 경의를 표하고 그것을 지지한다. 죄를 지으면 처음에는 얼굴이 붉어지지만 그 뒤로는 무감각해진다. 그리고 무감각은 부도덕에서 **무(無)**도덕이 되고, 이러한 무도덕은 우리가 꾸려 온 그런 식의 삶에 필수 요소가 되어 버린다.

가장 사심 없는 미덕이 악행을 뒷받침할 때 그 악행은 가장 광범위하게 퍼진다. 애국심이라는 미덕은 흔히 가벼운 질타를 받곤 하는데, 고결한 사람일수록 그런 질타를 받을 가능성이 많다. 정부의 덕성과 조치에 불만을 가지고 있으면서도 정부에 충성과 지지를 보내는 사람들은 사실 정부의 가장 성실한 지지자들이며, 따라서 개혁에 가장 심각한 걸림돌이 될 때가 많다. 그

중 일부는 주 정부가 미합중국을 해체하고 대통령의 요구를 묵살해야 한다며 탄원하고 있다. 그런데 이렇게 말하는 이들은 왜 자신들과 주 정부와의 연합을 해체하지 않고 자신들에게 할당된 세금을 국고에 바치지 않겠다고 하지 않는 것인가? 그들과 주 정부와의 관계는 주 정부와 미합중국의 관계와 같지 않은가? 그리고 그들이 주 정부에 저항하지 못하는 것과 같은 이유로 주 정부도 미합중국에 저항하지 못하는 게 아닌가?

사람이 어찌 의견을 가지고 있다는 사실만으로 만족하고 **그 의견**을 즐길 수 있겠는가? 자신이 고통받고 있다는 것이 자기의 의견이라면, 그 의견에 어떤 즐거움이 있겠는가? 만일 우리가 이웃에게 속아 단 1달러라도 빼앗겼다면, 속았다는 사실을 아는 것만으로 혹은 자신이 속았다고 말하고 다니는 것만으로, 심지어는 이웃에게 그 돈을 돌려 달라고 애원하는 것만으로 결코 만족할 수 없을 것이다. 우리는 돈을 모두 돌려받고자 즉시 효과적인 조치를 취할 것이며, 다시는 속지 않도록 조심할 것이다. 원칙을 근거로 행동해야만, 즉 정의를 인식하고 실행해야만 상황과 관계에 변화가 일어난다. 이런 행위는 본질상 혁명적이며 기존의 그 어떤 것과도 완전히 일치하지 않는다. 이것은 국가를, 교회를 그리고 가족을 분열시킨다. 아니, 그것은 **개인**마저 분열시켜 개인 속에 존재하는 '악마적 특성'과 '신적인 특성'을 갈라놓는다.

부당한 법은 존재한다. 우리는 그 법을 준수하며 만족해야 하는가, 아니면 그 법을 고치려 노력하되 성공할 때까지는 준수해야 하는가, 아니면 당장 그 법을 어겨야 하는가? 사람들은 대체로 지금과 같은 정부 아래에서는 다수를 설득해 법을 바꾸게 될 때까지 기다려야 한다고 생각한다. 저항한다면, 해결책이 악보다 더 나쁜 상황이 될 거라고 생각한다. 그러나 해결책이 악보다 더 나쁜 상황이 된다면 그건 정부의 잘못이다. **정부**가 상황을 악화시킨다. 정부는 왜 좀 더 앞일을 예측하고 개혁을 준비하지 않는가? 정부는 왜 현명한 소수를 소중히 여기지 않는가? 다치지도 않았는데 왜 미리 울며 저항하는가? 정부는 왜 국민들이 언제나 깨어 있어 정부의 잘못을 지적하고 정부가 허락하는 것 이상으로 더 훌륭하게 **행동**하도록 권장하지 않는가? 정부는 왜 언제나 그리스도를 십자가에 못 박고 코페르니쿠스와 루터를 추방하며 워싱턴과 프랭클린을 반역자라고 선언하는가?

혹자는 고의적이고 실제적으로 정부의 권위를 부정하는 행위야말로 정부가 전혀 생각해 보지 못한 유일한 위법 행위라고 생각할 수도 있다. 그렇지 않다면 왜 정부가 그에 관해 명확하고 적절하며 온당한 처벌을 규정하지 않았겠는가? 재산이 전혀 없는 어떤 사람이 정부에 9실링을 납부하는 걸[15] 한 번만 거부해도 그는 내가 아는 어떤 법에 의해서 감옥에 무기한 수감될 것이며, 복역 기간은 그를 거기 집어넣은 사람들의 판단에 따라서만 결정된다. 그러나 그가 주 정부에서 9실링의 90배를 훔친다면, 그는 곧 풀려나 다시 자유를 찾을 것이다.

부정이 정부라는 기계에 반드시 필요한 마찰의 일부라면 그대로, 그대로 내버려 두라. 기계가 덕분에 매끄러워질 수도 있다. 분명한 것은 기계가 마모된다는 사실이다. 부정에 전용 스프링이나 도르래, 밧줄, 크랭크가 딸려 있다면 아마 우리는 해

---

15) 9실링은 당시 연간 인두세에 해당되는 금액이었다.

결책이 악보다 나쁜 상황이 되지는 않을지 고민할 것이다. 그러나 이 부정이 본질상 우리에게 자신의 앞잡이 노릇을 하라고 요구한다면, 분명히 말하건대 그 법을 어겨야 한다. 우리의 삶이 그 기계를 멈추는 역마찰이 되어야 한다. 어떤 경우든, 내가 해야 할 일은 내가 비난하는 악에게 나 자신의 힘을 빌려주지 않도록 주의하는 것이다.

주 정부가 악의 해결책으로 내놓았던 방법을 채택하자고 주장하는 이들이 있지만 내가 알기로 그런 방법은 없다. 실현되려면 시간이 너무 오래 걸리고 한 사람의 일평생이 지나갈 것이다. 나에게는 관심을 쏟아야 할 다른 일들이 있다. 내가 이 세상에 온 이유는, 무엇보다 이 세상을 더 살기 좋은 곳으로 만들기 위해서가 아니라 좋든 나쁘든 이 세상에서 살기 위해서다. 한 사람이 모든 일을 다 할 필요는 없다. 그중 특정한 일을 하면 된다. 그리고 한 사람이 **모든 일**을 할 수는 없으므로 잘못된 **어떤 일**을 반드시 할 필요도 없다. 주지사나 주 의회에 탄원하는 것이 내가 할 일은 아니다. 나에게 탄원하는 것이 그들의 일이 아닌 것과 마찬가지다. 그리고 그들이 내 탄원을 들으려 하지 않는다면 나는 어떻게 해야 한단 말인가? 하지만 이런 경우에 대해 주 정부는 어떤 해법도 제시하지 못했다. 주 정부의 헌법 자체가 해악인 것이다. 이런 말이 비정하고 완고하고 비타협적으로 들릴지도 모르겠다. 그러나 이는 헌법을 제대로 평가할 수 있으며 그것을 누릴 자격이 있는 유일한 정신을 가장 친절하고 사려 깊게 대우하자는 뜻이다. 사람의 몸을 뒤흔드는 탄생과 죽음처럼, 개선을 위한 변화는 이와 같은 법이다.

단언컨대, 자칭 노예 폐지론자들은 매사추세츠 주 정부에 대한 신체적, 물질적 지원을 지금 당장 완전히 철회해야 한다. 그리고 정의가 승리하도록 주도하지 않고, 한 표 차이로 다수당이 되기를 마냥 기다리기만 해서는 안 된다. 그들 편에 신이 있다면 그것으로 충분하며 다른 누군가를 기다릴 필요가 없다고 나는 생각한다. 게다가 어떤 사람이든 주변 이웃들보다 더 정의롭다면 그는 이미 한 사람으로서 다수를 구성한 셈이다.

나는 이 미국 정부, 혹은 그 대리인인 주 정부를 일 년에 단한 번, 세금 징수원이라는 사람을 통해 직접 대면한다. 이것은나와 같은 입장에 놓인 사람이 부득이하게 정부를 대면하는 유일한 방식이다. 그때 정부는 '나를 인정하라'라고 분명히 말한다. 가장 간단하고 효과적으로 그리고 현재와 같은 상황에서 그야말로 불가피하게 그 문제를 처리하면서, 정부가 만족스럽지않고 정부에 대한 애정도 거의 없음을 표현하는 방식은 바로 정부를 부정하는 것이다. 그런데 내가 상대해야 하는 사람은 다름 아닌 나의 공손한 이웃인 세금 징수원이다. 결국 내가 다뤄야 할 대상은 양피지 문서가 아니라 사람이다. 그리고 그는 정부의 대리인이 되겠다고 자발적으로 선택했다. 그는 존경하는 이웃인 나를 마음씨 착한 이웃 사람으로 대할지, 아니면 미치광이이자 평화를 방해하는 자로 대할지 어쩔 수 없이 고민한 다음,자신이 취하려는 조치에 걸맞은 무례하거나 경솔한 언행을 생략하고도 친밀한 이웃 관계의 장애물을 극복할 수 있을지 따져 봐야 할 것이다. 그런 뒤에야 정부 공무원으로서, 혹은 한 인간으로서 자신이 어떤 사람이며 어떤 일을 하고 있는지를 알 수 있지 않겠는가? 나는 이 매사추세츠 주에서 천 명이, 아니 백 명이, 아니면 내가 이름을 댈 수 있는 열 명만이라도 — **정직한** 사람 열 명일 경우 — 아니 '정직한' 사람 **단 한 명**이라도 **노예 소유를 중단하고** 이러한 협력 관계에서 사실상 손을 떼며 그 때문에 감옥에 갇힌다면, 미국에서 노예 제도가 폐지되리라는 사실을 잘 안다. 시작이 아무리 보잘것없어 보일지라도, 그런 건 중요하지 않다. 한번 제대로 행한 일은 영원히 남는다. 그러나 우리는 이 문제에 관해 말로 떠들기를 더 좋아한다. 그것이 우리의 사명이라고 하면서 말이다. 개혁을 주창하는 신문은 많지만 개혁을 위해 뛰는 사람은 단 한 명도 없다. 내가 존경하는 이웃인 주 정부의 대사[16]는 현재 캐롤라이나 주의 감옥에 갇힐지 모르는 위협을 받고 있지만, 실은 시의회 회의실에서 인권 문제를 해결하고자 최선을 다할 인물이다. 그가 매사추세츠 주에 죄수로 수감된다면 주 의회는 관련 안건을 다음 겨울까지 전면 보류하지 못할 것이다. 매사추세츠 주 정부는 노예 제도라는 죄를 자매인 캐롤라이나 주에 떠넘기고 싶어 안달인데, 현재로서는 그 언쟁의 근거로 제시할 수 있는 것이 대사에 대한 냉대뿐이다.

단 한 사람이라도 시민을 부당하게 수감하는 정부 밑에서 정의로운 사람이 진정 있어야 할 곳은 역시 감옥이다. 보다 자유롭고 희망을 간직한 사람들에게 오늘날 어울리는 장소, 매사추세츠 주가 그들에게 제공한 유일한 장소가 바로 감옥이다. 그들은 자신의 원칙에 따라 매사추세츠 주에서 이미 떠난 몸이므로

16) 콩코드 출신 변호사이자 하원 의원인 새뮤얼 호어를 말한다. 사우스캐롤라이나 주가 매사추세츠 주의 흑인 선원들을 구속한 조치에 항의하기 위해 사우스캐롤라이나 주의 찰스턴으로 파견되었다가 그곳에서 추방되었다.

주 정부는 나름의 법령으로 그들을 추방하고 감금할 수밖에 없다. 도망 노예와 가석방된 멕시코 인 포로, 제 민족이 겪은 부당한 대우를 항변하러 온 인디언들은 감옥에 가면 그들을 만날 수 있을 것이다. 그곳은 격리되었으나 더 자유롭고 명예로운 장소이자 매사추세츠 주가 자신에게 **찬동**하지 않고 **반대**하는 사람들을 보내는 곳, 노예 제도를 지지하는 주에서 자유로운 인간이 명예롭게 머물 수 있는 유일한 건물이다. 그들의 영향력이 감옥에서는 힘을 잃을 것이고 그들의 목소리가 정부의 귀를 더는 괴롭히지 못할 것이며 감옥의 담장 안에서는 정부의 적대자가 되지 못할 것이라고 생각하는 사람이 있다면, 그 사람은 진실이 오류보다 얼마나 강한지 모르며 불의를 조금이라도 직접 겪은 사람이 훨씬 호소력 있게 불의와 효과적으로 싸울 수 있다는 사실을 모르는 것이다. 투표할 때는 온전한 표를 던지라. 단순히 종잇조각을 던지지 말고 자신의 영향력 전부를 던지라. 소수는 다수에 순응할 때 무기력해진다. 그럴 때는 소수라고 할 수도 없다. 그러나 소수가 온 힘을 다해 버티면 어찌할 수가 없다. 정의로운 사람들을 모조리 감옥에 집어넣을지, 아니면 전쟁과 노예 제도를 포기할지 양자택일해야 하는 상황이라면 정부는 어느 쪽을 선택할지 머뭇거리지 않을 것이다. 천 명의 사람들이 올해 납세를 거부하기로 한다면, 그것은 그들이 세금을 납부해 정부가 폭력을 자행하고 무고한 사람들의 피를 흘릴 여력을 갖게 되는 것만큼이나 폭력적이고 피비린내 나는 조치는 아닐 것이다. 평화적인 혁명이 가능하다면 사실 이것이야말로 평화적인 혁명의 구체적인 정의이다. 세금 징수원이나 여타 다른 공무원이, 언젠가 누군가 나에게 그랬듯이 "하지만 저는 어떻게 해야 하나요?"라고 묻는다면 내 대답은 이것이다. "진심으로 무슨 일이든 하고 싶다면, 공직에서 물러나십시오." 국민이 충성을 바치기를 거부하고 공무원이 자리에서 물러난다면 혁명은 완성된다. 그러나 피를 흘려야 할 경우도 생각해야 한다. 양심에 상처가 나도 일종의 피가 흐르지 않는가? 이 상처를 통해 사람의 진정한 인간다움과 불멸성이 흘러 나가며, 그는 피를 흘리다 영원한 죽음에 이른다. 나는 지금 그 피가 흐르는 광경을 보고 있다.

범법자의 재산을 압류하는 것과 그를 구속하는 것은 비록 목적은 같으나 나는 구속하는 쪽을 생각해 왔다. 이유인즉 가장 순수한 권리를 주장하고 그 결과 부패한 정부에 가장 위험한 존재가 되는 사람들은 흔히 재산 축적에 많은 시간을 쓰지 않기 때문이다. 그런 사람들에게 정부는 비교적 미미한 도움만을 제공하며, 약간의 세금이라도 그들에게는 엄청난 부담일 텐데, 제 손으로 일정한 노동을 해서 세금을 마련해야 하는 경우라면 특히 그렇다. 돈을 전혀 쓰지 않고 사는 사람이 있다면 정부도 그에게 세금을 요구하기를 주저할 것이다. 불쾌하게 비교하려는 의도는 전혀 없지만, 부자는 언제나 그를 부자로 만들어 준 제도에 찬동한다. 절대적으로 말하자면 돈이 많을수록 덕은 줄어든다. 돈이 사람과 그의 물건 사이에 끼어들어 대신 그 물건들을 획득하도록 해 주기 때문이다. 그리고 그것을 획득하는 것은 분명 대단한 미덕이 아니었다. 부는 돈이 없었다면 사람이 어떻게 해서든 답을 찾으려고 노력했을 수많은 질문들을 잠재워 버린다. 돈이 제기하는 새로운 질문이라고는 돈을 어떻게 쓸 것인가, 하는 까다롭지만 불필요한 질문뿐이다. 이렇게 부자의 도덕적 기반은 발밑에서 무너진다. 소위 삶의 '수단'이라는 것들이 늘어날수록 삶의 기회는 그만큼 줄어든다. 사람이 부자가 되었을 때 교양을 기르기 위해 할 수 있는 가장 훌륭한 행동은 가난한 시절에 품었던 계획들을 실천하려 노력하는 것이다. 그리스도는 헤롯당[17]에게 그들의 처지에 걸맞은 대답을 들려주었다. "세금으로 바치는 돈을 나에게 보여 달라."[18] 어떤 사람이 주머니에서 동전 하나를 꺼냈다. "너희가 카이사르의 모습이 새겨졌고 그가 통용 가치가 있도록 만든 돈을 쓰고자 한다면, 다시 말해 너희가 **정부의 사람들**이라면 카이사르 정부가 주는 혜택을 즐겁게 누리고 그가 요구하는 그의 소유 중 일부를 되돌려 주어라. 따라서 카이사르의 것은 카이사르에게, 하느님의 것은 하느님께 바쳐라." 그러나 헤롯당은 어느 쪽이 누구 것인지를 전보다 더 슬기롭게 파악하게 되지는 않았다. 알고 싶은 마음이 없었기 때문이다.

내 이웃들 중에 가장 사고가 자유롭다고 하는 사람들과 대화를 해 봐도, 그들이 이 문제의 중요성과 심각성에 대해 어떤 말을 하건 그리고 사회적 평화에 대한 자신들의 관점에 대해 무슨 말을 늘어놓건, 요점은 그들이 기존 정부의 보호 없이는 살 수 없고 정부에 불복종했을 때 자신의 재산과 가족에 미칠 영향을

---

17) 유대 왕 헤롯 및 헤롯 왕조와 로마의 통치를 지지하는 유대 인들의 정당으로, 율법과 전통을 중시하는 바리새파와는 노선이 상반되었으나 예수를 반대하는 문제에 있어서는 바리새파와 연합했다.

18) 헤롯 당원들은 예수를 곤경에 빠뜨리기 위해 곤란한 질문을 던진다. 신약 성경 「마태복음」 22장 17절을 빗댄 표현. "황제에게 세금을 바치는 것이 옳습니까, 옳지 않습니까?" 표준새번역본 참조.

두려워한다는 것이었다. 내 입장을 말하자면 정부의 보호에 의지해야 한다는 생각은 하기도 싫다. 그러나 정부가 세금 고지서를 제시할 때 내가 정부의 권위를 부정한다면, 정부는 내 전 재산을 몰수해 버릴 것이며 나와 내 자식들을 끝없이 괴롭힐 것이다. 이는 견디기 어려운 일이다. 이렇게 되면 한 사람이 정직하게 살면서 외적으로도 편안함을 누리기가 불가능해진다. 재산을 모아도 소용없는 짓이 될 것이다. 분명 다시 빼앗길 테니 말이다. 어딘가로 가서 땅을 빌리거나 공유지를 무단 점유해 소량의 작물만 재배하고 그것을 얼른 먹어 치워야 할 것이다. 제 일에만 몰두하고 자신만을 의지하며 소매를 걷어 올리고 언제든 떠날 각오를 해야 하고 많은 일을 벌여서도 안 된다. 터키에 가더라도 모든 면에서 터키 정부의 충실한 국민이 된다면 부자가 될 것이다. 공자는 말했다. "나라에 도(道)가 있는데 가난하고 천하다면 수치스러운 일이고 나라에 도가 없는데 부귀를 누린다면 그것이 수치스러운 일이다."[19] 그렇다. 내가 멀리 떨어진 남부의 어느 항구에서 자유를 위협받기라도 해서 매사추세츠 주의 보호가 그곳에 있는 나에게 미치기를 바라게 되지 않는 한, 아니면 내가 고향에서 평화적인 사업으로 재산을 쌓아올리는 데 전념하게 되지 않는 한, 나는 매사추세츠 주에 대한 충성과 내 재산과 생명에 대한 정부의 권리를 거부할 수 있다. 나로서는 정부에 복종하는 것보다 불복종해서 받게 될 처벌이 모든 면에서 이득이다. 정부에 복종한다면 내 가치가 떨어졌다고 느끼게 될 것이다.

몇 년 전에 주 정부가 교회를 대신해 나를 만나러 와서는 어

19) 『논어』 제8장 태백 편 중에서.

느 목사의 생활비 명목으로 일정액을 내라고 명령했다. 내 아버지는 그 목사가 설교하는 예배에 참석했으나 나 자신은 한 번도 참석한 적이 없었다. 주 정부는 "돈을 내시오. 아니면 감옥에 갇힐 거요."라고 말했다. 나는 돈을 내지 않겠다고 했다. 그러나 불행히도 다른 사람이 그 돈을 당연히 내야 한다고 생각해서 내 대신 지불해 버렸다. 나는 왜 교사가 목사를 지원하기 위해 세금을 내야 하며 목사는 왜 교사를 위해 세금을 내지 않는지 이해할 수가 없었다. 왜냐하면 나는 주 정부에 고용된 교사가 아니라 자발적인 기부금으로 생계를 유지했기 때문이다. 나는 왜 문화 회관도 교회처럼 세금 고지서를 발행하고 주 정부에게 지원을 요구하면 안 되는지 알 수가 없었다. 그러나 시 행정 위원들의 요청에 따라 나는 백번 양보해 다음과 같은 성명서를 작성했다. "이 성명서를 통해 모두에게 밝히는 바, 나 헨리 소로는 내가 참여하지 않은 어떤 조직의 일원으로도 간주되기를 원치 않는다." 나는 그것을 읍의 서기에게 주었고, 그는 그것을 보관하고 있다. 이로써 주 정부는 내가 그 교회의 일원으로 간주되기를 원하지 않는다는 사실을 알게 되었고, 그 뒤로는 나에게 그와 비슷한 요구를 전혀 하지 않았다. 물론 그 성명서를 발표한 당시에는 원래의 입장을 뻔뻔스레 고수하기는 했지만 말이다. 내가 가입한 적 없지만 구성원으로 여겨지는 단체들의 이름을 모두 알기만 했다면 하나하나 탈퇴했을 것이다. 그러나 어디에서도 완전한 목록을 얻을 수가 없었다.

나는 6년 동안 인두세를 납부하지 않았다. 그 때문에 하룻밤 동안 감옥에 갇혔다. 두께가 60센티미터에서 90센티미터에 이르는 견고한 돌벽, 두께가 30센티미터 정도 되는 나무와 쇠로 만든 문, 빛이 새어 들어오는 쇠창살을 빤히 바라보며 서 있노라니, 나를 단지 살과 피와 뼈만으로 구성된 존재로만 취급하는 이 제도의 어리석음에 말문이 막히지 않을 수 없었다. 정부가 결국 이렇게 나를 가두는 것이 최선의 방책이라는 결론을 내리고 다른 방식으로 나를 쓸모 있게 이용할 생각을 하지 못했다는 사실이 의아했다. 나와 마을 주민들 사이에는 돌벽이 있지만 그들이 나만큼 자유로워지려면 훨씬 까다로운 장벽을 기어오르거나 돌파해야 한다는 사실을 깨달았다. 나는 한순간도 갇혀 있다고 느끼지 않았고, 돌과 회반죽으로 만든 이 벽이 굉장히 쓸모없는 것으로 느껴졌다. 마치 마을 주민들 중에서 나 혼자만 세금을 낸 듯한 기분이었다. 정부는 분명 나를 다루는 방법을 몰랐고 미개인처럼 굴었다. 협박하고 회유하는 행동이 죄다 허점투성이였다. 그들은 나의 가장 큰 소원이 저 돌벽 너머로 나가는 것이라고 생각했기 때문이다. 그들이 내 **명상을 가두려고** 문을 부지런히 잠그는 모습을 보니 웃음이 절로 나왔다. 내 명상은 허락이나 방해를 받지 않고 그들을 따라 다시 나갔으며, 그것이야말로 정말 위험한 존재였다. 정부는 나를 마음대로 할 수 없어서 내 육신을 처벌하기로 결정한 것이었다. 남자아이들이 앙심을 품은 사람에게 덤빌 수 없어서 그 사람의 개를 마구 때리듯이 말이다. 나는 주 정부는 머리가 모자라고 부잣집 독신녀처럼 소심하며 친구와 적을 구별하지 못한다는 사실을 알게 되었다. 그래서 정부에 대해 남아 있던 존경심마저 모두 사라지고 동정심만 느껴질 뿐이었다.

이렇게 정부는 한 사람의 이성이나 지성, 도덕성은 상대하려 하지 않고 오직 사람의 육신과 감각만을 상대하려 한다. 정부는 우월한 지혜나 정직으로 무장하지 않고 우월한 물리적 힘으로 무장한다. 나는 강요받기 위해 태어난 사람이 아니다. 나는 내 방식대로 숨을 쉴 것이다. 누가 더 강한지 두고 보기로 하자. 다수는 어떤 힘을 가지고 있는가? 나보다 더 고귀한 법에 순종하는 사람만이 나에게 강요할 수 있다. 그들은 나에게 자기 자신처럼 되라고 강권하기 때문이다. 나는 **참된 인간**이 집단의 **강요**를 받고 이런저런 방식으로 살았다는 이야기는 들어 본 적이 없다. 그렇게 살면 삶이 어찌 되겠는가? 나에게 "돈을 내놓거나 아니면 목숨을 내놓아라."라고 말하는 정부를 만났을 때, 왜 내가 서둘러 돈을 내야 하는가? 어쩌면 정부는 큰 곤경에 빠져 어찌할 바를 모르는 중일지도 모른다. 내가 도울 수 있는 문제가 아니다. 정부도 내가 그랬듯이 스스로 해결해야 한다. 문제가 있다고 훌쩍거려 봤자 소용없는 짓이다. 사회라는 기계가 제대로 돌아가게 하는 것은 내 책임이 아니다. 나는 기술자의 아들이 아니다. 도토리와 밤이 나란히 떨어졌을 때 한쪽이 다른 쪽의 성장을 위해 가만히 있는 경우는 없다. 둘 다 각자의 법칙을 따르며 최선을 다해 싹을 틔우고 줄기를 뻗고 번성해서 결국 한쪽이 다른 쪽을 제 그늘로 덮어 죽일 것이다. 식물은 본성에 따라 살 수 없으면 죽고 만다. 사람도 마찬가지다.

감옥에서 보낸 밤은 매우 신기하고 흥미로웠다. 내가 들어갔을 때 죄수들은 셔츠 바람으로 문간에 서서 저녁 바람을 쐬며 잡담을 나누고 있었다. 그러다 간수가 "어이, 이보시게들. 문 잠글 시간이오."라고 말하자 그들은 뿔뿔이 흩어졌고 빈방으로 돌아가는 발자국 소리가 들렸다. 간수는 나와 같은 방을 쓰는 죄수를 "매우 훌륭한 친구이고 영리한 남자"라고 소개해 주었다. 문이 잠기자 그는 나에게 모자를 거는 곳과 감방에서 생활하는 방식을 알려 주었다. 감방은 한 달에 한 번씩 흰 회반죽을 발랐는데, 적어도 이 방이 마을에서 가장 희고 가장 소박한 가구가 구비되고 아마도 가장 깔끔한 방인 듯했다. 그는 당연히 내가 어디에서 왔으며 왜 그곳에 들어왔는지 궁금해했다. 나는 답을 들려준 다음, 이번에는 내 쪽에서 그에게 어떻게 이곳에 들어왔는지를 물었다. 물론 그가 정직한 사람이라고 가정하고 질문한 것이었다. 그리고 나는 세상에서 흔히 말하듯이 그가 정직한 사람이라고 믿는다. 그가 말했다. "그게, 헛간에 불을 질렀다고 고소당했다오. 하지만 난 절대 하지 않았어요." 최대한 짐작해 보건대, 아마도 그는 술에 취해 잠을 자려고 헛간에 들어갔고 그곳에서 담배를 피우는 바람에 헛간에 불이 난 것 같았다. 그는 영리한 남자라는 평판을 받았고, 재판이 열리기를 그곳에서 석 달가량 기다려 왔는데 그만큼의 기간을 더 기다려야 하는 상황이었다. 그러나 그는 무상으로 숙식을 제공받았고 괜찮은 대우를 받는다고 생각했기 때문에 감옥 생활에 익숙해져 만족하고 있었다.

그가 창문 하나를 차지했고 내가 다른 하나를 차지했다. 나는 사람이 이런 곳에 오래 머무르게 되면 주로 하는 일이 창밖을 내다보는 것임을 깨달았다. 그곳에 있던 소책자들을 나는 금세 읽어 치웠고 이전 죄수들이 탈옥했던 장소와 철창을 톱으로 잘라 낸 자리를 자세히 살펴보고 그 방에서 지냈던 다양한 사람들의 사연을 들었다. 그곳에도 여러 사연과 뒷소문이 있으며 감옥의 담장 밖으로는 결코 유포되지 않는다는 사실을 알게 되었다. 아마 그곳은 마을에서 시가 창작되는 유일한 건물일 것이다. 그 시들은 나중에 회람용으로 활자화되기는 하지만 결코 출판되지는 않는다. 나는 탈옥하려다 잡힌 몇몇 젊은이들이 지은 시들의 제목을 적은 긴 목록을 보았는데 그들은 그 시를 낭송하며 분을 삼켰다고 한다.

나는 이 감방 동료를 언제 다시 만날까, 싶어서 그에게 최대한 질문을 퍼부었다. 그러나 마침내 그는 어느 쪽이 내 침대인지 알려 주더니 램프의 불을 끄는 일을 나에게 맡겼다.

감방에서 누워 보낸 하룻밤은, 직접 보게 될 줄은 상상도 못했던 머나먼 타국으로 여행을 온 것이나 다름없었다. 창문을 열어 두고 잤기 때문에 밖에서 나는 소리가 철창 안으로 들어왔는데, 광장에서 울리는 시계 소리나 저녁이 되어 마을에서 들려오는 갖가지 소리들이 마치 처음 듣는 것처럼 느껴졌다. 내 고향 마을이 중세의 풍경으로 변한 듯이 새롭게 보였고 콩코드 강은 라인강[20]으로 바뀌었으며 기사와 성의 모습이 내 눈앞을 지나갔다. 거리에서 들려오는 소리는 옛 시민들의 목소리였다. 가까운 마을 여관의 부엌에서 벌어지는 일과 소리를 뜻하지 않게 보고 듣게 되었다. 그야말로 새롭고도 진기한 경험이었다. 덕분에 고향 마을을 더 가까이에서 관찰할 수 있었다. 나는 마을 내부로 깊이

---

20) 중유럽 최대의 강으로 스위스, 오스트리아, 독일, 프랑스, 네덜란드 등 여러 나라를 경유해 북해로 흘러든다.

들어와 있었다. 전에는 마을의 기관들을 살펴본 적이 없었다. 감옥은 이 마을이 군청 소재지인 덕분에 볼 수 있는 기관 중 하나였다. 나는 이 마을 주민들의 실상을 그제야 파악하게 되었다.

아침이 되자 문에 난 구멍으로 아침 식사가 들어왔다. 구멍으로 드나들기 딱 좋은 작은 직사각형 양철 그릇에 초콜릿 1파인트[21]와 갈색 빵, 쇠숟가락이 담겨 있었다. 간수들이 그릇을 수거하러 왔을 때 나는 어리석게도 먹다 남은 빵을 돌려보내려 했다. 그러나 감방 동료가 그 빵을 집으면서 나더러 점심이나 저녁용으로 보관해야 한다고 말했다. 잠시 뒤면 그는 가까운 들판에 건초 작업을 하러 나가야 했다. 매일 그곳으로 일하러 갔으며 정오나 되어야 돌아올 터였다. 그래서 그는 내 얼굴을 다시 볼 수 있을지 모르겠다며 작별 인사를 했다.

누군가 개입해서 내가 체납한 세금을 낸 탓에 나는 감방에서 풀려났다. 젊었을 때 감옥에 들어갔다가 비틀거리는 백발노인이 되어 나온 사람같이 세상이 크게 달라진 것처럼 느껴지지는 않았다. 그러나 풍경을 바라보는 나의 눈, 즉 마을과 주 정부와 나라를 바라보는 내 시각에는 단순히 시간이 지나 생기는 변화보다 훨씬 큰 변화가 일어났다. 나는 내가 살고 있는 매사추세츠 주를 더욱 분명히 보게 되었다. 함께 살아가는 사람들을 선량한 이웃이자 친구로 어느 만큼 신뢰할 수 있는지도 깨달았다. 그들의 우정은 화창한 여름날에나 유효한 우정이며 그들은 옳은 일을 할 생각이 별로 없고 그들의 편견과 미신 때문에 나오는 중국인과 말레이시아 인만큼이나 다른 인종이라는 사실을 알게 되었

21) 미국의 1파인트는 0.472리터이다.

다. 그들은 인류를 위해 희생하고자 위험을 무릅쓸 생각이 전혀 없거니와 재산상의 손해마저도 감수하려 하지 않는다는 사실도 깨달았다. 결국 그들은 도둑에게 당한 만큼 되갚아 주는, 그다지 고결하다고는 할 수 없는 이들이었고 피상적으로 율법을 지키고 기도를 몇 번 하는 것으로 그리고 쓸모없는 도리를 지키는 것으로 구원받기를 바라는 이들이었다. 내가 이웃들을 너무 가혹하게 평가했는지도 모르겠다. 그들 중 많은 이들은 분명 마을에 감옥과 같은 기관이 있다는 사실을 모를 테니 말이다.

예전에 우리 마을에서는 가난한 채무자가 출소하면 그를 아는 사람들이 손가락을 겹쳐 감옥 창문의 쇠창살 모양을 만들고 그 사이로 바라보며 "안녕하신가?" 하고 인사하는 풍습이 있었다. 그러나 내 이웃들은 나에게 그렇게 인사하지 않았다. 그저 처음에는 나를 쳐다보고 그 뒤에는 서로를 쳐다보았다. 마치 긴 여행에서 돌아온 사람을 대하듯이 말이다. 감옥으로 연행되던 당시, 나는 수선을 맡긴 신발을 찾으러 구둣방에 가던 길이었다. 다음 날 아침, 감옥에서 나오자 나는 하려던 일을 마치려고 구둣방으로 가서 수선된 신발을 신었고 허클베리를 따러 가는 무리와 합류했다. 그들은 나에게 안내를 맡아 달라고 채근했다. 말이 금세 준비된 덕분에 30분도 안 되어 나는 3킬로미터 이상 떨어진 매우 높은 언덕의 허클베리 들판 한복판에 이르렀다. 그러자 그 어디에서도 주 정부의 존재는 보이지 않았다.

이것이 『나의 옥중기』[22] 내용의 전부다.

---

22) 이탈리아의 시인 실비오 펠리코가 정치범으로 9년 동안 오스트리아 감옥에서 보낸 생활을 기록한 책.

나는 도로세 납부는 한 번도 거부한 적이 없다. 불량한 시민이 되고 싶은 마음 못지않게 선량한 이웃이 되고 싶은 마음도 크기 때문이다. 그리고 학교를 후원하는 문제로 말할 것 같으면 현재 동포들을 가르치며 내 몫을 다하고 있다. 내가 세금 고지서의 특정 항목에 대해 납세를 거부하는 것은 아니다. 그저 주 정부에 충성을 바치기를 거부하고 주 정부로부터 물러서서 적절하게 거리를 두고 싶을 뿐이다. 내가 낸 세금이 사람을 쏠 총을 사거나 그 일을 할 누군가를 고용하는 데 쓰이지 않는 이상, 나는 할 수 있더라도 그 돈의 행방을 추적할 생각은 없다. 돈에 무슨 죄가 있겠는가. 그러나 내 충성심의 결과를 추적하는 문제는 중요하게 생각한다. 사실 나는 조용히 내 방식대로 주 정부에 선전 포고를 하고 있다. 물론 이런 경우에 대개 그렇듯이, 그럼에도 주 정부가 줄 수 있는 모든 혜택을 가능한 누리고 이용할 테지만 말이다.

만약 다른 사람들이 주 정부에 동조하고자 나에게 부과된 세금을 대신 낸다면, 그들은 자신들의 몫으로 이미 낸 세금을 한 번 더 내는 것이다. 아니, 그보다는 주 정부가 요구하는 것보다 더 큰 불의를 선동하는 꼴이다. 세금이 부과된 어떤 개인에 대한 잘못된 관심으로 그의 재산을 보호해 주려거나 그가 감옥에 가지 않도록 세금을 대신 내 주는 사람들이 있다면, 이는 자신의 사적인 감정이 공익을 얼마나 훼방하는지 사려 깊게 생각하지 않았기 때문이다.

이것이 현재 내 입장이다. 그러나 이런 경우 고집을 부리거나 다른 사람들의 의견에 지나치게 신경 쓰느라 편파적인 행동을 하지 않도록 조심하고 또 조심해야 한다. 오직 자신의 생각대로, 그 상황에 알맞게 행동하는지 스스로 살펴야 한다.

가끔 이런 생각이 든다. '사실 이 사람들의 의도는 선하다. 그저 무지할 뿐이지. 방법을 알면 지금보다 나아질 거야. 이웃들이 뜻하지 않게 나를 괴롭히도록 왜 수고를 끼쳐야 하는가?' 하지만 또 이런 생각이 찾아온다. '그렇다고 나도 그들처럼 행동하거나 다른 사람들이 다른 종류의 훨씬 큰 고통을 겪도록 내버려 둘 수는 없는 노릇이다.' 그리고 때로 나는 마음속으로 이렇게 되뇐다. '수백만 명이나 되는 사람들이 열을 받아서도 아니고 악의 때문도 아니고 어떤 개인적인 감정도 없이 나더러 그저 몇 푼의 돈을 내라고 하는 것뿐인데, 게다가 그것이 그들의 헌법이니 기존의 요구를 철회하거나 변경할 리 없고 내 쪽에서 그 수백만 명에게 항소할 가능성도 없는 문제인데, 나는 왜 이 위압적이고 야만적인 폭력과 굳이 맞서는 걸까? 추위와 굶주림, 바람과 파도 따위에는 이토록 완강하게 저항하지 않으면서 말이다. 나는 이와 비슷한 여러 불가피한 일들에는 묵묵히 순응한다. 불 속에 머리를 집어넣지도 않는다. 그런데 나는 이 문제가 순전히 야만적인 힘이 아니라 부분적으로는 인간의 폭력이라고 생각하며 그 수백만 명과의 관계가 단순히 짐승이나 무생물과의 관계가 아니라 수백만 명에 이르는 사람들과의 관계라고 여기는 만큼, 그렇게 항소할 수 있다고 본다. 그들은 가장 먼저 그리고 즉각적으로는 그들의 창조자에게 그다음으로는 그들 자신에게 항소해야 한다고 생각한다. 그러나 내가 불 속에 일부러 머리를 집어넣는다면 불이나 불의 창조자에게 호소할 수는 없을 것이다. 오직 나자신의 잘못이기 때문이다. 다른 사람들과 내가 마땅히 갖추어야 하는 이런저런 모습을 나 자신에게 요구하거나 기대하지 않고, 사람들의 현재 모습에 만족하며 그에 걸맞게 그들을 대할 권리가 있음을 스스로 납득할 수 있다면, 나는 훌륭한 이슬람교도나 운명론자처럼 지금 그대로의 현실에 만족하며 그것이 신의 뜻이라고 말하려 노력할 것이다. 그리고 무엇보다도 정부에 저항하는 것은 단순히 야만적인 힘이나 자연적인 힘에 저항할 때와 다른 일이니, 정부에 저항하면 어느 정도 효과를 볼 수 있다. 그러나 나는 오르페우스[23]처럼 돌과 나무와 짐승의 본성을 변화시킬 수는 없을 것이다.

나는 개인이나 국가와 다투고 싶은 마음은 없다. 사소한 문제를 시시콜콜 따지거나 이웃들보다 훌륭한 사람이라고 자처하고 싶지도 않다. 오히려 이 나라의 법을 따를 구실을 찾고 있다고 말해야 할지도 모르겠다. 구실만 찾게 된다면 언제든지 법을 따를 것이다. 정말이지, 이 문제에 있어서 얼마든지 스스로를 의심할 의향이 있다. 그리고 매년 세금 징수원이 찾아올 무렵이면, 나는 법을 준수할 명목을 찾으려고 연방 정부와 주 정부의 활동과 입장, 국민의 진정한 의미를 재검토하곤 한다.

"우리는 나라를 부모처럼 사랑해야 하며
어느 때건 애정과 노력이 시들어
나라에 영광을 돌리지 않게 된다면
그 결과를 존중하며

---

23) 그리스 신화에 등장하는 시인이자 음악가로, 그가 리라를 연주하면 돌과 나무가 춤추고 야수가 얌전해지며 폭풍이 잦아들었다.

지배하거나 이득을 얻고자 하는 욕망 대신
양심과 종교의 중요성을 사람들에게 가르쳐야 하리라."[24]

분명 정부는 머지않아 내가 기울이는 이런 노력을 모두 차단할 테고 그렇다면 나는 다른 국민들보다 더 나은 애국자라고 할 수 없을 것이다. 눈높이를 낮춰 보면 헌법은 결점이 많기는 해도 매우 훌륭하다. 법률과 법원도 매우 존경할 만하다. 현재의 매사추세츠 주 정부나 미국 정부조차 수많은 이들이 묘사하듯이 여러 가지 면에서 매우 존경스럽고 뛰어난 존재이니 감사할 만하다. 그러나 눈높이를 조금 높여 보자면, 이들은 내가 지금까지 묘사해 온 그런 존재다. 눈높이를 더욱 높여 가장 높은 곳에서 바라보자면, 이들은 대체 무엇인가? 과연 이들은 모범으로 삼거나 생각해 볼 가치가 있는 존재인가?

그러나 나는 정부에 대단한 관심은 없으며 가능하면 정부에 대해 생각하지 않으려 한다. 이 세상에 살기는 하지만 내가 정부의 지배 하에서 지내는 순간은 많지가 않다. 사람이 자유롭게 생각하고 공상과 상상을 마음껏 펼쳐 존재하지 않는 것을 존재하는 것으로 여기는 착각에서 쉬이 벗어난다면, 어리석은 통치자나 개혁자는 그를 치명적으로 방해할 수 없을 것이다.

대부분의 사람들이 나와 다르게 생각한다는 사실을 나는 알고 있다. 그러나 이 문제나 이와 비슷한 주제를 연구하느라 평생을 바치는 전문가들도 내가 보기에는 전혀 만족스럽지 않다. 정치가들과 입법자들은 제도권 내에 철저히 자리 잡은 탓에 이 문

24) 16세기 영국 극작가 조지 필의 『알카자르의 전투』 중에서.

제를 뚜렷하고 적나라하게 바라보지 못한다. 그들은 사회를 개선하자고 말하지만, 기존의 사회가 아닌 다른 휴식처를 알지 못한다. 그들은 특정한 경험과 안목이 있는 사람들일지 모르며 독창적이고 유용하기까지 한 제도들을 만들어 내는 것도 사실이므로 우리는 그들에게 진심으로 감사한다. 그러나 그들의 온갖 지혜와 유용성이 미치는 범위는 그다지 넓지 않고 특정 영역에 머무른다. 그들은 세상이 정책과 편의주의만으로 다스려지지 않는다는 사실을 곧잘 잊어버린다. 웹스터[25]는 정부의 이면까지 파악하지는 못하므로 정부에 대해 권위 있게 말하지 못한다. 기존 정부를 본질적으로 개혁할 생각이 없는 입법자들에게는 그의 말이 지혜롭게 여겨질 것이다. 그러나 생각이 깊은 사람들이나 미래까지 생각하는 입법자들에게 그는 문제를 제대로 파악하지도 못한 사람이다. 나는 이 문제에 대해 침착하고 현명하게 고찰한 사람들을 알고 있는데, 곧 그들이 웹스터의 생각이 얼마나 옹색하고 제한적인지를 드러내 주리라고 생각한다. 그러나 대다수 개혁가들이 날리는 실속 없는 공수표나 대부분의 정치가들이 하는 그보다 더 실속 없는 지혜와 열변에 비하면 웹스터의 말은 거의 유일하게 분별력 있고 가치 있는 말이니, 우리는 그의 존재를 천만다행으로 여겨야 한다. 다른 이들과 비교하면 그는 언제나 강인하고 독창적이며 무엇보다도 현실적이다. 그러나 그의 강점은 지혜가 아니라 신중함이다. 변호사로서 그가 믿는 진리는 진실이 아니라 일관성이나 일관된 편의성이다. 진실은 늘 그 자체

---

25) 미국의 정치가, 변호사이자 매사추세츠 주 상원 의원으로 뛰어난 연설가였던 대니얼 웹스터.

로 조화를 이루며, 잘못된 행위와 양립할 수 있는 정의를 드러
내는 것을 최우선으로 여기지는 않는다. 웹스터는 '헌법의 수호
자'라고 불려 왔는데, 그렇게 불릴 자격이 충분하다. 그의 일격
은 늘 공격용이 아니라 방어용이기 때문이다. 그는 지도자가 아
니라 추종자이다. 그가 추종하는 이들은 1787년에 미국 헌법을
제정한 이들이다. 그는 이렇게 말한다. "나는 여러 주를 통합해
단일한 미합중국을 탄생시킨 최초의 협정을 어지럽히려고 애쓰
거나 그렇게 하자고 제안한 적이 없다. 그런 노력을 지지한 적
도 없고 지지할 생각을 한 적도 없다." 그는 헌법이 노예 제도를
승인하는 점에 대해서는 "당초 협약의 일부이므로 유지해야 한
다."고 말했다. 그는 대단히 예리하고 재능이 비범한데도 사실
을 단순한 정치적 이해관계에서 분리해, 철저히 지성적으로 처
리할 문제로 바라보지 못한다. 예를 들어, 오늘날 여기 미국에
서 노예 제도에 관해 사람이 취해야 할 행동은 무엇인가와 같은
문제에서 웹스터는 한 사람의 개인으로서 단언한다고 밝히며 다
음과 같은 가망 없는 답변을 과감하게 혹은 어쩔 수 없이 내놓는
다. 그는 "노예 제도를 유지하는 주의 정부가 유권자에 대한 책
임에 의거하고 타당성과 인도주의, 정의에 대한 일반 법률에 입
각해 그리고 신에 대한 책임에 따라 노예 제도를 재량껏 규제하
도록 맡겨야 한다. 인도주의나 여타 다른 명분을 바탕으로 다른
지역에서 형성된 조직들은 이에 관여할 자격이 아예 없다. 나는
그런 조직을 결코 장려한 적이 없으며 앞으로도 그럴 것이다."
라고 말한다. 그의 대답에서 사회적 의무과 관련된 새롭고도 탁
월한 규칙을 어찌 추론할 수 있단 말인가?

진리의 더 순수한 원천을 모르는 이들, 강물을 더 높이 거슬러 올라가 보지 않은 사람들은 똑똑하게도 성경과 헌법 옆에 서서 경건하고 겸손한 마음으로 그곳의 물을 마신다. 그러나 진리가 이 호수로 혹은 저 연못으로 흘러들어 가는 지점을 바라보는 사람들은 허리를 다시 한 번 졸라매고 진리의 수원을 향해 순례를 계속한다.

미국에는 아직 입법에 천부적인 재능이 있는 사람이 나타나지 않았다. 세계사에서도 그런 인물은 찾아보기 어렵다. 웅변가, 정치가, 달변가는 수두룩하지만, 오늘날의 골치 아픈 문제들을 해결할 수 있는 연설가는 아직 입을 연 적이 없다. 우리는 웅변 자체를 좋아하며 웅변으로 전해질 진실이나 웅변이 촉발할 영웅적 행위는 좋아하지 않는다. 우리나라의 입법자들은 자유 무역과 자유, 연합, 청렴이 국가에 비해 얼마나 큰 가치를 지니고 있는지 아직 깨닫지 못했다. 그들은 비교적 변변찮은 문제인 과세와 금융, 상업, 제조업, 농업에도 천부적 재능이나 소질이 없다. 우리가 의회에서 떠드는 입법자들의 말재주에만 우리의 앞날을 맡기고, 국민들의 시기적절한 경험을 활용하여 효과적으로 불만을 제기해서 잘못을 바로잡지 않는다면, 미국은 머지않아 세계에서 지금과 같은 위상을 잃고 말 것이다. 어쩌면 나는 이 말을 할 자격이 없는지도 모르지만, 신약 성경이 쓰인 지 1800년이나 지났는데 그 책이 입법이라는 학문에 비추어 주는 빛을 활용할 만큼 지혜와 유용한 재능을 갖춘 입법자는 대체 어디에 있단 말인가?

정부의 권위는, 내가 기꺼이 복종하고자 하는 그런 권위마저도 아직은 불순하다. 내가 권위에 복종하겠다고 말하는 까닭은 나보다 지식이 더 뛰어나고 더 훌륭하게 행동할 수 있는 이들에게 나는 흔쾌히 복종할 것이며 나보다 지식과 행동이 부족한 사람에게도 여러 가지 면에서 그렇게 할 것이기 때문이다. 엄정하게 말해서 정부는 국민의 인가와 동의를 받아야 한다. 정부는 내가 허용한 부분 이외에는, 나라는 개인이나 내 재산에 순전한 권리를 행사할 수 없다. 절대 군주제에서 입헌 군주제로, 입헌 군주제에서 민주주의로 진보한 과정은 곧 개인에 대한 진정한 존중을 향한 진보라고 할 수 있다. 중국의 철학자조차도 개인을 제국의 기초로 여길 만큼 현명했다. 과연 우리가 아는 대로 민주주의가 가장 발전된 최후의 정부 형태일까? 인간의 권리를 인정하고 체계화하는 쪽으로 한 단계 더 발전할 수는 없을까? 국가가 개인을 보다 숭고하고 독립적인 힘으로 여기고 국가의 모든 힘과 권위가 그 개인으로부터 파생된 것임을 인정하며 개인을 그에 합당하게 대우할 때, 비로소 진정 자유롭고 개화된 국가가 될 것이다. 나는 이런 국가를 흐뭇하게 상상해 본다. 적어도 모든 국민을 공정하게 대하고 개인을 이웃으로 존중하는 국가, 몇몇 사람들이 국가와 거리를 두고 살며 나랏일에 관여하지도 않고 국가에 이용당하지 않더라도 이웃이자 국민으로서 의무를 다한다면 그들을 국가의 평온을 해치는 존재로 여기지 않는 국가 말이다. 이와 같은 열매를 맺고 그 열매가 익는 대로 땅에 떨어뜨리려 애쓰는 국가라면 훨씬 완벽하고 영광스러운 국가, 내가 상상하기만 했을 뿐 아직 어디에서도 본 적 없는 국가로 가는 초석이 될 것이다.

『월든』을 처음 읽는 독자에게

　"단 한 권의 책으로 그는 미국이 가진 모든 것을 능가한다." 미국의 시인 로버트 프루스트는 『월든』에 대한 소감을 이렇게 표현했다. 이 외에도 『월든』은 동서양을 막론하고 수많은 작가와 사상가들의 극찬을 받았다. 27세의 젊은이가 숲 속에 들어가 자급자족한 2년여의 생활을 기록한 이 책은 무엇을 담고 있기에 오늘날까지 수많은 이들에게 감동을 주는 고전으로 자리 잡은 것일까? 사실 소로가 숲에 들어가 살던 당시에는 많은 이웃들이 그의 행동을 이해하지 못했다. 소로는 첫 책인 『콩코드 강과 메리맥 강에서 보낸 일주일』을 자비로 출판했다가 실패를 맛보았고, 『월든』 원고 역시 수차례의 개정을 거친 뒤에야 겨우 출판될 정도로 소로의 생전에는 큰 성공을 거두지 못했다. 소로의 작품은 20세기에 들어서서야 그 가치를 재평가받는데, 이후 『월든』과 「시민 불복종」이 미국의 젊은이들에게 미친 영향은 이루 말할 수 없다. 『월든』과 소로의 사상을 분석한 수많은 논문과 비평을 참고한다면 분명 이 책을 더 정확하고 깊이 읽는 데 도움이 되겠지만, 이 글에서는 일반 독자, 특히『월든』을 처음 읽는 독자에게 도움이 되도록 소로의 삶과『월든』의 다채로운 면모 중 일부를 소개하고자 한다.

에머슨과 초월주의

1817년 7월 12일에 매사추세츠 주 콩코드에서 태어나 45세의 나이에 결핵으로 생을 마감하기까지, 소로의 삶은 대부분 콩코드를 중심으로 이루어졌다. 보스턴 근교에 위치한 콩코드는 풍요로운 자연환경을 갖춘 곳으로, 랠프 월도 에머슨을 중심으로 한 초월주의자들의 근거지였다. 소로를 비롯해 너새니얼 호손, 마거릿 풀러, 엘리자베스 피바디, 브론슨 올컷, 윌리엄 엘러리 채닝 등이 이 무리에 속했는데, 산업화의 부작용인 물질주의와 합리주의를 초월해 개인의 영적 상태에 집중하고자 하였기 때문에 '초월주의자'라고 불렸다.

초월주의가 등장할 무렵, 미국은 경제적 팽창기를 보내고 있었다. 운하 건설과 철도의 등장으로 서부 영토 개척이 수월해지고 운송비와 운송 시간이 절약되는 등 획기적인 변화가 찾아왔다. 그러나 1837년에 미국 역사상 첫 경제 공황이 시작되며 경

»

제 변혁을 새로운 눈으로 바라보려는 움직임이 강해진다. 또한 당시 미국은 정치적으로는 독립을 얻었으나 정신적·문화적으로는 여전히 영국을 비롯한 유럽에 종속되어 있어, 미국만의 정신을 표현할 수 있는 독자적인 사상이 필요했다. 이런 상황에서 에머슨은 「자연」, 「미국의 학자」, 「자립」 등의 에세이를 통해 미국적인 삶과 미국인의 정체성을 제시한다. 그는 제도 개혁보다는 개인의 '자립'을 강조하며 미국인에게 구세대인 유럽과의 관계를 청산하고 오직 자신의 자아에 의지한 자유로운 삶을 살 것을 요구한다. 에머슨은 미국이 유럽의 문학 전통에서 독립해야 한다고 주장하면서, 미국이 가진 광활한 자연을 중요한 요소로 내세웠다. 구세대의 눈을 통해 신과 자연을 바라보지 말고 개인의 순수한 직관을 통해 바라보자고, 새로운 땅을 새로운 인간으로서 바라보며 새로운 사상을 확립하자고 주장한다. 이렇게 국가적·사회적 요구와 맞물린 덕분에 초월주의는 콩코드라는 작은 마을을 중심으로 발생했음에도 광범위한 개혁 운동으로 자리매김한다. 초월주의자들은 당시 미국 사회가 겪는 거의 모든 문제에 반응했고 따라서 교육, 여성의 권리, 금주, 노예제 폐지 등 개혁 운동에 두루 연관될 수밖에 없었다. 이들은 1840년부터 1844년까지 〈다이얼〉이라는 계간지를 함께 펴내는데 소로는 바로 이 잡지에 자신의 글을 실으면서 작가의 삶을 시작했다고 할 수 있다.

사실 소로야말로 에머슨이 역설한 '자립'을 구현한 인물이다. 소로는 어떤 제도에도 얽매이지 않고 인간에게 내재된 신성을 믿으며 자연을 바라보고 사색하는 사람이었기 때문이다. 케임브리지의 하버드 대학을 졸업한 뒤 소로는 콩코드로 돌아와 공립 학교 교사로 일했으나, 체벌을 강요하는 학교 측에 반발하며 교사를 그만둔다. 형인 존과 학교를 운영하기도 했고, 아버지를 도와 연필 제작에 관여하기도 했으며 목수, 측량사, 날품팔이 등 다양한 일을 하며 살았다. 1837년에 에머슨을 만나며 문필 활동을 시작하게 되었고 에머슨의 제자이자 벗으로 초월주의 운동을 함께하며, 한때 에머슨의 아류라는 평가를 받았을 만큼 에머슨으로부터 큰 영향을 받는다. 소로는 1845년 7월에 숲으로 들어가는데, 그곳은 월든 호숫가의 숲이 파괴되지 않도록 에머슨이 구입한 땅이었다. 2년여의 생활을 마치고 그곳을 떠난 표면적인 이유도 에머슨이 해외 강연 때문에 집을 비우면서 자신의 가족과 집을 소로에게 부탁했기 때문이다. 그러나 영혼의 친구라 불렸던 소로와 에머슨의 사이는 소로가 숲 생활을 마친 뒤 점점 멀어지는데, 분명한 이유는 알 수 없으나, 짐작컨대 기질과 세계관의 차이로 점차 다른 길을 가게 되었기 때문일 것이다.

자연 그리고 의도적인 삶

콩코드의 초월주의자들 일부가 유토피아적 공동체를 세워 부패한 사회의 대안을 찾고자 했던 데 반해, 소로는 숲으로 들어가 개인적인 실험을 하기로 한다. 그가 숲 생활을 시작한 날은 미국의 독립 기념일인 7월 4일이었다. 2장에서 그는 숲으로 간 이유를 "내가 숲으로 간 까닭은 의도적인 삶을 살고 싶었기 때문이다. 삶의 본질적인 사실만을 직면하며, 삶이 가르치는 바를 내가 배울 수 있는지 알아보고 싶어서였다."라고 설명하는데 이는 일종의 개인적인 독립 선언인 셈이다. 또 한 가지 이유는 죽은 형 존과의 추억을 담은 『콩코드 강과 메리맥 강에서 보낸 일주일』을 쓰기 위해서였다. 그는 숲 생활을 하는 동안 이 책의 초고를 완성해 1849년에 출간한다. 그러나 숲에서 나오기 전 원고의 절반가량을 썼던 『월든』은 9년이라는 세월이 지나서야 세상에 모습을 드러낸다. 따라서 『월든』에는 월든 호숫가에서 살던 당시의 젊은 소로와 그 내용을 책으로 완성하는 동안 변화한 소로가 공존한다.

소로는 자연과 교감하는 삶을 추구하면서도 동시에 의도적인 삶, 즉 자신의 뜻대로 꿋꿋이 살아 보고자 했다. 그래서 소로의 글 전반에서는 결연한 의지가 드러나는데, 이 점이 소로의 산문이 지닌 독특성이자 우리에게 감동을 주는 이유일 것이다. 소로는 소박한 삶을 역설하지만 그가 주장하는 것은 물 흐르는 대로 무심히 살아가는 수동적인 삶이나 단순한 '무소유'가 아니다. 그는 "삶의 골수를 모두 빨아들이고 강건하게 스파르타 인처럼" 살고 싶었다고 말한다. 삶의 본질을 포착해 내려는 그의 노력은 비장하기까지 하다. 평화로워 보이지만 내부에서 변화를 조금씩 꾀하는 역동적인 자연처럼, 소로의 글에는 고요한 가운데 빛나는 치열함이 있다. 이러한 의지를 극명하게 보여 주는 실례가 바로 인두세 납부를 거부한 행위다. 월든 호숫가에 살던 중, 소로는 6년 동안 인두세를 체납한 죄목으로 감옥에 갇힌다. 그리고 단 하룻밤의 투옥 생활을 바탕으로 훗날 「시민 불복종」으로 널리 알려질 불멸의 에세이를 써낸다. 그는 이 에세이에서 당시 미국이 앓고 있던 두 가지 문제, 즉 국내적으로는 노예 제도, 국외적으로는 멕시코 전쟁이라는 문제에 대한 견해를 거침없이 표명한다. 「시민 불복종」은 마틴 루서 킹의 흑인 민권 운동과 간디의 비폭력 저항 운동 등에도 큰 영향을 미쳤다.

『월든』의 매력

소로는 월든 호숫가에서 보낸 2년 2개월을 1년이라는 시간으로 압축해, 단순한 일기나 자서전이 아닌 사실과 상상력과 사상이 자유롭게 담긴 문학 작품을 만들어 냈다. 이 책은 자연에 대한 감상기가 아니다. 예리한 관찰과 그 관찰을 바탕으로 공자와 맹자의 사상, 유교와 도교와 불교, 힌두교, 기독교 등 여러 종교를 넘나드는 사색이 조화롭게 어우러진다. 소로는 월든 호숫가에서 관찰한 자연을 정확히 묘사하는 듯하지만, 사실 그 자연은 의도적인 삶을 살고자 하는 한 개인의 시선으로 해석된 자연이다. 소로는 개미들의 싸움을 마치 인간들의 전투처럼 지켜보며 고통스러워하고, 봄을 맞이해 녹아내리는 모래 둑을 바라보며 자연과 하나인 인간을 발견한다. 있는 그대로의 자연이 소로의 해석을 통해 우리에게 살아 있는 자연으로 다가오는 것이다. 『월든』을 읽는 독자는 자연을 마주한 인간이 느끼는 평온함과 더불어 치열한 고민의 흔적을 느끼며 가슴이 두근거리는 모순적인 경험을 하게 된다. 이 점이 많은 독자를 끌어당기는 『월든』의 매력일 것이다. 또 우리는 『월든』에서 변화하는 소로의 모습을 느낄 수 있다. 소로가 숲에서 생활한 기간은 1845년 7월 4일부터 1847년 9월 6일까지 2년 2개월 정도이며, 『월든』을 출판한 것은 집필을 시작한 때로부터 9년이 지난 1854년이다. 그 동안 원고는 일곱 번의 개정을 거쳤는데, 과격하다 싶을 만큼 비판적인 사색의 내용이 책 후반으로 갈수록 점차 줄어들며 자연 자체에 대한 세밀한 묘사가 더 큰 비중을 차지한다. 소로가 1850년대 이후에 원고를 다듬으며 덧붙인 내용이 이에 해당되는데, 실천적 사상가로 살다가 『월든』 출간 이후 점차 자연 연구에 몰두한 생태주의자로 변화하는 소로의 모습을 미리 짐작하게 해 준다.

『월든』 제대로 읽기

앞에서도 말했지만 소로가 월든 호숫가에 집을 짓고 산 기간은 2년 2개월이었으나, 호숫가를 떠나 『월든』이 탄생하기까지 원고를 고쳐 쓰는 데는 9년이라는 훨씬 긴 시간이 걸렸다. 고독한 시간은 반드시 필요하다. 그러나 사실 고독한 시간을 확보하는 것보다 다시 제자리로 돌아와 일상이라는 거대한 파도와 싸우기가 훨씬 어렵다. 소로가 숲을 떠나 『월든』을 고쳐 쓰던 때에 늘 뜨거운 감자였던 노예 문제가 미국 최대의 현안으로 대두되었고 소로는 도망 노예를 돕는 등 노예제 폐지 운동에 적극 헌신했다. 언제까지나 월든 호수 옆에서 살 수는 없다. 우리에게는 우리가 살아 내야 할 몫이 있기 때문이다. 『월든』을 읽다 보면 19세기와 21세기라는 시간의 간극은 전혀 문제가 되지 않고, 마치 오늘날의 우리에게 소로가 직설적으로 질문을 던지는 것만 같다. 소로가 제기하는 통렬한 질문에 가슴이 뜨끔할 정도다. 소로처럼 누구에게나 '월든 호수'를 찾아 시류와 거리를 둬야 하는 순간이 있을 것이다. 오늘날 우리가 찾아가야 하는 월든 호수는 어디에 있을까? 19세기의 소로가 월든을 찾아 나섰다면 우리는 어디로 나서야 할까? 그가 노예 제도와 멕시코 전쟁을 부당하게 여기고 저항했다면 오늘날 우리는 무엇에 저항해야 할까? 『월든』이 던지는 질문에 우리 자신의 '삶'으로 응답하자. 그것이야말로 이 책을 제대로, 진정으로 읽는 방법일 것이다.

그리고 하나 더, 독자가 이 책을 읽으며 즐거운 시간을 보내기를 바란다. 자연을 개척할 대상으로 여겼던 시대에 홀로 숲 속의 콩밭에서 겸손하게 괭이질을 하며 그 콩밭이 자신의 것이 아니라 자연과 공유해야 하는 것임을 기억하고 비가 내려 괭이질을 하지 못해도 기뻐하는 소로, 월든 호수에서 되강오리와 두뇌 싸움을 하며 즐거워하는 소로처럼 말이다.

- 옮긴이 김율희

《헨리 데이비드 소로 연보》

1817년 7월 12일 미국 매사추세츠 주의 광대한 초목으로 둘러싸인 콩코드에서 연필 제조업자였던 아버지 존 소로와 어머니 신시아 던바 소로의 2남 2녀 중 셋째로 태어남.

1821년 아버지의 사업이 도산하여 가족이 보스턴으로 이주. 이때 처음으로 월든 호수를 보게 됨.

1823년 아버지의 사업이 여의치 않아지자 가족과 함께 다시 콩코드로 돌아옴.

1833년 콩코드 아카데미를 졸업하고 하버드 대학에 입학하였으며, 이곳에서 훗날 그의 스승이자 벗이 된 랠프 월도 에머슨을 만남.

고전 문학 과목에서 우수한 성적을 보였고, 그리스 어를 라틴어로 바꾸는 번역서를 출판하기도 함.

1836년 에머슨의 초월주의 사상이 반영된 작품 『자연론』을 읽고 깊은 감명을 받음. 개인의 영혼과 자연 속에서 신을 발견한다는 초월주의 사상에 큰 영향을 받은 후 초월주의자들의 모임에 참여하게 됨.

1837년 하버드 대학을 졸업하고 콩코드로 돌아와 교사 생활을 시작하지만 학생들을 체벌하지 않겠다는 신념을 지키기 위해 2주 만에 그만둠.

이해에 콩코드에는 1775년 미국의 독립 전쟁을 불러일으킨 최초의 전투를 기리기 위해 전쟁 기념비가 세워짐.

1938년 콩코드 아카데미의 명칭과 건물을 빌려 형 존 소로와 함께 전인 교육(全人敎育)을 목표로 한 사설 학교를 개설해 운영.

1839년 형과 함께 보트로 콩코드 강과 메리맥 강을 여행함. 이 여행은 훗날 그의 첫 작품이자 대표작으로 꼽히는『콩코드 강과 메리맥 강에서 보낸 일주일』을 집필하는 계기가 됨.

1840년 초월주의자들이 발간한 잡지〈다이얼(The Dial)〉에 시와 산문을 기고하기 시작함.

1841년 에머슨의 집에서 2년간 기거함.

　형과 함께 콩코드 리키움에서 시민 저항의 정당성과 관련해 토론을 벌이고 긍정적인 반응을 얻음.

1842년 형이자 가장 친한 친구였던 존 소로가 파상풍으로 사망하자 심한 우울증에 빠져 한 달간 병상에서 누워 지냄.

　이해에『매사추세츠의 자연사』를 씀.

1843년〈다이얼〉의 편집을 도우며 다른 잡지에도 글을 기고하기 시작함.

　에머슨의 형 윌리엄 에머슨의 아이들을 위한 가정 교사로 뉴욕의 스태튼 섬에서 8개월을 보냄.

1844년 아버지의 연필 제조 사업을 도와 뛰어난 품질의 연필을 만들기도 했지만 큰돈을 버는 데는 관심이 없었음.

　『바가바드기타』를 읽은 후 동양의 경전과 사상에 매료됨.

　콩코드 강에서 물고기를 굽다가 실수로 산불을 일으킴.

1845년 3월에 에머슨 소유의 월든 호숫가에 스스로 집을 지어 7월 4일에 이사함. 이곳에서 2년 2개월간 사회에서 벗어난 실험적인 생활을 하며 『콩코드 강과 메리맥 강에서 보낸 일주일』과 『월든』을 집필함. 그의 자급자족적인 생활은 당시 사람들의 호기심을 불러일으킴.

1846년 멕시코 전쟁 발발.

노예 제도에 항의하기 위해 6년 동안 인두세(人頭稅)를 거부하고 내지 않던 중 체포되어 감옥에 수감됨. 다음 날 친척의 대납으로 석방.

메인 주의 숲을 여행.

1847년 월든 호숫가에서의 생활을 마치고, 장기간 여행을 떠난 에머슨의 집으로 들어가 관리인으로 일함.

직업적인 측량 일을 하고 자연사 박물표본 수집을 시작.

1848년 에머슨의 집에서 아버지의 집으로 돌아감.

콩코드 리키움에서 메인 주의 숲을 여행한 경험과 감옥에서 보낸 하룻밤의 경험을 강연함.

1849년 첫 산문집인 『콩코드 강과 메리맥 강에서 보낸 일주일』을 자비로 출간. 초판 1000부 가운데 219권밖에 팔리지 않음.

훗날 「시민 불복종」으로 널리 알려진 산문을 잡지 〈미학〉에 기고.

1850년 메인 스트리트로 이사하여 사망할 때까지 그곳에서 기거하며 측량 일과 강연, 여행 등의 생활을 계속 이어감.

1851년 탈주한 노예가 캐나다로 망명할 수 있도록 도움.

1854년 『월든』 출간.

　노예제 폐지론자들의 회의에서 연설.

1855년 점차 건강이 악화되기 시작.

1856년 브루클린에서 시인 월트 휘트먼을 만나 깊은 인상을 받음.

　여러 지역에서 강연을 하고, 식물 채집을 위한 여행을 함.

1857년 노예 제도 폐지 운동가인 존 브라운을 만남.

1859년 아버지 존 소로 사망.

　존 브라운이 사형 언도를 받자 소로는 「존 브라운을 위한 탄원」을 강연하고, 12월 2일 사형이 집행된 후에는 「존 브라운 최후의 날」을 강연함.

1860년 눈보라가 치던 12월 숲에 들어가 나무의 나이테를 조사하던 중 감기에 걸림.

1861년 기관지염으로 악화되어 미네소타 주 미시시피 강의 요양원으로 갔으나 효과가 없어 7월에 고향으로 다시 돌아옴. 하지만 건강은 더욱 악화됨.

　남북 전쟁 발발.

1862년 5월 6일 결핵으로 45세의 생애를 마침.

헨리 데이비드 소로 1817년 미국 매사추세츠 주 콩코드에서 태어났으며 1837년에 하버드 대학교를 졸업했다. 하버드 대학에서 랠프 월도 에머슨의 저서와 초월주의 사상으로부터 큰 영향을 받았다. 오랫동안 에머슨과 교우하며 그가 편집한 잡지 〈다이얼〉에 매사추세츠의 자연을 비롯한 시와 수필을 기고하기도 한 소로는 자연과 교감하면서 삶의 궁극적인 의미와 본질만을 추구하며 자유롭게 살아가고자 1845년 숲속에 들어가 직접 오두막을 짓고 2년 2개월간 사회에서 벗어난 실험적인 삶을 산다. 그 삶을 경험으로 1853년 『월든』을 출간했고, 이후 『월든』은 그가 쓴 방대한 일기와 「시민 불복종」, 『콩코드 강과 메리맥 강에 보낸 일주일』 등의 저서 가운데 대표작으로 남았다. 물질만능주의적 현실을 개혁하고자 자발적 가난을 실천하고, 정신적 가치와 자연과의 조화를 추구했던 그는 간디와 마틴 루서 킹 등 비폭력 사회 개혁가들에게 영향을 미쳤으며 위대한 사상가이자 문학가로 평가받고 있다.

김율희 고려대학교 영어영문학과를 졸업한 뒤, 동 대학원 영문과에서 근대영문학으로 석사학위를 받았다. 옮긴 책으로 『달콤쌉싸름한 첫사랑』, 『두근두근 첫사랑』, 『크리스마스 캐럴』, 『말괄량이와 철학자들』, 『벤자민 버튼의 시간은 거꾸로 간다』, 『걸리버 여행기』, 『월든』 등이 있다.

클래식 보물창고에는
오랜 세월의 침식을 견뎌 낸
위대한 세계 문학 고전들이 총망라되어 있습니다.
세대와 시대를 초월하여 평생을 동반할 '내 인생의 책'을
〈클래식 보물창고〉에서 만나 보세요.

1. 이상한 나라의 앨리스 루이스 캐럴 지음 | 황윤영 옮김

특유의 유쾌한 상상력과 말놀이, 시적인 묘사와 개성적인 캐릭터, 재치 넘치는 패러디와 날카로운 사회 풍자로 아동청소년문학사와 영문학사에 큰 획을 그은 루이스 캐럴의 환상동화.

★BBC 선정 영국인 애독서 100선   ★학교도서관사서협의회 추천도서

2. 키다리 아저씨 진 웹스터 지음 | 원지인 옮김

서간문이라는 독특한 형식과 소녀적 감성이 결합된 성장기이자 로맨스 소설! 20세기 초 사회의 모순을 고발하고 개혁을 주장했던 진보적인 사상은 페미니즘 문학으로서의 의미를 더한다.

★학교도서관사서협의회 추천도서

3. 보물섬 로버트 루이스 스티븐슨 지음 | 민예령 옮김

인간이 가진 절대적인 선과 악을 그린 세계 최초의 해양모험소설. 영국 빅토리아 시대의 흥미진진한 꿈과 낭만을 대변하는 동시에 선악의 경계를 아슬아슬하게 줄타기하는 인간의 욕망을 고찰한다.

★BBC 선정 영국인 애독서 100선

4. 노인과 바다 어니스트 헤밍웨이 지음 | 민예령 옮김

헤밍웨이 문학의 총 결산이자 미국 현대문학의 중추로 일컬어지는 걸작. 생애의 모든 역경을 불굴의 투지로 부딪쳐 이겨 내는 인간의 모습을 하드보일드한 서사 기법과 절제미가 돋보이는 문체로 형상화했다.

★노벨 문학상 수상작가   ★퓰리처상 수상작   ★노벨연구소 선정 세계문학 100선
★대학수학능력시험 출제 작품

5. 하늘과 바람과 별과 시 윤동주 지음 | 신형건 엮음

우리나라 사람들이 가장 많이 애송하는 '민족 시인' 윤동주의 문학 세계를 엿볼 수 있는 시와 산문을 한데 모았다. 시대의 아픔을 성찰하며 정면으로 돌파하려 한 저항 정신은 물론이고 인간 윤동주의 맨얼굴을 만날 수 있다.

★연세대 필독도서 200선

6. 봄봄 동백꽃 김유정 지음

어려운 현실을 풍자와 해학으로 극복한 한국 근대소설의 정수, 김유정의 대표작을 모았다. 원전을 충실하게 살려 아름다운 우리말을 풍요롭게 담고, 토속적 어휘는 풀이말을 달아 이해를 도왔다.

7. 거울 나라의 앨리스 루이스 캐럴 지음 | 황윤영 옮김

『이상한 나라의 앨리스』보다 한층 탄탄해진 구성과 논리적인 비유를 통해 보다 깊고 넓어진 재미와 감동을 선사하는 후속작. 현실 속의 정상과 비정상, 논리와 비논리, 의미와 무의미의 경계를 고찰한다.

★BBC 선정 영국인 애독서 100선   ★명사 101명이 추천한 파워클래식   ★학교도서관사서협의회 추천도서

8. 변신 프란츠 카프카 지음 | 이옥용 옮김

현대인의 고독과 불안을 그림으로써 20세기 실존주의 문학의 발전에 커다란 영향을 끼친, 20세기 문학계에서 가장 난해한 '문제작가'로 꼽히는 프란츠 카프카의 대표작을 모았다. 원전에 충실한 번역으로 특유의 문체가 지닌 묘미를 만끽할 수 있다.

★서울대 권장도서 100선   ★연세대 필독도서 200선   ★미국대학위원회 SAT 권장도서

9. 오즈의 마법사 L. 프랭크 바움 지음 | 최지현 옮김

영화, 뮤지컬, 온라인 게임 등 다양한 장르로 재생산되어 지구촌 대중문화를 견인함으로써 문화 콘텐츠가 가지는 파급력의 정도를 생생하게 보여 주는 세기의 고전. 짜릿한 모험담 속에 담긴 치유의 기운이 마법 같은 순간을 선물한다.

★학교도서관사서협의회 추천도서

10. 위대한 개츠비 F. 스콧 피츠제럴드 지음 | 민예령 옮김

미국 현대 문학의 거장으로 꼽히는 F. 스콧 피츠제럴드의 대표작. 미국에서만 한 해 30만 부 이상 팔리는 스테디셀러로, 재즈 시대를 살았던 젊은이들의 욕망과 물질문명의 싸늘한 이면을 담아 낸 명실공히 미국 현대 문학의 최고작.

★〈타임〉지 선정 100대 영문 소설 ★미국대학위원회 SAT 권장도서
★〈뉴스위크〉지 선정 100대 명저 ★BBC 선정 꼭 읽어야 할 책

11. 오 헨리 단편선 오 헨리 지음 | 전하림 옮김

평범한 소시민의 일상과 삶의 애환을 따뜻한 시선으로 그린 오 헨리 문학의 정수로 손꼽히는 작품을 모았다. 인도주의적 가치관 위에 부조된 작가적 개성의 특출함을 만끽할 수 있다.

12. 셜록 홈즈 걸작선 아서 코난 도일 지음 | 민예령 옮김

세기의 캐릭터와 함께 펼치는 짜릿한 두뇌 게임. 치밀한 구성과 개연성 있는 전개, 호기심을 자극하는 독특한 설정이 포진되어 있음은 물론, 추리의 과정부터 카타르시스가 느껴지는 결말이 펼쳐져 있는 매력적인 소설.

13. 소공자 프랜시스 호즈슨 버넷 지음 | 원지인 옮김

사랑의 입자를 뭉쳐 만들어 놓은 것 같은 캐릭터를 통해 사랑의 선순환을 형상화한 소설. 순수한 직관과 무한한 잠재력을 지닌 동심의 세계를 느낄 수 있다.

14. 왕자와 거지 마크 트웨인 지음 | 황윤영 옮김

대중성과 작품성을 겸비해 '미국 현대문학의 아버지'로 평가받는 마크 트웨인의 대표작으로 '뒤바뀐 신분'이라는 숱한 드라마의 원조 격인 소설. 부조리하고 불합리한 사회상에 대한 날카로운 비판과 통쾌한 풍자 속에 역사적 지식과 상상력을 담아 냈다.

15. 데미안 헤르만 헤세 지음 | 이옥용 옮김

자신의 내면세계를 향해 고집스럽게 걸음을 옮긴 주인공 싱클레어의 성장을 그린 영원한 청춘의 성서. 철학, 종교, 인간을 끊임없이 탐구했던 작가의 깊이 있는 시선과 인간 내면의 양면성에 대한 치밀한 묘사가 시선을 사로잡는다.

★노벨 문학상 수상작가

16. 말괄량이와 철학자들 F. 스콧 피츠제럴드 지음 | 김율희 옮김

재즈 시대의 자유분방한 젊은이들의 풍속도를 그린 F. 스콧 피츠제럴드의 소설집. 1920년대 고동치는 젊은이의 맥박을 생생하게 전달했다는 평가를 받는 작품들을 모았다.

17. 벤자민 버튼의 시간은 거꾸로 간다 F. 스콧 피츠제럴드 지음 | 김율희 옮김

70세의 노인으로 태어나 결국 태아 상태가 되어 삶을 마감하는 벤자민 버튼의 일생을 그린 환상소설을 비롯해 『위대한 개츠비』의 전신이라고 할 수 있는 F. 스콧 피츠제럴드의 작품들을 모았다. 실험적이고 혁신적인 화법으로 생생하게 형상화한 재즈 시대를 만끽할 수 있다.

18. 이방인 알베르 카뮈 지음 | 이휘숙 옮김

출간과 동시에 하나의 사회적 사건으로까지 이야기된 알베르 카뮈의 대표작. 부조리하고 기계적인 시스템 속에서 인간이 부딪치게 되는 절망적 상황을 짧고 거친 문장 속에 상징적으로 담아냈. 작품 자체가 '이방인'인 소설.

★노벨 문학상 수상작가 ★노벨연구소 선정 세계문학 100선

19. 크리스마스 캐럴 찰스 디킨스 지음 | 김율희 옮김

영국의 대문호 찰스 디킨스의 작가 정신과 개성이 고스란히 담겨 있는 대표작. 19세기 영국 사회의 구조적 모순과 크리스마스 정신, 인간성의 회복을 그린 영원한 고전이자 크리스마스의 상징이 되어 버린 소설.

★BBC 선정 영국인 애독서 100선 ★학교도서관사서협의회 추천도서

20. 이솝 우화 이솝 지음 | 민예령 옮김

2,500년 동안 이어져 온 삶의 지혜와 철학을 담은 인생 지침서이자 최고(最古)의 고전! 오랜 세월 인류가 축적해 온 지식과 철학이 함축되어 있으며 남녀노소 누구나 읽을 수 있는 인류의 고전이라 할 수 있다.

21. 수레바퀴 아래서 헤르만 헤세 지음 | 함미라 옮김

작가의 자전적 경험이 녹아들어 있는 헤르만 헤세의 대표적인 성장소설. 총명한 한 소년이 개인의 자유와 개성을 억압하는 딱딱한 교육 제도와 권위적인 기성 사회의 벽에 부딪혀 비극으로 치닫는 이야기를 섬세하게 그리고 있다.

★노벨 문학상 수상작가 ★서울대 선정 고전 200선 ★국립중앙도서관 청소년 권장도서

22. 너새니얼 호손 단편선 너새니얼 호손 지음 | 한지윤 옮김

『주홍 글자』로 유명한 호손은 에드거 앨런 포, 허먼 멜빌과 더불어 미국 낭만주의 문학의 3대 거장으로 꼽힌다. 이 책은 45년간 우리나라 교과서에 실리기도 했던 『큰 바위 얼굴』을 비롯해 호손 문학의 대표 단편소설 11편을 실었다.

23. 에드거 앨런 포 단편선 에드거 앨런 포 지음 | 황윤영 옮김

「검은 고양이」, 「모르그 거리의 살인 사건」 등으로 유명한 에드거 앨런 포는 미국 낭만주의 문학의 거장이자 단편문학의 시조이며 추리 소설의 창시자이기도 하다. 기괴하고 환상적인 소재를 통해 인간 내면의 광기와 복잡한 심리를 치밀하게 형상화했다.

★미국대학위원회 SAT 권장도서 ★노벨연구소 선정 세계문학 100선

24. 필경사 바틀비 허먼 멜빌 지음 | 한지윤 옮김

장편소설 『모비 딕』의 작가 허먼 멜빌은 에드거 앨런 포, 너새니얼 호손과 함께 미국 낭만주의 문학의 3대 거장으로 꼽는다. 정체불명의 필경사 바틀비의 '선호하지 않는' 태도와 철학은 갑갑한 현실 속에서 우리에게 깊은 공감과 위로를 이끌어 낸다.

25. 1984 조지 오웰 지음 | 전하림 옮김

『멋진 신세계』, 『우리들』과 더불어 세계 3대 디스토피아 소설로 불리는 걸작으로, 가공의 국가 오세아니아의 전체주의 지배하에서 인간의 존엄을 지키고자 했던 한 인물이 파멸되어 가는 과정을 그렸다. 오늘날에도 여전히 유효한 이 작품 속 경고는 시간이 지날수록 그 힘이 더욱 강력해지고 있다.

★〈뉴스위크〉지 선정 세계 100대 명저 ★〈타임〉지 선정 '20세기 최고의 책 100선'
★노벨연구소 선정 세계문학 100선 ★〈모던 라이브러리〉 선정 '20세기 100대 영문학'

26. 걸리버 여행기 조너선 스위프트 지음 | 김율희 옮김

풍자 문학의 거장 조너선 스위프트의 『걸리버 여행기』는 결코 온순하지 않다. 이 작품의 원문은 18세기 영국의 정치와 사회뿐만 아니라 인간의 본성을 신랄하게 풍자하고 있기 때문이다. 이 무삭제 완역본에는 스위프트가 고찰한 인간과 사회를 관통하는 통렬한 아이러니가 고스란히 담겨 있다.

★서울대 선정 고전 200선   ★미국대학위원회 SAT 권장도서
★〈뉴스위크〉지 선정 100대 명저   ★노벨연구소 선정 세계문학 100선

27. 헤르만 헤세 환상동화집 헤르만 헤세 지음 | 이옥용 옮김

헤세의 대표적인 동화 16편이 실린 작품집으로, 자기 발견과 자아실현을 위한 갈등과 모색을 독창적이면서도 환상적으로 표현했다. 또한 난쟁이, 마법사, 시인 등 신비로운 인물들과 천일야화, 중국과 인도의 민담, 신화 등 초자연적이면서도 경이로운 이야기들이 다채롭게 펼쳐진다.

★노벨 문학상 수상작가

28. 별 마지막 수업 알퐁스 도데 지음 | 이효숙 옮김

특유의 시적 서정성과 감수성으로 19세기 말 프랑스의 정취를 그려 낸 작가 알퐁스 도데의 단편 소설을 모았다. 그의 대표작 「별」부터 전쟁의 비극을 감동적으로 풀어 낸 「마지막 수업」까지 알퐁스 도데의 진면목을 만끽할 수 있는 작품 15편이 들어 있다.

29. 피터 팬 제임스 매튜 배리 지음 | 원지인 옮김

연극, 뮤지컬, 영화 등으로 재탄생되며 100년이 넘는 세월 동안 전 세계 사람들의 사랑을 받아온 '영원히 늙지 않는' 고전! 어른이 되지 않는 '피터 팬'과 어른이 없는 나라 '네버랜드'를 탄생시킴과 동시에 '피터 팬 신드롬'이라는 말을 낳으며 동심의 상징이 되었다.

30. 제인 에어 샬럿 브론테 지음 | 한지윤 옮김

『폭풍의 언덕』과 함께 '브론테 자매'의 걸작으로 손꼽히는 샬럿 브론테의 대표작으로, 어린 나이에 홀로 고난과 역경을 이겨 내고 오로지 '열정'으로 나이와 신분을 뛰어 넘어 사랑을 쟁취하는 여성, 제인 에어의 삶과 사랑을 자서전 형식으로 그려 냈다.

★미국대학위원회 SAT 권장도서   ★BBC 선정 영국인 애독서 100선   ★연세대 필독도서 200선

31. 폭풍의 언덕 에밀리 브론테 지음 | 황윤영 옮김

에밀리 브론테가 남긴 유일한 소설로, 주인공의 광기 어린 사랑과 복수를 통해 인간 내면의 세계와 본질을 그려 냄으로써 오늘날 세계 10대 소설, 영문학 3대 비극으로 꼽히며 세계문학사의 걸작으로 남은 작품이다.

★미국대학위원회 SAT 권장도서   ★〈옵저버〉지 선정 '가장 위대한 소설 100'

32. 젊은 베르테르의 슬픔 요한 볼프강 폰 괴테 지음 | 함미라 옮김

독일 문학사를 일거에 드높였다는 평을 받는 세계적인 문호 요한 볼프강 폰 괴테가 젊은 시절의 체험을 바탕으로 써 내려간 자전적 소설. 찬란하지만 위태로운 젊음의 이면성을 격정적인 한 젊은이를 통해 그려 냈다.

★피터 박스올 《죽기 전에 읽어야 할 1001권의 책》 선정도서

33. 바스커빌가의 개 아서 코난 도일 지음 | 한지윤 옮김

〈셜록 홈즈〉 시리즈 사상 최악의 적수와 벌이는 사투가 팽팽한 긴장감을 자아내며 끝까지 숨 쉬는 것도 잊게 만들 정도로 독자들을 사로잡는다. 독자들과 평론가 양쪽 모두에게 그 어떤 작품보다도 뛰어나다는 평가를 받아 온 아서 코난 도일의 대표작.

34. 헤르만 헤세 시집 헤르만 헤세 지음 | 이옥용 옮김

소설 『수레바퀴 아래서』와 『데미안』, 『유리알 유희』 등으로 꾸준한 사랑받고 있는 독일 문학의 거장 헤르만 헤세의 대표 시 105편을 묶었다. 통일과 조화를 꿈꾸며 화합하는 삶을 살고자 한 헤세의 고뇌를 엿볼 수 있다.

★노벨 문학상 수상작가

35. 인간 실격 다자이 오사무 지음 | 김아영 옮김

'내면적 진실의 정신적 자서전'이자 '문학 형태의 유서이며, 자화상'이라고 평가받는 다자이 오사무의 대표작으로, 인간에 대한 불신과 그로 인한 소외감과 죄악감으로 몸부림치다 세상에서 연약하게 무너질 수밖에 없었던 한 사람의 고백서이다.

★〈뉴욕 타임스〉지 선정 일본문학

36. 월든 헨리 데이비드 소로 지음 | 김율희 옮김

인간과 자연에는 신성이 내재되어 있다고 보고 정신적 삶을 지향했던 미국 초월주의 사상가 소로의 정수가 담긴 『월든』은 지나친 물질주의 속에서 거칠고 가난해진 정신을 지닌 현대인들에게 삶을 자유롭고 충만하게 사는 방법을 깨우쳐 준다.

37. 싯다르타 헤르만 헤세 지음 | 이옥용 옮김

불교의 교리를 창시한 석가모니와 같은 시대를 살았던 브라만 계층의 청년 싯다르타의 자아실현 과정을 담은 성장소설이다. 제1차 세계 대전 이후 전쟁의 상처를 어루만진 헤르만 헤세만의 동양 사상은 오늘날까지 주체적이고 실존적인 길을 제시한다.

★노벨 문학상 수상 작가

＊'클래식 보물창고'는 끝없이 이어집니다.